谢冕编年文集

第十一卷　2005—2009

北京大学出版社

2008年在内蒙古胡杨林

2005年广西玉林"新世纪现代诗研讨会"合影(由左及右为谢冕,方明,痖弦,陶然,蔡其矫,洛夫)

2008年在杭州西湖边晨跑

2007年家庭聚会

2006年与儿子谢阅在北京彼岸青滩打高尔夫

2009年送孙女谢典去美留学前在首都机场全家合影

2008 年在新疆哈密雅丹地貌前

2008 年在新疆哈密与维吾尔族老汉

2009 年在福建武夷山天游峰

2009 年在福建武夷山九曲溪

与朋友及学生们一起聚会

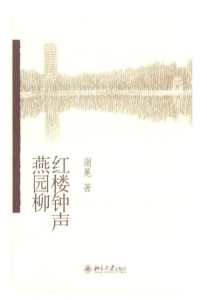

《红楼钟声燕园柳》,北京大学出版社 2008 年版　　《新世纪的太阳——二十世纪中国诗潮》,中国人民大学出版社 2009 年版

目 录

2005

危航诗意
　　——论郭枫诗 ………………………………… 3
多情最是此湖水 …………………………………… 15
水在海峡涌动
　　——送别二哥谢宗傅先生 …………………… 19
三汊浦祭 …………………………………………… 23
为了中国新诗的建设
　　——《新诗评论》发刊词 …………………… 30
《诗探索》改刊弁言 ……………………………… 36
激情年代的怀念
　　——为潘洗尘序 ……………………………… 39
矛盾的，更是真实的
　　——再谈《都市流浪集》 …………………… 43
神仙居住的地方 …………………………………… 45
青春的记忆和怀念
　　——读徐芳诗集小记 ………………………… 48
施肃中诗小记 ……………………………………… 51
真情流笔下，大气溢胸中
　　——读《马凯诗词存稿》感言 ……………… 53

逆境使人坚持不屈
　　——在北京大学中文系2001级毕业典礼上的讲辞…… 56
一道划过天边的光芒
　　——《征军诗集》序……………………………… 59
谈谈金所军的创作
　　——兼为他的新诗集序…………………………… 62
星光都是如此
　　——序黄亚洲《行吟长征路》…………………… 65
宣纸上的岁月风云
　　——读刘长春《纸面上的人物》记……………… 70
大海的博大与柔情
　　——读王顺彬的《带着大海行走》……………… 75
回望百年
　　——论中国新诗的历史经验……………………… 78
中篇小说三题………………………………………… 107
中国的诗歌梦想
　　——在"中国新诗一百年国际研讨会"
　　开幕式上的讲辞………………………………… 109
珍爱母语就是珍爱家园……………………………… 114
书写作为一种责任
　　——序古远清《中国当代文学理论批评史》…… 116
历史的见证…………………………………………… 119
激荡依旧
　　——贺《诗潮》二十年………………………… 121
悲天悯人真诗人……………………………………… 123
中篇小说十题………………………………………… 126
古典的压力…………………………………………… 130
祝福北美枫…………………………………………… 132

感受杜涯 …………………………………………………… 133
集邮史上的盛事
　——2005年12月12日在郑州
　《锦绣中国》捐赠仪式上的讲话 …………………… 134
行进着和展开着
　——我看新世纪诗歌 …………………………………… 137

2006

如兰的深意 …………………………………………………… 143
黔西北诗情
　——彭澎《你的右手我的左手》序 …………………… 147
清新自然见真情
　——写在陈菲《田心流韵》的前面 …………………… 150
《中国文学之最》序 ………………………………………… 153
为诗歌感恩
　——在中坤诗歌发展基金捐赠仪式
　　暨诗歌界迎春会上的致辞 ………………………… 156
《程文超文存》序 …………………………………………… 158
诗的上海与上海的诗 ………………………………………… 161
认识并走近愚溪 ……………………………………………… 166
杨克的诗 ……………………………………………………… 172
想象力是诗的生命
　——序高璨的诗 ………………………………………… 173
生了彩翼的思想
　——读雷熹平的《智性的彩翼》 ……………………… 176
南永前的诗歌追求 …………………………………………… 180

失去宁静的杭州湾
　　——为俞强诗集《杭州湾，大滩涂》作 …………… 185
郑重推荐诗人骆英…………………………………………… 189
为了中国诗歌的建设
　　——在北京大学科学研究会议上的发言 …………… 191
我们见证历史
　　——从中国当代文学的研究和教学谈起 …………… 198
温州的月光（其三）………………………………………… 209
温州的月光（其四）………………………………………… 211
方良先生挽辞……………………………………………… 213
寻找一种感觉
　　——福建长泰漂流记 …………………………………… 215
高山大河所孕育的
　　——读吉狄马加 ……………………………………… 218
推荐《北京文学》55年典藏书系 ………………………… 223
阅读王锋………………………………………………… 225
关于《永远的尹雪艳》答问………………………………… 229
沉思的诗情
　　——读王顺彬 ……………………………………… 234
从乡村到乡村…………………………………………… 238
序《成都偏东——一个诗意的家园》……………………… 240
中国新文学的宿命……………………………………… 244
跨越时空的新诗写作…………………………………… 260
主持人的开场白………………………………………… 272
我的"红颜知己"
　　——漳浦奇缘之一 …………………………………… 274
蔡天新主编诗集封底短语……………………………… 276

我的"红颜知己"
　　——漳浦奇缘之二 …………………………… 277
山水有知音 ……………………………………… 280
时间的姿势是美好的
　　——为张德强诗集序 ………………………… 283

2007

《新诗发展概况》答问 …………………………… 289
谢冕访谈 ………………………………………… 295
2007年第五届华文青年诗人奖评语 …………… 301
象牙塔里的众生相 ……………………………… 303
顽强的花在黑暗里 ……………………………… 305
田禾的村庄 ……………………………………… 308
芳草获奖感言 …………………………………… 311
认识姚学礼 ……………………………………… 313
与欢乐而悲苦的时代同行 ……………………… 320
天寿山安魂辞 …………………………………… 322
路尚廷新作读感 ………………………………… 324
中篇小说八题 …………………………………… 327
我们共有一个天空和大海
　　——青海湖诗会感言 ………………………… 330
文学批评只是我人生一小部分 ………………… 333
"看见"荣荣
　　——读荣荣的《看见》 ……………………… 341
心灵感恩
　　——在福州三一中学校庆一百周
　　年庆祝会上的讲话 …………………………… 345

校园里的缅桂在开花
　　——林庚先生赴厦门大学
　　任教七十周年纪念会开幕辞……………………347
无悔的青春
　　——读廖东凡《我的西藏故事》有感…………349
桐乡月圆………………………………………………353
天边的云彩……………………………………………356
雨中思绪………………………………………………359
从"史诗"到"诗史"
　　——读评正文的组诗《光辉的八一》…………362
初进燕园………………………………………………367
未名湖畔的雪泥鸿爪…………………………………371
2007年学术工作汇报…………………………………378
诗歌就该是高贵的……………………………………380
年年此夜………………………………………………386

2008

那些美好的情感
　　——读叶玉琳…………………………………393
火的道路,不变的深情
　　——槐华半世纪诗歌艺术论……………………398
怀念一种写作
　　——读祁人………………………………………403
把歌曲当话说
　　——读雷熹平《曲曲圆》………………………408
敦煌诗旅
　　——《敦煌诗选》序……………………………412

修己安民,止于至善
　　——贺北京朝阳红十字医院建院五十年 …………… 419
新诗的摇篮和故乡
　　——我的北大诗歌记忆 ……………………………… 421
关于文集的设想 ……………………………………………… 440
相识在西双版纳
　　——《晓雪选集》首发式上感言 …………………… 442
寻常心境 ……………………………………………………… 445
2008年第六届华文青年诗人奖评语 ……………………… 448
读《中国新诗书刊总目》…………………………………… 450
他是一坛陈酒 ………………………………………………… 455
早春的芭蕾
　　——读秦真 …………………………………………… 458
哀伤的日子在沈园 …………………………………………… 461
做梦都想跳芭蕾的李月 ……………………………………… 463
回答《回望百年》英译者Nichy Harman教授的问题 ……… 466
为爱薇鼓掌 …………………………………………………… 469
诗歌在人民最需要时出现 …………………………………… 472
离我最近的只有诗歌
　　——读卢炜 …………………………………………… 474
绕杭州西湖长跑
　　——《中国新诗总系·五十年代卷》后记 ………… 479
城市书写的变迁
　　——在深圳"中国城市文化论坛"上的发言 ……… 482
遭遇城市
　　——读苏忠 …………………………………………… 487
贺周宏兴书法艺术 …………………………………………… 492
诗刊笔谈 ……………………………………………………… 494

2009

诗画是近亲
　　——贺林莽画展 …………………………………… 497
《咬文嚼字》为我"平反" ……………………………… 499
第一次写汉俳 …………………………………………… 501
那变得遥远的一切
　　——忆吕德申先生 ………………………………… 503
老孟那些酒事儿 ………………………………………… 507
说不尽的"传统" ………………………………………… 510
如果命运不安排你做花
　　——读史光柱 ……………………………………… 528
我只想改一个字 ………………………………………… 531
我与西湖有约 …………………………………………… 534
平生最爱是西湖
　　——谨以此文庆贺《西湖》创刊五十年 ………… 536
相聚在新时代
　　——记北大中文系1977级 ………………………… 541
每年这一天
　　——海子逝世二十年祭 …………………………… 546
守望是在山林之上
　　——读阎志 ………………………………………… 549
致陆红颖 ………………………………………………… 553
歌吟在长夜
　　——为刘德隆先生主编《太阳升起前的歌》而作 … 555
春天缓慢心意从容
　　——读宋晓杰 ……………………………………… 559
提升我们的艺术趣味 …………………………………… 562

长安遗韵
　　——在第二届中国诗歌节（西安）的讲话……565
诗心在行动
　　——读商泽军……569
喜见文学刊物重视评论……573
在历史和诗神的祭坛上……576
在西安错过了兴庆宫……587
窗口对着大雁塔……589
共同见证风雨阳光
　　——兼为中国作家协会花甲之贺……591
序《大学语文》……594
生命因之愈加秀美
　　——序沙光《香祭》……598
承上启下的中生代
　　——《两岸四地中生代诗选》序……602
库车之夜……605
朦胧诗三十年答哈雷问……606
中篇小说九题……608
阿克苏绿洲田园……611
多彩多姿的诗人群雕
　　——读杨春生的"当代诗人群雕108家"……612
礼赞生命
　　——读王茜的诗文集《十七年蝉》……616
公交车驶过泰安街道
　　——读刘宗刚……619
一碗杂碎汤等了三代人……623

这是一方福地
　　——第五届新世纪现代诗（武夷山）
　　研讨会闭幕词 ………………………………… 626
让批评回到文学 ………………………………………… 629
为原三一中学老榕树题字 ……………………………… 632
桐城文化节开幕式致辞 ………………………………… 633
升旗仪式上的致辞 ……………………………………… 634
洛夫国际诗歌节开幕式致辞 …………………………… 636
我的诗歌记忆 …………………………………………… 637
那种温暖是手挽手的温暖
　　——读王妍丁 …………………………………… 648
新年新创意
　　——贺《文艺争鸣》艺术版发刊 ……………… 653

2005

危航诗意*
——论郭枫诗

这是一位倾全力寻求诗之内在精神的崇高与纯真的诗人，同时也是一位在艺术实践中力求创造精湛境界的诗人。随处可见的崇尚独创性的严肃精神，贯串于郭枫创作的全过程，这已成为他的创作的常态。美是这位诗人至高的信仰。即使面对一个被反复表现的题目，他也会殚尽心力让那些广为人知的事象闪射出非凡的光彩。

我们的论述不妨从两首涉及月色的诗篇开始。郭枫在这个被诗人们表现了无数次的题目中，力创新意而把它们表现得精警动人。《那晚》：

> 仿佛是昨日仿佛已千年。那晚
> 你朦胧的眸光，似月华
> 柔柔地踩我，踩我的心灵
> 迷乱如雾，飞扬如云烟
> 飞扬如云烟的那晚

月光在这里只是动人眸光的联想，但它也把那仅仅"似月华"的月色表达得相当有特点。踩即践踏，不言而喻，践踏是粗暴的，他却以粗暴表现柔情：月亮的"踩人"是柔柔的，诗人把粗暴和温柔两种感觉糅成了一团，这是发现，也是艺术的重铸。浩

---

* 此文刊于2005年2月《华文文学》。据此编入。

月临空,夜静如水,月光无所顾忌地闯入人的心灵,人们身历此境,感到了被"蹂躏"的愉悦。

《那晚》通过月光的感受,把月华的浸凌所造成的"温柔的压迫"传达得极为美妙,是"柔柔地踩我,踩我的心灵,迷乱如雾"。一般写月,多停留在柔婉澄澈的感受上,像此刻我们谈论的这种特殊的"粗暴"的描写的,并不多见。这的确展现了诗人一种突出的艺术追求——总在寻找一种精妙的独特感受的方式,而与他人区别开来。

另有一首更妙,是在《无月夜》里想象有月的情景:

> 夜这样静,没有月光是寂寞的
> 月光是水,是一种
> 很奇妙的水
> 孤独的石子泡在月光里
> 就会泡得很温柔
> 已经枯干了的树木
> 让月光淋着,也能
> 淋出一身新绿

《那晚》是以强暴的方式写月的温柔,《无月夜》却是以温柔的方式写月的强暴。前者是心灵被"柔柔地"踩,它被踩得雾般迷乱云烟般飞扬。后者却是温情的。孤独的(当然更是坚硬的)石头被月光泡得温柔起来,连枯枝也因月的淋沐而泛出了生机。诗人在这两首诗中用"踩"、"泡"、"淋"这些及物动词,把原本空灵无形的月光,写成了行动的实体。从而把一般人未能表达的精微感受表达了出来。

即使在诗人自谓的十多年沉默之后"急骤地呼啸而来"的诗情奔放的时期,郭枫的创作依然能够奇妙地保持激情中的冷静。他这一时期的诗,也是本着严肃的艺术精神进行的。他不会为情感的率真传达而牺牲诗美的本质。在使用语言以及意象的营造上,他是一位擅长于精雕细琢而慎于遣词造句的能手,他常以词性转换的手法来增强语言的新颖感,从而达到"促进意象闪烁"的效果。如《野宴》:"整个草原的绿站了起来,邀请我们去宴它们深深浅浅的醉"。"野宴"成了动词,"醉"成了名词,漫不经心的词性转换造出了一个全新的氛围。郭枫非常注意捕捉那些细微的感受,并予以恰当的传达。如《零时》,"那跫音,在梦境的边缘,仿佛一列火车出发"。把夜静人寂时节捕捉到的细微音响的强烈感受,与一列火车的驶出站台相联系,不仅传达出那声音由远而近的进逼,而且也体现沉厚的纵深感。

郭枫还广泛使用词句的重叠和复沓,使情绪和感受的分量得到强调。那些传统的表现方式,在他的手中因而有了崭新的意蕴。在他人往往因重叠而显出臃肿繁冗的地方,他却因简洁自然而拥有充分的生机。这在《那晚》和《昙花》中已有鲜明的例证。再如《无题之二》:"便在美丽的旋涡中挣扎,挣扎而终将灭顶",这"挣扎"的隔句叠加便是一种强调,又含有推进的意向,是简洁而明快的。《无题之一》亦有佳句:

　　不为什么,不为什么
　　一个名字让人生,让人死
　　一个名字

这短短的三行,几乎全以复沓构成。但组成这种交叉重叠的词却极简约,"名字"、"生"、"死"的回环反复造出了断续缠绵的强效。

郭枫自上个世纪七十年代恢复诗创作,其间大部分作品已结集于《第一次信仰》与《海之歌》。到近期创作《揽翠楼诗抄》以及长诗《台北,魔幻的城》,其间隔跨度至少长达二十年,但在诗艺上的庄严肃穆的精神则是始终如一的。郭枫不是一位诗歌创造上的唯技巧者。他在一系列文学活动中一贯崇尚现实精神已为人所共知。这种观念体现在诗创造上便是对于生活的真诚。他认为："真即是美。诗是至美的作品，而美的必要及充分条件便是真"。这话的内核便是将美消融于生命的真实之中。尽管我们在前面论述了这位诗人致力于诗艺切磋的精神，但郭枫显然是把艺术追求服从于内涵的开拓。他对诗与非诗的界定是，"使素材与生命结合"的"刻入骨髓的真挚性"。他认为只有这样才能使作品"具有真实的光辉"。

郭枫作品给予人的充实感，首先是那一股从对象背后排挞而来的人格力量。近期写作的十四行《他，是疯了》可以看作是醒者对于自身行为的陌生感发出的惊叹。那个疯了的血性汉子，仿佛是鲁迅当年刻意创造的狂人的重现。当人们习惯并屈从于黑暗，"他偏要挑起一盏灯"。尽管那微光映的是狂人的孤影，他耗尽毕生心血，采撷的虽只是"挂在云端的梦想"，他依然要"把膏血添作灯火的油膏"。

在早期浪漫派诗人那里，那种理想的燃烧是天真的。代表青春时代的狂喜，视一切理想为必然而很少顾及是否能够实现，而前述那一类诗的内涵有大的不同，是明知其不可为而为的成熟人生的醒悟。疯是非常的，但诗人礼赞这种醒着的疯狂。这种理想化体现参悟人生纷纭之后的坚定。

张扬高品位的人格精神是郭枫诗作的重要主题。《鱼乐图》明确鄙薄那种既不能给大地造甘露也不能镇妖伏虎的龙，视之为"顶无聊的一条虫"。这些诗例对现实价值的强调，导引我们注意郭枫诗的一个重要母题即山的造型。山的高耸和垒积，以及它的坚定、强大，是此刻我们谈论的给人造成震撼的人格力量的一种展示。《山的哲学》写于七十年代，郭枫把它放在《第一次信仰》的首篇，并以此命名该辑。此诗有一段篇后题记："一九七一.五.八夜十二时于颓卧中，起，一挥而就"：

>昂然抬头以不可攀登的倨傲
>刺向青空。只为了触及
>那一片,一片令人颤栗的,蓝

这诗涉及的哲学意味,其内涵在于对高远、澄澈的向往。诗人崇尚的是一种近于彻悟的追求:知道那岩石终会化为尘土,"但冷过暖过庄严过"即是一种体验的价值,这是值得自慰与骄傲的——"毕竟曾经成为一座山过"。郭枫通过山的礼赞,传达的不仅是属于自己也属于别人的可贵节操。为送一位朋友远行,他写《高山之歌》:"山岳是永恒的你,生命终将冷凝成岩石";与群友偕游,他写《群峰之歌》:"风也罢,雨也罢,阳光也罢,不会改变群峰挺拔的立姿","山之族,誓守着自己的净土"。这些,均是通过山的母题,传达浑浊世事中的一种坚持。

近作《高山仰止》写的是垂暮时节对登高的向往和依恋:"爬山是美的享受,其他不必心烦",言谈之间流露出一种精神解放的潇洒。再看《山水》——

>风雨和雷电算不了什么
>赞扬或诅咒只是过眼云烟
>巍峨耸立,成为坚毅形象
>让众生憬悟:这就是山

不仅展示了豁达与宽容,因为加上了水的萦回,而于刚毅坚定之中又注入了几许温情。水是山的知音,只有水能理解山。山是冷峻与温厚的融汇。

这是一位生性耿介的诗人形象。也许是特殊的阅历使然,他对邪恶的憎恨更为坚定了独立刚正的品格。郭枫在为人处世中常有让人肃然的不妥协的坚硬感。这方面的品质赋予他的诗以强烈的愤世嫉俗的内涵。他讲究诗美,显然更为关注诗对社会人生的真。他以真心拥抱土地和民众,也以真实的姿态向着蹂躏土地和愚弄时代的恶势力。

他在生活的征途中以勇决的精神自励:"决不用泪水冲洗屈辱,决不向黑暗投降"(《五十自画像》)。这应该是郭枫创作的基本精神支柱。早年,郭枫便以诗投向历史的违逆,他曾为菲律宾民主运动的成功而热烈礼赞:"人民领悟到忍耐下去只有无限悲怆,是人民拉起下面对野蛮的枪口"。郭枫的审美理想是驱尽虚假的真纯,他通过那些身处其中的人间世相,抒写他的感兴和追求。他的诗听凭良知的召唤,力求把当代人的感受和情绪表达得真诚,使之具有面对邪恶凛然不可犯的正气。

> 总是觉得风不再是
> 雨不再是,四季不再是
> 应该有的那种样子
> ——《无题》

这些朴素的诗句,通过"不动情"的表层冷漠,传递出来的是一种浓郁的悲哀。这是基于理想不能实现而生发开来的对于秩序的怀疑。从而表达坚定的生存意志,以及他对非正常状态的怀疑和抗议。情绪的强烈与表达的深蕴,造出了艺术的独特风情。

郭枫的真诚使他不掩饰自己的痛苦。他说过,"离开了母亲的土地,飘零的种子,你是不快乐的"。他就是这样一颗种子。他的特殊的人生阅历,使他自然地拥有那一份悲哀和愤怒。郭枫写于八、九十年代之交的一组诗篇《衰老而饥饿的狼》、《癞狗》、《鼠群》这些动物族类的造型中,可以看出他对社会现实的批判意向。我们很容易透过这种讽刺和揭露,了解到抒情主体的情感世界。

《我们开会,我们开会——》、《还给我们的路》、《我们等待》、《我们只是活着》,这些属于"我们"的诗,以激情的方式表达的是内心的焦灼。这一组写于新时代的诗,鲜明体现出诗人一贯致力的对于现实的投入精神。这种精神深刻地展现当代中国的良知和警觉。当相当部分的文学作品在社会盛衰和民众忧乐自觉或非自觉地变得冷漠的时候,郭枫的坚持表达了神圣使命感的胜利。

在中国,这个世纪的最后几年,时代将赋予文学家们以特殊的际遇,能够以文学的形式保留下来这躁动而悲凉的世纪末中国情怀,无疑将造成我们一贯追求的并体现特定时代精神的作品。郭枫这些诗不是基于宣传目的的连缀和堆积,而是来自心灵深处的惊怵和彻悟。它的声音因其个性化的情思的溶解,不仅断然排斥了说教,而且充满了人性精神。

像《眩晕征候群》所传达的,我为天地位置的颠倒,世界失去了原有的模样,以及死亡进逼造成的惊骇,相当深刻地显示了这个社会的潜在忧患,因而具有深刻的时代感。尽管如此,在这暗淡的年代,他还是有他的一份深重的疑虑:

> 我该更加振作?还是沉沦
> 为寻求平衡安定的世界
> 错乱的是时代?眩晕的是时代
> 还是?一向独来独往的我?

对于漫长的时间和深重的积郁,他除了疑虑还有激愤。这是《我们等待》:

> 最神圣的使命是等待
> 等待,以全部精神等待
> 手臂举成遍野森林
> 凝望的眼睛汇成无际的星海

无可置疑,这些诗将获得恒久的价值。这对于中国诗来说,这种获得并非易事。相当多的诗人为某种理念和明显的功利目标的驱使,轻忽地泯灭个人的感受与真情,另有一些人则沉溺于小天地的吟哦而弃置大襟怀的抒写。郭枫能够置个人于时代，又融时代于个人，故不仅诗风博大雄健且具有鲜明的个人特色，而对一个时代的概括出以个人的独特感受，故读来真切感人。

最典型的是《危航》。此诗后记云："一九九零、八、二十八，由台北赴北京。飞机途中遇暴雨及乱流，天昏地暗间，疾写此诗于飞机上。"诗是这样的——

> 庞大的黑影紧紧地包围
> 挣扎，是另一种虚妄
> 在虚妄中旋转！转了又转
> 百转千回，就是不能落在实地
> 多少次看见那摇摆的山
> 在上下颠倒的世界中
> 挺拔的峰线，竟扭成一块面卷

写的还是天地倒转的眩晕的主题。他写过眩晕症候群，如今写眩晕的天地和时代。丰富的艺术积累使他能够在一个具体体验的背景上，概括出当代人的普遍感受。

危航给予人的是自然界的突变，一种对于时代和社会的感兴，使他发现了一个更为宏大的危航——精神上的乱流。那种无边际的旋转的苦痛不仅属于个人，"为何会钻进这亘古的乱流"，"谁晓得有没有明天"，这问号或惊叹号并不单是画给个人的。当他目睹那些挺拔的、前面我们称之为郭枫的诗母题的山被无情地扭曲的时候，他无疑是概括了深重的时代病。我们已经发觉，郭枫的力量在于对一种虚假的话语系统的断然排斥。他时时注意以富有人性内涵的真情，赋予那些大范围的题意以关注。他的朴素自然的诗风足以给那些因虚假而胃口变坏的读者以好心情。他对处于世纪末的"乱流"之中的忧患，以充分人性的传达。

他的诗具有与众不同的品位。近期诗作中频频出现的老太阳的意象,因其与世纪黄昏中国人的特殊感受的结合而格外的引人注目。你看《秋日晚景》:"虚悬在云水飘渺间,蹒跚的老太阳,是一张庞大的假面"。与这个落日景象相映衬的,是那一片萧萧风声之中的暮秋诗意。在纷纷飘零的落叶中,寻找燎原的旧梦,同样是融合人情与家国感兴的心灵产物。

郭枫把人生忧患与故国兴亡的寄托凝聚在眼前这萧瑟秋景之中。这些诗要是仅只具有那些社会性的思考,是一般人不难造出的诗境。动人心弦让人颤栗的是他不仅把人生的彻悟,而且以此为基色与那些时代与社会的兴叹调和为一体。郭枫总是把个人的生存际遇融进那些由现实触发的大题材。因此读他的诗能够随时可见大时代中生动实在的个人。

因为他在那些社会和时代的诗篇中展现生命的忧患,这使他的诗超凡脱俗而进入了更深的境界。郭枫早期的诗作便涉及与当时年龄不相符的"苍老"心境,从而显示那时即有超越肤浅的成熟,一篇《明年的事》写于二十多年前:

  喜欢跑到野地里放风筝
  把风筝放成一朵云的
  那人,不知还在不在
  也许已经化成一朵云
  把天空衬托得更蓝
  也许就堕落,如同一只
  断了线的风筝

  月光还是照着,可能
  无数更柔更像一束细语
  坐在月光里吟诗的眼睛呢
  攀着月光去摘星子的手呢
  也许仍美丽如蝶

也许已成为一丛青草

八十年代中期他反顾写这些诗时说道:"这一世,我参悟了人生的底蕴,认清一切浮华,一切俗世的荣耀,终极都是虚幻。文学,至真至美的文学,是我唯一的归宿"(《第一次信仰》再版的话)。他在入世关切人生现实的同时,有不少诗是针对人生的短暂和虚幻而写的。《飘然过往》,"生命是一段小路,快走慢走都是一样,不论崎岖或平坦,都达到同一个终点";《悟》,"孤单地走来,走向另一个孤单的终点","青春是镜中的花,掌声是飘浮在梦中的幻影"。他参透这一切。但感悟并不等于他对生活的彻底悲观。郭枫积极的投入和参与是他活跃的生命的象征,他知道那个终点,但他并不想懦怯地活着,而是以抗争的姿态"与死亡定约":"我愤然挺身,反抗死的逼近"。

他无时不在考虑该如何写好这份"时代卷子"。"顶严肃的问题是怎样开自己的花",他对生命怀有崇高的信念。郭枫崇尚樱花开落那样匆忙而繁盛的人生:"犹如苦吟诗人吐出最后一口血,横刀刎颈,壮士完成了自我"(《樱花赞》)。从樱花的繁华三日,他惊叹"瑰伟的生命从来都是短暂的"。不仅从植物如樱花,也从昆虫如蝉蜕,"把满怀郁结溶成一道热流,倾泻在每个火焰般的日子里"。他肯定一种尽情地燃烧、爆发式的生命姿态,因而他欢呼那"美得叫人心疼"的落花姿态,那种拼其一生化为爆炸式的瞬间辉煌:

> 从燃烧的疯狂中发现大喜乐
> 已经够了,生命就这么回事
> ——《蜕》

这位诗人对于生命感悟的悲剧性中融入了积极进取的信念,值得珍惜的是这种参透之后而又不失勇猛参与的精神。人生也是一种"危航"。惟有那些在对于世事纷纭的曲折坎坷中保持自身的坚定,以独立的精神去创造生命的短暂辉煌。

这的确是一位富有魅力的诗人。他的魅力不在于他在诗艺上择取前卫的姿态,相对说来,他的诗观在当代是较为"正统"的。但这丝毫不妨碍他成为一位值得重视的诗人。郭枫的魅力在于艺术操守的执着、坚定、不趋时,而又在精神上保持一种积极的立场。他耿介处世而疾恶如仇,他坦荡为人而友情如火,但在文字上却表现出恬淡冲和。郭枫的诗让人看到他的疾呼猛进的激情,但又是温情和豁达的。读他早期寄赠许达然、陈文兴、叶笛、何欣,近期寄赠孙玉石等的作品,可以看到这位硬汉子内心的慈爱和温馨。

郭枫写《墓地》,讲"此地很宁静","无论巍峨如山岳或渺小如沙粒,同样离开无聊的人世,变成尘土"。还有《红叶的约会》:

> 难道就不能把时间留一点点
> 留一点点,给自己
> 双手捧出黄金的岁月
> 悲辛和欢畅,黯淡和绚丽
> 全部交给衰老的土地
>
> 总得狠下心来,花一点时间
> 赴红叶多年的约会

这些诗提供了对于此刻我们论析的诗人的更为全面的理解。当一位诗人以激越的姿态向着邪恶和不公,而他的另一面,例如对于生死的参悟、对于友谊和爱情的诚挚和坚贞,展现了一个追求善良和正义的丰富人生的全景。在我们周围充斥着装腔作势的伪善,以及居高临下的威逼的时候,我们现在谈论的这种真诗的温情与抚慰是令人感动的。

郭枫似乎更注重对于散文的写作和思考,批评界对他的关注多半也在散文方面。令我们欣喜的是,即使是在诗的领域,他也有属于自己的独特的贡献。前面已经引用他近期的作品《危航》,那是自然界的一个风云际遇,但诗人赋予它更多的寄托。此诗为中国当代诗所提供的,是一种充满时代感的隐喻。它很自然地让人联想起百年中国的艰难航行。周遭是持续而又急猛的乱流,灾难与危厄几乎没完没了。但中国却是负重而坚定地前行。

诗的事业无边无际。本文开头时谈到郭枫对于被人们反复书写的月光的创造性再现,我们从中看到了诗人的智慧。对于所有的诗人而言,他们无一例外地要在这片被自古而今的人们开掘过的地面造出新意。无边无际的可能性之中包孕着无边无际的考验。那些了无新意的诗人将在这种考验中被排斥。至于我们说到的危航的诗意,即能够从一个具体事物之上投以整个时代的观照,从而寄以一个巨大时空的感兴的,这便是一种不寻常的贡献和才能的证实。

1991年初冬于北京大学畅春园写成初稿。此文原为郭枫文学创作研讨会而作,后该研讨会因故未举行。文稿寂然沉睡于匣,近日偶翻文籍,重见此文,不忍自弃,略加梳理,则是十五年后事也。

2005年1月6日记于北京昌平北七家村

多情最是此湖水 *

记得当年,天边那浅浅淡淡的烟云,那远远近近的霜雪,渐渐地都消失在岁月的尘埃之中了。那是一个明霞满天,歌吹遍野的年代。庄严的、郑重的生活召唤着一代青年的热情。我也是那个准备时刻投身于建设新生活的、无限长的队伍中的一个。那正是激情似火、意气如虹的人生。青春作伴,偕侣北游,负笈京师。我终于选定了燕园的这一片土。曾自喻是蒲公英的一粒种子,被命运女神的兰心蕙口轻轻一吹,不经意地掉在湖边那片草地上。自此落地生根,入定于这一片塔影婆娑、柳丝摇曳的名园。

迁至北京西郊的北大,依然承袭了老北大的文脉气韵。红楼笙箫,汉园弦诵,广场悲歌,长街呐喊,依然随处可见北大精神的延续。北大建校于戊戌维新,历经国难,视野自是高远,襟怀自是阔大。莘莘学子,每怀宏愿:天下兴亡,社会盛衰,人心今古,世事浮沉,未敢一日或忘于心。强国新民,科学民主,思想自由,兼收并蓄,依然是北大立校的根本。蔡元培首倡自由独立的思想精神,宏大精博的学术品格,自此在中国树立起第一所融学术与思想于一体的、综合性的新型大学的形象。

北大是五四运动的发祥地,又是中国新文化运动和新文学革命的摇篮。也许只有北大,能够如此智慧地把挽救国难的激情最后转移到伟大的文化重建上面来。五四运动中,不仅有走

---

* 此文刊于《美文》2008年10月(上半月)。据此编入。

在队伍前面的北大师生,更有以《新青年》为基地的关于重铸国运民魂的思考以及参与的激情。红楼的庄严雄伟始终是北大精神的象征。红楼始终站立在北大人的心中。即使是迁了校址之后,在二十世纪五十年代,我们仍然以《红楼》命名北大的文学期刊。这是我们永存心中的纪念。

但北大毕竟是青年学子汇聚之地,青春以它自有的方式在这里运行不息。北大不仅是庄严的和深邃的,北大却又是浪漫的和轻松的。北大始终代表着中国的青春和活力,代表着不竭燃烧着的生命之火,以及伴随着生命之展开的那些奇特的、充满灵气的思想。北大人的创造激情和浪漫情怀期待着一种表达。青春焕发的年代给予了北大一个诗意的燕园——燕园里一个更为诗意的、始终找不到一个更为合适的名字的湖,这就是闻名遐迩的未名湖。

未名湖是镶嵌在燕园中的一颗绿宝石。环湖垂柳,柳荫小径,塔影婆娑,波光潋滟。月下观湖,静若惺忪着睡眼的处子,微风花影,则是一杯轻漾的春醪。这湖这水,给紧张的大学生活平添了温柔的诗意的情趣。但即使是这样的优美的环境,也没能隔绝北大师生与外界风云的心灵的联结。

北大的生活是多姿多彩的,也是那个年代,校园里日日夜夜鼓涌着关于中国的前途与命运的思考。深层的反思,锐意的质疑,涉及的都是当日国家生活和意识形态中的前沿问题。那是一个春意阑珊的季节,校园里日以继夜的辩论在进行。激昂的讲演,热烈的争论,从大饭厅到三角地,一夜间贴满了五彩缤纷的大字报——那是一篇篇对于蒙昧和专权的批判,那是一声声对于民主和正义的召唤。一株又一株的"毒草",坦然的、无畏的,然而又是天真的和稚嫩的,向着惯性的思维发出尖锐的挑战。

当然,那一场民主运动最后以巨大的历史悲剧的形式宣告流产。一个充满时代精神的前卫性的思想解放的意愿,最终以众多的思想者付出沉重的代价而结束。它给中国现代史留下了一道永难弥合的流血的伤口。二十世纪中叶是中国的多事之秋,紧接着对所谓的"右派进攻"的整肃而来的,是一阵紧似一阵的"共产风"和"大跃进"的热狂,是一浪高过一浪的"大批判"和"阶级斗争"的狂涛。如此这般,直至长达十年之久的文革大动乱。北大站立在风雨中,扮演着种种引人注目的角色。北大站在风浪的前列,起着种种别人起不到的独特的作用。这其中,更多的是引导时代前行的,有时则是反向的,甚至是让北大人蒙羞的作用。

但北大毕竟是北大,经历了时代的大动荡和见证了历史的大创伤,它依然挺立着,依然包容着和选择着,依然从这里向社会输送出一批又一批才俊之士。北大有着成熟的经验并拥有兼容而健全的性格。性格的一方面,是以红楼为代表的坚定、浑重和深邃,性格的另一面,是以未名湖为代表的潇洒、浪漫和不拘于定则的、往往给世人感到意外的灵思。一方面是建立于科学基础上的务实求真,一方面是寄托于诗意空间的梦想和不同于世俗的精神探险。

作为北大人是幸运的,他既拥有昨日的红楼,他又怀抱今日的未名湖。红楼赋予它以深沉的历史感,未名湖又使它尽情地享有今天。历史是那样的严峻,今天是那样的充满柔情。多情最是此湖水。如果说,红楼是父亲,那么,未名湖却充满了女性的温柔和浪漫,未名湖是母性的。

长记那湖畔柳荫度过的每一个日子。长记那花神庙边午夜的悄语,长记那荷花池旁傍晚的幽约,长记那月下花前,一圈又一圈的环湖漫步,人生,事业,友谊,爱情,我们总有不竭的话题。记得那年初进燕园,相约几个刚刚相识的朋友,定中秋之夜湖畔观月。几杯新酒,若干小酌,把酒临空,望塔边的月轮,晶莹澄澈,清绝寒冽。若有若无的远远灯火,如幻似梦的笑语笙歌,那水,那湖,那树,那花,那飘浮在空气中的青春气息,那种道不明、说不尽的诗意和梦想的思绪,有点隔,有点远,又有点空茫,但却是那样实在和久远。这一切如今已融入了我的血脉之中,它将与我的生命相终始。

更难忘湖畔的那些数不清的甜蜜的约会,如今都秘藏于心灵的深处,成为一页页永不褪色的记忆。难忘那个夏日的薄暮,月上柳梢,晚凉初至,新浴方罢,执手荷塘。长裙曳地,湿发垂肩,罗帕轻绾,兰香浸人,正是无以言说的千种风情。自此年年春草,长记那一袭浅色罗裙!更难忘那年元日新正,凌晨霜重,呵气成冰。湖边柳岸,雪霰结成了万树梨花。瑞雪纷飞中携手湖面雪场。冰刀如电,红衫如火,柔情似水,正是严寒中送出的融融的春意——。

未名湖,你授我以知识、育我以志向、养我以精神,你是我的除了生我以外的另一个至爱的母亲。你更给了我深深的、浓浓的、长长的、远远的友谊和爱情,你是我的永难忘怀的亲密的女友!未名湖,我该怎样感谢你?我该怎样报答你?我的所有的感谢和报答,又怎能与你所给予我的相称?未名湖,我真的是无以面对你的深情和深爱,无以面对你的一切一切——

此湖多情,一经相约,便矢志伴我一生。

2005年2月8日于北京昌平北七家村

水在海峡涌动[*]
——送别二哥谢宗傅先生

水在海峡涌动。水是耀眼的碧蓝,穿行在烟波和云彩之间。有点苍茫,又有点感伤。隔着悠悠的岁月,岁月里的那些心酸,那些思念。水在海峡涌动,海峡的这边是大陆,海峡的那边是台湾。有一首民歌叫《半屏山》,那个半屏山,一半在大陆,一半在台湾。那山原是完整的,后来,也许是由于海水的冲刷,也许是由于地壳的裂变,也许是由于别的原因,被切割成了两半。那是一道深深的切口,中间流的不是水,而是泪,甚至是血。

二哥的心,我的心,我们全家人的心,都是这样一座被切割的半屏山,一半在台湾,另一半留在了大陆。原先完整的一个家,咫尺天涯,一切割就是半个多世纪。半个多世纪的亲情割断,半个多世纪的生离死别,年迈的双亲和大哥等不到团聚的那一天,都先后去世了。二哥一人孤身海外,数十年的思亲思乡之苦,给一个原先英俊潇洒的青年以无情的满头白发!直至上个世纪八十年代,我赴香港开会,二哥专程取道汉城来港与我相会,方才结束了这无情的阔别。

二哥毕业于福州高等中学,那是一所名校。他学业很好,有很好的文学修养,写的一手好文章和好书法。在我们众多兄弟中,是才华最杰出的。只是因为我们家境贫寒,中学毕业之后没能继续深造。那时抗日战事逼近,二哥四处求职,先后辗转流离

---

[*] 此文刊于2007年4月《厦门文学》。据此编入。

于闽北、闽西北内地,直至台湾光复,方才随友人一起到了宝岛台湾谋生。我的记忆里,他最初就职于中央通讯社台北分社,后来当过该社的驻高雄特派员,从性质看,好像是参加了中央社在台湾的草创工作。我在当时出版于上海的《新闻天地》上,经常读到他写的长篇通讯。

二哥在台湾经历了"二·二八"起义的大事件。作为一个无依无靠的外省人,他受到了不怀偏见而又充满慈爱的台湾房东的保护。从那时起,二哥就和台湾人民结下了永世深厚的情谊。二哥终身不娶,倒是与主妇为台湾宜兰人的一家人终生相处,结为生死至交。这一家中的一对年轻夫妇,情同子女般地照顾他的生活,直至他生命的最后。闽台素称一家,历史上台湾曾是福建的一个府,文字、语言、习俗都完全一样,这是稍有文化地理知识的人都知道的。二哥一生在家乡的时间并不长,倒是在台湾居住了长达六十年的时间,而且他又一直受到台湾人的照顾和爱护。从这点看,二哥不仅是福建人,而且更是台湾人。

我和二哥在香港的相会,我们兄弟间有一个彻夜不眠的交谈。那时二哥怀揣一万美金的现钞要我带回大陆。他嘱我相期在福州建造一处房子,以为将来兄弟聚会之所。他将这些钱交到我手里的时候,郑重地说了一句话:"我的每一个钱都是干净的"。由此可见他平时的操守。二哥一生自律甚严,处身立世,决不随波逐流,坚守着传统中国知识分子雅洁清高的品性。

香港会面后不久,二哥终于实现了毕生的愿望,回到大陆与在内地的弟妹团聚。在他的主持下,将父母双亲的遗骸从高盖山移灵西禅寺。我们全体子女在福州西禅寺拜谒了父母亲的灵塔。二哥长跪谢父母养育之恩。过了数年,他又亲自操持,为我的姐姐(他的妹妹)举行了隆重的八十寿诞。他是一个新型的但又有着传统的道德理念的中国人,他对父母的孝心,对亲人和家族的责任感,始终教育着我。

回到台湾后,二哥来信说,子欲养而亲不待,他为此深深地遗憾!此后数年,为了实现和弥补他对家庭未尽的责任,他倾毕生的工薪积蓄,为他的四个弟妹的子女分别在厦门、福州、北京置业。二哥一生从事新闻职业,虽有广泛的结交,却未入政界。从他身后发出的讣闻所列看,前中央社台北分社秘书、中华日报总社秘书、国华广告公司秘书以及自立晚报主任秘书,等等,就可得到证实。他的收入就是他有限的薪水。现在,他为了尽他的孝心,几乎倾其所有!

我也是早年离家,也有半个多世纪未曾在家过春节。儿时的记忆中,福州年节是极具乡俗色彩的,那种迷人的仪式和氛围,一直是我永难忘记的最美好的梦。我想重温这童年的经历,去年曾与二哥相约,定今年春节相聚于家乡榕城,吃灶糖灶饼,吃全素的新年大餐,观看令人心醉的元宵灯彩。可是,这一切,如今全成了永世的遗憾!今年才开始,二哥便因肺炎并发呼吸衰竭,一月二日急送医院,便告病危,翌日去世于台北荣民总医院。林姓子女一家随侍在身边,周到地为他料理后事。二哥去世后,与他相处一生的老友专电相商,要求我们同意将他的灵骨安放在台湾,说是为了能够继续侍候他,使他得到家庭亲人的温暖。

水在海峡涌动,水在台湾海峡涌动。水从大陆的东边,流向台湾的西边。水又从台湾的西边,流向大陆的东边。水是自由自在地流动的,没有阻隔,没有障碍。海天澄碧,万顷波涛,那水有点咸,有点涩,又有点酸。二哥是永远地去了,他永远地留在了他热爱着的也热爱着他的台湾。但他身子虽然留在了台湾,灵魂却始终在海峡两岸游动。如同那水,是自由自在的。他是台湾永远的居民,却也永远是大陆人,是我最亲也最爱的哥哥。

从台湾发来的讣闻这样写着:

  资深报人谢宗傅先生恸于中华民国九十四年元月三日(农历十一月二十三日)下午三时十五分病逝于台北荣民总

医院距生于民国九年一月四日享寿八十五岁乡亲等随侍在侧当即移灵台北荣民总医院怀远堂谨择于元月二十二日（农历十二月十三日）星期六假该院怀远堂亲视含殓遵礼成服

亲爱的哥哥，我们永远爱你，我们永远记着你。

2005年2月13日于北京昌平海德堡花园

三汊浦祭[*]

农夫啊,你们要惭愧;修理葡萄园的啊,你们要哀号;因为大麦小麦与田间的庄稼都灭绝了。葡萄树枯干,无花果树衰残,石榴树,棕树,苹果树,连田野一切的树木也都枯干,众人的喜乐尽都消灭。(《旧约·约珥书》)

一

总觉得前方应当有一道江,总觉得听得见那江水拍岸的声音,不远,也不近,不宏大,也不微弱。南国的江总是那么清丽,有点文雅,有点温柔,似乎还有点羞怯,总是那么梦幻般地静静地流淌着,在不远的远方,在不近的近处。那时我年小,我望不见那江,只是一种感觉,感觉它就在那前方,在前方静静地梦一般地流淌。

闽江在这里好像是打了一个弯,分出了许多水溪流经这里的大地。这里原是个河网地带,那水像毛细血管似地渗着这里的田园。我记得那里的树木遮蔽了天空,高大的白玉兰,树身有几丈高,开着白色的清雅的花,还有同样高大的芒果和柚子,那枝叶都散发着芬芳。这里是花的王国,珠兰、含笑和茉莉,还有向着远处的橄榄和柑橘,青青的竹子和碧绿的芭蕉,把田园铺成了一片锦绣。

河汊在这里纵横,那水是清澈的,水草静静地在下面摇曳

---

[*] 此文刊于《人与自然》2005年第10期。据此编入。

着。阳光从高处雨点般地洒下来,阳光似乎很吝啬,又似乎很顽强,它冲破那密不透风的树丛的末梢,从那高处径直地往下穿越。亚热带的阳光在这里洒成了一片动人的花雨。这里似乎整天都飘着雾,连花香,连阳光和月色,都带着浓浓的水汽,那空气是润润的、湿湿的、滑滑的,如同漂亮女人的肌肤。

这里很像是一个深潭,水从外面流进来,在这里汇聚,映衬着这里的波光云影,还有漫天飞洒的太阳雨。因为少阳光,那清澈的水有点发暗,闪着幽幽的光,似黑,又似蓝。是那种灰白色的光。河网在这里汇聚并扩张开来,容纳着深潭,小溪,花木,河岸和水草。这里是以这个方圆并不大的水潭为中心,形成了一个相对独立的风景,我们都叫它"三脚桶"。

从童年到现在,我只记得"三脚桶"这地名。这名字对于我是那样地亲切,如同一个亲人。我在想,一定是人们觉得那水潭如一只装水的大木桶,一定是那引水进来的通道是三道小溪,这一定是富有人情味的乡人给这可爱地方以昵称。"三脚桶"是人们给这河网地带的一个亲切的小名,如同人们通常给自己的孩子起小名一样。

二

"三脚桶"是我的外公的家。不,应该说,我外公的家那边有一只我们都喜欢的"三脚桶"。平时我们住在城里,平时我们很少到外公那里去。我们认识"三脚桶"是因为离乱。大概是三十年代后期吧,日本军队逼近了福州,沿海一带经常受到骚扰。福州城里是很不安全了,我们是"跑反"(福州人把逃难叫"跑反")到外公那里去的。那时我不过五、六岁,不知道什么是灾难。"跑反"却意外地给童年生活带来了欢乐。

学是不用上了,也不用做功课。"三脚桶"成了我们的朋友。我们几乎整天都泡在那河边,垒堰拦水,捉小鱼小虾,或是沿河岸往洞里掏螃蟹,或是干脆打起了水战。夏天日长,我们乐此不疲,直至月亮升上了树梢,直至萤火虫在草丛漫飞。这才一身泥垢恋恋不舍地回家。

"跑反"的日子,在大人们那里是忧心忡忡,而在我们——我和弟弟,以及新结识的乡间的小朋友们——却是其乐无比。从此,"三脚桶"就成了童年记忆中的永存不忘的一页。这一页是那样的鲜明,甚至是那样的神奇。它给我长久的想念,它进入我的生命,它成为我永远的心灵家园。那些年战乱频仍,我们不断地搬家,我也不断地转学,那些走马灯似的住处和学校,都记忆模糊了,惟独"三脚桶"例外,我忘不了它!

"三脚桶"是我生命的一部分,甚至是最重要的那一部分。很奇怪,在我往后的日子里,它不再是童年的嬉戏之所,它的潺潺的流水的声音,它四围的鸟鸣和蝉噪;它的近处和远处无所不在的、浅淡的、浓郁的让人心醉的花香;还有那明的和暗的,深的和浅的颜色,绿的,蓝的,灰的,黑的,发光,闪亮,这一切,构成了一个永恒的世界,它是我生命的梦!

在此后漫长的时间里,我一直在想着我的"三脚桶",我怎么也不能忘记它。在我的生命中,它是一种境界,自然、美丽、多彩、生动、充满生命的活力的境界。它不再仅仅是我的忆念,它成了我的理想。当我思寻世界上最美好的事物时,我就想到"三脚桶"。世上有很多美好的东西,但只有"三脚桶"是第一!

三

动荡的生活一直延续着。外公很早就去世了,他的子女也已星散。我和"三脚桶"再也没有机会见面。但"三脚桶"一直在我心中,忘不了,也驱不走。直至今日,我的年龄比当年的外公还大了,我还是不忘当年的好朋友"三脚桶"。在生活中,"三脚桶"始终是美丽的梦。当我失意,当我寥落,当我苦痛,当我想望,"三脚桶"就神奇地出现。它始终听从我的召唤,因为它是我心灵的朋友。

但动荡的日子我无法寻找它。我只能在心中默默回想它的迷人的美丽。后来看到一部外国影片,记得名字好像是"南十字溪"。那故事我是忘了,可那景象却是十分鲜明:奔涌的流水,浓密的树林,浅滩,急流,飞溅的水花,当然也有鸟鸣和花香。"南十字溪"就是我的"三脚桶"。我在现实生活中失去的,在一个幻想的空间中得到了。但我还是想着、念着我外公的那个家园,我童年以迄于今的梦想。先是在梦中找"三脚桶"。梦中找不到,就用电影中的画面来代替。

最奇怪的,是在那个大动乱的年代,我有一段时间身陷囹圄,一个夜晚,又一个夜晚,我睁着双眼从黑夜到天亮。在万般无奈和痛苦中,是永远美丽动人的"三脚桶"前来安慰和拯救我。我当日因吟诵古人的"不眠忧战伐,无力振乾坤"而获罪,有着前所未有的忧愤。绝望时,眼前就出现"三脚桶"的花香和流水,长满青草的河岸,透过茂密树梢的太阳雨!我被这永远的美所感动,曾经中夜展纸,我把"三脚桶"化成了我的诗篇。屈辱,哀痛,对于未来的绝望心情,顿时化为高尚、纯净、圣洁的世界。

"三脚桶"是我的希望,我的理想,更是我的生命的至美。

四

我一定要找到我的"三脚桶"。我要它回到我的生活中来,而不能只是在想象中,在梦里,或者是只是以"南十字溪"来替代的画面中。动荡的生活结束了,我回到家乡的机会多了,我有条件来实现我的愿望。可是,"三脚桶"毕竟是我童年的经历,距今少说也有六、七十年的光景。外公不在了,母亲也不在了,所有能够唤起记忆的线索都断了。我只知道外公姓李,可他的名字呢!还有,"三脚桶"所在的确切的地名也无从知晓,什么镇?什么乡？什么村？在福州的什么方位？但我还是要顽强地寻找。因为它是我的梦，不，是我的命！

那年在福州，袁和平见我心诚，下决心要帮我。我说那"三脚桶"有很多很多的花，有高大的白玉兰，有成片的珠兰和茉莉，那是一个漫野飘着花香的地方。袁和平一想，福州郊区花最多的地方就是建新公社，那是著名的花乡。驱车到了建新，那里是在卖花，有满地的榕树的盆景要出售。完全不对，连一点痕迹都没有！这不是我外公的家。为了安慰我，我们顺道看了位于洪山桥边的金山寺。我寻找"三脚桶"的努力失败了。留下的是我对袁和平永远的怀念。

不找到"三脚桶"我不甘心。事情到了去年，又有一位好心的朋友陈明亮帮我。出发之前，鬼遣神差，我突然冒出一个地名："郭宅"。陈明亮一听，"郭宅我知道，我在那里玩过"。郭宅距福州城区约二十里，原先是闽侯县的一个乡。从地图上看，正是闽江南行和乌龙江交汇的河网地区。我为什么会突然间想起这个地名？那是一种"神启"，也许是一种灵思。一定是母亲和外公冥冥之中在帮我！

五

车子过了白湖亭，走在通往闽江与乌龙江交汇的公路上。约十余里，只见陈明亮把车子往右一拐弯，车子驶进了一条狭窄的乡间小街。街两旁是一间挨一间的小店，一个简陋而又热闹的乡村集市。这情景唤起了我的记忆：是的，这是我曾经走过的路，通往外公家的路！不过，当年的那么一拐弯，眼前展开的是一片水田，碧绿的，闪光的，湿润的，飘着淡淡的稻花香的水田。是田间的石板路，两旁是一眼望不到边的稻田，不是商店，那时没有房屋。郭宅到了！也许"三脚桶"就在前面等我！

那天下着小雨，地上泥泞，我们行走在积水中。首先问的是,此地有没有姓李的人家,若有,那老房子是否还在?热心的乡人回答是肯定的。这里有十几家,前面上濂村还有十几家。那老屋附近就有一处,房主人姓李!我们来到跟前,屋子已经残破,正准备拆除,地上堆放着巨大的木柱。还是当年不加修饰的木结构,还是当年夯着黄土的地面,还是当年的高门槛。记得那时从后厢房出来,对于小小年纪的我,几个门槛的翻越显得十分困难。我认定这就是我住过的外公的家,从这里可以找到我亲爱的"三脚桶"。

这里有没有叫做"三脚桶"的地方?那"三脚桶"还在不在?又在那里?我跟乡人描绘了童年印象中的情景,这情景在数十年的岁月中,已被我的心灵无数次地重复显示过。有几道溪水,有一个水流会聚的"桶",周围是茂密的树林,有很多很多的、让人心醉的花香!回答说,有!就在不远处,就在当年的村边。那是三汊浦!不过,现在已经没有了!

我这才知道,三汊浦和"三脚桶"原本是一个地方。"三脚桶"的正名应该是三汊浦。"三"是没有问题的,在福州方音中,"脚"和"汊"的韵母都是"a","ka"和"ca"是可以互混的,至于"浦"和"桶",先前说了,"桶"是一种昵称——甚许竟是我的"创造",因为我那时并不识字。

近乡情怯。经村民的指引,我们来到了三汊浦。他指着眼前的密密麻麻的简陋搭起的房屋,和几条由水泥砌成的流着断续污水的黑水沟说:这就是。这里原先有很多水,是从江那边进来的,那时河那边的船可以直接驶到三汊浦。这里是上洲,从上洲到下濂要淌水过三汊浦,水是清的,水底下是石板路。

六

但是,这哪里是我日思夜想的、亲爱的"三脚桶"啊!一棵树也没有,一朵花也没有,一片雾也没有,甚至一滴清水也不给我留下！还有,那湿湿的、润润的、弥漫着淡淡花香的空气呢,为什么也不给我留下?哪怕是留下一口!

我的那些伸向天空的遮蔽了阳光和月色的白玉兰呢,我的那些喜鹊停过、知了唱过、蝴蝶飞过、亚热带中午的阵雨冲洗过的芭蕉树、芒果树、和橄榄树呢?为什么连一片叶子也不给我留下!我的小溪在那里,我的河岸——那长满水草的、在水草深处有蟹洞的河岸又在那里?为什么连一掊湿土、连一棵草叶也不给我留下?

是谁在毁灭我外公的家园,是谁在毁灭我的"三脚桶",是什么样的罪恶的手,伸向了我的梦、人间的至美?是谁砍伐了这里的灌木和乔木,砍伐了这里的果树和花树?是谁填堵了这里的溪流和河道,是谁如此忍心地摧毁这一切?这么多的丑陋的、肮脏的屋顶和烟囱,这么多的发出恶臭的黑烟和污水,还有这水泥砌成的臭水沟,是它代替了往日清澈的流水和迷人的花香!

是谁谋杀了我的"三脚桶"?我要到那里去找这杀人的凶手?

我没有想到,我用了毕生的精力和情感寻找的,却是这样的结果。我找到的,却是我永远失去的。我多么后悔这寻找。早知如此,我不如不找。我只把它留在我的心中,融在我的灵魂里,让它伴我终生,永远是、依旧是昔日模样。

然而,我的"三脚桶"是永远不存在了,它已从这地球上永远地消失了!永远,永远,不可复制,无法再生,只能是永远的寂灭。

七

三汊浦,这是我为你写的一篇祭文。

2005年2月23日,悲愤中,于京郊昌平北七家

为了中国新诗的建设*
——《新诗评论》发刊词

新诗的创立始于对旧诗的质疑（或曰"破坏"）。在新诗还没有出现的时候，中国已形成了一个非常完备的诗歌形态——即我们称之为"旧诗"的中国古典诗歌。古典诗歌的繁衍发展，已有数千年的历史，经过历代诗人的创造性劳作，这个诗歌形态已达到无与伦比的至善至美。它是足以称豪于世的中国文化的骄傲。那些在漫长岁月中经无数杰出诗人的锦心绣口酿造而成的辉煌诗篇，已经成为永远不可企及，也永远难以超越的传世经典。

中国古典诗歌是中国灿烂历史文化的诗意再现。在那里，不仅展示了中国田园山川的迷人意蕴，而且，更包孕着世代生活在这里的中国人特别是中国文人与周围景物融为一体的心灵世界。这是另一个世界，一种高贵的、优雅的、超然的、静默而悠远的神思的世界。这些诗歌，保存了亚洲广漠内陆原始状态的自然风光，以及人置身其中的恬然与和谐。然而，中国人所创造的这个臻于完美的世界，却是与世隔绝的和让人迷醉不醒的。

西方的工业革命打破了世界的宁静。十九世纪中叶，一群不速之客试图打开中国封闭的大门，但是遭到了这个古老帝国的拒绝。于是爆发了战争。中国在这些战争中屡战屡败。于是激起了一批先知先觉的志士仁人为强国新民而进行的探索与抗

---
* 此文刊于《新诗评论》第 1 辑。据文稿编入。

争。"国势陵夷,道衰学弊"①,列强虎视于外,军阀混战于内。内忧外患把人们的目光和心智引向了对于中国积弊的追问与探讨上。

这些人救国无门,医心乏术,四处求索,最后找到了封建文化这个病根。认为是长期的封建思想的统治,严重束缚和影响了中国的进步。于是爆发了"五四"新文化运动。反对旧文化,建立新文化,反对旧道德,建立新道德,反对旧文学,建立新文学,就成了这个新文化运动的方向和目标。他们认为国之弱,在于心之衰,欲强国必先新民,新民之道在于铸魂。从启发民智开始,达到改变国运之目的,于是寄希望于新文学对全体国民的启蒙。这就是此刻他们所能提供的疗救国难民瘼的"药"。

于是,扫除障碍,创建新物,就成了这一场文学革命的必要方式。新诗的创建就是这样被提到了最初那些改革者的面前的。他们义无反顾地要拿旧诗开刀,决心要抛弃旧诗的那一套程式。胡适说的要"去掉词调",其实就是要去掉古典诗歌的那些韵味和意境。从黄遵宪的"我手写我口"②,到胡适的"要使作诗如作文"③,其基本思路是一致的。那时,只一味地要诗来承载新事物和新思想,破坏旧的一切在所不惜。为"革命"而不计"文学",为"新"而忽略"诗",竟是一种"常态"。如果不是刻意如此,也就是必然如此。

现在的人们也许很难理解,当时的人们何以会对传统文化

---

① 《青年杂志》(即《新青年》)发刊《社告》之第一条:"国势凌夷。道衰学弊,后来责任,端在青年。本志之作,盖欲与青年诸君商榷将来所以修身治国之道。"见《青年杂志》第一卷第一号,1915年9月15日,上海群益书社。

② 黄遵宪《杂感》:"我手写我口,古岂能拘牵。即今流俗语,我若登简编,五千年后人,惊为古斓斑。"此诗作于同治七、八年间(1868—1869),作者时年二十一、二岁。见《中国近代文学大系—诗词集1》,上海书店,1991年4月第1版,第486页。

③ 胡适:"诗国革命何自始?要使作诗如作文"。见胡适:《我为什么要做白话诗》。《新青年》第六卷第五号,上海群益书店,1919年5月,第490页。

和文学持有如此激烈的态度。因为我们和他们毕竟生活在不同的社会环境中。当时的第一要义是生存,为了生存而不惜毁弃旧物,包括精美绝伦的中国古典诗歌。由于一代人坚苦卓绝的努力,新的文学和新的诗歌在新思想的推动下终于被创造了出来,这是那一代人的前无古人的创举。不然的话,直至今日,我们可能仍然生活在旧思想和旧道德的阴影里,可能仍然处于与世隔绝的蒙昧中。"五四"诞生的新诗如今已成了我们精神生活的必须,成了我们表达思想情感的基本手段。当然,这一切是以与中国传统诗歌不同程度的脱节为代价换来的。

新诗的建立,始于对旧诗的破坏。那时的人们,急切之中来不及思考传统与革新、破坏与建设的关系。事实是,传统不因革新而断绝,也不因"破坏"而消失。无庸置疑,即使是以西洋为师"尝试"而成的新诗,也依然保持了中国诗的血脉气韵。写过《文学改良刍议》的胡适,很快就感到了一味"破坏"之不可取,他在《建设的文学革命论》①中说,他的"八不主义""是单从消极的,破坏的一方面着想的","我现在做这篇文章的宗旨,在于贡献我对于建设新文学的意见"。在这篇文章中,胡适突出了他的"建设"的理念。他谈到了收集和扩充材料以及布局、剪裁、描写等涉及文学性方面的相当广泛的建设性的意见。

新诗草创期在对待传统的态度上,的确有着简单和极端的立场和见解。但那些先行者也并非对此毫无觉察。俞平伯说,"白话诗的难处,不在白话上面,是在诗上面"②。周作人说,"经过了许多时间,我们才觉醒,诗先要是诗,然后才能说到白话不

---

① 胡适:《建设的文学革命论》,载《新青年》第四卷第四号,1918年4月15日,上海群益书店。
② 俞平伯:《社会上对于新诗的各种心理观》,《新潮》二卷一号,1919年10月30日。

白话"①。包括胡适在内的这些"建设"的见解,都产生在"破坏"的同时,由此可见,即使是在当时,激烈之中也有一份难得的冷静。当然,从整体上说,为了新诗的"尝试"而进行的一切,是付出了沉重的代价的。平心而论,新诗的诞生,本身就是最大的建设,尽管此前进行了激烈的"爆破"。为此,在近百年新诗史中,因与中国诗歌传统的一定程度的"脱节"与"断裂",而留下了久远的隐痛。

中国的命运决定着中国文学的命运。中国新诗的诞生及成长的路途并不平坦,而是充满了磨难与坎坷。近代以来中国的特殊处境,使得文学以及诗歌不得不主动或非主动超负荷地承载着社会的和政治的责任。苦难的岁月,艰难的环境,都在时刻提醒人们应当"轻忽"甚至"放逐"抒情和诗意。在沉重的生存中侈谈艺术,可能是一种罪过。这些提醒不仅来自权威的方面,甚至来自诗人自身。越来越严重的社会的和意识形态的压力,促使诗歌自愿或不自愿地向着非审美的方向缓慢地甚至急剧地"移位"。

这意味着中国诗歌面临着另一场更为严重也更为持久的"善意的破坏"。之所以是"善意"的,乃是由于对新诗所有的这些要求,都是"重大"的乃至"神圣"的。例如要求艺术服从政治,例如要求个人服从集体,例如要求提高服从普及,例如要求审美服从宣传,等等。所有的这些要求,都是无庸置疑的,也都是"合理"的。从二十世纪三十年代后期,一直到七十年代后期,新诗都处在这样不断被要求和接受"改造"的环境中,这些举措,都一无例外地被指称为"建设",其实,恰恰是建设的反向。

与此相关,伴随着关于新诗方向、道路、方法等等重大问题的贯彻和施行的,还有无休止的、几乎是不间断的"运动"、批判、

---

① 周作人:《扬鞭集序》,《语丝》82期,1926年5月30日。

学习和改造。其目的也无一例外地指向建立新诗的单一模式——即我们通常指称的"一体化"上。这种关于新诗的单一模式的确定和推广,从来都被形容为是一种贯彻了正确方向的"最好"的诗歌的产生。理论不断引导和要求全体诗人都写这样的诗。于是久而久之,诗歌就只剩下一种统一的、单调的声音。对于诗歌和文学的戕害,还有比这种按照统一的模式制造更为严重的吗?

因此,长时间以来,我们的期盼,就是期盼这种诗歌噩梦的终结,即坚硬的一体化格局的解体。至于说到二十世纪八十年代新诗潮的出现,人们对此可能有诸多各不相同的评价和说法,我们却宁可把它看作是文学新时期的第一只报春燕,是一根打进那长期形成的无比坚硬的、固化的、诗歌统一体的楔子。这是另一次对于秩序的"破坏",但它导致了一个诗歌建设的新时代的诞生。要是没有这一根非凡的"楔子"打开那一道裂口,我们至今可能还喘息在单调而贫乏的诗歌阴影之中。

往后发生的一切事实,都是我们的亲历,已经无庸多言。中国新诗的新局面已经打开,正沿着一个健康的、生动的而且是多样化的方向行进。各式各样的诗人,在写着各式各样的诗,这就是当今中国诗歌的事实。是的,也许有点驳杂,也许有点失序。但是,枷锁已被打碎,诗人的自由表达正在受到尊重,这是弥足珍贵的。是的,我们对现状不满,感到了权威和经典的缺失。也许是我们的粗心,那些存在未曾被我们发现。但一个不争的事实是,这时代还没有诞生能够代表它的特有精神的诗人。因此我们等待,我们有充分的耐心。

北京大学是中国新文学的故乡,更是中国新诗的摇篮。中国最初的那批新诗的探险者,正是以这里为出发地,开始了中国新诗的探索与试验的航程。他们做着前无古人的工作,他们在古典的辉煌之外别创新物。他们面对的是千年的完美以及对这完美的领悟和倾心,还有更使他们为难的,那就是被那种完美娇惯了的、居高不下的"口味"。新诗的创造者们,就是在这样的历史,以及由这历史培育出来的、有着极高的欣赏品位的惯性(也许还有惰性)面前进行他们的工作的。他们是大无畏的建设者。他们不仅为中国的新文学、中国的新诗赢得了荣誉,也为北京大学赢得了荣誉。

新诗在充满荆棘的路途中,已经有着近百年的行进。它取得了大的业绩,也存在诸多亟待解决的问题,例如,在处理中国传统与外来影响的关系上,在处理社会承担与创造自由的关系上,在处理多样性与经典性的关系上,在处理诗性与社会性的关系上,在处理自由与格律的关系上,等等。我们面临的是百年探索与试验留下的一份严肃的问卷,历史用一百年的时间等待我们的回答。空谈不仅无用,也无益。与其花时间去作无谓的论争,与其花精力侈谈什么是最好的"主义"和最好的"方法",不如用百倍的努力去写出一首好诗。摈弃破坏,倡言建设,正当其时!

在北京大学中国新诗研究所成立之后,我们想到的第一件事,就是要办如今这样的一份刊物。《新诗评论》现在及将来想做、要做许多事,但归结起来可能就是一件事:立志于中国新诗的建设。在北大同人中,同样存在各不相同的诗歌观念与诗歌理想,在当今的时代,这原是一种常态。但不论如何,作为一份北大办的刊物,我们理应牢记蔡元培先生的办校理念,把兼收并蓄和学术自由的原则引进到新诗的建设上来:不问门户,不拘流派和群落,只求言之有理,只求自圆其说,只求有益于中国新诗的建设。

2005 年 3 月 25 日于北京大学诗歌中心

《诗探索》改刊弁言[*]

《诗探索》诞生于中国改革开放的新时期。它伴随着中国新诗走过了从封闭到开展、从凝滞到行进、从单一到多元的、激烈的,有时甚至是狂暴的、让人惊心动魄的全过程。记得当年,"文革"动乱收场,改革之风起于青萍之末,诗歌敏感于文艺春天的到临,也自沉寂与禁锢中醒来。《诗探索》创刊之初,正值"朦胧诗"崛起之时。自此时开始,围绕着新诗潮的意义、价值及其美学特性,展开了旷日持久的激烈论战。这是自二十世纪初叶新诗诞生以来,事关中国诗歌兴衰存亡的范围极为广泛、意义极为深远的一次重大论争。《诗探索》感应了时代的召唤,自觉地站在了这一决定中国新诗命运的大论战的前列,勇敢承担了为新诗的思想艺术解放提供理论支持的使命。

《诗探索》缘起于南宁会议。正是在这次会议上爆发了关于新诗潮的论争,也正是由于这一论争萌发了创办一个理论刊物的想法。刊物取名"探索",当然意在推进随着"朦胧诗"出现而兴起的探索之风。高举艺术探索的旗帜,站在引领诗歌变革潮流的前沿,这就是当日办刊的初衷。从二十世纪八十年代到二十一世纪的今天,除了中间因故有过中断,《诗探索》作为一个基本依靠民间力量支持的刊物,它作了艰难的跨越世纪的行进。它鲜明而坚定的理论立场,已作为可贵的一页被保留在世纪记忆之中。

《诗探索》的经济来源主要来自民间的资助,它的所有编辑

---

[*] 此文刊于《诗探索》2005年第1辑。据此编入。

都是志愿的、业余的和无偿的。这样的一个严肃的、高雅的、致力于诗歌理论批评的刊物,在如此艰苦的处境下竟然生长和坚持了这么长的时间,这在今日中国可算是一个奇迹了。诗歌的探索还在继续,《诗探索》的工作当然也要继续。《诗探索》的同人自创刊之日起,就已下了决心,不论多么困难,我们都要坚持。所以,尽管多年以来情况多变,刊物几易出版社,不到山穷水尽,我们总是挣扎着让刊物存活下来。

《诗探索》能够坚持到今天,应当感谢热心的读者和作者,也应当感谢历届的主办者、出版者和为它贡献了时间和精力的编辑者,更感谢日益宽松和宽容的时代。正是由于这些朋友的支持和帮助,《诗探索》才能够排除不尽的艰难险阻,一路走到今天。我们在二十一世纪的第五个年头决定改刊,固然有生存方面的实际考虑,更着眼于进一步推进诗歌理论批评的深度和广度,致力于进一步支持和加强诗歌思想艺术的探索精神,并且更为具体而深入地介入诗歌创作的实际。

《诗探索》经过多年的实践,已形成了给读者留下印象的稳定的批评风格和鲜明的理论立场。改刊之后,我们会珍惜这些业已在读者和作者中产生影响的优长之处,坚持并光大这一传统。同时,我们在实践中也清醒地认识到,作为学者办刊的优点是它的学理性,而缺点和不足之处则是它的理论锐气和敏感性的减弱。还有,囿于学院的环境,容易养成的与创作实践一定程度的脱节,以及一般意义上的文风的呆板和缺乏个性。这些问题,都是可能存在的和已经存在的。在改刊后的理论卷中,我们将逐步地予以克服和改进。

《诗探索》作为理论批评的专业刊物,它的对象是诗人及其作品,但它的立足点和最后指归仍然是对于创作现象的抽象的归纳和概括。尽管我们过去曾经通过介绍诗人的工作,或解读作品等方式,力图建立起理论和创作之间的桥梁,但由于毕竟不是直接的作品展示,而使我们往往有力不能及的遗憾。正是基于此种认识，改刊的《诗探索》准备直接介入诗人的创作及其作品的展示，这是一种大胆而充满风险的举措。以一年两刊的方式与理论卷配套出版作品卷。我们面临的难题是，作为以探索为宗旨的，而且是由学术机构主持的刊物登载的作品，如何与一般的诗刊或诗选刊有所区别？

可以想见，对于改刊之后的《诗探索》，最大的挑战并不在理论卷，而在作品卷。理论是它的强项，有丰富的实践经验和强大的诗歌理论批评界做它的后盾，只要坚持科学的立场和理性的精神，高举思想艺术创新的旗帜，勇于和善于寻找和探索新的、更多的可能性，理论卷将会作出超越性的成就。作品卷需要给自己定位，首先必须是要"与众不同"。要是《诗探索》的作品卷的出现，其意义只是给当代中国众多的诗刊中再增加一种新刊，那就是它的失败。要是如此，我们宁可就此罢手。

因此，"与众不同"就是非常必要的，这是前提。不仅是要和已有的和将有的诗刊予以区别，而是还必须体现他人不可替代的独特的作用和价值。首先是必须遴选在思想内涵和艺术方式上体现明显的创新精神的作品。它应当是让人耳目一新，必须给人以启示，并被记忆所保留。《诗探索》作品卷不发表平庸的作品。它不炫奇，更不浅薄地"追新"，却始终支持勇敢而大胆的创新。它有极大的包容性，包容有价值的、有创意的、"正统"的和"另类"的，也包括新、奇、怪在内的一切佳作。

《诗探索》是学人办刊，从理论的、学术的、诗歌史的角度审视和进入诗人及其创作，这就使它拥有了一个独特的、宽广的、甚至可能是久远的视野和准绳。这也就为我们所确立的"与众不同"的方针提供了一种保证。

祈求一切友人一如既往的关怀和支持《诗探索》！

2005 年 4 月 12 日于北京大学诗歌中心

激情年代的怀念[*]
——为潘洗尘序

我在多个场合都表达过我对二十世纪八十年代的敬意与怀念。伟大的八十年代已经属于历史,但历史是那样地令我们倾心而难忘。在八十年代的文艺复兴中,诗歌是先行者。那时的诗歌以至整个的文学艺术所表达的是一种洋溢着浪漫情怀的理想精神。对"文革"动乱的批判与反思、对现代迷信的质疑与反叛、对开放时代的期待与追求,还有,更为重要的,是逐步摆脱政治教条与艺术教条之后的变革既有艺术秩序的试验与实践。

当年,崛起的诗潮以众多有才能的青年诗人的参与,而在中国新时期文学的天空留下了灿烂的光环。这些艺术革新的先行者,以挑战的姿态面对长期形成的思维惯性与艺术惰性,面对来自政治批判的压力,进行了艰难的抗争。新诗潮是新时期文学艺术的第一只报春燕。因为有它突围的胜利,终于全面推进了中国文学艺术划时代的大变革。

就是在这样的历史时刻,我认识了最初一批站在新诗潮潮头的人们,包括那些在校园里推波助澜的校园诗人们。他们很快都成了我的朋友,尽管我们的年龄相差很大,但是艺术理想的一致,使我们成了忘年之交。在这些人中就有潘洗尘以及苏历铭在《关于潘洗尘出版诗集要说的话》中列举的那些名字。他们都是我的年轻的朋友,我和他们或多或少有过直接或间接的交

---

[*] 此文据文稿编入。

往。岁月已经无声地走过了二十多年,我想起这些事,这些人,仿佛一切都是昨天。

潘洗尘在八十年代很活跃,他的诗歌实践在同代人中具有代表性,而且在校园诗人中还是个有影响力和号召力的组织者。潘洗尘为诗不求数量,但诗的质地坚实饱满,在艺术上和那个时代的诗风保持了高度的一致,而在思想内涵上几乎每一首诗都保留了强烈的时代精神。收在这本集子里的第一首诗《六月,我们看海去》,就是这样一首具有典型性的诗作。看海代表一种愿望,在那个时代是一种追求和渴望自由的象征。海是在遥远的远方,看海需要跨越广漠的大陆,要经历艰险的跋涉。这就出现了本诗开宗明义的经典性的句子——

看海去看海去没有驼铃我们也要去远方

这诗句充盈上一个世纪八十年代那种浪漫主义的理想精神。"我们是一群东奔西闯狂妄自信的哥伦布啊,我们相信自己的脚步就像相信天空"。寻找新大陆,用自己的自信而坚实的脚印,这是那个时代特有的绚丽。那种对未来的热烈憧憬,那种满怀信心的等待和争取,都激起我们对于伟大的八十年代的深情怀念。那时他还有关于土地和爱情的歌唱,都一样地充满这种期待和追求。

激情年代已经远去,物质生活的丰裕诱使人们远离精神的家园。潘洗尘感到了时代的这种变迁,他甚至感到了自己的"落伍"。"我注定是一个可能已日益显得落伍的八十年代英雄主义和浪漫主义的落寞的歌者。也许,仅从商业的立场和我目前的生活形态看,我还引领着时代或至少还被时代引领着往前走,但从精神的立场看,我也许是一个彻头彻尾的时代的弃儿了。"①

---

① 潘洗尘:《从我的"天问"出发去内心的天堂赴一场盛宴》,见《星星》,2002年8月。

生活是在不停步地往前走着,但生活有时会把不应丢失的丢失在前进的路上。对此,诗人不免有些怅惘。

但生活催人成熟。事隔十年之后,我们再读他的作品,虽然热情依然,但生活的风霜却把当年的热血青年磨炼成沉稳的男人。九十年代他的诗风转向素朴,素朴如同那广袤的黑土地。如下的诗句摘自他的《朴素的土地》——

> 冬天是一间暖暖的小屋
> 人们互道平安 六畜兴旺
>
> 我祈求你 再一次以劳作和收获的方式
> 给我一份真实的快乐 真实的忧伤 以及一份
> 真真切切活着的感觉

这些诗句展示的是去掉幻觉之后的真实的人生。不雕饰,也不虚夸,是平常人过家的样子。潘洗尘说过,"想用坚实的物质光芒去融入日益缺少质地感和过分时装化的诗歌"①。他的努力业已奏效。抛却浮华,面对实在的生活,这正是成熟人生的标志。

在另一首题为《归乡》的诗中,他也有类似的句子:"拥有一份实实在在的幸福或是实实在在的痛苦 是一种多么深刻的理想。"与以往相比,这理想不是虚幻的,而是实在的和深刻的。他已经厌倦那种世俗的客套和虚伪,他追求真实的人际关系。他甚至不想和熟人说话,他"只想和陌生人说话"②,为的是追求一种摆脱了俗套的真实。对以往和当前的生活,他有一种冷静的反省。诗人说,"我曾目睹过许多所谓快乐,其实,快乐有时就是

---

① 潘洗尘:《从我的"天问"出发去内心的天堂赴一场盛宴》,见《星星》,2002年8月。

② 有一首诗,题目就叫《只想和陌生人说话》。

一种浅薄"。那种挂在口头上的快乐不是真快乐,真快乐是真实的人生,只有真实的才是深刻的。

我读着潘洗尘的诗,想着那已经失去的日子,想着那令人难忘的充满浪漫激情的年代,想着那些已经走远的人们。让人感到欣慰的是,尽管生活在变化,人的处境也在变化,但诗人的青春依旧,诗人对于世界的关怀依旧。即使是在二十一世纪的今天,我依然听到了诗人一如当年的心跳。读到潘洗尘的《谁也不能将我们和春天隔离》——

> 如果不是我们曾总是肆无忌惮地抡起残暴的斧头
> 如果不是我们曾总是穷凶极恶地扣动罪恶的扳机
> 如果不是我们曾总是厚颜无耻地
> 弄脏这原本纯净如水的世界
> 也许 SARS 的阴霾
> 就永远无法
> 遮蔽这明媚的春光

真的有一种感动,有一种欣慰。诗人的心永远年轻,永远和我们一起跳动。

2005 年 4 月 13 日于北京大学中文系

矛盾的,更是真实的[*]
——再谈《都市流浪集》

一边在为城市的崛起贡献着他的心智,一边却在这个过程中心无所归地流浪;一边是面对着灯红酒绿的现代都市的无尽繁华,一边却追怀和缅想于他那遥远而贫瘠的童年的乡村。这是诗人。诗人的心是矛盾的,也是分裂的,然而,更是真实的。

诗人是情感的动物,情之极致产生诗,没有情感,没有动之于衷的情感,没有一颗博爱悲悯之心的,不会是真诗人。常说思想者是痛苦的,我想,还应该加上一句,有牵挂,有关怀,有寄托,有幻想的人,也会是痛苦的。诗人是痛苦的。

我在骆英的矛盾、分裂和痛苦中读到了感动。按照常理,骆英是成功人士,财富,事业,创造,以及健康,他都有了,他会是快乐的。但在这部诗集里,我读出了他的不满,他的自责,他的不快乐。这就是说,骆英不是一般的决策者、投资人,或企业家,他在本质上是个诗人。诗人天生地有痛苦,诗人天生地不快乐。因为诗人比一般人更敏感,多愁善感是诗人的命。最近我读潘洗尘的诗,他说,"快乐有时就是一种浅薄"。我如被电击。

诗人在很多时候是在做梦。他有一个想象的世界,他并不生活在尘世。诗人总是生活在一种醉意之中。是众人皆醒我独醉。所以,在社会上诗人只能是另类。而真正的诗人却不是与世无涉的。真正的诗人也做梦,单他会从梦境中走出,走到现实

---

[*] 此文据文稿编入。

生活中来。这时候,诗人便是先知先觉者,是众人皆醉我独醒。骆英在都市的流浪和痛苦,我以为就是这种"独醒"状态。

骆英这部诗集,其突出的成就,就是向我们展开了诗人充满矛盾而复杂的内心世界。这种展开是深刻的,不是浅薄的,因为他有一种基于切身体验的悲悯情怀——

> 我们的心其实并不洁净
> 谁愿意为底层的日子发问
> ——《有时候》

读他的诗,最让人感动的就是这种关怀。

骆英诗歌产生的力量,来源于他前进而不随众的诗歌理念。骆英说,"如果所有的诗都被豢养在象牙塔里和阳春白雪的场所里,这种艺术固然高雅——仅仅具有被把玩和被少数性地观赏功能而已。你说这种诗的趋向能不走向死亡吗?"(《都市流浪集·后记》)他还说,我的诗,"是对社会良心的渴望,对社会公平的渴望。这也是我的一种人生态度。我是城市化的直接受益者。当我站在高楼的顶端,回望和俯视许多城外的人还生活在另一个地平线,你说诗开始哭泣和批判有什么不对?"(同上引)

我认同骆英的看法。

2005 年 4 月 14 日于北京昌平海德堡花园

神仙居住的地方[*]

来到山口,太阳正在西落。神仙居的峰峦的尖顶,那些山峰与山峰之间的沟壑,都铺满了闪闪的黄金般的光泽。灿烂,绚丽,似乎又飘浮着淡淡的伤感。因为毕竟已是日落时节。我们是有点惟恐夜深花睡去,是有点秉烛夜游的心情的。但是,的确是仙居的美景吸引了我们,再加上仙居主人的美意,我们是不能错过这拜访仙人福地的情缘的。离开临海的时候,已是夕阳衔山的时分,何况从那里通往神仙居还有相当的路程?我们决心要赶在天黑之前到达。也许仙人们已等待得太久。

那时满山闪着最后的辉煌,好像到处点起了迎客的灯笼,我们进了山。这样的静谧,这样的安宁,又是这样的神秘。两旁高矗云天的山峰,挟拥着一条蜿蜒的石板路,引我们进入神仙洞府。我们多么幸运,现在,我们已是神仙眷属。

神仙居景区的东面,两山夹峙,间隔仅百余米,是为东天门。自古就有传说,年年农历二月二十二,初阳自两峰之间升起,双蜂如掌,其状若双手将太阳缓缓托起,是为"双峰如掌"。东天门下有一洞穴,甚幽深,也是每年此日此时,那初升的太阳光会直穿洞底,蔚为奇观。这是神仙居向人们一年一度的祝福,人们称这是幸运之光。神仙居到处都留下了神仙的踪影,在西天门的挂榜岩上,有三个笔力遒劲的"仙"字。这真如前人诗所云:"神笔朝天画不休,仙峰拔地瀑飞流。居然浙中一胜景,山青水碧谷

---

[*] 此文据文稿编入。

奇幽"。神仙居到处都有仙人的身影,在水帘洞,神仙为人们留下了"仙水"。俗云:"喝了神仙居二泓仙水,能活一百九十九"。仙居,仙居,仙人处处都在关照着人间的冷暖。

神仙居有四天门,其中南天门最为狭小,中宽仅五十米。进入其间几疑绝境,却是峰回路转,别有一番景色。自此前行约二十米,但见瀑布自天而降,形如漫空飞雨,极为壮观。瀑布旁有一洞,洞口窄如弯月,纵深几不可测,据说由此前行可达温州,俗称通温洞——温州是多么让人流连的地方,温州的山和水,还有温州的人,特别是那些能干而美丽的女人。通温洞同样是让人怀想的地方。

景区内瀑布甚多,象鼻瀑水量最大。十八湾中连续有十一级瀑布。雨后观瀑最为惬意。由此前行至罨源瀑,从那里的天桥上远眺,却展现一个让人心动的景观:眼前但见两巨石如男女亲昵拥抱,这就是情侣石。神仙居是一所温柔乡。这里的大地和天空,这里的道路和树林,甚至这里无所不在的空气,都充盈着一种激情浪漫的气氛。到处都是一种爱情的暗示,到处也都充满着爱情的遐想和诱惑。

暮霭沉沉中,我们沿着鹅卵石铺成的小道蜿蜒行进,但见四围山岚氤氲,这竟是真正的神仙居所了。山路至此似乎略显宽敞,两山对峙,东西各有一巨石赫然眼前。东边一石,状若武士,宽厚的嘴唇,高耸的鼻梁,眉目清秀,是一位英俊男子。与之相对,西边一女斜卧,背拥青蜂,鲜花螺髻,青丝如黛,美胸如峰,是一位千娇百媚的睡美人。男人英武,女人柔情,他们深情地互相欣赏着并想念着。阴阳际会,珠联璧合,这一对恋人,他们就这般含情脉脉地对望着,岂止是朝朝暮暮,却更是千年万载。不是"相看两不厌",却更是"相对两忘情"了。其实,这是一组更为巨大的情侣石,至于前面说到的罨源瀑天桥上所见的情侣石,与之相比却是相当袖珍的了。

神仙居让人陶醉于情爱的,远不止上述那些传说、故事以及随处可见的情侣石。神仙居是让人容易想象和产生激情的地方。最不可思议的就是这里的情侣林了。我们是由一条山间小径引入景区的。路的两旁是青青的山峦,两山的间隔,是沿着山坡生长的杉树林。令人惊诧的是,这里的每一棵杉树,都齐根并排地生长着成双的树干。它们相依相伴,同根并立,枝叶相交,共同享受着神仙播下的阳光和雨水的恩泽。那情侣树不是一棵,也不是两棵,奇怪的是,沿山生长的所有的杉树,都采取了这样的充满爱情的模样和姿态!这就是情侣林,由情侣林组成的情侣路,让人甜蜜,让人悬想,又让人痛苦的爱情之路。

神仙居的这条情侣路上,每一棵亲密倚肩的树的情侣,每一对由亲密的石头构成的永恒的亲密相爱的情侣,还有空气中充盈着的恋爱的氛围,给予每一个来访者永难忘怀的印象和联想——我们是神仙眷属,我们获得了或将要获得永恒的爱情!

神仙居祝福所有的客人!

2005年5月6日于京郊昌平

青春的记忆和怀念*
——读徐芳诗集小记

和徐芳相识于上个世纪八十年代,那时女诗人不多,她的写作很出色,引起过我的注意。此后二十余年中,我们只是偶尔见面,但谈诗的时候很少。这次她的诗集要出版,出版方和她本人都希望我能写几句话。徐芳在给我的信中说起"真可以歌唱"的八十年代,她自言"一直沉迷其中",认为是"进入青春期的刻骨铭心的记忆"。

她的话引起我的共鸣。八十年代我已人到中年,当然不是青春期了,但我依然有着一种青春的心境和怀想。严格地讲,我们那一代人的青春是被剥夺和被埋葬了的,我们只有中年。我们的一切,正常的生活,喜欢的工作,追求的事业,还有人生的理想,都从中年开始。所以,我和徐芳那一代人的心是相通的。我们共同拥有青春的记忆和怀念。就我个人来说,我也有属于我的"青春期"的感受。可以这样说,正是由于有这样共同的感受和心境,我和新诗潮的那一代人有着许多共同的语言。

徐芳长期生活和工作在上海这样的大城市,这是她的诗情生长的地方,或者说,现代城市多彩而匆忙的生活,给了她无尽的灵感。城市哺育和滋养了她,对此,她既熟悉又依恋。但城市又是一种隔绝。有隔绝就有突围的愿望和想象。在高楼林立的大都会想象春天,想象绿色,想象夜晚的月光和星星,这一切,又

---

* 此文据文稿编入。

与那个充满追求和憧憬的年代相契合,成为一种仅仅属于这位诗人的特殊的世界。

一片绿叶的升起,一棵树发出了一支小小的绿箭,在诗人那里都是一个惊心动魄的经历。这是一片绿叶,这是一道笔直的绿色的烟,是一片日光在上升。是既寂静又喧闹的初放的星星,是无边的绿色的云彩。这种感受是属于都市人的。是一种渴望,更是一种珍惜。那《绿箭》里有奇想,那是一个月台,是一列火车送来的一个微笑。这小小的一支绿箭,连接着阳光、月光和星光——尽管它也许只是一个芽苞,花与叶可能迷失在未来的时空。但诗人总没有失去期待。

《与荷共舞》表现的也是都市人的心境。人在自然美中流连陶醉,通过荷的生存环境的体察,它的闪动灵活的韵律,也在诗人的心灵里飘动起来。都市对于自然的远离,使人产生怀想。从哪怕是点点滴滴的迹象中,想望那大自然的壮大伟美,借以慰心灵的寂寥。于是,就有了从一座盆景想象一座"内心的高山"的冲动。也有从古诗的一幅罗裙轻扬的意境中,感觉到"水携山一道流动","向延伸的岁月要求这一刻的宁静"的渴求。

这里有都市人的向往,也有都市人的无奈。诗人在表达这一切时,是相当的坦率,又有相当的节制,她没有让情感泛滥,而是相当地含蓄。她把现代都市生活的缺失和矛盾,通过恰当的意象向读者遥遥地指出,她把这种遗憾的心情保持在"暗示"的层次,这就是一种成熟的标志。她揭示了事象的复杂性,但艺术表现上又是单纯的和简洁的。

读徐芳的诗,我们会获得对于生活在都市的知识人士心灵境界丰富性和复杂性的深刻认知,这是无庸置疑的。但她更为重要的贡献,也许还在于她非常精彩地表现了都市生活的特殊感受。这里是万家灯火,这里是夜色如水。这里暮色降临,行人脚步匆匆,马路,树篱,水泥电线杆,一直深入到我们的内心。这城市的夜色随心所欲地、包罗万象地，同时又是直截了当地呈现自己，而我们，还有我们的诗句却迷失了秩序。

诗人深有体会地说，夜晚是流动的，却不是系统的。出租车的顶灯，大饭店的转门，理发厅的花滚，都市的夜晚是一个其大无比的万花筒。徐芳以激情的方式再现了大都会令人神往的动感。在这里，作者先前对于自然环境的牵萦乃至怅惘，暂时地被遗忘了，而代之以忘情的投入。这惊人的辉煌是这般的夺人心魄：在高楼和公路两旁，在窗子与窗子之间，在一条江躲闪的两岸，夜色如此巨大地升起。

更为独特的是，诗人在描写这让人心旌摇荡的夜景时，不由自主地引进了诸多与现代数字电子有关的词汇，这使她的诗具有了鲜明的现代色彩。这方面的例子很多，如下即是一例：夜晚以现有资讯，登录了我的视域，以我的带宽，它们可能只是被读过，也可能被保存了……

当然，诗人居住的地方对于她所思念和牵挂的，是一种无可替代的远离和隔绝。这是无可奈何的。她只能拥有"楼上的春天"。失望令她不再寻找。她说，我已不再寻找，那丛迎春，那丛海棠，还有芭蕉上的雨，春天有什么，其实我并不知道。诗人只能在电动的门里，看云动风摇，体验"摇摇晃晃的春天"，那"使高楼摇动，也使金属的门窗呐喊的春天"。她这样自我安慰：春天永远是春天，我们总与春天有关。

徐芳的诗保留了新诗潮最珍贵的本质，那就是，内容上的对周围世界以及自我的内心世界的关切，艺术上则是鲜明的现代性。重要的是，对于理想的追寻以及先锋精神。这两点，我们的女诗人都做到了。她终究是属于伟大的八十年代的。

2005 年 5 月 23 日于北京大学中文系

施肃中诗小记*

施肃中生长在海边,他是大海的儿子。他说,海把我雕成斑贝,淘空我又充实我。海洋进入了他的诗。他的很多诗温柔婉转如月下南曲,律动着湿润多情的海韵。海鸥飞翔的海滨,曲折的沙岸,海滩,白浪敲打的岩石,岩石上屹立的灯塔,还有古城,古城墙上的弹洞,历史沧桑留下的记忆。这都是他的诗中常见的意象。

在诗人的家乡,滨海的公路旁,遍地生长着木麻黄和台湾相思。这些树,体现着南方海滨秀丽、温柔而又坚定的风格。树荫下行走着的惠安女子,婀娜的身段,袒露的腰肢,银饰在手腕和腰间闪烁,这些大自然造就的古朴真纯之美。这是一道此地独特的风景。他写这些女子的美丽以及她们不同凡响的坚强。他同情这些惠安女——他的姐妹——的命运。他说,黄斗笠下有一颗沉思的心,双镯是一种宿命。

他讴歌这些女子的惊人的劳作,她们采石、锯木、做石雕,她们的劳动强度甚至超过了男人。她们柔弱的手可以把粗粝的花岗岩磨成明镜,她们优美的双肩抬起沉重的巨石可以行走如风。诗人为此情不自禁地发出惊叹:你是罗丹刻刀下的女神!他礼赞她们劳动中发出的那些"凝固了的艰难的叹息","与黄河纤夫合为一曲,无言的抗衡胜过雷雨"。

作为生长和生活在大海边的诗人,大海给了他不竭的灵思。

---

* 此文据文稿编入。

他也以优美的诗篇回报大海的恩惠。在施肃中的诗作中,最能展示他的才华与个性的,是这些描写大海以及它的女人们的风情的诗篇。他的诗中,洋溢着南国海洋的神韵。

　　除了海洋诗之外,施肃中诗的另一个基本主题就是爱情。无标题咏叹调写的就是爱情。月亮湖或者又是雨季,也都涉及爱情。时刻不忘的爱恋,铭心刻骨的思念,那种比黄花还瘦的相思,那种比罂粟还热烈的期待,欣喜和拥有,迷惘和失落,心中似有一只沉锚,总系不住漂流的岛屿。

　　施肃中的爱情诗,写得缠绵委婉,风格近于绮丽,色泽却是明亮。诸如,春天里的秋色秋天里的春思,六月的冰凌腊月的炭火,把恋爱中人的心绪写得传神。有些诗多用复沓语,可以看到传统诗词设境造语的影响。

　　大海和爱情历来是诗人驰骋之地,施肃中都拥有了,作为诗人,他是幸运的。我和诗人相识于上个世纪八十年代,算是老朋友了,这次读他的诗,略作如上小记,以为贺。

2005年6月1日于北京大学中文系

真情流笔下，大气溢胸中[*]
——读《马凯诗词存稿》感言

我和马凯先生素未谋面，他的诗集是从一位年轻朋友那里看到的。此书读来亲切，在这里看到了传统诗词在新时代泛出的新意，可谓古韵流芳，别有气象。我只是一个诗歌爱好者，虽然平素读诗不少，但所读多是新诗。旧诗也读，却是所知不多，特别是在音律方面。虽然早年聆听王力先生讲授《汉语诗律学》，却不是他的好学生，没有得到王先生的真传。所以，今天读《马凯诗词存稿》，凡是关古诗声律方面的，我将避而不谈，深恐弄斧班门，贻笑大方。

马凯先生是经济学家。他参与了中国新时期实际的经济运作，特别是在价格理论方面的实践，他有非常丰富的工作经验。他公务繁忙，却钟情于旧诗词的写作，而且颇得古诗神韵，着实令人欣喜。我国旧体诗词源流甚远，且有灿烂之传统。这些体式，在古人那里已经惨淡经营了几千年，是非常的纯熟了。但今人写作却大不易，首先是古今语言有了变化，再就是生活环境和习俗乃至人的情致都有了新的变化，所以以旧体式来写新的生活情感，便有了新的难度。

马凯先生早时受业并任教于著名的北京四中。他有很好的古文修养，对诗词各体，从律绝古风到词曲，均甚谙熟。他的写

---

[*] 此文据文稿编入。标题出自马凯《学诗》："水淡能收月，毫柔也纵龙。真情流笔下，大气溢胸中"，见《马凯诗词存稿》，作家出版社，2004年11月，第120页。

作与现下流行的不重古诗格律的所谓"新古体诗"绝不相类。他是按旧体诗的规律来写的。举凡遣词使典尽量依照古制。即所谓的"但把永和神韵借,新毫也敢试婆娑"①。他还从古人的创作中"借"来了"神韵",取得了贯通今古的良效。他在五律《赠友》中说的"韵汇中西古,匠心当问谁",说的虽是友人,何尝不是自况?他的旧体诗有一种融会和包容的品质。

古人写诗也重自娱,但首先是寄托。所谓托物言志、即景抒怀,多是以诗表达心境和抱负。优胜之作,境界自高,有非凡的气势,所谓的心存高远即是。诗有大气,但非徒作豪言,而是寄寓真情之中,或者通过真情的表达以抒怀。此文我引为篇名的两句诗,是作者学诗的心得,用来形容马凯的诗也颇恰当。《登岳阳楼》:"万家忧乐收心底,千古文章震耳鸣",他是被范仲淹的大手笔、大胸襟所震撼了。《难眠》:"头虽落枕且翻身,总有竹声绕在心。但助难题得破解,何妨晓镜又添银"。"竹声"用郑板桥题画诗"衙斋卧听萧萧竹,疑是民间疾苦声"意。表明为了人民的利益,即使添了白发,也是心甘。

马凯为诗,尝曰:"倘若,或一句,或一字,与人有裨,于世有益,不废笔墨,不枉人时,足矣"②。这与古人所说的"歌诗合为时而作"的意思是相通的。他总是用诗来寄托自己的情思。写澹泊心境,写天下忧乐,有大境界,是大怀抱。"东来紫气盈川岳,最是光明洒无界"(《山坡羊·红日》),"悄悄来去静无价,只把清辉留天下"(《山坡羊·明月》),表达的都是这种襟怀。当然,若《气节赞》"梅碾香犹在,丹磨赤自存,石焚洁似雪,玉碎质还真"者,诗有大气,却嫌直露。终以婉转含蓄如"无痕融水去,尽在蕴春生"者为上乘。其所作《胡杨林赞》:"根扎大漠敢遮天,

---

① 马凯《兰亭探游》句,见《马凯诗词存稿》,第186页。
② 见《马凯诗词存稿·自序》。

铁骨苍枝岁过千。死后千年仍挺立,倒还不朽又千年",也有深深的寄寓。

  这是《瑞雪》诗中的句子:"玉落千峰素,花飞万里澄"。前句以玉,后句以花,均是取比于雪。玉撒千山皆素,花飞万里澄澈。古今咏雪者多矣,马先生能出新境,实为难得。历来写漓江的,大抵都在"青罗带"、"碧玉簪"前却步。而马凯出以"有水皆明镜,无山不蜃楼"出之,也十分感人。他是非常重视遣句运字的,《瘦西湖游》的"一篙撑开两岸绿",《玉龙雪山》的"松裙雪鬓烟绡,玉肌冰骨云腰",都在练字上下了功夫。有人写诗不避俗字、俗意,马凯不同于此,《荆江化险》"天突变,雨如剑","箭"字就在手边,偏不用,用"剑"!《精神永存》"千军胆赤敢弄涛"。一般人就势用常见的"潮",他用了"涛"!

2005年6月4日于北京大学中文系

逆境使人坚持不屈[*]
——在北京大学中文系2001级毕业典礼上的讲辞

亲爱的同学们,我很高兴能够参加你们今天这个隆重、庄严而又热烈的毕业典礼,并亲自向你们祝贺。要是我没有记错,你们是在21世纪的第一年进入北大的,因此,你们是本世纪第一批的北大毕业生。

尽管你们出生在上一个世纪,但我认定你们是属于新世纪的一代人。20世纪已经过去,20世纪的苦难不属于你们,发生在那个世纪的无休止的战争和动乱都不属于你们。而对于我们这一代人来说,其中的很多事件都是我们的亲历,那是一道长长的阴影,是挥之不去的噩梦的记忆,是生命中不堪承受的重和痛。你们不同,你们和我们是隔代人,不会有我们那样的疼痛感。

你们成长的年代,是中国自近代以来绝无仅有的既没有战争的硝烟又消失了心灵重压的年代。只有饱经忧患的人们,才知道目前这种和平安宁生活的可贵。鲜花、歌唱、阳光和欢笑,生活和祥,衣食无虑。这种中国人梦寐以求的日子,全被你们拥有了。这是世代中国人追求的虽然是最起码、最平常,然而又是最遥不可及的梦想。为了这个梦想,他们苦斗和等待了一百多年。现在被你们完完全全地拥有了!你们是让人羡慕的甚至是让人嫉妒的一代人。

---

[*] 此文据文稿编入。

而我们在应当享受青春的岁月被剥夺了青春,在需要尊严的年代被剥夺了尊严。我们因在众多的消失中成为可悲的幸存者而感到幸运。当然,也有人成为了勇敢的抗争者。我们和20世纪共命运。在漫长的前天和昨天,我们曾为你们今天的拥有而祈祷。所以,我们有理由为你们今天的拥有而欣慰。

　　大学本科的学业结束了,人生中基础性的学习也告一段落。你们中的有些人即将就业,有些人要继续深造。但不论你们选择了什么,你们不曾经历的、崭新的生活在向你们招手。在即将离别的时刻,我真诚地祝福你们,祝你们一切顺利,一切如愿。但作为有生活经验的年长的人,除了一般的祝福之外,我还要告诉你们生活的复杂性,它有许多未知数。

　　有的人可能一帆风顺(但极少),有的人可能要遇到挫折(这几乎是必然)。人生伴随着欢乐,也伴随着悲苦。忧患是与生俱来的。顺境是我们的愿望,而逆境则可能是生活中应有之理,应有之义。不然的话,我们又何必讲"迎接挑战"或"参与竞争"之类的话?

　　你们是新时代的宠儿,你们在家庭中可能都是独生子女。你们从小就受到社会、学校和亲情的呵护。好时代给你们好运,但又给你们带来脆弱性。生活安定,物质丰裕,歌舞升平,又有很多的诱惑。这些都会使人心志衰疲,缺乏承受能力。

　　要是人生的顺境和逆境让我们选择,我们都会选择前者。但生活本身往往并非如此。雨果说过,"人在逆境里比在顺境里更能坚持不屈,遭厄运时比交好运时更容易保全身心"。我很喜欢这句话,便写到了纸上。后来我的一个学生得了重病,我把这字送给了他。雨果的话给了他信心,帮助他与疾病进行了长达十二年的苦斗。

　　幸运岁月成长的一代人,我为你们祝福。我真诚地祝愿大家学问精进,事业成功,爱情美满,家庭幸福。但是我更希望你们在面对不期而遇的艰难险阻时勇敢乐观、从容不迫、沉着坚定、充满自信,做一个既会享受生活又会创造生活的强者。

北大的历史是和蔡元培、陈独秀、胡适、鲁迅、李大钊、马寅初这些名字联系在一起的。这个学校所具有的精神,已经成为我们共有的财富,它将伴随我们一生。同学们,你们是属于21世纪的,这个世纪的光荣和梦想、19世纪中叶以来无数志士仁人强国新民的理想和愿望,将通过你们平凡的、杰出的或者是伟大的工作来实现。拜托你们了,谢谢你们了!

2005年6月30日9时30分于北京大学

一道划过天边的光芒*
——《征军诗集》序

这是一个对于许多人来说可能是陌生的名字,而又是一个对于许多人来说是应当记住的名字。他以短暂的生命谱写的壮丽诗篇,给中国新诗史留下了长远的记忆。他的生命之诗,以惊人的光芒划过中国流血的天空,而后沉重地消失。

诗人征军,原名施启达,海南琼山人。征军是他的笔名。1912年生于海南,1946年以积劳与贫病卒于香港。征军出生在海南一个普通的家庭。14岁入广州知用中学,受到进步思想的影响。中学毕业后到上海攻读法学,在那里接受了革命理想。1932年参加中国诗歌会及左翼作家联盟。1935年东渡,入日本大学深造。七七事变后回国,投入抗日救亡工作,编《高射炮》诗刊。1938年抵广州,参加中国诗坛社。征军著有诗集《蒙古的少女》、《红萝卜》及长诗《小红痣》等著作①。

诗人征军的一生虽然短暂,但他的经历在上一个世纪初叶,具有非常典型的意义。一个出生在海南的少年,感受到了时代的召唤,由向往进步而投身于为理想而抗争的行列。他走出了海南,走向了广州、上海、桂林、香港这样一些涵蕴并传播先进思潮的城市,并赴日本以求深造。他参加了当时一些热血青年向

---

* 此文据文稿编入。

① 据本书主编之一王春煜先生介绍,征军的其他著作散见于《新诗歌》、《杂文》、《前奏》、《文艺阵地》、《东方文艺》、《抗战文艺》、《中国诗坛》等报刊。详见王著:《以生命谱写诗篇》,载《透过灵魂的窗口》,海南国际新闻出版中心,1994年5月。

往的左翼作家的活动,并成为中国诗歌会与左联一些刊物的中坚力量。最后献身于伟大的民族解放事业。他的短短的生命历程,是一种光辉的浓缩,是他的同辈人用毕生的经历完成的。生命太短暂了,一切都来不及展开就结束了,这多少有点遗憾,但毕竟有着彗星一般的耀眼。用征军自己的诗句来形容便是——

> 英勇的战士
> 火般的血已在亚细亚的大野上
> 写了一幅胜利的画卷①

读征军的诗可以鲜明地感受到那个大时代所具有的如火如荼的激情。诗人站立在深蕴着哀痛的流血的田野上,向往着那些行进在严寒与荒漠中的铁流。他人在南方,心却向着北方。他把塞北喻为母亲,"你的天空散射着阳光的欢笑,你的大地怒吼着人类的自由"②,那是一片狂热而美丽的大地。诗人把那些行进在塞北高原上的"英勇而活跃"的人们,称之为边塞的儿子。诗人歌颂他们是"开垦的先锋",并预言他们"将重建出一个天空"。在很早的年代,诗人便以热情的诗篇,向生活在黑暗中的人们,传递了光明与正义的信息。

与同时代的诗人相比,作为战斗的号角,作为激励前进的火炬,他们的诗是相同的。但是,征军的诗色调更为浓郁,传达出极惨烈的艳丽。他喜用"血泥"、"血泊泥塘"、"血淋淋的囚徒"这些惨烈的意象,他说,"祖国,是涂着血的谷粒",有一种让人惊心动魄的效果。他的诗,取材广阔,异国的老太太、香港的女同学、东京、安南妇,等等,都给人以新鲜感。尤其是《蒙古的少女》这首诗,把盛开在沙漠上的青春之花与保卫西北疆土、争取民族自由的主题联系起来,题材别致,立意精新,在当时甚至在今天,也

---

① 征军:《自由在血泥里》。
② 征军:《塞北,伟大的母亲》。

是一个别开生面的创造。

　　征军在香港逝世至今已近六十年。在六十年后的今天,人们没有忘记他,在本书各位主编的尽心收集下,这本接近完全的诗集终于能够与读者见面。我们感谢主编们的辛苦工作。由于他们卓有成效的工作,使我们有机会了解并记住这位在中国大地蒙受苦难的岁月里热情歌唱的歌者。感谢诗人征军,感谢他在痛苦的年代向我们吹响起民族解放的理想的最强音。让我们记住这个光辉的名字,记住他的光辉的诗篇。记住他的诗所展现的独特的风格,那些战斗的节奏,悲壮的形象,雄浑的气势,那些发自诗人内心的讴歌和呐喊。来自大胸襟,拥有大视野,表达大气象,这位诗人的创作道路多少会给我们以启示。征军是不朽的。

　　　　　　　　　　　2005年7月7日于北京大学诗歌中心

谈谈金所军的创作*
——兼为他的新诗集序

我曾给金所军的诗歌创作写过一则评语:"金所军有很好的抒情才能。他的诗优美、灵动、意象丰满、感情真挚。作为植根于黄土地深处的年轻诗人,他的诗传达了对这片土地的深深的激情。黄河的雄浑,太行山的巍峨,赋予他的诗篇以充满泥土气息的节律和韵味。他的诗洋溢着汾酒的醇香。金所军的诗最可贵之处,是他对于现实人生的深切关怀。"评语毕竟过于简单,还想再说几句。恰好他送来即将出版的新诗集嘱我为序,这些事就一并做了。

说到抒情才能,这"才能"二字其实并不稀罕。诗的使命在于抒情,大凡写诗的人,很少不具备这一能力的——当然有高低雅俗之分。我的意思是,抒情才能并不为他所独有。金所军的好处是,能够把这一才能恰到好处地而且是别有新意地予以发挥和展示。比如说抒写对家乡山水的深情,他很少借助于描写具体景物的手法,如写山西的山,不说多高多大,多幽深,多雄壮,而是说那山"被秋天的风吹响,像简洁的民歌",而是说它"像镰刀反复的收割,是唢呐流泻的声音"。这些诗句的背景是壮阔而又深远的,凛冽,又有些悲凉,有着"像泪蛋蛋一样的羞涩"。他避开了人们写诗的熟路数,找最能展现这片土地人情的特点写。因此,写得很新颖别致,往往给人以惊喜。又如他笔下的黄

---

* 此文据文稿编入。

河,其流动是缓慢而从容,"它在我的骨骼深处涌动",仿佛沉重得走不动。黄河流过人们的梦境,这些人也是目光平静,内心满足,却是浸透了历史的风霜。

都说诗贵新警,出语要夺人。但如何做到这点却是极难。金所军的抒情笔墨出自他丰富而独特的内心感受。他的聪明之处在于他懂得避开一些一般性的、众人耳熟能详的形容,大凡熟字、熟句、熟意、熟韵,他都避去。他以简朴,沉郁的风格给人以强烈的感动。这就像《山之西》的结束句那样——

河流曲里拐弯
村庄依山傍水
人们晒着太阳
诗歌就这样被他们传唱

很平静,很节制,如沉默的黄土高原,没有虚幻的夸饰,甚至也不见有些人津津乐道的"手艺"。他的抒情如高原无边起伏的山峦那样的粗犷、朴实。

金所军的抒情诗创作的成就,不仅表现在他表现那些生养诗人的山川土地时的朴素的挚情。如前所述,即大体有一种化繁复为简朴、避喧腾于静默的特点。而在涉及人的内心情感方面,这位年轻诗人却表现出与此迥然不同的情韵。令人感到意外的是,在那些诗中,缠绵代替了宏阔,委婉代替了凝重。那些诗证实了一个事实,那就是金所军的才气和能力是多方面的和多层面的。

他有大气磅礴的作品,也有充满谐趣的作品,但我却最为欣赏他的那些近于心灵私语的"浅唱"。诗集中的"当风起时"系列之作,其中《当风起时》、《消逝》、《打击》、《送行》、《天还没黑,你不要走》、《告别》诸作,都是些让人过目不忘的作品。这些诗,似与一个与"消失"的事件有关,却是从未指明。它是那样地有锥心之痛,那样地难以排解。好像是在诉说某种不幸,好像是在宣泄心灵难以承受的重压。但"倾诉早已没用,再多的泪水带不走伤心,再痛的伤口替代不了死亡"。

这是怎样的一段隐情啊！诗人不想言明,他人也无法进入。他似乎是欲说还休,却又是欲罢不能。是那样地刻骨铭心,是那样地悲情难泯。这些诗撒了一阵迷雾,然而却产生意想不到的魅力。给人悬念,让人猜想,这是一个不为人知的情感经历,却展现了一种旷古不灭的悲情。诗人在进行他的情感"陈述"时,却是极其能事地铺排,甚至不避繁冗,反复咏叹,倾向于豪华的绽放,从而展示他的风格的另一面。这样的情感经历,带有很强的私密色彩,但是却会唤起普遍的共鸣。这就是诗歌从个人通往众人的玄机。

金所军的抒情才能在这些"私人"的吟唱中,再一次得到了证实。当然还有一些我们未能尽述的,例如他的组诗《倾听和怀旧》,就让人感叹诗人的智慧。从这些诗的内容看,应该是涉及"大题材"的"正写"一类的作品,但是通读全诗,却是没有一句是让人感到陈旧的。如下的一些诗句,"大地上的花朵不需要寻觅,天空深处的星辰不需要看见"、"把破碎的《中国地图》袖进口袋,把一代人的希望压缩成信念",都显示出作者的机巧和睿智。

也许作者有点偏爱他的"黑色"系列,但我却认为那些诗理念重于情感,有更多的"道理"想"说明"。须知诗是无须"说明"的,诗的长处是"感动",诗的使命也是"感动"。

2005年7月10日于京郊昌平

星光都是如此[*]
——序黄亚洲《行吟长征路》

关于写诗,有很多的道理。那些道不清、理还乱的"道理",是历来论诗者感到头痛的。但面对好诗,仍然会生出许多感想。那就是说,即使明知说不清,还想说。这就是我读黄亚洲的诗后的心情。这种心情,在去年温州—宁波旅途中读他的《磕磕绊绊经纬线》时,甚至比这还早,在《文艺报》上读到他的《送臧克家》①时就产生了。读黄亚洲的诗,总有这样言说的冲动,即使我知道仍然说不清。

许多读诗或写诗的人都会有这样的体会:即使是面对同一事物,有的人写出了好诗,有的人却未必。也许人们会说,那是由于"才华"。而事实是,同样有才华,却不能同样有好诗。这已是诗歌史或文学史上屡见不鲜的现象了。许多人爱讲"技巧"(或时髦的说法叫"手艺"),我看即使是"技巧专家"也未必保证会出好诗。至于"灵感",那是很飘渺的。因为灵感来不来、何时来,诗人是无法把握的。它容易成为写不出好诗的一个遁词。

我常常惊叹黄亚洲捕捉(或曰"发现")生活中的诗意的能力。同样的对象,有的人就是视若无睹,什么也没发现。有的人

---

* 此文据文稿编入。标题用黄亚洲《星光,邓小平》句。这是全诗的结句:"每逢黎明来临,星光都是如此"。

① 在这首诗的开头,黄亚洲这样写道:"一匹老马 于前日 走出了地平线"。结束句:"蹄声远去 地平线已经弯曲成花环 有时候 一声悠长的铃铛 比号角和海螺声都大"。

则只能是别人看到了什么,他也看到了什么,人家没有看到的,他同样看不到。在宁波的那个会上,我举例说,同样一棵松,我们的诗人看到了,那是"一柱固定的闪电 凸现在草原之上","它的坚硬的头颅 敢把青天刺个猩红的窟窿 从窟窿流下瓢泼般的血水词典里叫做阳光"①。我认为这棵松是黄亚洲有别于他人的、独特的发现。是他人不曾也不会看到的。诗人的优劣成败,几乎就在于面对无数这样的"熟知"时,他是否有这样新鲜的发现。

这是诗人的"用心"和独具慧眼,而不是一种偶然。我们说的发现,就是在人所共见的事象中有自己的独特的把握。这种把握我们将它叫做发现。诗人的这种发现,犹如电光一闪,现出奇特的光焰,令众人为之叫绝,惊叹为何自己居然没有"看到",而独独被诗人发现了。当然,诗人发现的,也往往是哲学家和科学家未能达到的。诗人是在众人习见的事物上面发现了诗,发现那些奇幻的、诡异的,甚至让人震惊的、让人意想不到的诗意。当然,这一切都是属于想象和幻想的世界。

这次写这篇文章,才读到黄亚洲关于"发现"的意见,我们是不谋而合。他说:"对于诗歌,我推崇发现。诗歌永远不会发现我,我却喜欢在诗里发现一切。发现是人类思维的本质,我相信。"②这些话,更完整地说,应该是诗人首先在生活里发现诗,再通过诗来表达这种发现。发现是人类思维的本质,更是诗人思维的本质。可以说,一个不会发现的诗人,几乎就很难是诗人。诗人的发现通常是不可思议的,而且几乎都是出乎常理的。

黄亚洲总在行走,在行走之中感受、发现并诗意地表达。一

---

① 黄亚洲:《刺天之松》诗句,见《磕磕绊绊经纬线》,大连出版社,2003年1月,第99页。

② 黄亚洲:《磕磕绊绊经纬线》《代跋:诗心》,大连出版社,2003年1月,第311页。

方面,他认为"写诗必须战战兢兢"①,另一方面,他又从写诗中得到充分的愉悦。"写诗的时候,觉得一个人特别放松",他有一种陶醉的创造的快意。他说,"你想,可以在一张很小的不规则的纸片上任意摆弄很少的字句,而使这纸片一下子湿润成为南方,一下子燥冷而成北方,一会儿响起桃花和春风剧烈摩擦的声音,一会儿又飘出红薯和麦子的奇香,真是感觉好极了。"②

这次他沿着长征的路上走,一路走,一路看,一路发现,一路写诗。他走了一路,看了一路,发现了一路,也写了一路。居然,一本厚重的抒情诗集就出来了。他写得顺手,也写得轻松。简直是繁花遍地,星月满天。这使人不能不惊叹他的才气与毅力,不能不惊叹他的想象力与创造力。其实,从生活到诗有一个过程,这就是酝酿和发酵的过程。但是,在黄亚洲那里,这个过程被大大地缩短了!

长征也是被无数人写过的题材。但是写得成功的,特别是有新意的诗并不多。黄亚洲在这些被重复表现过无数次的"旧"事物上面,有了许多与众不同的"新"发现。举例说,四渡赤水,一般的表现总是打打打,杀杀杀。黄亚洲不这么写,他在红军先头部队那里"发现"了"一支缝衣针",这针似乎要把一条江河缝拢。"这么缝来缝去缝了四针,蒋介石就不知道红军要做一件什么褂子了"。其实,它是在为中国缝一面旗,那颜色与河水高度地一致。这就点了题:赤水,四渡,红军这一军事行动的目标和意义。

黄亚洲总是兴致勃勃地观察着和思考着。他会在一般的事物上面发现不一般。诗人的发现和科学家的发现不同。诗人有

---

① 黄亚洲说:"写诗是应当战战兢兢的,起码在战术上是应当战战兢兢。就那么几粒字,能不一粒粒悬在嗓子眼上吗?"见《写诗理应战战兢兢》,《磕磕绊绊经纬线》,大连出版社,2003年1月,第315页。

② 同上书,第309页。

一种把平常"置换"为非常乃至异常的能力。诗人总是沉浸在幻想的世界中。在泸定桥,诗人想到了路,这是一种"置换"。他平静地说,路,有时是土地,有时是水,"有时候是十三根铁链"。这就写到了主题:泸定桥是此刻红军要走的路,它是一个民族、一个国家的"最宽广的通途"。

那些动荡年代和艰苦岁月里发生的故事,一般都显得严峻和沉重,黄亚洲能够把这些内容化解为轻松甚至绮丽。红军路经茅台镇,那里有过战争,那里又产名酒,诗人陷入了沉思,沉思酒、战争与和平。"能够燃烧的水"、"在外交部的宴单上 茅台也是一支军队",最后诗人为了和平而摒弃"军事用语"——

> 我也很愿意说这镇子是个女人
> 她的乳房常因胀痛而鼓成瓶形
> 她很希望整个人类
> 都能用上她的奶嘴
> 天下英雄皆以呼噜互相厮杀
> 饱嗝如雷[①]

他就是这样地出奇制胜,在可能产生平庸的地方造出了奇崛。在《康巴歌舞》那里,他起句不凡:"把长袖甩成霹雳 把土地跺成战马",仍不尽兴,说,"他们发出的政治文告 是明白无误的肢体语言 天下最狂放的书法"。今日的歌舞和当年的战事,通过"肢体语言"和"狂放书法"的联想得到了完美的"缝合"。这正是黄亚洲式的"神思"。是基于对实际场景和氛围的体察而升腾的想象。

长征是充满泥泞和血腥的艰难跋涉,长征既惨烈又悲壮。长征是难写的。但在黄亚洲这里,长征却展现出空前的瑰丽,他

[①] 《过茅台镇》诗句。

的抒情甚至是异常美丽的。敌我双方的激战,是"一个世界在阻挡一个世界的靠近";大渡河那个血色的黄昏,"一半是由于夕阳一半是由于鲜血"。战争以及对于战争的回忆,不再是血淋淋的,他在唤起人们的痛苦的记忆时,同样地具有审美的价值。

诗人投身于火热的生活,投身于重大的历史事件,这无疑需要饱满的热情,但更需要一种创造的欲望。黄亚洲为我们提供了丰富的经验,那就是他对"发现"的推重以及他的充满智慧的一连串的"发现"本身。特别需要指出的是,他把他的所见、所闻、所思——那些可能很平常的事物,成功地"置换"为不平常的甚至是魔幻般的事物的能力。

是的,每逢黎明来临,星光都是如此。但同是星光,却也是因见者的种种不同而各异其趣。这就是诗歌的真理,也是诗歌的规律。那么,我们是否可以说,星光都是如此,星光又未必都是如此。请黄亚洲批评,也请读者诸君教我。

2005年7月17日于北京大学中文系

宣纸上的岁月风云[*]
——读刘长春《纸面上的人物》记

刘长春给自己的新著中国书法史话起了个书名，叫《纸面上的人物》。其中的一些文章在刊物上发表时，还有一个名字叫《宣纸上的话题》。宣纸、人物、话题，是这本新著的三个关键词。这是作者根据中国书法史自晋王羲之以至近代约两千年间、涉及数十位书法家的生平逸事写成的书。刘长春对书法素有研究，他本身又是卓有成就的散文家。他用散文这一文体来写这本史话，既是他对中国书法研究的总结，也是他对散文写作成果的延伸。

史话一类著作属于广义的历史的范畴。历史的写作历来也都是用与韵文相对的、广义的散文来写的。刘长春这本书虽曰也是用散文写成，其不同之处在于他用的是仅仅属于文学品类的、严格意义的散文。需要强调的是，用严格的美文来写史话一类的文字，这本身对作者就是一种挑战。史话是历史文类，散文是文学文类，他需要对文史有所兼顾。据此，我们可以认定这本书历史之外的文学品格——分散来看，是同一主题的系列散文，总起来看，全书则可视为一部长篇散文。《纸面上的人物》既是一本史书，更是一本文学书。

我费了很多笔墨来为本书定性，意在指出它不同于一般此类著作的特点：即它同时具有历史的品质和文学的品质。它是

---

[*] 此文刊于2005年11月《作家》。据此编入。

一本史话书,更是一本拥有充分的文学性的史话书。文学的性质增添了和提高了本书的阅读品位。

这是在宣纸上展开的风云画卷。谈的是与中国书法有关的话题,是一个一个历史上的人物,那些浪漫的诗人,那些狂放的文人,还有那些失败的皇帝、落魄的官吏,名士和僧人,隐者和醉客……那些曾经在宣纸上通过黑的线条和白的空间,纵横交错地、浓浓淡淡地、深深浅浅地"弹奏"出世界文化史上最独特、最神奇也最瑰丽的无声的(却往往撞击着人的心灵的)交响乐——中国书法——的人们。

刘长春说着他们的故事,谈论着他们的人生际遇。得意和失意,顺镜和逆境,他们的情趣和智慧,学养和品性,最重要的,是品评他们在文学、诗歌和艺术上的才华。作者由衷地赞叹这些通过宣纸上的线条、空白、布局、设意等手段显示出来的意境和神韵。作者说到他们的每一个人,都要把他们置放在他们所生活的时代和政局的背景上,讲述当时的氛围和风尚(例如说"怀素之癫,草圣之狂,那也是唐风使然",又如说,"癫张醉素的狂草是唐朝浪漫主义思潮下的产物"等)。他力求把他的人物置于(或者叫"还原"到)那个特定的环境中。然后,他让所有的言说从四面八方都通向中国书法这一根本话题。

刘长春没有忘记文学,没有忘记以文为史的大目标。他是按照作为美文的散文来要求每一篇文字的。即无论如何,他不仅是要通过某一个人来写一篇优美的散文,而且所写的这个人又必须是与中国书法史有关的。他不是在谈一个一般的人,而是在谈一个与中国书法的发生、发展和贡献有关的人。谈论可能是很随意的(不随意就不是散文了),但是所有的随意之中有一个总的不能"随意"的地方,那就是话题必须涉及书法。

这几乎就是"命题"散文。它一方面要求散文展开它素有的灵动的、无拘束的一面,它更要求散文按"指定"的题目来做。历史最重事实,史话虽然可以灵活些,但也要求无悖于史实。这样,这种散文就要在限制与突破限制之间寻求平衡。文章做起来就有了难度。刘长春在散文创作方面经验丰富,他的国学基础坚实,历史知识精深,对中国绘画书法亦有很好的造诣。他的学术准备足以化解写作中的难题,使得他在展现他的写作才华方面显得游刃有余。

首先,他非常注重展现作者和书中人置身现场的那种氛围。他在很多文中使用第一人称,作者力求使自己现身其中。如写八大山人时,他把自己也写了进去,写他撑一把伞在潇潇秋雨中打听青云谱的路径的情景。找到了八大隐居的道观,以昔日的幽静对比如今的喧哗,他不免感慨:"它与当初八大山人为了躲避热闹而走过这里的情形,竟不可同日而语了。"又如黄庭坚一文的开头,是从作者插队的三十年前的往事谈起的:"当月亮明朗和完美地出现在遥远的天空的时候,周围万物让它镀亮一层神秘的光辉——"。这样的笔墨缩短了作者与读者之间的距离,增添了作品的亲和力。

在介绍人物对中国书法的位置和贡献时,他也竭力避免叙述的生硬和枯乏。现在看他如何深入那位孤高怪异的八大山人的:散文由寻找当年的环境进入,从而展现他的内心世界,再由此深入到他的书法境界中。刘长春这样写道:

> 最难得的是八大的草书,即使是骤雨旋风声满堂,却又与我们早已熟稔的草书必狂怪离乱的感觉相去甚远。相反,它越狂肆却越简练,越激荡却越宁静,点线之间虚虚实实,并通过布局中的一片空白,使虚处更虚,实处更实——

他写王羲之也是如此。首先写兰亭雅集,写那日天气晴和,莺飞花盛,诗酒交映,赏心乐事。"看山,千岩竞秀;听水,万壑争流。晴岚使他沉醉于朦胧,鸟鸣使他留恋于幽深,山风牵衣,使他恍悟生命的短暂,杂花生树,让他回忆起已经消逝的时光"。引用的这段文字,复沓、华美、极力铺排。这是充满诗意的美文,读之令人愉悦。接着就是评文论字了:

> 文妙,字更妙。一篇三百余字的美文,却有二十个不同形态的"之"字,"之字最多无一似",它像一根五光十色的线索,把一颗颗珠玑串连起来,然后编成一件精美绝伦的艺术品——①

像如下评八大的字:"八大山人早期的书法受欧阳询、黄庭坚的影响,喜用方笔,露出笔画与棱角。到了晚年,改用秃笔书写,笔锋藏而不露,再也让人看不出他提笔顿笔的痕迹了"。再如评黄庭坚的字:"它那气势非凡的连贯性结构,长画短点的巧妙变化,再加上忽左忽右的欹侧跌宕,组成一阕激越飞扬的乐章——"。这些文字显示出作者刘长春书画方面的修养。即他能够从书法史的角度,从纵向的发展线索看所论者的历史地位,又能从横向的比较中,突出所论对象在书法发展中有异于人的独特贡献。同是草书,八大不同于张旭,也不同于怀素。刘长春的书法知识与造诣,使他在面对各个时代各个人物的不同书法时,能够分别讲述他们各自的优长。

弘一法师的字在书法史上不算名家,但刘长春在文学上的修养使他体认了近现代文化史上这位奇人。他讲他的身世,讲他的诗文,进而讲他的字:"他的字结构修长秀美,不蔓不枝,如亭亭净植之莲。其用笔粗细均匀,纯用篆书笔意,却有绵里藏针之刚强。"从这里可以看出,刘长春是把人和诗文、书画联系在一起予以评述的。他在写书法,更在写人。人的评价始终牵引着他的艺术评价。但作者的史识又是辩证的,他既认同"书如其

---

① 刘长春:《说不尽的王羲之》。

人",又看到"书非其人",他认为"书以人重和因人废书两个极端都应当摒弃"①。

刘长春是把每篇史话当作一篇书家小传来写的。可贵的是,对文学的倾心使他致力于使每一篇文字都生动鲜活。他精心构思每一篇文字,从谋篇立意到章句结构,都力求完美匀称。他的文笔生动鲜明,流畅而有起伏。以《黄庭坚的定力》一文为例,此文以"那是三十多年前的往事"开始,讲作者插队时节月下借帖,识黄庭坚行书范谤传和草书李白忆旧游诗两帖。再讲黄庭坚在宋朝党祸中的数十载沉浮,最后是——

> 他的精神恰恰在于,不以己悲,不以物喜,随缘流水到天涯,或者,不管江南江北,依然轻轻松松、坦坦荡荡、磊磊落落、堂堂正正。一个人,当他把自己的生命融于世间万缘,与天地同流的时候,他的生命也就获得了永恒的宁静与永存。

一个人的写真,一段书法史的往事,一篇结构完整的美文。这就是刘长春在这本书中倾全力所要争取的。应该祝贺他,他做到了!

2005年7月,京城酷暑中

---

① 刘长春:《宣纸上的话题——书非其人和书如其人》。

大海的博大与柔情*
——读王顺彬的《带着大海行走》

这位诗人有很丰富的经历,这些经历又反过来丰富了他的诗。他自述,他是从山城"突围"到大海边的。他喜欢海洋。自从认识了大海,"从此",他说,"我的诗中有了海","我的岁月,充满涛声"。他把诗集的名字叫做"带着大海行走"。说明大海始终伴随着他,他已离不开海洋。

他生在山城,应当说,那里离海洋很远。可是,海洋是那样亲切地吸引着他,他是那样深知着海洋。在那首以"海"为题的组诗中,集中表现了他对大海的深情与沉思。诸多独特的意象,组成了丰富而博大的海洋交响诗。"海撞击我,不留痕迹",撞击是猛烈的,但是却更像是温柔的爱抚,只在心的深处保留着柔软的记忆。"不留痕迹"是一种独特的感受。在大海边上,他同时拥有太阳的红乳房和月亮的银乳房,他这样表达对大海的感激之情:"我是两种乳房的儿子,海水,是最辉煌的乳汁"。乳房的意象充分显示诗人奇特的想象力。

《海》是这本诗集的开卷之作。这里集中体现着他对大海梦幻般的感受,也集中显示着他对客观事象的细致的观察力与独到的表现力。海让船对我承认,"那些船太重,那些船把它压痛";海让帆对我坦白,"那是它一页页的爱恋"。诗人仿佛就是海,他能感到重压的痛,又能感到帆的恋情。在写大海的笔墨

---

* 此文刊于 2006 年 12 月《诗歌月刊》。据此编入。

中,最动人的是这一个形容:"海在粉碎中完整"。我想,凡是到过海边的人,凡是见过波浪激情翻滚的人,都会为这个被"粉碎"而又保持"完整"的描写所叹服。

在诗集中与这组《海》相对称的还有《鹰的短语》和《云》,都是意味隽永的组诗。其中很多意象的组合都是诗人的自我寄托。写的是鹰,抒发的是诗人的情怀:"我把鹰当作一生的旗帜","我同鹰成为一体,天空的血肉,在我们的狂飙中呼啸"。特别是这样的警句:"鹰没想过飞进花朵,鹰可以把白云想象成花朵",是可以当格言来读的。

王顺彬说过,诗歌始终是一种语言实验,他喜欢在诗歌中实验语言。有些实验造出了奇警的效果,有些则未必。也有难以沟通的缺憾。《对果子的接近》、《最近的苹果》都存在这样"隔"的问题。也许这是诗人刻意的追求,但是当诗人的所指未能唤起共鸣的时候,或者是这种意图未能被感知的时候,诗人便应当调整自己的语言实验。

王顺彬写海洋,倾注了全部的激情。但他坦言,"我的诗歌并非全部住在海水里"。他把大海给予他的启悟,赋予了世间万象。读这本诗集,最感快慰的是他的那些关于情爱的诗。在那里,我依然看到了大海的影子,那是一种深情,那里响动着汹涌澎湃的涛声,却包蕴着一种柔情,一种无言的博大的至爱。"你从梦中飞来,你为爱情惊艳,你丰富了我空荡的视线"(《梦蝶》),爱情就是这样轻轻地走来,在身旁,在梦中。开始是私语般轻柔,而后是惊涛骇浪。一切都如海洋的性情。

《退到远处看你》是一个男人对一个女人的倾诉:我曾经日子荒芜,诗歌飘零,一个男人的错误,就是这样无处安放。即使现在的你是一堆锋利的碎片,我也要用整整的一生紧握。《微笑着后退》也是一个"后退"的故事:我曾经试着抚摸你的风景,后来发现你并非只把嘴唇留给我,于是我微笑着后退。爱情在进退之间显示出无限的丰富性。这里有一首《咏梅》的诗:梅花,双眼皮的梅花,双眼皮的妹妹,如今才发现,你可以摧毁一个男人心上厚厚的冰层。还有一首《给桐》,如同梅一样,桐似乎也是一个人的名字:桐,你是我优雅的古乐,细美的新曲,就是这样的雨夜,就是这样的雨桐,快把我抱紧,不要松开……

这些都是大海给予的既博大又温柔的爱情。但这并不是王顺彬诗的全部,正如他的生活一样。他的诗是非常丰富的。读过《风把方向吹得偏西》这一组诗便知道,王顺彬的诗路是宽广的,在这里,就在《车过兰州》这里,他写,我的车窗,被兰州一擦就亮了,写他对诗人娜夜的思念,应该是有点婉约的。但诗人笔锋一转,那酒泉的月色中的酒香,就在柔和中混合了军旅生涯的雄伟,"我拥枪而卧的梦灌满绿色的和平"。还有最漂亮的诗句,这诗句来自《这个想法属于和平》,他想象把手中的枪种在沙漠,自问会不会生出绿色? 会不会如顽强的白杨,如我的生命般插在那里?

春天,我把我的枪命名为红柳。我的枪要经受住翻天覆地的摇撼。这些都是在中国的西部获得的诗情。诗人说,这个想法属于和平。我们说,这个想法属于热爱大海并感受到大海的博大与柔情的诗人。

2005 年 8 月 2 日于京郊昌平

回望百年*
——论中国新诗的历史经验

一

1899年的最后几天,梁启超在流亡东土一年之后,舟发横滨,赴夏威夷考察。在经历风浪颠簸之苦中,想起的第一件事,是中国的诗歌。这一年12月25日,梁启超在太平洋舟中写了一篇很长的日记,其中有如下的一些话:

> 余素不能诗,所记诵古人之诗不及二百首,生平所为诗不及五十首。今次忽发异兴,两日内成十余首,可谓怪事!余虽不能诗,然尝好论诗。以为诗之境界被千余年来鹦鹉名士(余尝戏名词章家为"鹦鹉名士",自觉过于尖刻)占尽矣。虽有佳章佳句,一读之,似在某集中曾相见者,是最可恨也。故今日不作诗则已,若作诗,必为诗界之哥伦布、玛赛郎然后可。——欲为诗界之哥伦布、玛赛郎,不可不备三长:第一要新意境,第二要新语句,而又须以古人之风格入之,然后成其为诗。①

梁启超提出了他所理想的新诗歌的几个条件,并殷切地期待着"欧洲真精神、真思想"成为建立中国新诗歌的"诗料":

---

* 此文刊于《北京大学学校》(哲学社会科学版)2005年第11期。据此编入。
① 梁启超:《夏威夷游记》,《饮冰室文集点校》第三集,云南教育出版社,2001年8月,第1826—1827页。本文分别发表于1900年2月10、20日,《清议报》第35、36册。

> 即以学界论之,欧洲之真精神、真思想,尚且未输入中国,况于诗界乎?此固不足怪也。吾虽不能诗,惟将竭力输入欧洲之精神思想以供来者之诗料可乎?要之,支那非有诗界革命,则诗运殆将绝。虽然,诗运无绝之时也。今日者,革命之机渐熟,而哥伦布、玛赛郎之出世,必不远矣!上所举者,皆其革命军月晕础润之征也。夫诗又其小焉者也。①

梁启超在戊戌变后的流亡途中,依旧不忘于中国的政局,其中突出地包含了对于中国诗歌命运的牵挂。他在旅途中对于未来诗歌的祝愿,距今一百多年后读之依然十分感人。他寄希望于诗歌"新大陆"的发现,更对创立中国新诗歌的哥伦布、麦哲伦式的领航人物怀有热切的期待。在这篇日记中,梁启超第一次提出了"诗界革命"的口号。除了一般的号召之外,他具体地提出了诗歌改革的三个条件:第一是新意境,第二是新语句,第三是"以古人风格入之"。前两个条件包含了对引进新的内容和形式的要求,后一个条件则包含了对于保存传统风格的愿望。梁启超诗界革命的蓝图,是在保存"旧诗"的大前提下对诗歌进行改革的设想,与后来的"五四"新诗革命虽是同向的,却有大的差别。

进入二十世纪的第一年,他重申"诗界革命"这一理念。作于1901年的《广诗中八贤歌》中有这样的诗句:诗界革命谁欤豪?因明巨子天所骄。驱使教典庖丁刀,何况欧学皮与毛!"②他诗中所咏的诗人有章炳麟、陈三立、严复等,显然代表了梁启

---

① 梁启超:《夏威夷游记》,《饮冰室文集点校》第三集,云南教育出版社,2001年8月,第1826—1827页。本文分别发表于1900年2月10、20日,《清议报》第35、36册。

② 梁启超:《广诗中八贤歌》,见《饮冰室文集点校》第六集,云南教育出版社,2001年8月,第3735页。本诗发表于1902年3月10日《新民》第3号。

超心目中的诗歌形象,也寄托着他的诗歌理想。这些,同样与后来发生的诗歌变革也存在着差距。诗界革命的倡导者在当日显然无法想象后来在中国上空的刮起的诗歌风暴的凶猛与激烈的程度。

许多诗歌史家都注意到近代以来比梁启超更早的一些诗歌变革的理想,以及那些跨出旧藩篱的大胆实践。特别是黄遵宪的诗歌主张及其创作。黄遵宪被公认为诗界维新的先行者。早在清同治年间,当时年方二十一、二岁的黄遵宪就在《杂感》诗中,对中国诗歌的传统与现状发出深刻的质疑:

> 俗儒好尊古,日日故纸研;六经字所无,不敢入诗篇。古人弃糟粕,见之口流涎;沿习甘剽盗,妄造丛罪愆。黄土同抟人,今古何愚贤?即今忽已古,断自何代前?明窗敞流离,高炉热香烟;左陈端溪砚,右列薛涛笺;我手写我口,古岂能拘牵?即今流俗语,我若登简编;五千年后人,惊为古斓斑。①

他从时代变迁、新陈代谢的道理来看诗歌的演变。他的"别创诗界"的诗歌理想,是与他的政治、学术上的改良维新思想相一致的。他主张立足于现代,不墨守成规,更不盲目师古,相信今天我们的所为,也可成为他日的经典。"我手写我口,古岂能拘牵",就是一道骇世惊俗的改革诗歌的宣言。这种重视当世、相信今我而不迷信古人的思想,是近代中国社会转折时期的先进思潮。"吾人生于今日,当世界交通之会,所见所闻,自较前人为广。——轻议古人固非是,动辄引古人之理想,以阑入今日之理想,亦非是也"。②

黄遵宪的诗歌创作,在当时具有前卫的性质。他的组诗《今

---

① 录自《人境庐诗草》卷一。
② 吴沃尧:《杂说》,见《月月小说》第八号。

别离》把现代交通通讯的先进技术写进诗中。他还从山歌民谣中吸取诗的养分,组诗《山歌》其实就是他所记述加工的民间诗歌。① 他一面进行诗歌的改革试验,一面又在理论上完善他的未来诗歌的设想:

> 士生古人之后,古人之诗号专门名家者,无虑百数十家,欲弃去古人之糟粕,而不为古人所束缚,诚戛戛乎其难。虽然,仆尝以为诗之外有事,诗之中有人;今之世异于古,今之人亦何必与古人同? 尝于胸中设一诗境:一曰复古人比兴之体;一曰以单行之神,运排偶之体;一曰取离骚、乐府之神理,而不袭其貌;一曰用古文家伸缩离合之法以入诗。②

在谈到他心目中的"诗境"的同时,他还对未来诗歌的取材、述事、炼格都作了预设。他提出要"不名一格,不专一体",主张"举今日之官书会典,方言俗谚,以及古人未有之物,未辟之境,耳目所历,皆笔而书之"。他的目标是,要创造出"足以自立"的"不失乎为我之诗"。这些主张,已经显出了后来新诗革命中的争取独立精神的雏形。

从黄遵宪的立论和实践可以看出,他和梁启超一样,是在不丢弃旧诗传统框架的前提下,进行诗歌改良的。诗界革命的设想存在着大的历史局限性,这是非常明显的事实。它的未能取得成功是必然的。钱仲联对此有过评价:"诗界革命从总体上说终究没有能从根本上摆脱旧体诗的束缚,只能在旧体诗的规格内创新。因此,诗界革命也如绚烂的晚霞,很快就成为历史的陈迹。尽管如此,他们留下的诗篇和取得的成就,足以突过元明以

---

① 《山歌》诗前有序:"土俗好为歌,男女赠答,颇有《子夜》、《读曲》遗意,采其能笔于书者,得数首。"
② 黄遵宪:《人境庐诗草》《自序》,见《中国近代文论选》(上),人民文学出版社,1959年第1版,第169页。

来的诗坛,成为几千年中国古典诗歌的后劲,他们在诗歌通俗化方面所作的努力,也为五四运动后掀起的白话诗架起了桥梁。"①

二

桥梁的作用是通往彼岸。此岸是出发点,而到达则是一个过程,甚至是一个艰难的过程。但是对于此岸而言,作为出发点是非常重要的。中国现代诗歌的创立与试验,不能无视和越过近代诗界维新运动的实践的意义。近代文学是现代文学之父。同样,近代诗界革命是五四新诗革命的先驱。要是没有近代诗界维新的大胆的设想和那些不免稚嫩生涩的实践——这些实践的基本的和最高的形态,是"能熔铸新理想以入旧风格"②——也就不会有后来轰轰烈烈的新诗革命。但他们的主张是以不打破旧框架为前提,只是力求在旧体式中充填新名词和新思想,从而难免有内容与形式不相适应的尴尬。

但当日不论是改良派还是革命派,他们的目标是高度一致的,即均立志于诗的内容的革新。他们希望中的诗歌,是能够承载新思想、新精神的一种媒介。他们共同寄大希望于新诗歌。胡适认为历来的文学革命都是事关语言文字的改革和文体的解放。新文学的语言是白话的,新文学的文体是自由的,是不拘格律的。这虽然都是文学形式上的变革,其真正目的却始终为着内容。

---

① 钱仲联:《近代诗钞—前言》,见《近代诗钞》(壹),江苏古籍出版社,1993年3月,第11—12页。
② 梁启超:《饮冰室诗话》,见《饮冰室文集点校》,第六集,云南教育出版社,2001年8月,第3791页。

《文学改良刍议》①所列"须从八事入手"中,第一事就是"须言之有物"。所谓"物",指的是情感和思想。胡适说,"吾所谓思想盖兼见地、识力、理想三者而言之。思想不必皆赖文学而传,而文学以有思想而益贵","近世文人沾沾于声调字句之间,既无高远之思想,又无真挚之情感,文学之衰微,此其大因已。"语言文字和文体的改革,诗歌争取的"诗体大解放",其目的在于"打破那束缚精神的枷锁镣铐"。有了这一层"打破"和"解放","所以丰富的材料,精密的观察,高深的理想,复杂的情感,方才能跑到诗里去。"②所以,他们的目光始终是盯着内容的革新的。

自近代以至民初,无论是诗界革命还是新诗革命主张的提出及其实践,其大的背景都是鸦片战争以来中国社会的积弱。列强虎视,国事无章,忧患迫使中国有识之士,四方寻求改变国运的药方。新诗革命作为新文学革命的组成部分,它继承了自近代龚自珍以还的一批先觉诗人的追求和理想。其明确的目标在于以诗唤起民众的觉悟,促使社会进步,即所谓的强国新民的目的。

这些人开始想在保全旧诗格局之内,进行新思想和新精神的加入。这种努力不能奏效,诗界革命也没有留下有力的作品。但是他们更新中国诗歌的理念,以及前无古人的大胆实践的勇气,都给后来的新诗革命以启迪。新诗革命的实践,正是从诗界革命最想保全的那个地方打开缺口的。黄遵宪、梁启超等一再申明的要以"旧风格"入诗的主张,在胡适、陈独秀那里遭到了彻底的否定。

---

① 胡适:《文学改良刍议》,载《新青年》第二卷,第五号,上海群益书社,1917年1月1日出版。
② 胡适:《谈新诗》,本文作于1919年10月,见《中国新文学大系—建设理论卷》。

从胡适的"八不主义"①到陈独秀的"三大主义"②,其基本用意都在打破古典文学和诗歌给予人精神上的桎梏。胡适在新诗试验上竭力要消除旧诗的影响,第一步就是他表述的要去掉新诗中的"旧词调"③。即要去掉旧诗的任何痕迹,以全新的姿态创造新诗。他明确主张"不但要打破五言七言的诗体,并且推翻词调曲谱的种种束缚;不拘格律,不拘平仄,不拘长短;有什么题目,做什么诗;诗该怎样做,就怎样做。"④他的这些想法,早在美国时与友人交换意见中,就有所表达。当时他提出:"诗国革命何自始?要使作诗如作文。琢镂粉饰丧元气,貌似未必诗之纯。"⑤

胡适的"作诗如作文"的极端说法引起人们的质疑。他的初衷在于要急切地脱出旧诗的俗套,使新的诗歌能够直接地、无障碍地容纳新思想和新内容。只要有了这些,诗不诗的,就无所谓了。这种想法,不仅是胡适有,与他持同样主张的同时代人大体

---

① 《文学改良刍议》:"吾以为今日而言文学改良,须从八事入手。八事者何?一曰,须言之有物;二曰,不摹仿古人;三曰,须讲求文法;四曰,不作无病之呻吟;五曰,务去滥调套语;六曰,不用典;七曰,不讲对仗;八曰,不避俗字俗语。"

② 见陈独秀:《文学革命论》:"文学革命之气运,酝酿已非一日,其首举义旗之急先锋,则为吾友胡适。余甘冒全国学究之敌,高张文学革命军大旗,以为吾友之声援。旗上大书特书吾革命军三大主义:曰,推倒雕琢的、阿谀的贵族文学,建设平易的抒情的国民文学;曰,推倒陈腐的、铺张的古典文学,建设新鲜的、立诚的写实文学;曰,推倒迂晦的、艰涩的山林文学,建设明了的、通俗的社会文学。"载《新青年》第二卷,第六号,上海群益书社,1917年2月1日出版。

③ 胡适在《谈新诗》中有数处说到"旧词调":"我自己的诗,词调很多,这是不用讳饰的";"新潮社的几个新诗人——傅斯年、俞平伯、康白情——也都是从词曲里变化出来的,故他们初做的新诗都带着词或曲的意味音节";"此外各报所载的新诗,也很多带着词调的"。

④ 胡适:《文学改良刍议》,载《新青年》第二卷,第五号,上海群益书社,1917年1月1日出版。

⑤ 《尝试集·自序》,《胡适文存》卷一,上海亚东图书馆,1931年10月,第267—268页。

都有。钱玄同就说过,"我们现在做白话文章,宁可失之于俗,不要失之于文。"①在他们的心目中,有比诗文本身更为重要的东西,那就是通过一定的方式迅疾地传播新思想新观念,借以唤起民众,振兴社会。

当时很流行这样的说法,话怎么说,诗就怎么写。不仅是作诗如作文,而且,只要有新内容,一切都显得不重要了。所以,就新文学而言,当时注重的是"新",而忽视的是文学;就白话诗而言,当时注重的是"白话",而忽视的是诗。在新诗的建设过程中,由于初期的关注集中在承载,而忽视了诗学和诗性本身,导致初期白话诗一方面由于缺乏节制的"解放",使艺术失去准则,无所约束的诗生产得快,而被遗忘得也快。总的体现为艺术表现方面的粗糙和不成熟。

这样,伴随新诗的诞生而来的,那种直白、浅露、散漫、拖沓、少韵味,不蕴藉等缺陷,几乎是遍地开花地弥散开来了。总的说来,新诗建设过程中的"非诗性"的"病根",早在它的"襁褓"期中就不幸地种下了。白话诗的这些缺陷是非常显著的。我们固然可以初创期的幼稚来为其开脱,但是不可回避的是,这原本就是一种刻意的追求。

早期新诗实践中存在的这些忽视诗的艺术特性的弊端,人们不是未有觉察。成仿吾在《诗的防御战》文中表现出对初期白话诗实践中的过于热衷于内容的充填,偏重于抽象说理,特别是对于诗的生命的情感的淡漠提出警示。他列举了胡适、康白情、俞平伯、周作人、徐玉诺等人的作品为例,认为白话诗创作中缺乏诗意的症结,在于混淆了诗与文的界限。他所谓的"防御战",意在坚守诗质——发挥情感的效果,而不在满足于用诗来"说

---

① 钱玄同:《尝试集·序》,《新青年》第四卷,第二号,上海群益书社,1918年2月15日。本文作于1918年1月10日。

话"或"说道理"。

> 诗的职务只在使我们兴感 to feel 而不在使我们理解 to understand。使我们理解，有更明了更自由的散文。诗的作用只在由不可捕捉的创出可捕捉的东西，于抽象的东西加以具体化而他的方法只在运用我们的想象表现我们的情感。一切因果的理论分析的说明是打坏诗之效果的。①

尽管创造社同人后来迅速地转向了革命诗歌的倡导，他们同样走上了为革命的内容而忽视甚至牺牲诗性的道路，甚至走得比谁都远。但在此时，他们还是发表了很有力的见解。不仅成仿吾，还有郭沫若等人。

其实，还有比成仿吾更早对新诗发出警告的。就在新诗刚刚试验成型的初期，俞平伯在《社会上对于新诗的各种心理观》中就敏锐地指出："白话诗的难处，不在白话上面，是在诗上面；他是赤裸裸的，没有固定的形式的，前边没有模范的，但是又不能胡诌的；如果当真随意乱来，还成个什么东西呢！所以白话诗的难处，不在白话上面，是在诗上面。"②当新诗从无到有，终于"尝试"成功，出现在人们面前的时候，那时一般人产生错觉，以为新诗的写作是很容易的，俞平伯揭示了新诗的"难"就在于它的"易"。

这样的局面直至一个倾全力于诗的艺术王国的建立的派别出来，方始有了一个影响全局的氛围。但那已是十年之后的事了。1926年徐志摩为晨报副刊《诗镌》创刊致辞，声称"要把创格的新诗当一件认真事情做"。

> 我们信诗是表现人类创造力的一个工具，与音乐与美

---

① 成仿吾：《诗之防御战》，见《创造周报》第一号，泰东图书局，1923年5月13日。
② 俞平伯：《社会上对于新诗的各种心理观》，《新潮》第二卷，第一号，国立北京大学出版部，1919年10月。

术是同等同性质的;我们信我们这民族这时期的精神解放或精神革命没有一部像样的诗式的表现是不完全的;我们信我们自身灵魂以及周遭空气里多的是要求投胎的思想的灵魂,我们的责任是替它们构造适当的躯壳,这就是诗文与各种美术的新格式与新音节的发现;我们信完美的形式是完美的精神唯一的表现;我们信文艺的生命是无形的灵感加上有意识的耐心与勤力的成绩。[①]

这是新诗创立之后关于诗学的第一次正面碰撞。也是一次致力于新诗之艺术建设的有力冲刺。这些最初集结在《晨报·诗镌》的一群,后来又更大范围地集合在"新月"的周围。他们依然怀抱"希望为着时代的思想增加一些体魄,为着时代的生命增厚一些光辉"(《"新月"的态度》)的愿望,而继续当初的努力。而这已是1928年的事情了,中国的社会情势和文学情势都已发生变化。工人运动和左翼思潮的兴起,使他们进退维谷。他们可谓是"生不逢时"。他们的工作旷日持久地被淹没在"唯美主义"、"艺术至上"的责难中。

三

回望当年,陈独秀、胡适等人充满自信,一路攻杀。他们义无反顾的决绝精神,至今尚令人为之气壮![②] 他们是无视、"踏倒"、几乎不计后果地前行,新诗就这样被创造出来了。在倡导和建设白话文学的过程中,新诗是最后也是最难攻破的堡垒。

---

① 徐志摩:《诗刊弁言》,《晨报副刊·诗镌》1号,1926年4月1日。
② 这里仅举一例说明。陈独秀在《新青年》第三卷第三号给胡适的信说:"改良文学之声,已起于国中。赞成反对者各居其半。鄙意容纳异议,自由讨论,固为学术发达之原则。独至改良中国文学,当以白话为正宗之说,其是非甚明,必不容反对者有讨论之余地。必以吾辈所主张为绝对之是,而不容他人之匡正也。"年时为1917年5月。

因为站在新诗前面的,是灿烂辉煌的中国古典诗歌。经过几千年的发展而形成的诗学传统,成就了无数杰出的诗人。古典诗歌在气象、境界、情趣、体式、韵律,乃至炼字、炼句等,举凡涉及诗歌的创作、阅读、欣赏等所有的层面,都形成了丰富而坚实的传统。它是不可逾越的伟大典范。

诗界革命的倡导者看到了这一点,他们在古典辉煌和现代诉求二者之间犹豫不决,希望有一种缓冲的妥协。他们处于两难之中。他们几乎是不战而败。事情轮到新诗革命这一边。新诗革命的先行者和他们的前辈不同,他们敢于对伟大的传统说"不",而且采取了大胆而决绝的"推倒"(陈独秀语)的策略。

其实,在实行这一改革措施之前,有人已经预期到行动的艰难。梁启超在发表著名的跨世纪宣言《过渡时代论》的同时,又著《十种德性相反相成义》一文。在说到十种"其性质相反,其精神相成"的德性中,就有"自由与制裁"、"破坏与成立"两项。指出"知有制裁之自由,则自由而不乱暴","知有成立之破坏,则破坏而不危险"。[①] 可以说是一种对于后果的预警。但事情却不能顺利地按照人们的意愿行进。

新诗是要在传统诗歌之外寻求自由,但在实践中却疏于节制。新诗诚然是想在破坏中"成立",但事情既已发生,一切犹如决堤之水,使"成立"不可预期。白话诗的写作因为几乎挣脱了一切的约束,如脱缰之马一路狂奔而无法止住脚步。那时人们一门心思想的是"写什么",而极少甚至不屑于考虑"怎么写"。不论是"白话",不论是"新",他们忘记的总是"诗"。

"写什么"是作品表现的内容,以及作家、作品与历史、现实

---

① 梁启超此文发表于《清议报》第八十二、八十四期,见《辛亥革命前十年间时论选集》第一卷,上册,生活·读书·新知三联书店,1960年4月第一版,第8—16页。

的关联的问题。由此,也涉及作家的立场、态度和观念,是对于所有的文体,乃至于文艺的各种形式,均是同等重要的问题。它并不专属于某一特定的文体。具有决定意义的是后者,即"怎么写"。对于诗而言,它涉及诗人面对他所关切的材料,如何恰当而又精到地予以诗性表达的问题。当内容一旦决定之后,艺术表现的问题就是考量和衡定作品价值的最后的条件。可是,这一极端重要的问题,却受到了忽略。

我们现在仍然感受并享受着"诗体大解放"所带来的写作上的大自由。但是退一步想,当我们只是把诗当成一种思想内容的运载工具,而很少甚至不考虑它是如何表现这些思想内容的,那么,诗又有什么意义呢?更有,这些所谓的思想内容本身,它的合理性、包容性,是否具有普泛意义等等,也是应当予以考虑的。之所以提出这样一些问题,由于随后发生的一些事件,表明即使是注重写什么,本身也存在着疑点。

在二十世纪的各个时段,由于社会处境的变迁,以及权力和决策方面的功利性,时常要求(并时常随意地改变这些要求)作家和诗人应该写什么,不应该写什么。这是由于整个二十世纪,中国的社会环境严峻,一直处于动荡不安之中,战争和动乱,使人们的生存状态极为恶劣。生存是一切的前提。于是,几乎是顺理成章地要求诗歌为这种局势作出承诺。"五四"以来对于诗歌内容承载的要求被强化和具体化了。"政治标准第一"的提出,更使诗歌的艺术性沦为微不足道的东西。

先前那些较为注重诗的情感内涵和审美性的人们,例如早期创造社的成员,也在左翼思潮的涌动中迅速转向革命诗歌的提倡。从文学革命到革命文学,从新诗革命到革命新诗,这就是创造社以及倾向性接近者此时的基本思路。成仿吾批判文学的

"趣味"和"闲暇"①,是其中最突出的例子。其他如郭沫若、郁达夫、李初梨、蒋光慈等也都有此类文章涉及。

"诗用"和"诗美"的选择构成了矛盾。在多方因素的促使下,在特殊的环境中,功利性的考虑总占着有利的位置,它能够合理而又合法地占有那些"空隙",而进行随心所欲的"充填"。因为每一个时期都有流行的功利的目标,因此这种充填的内容又是随时变化的。有时是"国防",有时是"大众",有时是"工农兵",更多的时候则是内涵互不相同的"政治"。有时又是那种很空泛的"向上"、"乐观"、"健康"等等。

"诗用"冷落了或赶走了"诗美",它占了那所本来共有的房子。然后,反客为主地随意选择或驱赶它的"房客"。原因总是堂而皇之的,据说是为了诗的"纯洁"。这种局势,几乎贯穿了新诗历史的大部分时间。政治不断地要求诗歌为它"服务",而被服务的政治又不断地变脸。政治变了,而诗变不了,留下的只能是诗人的难堪。这里有一段引文,来自新诗历史上最重要的一位诗人:"写诗歌的人,首先便得要求他有严峻的阶级意识,革命意识,为人民服务的意识。有了这些意识才能有真挚的战斗情绪,发而为诗歌也才能发挥武器的效果而成为现实主义的作品。"②

在另一篇文章中,这位诗人还说了这样一段话:"今天的诗

---

① 仿吾(成仿吾):"我们由现在那些以趣味为中心的文艺,可以知道这后面必有一种以趣味为中心的生活基调,换句话,就是必有一种有特别嗜好的作者,有同样嗜好的刊行者与读者,他们的同类的特别嗜好成为了一种共同的生活基调,才有了这样以趣味为中心的文艺。而这种以趣味为中心的生活基调,它所暗示着的是一种在小天地中自己骗自己的自足,它所矜持着的是闲暇,闲暇,第三个闲暇。"见《完成我们的文学革命》,原载《洪水》第三卷第二十五期。本文引自《中国新文学大系1927—1937文学理论》卷二,上海文艺出版社1987年2月。

② 郭沫若:《关于诗歌的一些意见》,载《浙江文艺》,1977年第6期,转引自吴秀明主编《中国当代文学史写真》,浙江大学出版社,2002年6月,第25页。

歌必然要以人民为本位,用人民的语言,写人民的意识,人民的情感,人民的要求,人民的行动。更具体地说,便要适应当前的局势,人民翻身,土地革命,反美帝,挖蒋根而促其实现。"①到了后来,他甚至极端地主张"口号入诗",说:"口号标语诗也不失为诗的一种,做到好处也正好。它之所以受批判,是策略上的问题。假使社会的情况许可,那种露骨的诗正是大有价值的。尊重意识不必就是哟啊你去叫口号,去做标语,但标语做得好口号喊得好,也未始不好,事实上标语口号实在是最难做的,有经验的人自会知道。"②他不仅言论上主张,而且亲自垂范,写了《百花齐放》、《学文化》、《防治棉蚜歌》等作品。

各种各样的"意识",充填着这所"房子",使诗歌不堪其负。倡导者把这种诗歌叫做"武器"。我们只看到苍白而空洞的思想和意识,惟独没有看见作为艺术的"武器"是如何地被诗化的过程。这就是中国新诗史的事实。房子被占领的时间很长,因而作为真正主人的诗,被拒之门外的时间也很长。

四

在设计未来诗歌的样式时,在那些新诗革命的实验者心目中,普遍存在着对于旧诗人的不认同的、批判的态度。尽管未曾明白地表达,却是隐约地感到了要把现代诗人与古典诗人予以区分的意向。我们可以从陈独秀的话中找到这样的痕迹:"深晦艰涩,自以为名山著述,与其群之大多数无所裨益也。——其内容则目光不越帝王权贵,神仙鬼怪,及其个人之穷通利达。所谓宇宙,所谓人生,所谓社会,举非其构思所及。"③

---

① 郭沫若:《开拓诗歌新道路》,见《郭沫若谈创作》,黑龙江人民出版社,1982年。
② 见《郭沫若全集·文学卷》,第16卷,第181页。
③ 见陈独秀:《文学革命论》。

他们是想划清新旧的界限,但是那时并没有做到。黄遵宪"我手写我口"中的"我",并不是自我的觉醒,只是要求言文一致。胡适、沈尹默在《人力车夫》①中的抒情主人公的形象,也不能摆脱旧文人的影子。这里的"悯"人力车夫,和过去的"悯"农,并没有质的差别。也都是站在文人或知识分子的立场,由高处向着低处施以同情或悲悯,而未曾涉及自我的开掘与发现。也许郭沫若要吞食日月的"天狗",作为"我"的形象是接近于个性解放的自我,但天狗所代表的也只能是"五四"时期的整体的狂飙突进的时代精神。与诗人的个人觉醒还不能等同起来。

但在当时的一些诗人的意念中,已经有了新的自我觉醒的萌芽。俞平伯说:"我不愿顾念一切做诗底律令,我不愿受一切主义底拘牵,我不愿去摹仿,或者有意去创造那一诗派。我只愿随随便便的,活活泼泼的,借当代的语言,去表现出自我,在人类中间的我,为爱而活着的我。"②这里的自我,不仅是指写作的自由,也是指个人的独立,以及不受约束的自由的权力。郑振铎在论及诗的文体性质时也说:"诗是偏于文学的个人主义,就是适宜与表现自己,或自己的感情。"③

第一次真正表明并揭示文学的个人主义实质的,是周作人的《人的文学》。这篇文章是"五四"新文学运动中继"白话的文学"之后的、关于"人的文学"的最重要的宣言——

  我们现在应该提倡的新文学,简单的说一句,是"人的

---

  ① 载《新青年》第四卷第一号。1918年1月15日,上海群益书社印行。这期刊物发表了胡适的《鸽子》、《人力车夫》、《一念》、《景不徙》,沈尹默的《鸽子》、《人力车夫》、《月夜》,刘半农的《相隔一层纸》、《题女儿小蕙周岁日造像》等诗。陆耀东在《中国新诗史》第一卷中认为这是"标志着新诗第一次向社会展示自己风姿。"(长江文艺出版社,2005年6月,第21页。)
  ② 俞平伯:《冬夜·自序》,见引自《中国现代文论选》第一册,贵州人民出版社,1982年8月,第61—63页。
  ③ 郑振铎:《论散文诗》,载《文学旬刊》第24期,1922年1月。

文学"。应该排斥的,便是反对的非人的文学。——我所说的人道主义,并非世间所谓的"悲天悯人"或"博施济众"的慈善主义,乃是一种个人主义的人间本位主义。这理由是,第一,人在人类中,正如森林中的一株树木。森林盛了,各树也都茂盛,却仍非靠各树各自茂盛不可。第二,个人爱人类,就因为人类中有了我,与我相关的缘故。——所谓利己而又利他,利他即是利己,正是这个意思。所以我说的人道主义,是从个人做起。要讲人道,爱人类,便须使自己有人的资格,占得人的位置。①

在长期的封建社会中,个人被掩埋在王权的统治之中,个人的生命及其价值,渺小如虫蚁。个人尚且如此,更何谈"主义"?尊重个人的自由权力,唤醒个人价值的觉醒,是现代西方的理念。这就是周作人这里所述的"个人主义的人间本位主义"。应当说,在新文学和新诗革命的初始,在与提倡白话文学的同时,提倡人的文学,这不仅涉及文学的形式,而且涉及文学的内涵。顺此前行,必然导致中国文学革命往更具本质的境界发展。

但事情很快就发生逆转。一些人开始批判"五四"新文学革命的不彻底,他们要改变文学革命为革命文学。而这种改变的最重要的内容,则是提倡文学的集体主义。这种提倡的直接攻击的目标便是文学的个人主义。在新诗的百年历史中,这种攻击是持续的和不间断的。因为据说文学的个人主义是自私的,不道德的,是与救国救民的艰难形势不相容的。

革命文学的倡导者认为,"旧式的作家因为受了旧思想的支配成为了个人主义者,因之他们所写出来的作品,也就充分地表现出个人主义的倾向。他们以个人为中心,以个人生活为描写

---

① 周作人:《人的文学》,载《新青年》第五卷第六号,上海群益书社,1918年12月15日发行。

的目标,而忽视了群众的生活。"他进一步指出——

> 革命文学应当是反个人主义的文学,它的主人翁应当是群众,而不是个人;它的倾向应当是集体主义,而不是个人主义。——革命文学的任务,是要在此斗争生活中,表现出群众的力量,暗示人们以集体主义的倾向。颓废的,市侩的享乐主义的,以及什么唯美主义的作品,固然不能算在革命文学之列,就是以英雄主义为中心的作品,也不能算做革命文学。①

那时宣扬集体主义是一种时尚,舆论一致地谴责文学的个人主义。"个人主义的文艺老早过去了,然而最丑猥的个人主义者,最丑猥的个人主义者的呻吟,依然还是在文艺市场上跋扈"。麦克昂(郭沫若)在《英雄树》这篇文章中号召文艺青年都来"当一个留声机","第一,要你接近那声音,第二,要你无我,第三,要你能够活动。你们以为受了侮辱么?那没有同你说话的余地,只好敦请你们上断头台!"②

发自创造社主办的刊物的这个声音,带着明显的时代印迹。既要求你要"无我",又要求你能够"活动"和"发声",而且非此不可。其自信犹如初期白话诗的提倡者,而粗暴却又过之。那时陈独秀只是说,"必以吾辈所主张者为绝对之是,而不容他人之

---

① 蒋光慈:《关于革命文学》,载《太阳月刊》第二期,1928年2月1日。引自《中国新文学大系(1927—1937)文学理论·集二》,上海文艺出版社,1987年2月,第46页。

② 麦克昂:《英雄树》,《创造月刊》第一卷第八期,第1—6页,上海创造社出版部发行。王独清在这期的编后《余谈》中说:"我们相信文学是时代底前趋,我们处在这样的时代,我们第一要我们底感情伸张到民众里面去,我们不要把时代忘记了。"

匡正也"，①而现在却是，"没有同你说话的余地，只好敦请你们上断头台"。当然断头台只是一种说法而已，至多不过是诗人的"语言暴力"。但是却说明了一个事实，那就是当日文艺——诗歌形势的狂热。

这是文学革命通往革命文学路上的一场白刃战。它的目标则在于消弭当日萌芽状态的"人的觉醒"，而使这新文学婴儿的第一声啼哭，消失在摇篮之中。随后而至的事实则是旷日持久的对于文学个人主义的批判，与之相对应的，则是同样旷日持久的对于集体（群众）主义的提倡。很快就到了四十年代，在那篇著名的"讲话"中有这样一段话：我们"必须站在无产阶级的立场上，而不能站在小资产阶级的立场上。在今天，坚持个人主义的小资产阶级立场的作家是不可能真正地为革命的工农兵群众服务的。"

对于文学个人主义的批判，随着意识形态的强化，得到前所未有的强调。早在取得全国政权的前夕，一份在香港出版的刊物发表系列旨在指导未来文学秩序的文章。其中一篇指出："从今天一般创作情势看来，多半是没有脱离个人主义的窠臼的。正因此，群众对于文艺的要求就不能明确地提到我们的日程上，大众化工作也被有些人所轻视着，甚至被嘲笑和拒绝了"，"这种堕落的倾向，使文艺不仅脱离人民大众，而且作为服务绅士阶级和加强殖民地意识的工具了。和这种倾向实质上相同而表现不同的，则是那种打着自由思想的旗帜，强调个人与生命本位，主张宽容而反对斗争，实际上是企图把文艺拉回到为艺术而艺术

---

① 这里仅举一例说明。陈独秀在《新青年》第三卷第三号给胡适的信说："改良文学之声，已起于国中。赞成反对者各居其半。鄙意容纳异议，自由讨论，固为学术发达之原则。独至改良中国文学，当以白话为正宗之说，其是非甚明，必不容反对者有讨论之余地。必以吾辈所主张为绝对之是，而不容他人之匡正也。"年时为1917年5月。

的境域中去的反动倾向。"①

所谓的文艺战线上的大辩论,或者所谓的文艺思想整风,长时期以来不间断的文艺思想的论争,其核心总是围绕着文学和诗歌的个人与集体这样的话题而展开。许多诗人在各种场合检讨和批判自己创作中的个人主义。何其芳沉痛地回顾了自《预言》以至《夜歌》中的个人主义的偏离——

> 抗战以前我写那《云》的时候,我的见解是文艺什么也不为,只是为了抒写自己,抒写自己的幻想,感觉,情感,后来由于现实的教训,我才知道人不应该、也不可能那样盲目地,自私地活着,我就否定了那种所谓为艺术而艺术(实际是为个人而艺术)的见解。抗战以后,我也的确有过用文艺去服务民族解放战争的决心与尝试,但由于我有些根本问题在思想上尚未得到解决,一碰到困难我就动摇了,打折扣了,以至后来变相的为个人而艺术的倾向又抬头了。②

冯至也有过这样的自我谴责:"资产阶级个人主义人生观在阻碍我们,使我们看不清人民集体的伟大力量。它使我们执着在自己身上,患得患失。我最早写诗,不过是抒写个人的一些感触,后来范围比较扩大了,也不过是写些个人主观上对于某些事物的看法;这个个人非常狭隘,看法多半是错误的。"③郭小川因

---

① 邵荃麟:《对于当前文艺运动的意见——检讨—批判—和今后的方向》,《大众文艺丛刊》第一辑,香港1948年3月。此文发表时署名"本刊同人—荃麟执笔"。

② 何其芳:《夜歌·后记》。诗文学社,1945年5月出版。这篇后记还有另一段话:"'这个时代,这个国家,所发生的各种事情,人民,和他们的受难,觉醒,斗争,所完成着的各种英雄主义的业绩,保留在我的诗里面的为什么这样少呵。这是一个轰轰烈烈的世界,而我的歌声在这个世界里却显得何等的无力,何等的不和谐!'(《谈写诗》)而且当时为什么要那样反复地说着那些感伤,脆弱,空想的话呵。有什么了不得的事情,值得那样缠绵悱恻,一唱三叹呵。现在自己读来,不但不大同情,而且有些感到厌烦与可羞了。"

③ 冯至:《漫谈新诗努力的方向》,《文艺报》1958年第9期。

为在组诗《致青年公民》中使用"我号召你们","我指望你们"这样的句式而遭到非议。他不得不为此写了"说明":"我要说明的是,我所用的'我'只不过是一个代名词,类如小说中的第一人称,实在不是真的我,诗中所表达的关于'我'的经历、'我'的思想和情绪,也决不完全是我自己的。我现在还不敢肯定,这样的看法是否恰当,我的用意确乎在此,请求读者予以谅解。"①

所有的这样一些说明或检讨,都在揭示"个人"在写作中的"危害"和不合法性。诗人写作中热衷于表现自我,不仅是缺乏自律心的表现,甚至有原罪感。一般的舆论都视"个人主义"为诗歌通往社会大众的公敌,要建设集体主义的诗歌,就要义无反顾地铲除"个人主义"这个"毒瘤"。周扬说,"资产阶级的个人主义和无产阶级的集体主义是无法调和的。——我们身上存在的资产阶级个人主义思想成了我们前进道路上最大的障碍。"②

不断鞭挞"个人主义"的结果,使新诗失去了生发其灵气与智慧的"通灵玉"。"个人"在诗中的消泯,其实就是诗人生命在诗中的萎缩与流逝。诗歌不再为诗人的创作自由承担什么,诗歌的内质被掏空,犹如失去了魂灵的躯体。诗歌在公共的和统一的"集体"面前,无法拒绝普泛化乃至"假大空"的游离与异化。此后数十年间所发生的诗歌悲剧,已经证实了这一点。诗人的真实自我被放逐,所有的诗歌都在个人感兴和个人风格面前怯步不前。而所剩下的,只是如郭小川所说的"实在不是真的我"。

也许是对于历史记忆的有意回避,也许是一种刻意的心理逆反,随后(20世纪末叶以至21世纪初叶)的新诗创作,在排斥思想承载的路上愈走愈远。以至于诗歌不再关心诗人自己以外

---

① 郭小川:《几点说明》,见《致青年公民》,作家出版社,1957年12月,第129—130页。
② 周扬:《文艺战线上的一场大辩论》,《人民日报》1958年2月28日。

的一切。许多诗人乐于承认自己是"手艺人",是"写手",是"技巧专家",甚至学时髦的说法,是"码字工"。他们大智若愚,对世上发生的一切不闻不问。这种有意的闭目塞听,甚至到了21世纪的第一年,那震惊世界的大楼倒塌的声音,他们都听不见。

诗变得非常的自私了。他们沉溺于一己的悲欢,满足于絮叨的私语,或者故作高深,说些不着边际的"哲理"。他们仿佛是要在自己身上找回他们的父辈被剥夺了的权利,尽情地享受自我抚摩的快乐。他们充分地自恋。他们认为这种与他人无关的话语,是世上最动听的音乐——尽管遭到了广大读者的冷落。孤芳自赏已成了一种病症。

是的,在新诗的行进中,许多人曾受到愚弄和伤害,但受愚弄和伤害的并不是他们。他们是百余年来最幸运的一代中国人。他们诞生和成长在没有战争的硝烟也没有"斗争"的喧嚣的年代,衣食无虑,鲜花美酒,一切都令他们陶醉。他们的前辈因表现自我而获罪,而他们却只迷恋于小小的"自我"。惠特曼的草叶,聂鲁达的葡萄园,甚至艾青的火把,甚至北岛的宣告,对于他们都是一种不相干的遥远的故事。

五

当然我们的新诗并没有因而停止前进的脚步,新诗始终在沉重的思考中发展着并完善着。回望百年,几代为新诗建设而献身的诗人,他们的心血灌溉了新诗这朵百年奇花。有一种见解认为,五四新诗造成了与中国诗歌传统的断裂,这从表象上看似乎有些道理,因为新诗与旧诗相比,毕竟新诗是一种"异样"的和"另类"的存在。

但新诗提供给历史的,并不仅仅是一种破坏的事实,早在文学革命和新诗革命兴起之时,我们的先行者,并不像有些理论所表述的那样,只是一路爆破开去。是的,早在文学革命的初始,人们普遍地对旧诗怀有戒心,认为旧诗的格律束缚了现代诗情的发挥。所以极力地强调诗的真,而甚少谈论诗的美。刘半农说:"现在已成假诗世界,其专讲声调格律,拘执着几平几仄方可成句,或引古证今以为必如何如何始能对得工巧的,这种人我实在没工夫同他说话。"①但是更多的事实证明,即使在那样的高潮期,人们也还是考虑到建设的问题。

胡适是最早向旧传统发难的一位,但就是在他的《文学改良刍议》这篇檄文中,在他所列举的"八不"中,其中如"不用典"、"不对仗"、"不避俗语俗字"等,所举例子多涉及诗词。因此,认为当初的举措造成了文化的断裂,可能是把复杂的问题简单化了。胡适在发表上述文章的次年,即1918年,紧接着发表《建设的文学革命论》②一文。他在陈独秀原来的题目之前加上"建设的"三字,说明他在迅速地调整自己的思路。胡适此文论述甚广,举凡创造新文学的诸多具体的技术环节,如材料的收集与推广,文章的结构,以及剪裁、布局、描写等等,事关作品的艺术完成方面,均有详细的分析与介绍。他并不一味地空谈革命或改良。

当日的文学革命的实践,一方面是轰轰烈烈,如火如荼,一方面也有着冷静的思考。俞平伯认为,"要新诗有坚固的基础,先要谋他的发展;要在社会上发展,先要使诗的主义和艺术都有长足完美的进步,然后才能够替代古诗占据文学上重要的位置。——我们顶要紧的事,就是谋新诗本身的进步:挂了一面新文艺的大旗,胡乱做些幼稚的作品敷衍了事,这真是我们的大罪

---

① 刘半农:《诗与小说精神上之革新》,《新青年》第三卷第五号,上海群益书社,1917年7月1日发行。
② 胡适:《建设的文学革命论》,《新青年》第四卷第四号,上海群益书社,1918年4月15日发行。

过。"①这样的表述是明智的,既考虑到这种"替代"的必要,又考虑到它与原有的欣赏习惯之间的距离,立足于新诗自身的完美与完善,是新诗能否站稳脚跟的关键。

新诗成立之后,一方面存在着因思想而忘记艺术的倾向,另一方面则是感到了与古典诗的差距,而殚精竭虑于艺术建设的努力。五四的狂飙扫过中国的沉沉天宇,随之而来的是高潮过后专心致志的追求与创造。在初期,对于中国新诗的文体建设和审美理想致力最多的是围绕在创造社周围的一班人,稍后,则是"新月"的一班人了。那是道路开辟之后充满创造激情的年代,创造社的同人通过他们的刊物谈论最多的话题是诗,是诗的艺术。1922年创刊的《创造季刊》集合了一批矢志于新诗建设的"创造者"。"我知道神会到了,我要努力创造","你们知道创造者的孤高,你们知道创造者的苦恼,你们知道创造者的狂欢,你们知道创造者的光耀。"②这是他们作为创造者的宣言。

他们是痴迷于诗的一群。他们通过刊物的渠道,切磋诗的真谛,从季刊至月刊,一直不曾间断。郭沫若的《论节奏》,穆木天的《谭诗》,王独清的《再谭诗》,都是诗学建设中有影响的作品。这些作品谈到了诗的本质和规律实质。例如,"诗要兼造型与音乐之美。在人们的神经上振动的可见而不可见可感而不可感的旋律的波,浓雾中若听见若听不见的远远的声音,夕暮里若飘动若不飘动的淡淡光线,若讲出若讲不出的情肠才是诗的世界。""诗的世界是潜在意识的世界。诗是要有大的暗示能。诗的世界固在平常的生活中,但在平常生活的深处。""诗的背后要

---

① 俞平伯:《社会上对于新诗的各种心理观》,《新潮》第二卷第一号,国立北京大学出版部,1919年10月出版。
② 郭沫若:《创造者》,《创造季刊》第一卷第一号,上海泰东图书局,1922年3月15日出版。

有大的哲学,但诗不能说明哲学。"①这些见解都是非常专业的。

在新诗发展进程中,关于艺术探求的最重要的一篇文章应当是闻一多的《诗的格律》②他主张诗要"带着镣铐跳舞"。他认为诗之所以要格律,取决于诗的本性。诗的产生是由于"修补"自然界的不圆满,"自然的终点便是艺术的起点"。"只有不会跳舞的才怪脚镣碍事,只有不会做诗的才感觉得格律的束缚。"闻一多从中国的象形文字出发,建构他完整的格律理论。"诗的实力不独包括音乐的美(音节),绘画的美(辞藻),并且还有建筑的美(节的匀称和句的均齐)"。他不仅在理论上完善自己的主张,而且在写作上予以实现,《死水》便是新诗历史上一首经典的格律诗。

"这种音节的方式发现以后,我断言新诗不久定要走进一个新的建设时期了。无论如何,我们应该承认这在新诗的历史里是一个轩然大波。"闻一多的断言没有错,他的工作以及创造社一拨人的工作,对新诗构成了新的冲击。这种冲击对于新诗诞生以来的基本流向,具有鲜明的驳难性质。新诗革命初期对于古典诗歌的警惕、质疑以及激烈批判,是一种主潮现象。由于新诗的最初设计,立足于外国诗歌的借鉴③,它的对"古典"怀有"敌意"是必然的。因此,新的格律诗的提倡,即这种"引导"新诗"走回头路"的言论,甚至意味着"反动"。

闻一多有着诗人的敏感,的确引起了一场"轩然大波"。记得梁实秋曾经说过,"新诗运动最早的几年,大家注重的是'白

---

① 穆木天:《谭诗》,《创造月刊》第一卷第一期,创造社出版部1926年3月16日出版。

② 闻一多:《诗的格律》,载《晨报副刊—诗镌》第7号,1926年5月13日。转引自杨匡汉、刘福春编:《中国现代诗论》上编,花城出版社1985年12月,第121—127页。

③ 梁实秋在《新诗的格调及其他》中说:"我一向以为新文学运动的最大的成因,便是外国文学的影响;新诗,实际就是中文写的外国诗。"文载1931年1月出版的《诗刊》创刊号。转引自王永生主编《中国现代文论选》第一册,贵州人民出版社,1982年8月。

话',不是'诗',大家努力的是如何摆脱旧诗的藩篱,不是如何建设新诗的根基。——过了许多时间,我们才渐渐觉醒,诗先要是诗,然后才能谈到什么白话不白话。可是什么是诗? 这问题在七八年前没有多少人讨论。偌大一个新诗运动,诗是什么的问题竟没有多少讨论,而只是无量数的诗人在报张杂志上发表不知多少首诗——这不是奇怪么?"① 把人们的注意力,来一个根本的转移,这不能不是新诗发展中的大事件。

六

中国新诗在建立的过程中,较之其他文体,经受的曲折和磨难最多,需要排除的障碍和阻力也最大。在新文学革命的初期,小说和散文,甚至戏剧,实行"白话改制"并不十分艰难。惟独诗歌,几乎是从新做起。古典诗歌以它的耀眼辉煌站在前面,千年的陈醪发出迷人的芳香,这一切是那样的咄咄逼人。初生的新诗难免犯怯。它所面对的是魏晋风骨,汉唐气象,是美轮美奂的诗国经典! 幸亏有了像胡适、陈独秀这样一批天不怕地不怕的猛士,硬是把这座坚固的堡垒给攻了下来。

有趣的是,事情来到了延安。20 世纪 40 年代,一个讲话倡导了一场文艺的翻天覆地的变革。那时的秧歌戏带动了戏剧改革,又有改良的评剧和秦腔戏,以及新歌剧《白毛女》等出现,戏剧改革走在了前面。随后小说方面有赵树理。而来得最晚的是诗。幸好有李季的《王贵与李香香》出来,使殷殷期待中有如释重负的感觉。陆定一的《读了一首诗》就传达了这样的心情:"比较来得迟的,就是诗了。《王贵与李香香》就是这样的新诗,用丰富的民间语汇来做诗,内容形式都是好的,在外边有袁水拍先

---

① 梁实秋语,见《新诗的格调及其他》。

生,现在我们这里也有了。"①由此可以证实,不论是什么方向的变动,诗总是最难的。

新诗革命的成功,是以对于古典诗歌传统的隔绝和"破坏"为代价换来的。尽管人们在理论上保持一种前瞻的姿态,而几千年的古典诗歌的熏陶,培养了中国诗人和读者普遍的高贵的审美情趣。这些都如影随形地占据着人们的心灵,并深深地影响着人们的审美期待。所有的中国人都会在辉煌的古典传统面前不由自主地"怀旧",除非他对古典一窍不通。这种"怀旧"心态,造成了伴随着新诗百年历史的、始终没有中断的对于诗的韵律的迷恋。

所以自由诗创造出来之后,人们仍感到心中若有所失。格律的打破和取消,一直是中国诗歌的隐痛,或者是中国诗人的"心病"。于是在索漠中便怀想起久别的韵律。白话诗给人们带来了抒写的自由,但是人们在身着缟素时,依然念想着华美的服饰。创造社的一群未曾明确主张格律诗,到了"新月"的一群,就有些"明目张胆"了。当然,不久他们就得到了惩罚,他们被称为是唯美主义者。但这些人关于诗的音韵格律的阐释和提倡,却为后来者打开了思路,并提供了基础。

大抵战乱时代易于接受自由体,而和平降临时则乐于营造格律体。此种说法也许有些武断,因为冯至的《十四行集》就是在战争的环境中"默诵"出来的。而战争需要号角和鼓点也是事实。苦难诞生了田间和艾青那些充溢着散文美的自由诗。这样我们就不难理解,20世纪50年代以来频繁出现的关于建立格律诗的原因了。大概是因为战争的逐渐远去。给予人们以这样的心境和情绪,它重新唤起了人们对于音响、色彩、节奏、旋律和反复吟诵的欲求。人们显然对只有"白话"的白话诗,感到了某

---

① 陆定一:《读了一首诗》,载延安《解放日报》1946年9月28日。引自王永生主编:《中国现代文论选》第一册,贵州人民出版社,1982年8月,第217页。

种匮乏,并产生厌倦。

这些格律诗的提倡者大都有切实的准备。何其芳说:

> 以白话代替文言这样一个文学语言的大改革,在诗歌方面是必然要产生新形式,产生和这种新的语言形式更适应的新形式的。五四以后,产生了一些诗歌的新形式,这些形式大体上是和新的文学语言想适应的。它们的主要缺点是和我国的诗歌形式脱了节,忽视了格律的重要性。克服这个缺点的好办法我认为并不是简单地回复到以五七言体统一天下的旧局面,而是通过自由竞赛的方法来建立新的格律诗。①

何其芳是力主建立新格律诗的一位。他对此有系统的思考,他从诗歌的本质论证了格律的必要:"诗的内容既然总是饱和着强烈的或者深厚的感情,这就要求着它的形式便于表现出一种反复回旋,一唱三叹的抒情气氛。有一定的格律是有助于造成这种气氛的。"②他还考察了古代诗中的"顿"的构成,以及现代格律诗不宜采用五七言体的原因。他和卞之琳都是现代格律的提倡者,后者从"顿"的角度把新诗分为"说话式"和"哼唱式",就把新诗格律规律的探讨引向了深入。③

格律和自由,这一直是一个纠缠不清的问题。当人们感到

---

① 何其芳:《关于诗歌形式问题的争论》,《文学评论》1959年第1期。
② 何其芳《关于现代格律诗》,杨匡汉、刘福春编:《中国现代诗论》下编,花城出版社1986年4月,第50—67页。
③ 卞之琳:《哼唱型节奏(吟调)和说话型节奏(诵调)》,见《作家通讯》1954年第9期。1983年重新发表时作者有"按语"说:"这是我在1953年12月24日中国作家协会创作委员会诗歌组召开的'诗的形式问题'讨论会第二次会议上的发言(曾发表在内部刊物'作家通讯'1954年第9期上),略作几处修订并加一条脚注,曾和我的诗汇集'雕虫纪历1930—1958'自序中的几段有关的话,一起发表于沈阳'社会科学辑刊'第一期(1979)。'纪历'自序已另见该书,现仅收发言稿。"

约束时渴望自由,当人们厌倦过于随意的散漫时,又希望约束。自由给人们带来的好处,已无庸多言,而自由失却的东西,却令人惋惜。"我们以为写诗在各种艺术中不是件最可轻易制作的,他有规范,像一匹马ının得着缰绳和鞍辔。尽管也有灵感在一瞬间挑拨诗人的心,如像风不经意在一支芦管里透出协和的乐音,那不是常常想望得到的。精心刻意在一件未成熟的艺术品上,预先想好它最应当的姿势,就能换得他苦心的代价。"①陈梦家这里讲的,涉及包括格律在内的诗的艺术规律,他说:"我们不怕格律。格律是圈,它使诗更显明、更美","我们不是在起造自己的镣铐,我们是求规范的利用。"

从营造现代格律诗的设想,到广泛写作"半格律体",新诗在这条令人彷徨的路上走了一百年。有过接近成功的实践,但并未出现可以约定俗成的共同认可的格律。中国新的格律诗始终在想象中,它只是一个梦。它寄托着永远的期待。人们想重新获得那失去的辉煌,想以自己的智慧和毅力创造无愧于他们的先人的诗篇。但等待可能非常地漫长,人们应有足够的耐心。

从旧的束缚中获得解放的诗歌,应当充分享受这种自由。无边无际的天空可以容纳无边无际的想象、幻想和智慧的创造。看来诗的体式不可定于一尊,看来诗歌这匹马还得自由地驰骋。各式各样的诗人,写各式各样的诗歌,这就是现今中国诗歌的"规律"。我们只有一个期待,那就是各式各样的好诗。

据说,最早的一首新诗是翻译诗,是胡适在1914年用白话译的苏格兰女诗人林安尼·林萨德夫人的《老洛伯》。② 随后,胡适开始大面积"尝试"白话诗的写作,有一批诗界猛将协力而作,新诗始见规模。1919年(也就是五四新文化运动兴起的那

---

① 陈梦家:《新月诗选—序言》,新月书店1931年9月版。
② 见陆耀东:《中国新诗史》第一卷,长江文艺出版社,2005年6月,第11页。

一年)2月15日出版的第六卷第二号《新青年》,以没有先例的"头版头条"的方式,刊登了周作人的《小河》①:

> 一条小河,缓缓的向前流动。
> 经过的地方,两面全是乌黑的土,
> 生满了红的花,碧绿的叶,黄的实。

这首被称为标志着新诗成立的作品,②本身具有鲜明的象征意义。那小河的水被堰拦住了,既不能前进又不能后退。拥有生命的水要流动,于是"便只在堰前乱转"。

> 水也不怨这堰——便只是想流动,
> 想同从前一般,稳稳的向前流动。

这就是中国新诗的形象。它充盈着生命的活力,不管是土堰还是石堰,都要冲决,向前。它要发展自己的生命,它只求缓缓地向前流动。在它经过的地方,两边是红花、绿叶和丰满的果实。

2005年8月8日于北京大学中国新诗研究所

---

① 诗前有周作人写的小序:"有人问我这诗是什么体,连自己也回答不出。法国波特莱尔提倡起来的散文诗,略略相像,是用散文格式,现在却一行一行的分写了。内容大致仿那欧洲的俗歌;俗歌本来最要叶韵,现在却无韵。或者算不得诗,也未可知;但这是没有什么关系。"

② 《新诗年选》附录的《一九一九年诗坛略记》写道:"最初自誓要作白话诗的是胡适,在一九一六年,当时还不成什么体裁。第一首散文诗而兼备新诗的美德的是沈尹默的《月夜》,在一九一七年。继而周作人随刘复作散文诗之后而作《小河》,新诗乃正式成立。"

中篇小说三题[*]

《还乡,还乡》(田东照)

这很像是过去的"问题小说"。讲的是"数字腐败"的问题。这个问题有点新意,也发人警醒。市委书记李国义为躲避官场的势利,退休之后的第一个春节,携妻子回到他当年的蹲点村。这里有四家过去"奶"过他的乡亲,也是他的联系户。李国义为官清廉,给村里做过许多好事。但此番回来,却未见有人提及他的政绩。原先的镇长李军避而不见他。这一切令他纳闷。他在任时虚报的数字造成了现今的贫困,并由此引发了悲剧。他为此缩短了原先的计划提前回城。

小说涉及了官场腐败的另一种形式,有它的深刻性。李军和郎全德形象生动,有典型意义。李国义以及他的四家乡亲的故事,构成了一幅立体的现实农村的全景图。华北田野上的村俗迎面扑来。窑洞,黄河涛声,火塔,农村拜年让人怀念久远的敬老的遗风。还有那些诱人的民间饮食:荞面的、莜面的、豆面的……

作品风格严峻,场面宏大,人物形象也生动感人。

《树树皆秋色》(方方)

方方写作非常从容,她是举重若轻。爱情在一个矜持的女人那里,是一步步被唤醒的。这个女人平静的心,被一个错打的电话搅乱了。开始是电话中的谈笑,这给她带来了快乐。随后,

---

[*] 此文据文稿编入。

就有一种开始是浅浅的、后来是浓浓的思念。后来是消息中断，她茶饭无心，哀愁几濒于死。及至发现那男人还活着，而且轻松调笑依旧，似乎什么也不曾发生。男人不坏，但她还是绝望了。因为在她甚至要以生命去维护的"沉重"面前，他却"轻松"到无所觉察的地步。她有受愚弄的感觉，尽管那人并不存心如此。

从死亡那边回来，她不仅没有幸福感，而且悲从中来，决心斩断那一缕情丝。她回到原先的环境，恢复原先的平静。小说的结局非常精彩，她告诉他，你打错了电话，错了一个数字。电话挂断，也断了这场令她欲生欲死的"爱情"。

当然，满眼秋色，这是一个悲剧的故事。

《猴子村长》(叶广芩)

人们觉得村长侯长社的爹有点"窝囊"。侯长社也感到这一点。他觉得自己年轻，有魄力，比他爹能干，而且可能升官。长社和他媳妇都觉得，他爹侯自成和奉山老汉拉上他去寻找祖父的烈士遗骸此事意思不大。父子两代人对生活和世界有不同的理念。这是小说的开头。

小说的中心情节是村长接受上级给的抓六只金丝猴的任务。结果引发了那场落网猴子无言反抗、最后集体自杀的悲壮事件。"窝囊"的父亲一直反对此事，但"能干"的儿子一意孤行。而且还想把多抓的猴子卖钱。

小说的最后是奉山老汉讲饥荒年代"人猴大战"的惊心动魄的故事。两个射猎老手在母猴充满母爱的绝望面前放下了猎枪。长社好像重新了解了父亲："他觉得父亲对他是这般的重要"。他为自己的张扬感到了浅薄。

小说贯穿着两代人价值和作风的差异而展开。有一种比人性还要博大的东西，那是对大自然的感恩和悲悯情怀。这是另一个层面的深沉和深刻。

2005年8月8日于京郊昌平北七家村

中国的诗歌梦想[*]
——在"中国新诗一百年国际研讨会"开幕式上的讲辞

中国新诗的诞生,按照朱自清先生的说法,"胡适之是第一个'尝试'新诗的人,起手是民国五年七月",即 1916 年 7 月,距今近九十年。新诗第一次出现在《新青年》四卷一号上,作者三人,分别是胡适、沈尹默、刘半农,时间是 1918 年 1 月。那时离五四运动兴起还有一年多,新诗可谓是引领风气之先。距今也是近九十年光景。

要是我们把新诗革命的准备阶段——晚清的诗界革命——计算在内,梁启超最先提出这一口号的时间是 1899 年。他提倡诗界革命的基本要求是要把欧洲的真精神、真思想引入诗中,他的诗歌改革的内容是要创造新意境和使用新语句。那是十九世纪的最后一年,离现在已超过一百年了。要是再往前推到诗界革命的主将黄遵宪那里,在他的《杂感》诗中出现的预示着新诗革命前兆的名句:"我手写我口,古岂能拘牵",那是 1868 或 1869 年间,则早已超过一百年了。

我们用一百年的时间,经历了千辛万苦,以前无古人的气概,以弃旧从新的决心,在古典的辉煌之外,从无到有,别创新格。胡适先生说,这是辛亥革命以来八年间的一件大事。我认为新诗的诞生可说是近代以来中国文学史,乃至中国文化史上

---

[*] 此文刊于《诗刊》2006 年 9 月号上半月刊。据此编入。

的一件大事。黄维梁先生昨天在饭桌上说,在北京相距不及十公里之内,就有两个诗歌中心,一个是首都师大的中国诗歌研究中心,一个是北大的诗歌中心,由此可见今日中国诗歌事业的盛况。今天由这两个诗歌中心联手举办这样的一个大会,邀请中国和世界各地关心和支持中国新诗的人们,一起讨论中国新诗的繁荣发展的举措,更可看作是新诗诞生一百年来的一件大事。

作为一个北大人,我愿借此机会多说几句北大与中国新诗有关的话。在会议发给大家的《百年北大,百年诗歌》的小册子中,大家可以看到这样一个事实,即北大与中国新诗的异常紧密的关系。北大是新诗的故乡。用林庚先生的诗句来形容,北大就是"新诗摇篮旁的心",就是母亲之心。中国第一代新诗人来自北大,他们是胡适、陈独秀、钱玄同、刘半农、沈尹默、周作人、鲁迅、李大钊、康白情、俞平伯、陆志韦……中国最早发表新诗的刊物《新青年》和《新潮》,也是由北大师生主持的。

我们今天在北大召开这样的大会,面对那些开天辟地的先行者,我们深情回望新诗百年艰苦历程,探讨它在发展途中的矛盾和曲折,为它存在的问题寻求答案,作为后人,我们更有一种神圣和庄严的感受,我们感到了后来者光大前人事业的沉重的使命感。

中国新诗是和中国人的百年记忆联系在一起的。十九世纪中叶以还,中国国势衰危,充满了时代的忧患。已经过去的二十世纪,发生了许多事件,其中有两次世界规模的战争,以及无可胜数的国内战争和社会动乱。中国历次的文化革命以及诗歌革命,都和这些社会的、政治的、军事的大事件有关。也可以说,中国诗歌改革或革命的巨大背景,就是这些大事件。

诗歌和文学的变革,是作为挽救危亡和改变国运应运而生的。那时的改革之士,一心想的是,诗歌应当"有用"于社会,而不是其它,例如诗歌的"好听"、"好看"、"有趣"等。要是说,中国的文学革命或白话诗运动,为"革命"而忘记"文学",为"白话"而忘记"诗",这几乎就是与生俱来的一种品性。百余年来困扰新诗发展的许多问题,大体都能从这里找到根源。

站在传统与现代之间,站在中国与西方之间,一代又一代创造新诗的人,内心都充满了矛盾。一方面是勇往直前,凡是阻碍那前进的,统统予以推倒。一方面是频频回首,想念那昔日的辉煌,心中怀着无限的眷恋,总是一种若有所失的样子。这就是新诗建设者们内心深处在传统与革新问题上的深刻矛盾。

在另一方面,是极力摆脱旧诗词的影响,寻求以接近口语的方式,表现新事物和表达现代人自由的思想。一方面又不断受到那些古典诗词华美形式和精致格律的诱惑,而在内心深处总怀着一个遥远的但又是难以实现的重铸辉煌的梦。这就是新诗实践中在诗歌形式上近于绝望的内在冲突。

在诗歌形式方面,新诗的建设者们毫无疑问地认同了社会承担的庄严使命。他们希望新诗能够接近底层民众的生活,传达他们的情感和愿望,表达中国社会的深重灾难以及他们的追求和理想。摒弃自我表现的狭窄立场,自觉地(有时则是被动地)站在公众的、群体的立场。而在另一方面,他们又继承了祖先的遗传,内心深处迷恋着语言艺术魔幻般的魅力,他们向往那种语言游戏产生的快感。

他们为非凡的想象力所产生的艺术奇观所倾倒。他们内心有一种"妖魔"的冲动,那就是希望诗歌能够回到自古以来那种充分展示自我智慧与才华的境界。诗人内心的自我表现的欲望,是一个并不安分的幽灵。但当他们想到这一切时,他们的内心又是痛苦的,他们觉得有愧于严酷的时代和多灾多难的社会。他们有原罪感,他们为此不断地受到内心的谴责。

中国有着丰富的诗歌传统。几千年来的古典诗歌创造了中华文化史上最光辉灿烂的一页。一种与完美的形态以及它的异常丰富性构成的诗歌,已成为一种心灵的遗传。但是这一传统在新诗运动面前受到了质疑和挑战。为了社会的进步,中国新诗的建设者们不得不作出痛苦的抉择。放弃、批判、否定、拒绝,几乎就是唯一的选择。

中国新诗转向西方寻求经验,这就是"别求新声于异邦"。梁实秋和朱自清都说过新诗的影响其实就是西方的影响。第一代、第二代中国诗人没有不受到外国诗歌的影响的,他们不是英美的留学生,就是日本的留学生。他们在那里得到了创造中国新诗的启示。但他们毕竟是中国人,毕竟是同样地接受了"遗传"的中国人。他们处境尴尬。他们想否定传统,但他们又迷恋传统。

中国新诗在它的发展中,就这样不断地受折磨以及自我折磨。首先是他们承担了"破坏"的罪名,但他们又是真心实意地为新诗的建设而付出,他们是建设者。中国诗人心灵上蒙受的苦难也许更多,有来自时代的,来自社会的,更多的时候是来自政治的。还有另一种苦难,那是更为深沉,也更为隐秘的,即对于传统的向往和臣服。这种折磨来自内心,那就是因审美的、愉悦的、快感的失落而受到的折磨。浓重的失落感弥漫在他们中间,直至现在,至少是直至我们这一代人。

就这样,追求着巨大的目标,新诗走过了或走近了一百年的光阴。一百年的梦想,是矛盾重重的,是困难重重的,又是极端痛苦的。我们的前辈以他们前无古人的丰功伟业,把一个划时代的"中国新诗"放在了我们面前。与此同时,他们也把这难以调和的诸多难题,放在了我们面前。这使得我们在艺术与政治、个人与集体、普及与提高、传统与现代、古典与西方、格律与自由,等等一系列的对立的矛盾面前,充满了期待,又充满了困惑。

社会和读者也怀着同样的梦想。他们希望重现中国诗歌的辉煌。希望我们这些后人做出堪与古人比美的现代经典,而他们的标准则是屈原、陶渊明、李白、杜甫、苏轼、陆游、李清照……而现今,却是诗歌受到了愈来愈甚的冷淡,一种不断弥散的不满是当下的事实。读者的冷淡与不满,与诗人的自信乃至自恋,形成了大的反差,而且正与日俱增地扩大这种反差。这不能不令人忧虑。

就我个人来说,我过去,现在,都坚定地站在新诗建设的立场,我始终为新诗的自由、创造、变革而辩护。但我不想隐瞒我的矛盾心情,我身上同样继承着中国文人的传统习性。我对古典诗歌也是从来不变的倾心。在理智上我接受新诗,在兴趣和趣味上,我又不能拒绝传统的诱惑。我想,受过中国古典诗歌教育的,大体都有这样矛盾的心态。

这就是中国诗歌的光荣与梦想。世界已经从冷战中走出来,走向多极化的格局。在一个价值取向多元的时代,我们当然会以一种更为宽容的姿态,迎接一切新的变革。中国新诗也不例外。所以,我摈弃甚至厌恶新诗统一化或一体化的诉求,甚至也拒绝重建格律诗的意图。但是我又不能排除内心深处浓重的失落感。这就是我,作为一个新诗的爱好者的永远的苦痛。我们如何从这种矛盾重重的困境中走出?我就把这些话题留给在座的诸位了!

2005 年 8 月 19 日于北京达园宾馆

珍爱母语就是珍爱家园*

汉语是我们的母语,是我们赖以栖身的家园。可是,当前汉语的境况实在令人担忧。

简化汉字给我们带来了方便,但随之而来的混乱,已是无庸讳言的事实。它已"培养"出至少不止一代不认识繁体字、不会使用毛笔,更不会阅读古代典籍的中国人。这些人是"新文盲"。而且这个队伍还在不断地扩大。社会是一步一步地向前发展着,而一代又一代的中国人正一步一步地走出中国古典文明的灿烂。更多的中国人正在远离那种由辉煌的古典文学作品培养的优美的文笔、高雅的谈吐,以及端庄的举止。我常想,不会读古书和使用文房四宝的中国人是可悲的。

还有,长时间的"批判"、"斗争"也造成了语言的污染。思想的禁锢首先是语言的禁锢。对人格的侮辱,对人性的诋毁,对真理的蔑视,是通过语言来实现的。粗暴,污秽,千篇一律的"排比",声嘶力竭的叫喊,是那个时期,那个时代的一致的、无例外的语言"风格"。它同样造就了一代人,他们语言贫乏,词汇单调,文风呆板,甚至以满嘴秽语为荣。我们好不容易赶走了老八股,如今却层出不穷地产生"新八股"。

更有甚者,就是当今的传媒和广告。屏幕和版面上错别字满天飞,那些影视中的人物说的话也是不伦不类。特别是那些广告词,有意地搅浑水,中、小学的老师好不容易在课堂上加以

---

* 此文据文稿编入。

辨明的，他们肆意地篡改成语，践踏语言规范，造成一片混乱。至于现实中的人，包括受过高等教育的，读错音，写错字，语法不通，几乎随处可见。包括那些诗人和作家，甚至是硕士和博士，也有语句不通的，也有语法错乱的。

读报，有一男生追求一女生，举牌大字写着："××爱你致死不虞"，其实，后四字应是"至死不渝"。读后忍俊不禁，但又不免悲从中来。但愿这不是事实，只是一种调侃。但更多的是事实，我亲见有把"皇后"写成"皇後"的。书写者以为，"後"简化为"后"，"后"的繁体字当然是"後"了。这责任究竟在谁？网络我不熟悉，据说情况更是严重。

朱竞女士有鉴于此，遍寻国内报章，集录诸家言说，分列"语境"、"危机"、"失语"、"暴力"、"忧思"、"未来"六组，计三十三章。定书名曰：《汉语的危机》。盛世危言，发人深省，一片忧心，感天动地。深愿我国人，凡爱我母语者，能在朱女士提供的这些"苦药"前静默沉思，为挽救我瞬将式微的家园献出一片赤心。

2005年8月23日于北京大学中文系

书写作为一种责任[*]
——序古远清《中国当代文学理论批评史》

中国当代历史难写,中国当代文学史更难写。中国当代文学理论批评史则是难中之难,最难写。古远清先生好像专门要和历史硬碰硬,他硬是挑选了一件最难做的事来做。现在摆在我面前的这本大书,就是他下了决心,历时十余年硬碰硬地做出来的。

中国当代史动荡而多变,很难把握。更难的是那些论述的对象都在,怎么说也遭人议论。至于当代文学,它的处境更是艰难而微妙,主要是政治把文学捆绑得太紧。要研究当代文学史,就得大面积地涉及政治、涉及意识形态。讲文学不和政治一起讲,就讲不清楚。有些人喜欢讲"纯文学",他们其实是不懂中国当代文学的史实。在我们这里,文学是从来也不曾"纯"过的。我们要研究文学,先是要把政治讲清楚,再把政治和文学的关系讲清楚,而后才是文学自身。你说这个文学史做起来有多麻烦!

至于文学理论批评,大家都知道的,这里很长时期都把它看作是阶级斗争的工具。它受到的政治的笼罩和控制,说是极端严重一点也不过分。如何在艰难复杂的语境中,分辨文学批评的主流现象和非主流现象,如何在政治与文学的纠缠中,理出它的常态和非常态,如何在价值的总体失衡中,判断它的丧失和坚守,这里,不仅需要信心和勇气,而且需要智慧。

古远清的勤奋和执着,在中国当代理论批评界是很有名的。

---

[*] 此文据文稿编入。

他嗜书成癖,积学甚富,博闻强记,勤勉多思。继《台湾当代文学批评史》、《香港当代文学批评史》之后,如今又向世人贡献出这本写作难度最大的《中国当代文学批评史》。没有充分的准备和相应的决心,此事绝难奏效。说是难度最大,乃是由于环境的严酷,由于背景的复杂,也由于人事的纠缠。作者自谦处于中心之外,但毕竟是业界中人,能坚持一种客观的立场和独立判断的精神也非易事。

近年来关于当代文学理论批评的著述甚多,但专书治史,似是初见(我见闻有限,不敢断定)。也许后来有人超越,但作为一个事件的起始,是弥足珍贵的。古远清此书将中国大陆的当代文学批评,自1949年起至1989年止,即我们通常称之为的自新中国成立至新时期结束的四十年的理论批评史分为前后二期,分别以"一元化"和"多元化"冠名,可谓简洁、明晰,而且犀利,能突显实质。

在叙述的过程中,作者坚持了客观的和科学的立场,但又不乏其尖锐性。既不为贤者、尊者讳,亦不避时代的严重,不遮蔽它的残酷和失序,而力求保留一份真实。例如第一编的叙述:"旗帜和炸弹"取代了"手术刀和显微镜";战争思维模式在文学批评领域的出现;由文字狱引发的历史反思,等等。以及新时期的论述中,从困惑中走出;文学研究的新视域;等等。它都有精到的概括和描述。作者坚持客观科学的批评立场,但又不是对事实没有是非的判断。他把爱憎的情感因素包孕在叙述中,如在对胡风和周扬的评论,均可看到作者的鲜明态度。

全书结构紧凑,章节安排及命题基本合理。与以往同类著作相比,它的优长之处甚为明显。首先是论题广泛周全,如对前后两期的美学研究均列入议题,对各种美学思想也有较为全面的辨析。本书对文学批评的研究,具体深入到各类文体,对小说、诗歌、散文、以至杂文、报告文学,乃至于戏剧和影视文学,以及台港澳及海外华文文学的理论批评,都有所指涉。有些方面的论述,是已出现的此类著述所欠缺的,如对"文革"期间的文学评论,及对"写作组"的研究介绍等。可以说,这是迄今为止论述范围最广,涉及评论群体及评论家最多,对当代批评现象阐释最全面的一部著作。

有些人不主张治当代文学史。这可能是由于畏惧,也可能是由于评价。至于当代的文学理论批评史,那更是视为畏途了。古远清可是一往无前。由于他的勤奋,也由于他的勇气和机智,别人没做的、不敢做的,他做到了。他考虑到了可能产生这样那样的议论,但他认定这是"私家治史",也就没有了顾虑。在这点上,我是支持他的。

冯友兰先生认为历史这个词有两层意义。第一层意义是本来的历史,客观的历史。"它好像是一条被冻结的长河。这条长河本来是动的,它曾是波澜汹涌,奔流不息,可是现在不动了,静静地躺在那里。好像时间对它不发生什么影响。"(《中国哲学史新编》)冯先生认为,历史上发生的一切,到现在不会变,以后永远也不会变,它已经和时间脱离了关系。

历史的另一层意义,指的是历史家研究的历史,那是写的历史。历史家以他的研究为根据,把他所研究的结果写出来,这就是写的历史。它是本来历史的一个模本。写的历史是历史家主观的认识,并不就是本来的样子。古远清现在做的,是后者,是当代文学理论批评史的一种基于客观事实的一种主观书写。它从史实出发,表达的只是作者主观的见解。作为读者,我们当然希望这是一部"信史"。我们也深知这很难,但即使只是古远清自己的表达,我们也将受益。

表达是一种责任。表达有时是很神圣的。我感谢作者所做的一切,包括他精心编制的"大事记",包括那里呈现出来的史家无畏的"春秋笔法"。

2005年8月29日于北京大学中文系

历史的见证[*]

《远东大战纪事》是我所见到的国内迄今为止规模最大、时间跨度最长、战场最广、场面最壮观、视野最开阔的记述二战大事的一本书。作者立足于作为远东最重要的战场的中国本土，包括中国的正面战场和敌后战场，涉及国统区、解放区和沦陷区在内的幅员广大的、错综复杂的战事，以及日本朝野的军政动态、东亚、南亚、东南亚，以至太平洋远近诸岛的攻略战。这是一本关于二次世界大战的全景式的、立体性的描述，名为"远东"，实际涉及世界全局，举凡盟军统帅，纳粹核心，上自各国政要，下及普通民众，林林总总，气象万千，场面宏大，惊心动魄。

作者罗先明先生，利用公余时间，"批阅十载"，矢志不移，磨杵成针，聚沙成塔。他以惊人的毅力，终于完成了这部总数达二百余万字的三卷巨著，真可谓十年辛苦不寻常。此书记述的是盟军在远东地区展开的暴风急雨般的抗击法西斯的悲壮而激烈的战事。记事始于1927年4月13日，终于1948年12月22日，历时长达二十余年。全书结构严谨，采用分镜头式的跳跃式描写，既减少了诸多过渡性的笔墨，又增添了读者的阅读兴趣。各章的标题采用跨越式的安排，与全书的写法紧密配合。时空的组合，造成了综合交叉的对比性。如诺曼底登陆与长沙失守、江西"剿匪"与"九一八"事变、山本五十六南洋丧命与宋庆龄义捐，等等。时空交错，场景跳跃式转换，移动的空间，鲜明的对

---
[*] 此文据文稿编入。

比，这些都给阅读带来了新鲜的刺激，增添了读者的趣味。

《远东大战纪事》是一本历史书，又是一本文学书。它以真实的历史人物事件为基础，又充分运用了文学的形象性手段，是文学和历史特性的交汇融合。作为一本历史书，读来毫无枯涩之感；作为一本文学书，它又充盈着真实的理性的光辉。客观、科学、公正、对史实负责，它遵循的是人类的良知和道义感，而超越了集团或其他种种利益的考量。这在述及中国战场时，就有了许多同类史书所缺少的新意。我本人特别欣赏第三卷中关于长沙会战的描述，文字精美，胸怀宽广。其他如孙立人苦战孟关，卫立煌反攻滇西，薛岳三战长沙等文字，均是过去少见的。在这里，不能不为作者的勇气和良心所叹服。

文学的描写给阅读带来了趣味，但也带来了某些"失真"的缺憾。如对某些"反面人物"的描写，有时陷入脸谱化的尴尬。有时又因作者生活经历的局限，使某些细节描写与人物的身份不符。如书中关于汪精卫与东条英机的会面，临别汪精卫说"肝脑涂地，万死不辞"等等，似不见妥。

2005年9月15日于北京大学中文系

激荡依旧*
——贺《诗潮》二十年

诗潮总在汹涌。有时激荡,有时舒缓,有时有点猛烈,更多的时候是一种美丽。这二十年,中国诗歌是在不舍昼夜地前进着。摆脱了无尽桎梏的新生的诗潮,似是一匹脱缰的野马,冲决了狭小的河道,让原先受压抑的河水向着四方弥漫。诗受拘束的时间太久,新的诗潮冲击着那僵硬的壁垒,终于冲开了一道裂纹。猛烈的水无所羁绊,从那裂纹奔涌而出。有人惊叫,有人欢呼。

开始的时候,诗潮承担着庄严的使命,它对社会和历史有一种承诺。公正、道义、自由和理想,那是它的渴望,也是它的追求,诗歌是很神圣的。后来,人们觉得诗不应该这样沉重,于是转向自我内心的开掘。诗潮转向了绵邈的梦境,但它依然深潜地流动,向着它所向往的远方。

流动依旧,激荡依旧,依旧无所遮拦地向着前方。诗潮奔涌在中国的南方,诗潮奔涌在中国的北方,诗潮奔涌在中国的大地和天空。它所经之处,洋溢着创造和变革的激情。我们为不竭的生命力欢呼,我们因它而骄傲。我们感谢新诗潮带来了中国新诗的新生命。

《诗潮》创刊的时候,正是中国新诗潮汹涌澎湃的年代。《诗潮》义无返顾地、忠实地站立在中国北方的平野上,迎接奔涌的

---

* 此文据文稿编入。

激流，以宽广的胸怀接纳来自四面八方的潮流的信息。二十年来，它为推动中国诗歌的创新贡献着不竭的心力。它穿越艰难的岁月，穿越凄迷的风烟，为维护新诗的自由和创新坚定地站立着，它是北方原野上抵抗风霜的一棵不屈不挠的大树。

永远充满活力的《诗潮》，永远年青的《诗潮》。

2005年10月7日于北京大学诗歌中心

悲天悯人真诗人*

　　《文艺报》以浩大篇幅连续数期刊载刘忠华的长篇纪实诗《甲申印度洋祭》,这在诗歌有点冷寂的今天,显得分外地引人注目。当今中国新诗迅疾地走向了个人化,这已是公认的事实。相当多的诗人并不关心除了自身以外的世界。不仅是天下风云,不仅是国计民生,甚至是自家房门之外的众生悲欢,也多半引不起诗人的兴味。这造成了诗与社会人群不同程度的隔绝。需要申明的是,我这里说的是"相当多"而并非"全部"。既然是"相当多",则已形成一种倾向了。诗与天下大事的缺少关联是令人忧虑的。

　　是的,我们都深恶痛绝曾经肆虐的"假、大、空"。但这也不能成为诗人们拒绝关怀世道人心的理由。我们读杜甫,读白居易,读陆游,甚至读拜伦,读雪莱,读海涅,都会深切地感到他们博大的心灵和正义感,为他们对世间万象的牵萦于心所感动。"朱门酒肉臭,路有冻死骨","安得广厦千万间,大庇天下寒士俱开颜",这是何等胸襟!诗人为自己歌唱,诗人最终是为公众歌唱。人类最可贵的品质,诸如公理、正义、同情、悲悯,凡此等等,首先是、甚至极而言之,无不是通过人类最优秀的诗人的锦心绣口传达出来的。所以我说:悲天悯人是真诗人。

　　我对中国当今诗歌的忧虑,很有一段时日了。记得那年,纽约两座摩天大楼的坍塌,我对中国诗人的冷漠感到吃惊,并且深

---

* 此文据文稿编入。

深地感到羞耻。不仅乎此,波黑,科索沃,伊拉克——那里的流血和眼泪,也都很少引起中国诗人的关注。而诗歌却是一如既往地、成千上万地在生产!这番印度洋海啸,惊天动地,昏天黑地,惊动了世界上的男男女女,上自各国政要,下及黎民百姓。中国诗界,却是"平静"、"冷静"依旧。幸好有了刘忠华的这首长诗,把我们带到了灾难的现场,让我们感同身受那一场毁灭性的灾害。

品有雅俗,艺有高低,所有的创造成效均因人而异。但写什么,怎么写,却体现诗人的胸襟和视野。《文艺报》不惜篇幅刊发此诗,意在提倡一种诗人应有的关怀,我是这么理解的。我想,要是在这场自天而降的灾难面前依然沉默,那真是枉为诗人了。因此,我对《文艺报》,对诗人刘忠华和他的《甲申印度洋祭》,均持支持的态度。

这首长诗气势雄阔,激流澎湃,背景宏大,内涵深远,伟大的同情心和人道精神,是它最感人的地方。诗人之心,被突来的灾难所震动,他说这是一次"心底地震,文思海啸"。他是饱蘸着内心的血泪而愤然执笔的。

这次印度洋大海啸,波及南亚、东南亚诸多国家,造成无数生命的死亡和无数家庭的毁灭。海啸的巨大能量相当于三千枚原子弹的大爆炸,相当于三百二十亿吨烈性炸药的大爆破。诗人比喻这是"大洋精神分裂"。他用亿万匹烈马的脱缰飞奔形容那惊人的瞬间:"印度洋 浪涛全是烈马 一朵朵水花 溅出一匹匹烈马","马的丛林 在生命禁区狂奔乱闯 浪的楼群 在人类神经疯撞猛击"。但长诗最引人注意的成就,并不在那些关于海啸的形容和描写上,尽管有些形容和描写是很精彩的。

一首长诗,犹如一阕浩瀚的交响乐,整体的构思显得比什么都重要。宏大的结构,有赖于它的每一个局部的有力衬托。《甲申印度洋祭》内容繁富,需要大容量的篇幅予以支撑。因此,各个乐章对于主题的阐发就显得非常重要。全诗除"血泪序"外，计分七章，分别为："大洋精神分裂"、"死期蒙在鼓里"、"生命如此脆弱"、"难解幸存密码"、"泱泱大国风范"、"地球天平倾斜"、"亡人补海不晚"。作者阅读和掌握了许多有关资料，而且调动了平素的学术积累，诸如中国的古文学的知识等。这些方面均说明作者的才识和准备。

说到资料的收集和掌握，作者无疑付出了极大的心力。最让人感兴趣的是第四章"幸存解码"所述各节，其中如"失去记忆的美女"，"八个月的小男孩"，"和一棵棕榈树拥抱八小时"，"四十五昼夜后生还"等节，特别是"动物的救命之恩"，特别让人感动。八只大象和一只小狗，还有那只"剪径"的大蟒蛇，大自然中存在着难解的秘密，这就是所谓的冥冥中若有神助。作者是有心人，这些资料的获得，全靠平日的积累。

作者显然是被这些事件所迷醉了，在长诗的行进中，他专注地记着的是对于事件和材料的叙述。他在这种忘情的行进中，显然忽略了作为诗的最重要的品质，那就是它的抒情性。在最后那一章中，这个缺陷最明显，它从"亡羊补牢"典故中托出"亡人补海"的名目，其中别写了"构件精神广厦"、"实施移植手术"、"架设预警链条"、"完善牵手机制"等，这些题目有点像是论文的分题，显然是理多于情了。

2005年10月10日于北京大学中文系

中篇小说十题

《永远不说再见》,李肇正,《当代》2002年增刊

这是一篇痛苦的小说,写的人痛苦,读的人也痛苦。一位坐台小姐和一位大学毕业找不到好工作的"作家"。他们同居在"不夜城"。"不夜城"是城乡结合部一个肮脏而阴暗的角落。这里生活着一批挣扎在底层的小人物。胡藻英有一种写作的信念,也得到好心的前辈编辑的帮助。但在日益世俗化的现实的冲击下,经济上和心灵上屡屡受挫。他只能倚赖高玉铃用坐台挣来的钱供他吃住。胡藻英在高玉铃面前有"优越感",也羞于用她的钱,而高对胡却是情义两重。他们因文化和心理的差异而不可能"相依为命"——尽管他们彼此不乏好感——但胡藻英最后还是选择了出走。这就是无奈而绝望的"永远不说再见"。

小说用笔简练、流畅,写悲苦而内敛,但万千悲苦却是丝丝缕缕尽在心头缠绕。

《梅庄的某一个夜晚》,黄建国,《延河》2003年2期

《梅庄的某一个夜晚》是一个"短中篇"。在中篇写得越来越长的眼下,这篇小说的精练简约对人很有启发。一个夜晚写出了一个村庄的历史和现实。更重要的是,写出了村庄的"灵魂",一个普通中国村庄的蒙昧和沉重,以及它的贪欲和骚动。村庄的这一天"看上去和前一天一模一样",而它是不平静的,远古的

---

* 据文稿编入。

遗传在世俗的冲击下,翻滚着浑浊的波浪,就在这个平常夜晚的无边暗黑中。

这个中篇结构谨严匀称,通篇串以老光棍张广满的乱台戏。这些戏文不成腔调,却含着隐喻,仿佛成了主题的提示。

《谢雨的大学》,钟求是,《时代》2003年2期

谢雨的大学生活被一个突如其来的事件打乱了。一个青春女孩被比她小几岁的邻居男孩暗恋上了,女孩并不知情。男孩在前线负伤垂死,临死前向领导提出想见她。谢雨正上大学,得到校方的支持,只好去了。后来那军人奇迹般地活了过来。他们只是邻居,他们不是爱情。但军人确实爱她。在这种说不清、道不明的暧昧之中,她怀上了他的孩子。谢雨很无奈,也很害怕,因为她还是学生。她想打掉那孩子。那军人因为内心的愧疚又上了前线,而且牺牲了。这次她没有去部队向他诀别。但她决心把孩子生下来,因为是他的孩子。她说不上爱,甚至有点恨。

通篇闪耀着人性的光芒。女人是无辜的,却为此付出了无尽的惊恐,以及随后非常漫长的艰难。但她是胜利者,她赢得了人性的胜利。小说语言清朗,通篇洋溢着大学生活活泼轻快的节奏,而整体气氛却是沉重的。

《杜一民的复辟阴谋》,李铁,《青年文学》2003年10期

这是一篇读了让人心酸的小说。现实生活的积重,底层工人的艰辛,人性中阴暗和光辉的展示,使人在绝望中感到生活中毕竟还有让人温暖的东西。杜一民的形象是真实的,富有典型意义。他的善良近于狡黠。我们从他的"阴谋"中发现了金子的沉重——尽管这一切是蒙着尘垢的。

《忠臣逆子》,袁劲梅,《月过女墙》(中国工人出版社)

  一篇小说令人欲哭无泪。它演绎着中国历史的沧桑。作品浓缩了几代人的痛苦和追求,这里有真正的血泪,也有让人啼笑皆非的无奈。作者在中西文化的对比中显示出某种超然的客观。她对于往事今事的通达叙述,表现了睿智、深刻,甚至还有尖锐。作家亦庄亦谐的语调,显示了成熟的个人风格。

《甩鞭》,葛水平,《黄河》2004 年 1 期

  葛水平把小说写得像诗。王引兰天姿丽质,却是厄运连连。早年随母讨饭,做了丫头。又不被主家女人所容,麻五别有用心地帮她逃离虎口。得手之后,麻五见她未曾破身,便欲独占她,而违背了先前对长工铁孩的许诺。铁孩于是怀恨在心。他先后以阴谋手段害死包括麻五在内的王引兰的两个男人。被断绝了生路的女人,最后血刃了心狠手辣的阴谋者。这一切惊心动魄的故事,都是在充满诗意的叙述中完成的。

  故事曲折,但较之人物,故事显得并不重要。这个受苦受难的、渴望正常生活的女人,她的命运是那样地牵动着人们。

《食堂》,邓宏顺,《收获》2004 年 2 期

  一个血泪凝成的故事,深刻地触及了现代生活的底层。乡村政权机构的一所内部食堂的兴衰荣辱,通过这些凡人琐事,揭示出那里的不公和阴暗,那里的艰辛和沉重。

《临淮关》,王安忆,《上海文学》2004 年 7 期

  《临淮关》笔墨细腻。在人物隐秘内心的刻画方面,显示王安忆的文学功力。这篇小说像是一曲乡村歌谣,单纯而又复杂,却是一种别样的风情。"像他们这样,在内省的小城镇长大,生活很单纯,内心其实是娇嫩的,这个城市对于他们太过剽悍了,

他们都受了伤。"这里应该指的是上海,上海的"剽悍"是无形的,它造成的伤害也是无形的。王安忆却把这种"无形"的点点滴滴、丝丝缕缕、描写得让人心颤。

《那儿》,曹征路,《当代》2004年5期

这是一曲悲壮的乐章。一家破了产的国企,一个想有所作为却不能的基层工会主席,在百般无奈中自杀了。作品的沉重,它的千缠百绕,都让人透不过气来。作家显然是在维护文学的庄严。他要传达出不平的呼声,告诉人们不要忘了前进中的艰难险阻。

始终不能忘却的是那只可爱、可怜而又可敬的义犬罗蒂。它是无辜的,然而,人们的不幸却要它以生命来承担。罗蒂的死给爱它的人留下了永远的痛。

《一树槐香》,孙惠芬,《十月》2004年5期

这是一篇意蕴深厚的小说。寡居的二妹子回家开了一家饭店。由于一个生性活泼,美丽而又潇洒的女子的到来,唤起了她内心的灿烂的欲望。"一树槐香"是一种怀念,也是一种暗示:生命内部有一种欲求,这是一种常态,是极其自然的。但是这"槐香"又被现实的混沌所纠缠,那是一些飞逐腥臭的苍蝇。女性身体内部的萌动和欲求,被严重地甚或是有意地曲解。有一种世代相传的力量,无视、忽视乃至蔑视它。这构成了另一种戕害。围绕着歇马山庄的二妹子展开的,就是这样一种由歧视和偏见造成的新的戕害。

即使仅仅从内涵的拓宽方面估量,这篇小说的意义也是不容忽视的。

2005年10月19日于京郊昌平

古典的压力[*]

　　来到马鞍山,雨山湖有迷蒙的诗意,天是晴的,却总像有雨。那雨点是飘浮的空气中的,把周围的草地、花丛、树林都点染成了绿色的雨山。这个城市被浓浓的诗意包围着,还有那些红灯笼,垂挂在雨山的浓荫之中。诗意的马鞍山,诗意的江东,诗意的中国。2005年10月25日,也就是大会召开的前一天,《皖江晚报》的头条标题就是:"一座城市与诗歌的千年情缘"。一座城市能与诗歌结缘是一座城市的信服与光荣。

　　是的,马鞍山是一座不同凡响的诗歌的城市。自南齐著名的山水诗人谢朓开始,李白、白居易、贾岛、杜牧、苏轼等在这里留下了千余首名篇。这里的句单只是例举,宋代只举了苏轼,苏轼以后,我没有再举(昨天的开幕式上,省长还举了陆游),还留有近千年的悬念。我猜想,马鞍山能够吸引历代这么多诗人来此吟咏,一定是他们和我们一样,看到了这里一座座的雨的山,一阵阵的山的雨,如同我们一样地看到了浓荫覆盖着的诗意的城市。

　　有这么丰富的遗产应该是一件好事,但是,它也造成了无所不在的、历久不去的,而且是愈是久远便愈是强大的压力。我把它叫做古典的压力。我曾在采石矶边走过,在浩瀚的长江边,那里的岸边岩石上有一只足印,朋友介绍说,那是李白留下的。他

---

　　* 2005年10月25日,第一届中国诗歌节在马鞍山召开,这是在诗歌论坛上的讲辞。据文稿编入。

在那里水中捞月而死。从采石矶,从青山,从当涂,从马鞍山走过的,有数以百计伟大的、杰出的诗人。是他们在这片美丽的青山绿水间,在细雨蒙蒙中留下了他们的足迹。我们听得见他们千年绕梁的吟哦声。

昨晚的开幕式晚会,从《诗经》到陶渊明,从杜甫到杜牧,再从苏轼到陆游,支撑这台演出的,是伟大的古典诗歌的不减的魅力。这些伟大的歌吟,千年以后,尚令那些童稚和老者为之倾心。这是怎样的一种力量?我想不光是诗人,而是所有的中国人,都会在这样的壮丽辉煌中感受到其重无比的压力。我在马鞍山感到的,就是这样的压力:古典的压力。

晚会是精心编导的。整个过程充满了优雅、高贵的气氛。连平时那些从来不好好唱歌、好好说话的演艺界,在这样的辉煌面前也变得高雅起来。整台晚会是古典美丽的集中、浓缩的显示,它向我们讲述,几千年来我们的民族是如何沐浴在这种由古典辉煌造就的诗意之中,它怎样铸造了我们的审美趣味、美学追求,而且最后铸造了我们的优美心灵!

祝福北美枫[*]

　　加拿大和中国相距甚远。当年那个加拿大人来中国,因为是"不远万里",所以是格外地感人。现在,加拿大和我们是很近了。我身边的许多师友,都像走亲戚般地频繁来往于两地,那多半是被亲情牵着的。

　　加拿大有广袤的雪原,有生长在雪原之上的同样广袤的森林,还有惊人美丽的枫叶。这在世界上都是非常有名的。我还知道,中国有很多有才能的作家和诗人都住在加拿大,他们在那里写着智慧而美丽的文字。他们为两国的友谊和文化交流,贡献着自己的心力。

　　近日收到和平岛先生的邀请函,告知那里的一些朋友要办一份大型的文学刊物,名字就叫"北美枫"。想着这名字,心中就感到温暖。这些光辉耀眼的北美枫,这些燃烧在无边的雪原之上的熊熊的火焰!

　　有了华文刊物,我们的心和北美靠得更近了。文学是一座桥,是架在人们心灵上的桥。不同的人种,不同的文化,不同的社会形态,因为有了文学这座桥,就会顺畅地得到交流融通。理解加深了友谊,友谊又加深了理解。祝福北美枫,感谢北美枫。

2005 年 11 月 18 日于北京大学

---

　　* 此文据文稿编入。

感受杜涯[*]

杜涯的诗是难以言说的。那一切女性的温柔缱绻都不属于她,尽管她也是女性。我想说,杜涯的诗很深刻,却又怕这"粗暴"的评语"伤害"了她。因为她的诗甚少关涉我们熟知的那些世态人情。她的多情与柔软是别样的,那就是在大自然的律动中敏感到属于生命和时间的哀愁,那是一种挥之不去的旷世的哀愁。相形之下,如今遍地可见的"欢乐",一下子都失去了分量。

初读杜涯(当日她还在一所寂无人知的县医院里),便被"嵩山北部山上的栗树林"的疼痛和无望所感动。那里有一种如今被人们普遍遗忘的、对自由诗来说是异常可贵的旋律。

2005 年 11 月 26 日于京郊北七家村

---

[*] 此文刊于 2006 年 2 月《诗刊》。据此编入。

集邮史上的盛事*

——2005年12月12日在郑州《锦绣中国》捐赠仪式上的讲话

各位领导、各位来宾、各位朋友,大家上午好!

很高兴作为《锦绣中国》主题邮票珍藏大典的顾问来参加这次向河南博物院的捐赠仪式。以全国政协副主席张思卿先生为总顾问的大典顾问名单中,有九十六高龄的诗人、国学大师文怀沙先生,有我在北大的老师、国家图书馆前馆长、国学大师任继愈先生,有国家博物馆学术研究中心主任王冠英先生,有画家、中国美术家协会主席靳尚谊先生,有古建筑学家、文物学家罗哲文先生。罗哲文先生知道我们来给河南博物院赠送大典非常高兴。因为他所主持的文物所成立七十周年有庆祝活动不能来郑州。他委托我代表他向张文军馆长、周桂祥书记,以及河南博物院的老朋友们问好。

河南地处中原腹地,是中国第一大省,河南又是中华文化的摇篮。这次首发式在河南举行,我认为是非常英明而美好的选择。我是从事文学研究的人,对集邮的认识十分有限,但却是集邮的爱好者。我愿借此机会,谈点个人的体会。

集邮是以收集、整理、鉴赏研究邮票为中心的一项文化活动。集邮有利于激发和培养人们的爱国主义思想;有利于增长

---

* 此文据文稿编入。

知识、开阔视野、提高文化素养；有利于鉴赏艺术、陶冶情操，提高人们的修养品位。集邮既能丰富和活跃人们的业余文化生活，又能为国家建设和增进国际文化交流作出贡献。

专题集邮是集邮的一个类别。近半个世纪来，随着各国各地邮票品种和类别的不断增多，邮票内容和图案的不断丰富，专题集邮这种方式越来越受到大家的喜爱。专题集邮根据组集构思和邮品选择可分为两种，一种是同类主题图案或同一发行目的的邮品集合，这种注重资料性的邮集，在当今邮展中已渐失竞争力。另一种是以叙述一个有情节的故事或一段历史为基础、并围绕这一情节选择相关切题的邮品编组。选用的邮品只要与主题的开拓有关，都能编组入集。《锦绣中国》主题邮票大典属于此类。

这套大典以邮票真品为主体展现伟大而美丽的祖国风物，受录我国不同时期、不同题材的风光主题邮票三千三百余枚，涵盖了民国时期邮票、解放区邮票和老"纪"、"特"邮票，"文革"时期邮票、编号邮票等。它几乎囊括了我国已发行的风光名胜古迹类主题邮票的绝大部分。大典深入细致地挖掘了此类邮票的丰富内涵，将人文景观与自然景观紧密地融合在一起，通过邮票精美地浓缩展现了祖国悠久历史和壮丽河山的灿烂辉煌。我认为这是我国集邮史上的一件空前大事。

在我国的文学发展过程中，历朝历代，都有很多诗人学者云游四方，观赏史迹。他们的足迹遍及大江南北，留下了无数瑰丽的诗文。但是，他们所走的地方，所见的景物，也不过是沧海之一粟。即使是伟大的旅行家如徐霞客，他平生漫游山海所走的地方，较之我们祖国山川历史的丰美博大，依然显得是十分有限的。面对世间万象，人们常叹心力有限，人生苦短，心向往之而不能至。这种愿望，即使在交通和资讯都十分发达的今天，也难以达到。

在这里,要感谢《锦绣中国》珍藏大典的策划者、编辑者和投资者,是他们付出了辛苦和智慧,使我们足不出户而华夏文明尽收眼底,可以把玩,可以神游,可以珍藏,可以馈赠。这真是功在后世的一大盛事。

预祝《锦绣中国》主题邮票珍藏大典在河南发行取得成功!

行进着和展开着*
——我看新世纪诗歌

不觉又是一年的终了。再过几天，新世纪的第五个年头也将过去。而我们告别20世纪和迎接21世纪的那种激情，似乎还是昨天的事。在新世纪的五年中，我静观一切，包括文学和诗歌，发现一切并不因世纪的"新"而变得"新"起来。文学是老样子，诗也是老样子。我这才悟到，我在世纪之交所期待的，其实乃是一种虚幻。那时我虽不存奢望，却在暗中祈求新世纪为我们带来新气象。然而，竟不！

中国诗歌经过八十年代的大动荡之后，现在似乎逐渐沉寂下来。近来诗歌无大事。前几年有过"民间"和"知识分子"之类的论战，后来，大家似乎都累了，那些论战于是不了了之。世界又恢复了平静，只留下一些惊心动魄的刀光剑影。

历史总是一种近于严酷的淘筛。删除一些无价值的，保留一些有价值的。愈是从大的方面考察，历史就愈可能变得简单。回头看我们的新诗史，从五四发轫到四十年代，这不长不短的数十年间，过去曾有人做过无数繁琐的阶段划分，而总体看起来，其实就是一个草创期，一个从内容到形式的"尝试"期。它离成熟还相当的遥远。

新诗那轻松而欢愉的"蜜月"很快就结束了。从三十年代后期开始，由于一种革命理念的提倡，新诗在酝酿建立一种新的秩

---

* 此文刊于 2006 年 1 月《文艺争鸣》。据此编入。

序。民族解放战争和国内战争的严重环境,为这一雄心勃勃的意图的实现提供了有利的条件。从那时开始,新诗被明确地引导走上了建立一种据说是"最好的"诗歌的新格局,其实即是无可回避地被推向了"一体化"的进程。

新诗于是开始改道,即从五四初期那种自由而显得散漫状态的诗歌,逐步形成为一种被严格规定的诗歌。这个进程始于三十年代后期,这个意向的明确表达则是四十年代初,而它的大跨度推进则是五十年代以至新时期到来之前的漫长岁月。五十年代以后的那一阶段的诗歌,除了个别的和小量的例外,就其大体而言,均具有鲜明的意识形态倾向,它以极端的方式坚持不懈地排除诗歌独立的个人属性,而使之具有普泛的亦即是取消了艺术、思想的独特性和多样性的表达"公共意识"的诗歌。

中国诗歌的固化板结状态愈演愈烈,直至20世纪80年代始呈转机。那场惊世骇俗的"崛起"浪潮,使惨淡经营了数十年的"大一统",在一帮"朦胧"而"古怪"的"闯入者"造成的"混乱"面前轰然倒塌。长期被压抑的创造激情,犹如冲决堤坝的水,漫无边际地向着四方奔涌。八十年代是中国诗歌复兴的转折点,形形色色的试验把形形色色的诗歌送到了万千读者面前。它是那样的不拘一格而令人惊异,却又是不容置疑地为人们所理解并最后接受了它。

是的,80年代有些匆忙,但80年代充沛的激情是难忘的。匆忙地实验,匆忙地展示,匆忙地论争,那是一个匆忙的年代。但80年代开放的诗与那个开放的时代是和谐的。诗是那个时代的儿子。"朦胧诗"的出现及其论争所具有的意义,早已超过了它们本身。("朦胧诗"本身,涉及诗歌内涵上的反思精神,以及对历史的质疑和批判,在诗歌艺术上的现代主义理念和意象化倾向,等等。)它标志着一个诗歌时代的结束,和一个诗歌时代的开始。

那是一个"王纲解钮"的时代。作为一个旧时代的崩裂,乃是由于一个崭新的时代的到来,乃是由于"异端"的"楔子"向着一个"固体"的"加入"而打开了一道"裂纹"。正是由于这一道"裂纹",天外的光亮能够无遮拦地照进来,照彻了无边的暗黑。伴随着亮光而来的,是驱散黑屋中的阴晦和窒息的新鲜的空气。就这样,中国新诗的历史性划分,就以"朦胧诗"这根"楔子"的出现,而发出庄严的宣告。从那时开始,而不是从现今我们讨论的"新世纪"开始,新诗就向着与前不同的新的方向延展。

这种延展以八十年代为起始,也许再往前推,从朦胧诗的准备期的"地下时期"起始,迄今大约二十余年的光景,包括"后朦胧诗"、"第三代"在内,是一种以反抗昨日的姿态出现的、以面对"今天"之精神为前导的艺术叛逆运动。二十多年前,我曾把当今这种状态形容为"魔瓶"的打开。一旦冲出瓶口,那一切"妖魔"再也回不到瓶中。它们在广阔的时空中肆意狂舞,以造成"混乱"为目的,旨在彻底破坏那一切既定的禁锢艺术的法则。

这一切不是始于今天,也不是始于新世纪,我们早已面对如今已形成的事实。这是社会转型带来的诗歌转型。"朦胧诗"是一个契机,它提供了一种对立性的诗歌形态来为这一历史时期作证。它开启了不仅属于诗歌、而且属于全部文学艺术的沉重的闸门。那时的状态是对峙的:一方是传统的已被"改造"得失去了活力的单一而僵硬的诗歌,另一方则是充满挑战性的、对比之下显得是有点"古怪"的另类诗歌。

这些,充其量只是在单一体之外提供了一个"例外"。也就是从那时开始,形势急转直下,随着80年代中期"现代诗大展"的举行,一时间出现了不计其数的诗歌实体。流派林立,旗帜蔽空,开放的诗歌一时失控。层出不穷的主张,各行其是的写作,繁衍得快也消失得快的走马灯也似的"流派"和"运动"。一切都留下了匆忙的身影。这是一个既不承认权威,也失去主潮的时代。

　　这一局面一直受到转型中的社会及其意识形态的支持。市场经济秩序的确立,它所带来的冲击和诱惑,加上政治氛围的相对宽松,它给予文学艺术以前所未有的(当然仍然是有限的)自由度,这些,都极大地激活了诗歌向着自由心灵的展开。

　　诗是敏感的,它最先感受到了时代的召唤。它们犹如脱缰的马群,挣脱一切可能的羁束,肆意狂奔。这就是当今的诗歌现实。从上一个世纪80年代中叶至今,中间经历过决定性的90年代,一直延宕至今。对于这样的事实,人们众说纷纭,莫衷一是。

　　我们应当承认诗歌是在行进中,它已把阴影留在了自己的身后,它已进入了一个更高层面的探求。一个不争的事实是,它已走出了绝境。它面对的是多种多样的选择。路子比以往任何时期都宽广。是的,它有诸多的忽略和缺失,它对受众的冷漠的拒绝也让人忧心忡忡。从新诗诞生以来的存在的一切问题,也似乎都在继续着。诗歌的现状并不令人乐观。但应当承认较之以往它拥有更多的合理性。它和当今我们处身其中的社会形态是契合的。

　　对于行进着和展开着的诗歌,我们有足够的耐心。一个价值多元、信念失衡的年代,需要时间,也需要机遇。任何人为的重建规范或整合秩序,可能都意味着无效。中国诗歌在等待,我们理解诗歌的昨日和今日,我们认定昨日的不合理性以及今日的合理性。至于未来,未来是难以预测的。但它肯定将延续今天,而且将由它自己来纠正今天的遗憾和偏离。

2005年12月25日于京郊北七家村

2006

如兰的深意[*]

一位朋友的朋友把深意如兰送到了我的面前,连同她的诗。在此之前,我们并不相识,因为我不上网。事后我才知道,她已在网上发表了很多诗。深意如兰居住在美丽的西子湖畔,自谓是一个"时常在梦境里心醉的女人",为了"追求温柔里一声别样的绝响",她"曾经执迷不悟"。深意如兰写小说,写散文,也写歌词,好像还画画。但她写得最多的还是诗,而且多数是在网上发表。也许是网络的方式更无拘束,能够驰骋她不羁的情感。在这样无拘无束的世界里,她的诗行如光般疾走,自由地穿行于心与心之间。她的笔墨绚烂浓丽,色彩斑斓而有绘画感。

阅读这位女性的诗篇,犹如在阅读她这个人。她是如此坦荡地开放着她的心胸,无遮拦地倾泻着她的欢乐和痛苦,缅想和幻觉,她的深情的爱和隐隐的疼。读深意如兰的诗,真可获得情感漫游的愉悦。诗是幻想的,更是情感的。写诗在她那里是一件十分快乐的事,我们当然也尽情地分享了她的快乐。她没有一般诗人那样矜持,她写诗很放松。她只一意地倾诉,不是不考究词句,也不是不注重修饰,但是,她把倾诉看成比什么都重要。从这点看,她是性情中人,也是真诗人。

深意如兰把她所有的诗篇都用来抒写她心中的那一个梦境,那一片情,那一份爱。在她缤纷繁丽的诗歌天空中,我们几乎毫不费力地可以寻找到它们共同的主题,这主题用她的一首

---

[*] 此文据文稿编入。

诗题来概括,那就是:一场玫瑰花事在秋色里绚烂。这构成了她的诗歌意象单纯中的复杂,复杂中的单纯。说单纯,乃是由于她只是写她的情感世界,说复杂,则是一片瑰丽的秋色中洋溢着春天的温馨和热烈,季节迥异中构成的和谐,生发为欣赏的奇趣。

秋天意味着成熟。那是秋花灿烂,秋果丰满的季节。成熟的女人比任何时节都要明艳,也更有韵味。经历得多,情感更丰富,不乏激情,却更为深沉。她也许也会"疯狂",但绝非浅薄。深意如兰并没有回避那一种秋天成熟的意象。她看见秋色往深情里流去,她为那一枝迟开的桂花礼赞。情动深秋!这仿佛是一声天籁。这是从成熟而又多情的女人心中喷射出来的。秋云淡淡,秋风袅袅,秋水依依,秋月盈盈,在天高云淡的大背景下,展开的是一场缠绵而又热烈的"玫瑰花事"。玫瑰开在秋色里,也应是"迟"玫瑰了。却依然这般浓烈,这般激情,这般潇洒,这般浪漫!

也许是由于对绘画的热爱,诗人对色彩非常敏感且充满了悟性。那是在高天阔地里进行的一场轰轰烈烈的爱与被爱的故事。那湿地里的芦苇,闪射出金色的辉煌,那灿烂在秋风里的艳红的果实,竟也化成了心头的夕阳,一片让人心动的美艳。深意如兰的诗中,到处都有这样代表着成熟的色泽、线条和画面,这是读深意如兰的诗最让人倾心的地方。

女人如花浮生若梦风月无边。成熟的女性洞悉人生的奥秘和真谛,这在这位有点任性的诗人这里,表现为一种不乏理性的率真。也许是迟桂花,也许是淡淡秋意中的玫瑰花事,她要把那一切,要把那清风送来的那一个暮秋当作了春的暖流。这是生命过程中的一次爱情的狂欢,一种由内心导演的一次轰轰烈烈的情感风暴。诗人用她精心营造的意象,将这化为了让人心动的名句:"让千年的骚动定格为一座相知的雕塑"。这雕塑也许是邓肯动的飘逸,也许是罗丹静的凝铸,总是让人心动千载。

深意如兰真是举重若轻,她不经意间向我们展开了在一般的爱情诗中罕遇的诗意,一种色彩浓郁、情感热烈、充满矛盾而又归于和谐的诗意。这不是一般少男少女花前月下的单纯故事,它展开的是一幅秋熟季节色彩斑斓的人生画卷。无庸置疑,这是讲的都是事关两性情感世界的事,人们不能不信它的真诚。诗人向我们提供了一种境界,如幻似梦,烟云缥缈,不可捉摸,却是感天动地!深意如兰在她的心灵天地里快乐地行走,她把所有的眼前景,都神奇地化为了心中情!

那是九寨沟,那是红螺沟,那是贡嘎山,也许是她居住的杭州西湖,也许是她到过的异国他乡,山形水态也好,云影波光也好,是她的美景,也是她的至情。在九寨沟,她看见大片悬垂在针叶上的松萝,想象着那是多情的一个人,"牵挂着一个人",为了给爱人以烂漫的山色,"抵死不放弃飘逸";在红螺沟,她看见一片红石,为之倾心而迷醉,想象中那惊人的艳丽是一种喷薄,是一种燃烧,更是一种涅槃;对着贡嘎山拨开的终年的云雾,仿佛是一个人的回眸一笑。

深意如兰的每一首诗都是这样情浓时节的呢喃,每一首都是这样的千种风情,万般妩媚。这些心中情,情中语,被人们不知重复了多少年、多少代,人们读来读去,无非总是两颗心的牵挂,两颗心的拥抱。翻来覆去的都是这一片痴心,这一份真爱,但人们却是永远的鲜丽。当然,这一切必是在艺术的规律中,要凭借那些字辞和章句,那些形容和修饰,那些情趣和韵味。要是离开了这些艺术和技巧,所谓的真情实意也会落空。

开始的时候我谈到深意如兰有丰富的创作经验,文学和绘画都有较深的功力。我特别注意到她的古典文学的修养,她用词非常典雅,意象也非常华美。这无疑都增加了她的诗歌魅力。"如兰"确有"深意",这是需要细细寻究的。例如蓝湖的意象频频在她的诗中出现,即是一例。那里有一片蓝湖,湖畔有一片绿荫,那女子总在追寻她的蓝湖梦幻,总在等待有人踏着思念的小径不期而至。这里有很多暗示,也许只有诗人自己掌握那解密的密码。

去年深秋时节从西子湖畔来了个电话,说他朋友的朋友是一位诗人要出诗集,要我写几句话。这就促成了我们的见面。接过诗稿,我一边读着,一边想着,我发现她诗情如潮,不仅写得流畅,而且写得华美。我是被她的诗感动了。是的,奔涌的激情,让她来不及梳理思绪,来不及考究词句,她是率性而为。却也为我们保留了一份真纯。

这篇小文,从旧年写到了新年(不是由于疏懒,而是琐务太多)。这是我 2005 年最后的文字,也是我 2006 年最初的文字,这在我,在她,都应是有纪念意义的事。在这里,我既祝诗人圣诞节快乐,又祝诗人新年快乐!写诗的人,读诗的人,有福了!

2005 年 12 月 25 日—2006 年 1 月 6 日,
断续成文于北京大学诗歌中心

黔西北诗情*
——彭澎《你的右手我的左手》序

去年秋天在贵州习水,我由唐亚平介绍认识了来自毕节的彭澎。临别的那个夜晚,我们几人在那座边城的小食街上,吃习水有名的辣豆皮,畅谈人生和诗歌,那是一个难忘的诗之夜。亚平很欣赏这位年轻人的诗,她郑重地向我作了推荐。这样,我和彭澎就有了文字上的联络。去年11月他从毕节给我来信说,"感觉诗歌和我们与生俱来的魂灵一样,随时净洁着我们尘世的念想。我一直对诗歌心存感激。"这一席把人的灵魂的洁净与诗联系起来的话,使我感到我和他的心是相通的。由此,我也就了解了亚平向我推荐这位诗人的真意。我想,不论是我还是彭澎,都应该感谢亚平的。

随信寄来的《你的右手我的左手》诗稿,在我的案头静静地过了一年的冬天,眼看就是另一年的春天了。不是由于疏懒,而是实在杂务太多。我时常想起在习水亚平的郑重嘱托,不把这篇文字做出,我心始终不能释然。

这本诗集的写作是认真的。它凝聚了诗人彭澎自20世纪80年代后期至今"一路走来的一些痕印",当然是心路历程的情感记载了。《我的1988—1992》是开篇之作,它以充分意象化的手段,浓缩了这一段时空中的意念和情怀。他对周遭情事发自内心的关切以及无可奈何的悲哀:"深爱着的人都去了远方 空

---

* 此文据文稿编入。

留下几双瑟缩的眼在风中摇荡","养鸟的那人不声不响地死去鸟声挂满屋前的竹林深处"。飘忽的情思,断续的意象,交叉和拼接,重叠和多层暗示,这一切,都让人想到80年代风格的延展。

20世纪80年代的诗歌经验,是我们丰富的诗歌遗产,它的延续和发展对我们是个安慰。我时常感叹我们太善于遗忘。我们总是匆匆忙忙,我们总是以为我们总在开始。事实并非如此。事实是我们总是在前人的经验上前行。而后才有了自己的创造。彭澎的写作正是如此。他从前人的足迹上开始了自己的行程。他因为不惮于承接,而留下了前行途中的、属于自己的新的"痕印"。

彭澎诗歌的主题,概括地说来,是岁月和村庄。他的诗告诉我们,他对生养他的土地怀有深情。他感激并怀念在这土地上度过的岁月。他最终是走向了城市,但他和城市的亲切感远不及乡村。他对城市是若即若离,尽管他是在"逐渐靠近"中,但一切都已注定,是一种既靠近而又远离的状态。当然他没有拒绝城市,而他最钟情的仍是他的属于他内心的村庄,和在村庄度过的岁月。

诗人对他的养育之地的感念,表现得非常动情。给人印象最深的是题为《黔西北》的那首诗,他以非常清朗的方式袒露真情。他写绝望之处生存下来的民族,他们把根系埋进泥土,他们把路展开在脚下,他们死死地为传说中的幸福劳苦一生,诗人禁不住发出叹息:"日出而耕 日坠而息 就如此循环么 我的民族 我的这块伤痕累累的故土"。

他的村庄是沉重的。他的确总在寻找,寻找那片迷失的草地,那留下的风声,还有新鲜的晚阳。这里有一种被淡淡的哀伤裹着的遥远的幸福。所以,彭澎的村庄不全是沉重的。乡俗和谣曲化为了诸多新鲜的意象。那里的童年记忆,那里的水一般的清爽的空气,那里未曾被污染的河流和山冈,这一切是那样地牵动着他的心。他总是充满着怀念,怀念中的村庄,村庄的背影,村庄中菜花一般安静的女子的背影。

他的诗篇几乎都是由这些记忆中背影所组成。那是瘦寒的山川,从山前至山后,那里有荷锄的村姑与菊黄花草,一道没入天地的内层。暖暖的阳光鲜花般铺满。我的村庄就在南面的河边,透过一片寂静的路和飞翔的鸟,可以清楚地看到过了河就是山,村庄完整地就在眼前。诗人深情地告诉我们,村庄是一个醇香的名词,在温婉中想起它来是幸福而快乐的。

应该说,整部诗集就是由这些忧伤而又快乐的谣曲组成。他的诗不全是那种苍茫的感受,它是一种复合体。凝结在岁月的风露中的有着丰富内涵的一个又一个"背影",村庄的背影,岁月的背影,还有美丽绝伦的新娘的背影。有淡淡的哀愁,有隐隐的欢乐,传达的却是一种挥之不去的信念。例如他在某月的某日迎风而唱的歌谣中,他也没忘了把自己的背影留给岁月,把自己虔诚的步履印在前行的途中。此时彭澎的诗句是清亮的,如同村庄曾经的那道清亮的流水。

我注意到《岁月的伤口》这首诗,我知道它是在怀念一位走得匆忙的人。但我更愿把它看作是诗人的自况。他通过这首诗向我们表达了诗和土地的亲密关系,村庄四处生长诗歌和荞麦,是土地透过乡音,把诗歌的内核"大把大把地耕种在故园"——

　　你遗落在乡谣里的真情
　　已成为冬夜里一抹温暖的火焰

从生活开始。诗人从家门口走出来,他就把自己交给路了。诗人自语,灯就是自己的灵魂,尽管它已挂满了沧桑。

2006 年 1 月 9 日于北京大学中文系

清新自然见真情*
——写在陈菲《田心流韵》的前面

打开诗集,第一篇便是《中国的月亮》。诗人说,中国的月亮是从嫦娥的舞袖中抖出来的,中国的月亮是从诗人的酒壶中筛出来的,中国的月亮中有情人的相思,也有游子的乡愁。写到这里,他似乎意犹未足,他的想象继续由此荡开去,说那月亮是在二胡的琴弦中,是在古筝的弹拨里,是在洞箫的吹奏中。他的月亮升起在中国的大地和天空,更升起在中国人的心灵深处。

"外国的月亮比中国的圆",这话是用来嘲笑那些一心崇洋的人的。当然,外国的月亮未必比中国的圆,同样,中国的月亮也不见得比外国的更圆。月亮只有一个,月的圆缺是一样的。但是,在诗人的眼中,外国的月亮和中国的月亮就是不同,这人看到的月亮和那人看到的月亮就是不同。换言之,要是诗人看到的月亮和所有的人都一样,那他可能不是诗人。全世界的诗人都在写月亮,只有创造性的诗人写出他自己发现的月亮,与众不同的月亮。这就是诗人的创造。

现在回头来看陈菲的"中国的月亮",就是一轮这样独特的月亮。他把月亮和嫦娥的舞袖,和李白的花间对饮,和羊毫的书写联系了起来,这就使月亮充满了独特的"中国属性"。这是文化的、乡土的、家园的、镌刻着中国的历史印痕的月亮,也是诗意的和永恒的月亮。中国历朝历代的诗人,都在不遗余力地书写

---

* 此文刊于2006年5月《创作评谭》。据此编入。

着这一轮美丽的、独一无二的,话说回来,也可能是一轮最美、最圆的月亮。

这篇开卷之作,展示了诗人的才华、涵养和积蕴。他的诗篇中有很多像吟咏月亮这样,吟咏着大地、天空以及世间万象。罗丹的永恒之《吻》,贝多芬让人永远心动的《致爱丽丝》,以至于体现当代中国充满人情诗意的《千手观音》,他歌唱吹箫的女子、吹长笛的女子,以及弹琵琶的女子,诗人展示的是他的高雅的素养,美好的情操。他不仅能够欣赏那千种风情,万般神韵,那无尽的深情绵邈,而且也能在《雪天读艾青》中,读得热血沸腾,竟也忘了外面的严寒。因为他心中点燃的是烛照黑夜的"火把"。

诗人把温柔的桑梓情怀和雄浑的历史风烟联系了起来,组成了一曲又一曲深情的咏叹。他的家乡有火燃成的、血凝成的红土地。他把他的爱献给了火红的岁月,苍茫的岁月。当然,他用的是诗的方式,审美的方式。一题在手,他决不敷衍,他总是认真地体味那美妙、那神奇,总是用一颗诗心极精致地表现那一切。

除了范围广泛的世情和乡情,他还有很多表达人生体悟的诗。这些诗都是用生命写出来的。亲切、自然而深沉。那是一种被秋色点染的爱情和亲情,他在此卷的卷首引用了泰戈尔的诗句:"如今我已领悟,在你的爱里自有痛苦的打击在,但决非死亡的冷漠无情。"这里点到爱与死,诗是让人爱的,尽管有的诗人歌颂死亡,那多半是对人生真谛的参透。但诗到底是导引人去爱生命,它的天性拒绝死亡。正因为爱,所以好诗和真诗永生。

在一首诗中他讲人生的苦厄,但他坚信"否极泰来",是"荒芜过后涌动着春潮的绿海,寂寞到头迎来迷人的风景","一切都戏剧性地安排,不必沉湎于过多的怨艾"。这里有一种从容的心态,他说,一切随缘,一切顺乎自然。他微笑着面对一切,包括悲哀和苦难,乃是一种放达。他还说,"只须畅快地饮过一回酒,何必孜孜于天长地久"。那里有一茎"白发的芦苇",它守望在初冬的湖边,它不甘于匍匐,也不事张扬。微风不是它的叹息,湖水静静地面对它的守望。

也许是年龄的原因,我最欣赏他的《中年如茶》。这首诗是成熟人生的一幅清雅恬淡的诗意画图。在读惯了那种浪漫而热烈的青春曼妙的歌唱之后,读这诗如对一杯清茶。心中升起的是一种安慰与温暖。你收起了艳丽的花伞,我放下了浪漫的琴弦,厮守的是寂寞的长夜,这当然有一些感伤。但是茶是慢慢品下来的,曾经有过的热烈的咖啡已经凉了,如今拥有的品尽人生甘苦之后的宁静与悠长。这是一种更为成熟的境界。

我和诗人曾经见过一面,但那已是二十多年前的旧事了。那年我应邀在南昌参加了谷雨诗会,正是朦胧诗方兴未艾的时节,我在那里谈诗,充满了步入中年的那份激情。陈菲在场。时间竟是这般的匆匆,真是往事依稀!所幸的是,如今中国的诗歌已相当的繁盛,面对这一片繁盛,我们都有一种安慰。

2006年1月12日于京郊北七家村

《中国文学之最》序一[*]

  中国文学在中国历史天空中是一道永远的彩虹。它是中华文化的瑰宝,也是中华民族的精神家园和心灵归依。文学伴随着中国悠长的历史一路走来,一路撒下了绚丽华彩的文章典籍。上自远古神话,诗经楚辞,唐宋词章,下及近世,三国悲烈,聊斋奇幻,红楼一梦。那些文人学士,把酒临空,慷慨悲歌,花前月下,虎啸龙吟,兰亭雅集,曲水流觞,留下了多少流传百世的文采风流!乃至轰轰烈烈的新文学运动兴起,强国新民,革故鼎新,气雄千古,势如破竹。其间婉转曲折,艰难险阻,可歌可泣。哲人不远,风烟依稀,翻开这一页页历史,字字好似都由血泪凝成!
  我们对中国文学心存感激。因为文学记载了和见证了我们的辉煌历史和艰难行进,以及历朝历代先人的智慧才情。有时我们面对浩瀚的文山书海,总慨叹人生苦短,时不我待。我们穷其一生也无法领略那无限风情于万一。也许就是这样一种简单的动机,促使我们萌起编写这样一本大书的决心。
  自古文章贵在创新。事实说明,凡是开风气之先的文字,往往总能给文学带来新气象。这种创新,是文学赖以生长、发展的条件。它即使不能带给人们某种成功的启迪,也将给人们带来某种借鉴。在综观中国文学发展的基础上,悉心研究文学史上那些具有开创意义或特殊影响的人物、作品、事件、理论、风格、刊物及出版、社团与流派,并总结其对于当时或后世的影响,凡此等等,应该说,这对于促进文学发展是一件有意义的事。本书

---

[*] 此文据文稿编入。

所列词条，每一条都是一个有待开发的论题，都是一个可以从多种层面、多个方位予以阐发拓展的论题。从这个意义上说，本书的另一个意义，也许在于它为读者领略和思考中国文学提出了多种思路和问题。

"最"的文章最不好做。通常的说法是，没有最好，只有更好。曾经有过流行"最、最、最"的年代，但后来的事实证明，是不对了。所以"最佳"、"最好"等等说法经常为人们所诟病，这是自然的。我们这部书叫做"中国文学之最"，当然也包含了上述那一层意思，但这只能是一般意义的涉及。因为文学艺术的事，遵行不一，风标各异，何人为尊，何者为最，对此贸然判断则有极大的危险性。幸而，这正是本书编者特别要慎重处置的。我们着重致力于从时间界面上筛选"最早"、"最初"、"最先"（当然也不排斥如"最有影响"之类）涉及中国文学史上某一时期、某一范畴、某一层次中具有开创意义或最具影响力的作品、作者、刊物、流派、思潮等的条目。

我们希望对事实上的而非判断性的条目有充分的关注。但即使如此，在史实方面，何人最先，何书最早，也易于引起质疑。因为文学历史悠久，事象万千，人们或囿于学识和见闻，或由于史料占有乃至记忆有差错，以讹传讹，先后混淆，则是难免。这是有碍于学术发展的，我们当尽量避免，也深望学界同人不吝赐教，我们将及时改正。

世上万事万物，都有其合理的生存秩序，出现可以有先后，评价可以有高低，成就可以有大小。在这样充分自由的领域里，一定要评出"最"来，却是有悖于常理的。所以我们认定了要在"最"字上做文章，便注定了是一件承担风险的事。

关于本书的性质，我们曾经有过设想，我们首先希望它是一本有趣的知识书，即能给那些喜欢文学的读者带来阅读兴趣的书。它能够充分满足读者关于中国文学的知识，猎奇也好，应试也好，求知也好，希望这些读者愿意翻翻，翻翻即有所获。我们还希望它是一本有用的工具书。即为那些专业工作者提供案头服务的,能为他们的工作解惑的。在历史上,是谁第一个提出、写出、做出？在写作上,谁有"冠军"的记录？哪个事件谁是第一个参与者？某部作品的"首发"是在某年、某月、某日？在哪件事上,谁是"始作俑者"？等等。这些研究者,心有疑惑,随手一翻,迎刃而解。也就是说,是希望做这些专家的助手的。

此书创意来自李矗先生。先此,他已做过其他学科这样的书。他有经验,也有魄力。在成书的过程中,他出力最多,也最辛苦。中国文学从古到今,烟波浩淼,绚烂繁丽,要在浩如烟海的文学世界中找出它方方面面的"最"来,而且还要求基本无误,这原是极难的事。古代部分和现代部分,学术积累丰富,学科也相对成熟,诸种言说,多有定论,也许并不太难。当代文学是正在发展行进中的学科,作家未定型,作品无定评,要弄出个什么"最"来,肯定是众说纷纭,莫衷一是。总之是困难多多。但我还是被李矗先生的坚定所感动,而下了决心来做这件事。

我想,要是没有人来做第一回,也就没有成熟和成功的后来者。

2006年1月18日于北京大学中文系

为诗歌感恩[*]
——在中坤诗歌发展基金捐赠仪式
暨诗歌界迎春会上的致辞

今天这个会议,是中坤集团的捐赠签字仪式。大家冒着冬天的寒冷到这里来,给这里带来了春天的温暖和喜悦。诗歌从来都是清贫的事业。在当今这样普遍重视物质的年代,作为精神领域的诗歌益发显得寂寞。我们的诗人就这样守着清贫而寂寞的一角,默默地为社会和人群贡献着美丽和生动。

我有很多诗歌界朋友,他们大都是清贫的,而且也总是寂寞的。后来有些朋友从商了,他们反过来回报诗歌,这情景总让人感动。今天向诗歌界捐赠的中坤集团,它的领导人骆英先生,二十多年前在北京大学求学。毕业后事业越做越大,越做越辉煌,但他没忘了诗歌,没忘了母校,没忘了老师。他一次又一次地向清贫而寂寞的诗歌伸出了热情之手,救援之手。这次更是以三个一千万的巨额资金来回报社会。这在中国诗歌界是空前的义举和壮举。我们衷心感谢中坤集团,感谢诗人骆英先生。

骆英先生事业发达之后,不忘回报社会,不忘回报学校,这举动的本身用一般的关怀或奉献来表达都不够。我觉得其中有一种非常可贵的品质,那就是基于人类大爱的感恩之心。在这里,企业家的骆英突显了他作为诗人的最值得珍贵的品质。

一个人自幼及长、一生一世,在他的成长过程中,受过从父母、师长、同学、同事、朋友,从幼儿园的阿姨、医生、护士乃至于

---

* 此文据文稿编入。

无数素不相识的人们的真诚的帮助甚至救护,他对此铭记于心,永志不忘。他寻求一切机会来表达他的感激,不是投桃报李,而是滴水涌泉!我们对天地万物,对生我养我助我爱我的一切以心相报,这就是感恩。诗人骆英、企业家黄怒波就是这样,向我们展示了他人格中最温柔的一面。

我的话讲完了。祝愿大家新春快乐,合家幸福。祝愿中国诗歌繁荣发展。同样,我们对一切帮助过诗歌的人,怀着深深的感恩之情。

2006 年 1 月 21 日于北京大学勺园

《程文超文存》序[*]

　　文超平生治学,涉及中国近代文学、现代文学、当代文学,以及文学理论及文学批评的诸多领域。他特别专注于文学的历史描写与叙述,在中国当代文学的理论批评的宽阔层面着力尤多,发掘尤深。文超学术视野开阔,对于复杂的文学现象有独到的把握能力。因此,他不仅能从细微处见深刻,又能从总体上把握文学的历史走向。由于他的这种开阖自如的穿透与审视,一些极为复杂的文学现象,他均能以简括出之。如他说,任何时代的文学批评都是一个关于意义的故事,意义对于批评而言是一个永远的诱惑(见《意义的诱惑·前言》)。就是这样,他把别人要用很多笔墨予以解释的问题,用平常的方式表达了出来。我常说过,浅薄的批评家往往会把简单的问题弄得人如坠五里雾中,而成熟的学者则有能力化复杂为单纯。在这点上,文超是臻于成熟了。

　　写作《1903:前夜的涌动》的时候,文超开始探究新文学运动的初始。他拨开迷雾,把目光投放于起于青萍之末的微风。他发现,中国的"现代性"追求并不是始于"五四",而是在19世纪与20世纪之交就开始了。他说,"我震惊于中国文化选择与建构的艰难性,在世纪初的仁人志士的英名与成就的背后,我看到了他们的奋斗与挣扎"(《1903:前夜的涌动·小引》)。文超考察中国文学的历史与现状,总立足于中国文化乡土的全部丰富性与独特性。对于中国"现代性"的探求是他治学生涯中始终坚持

---

[*] 此文据文稿收入。

的题目。早在撰写"前夜"的时候,他的目光就集中于中国现代性的发生及其处境。那时他就精辟地指出,在现代性的内部,在其孕育之初,就已生长着与其对抗的力量;在现代性的外部,一开始就有反抗的声音。正是这一切,使中国文学在追求中充满了辛酸与血泪。

文超治学的特点,是一旦涉及决不轻易放弃,而是就着一个目标溯流讨源。他沿着新文学诞生前的体认与发现,步步进逼,探讨现代性在中国这一特殊环境的命运。他把现代性在中国的现实处境,称之为"醒来以后的梦"。他以充分理性的态度,探讨这一"舶来品"在乡土中国的特有形态与流变。他正确地揭示了中国式的现代性的内核与外延,那就是"民族主义与启蒙理性"二位一体的运行。这些言说,都是相当剀切的。

文超在系统地探讨了现代性遭遇中国的特殊语境的同时,他时刻没有忘记眼下文学的发展。他把关注当今文学批评的精神及其成果,适时地转移于当代文学叙事现状的探秘。在这方面,他充分发挥了他在叙事学理论方面以及熟谙中国当代文学历史方面的长处。他以对于欲望的重新叙述为起点,把对于当代文学的关注点引导到对于叙事历史的考量上。这样,他的另一部专著的构思就基本形成了。

《中国当代小说叙事史》从叙事的角度进入中国当代小说史的研究。这是一部别开生面的著作,他以他所拥有的大视野,审视了中国当代小说的叙事史(这里的叙述仅限于小说,其实,他所总结的是包括各种文体在内的当代文学的整体规律),从革命叙事模式的建立过渡到精英叙事,再从精英叙事转向个人姿态叙事。他的考察一直延伸到当下发生的一切流变,关于情欲的叙事、极端的平庸观念及其对伦理叙事的侵犯,乃至于"以身体为中心"的叙事。在这些方面,文超的学术优势得到完整的呈现。

文超英年早逝,他已竭力而为,但有更多的想法没能实现,无论在他本人还是中国学界,都是十分遗憾的事。但仅就现在集录的八卷文集来看,他的生命的点点滴滴已是超负荷地化作了精美睿智的文字。这点点滴滴都是血泪凝成!

我们知道,文超从事并取得这些学术成就的时候,正是他身患绝症,在死亡的阴影下进行生死决战的时日。这时日总共算起来,也不过十年左右。在这段时间里,文超至少进行了三次大的手术,不计其数的放疗、化疗,频繁的进院、出院……他站立着,进行了常人难以忍受的悲绝顽健的苦斗。而且写作只是他诸多工作的一个部分,教学不曾中断,培养学生不曾中断,社会活动不曾中断。他甚至把课堂搬到了病榻旁,直至生命的最后一刻!

短短的数年之间,文超以惊人的业绩为学界所瞩目。识者视之为中青年学者的楷模。慕名求教,从者接踵,文超接纳了来自四方的学子。也许正是这些,始终激励着文超,使他焕发着惊人的光彩,创造了生命的奇迹。文超清贫一生,在精神层面却又是富有的。他的身上,闪射着中国知识分子人格的光辉。

文超的学术成就是辉煌的,但是,他的生命的光辉所给予人的启迪更要辉煌。文超就是这样,把他的这些光亮留给了我们,烛照着和激励者更多的后来者。

2006年1月28日,旧历除岁之夜,于北京大学

诗的上海与上海的诗[*]

上海向来是开风气之先的地方。当我们回顾中国新诗发展的百年历程时,当我们检阅中国新诗近一个世纪的创作实绩时,上海无论如何是绕不过去的名字。以往人们谈论上海,都注意到这个城市在中国社会发展进程中的前沿和先锋的地位。上海在金融、贸易、制造业以及城市建设的方方面面,从来都是中国的骄傲。但是上海在新文化的提倡和建立、在新文学历史和新诗历史上的光辉而卓越的贡献,往往被它的经济优势的光芒所遮蔽,乃至于被忽略。其实,上海在新文化的建设方面的作用,在中国始终充当着不容忽视的先行者的角色。

城市的繁荣,出版印刷业的发达,以及人才的集中所形成的优势,使上海在中国文化的建设中享有无可替代的荣光。在涉及中国诗歌的领域时,情况也是如此。人们都记得最早发表新诗的《新青年》是在上海编辑发行的。要是没有当年以上海为基地的《新青年》对于白话诗的大胆试验与实践,也许也不会有今天我们面对的诗歌事实。《新青年》当时选择上海绝非偶然,乃是由于当日惟有上海能够提供这样从事开天辟地事业的环境和氛围。所以,上海应当自豪。

上海是中国通往世界的港口,上海吸纳着、吞吐着一切来自外界的新信息。在相对保守的中国,上海始终是最先也最积极传播新思想和新精神的都市。许多激励文学和诗歌进行新的创造的灵感,都来自上海(后来还有香港),而后,通过上海传播到

---

[*] 此文据文稿收入。

中国的各个角落。论及中国新诗艰难而辉煌的历程,我们始终都没忘了向这座城市致敬。我们不会忘记它在近百年的光景中,对中国新诗事业所施加的长远影响。

继《新青年》之后,上海陆续在每个时段为中国的文学和诗歌默默地贡献着。这个城市属于诗,诗也始终钟情于这个城市。先说在新诗发展过程中起过重要作用的创造社,它一直坚持在上海开展诗歌和文学的事业。《创造》季刊是创造社成立之后最早发刊的文艺刊物。1922年3月15日创刊,由郭沫若、成仿吾、郁达夫编辑,上海泰东图书局发行。《创造》季刊于诗的贡献甚多,郭沫若的《创造者》是对于新诗热情的呼唤和礼赞:"我要高赞这最初的婴儿,我要高赞这开辟洪荒的大我"。[1]

在出版季刊的同时,1923年7月21日,创造社同人又在《中华新报》开辟《创造日》副刊。郭沫若在代卷头语《背着两个十字架》中说:"永远受了诅咒,永远受着苦难的国民哟!我们对于你不惜我们的血泪,我们只希望你从十字架上复活。"[2]《创造日》出了一百期停刊。同年5月接着办《创造周报》,由上海泰东图书局发行。郭沫若在发刊词《创造工程之第七日》中写道:"上帝,我们是不甘于这样充满缺陷的人生,我们是要重新创造我们的自我。"[3]创造社以此为契机,以多种形式、锲而不舍地以上海为据点,为中国诗歌开创了创造的时代。这情景是非常动人的。

要说的还有"新月"。诗歌的新月派也是以上海为根据地,《新月》创刊于1928年。在它的周围集中了一批当时最具活力的诗人。《新月》一创刊就表示了对中国新诗命运的关注。《新

---

[1] 见《创造》季刊第1卷第1号,上海泰东图书局,1922年3月15日。

[2] 见《创造日汇刊》,创造社编,光华书局1927年印行。《创造日》是创造社前期为《中华新报》编的文艺副刊,日刊,由成仿吾、郁达夫、邓均吾编辑。1923年7月21日创刊,同年11月2日停刊,共出101期。

[3] 郭沫若:《创世工程之第七日》,见《创造周报》第1号,创造社编,上海泰东图书局发行,1923年5月13日发行。成仿吾的《诗之防御战》亦刊于该期。《新

月》创刊所申的原则,以及它所团结的诗人极具挑战性的创作实践,对于中国新诗的价值,是明显的和久远的。"我们不敢附和唯美与颓废,因为我们不甘牺牲人生的阔大,为要雕镂一只金镶玉嵌的酒杯。美我们是尊重而且爱好的,但与其咀嚼罪恶的美艳还不如省会德性的永恒。"①先不说这些话澄清了长期以来人们对这一社团创作倾向的多少误解,仅就新月诸诗人所致力于中国新诗的格律建设以凸显诗的音乐特质的努力,人们也应该感念当年诞生于上海的这一份刊物。

关于上海与中国诗歌事业的缘分,需要用一部专门的著作来讲述。这显然不是此刻我们要做的事。但是,既已开了头,有些史料方面的事,还是忍不住要说说。这里不能不提到同样创刊于上海的《现代》杂志,它在推动中国文学和中国诗歌的现代进程中的功绩,人们当然不会忘记。② 我们对于上海与诗歌的审视已经从20年代转到了30年代,40年代依然有许多值得叙述的诗歌故事,在中国历史大变革的前夜的上海,曾经出现过《中国新诗》和《诗创造》。这两个诗歌刊物,特别是前者,对于大转型中的中国诗歌以巨大的震撼,这也已是当今学界公认的事实,不容我再多加解释。

上海和诗的因缘仍在继续。上海以它在工业建设中的特殊地位,为中国的工业题材诗歌贡献了显著的业绩。在新时期的诗歌创作中,上海的诗人们提出了城市诗的主张,并有着非常突出的实践,只要熟悉新时期诗歌创作的人,对这段历史都不会陌

---

① 见《"新月"的态度》,《新月》第1卷第1期,上海新月书店发行,1928年3月10日出版。

② 《现代》月刊,施蛰存主编,第3卷第1期起改由施蛰存、杜衡(苏汶)主编。1932年5月创刊,1935年5月停刊,上海现代书局印行。1983年10月,施蛰存为影印合订本写了引言:"现在,上海书店愿意影印全份《现代》,这是一件大好事,我非常高兴看到这个已成为文学史陈迹的刊物,能向文学史家提供研究资料,看看这个刊物在当时文学界的作用和意义,给一个不多不少的评价。"

生。此外，上海诗人在促进中国现代诗的创新和探索方面，也是为世人所瞩目。人们通常用"海上诗坛"或"海上诗人"来称呼和评价上海对中国现代诗的贡献。

中国许多杰出的诗人都为舒展自己的灵感和想象力而选择上海。他们以上海为立足点，又从上海把诗的火种带向了远方，戴望舒和纪弦都是这样的人。上海的土地和天空成就了诗，诗也永远铭记着上海。有的诗人已经走远，但人们记住他们坚强的身影和闪光的足迹。有更多的诗人正在这里勤奋而智慧地工作着，我们总是能够听到从黄浦江畔传来的美好的声音。上海是无愧于中国的。

《海上诗坛六十家》的编辑出版，是为显示当今上海的诗歌创作实力而作出的举措。它是一次大聚会，也是一次全面的大展示。我在这里会见了我所熟悉的年长的和年青的朋友，我也从中认识了我所不熟悉的更加年轻的一代新人。我聆听着他们不同的声音，这声音发自他们已经获得自由的心灵。他们是不同的，甚至是很不同的。但他们的确展现了他们的艺术个性和诗歌梦想。我怀着感动的心情享受这一切。

这是一个艺术多元的时代。我多次讲过，当今的创作是各行其是的，一致的标准已经消失。人们都在用自己喜欢的方式和习惯歌唱，他们不再承认有什么必须一体遵照的法则。人们正在学会宽容。人们不再寻求也不再对统一的风格怀有期待。诗人将向前走去，诗歌将在这种行进中校正自己的歧误。诗歌的另一个名称叫希望。

基于上述的原因，我在这篇文字中避免涉及具体的诗作，这是要请大家原谅的。但在文章的末了，我想破例引用具体的诗句。一位经历过苦难和窒息的诗人，他声称"只愿做一个爱和被爱的人"，他有时会发出一声叹息，他惊奇于"叹息也会有风暴般的回声"。他的苦痛是深沉的，"痛苦莫过于此了，必须用自己的手指去掐断自己的歌喉"，所幸这样的悲哀正在远去。这是一棵久经风霜的"越冬的白桦",他聆听着自己的躯干被严寒肢解的声音,但他还是发现了绝境中的希望。这位历尽沧桑的诗人,送给我们的依然是执着、坚定、顽强的信念:

> 我们和这块土地是一体的
> 这是我们全部的不幸和幸运
>
> 山脉连着我们的骨骼
> 江河连着我们的血管
>
> 我从不为自己的苦难疼痛、呻吟
> 我却会为你的伤痕颤栗、痉挛、直到死①

大地、天空、城市、乡村,在这里劳作的人民的伟大的爱,这是上海的诗人们给予我们的最强大、最动人也最持久的诗意。

2006年1月28日至2月1日,正是旧历乙酉、
丙戌交替之时,于北京大学

---

① 以上诗句,分别引自白桦的《叹息也有回声》、《越冬的白桦》、《相知》。

认识并走近愚溪[*]

愚溪的诗很空灵。字字我们都懂,描写的各种景物我们也不陌生。可是进一步想,却发现仿佛并不是我们日常的所见、所闻、所思。愚溪的意象很独特。他的意象原不属于世俗,乃是一种佛性的展示。愚溪说,"体有知,意有象,物格的世界会现相",他说的"以意行文","以意绘图",也和我们所知的"意象"相去不远。可是当他讲"看那一朵花的世界,看着一片叶的脉波,都是灵犀的归宿,都是空明的留白处"[①],我们又陷入了迷茫。原来他说的是佛理,是佛眼中的"意"和"相"。所以,我读愚溪的诗,第一个印象是空灵。

愚溪的诗又很丰富。这里有很多人生的场景,举凡世间所有的一切,歌与哭、喜与悲、聚与散、生与死,他都有所涉及。"过客心情写在湖边的夕阳 情人的在每个美丽的夜晚",这诗句表达的内涵是我们熟悉的,读来亲切。紧接着是,"梦海现相 眼中浮尘 大小方圆 染净虚实"[②],就不好懂了。他总是这样,把现世的情景融合着空朦的禅意,让人在感到亲切的同时,又感到陌生。

愚溪的诗中有禅,而禅是不可言说的。因此,他的诗有时很难解。在愚溪那里,禅和诗是融会的。他在回答人们的发问时

---

[*] 此文据文稿编入。
[①] 林焕彰:《采访"原乡心灵",与大师谈心——诗人愚溪专访》,原载《乾坤诗刊》34期,2005年夏季号,引自《新原人》51期,2005年7月,第54页。
[②] 愚溪:《西南之行,缘起于2001处暑》,见《无底钵》,普音文化事业股份有限公司,2004年8月,第54页。

说,"禅是手指间的拈花,诗是手指上的月光"①。要解读他的诗,必须从佛教文化的博大精深中寻求,而对于佛教所知甚少如我者,要深解他的诗就有了难度。

诗人是佛家,有一个宽广的宇宙观。他的诗所展开的超越时空的魅力,来自佛家对世界的理解。诗人认为他的"原乡情怀"是回归三种世间相的共存共生,那就是人类赖以依存的物质世界,以及人类能依存的生命世界,和作为生命的智慧海的、属于精神层面的正觉世界。此三世界互为庄严,缺一不可。② 诗人说,一株草,一滴露,只要有一双处女的眼睛,以纯洁清净离垢不染着的微观,即能照见宇宙万象的真实相。诗人还说,"别小看了一朵花,甚至于一粒微芒,其中可能蕴藏着无穷世界呢?"③

"昔日 两粒小小扁柏的种子,今已成为参天问禅的老神僧是谁,在等待那生生世世的有情人"。④ 他就是这样,能够在人的世界里看到佛的世界。现实生活的材料,在他的诗中变成了飘渺不定的意象,进入了如真如幻的非凡的境界。"谷雨后,一切蛰伏的蛹 全化成美丽的蝶衣 重新编织仲夏的彩虹 有位梦乡的千年客不小心 被一只凤眼蝶飞过石榴花的光浪 煞到眼睛! 刹那,心与身分离 形与相不相识。"⑤诗人想说的是,梦之外还有梦,真相之外还有真相,真我往往是被遮蔽的。

这一切禅机,他都是通过日常生活的影像来传达。诗人说出的诸多哲理,都来源于他所生活的此在。但最广阔的是他的

---

① 林焕彰:《采访"原乡心灵",与大师谈心——诗人愚溪专访》,原载《乾坤诗刊》34期,2005年夏季号,引自《新原人》51期,2005年7月,第58页。
② 同上书,第57页。
③ 同上书,第60页。
④ 愚溪:《原乡-山胡椒的告白——四千岁台湾高山湖泊"鸳鸯湖"旅记》,见《无孔槌》,普音文化事业有限股份公司,2004年4月,第23页。
⑤ 愚溪:《一只凤眼蝶飞过石榴花丛》,《无须锁》,普音文化事业股份有限公司,2004年12月,第135-136页。

内心世界。"是菩萨心中的等觉之眼,即可微妙照见秘密藏中充满谜题的世界真相","时间绵延不绝,空间广阔无边,两者交错并存,这就是我们所寄居的、浩瀚的宇宙。"①愚溪的诗歌创作,不论是《无孔槌》、《无底钵》、《无弦琴》,还是《无须锁》、《无星秤》,这些书名本身就是禅语。用通常的逻辑是不可解的。他的许多诗作,都是从眼前景净化为、提升为心中机。是所谓的"不可道"。而从佛理进入,就别是一番天地。

有评家说,"愚溪在看山看水,听风声海潮声中,将他内在无限高深的佛理修为、化为他的创作,包括小说和诗歌。"②作为诗人,他有丰富的心灵,也有庄严的修养,他的诗是"带点神秘的一种灵妙气息"(诗人辛郁语),但他的根在"原乡"。诗人在回答别人对他的"原乡"意识的询问时,这样说:"原乡 是鱼儿悠游的大海 即非溪河江湖怎能彼此相忘"?③ 所以,尽管诗人对佛学有非常深刻的体悟,引导我们作超越时空的念想,但他的根仍是人间的乡土,人间的大爱。佛在人间。

诗人的苦乐悲欢与人世攸关。他有一首诗这样写:海上巨浪涌涛,山林火焰烈焚,繁华的城乡,地牛翻身,忽而旱象忽而水害,此土不安稳;翱翔天际的神鸢终须降落,千里飞驰的列车犹且靠站,足下不安稳。④ 诗人的忧乐属于人间,他的根在自己的乡邦,自己的家园。他的生命植根于人世的土壤中,他把自身的生命体悟与大自然的脉搏融而为一。他审视周遭,感悟一切,从

---

① 林焕彰:《采访"原乡心灵",与大师谈心——诗人愚溪专访》,原载《乾坤诗刊》34期,2005年夏季号,引自《新原人》51期,2005年7月,第59、60页。
② 落蒂:《山色有无中——论愚溪诗中的人性、神性关怀及其书写策略,以创世纪中的两首长诗为例》,原载《新原人》48期,普音文化事业股份有限公司,2004年10月,第104页。
③ 林焕彰:《采访"原乡心灵",与大师谈心——诗人愚溪专访》,原载《乾坤诗刊》34期,2005年夏季号,引自《新原人》51期,2005年7月,第55页。
④ 愚溪:《泵-赤子的神奇力量》,见《西方诗钞》,普音文化事业股份有限公司,2003年7月,第38—39页。

眼前的山水草木、众生万象中参透生命的丰盈与庄严。

他有一种神来的彻悟,他会"霎时下载那原乡亘古的记忆",他会为之"消除物与形的驱役,另辟一道灵的窗口"。① 这里他说到,将繁复的物与象的"先解禁"、"再摒弃"的过程,其实就是进行一番哲学意义上的抽象与再概括的过程。从而使人人可见的普通物象,达到一种对于佛性的体悟的高深境界。从根本来说,乃是一个提升的过程。这就是作为诗人、小说家、音乐家和摄影家愚溪一切灵感与妙悟的源泉。

诗人对于佛家道理的阐发,是基于他对于人世至深的关怀。他认为,所谓佛法,就是由人性中自然流露出来的真爱,并以此去滋润干涸枯寂的现代人的心灵。所以诗人愚溪的大爱在于对世间万众超脱苦厄的关怀。正如评家所说,他作为"一个修行者,以完美的宇宙福音,试图以诗歌之美呈现,加上自己的思辨智慧形成独特的写作风格","诗人是幸福的谛听者他聆听到了来自宇宙非常深奥的福音,以及平凡众生间非常凡尘的福音。这两种福音,透过愚溪的诗笔,传达给读者,于是我们和作者都是幸福的聆听者。"②

这正是体现着最本真的诗人的价值。这一切,究其根源,均产生于前述他的深沉的原乡意识。他是那样深深地爱着、恋着他的美丽的原乡本土。他曾向别人说到他与他所深爱着的土地与生民的亲密关系:"在台湾中部的彰化,王功沿海一带,有一处纯朴美丽的农村——芳苑乡,丰硕壮美的田野风光,是滋润我幼时清澈本原的坚实母体。二十三岁那年,我来到花莲清幽的山

---

① 愚溪:《答诗人辛郁十五问》,见《无弦琴》,普音文化事业股份有限公司,2004年10月,第186-187页。

② 落蒂:《山色有无中——论愚溪诗中的人性、神性关怀及其书写策略,以创世纪中的两首长诗为例》,原载《新原人》48期,普音文化事业股份有限公司,2004年10月,第101页。

海间,花莲,我总是将之与莲花联想。"①这就是从美到爱,再从爱到美的一种联想。莲花的意象属于人间,更属于佛国。就这样,他通过"花莲——莲花"把人世和佛界联系了起来。

台湾彰化芳苑是一个奇特的地方。据诗人萧萧介绍,"自日制时代彰化芳苑诗人谢春木,写出第一首白话新诗(1923)以来,有三位诗人的出现,曾经激荡诗坛,一是席慕容,一九八一年《七里香》出版,造成优美浪漫抒情风的阅读热潮,此为席慕容现象;二是夏宇,一九八四年《备忘录》发行,带来后现代主义式的无来由罗列创作热潮,此为夏宇现象;三是愚溪,二零零一年《愚顽乐》印行之后,不到五年,密集发行十八册诗集,呈现出磅礴玄思与佛学激荡的旺盛气流,并以诗、乐结合的交响乐团在国家音乐厅演出,此乃愚溪现象。"②这样看来,中国诗歌应该感谢彰化,感谢芳苑。感谢它给了我们的诗人以创造的原动力和灵感。

我们的诗人也感谢这一方乡土。愚溪这样表达他对土地的感念:"竟日看山看水,听风声、闻海潮——与广阔无边烟波浩瀚的太平洋为伴,当初是为了给自己找一处专心读书创作的地方,并一探东方哲学的思想领域。在那段心无旁骛的读书岁月里,在语默动静皆是禅的生活启发中,点点滴滴,愈深入其间便愈发惊叹觉者浩瀚无垠的智慧海,乃是提升生命、内化为高度尊贵的美丽庄严。"③

大自然是伟大的,佛法是伟大的。诗人"以真性情作为诗的真性灵,以顽皮的童心作为诗的原创力,以悲悯的爱探讨生命伟

---

① 愚溪:《答诗人辛郁十五问》,见《无弦琴》,普音文化事业股份有限公司,2004年10月,第195—196页。

② 萧萧:《台湾新诗经典赏》,见《新原人》第51期,2005年7月1日出刊,第50页。

③ 落蒂:《山色有无中——论愚溪诗中的人性、神性关怀及书写策略,以创世纪中的两首长诗为例》,载《新原人》第48期,第103—104页。

大。"①萧萧说的"愚溪现象"就是这样出现的。也就是这样,我们认识并走近了这位诗人。

2006年2月24日于北京大学

---

① 愚溪:《答诗人辛郁十五问》,见《无弦琴》,普音文化事业股份有限公司,2004年10月,第182页。

杨克的诗[*]

  杨克能以简单表现繁复,在他冷静的文字背后,可以感受到深藏不露的激情。他的诗呈现的是生命中那些最纯粹也最智慧的部分。他在并不自由的物质世界中,不竭地寻求独立而尊严的精神价值。他把心灵的追求看得比什么都重要。

        2006 年 2 月 24 日于北京昌平北七家

---

[*] 此文据文稿编入。

想象力是诗的生命[*]
——序高璨的诗

  这本诗集的小作者叫高璨,1995年出生。她从九岁开始学习写作,现在快十一岁了。十一岁的高璨,已经出了几本书。我见到的有短文集《树叶船》,是第一本。后来又有《夏天躲在哪儿》和《狡猾熊和笨狐狸》,分别是诗和童话集。这次又有一本诗集要出版了。经几位先生的辗转介绍,高璨的诗稿送到了我的案头。我平生写过许多文字,给这么小的小朋友写,这还是很少有的。我是怀着新鲜而又欣喜的心情,来读这些作品的。

  高璨的文笔很好,简洁而且生动。她用这样的笔墨给我们讲一个又一个好听的、有趣的和有意义的故事。这些故事都是很感动人的。有一首诗,说草原上的草很绿,但是不开花。草儿很伤心。蝴蝶知道了,就飞来停在草尖上,变成了一朵花。后来,它又叫来了许多朋友,都停在草叶上面。草原上一下子开满了鲜花。由于蝴蝶的同情和友爱,草儿不伤心了,它感到幸福。

  还有一个种子的故事,也非常动人。种子原本有很多的选择,但它却认定了要做一枝花。花是会枯干的,但它情愿,表示即使如此以后还要做一枝花。种子说,"能让一个人快乐也是幸运"。和这首《选择》的立意相近的,还有《小树叶的愿望》。三片小树叶在秋风中飘落,它们都要小兔子帮助实现各自的愿望。这些愿望分别是:帮助舀水以滋润树妈妈;帮助到处走走,为的

---

 * 此文据文稿编入。

是给妈妈讲她不知道的外边的事;因为冬天就要来了,帮助它贴近妈妈好挡风寒。小兔子——都做到了。

读了上面这些诗,对比高璨先前的那一本,我觉得有了很大的进步。这就是作者的立意比过去深了。在这些诗歌的背后,我们的小作者懂得通过事物的表象去开掘更深一层的意义。蝴蝶变花也好,种子和小树叶的愿望也好,都在讲同情心和友爱心的故事。读了这些诗,让人心中感到温暖,让人感到世界和生活是这般的美好。这就是说,诗歌不仅是要讲有趣的和优美的事情,更要讲有意义的事情。有意义的事情,能使人变得更高尚、更有理想。

记得高璨在出第一本诗集的时候,金波老师告诉她:"诗需要感动,感动着自己,也感动着大家,从而滋润着读者的心"。金波老师的话非常重要,他说的"感动",其实是在指出诗的一种本质。诗是人的情感激动的产物。诗人和一般人的差别,在于一般人也会产生激情,但他没能把激情转化为诗。诗人的工作,就是把这种情感用诗歌的方式表现出来,而与大家分享。这种激情燃烧的境界就是感动,既感动自己,也感动别人。

讲了金波老师的意见,我再补充一个意见,那就是诗的想象力的问题。从一件普通的事物上面产生一种联想,使原有的意思得到充实和发挥,从而使原先的事物有了更丰富、更高远的含义,这就是想象力的作用。例如前面说的草原上的蝴蝶,它已不再是普通人眼中的昆虫,而是一朵花,它不仅美丽,而且会飞,不仅会飞,而且有同情心和爱心。诗人的想象力给了普通事物以不普通的意蕴。诗歌创作有很多条件和规律,但想象力是极为重要的。有了生活体验,有了让人感动的情感,再加上丰富的想象力,产生优秀的诗篇就有了一定的保证。

高璨同学写作很用功,文字能力也不错,对文学和诗歌很有悟性。我读了她的作品真的很高兴,我祝贺她的成绩。借此机会我还要提出一个建议,喜欢文学写作是很可贵的,但是功课不可偏废。小学阶段,甚至中学阶段,都是基础学习的时候,必须各种功课都按照学校的要求学好,不要过早地因专注于写作而影响了全面学习。现在写作的低龄化是一个潮流,不仅学生自己,还有家长,甚至还有老师,都受这种风气的影响。我希望我们的小作者们,一方面努力写作,力求有不断的进步,另一方面,要把各科的功课做好,要把身体锻炼好,身体健康,思想进步,全面发展。在此前提下,要是真的出现了未来的文学家或诗人,那是我们所有人都会高兴的。

高璨小朋友,你同意我的意见吗?

2006年3月1日于北京大学

生了彩翼的思想*
——读雷熹平的《智性的彩翼》

我们此刻面对的诗人,是一位从政的文人。他的诗是在公务的余暇里,也许是在别人公余的休闲时刻辛苦劳作得来的。作为一个从事公务的政府干部,他的日常生活的繁忙可以想见,但他还是在公务的间隙中辛勤地写作。从这点看,他是一位身兼作家身份的公职人员,在身为干部的同时,他又是一位诗人,这是他和一般公务人员不同的地方。

在作为诗人的这个身份中,雷熹平又有自己的特点,那就是当更多的诗人以触景生情的方式抒发欢愉或悲哀的时候,他总试图穿透那些外在的物象去寻求更深的寓于情景之中的道理。他是诗人,也像一般的诗人那样多情善感,但他和一般诗人不同之处是他更重理性。面对世间万象,他总试图穿越那物象的外层,去挖掘那深藏不露的意义和价值。每当这个时候,他的诗人身份就展现出他的独特性来。

从来为诗,或曰触景生情,或曰托物言志,这两点他也多有涉及,但他似乎更倾向于后者。过去人写诗讲性灵,讲神韵,这些,他的诗中也有,但绝非他的专擅。要是拿唐诗和宋诗来作比喻,他并不拒唐,但似乎更为近宋。读雷熹平的诗,他给人的印象是,他无时无地总在思考着。他有一种习惯,或者说,他有这

---

* 此文据文稿编入。

种能力,能在众人熟知的事物的现象中发现道理,而且把道理讲得深入浅出。

他记述这些道理,通过形象的手段开掘和阐发其中的意义。而这些意义,往往都是他平日工作的心得和经验,借助于眼前的景物得到恰当的展示,有时更是一种发挥。例如《榕湖初冬》,那里是"千波水碧千树绿,几株叶黄几株红",这是榕湖初冬的美好风景,但他不停留在美景的兴叹上,而是借此景色悟到"葱绿还需丹艳衬,丹艳出自葱绿中"的道理。这里可能是借湖滨的风物讲一般和特殊的关系,也可能隐喻着先进的个体与产生它的群体之间的关系等更为丰富的道理。

榕湖初冬写的是冬景,还有一首写春天的《春晓急雨》,春天清晨,有急雨倾盆,冷风夹带着轻雷,原先的暖意被寒气驱走。诗人看到了春寒料峭时节枝头压抑不住的激情,从自然界的变异中发现独特的诗情,于是"毅然下楼去,信步雨中行",从而获得了一种认知:"洗涤从来事,前进靠搏击"。据此可以说,雷熹平是诗人,又不是一般的诗人,他不是未曾看到美丽的景象,但他不停留于此。较之景象,他似乎更注重知性的体认。他的热情不停留在情感上,他希望在理性上有新的阐发。

《智性的彩翼》开卷第一首是《三合花》:

　　写景抒情和明理
　　几锤几炼合一体

　　旧诗新诗和民歌
　　各取其长结新果

这是他对自己的诗歌追求的一种概括,也是他的诗歌理想的一种表述。他是想把抒情、写景、明理这些功能,经过几番锤炼而融为一体。但在"三合花"的三要素中,他最看重的是明理。

他为诗不是不重情,也重视因景生情的规律,但回环往复,最后总指归于明理。雷熹平观察世界有他的侧重,情或景在他那里,是一种过程或手段,最后总落实在知性的表达上,最后总希望达到一种哲理的启示。

在日常生活中他也像一般抒情诗人那样观察,但他在筛选诗料的过程中,特别珍惜那些能够说明道理的材料。《润锁》的题材在别人那里可能会被忽视,他却抓住不放:"房门锁有锈,开关时有阻。钥匙一抹油,开锁便自如。不能只奉献,还要有给予。阻碍在化解,万事重疏通。"由润锁这样日常细小的事,而关涉及一个人际疏通的道理,即凡事不能总要求对方无限地付出,而不思给予,若是如此则阻碍无从化解。诗人总能从细小而悟及阔大,因小及大是他这些哲理诗写作长依之思路。

雷熹平长期从事公务,以大量的精力处理各种复杂纷繁的人际关系,上述"疏通"是一个题目,再看《协调》一诗,是讲路上两车各不相让,造成道路堵塞,交警赶来几句话就处理了。诗人由此感叹:"久拖不决一朝决,全靠协调出奇功"。这里是又一个题目叫"协调"。疏通也好,协调也好,都是为政之道,如今化成了诗人笔下的警句。像这样的句子,诗集中比比皆是,如《中》这首诗,通篇用字极简单,无非是上下左右方圆弯直中这些字的分别排列,而这些排列的背后,却是中国当代史的时代缩影,是凝着前人无数血泪的检验总结。

与此相关,他在日常生活中看到《曲线》的万种风情,他知晓《空白》造成的丰盛与喜悦。他用诗人的眼光观察,他以哲人的心灵思考,他的诗凝聚着他的心血,他给思想以美丽的、飞翔的翅膀,这就是他的诗——智性的彩翼!

雷熹平身兼公职人员与诗人的双重身份,应该说,他在这两方面的业绩都很显著。政务方面的事,我们不甚了解,但人在政界而心仪文学,便是一喜;再则,他的诗歌创作熔铸今古,兼通情理,于诗的以情入理诸方面着力尤多,且蔚为一方之胜,这是又一喜。但事物不会完美无缺。冷静看来,他的诗毕竟理胜于情,理趣多而少蕴藉,有些以理入诗之处不免失之生硬。这是他的不足。

通读全书,《咏油菜花》给人以惊喜:

山草睡半醒 惟有菜花新
人春两相催 遍地是黄金

这是成功的一首诗,也是最能体现诗人创作理念的一首诗。把早春时节油菜花喻为遍地黄金,让人想起前人"三月枇杷一树金"的名句,真是可以直逼古人了!

2006 年 3 月 21 日于北京大学中文系

南永前的诗歌追求[*]

有一种诗是为永恒歌唱的。诗人关心的是一些关于生命、关于存在、关于宏远时空中的意义和价值的思考。这些诗人的奇思异想会对人们习以为常的事物发出疑问。较之日常生活和民生的实际,他们似乎更倾向于对迄今为止人们尚不可知的神秘世界,乃至绵渺的宇宙空间的叩问。他们多半生活在梦幻世界之间,经常通过梦境来表达自己的神思。屈原的《天问》,但丁的《神曲》,均属于此类。

有一种诗更注重于实际的社会民生的观察辨究。这些诗人的心灵为现实生活的欢乐与忧患而跳动。生民疾苦,家园盛衰,社稷兴亡,万家忧乐系于一身。他们会将一幅幅动人心魄的画面吟成了感天动地的诗篇。杜甫的"三吏三别",白居易的"新乐府",陆游的"但悲不见九州同"等,都是这样的诗。

两类诗代表着作为诗人的襟怀和寄托。每个诗人都有他们关怀的方向和方式,他们都会在自己设定的领域内施展自己的才能和智慧,释放自己的灵感和想象力。但不论他们乐于采取何种笔墨,作为诗,所有题旨和意蕴的传达,都必须是审美的、诗化的,特别应当是想象的。没有后者,一切都会落空,落空到对诗的实质的否定。这当然已是一般的常识了。

两类诗都会感应着、激励着处于不同时空里的读者。但不是所有的诗人都会在这两个方面同时地、同等地展开。诗人因

---

* 此文刊于 2006 年 7 月《民族文学》。据此编入。

为他们的经历、经验、修养和文化背景的差异,会在他们所关心的层面各自有所侧重,这也是在情理之中的。人们不必为此而苛求诗人。当然也有一些诗人会给人以这种全面展开的惊喜,从而使我们作为读者能够在辽阔的时空里,领略并享受他们在不同领域所展开的诗意天空。这不是我们的执意要求,却是我们意外的惊喜。

中国当今有很多诗人只为所谓的终极哲理和极端的私秘性而写作,他们十分迷恋仅仅是他们自己能够理解甚至连自己也不理解的世界。他们只为这种"永恒"歌唱。与此相应的是,他们对自身以外的一切,有着惊人的冷漠。别说大地上的灾难、饥馑、贫穷和动乱,世界上一些地区没完没了的流血,他们都无动于衷,甚至连本世纪头等大事的摩天大厦的轰塌,也不能惊动这些诗人的"沉思"。

一般读者都因此而感到了中国诗歌的某种缺失。人们对当今诗歌的失望,有着诸多的原因,但这里谈到的,却是重要的一端。正是由此,南永前的出现可以认为是对我们的期待的一个回答。他的诗歌写作对于我们是一种补偿,更像是一种安慰。南永前的创作最为人称道的是他的图腾诗写作。他在这方面的创作已经引起各方人士的广泛重视。应该说,图腾诗的实践和思考,与我在开始时分析的那种执着于现实关怀的诗有所不同,而更具有与遥远时空对接的性质。

南永前的图腾诗的研究及写作,始于对本民族历史的追忆和思考,但他的动因乃至最后的指归均有着丰富而博大的视野。他不仅对本民族的诞生、迁徙以及在长期发展中形成的形貌、习俗、文化传统,乃至它与汉族及其他兄弟民族的关系,都有非常深入的考察和研究。他由图腾文化的理念出发,把研究的范围推广到民族史、人类文化史、甚至艺术史的更为宽广的层面。他认定,"民族是文化的概念,而不是血统的概念"①。

尽管南永前的图腾诗写作基本上属于前述的那种对于永恒追问的范畴,但在从事这项研究与写作的过程中,他始终没有放弃和排斥对当下人类民族处境的关注。他满怀忧虑地说过:"现代人被自己所创造的文明消解的现象日趋严重,人类越来越丧失自我、丧失人之本性,与自然对立,对'人'冷淡,造成人类的生存危机"②。我们从他的诗歌实践中得到证实,诗人没有像有些人那样,宣称他们只为"永恒"写作而不屑于顾及当下状态的倾向。而那些人为了"永恒"而对现实冷漠,这已是众所周知的事实。

南永前动人之处是他在历史中不忘现世,在缅想中不忘当下。他呼唤世界圆融、呼唤人与自然和谐共处、呼唤人之初美善的图腾观念与现实未来的融合。他向往天地人和的境界。"当我用18年的时间写成42首朝鲜民族的图腾诗后,我惊奇地发现朝鲜民族的图腾物与中华民族的图腾物有着不可分割的血缘关系,还与世界其他民族的图腾物不无血缘关系。"③南永前的这种视点与立场是包容的和进步的,是为一种四海一家,人类共和的崇高理想所笼罩的。作为诗人,这是一种让人羡慕而并非所有人都能达到的境界。

关于南永前的图腾诗,已有诸多论者发表了有益的意见。这里要补充说明的是,图腾诗的出现,对当今中国诗歌的某些缺失、错位乃至空置的状态,是一种积极的调适和补充。特别是一种激情理念的提倡,对当前诗歌的超越困境更有明示的作用。

---

① 南永前:《图腾文化给现代人类的重要启示》,见《南永前图腾诗研究》,张顺富主编,吉林作家协会"文坛风景线"2006年专辑,第7页。
② 同上书,第3页。
③ 南永前:《呼唤世界圆融》。见《南永前图腾诗研究》,张顺富主编,吉林作家协会"文坛风景线"2006年专辑,第1页。

图腾诗的写作无疑给中国新诗提供了新的形态,它的实验性写作的成功也为新诗提供了新的经验。总的说来,图腾诗的出现,在整体上起到一种激活创作的实效。

要是套用南永前图腾文化给现代人类以启示的说法,我们同样可以认为南永前的诗歌追求同样给当代诗歌创作以启示。这些启示不仅是前面谈及的从宏观和整体上带来的均衡与补偿的作用,以及在意识上的对于历史与现状的综合关怀,其积极影响也表现在微观的艺术层面上。

先看《熊》的诗句:滚热的血液和胆汁,敦厚的精神,宽容的风采,"不哀叹 不祈求 化无路为路 化死路为通途"。熊的形象让我们联想到一个智慧勇敢的民族形象。再看《鹤》的描写:"洁白的鹤之洁白精魂为白衣魂"。朝鲜民族尚白,是白衣魂。鹤的形象象征着朝鲜民族的形象。自由、飘逸、勇敢、坚强,"一切该惧的均不惧 永远昂首行永远展翅飞 永远为不苟且的自由魂"。这些诗形象饱满生动,诗行自由灵活,长短不拘,语言文雅不俗,有书卷气。

以上我们论述了南永前通过图腾诗对于历史和先人的追问和歌颂,我们惊喜地看到他的所有的追问和歌颂,都没有放弃和排斥对于现实性的考量,他的心飘飞在历史的天空,他的脚却坚实地踩在地面。他是朝鲜民族的儿子,更是中华民族的儿子。他用自己的诗歌表达着一切。

在开始的时候我们说到两种不同而不相违背的诗歌,诗人们因各自的原因而有所侧重。但只有少数的诗人能兼顾两端。南永前应当是这些少数诗人中的一位。一本诗集《在这个没有花的春天》说明着诗人可贵的品质。那个没有花的春天威胁着中国大地,诗人的心为此而颤动,他为这个可怕的灾难献出了一本诗集,这在不少人沉浸在"自我抚摩"的时刻,显得格外地可贵。诗人在《我的告白》中这样谈论自己:

> 大家都说我是诗人
> 面对这从未有过的生与死的感动
> 我却因写不出好诗而羞愧

很难设想要是没有这本叫做《在这个没有花的春天》的诗集,要是没有我们亲爱的朝鲜族兄弟提笔为与SARS进行殊死战斗的英雄立传,中国诗歌会有怎样的遗憾!南永前让中国诗人不再羞愧。是他在我们面前竖起了丰碑——

> 一座洁白而高大的碑
> 一座在没有硝烟的战场耸立的碑
> 它用真诚的爱心铸成
> 它用无畏与勇敢铸成
> 它用生命的燃烧铸成
> 它用亲人的声援铸成
> 它是平凡人创造奇迹的碑[①]

2006年3月27日,于北京大学

[①] 南永前:《白衣英雄碑》,见诗集《在这个没有花的春天》,时代文艺出版社,2003年8月第1版,2003年11月第2次印刷,第6—7页。

失去宁静的杭州湾[*]
——为俞强诗集《杭州湾，大滩涂》作

钱塘江烟波浩淼，在六和塔前向杭州深情一望，留下了依依情意，而后浩浩荡荡地注入杭州湾。它所流经的两岸，是鲜花拱着的美丽的城市：萧山，绍兴，上虞，余姚，余杭，海宁，硖石——。当然还有同样美丽的乡村。这些如花的土地，生长着无边的桑麻、莲藕、鱼虾和谷物，遍地都是婀娜窈窕如江南女子的杨柳。这里是生长鱼米的地方，也是生长丝绸和越剧的地方，爱情，还有诗歌，这些世界上最美好的事物，在这里得到充分的繁衍。它是梁山伯和祝英台，也是许仙和白娘子的故乡，那些惊天动地的、让人歌哭的永生永世的情爱，是这大地育出的绚丽之花。这里也是徐志摩和戴望舒和他们前辈诗人们的故乡，这里多彩多姿的原野和丘陵，生产着一代又一代人久远传诵的锦绣文章。

在钱塘江通往入海口的所经之地，是无边的大滩涂。这些广袤的滩涂，连接着陆地和海洋，它眺望着城市，也以自己的血脉和汗水充盈着城市。诗人俞强就站在那海天接合处，站在那水鸟盘旋、帆樯林立的沃土之上抒写他对这片沃土的深情。诗人视这些如花的土地为自己的父亲和母亲：海岸线打碎了，依然完整，变成父亲的脊背，母亲的胸脯（《为杭州湾造型》）。他选择江南大地这低洼、潮湿、日夜吹刮着风浪的连接着锦绣田园与浩瀚大海的一隅，尽情抒写在这里生根开花的一切。他写无数先

---

[*] 此文据文稿编入。

民从四面八方迁徙而来,选择了富庶得流油,却又是涌动着艰辛的天地,写这个创造了辉煌历史和灿烂文明,以及生长着丰盛物产的为之骄傲的乡园。

诗人是如此钟情于他的这片土地。一本诗集,一百余首诗篇,用全部的激情,从各个侧面,从各个层次,展现这片喧腾着生命活力的土地上的温度、气息、韵律、色彩和情调。诗人熟悉这里的一切,它的悠长的历史和它的正在生长着的现实。整部诗集,它的所有的诗篇,贯串着盐和瓷这两个基本意象——海水凝结的盐,以及摆放在农家餐桌上和深埋在泥土中的青花碗及其碎片。因此,杭州湾也好,大滩涂也好,它的基本色,也就是白和蓝。海水结成的盐的白色,海湾上空飘飞着的云彩的白色,蓝海水,蓝天空,江南女子身穿的蓝白相间印花布,农夫和渔人手捧的同样是蓝白相间的青花碗。

俞强用这种单纯的色调,来表现丰富多彩的江南风物。他细致地写大滩涂的种种风景:被船身擦过的泥涂的黑,如同发酵的油彩,在巨大的亚麻布上一浪又一浪地涂抹着这土地与海酿出的琼浆。这是诗人心中的"杭州湾之蜜"(《泥涂》)。在高层公寓的落地窗前,杭州湾湿漉漉地反光,仿佛是未曾上釉的陶瓷的天然色彩。而那迷朦在海湾上空的气息,却充满了"蔚蓝与腥臊的纠缠",从草根、盐粒、和暴风到临之前的空气里,诗人敏感地闻到了"来自淤泥内部的凉爽"(《偏僻》)。他对这土地的息息相关,是如此细致入微的亲切。

诗人向我们讲述着这一切,一切都是来自内心的感动。他用他亲历的和记忆中的一切讲述着,他不事渲染,也不作简单的肯定或否定。他把思忖和焦虑放置在文字之外。也许是一种心疼,也许是一种惋惜,这一切都是无须讲明,甚而是不可言说的。因为事关心灵之痛。诗人没有像那些怀乡者,重新塑造原始家园的风景,为的是唱出一曲挽歌。他只是给滩涂原始的旷古寂静掺进现代城市的喧嚣和骚动。他想说明,步步进逼的现代潮流,正在无情地打破远古的稚朴和沉寂。这里有世代开创者辛劳的身影,这里埋藏着远古的辉煌灿烂。但这一切,正在被急促的、紧张的、常常是迫不及待的节奏和骚动所代替。

俞强没有明显地表述他的不安,他也没有为失去宁静的杭州发出叹息。他看重正在发生变化的现实图景。他力图将这种交叉、纠缠和重叠的图景保留在他的诗中。在他的笔下,通常可见原始与现代、新与旧交织和交替的鲜活的画面:钢筋水泥的道路拖着黑黝黝的田畈,受惊的滩涂鱼闪电般蹿向远处,这是最容易被遗忘的地方——银色的机翼正切开云朵与阴影,把上升的杭州湾载向无垠的天蓝(《滩涂之春》);他不露声色地讲述现代对于原始的"入侵":有人把别墅盖到了茅屋与杨梅树的枝叶之间,而人们并不知道,他们践踏的是七千年前河姆渡的深沉和灿烂(《偏僻》)。

诗人不排斥写人们在这种"入侵"面前的无奈。《上滩头:短暂的逗留》诗中有一个类似怀旧的镜头:常有人想守着那一份湖光与釉光交融的翠绿,但最终还是被轮渡的机器声送回暮色中的北岸。这表明都市的魅力与强大,也揭示着现代人在传统理念与物质诱惑之间的无力与尴尬。这杭州湾,这海湾包容着的大滩涂,这里留下了诗人诸多的记忆,天空的记忆,泥土的记忆,树的记忆,三北大街—人与物的记忆,庵东—滩涂的记忆,20世纪—不该忘却的记忆……以上这些都是诗的篇名,说明诗人总在记忆中寄托他对滩涂的恋情,也在记忆中不露痕迹地表达着他对这片土地的忧虑。但他断然摒弃一种非此即彼的确定的评判。

他只是用他的出神入化的笔墨,写他对江南滨海大地的花开花谢、潮落潮起的丝丝缕缕的感受。俞强为这种感受匹配了丝丝入扣的精致的文笔。他以散文化的风格,写出了江南风景的深深浅浅的、浓浓淡淡的诗意。他的彩笔绘出了迷人江南的美轮美奂。《一个人的南方》是一首新时代的"大堰河"。南方有他对一个普通农家女人的亲同生母的至爱,他的感恩,他的伤别,他的怀念,他因为这种养育而"欠下了大地双倍的情义"。这一切的情感抒写都融浸在浓厚的江南风景之中:南方是从窗对面一截断墙、一丛树杈间的天空开始的,南方滩涂的时间是原始的,一滴一滴,落入椭圆形的水缸,渗出的部分变成边缘的苔痕。诗人的情爱是在这样温湿的环境中产生的。

  我非常欣赏俞强这种细腻、随意、自然的文字,还有他的自由松散的诗章结构。但是,当所有的诗篇都用这种一致的风格说话时,一种单调的感觉就产生了。诗应当有属于它的凝练和韵律之美。散文是一种美,但散文缺乏的是隽永含蓄。这缺憾在《永嘉奇遇》这首充满诗意的作品中就有了表露:散文化的叙述冲淡了事件本身浓郁的诗意,诗人想用情节性的奇特讲述故事,而极大地忽略了对那种特殊的也可以说是奇特的情感经历的揭示。那个灯光下的女孩喊"爸爸"的"细节",是一种情感,而不是一种"事实",而诗人的处理用的是散文的而不是诗的方式。

  杭州湾失去了平静,大滩涂告别了过去。俞强的诗把我们带到了骚动与喧腾的地方,从大地的一角,窥见了新世纪、新时代的全部驳杂和丰富,也使我们充分感受到这个时代全部的热烈与苍茫。我们感谢诗歌的启迪,也感谢诗人极富个性的创造。

2006 年 4 月 12 日于北京大学

郑重推荐诗人骆英[*]

诗人骆英是我的学生。二十多年前他在北大就学时,与我过从甚密。那时他就热爱诗歌,是一个才华横溢的诗歌爱好者。

骆英毕业后从事过许多职业。从政界、出版界,到企业界,他经历过许多艰难,最后获得了事业的成功。因此,他拥有非常丰富的社会阅历,也积累了非常丰富的人生经验,这成了他诗歌创作的丰厚的基础。他在从事非常繁重的社会工作的同时,一直不间断地坚持着他所热爱的诗歌创作。他有一种把社会人生的深刻体悟融化为内心感受的能力。他在取得事业成功的同时,也使自己成为一位成功的诗人。

骆英的早期诗作《落英集》表达了作为诗人对于精神世界的特别关注,以及对人性的深切关怀。他以自己的诗句向世人传达出他对人类的普遍情感和高贵人性的尊重。他在诗中追求完美的精神境界,他立志要写出内容高雅并且音韵动听的诗歌。他希望在普遍重视物质和享乐而精神贫乏的世界,重新唤起人们对自然和人性的热情。

他身居闹市,却始终对城市的浮华与诱惑充满警惕。在他的内心深处,始终对生养他的西北高原的乡土,保持着最深切的怀念。他能够以充满诗意的简洁,表达这种深情。这时期的诗,节奏鲜明,音节动听而不重装饰,在自然中呈现美感,在看似平淡中蕴涵深刻,大抵都体现着简洁清朗的风格。

---

[*] 此文据文稿编入。

近年出版的《都市流浪集》是骆英诗歌创作的一个高峰,已引起中国诗歌界的广泛关注。这部诗集向我们展示了现代社会生活的广阔场景,诗人把对于城市的关注,集中指向现代都市"流浪者"内心的深刻矛盾、痛苦,甚至悲伤。这对于诗人来说,更是一次把诗歌指向内心的行动。他为自己提供了以诗的方式进行自我解剖的机会。这里的焦虑和批判都属于现代人,深刻的内心矛盾所展现的批判的锐气,是诗人向中国诗歌界提供的最为宝贵的经验。

《都市流浪集》全面深刻地表现了现代城市的高度发展所带来的病症,更为重要的是,诗人非常精彩地批判了城市中人的失落和异化。它无疑是对于21世纪中国诗歌在内涵的扩展、意念的创新,以及对人文缺失的批判等诸方面所作的全面而巨大的贡献。

骆英现在是由我担任所长的北京大学中国新诗研究所的副所长(同时还担任诗歌方面的其他公职),他正在和我及其他同事一道,以巨大的财力和人力的投入,为本世纪的中国诗歌事业及其他的文化建设,制订着内容庞大而丰富的学术工程,并有效地逐步付诸实施。他正在为诗歌而努力。

2006年4月28日于北京大学中国新诗研究所

为了中国诗歌的建设[*]
——在北京大学科学研究会议上的发言

各位领导,各位老师,现在,我代表北京大学中国新诗研究所向大会作作如下的工作汇报:

在中国文学史上,新诗的创立是一件惊天动地的大事。那一代诗人,他们通过语言、形式的现代变革,在中国诗歌的古老传统之外,开辟了一个崭新的美学空间。胡适把新诗的产生称之为辛亥革命以来的"一件大事"。北京大学作为中国新诗的发祥地,在这一历史性的创造过程中无疑占据着极为重要的位置。最初,胡适的白话诗实验,就是在北大首先得到响应并取得成功的。陈独秀、钱玄同、刘半农、沈尹默、周作人、鲁迅、康白情、俞平伯、傅斯年、罗家伦等北大师生的实践,在新诗的发生史上留下了不可磨灭的印记。在随后近百年的新诗历史上,北京大学又在各个时期为新诗贡献出像朱自清、冯至、何其芳、卞之琳等这样一批又一批的杰出的诗人。可以说,北京大学哺育了新诗,又见证了它的历史。1956年,林庚先生在为北大学生刊物《红楼》创刊所题的诗中,称北大为"新诗摇篮旁的心",这比喻是非常形象也非常贴切的。

上世纪80年代以来,北京大学在中国新诗研究与创作领域,仍扮演着重要的角色。北大师生率先支持了新诗潮旨在拨乱反正的锐意变革。在学术研究方面,北京大学中国语言文学

---

[*] 本文根据姜涛起草的汇报材料补充写成。据文稿编入。

研究所曾以"新诗研究中心"的名义,邀请校内外从事新诗研究的相关学者,开展过诗歌专题研讨、海外诗人讲座等一系列学术活动,并主持编辑国内第一家、当时也是唯一的一家诗歌研究杂志《诗探索》。北大的一些老师谢冕、孙玉石、洪子诚等在有关现当代诗歌的历史整理和深入探讨,开创了新诗史研究和新诗理论批评的新局面。他们对当代诗歌的热情的支持,直接促进了中国新时期诗歌的发展,也支持鼓舞了更多的青年诗人。

在北大校园,骆一禾、海子、西川、臧棣、清平、麦芒、戈麦、西渡等一批青年诗人的出现,也有力地推动了当代诗歌的繁荣。由北大校园诗人编辑的《新诗潮诗集》、《未名湖诗选》、《启明星》、《偏移》等书刊,也对诗歌界产生了广泛的影响。从2000年开始,为了展示当代诗歌的整体面貌,大型诗歌活动"未名诗歌节",又在北大一年一度地举行。人们谈论中国当代诗歌,北大更是无法饶过的名字。

保存并发扬这一悠久的新诗传统,是北大学人不可推卸的使命。在消费主义、大众文化兴起的时代,严肃文学的处境越来越边缘化,作为一门提升文化价值、塑造民族精神的艺术,诗歌的生存与发展也面临着严重的挑战。面对新的时代现实,在历史的追溯与检讨中,思考激发新诗的活力,重新申明新诗在语言上、文化上的历史必然性和存在合理性,并通过卓有成效的工作,在诗歌创作与学院研究、诗人自我与读者大众、提高精神品位与向实际人生延伸之间,架起沟通的桥梁,也是北大学人的庄严责任。

基于上述考虑,在北京大学中坤学术基金的支持下,2004年6月北京大学诗歌中心中国新诗研究所正式成立。本所由谢冕教授担任所长,孙玉石、洪子诚、张剑福、骆英任副所长,臧棣、姜涛为所长助理,并聘请20余名国内知名的诗歌研究专家、学者为研究员。这些举措,旨在发扬北京大学在新诗研究领域的传统优势,继续有力地全面推进新诗的研究与批评,为中国的新诗建设作出北大应有的贡献。

新诗研究所成立的时间不长,诸多工作计划尚在展开之中,但在校、系领导及中坤集团的支持下,依靠研究所同人的集体努力,在一年多的时间中,我们开展了如下五个方面的工作:

一、以重点课题为枢纽,深化新诗历史的研究。新诗诞生的历史,虽然还不足百年但经历的挫折和教训,取得的成果和经验已成为一份丰厚的历史资源。在以往的研究的基础上,进一步清理这份遗产,是新诗研究所工作的重点。此前,我们已开展过一系列重大研究课题:谢冕主持的《20世纪中国新诗大系》,编撰工作已完成,条件成熟即可出版,此书囊括了20世纪新诗发展史上的众多诗人、流派和理论,是对新诗历史的一次集中全面的展示;洪子诚主持的当代新诗史研究,将当代诗歌的最新动态纳入研究的视野,其学术开创的意义已引起学界的关注;孙玉石主持的"解诗学"理论及其实践,在学理上阐发了"解诗学"的源流与发展,在"晦涩"的现代诗歌和读者之间建立沟通的桥梁;青年教师臧棣进行的新诗现代性研究、吴晓东进行的现代诗歌文本分析研究、姜涛进行的诗歌社会学方面的研究,也都取得相应的成果,其中大部分成果已转化为教学实践。

二、以出版展示成果,激发新的研究活力。为了鼓励新诗研究的继续开展,扶持新锐的学术思路,新诗所将出版方面的工作列为另一个重点。2005年春,由研究所主编的"新诗研究丛书"以及学术集刊《新诗评论》,由北京大学出版社相继推出。"新诗研究丛书"旨在展示新诗史研究方面的最新成果,目前已出版洪子诚的《中国当代新诗史》、姜涛的《新诗集与中国新诗的发生》、张桃洲的《现代汉语的诗性空间》三种,孙玉石的《中国现代诗歌论集》、臧棣的《四十年代诗歌的现代性》、刘继业的《大众化与纯诗化》等另外几种,也将在今年相继问世。学术集刊《新诗评论》的创办,则试图为诗歌研究、批评界打造一个展示前沿思路的平台。《新诗评论》现已出版三辑,今后计划以每年3—4辑的频率连续推出。这两种出版物的问世,引起广泛的关注,《中华读书报》、《中国图书评论》等报刊都进行过专门报道,在首都师范大学还将进行专门的研讨。新诗所建立后,决定重新参与《诗探索》的编辑出版事务。这样,北大就同时拥有了国内最有影响的两家诗歌理论批评的刊物。

今年,我们还正式启动了两项重大的科研计划。一是由谢冕主持的《中国新诗总系》的浩大工程。由本所人员承担全部工作。此书共分十卷,总字数约600万字。除总序外,各卷主编均撰写万字以上的长篇序言,而且要求所用材料均是最初和首刊的版本。另一重大项目是由孙玉石主持的《中国现代诗论丛编》。预计总数为15—20卷,总字数大约为1000万字。该书内容囊括了1949年以前最重要的新诗理论文献,是目前国内规模最大也最全面的学术史料的汇集。此书也由本所相关人员并邀请所外人员共同完成。上述两项工作计划在2007年上半年完成案头工作,争取在2008年北大校庆110周年时正式出版。

三、举办学术会议,构造诗人、学者对话的空间。在新诗研究所成立后的一年多时间里,共已举办学术会议六次,包括:"呼唤诗歌的回归"研讨会(2004年6月)、诗歌史写作研讨会(2004年7月)、"黄山诗会"(2004年10月)、都市诗人研讨会(2004年11月)、"城市诗圆桌"研讨会(2005年4月)、中国新诗一百年国际学术会议(2005年8月)。这一系列会议的举办,在学界引起热烈的反响。其中"黄山诗会"汇聚几十位学者、批评家和诗人于安徽黄山,打破以往此类活动局限于小圈子的缺陷,让学院研究和当下的诗歌创作相成交流和互动。中国新诗一百年国际学术会议盛况空前,来自十多个国家地区的诗歌领域的近百位专家学者,对百年新诗的历程进行深入研讨举行如此规模和层次的会议,在新诗研究界尚属首次。另外,研究所还在北京大学主办了"中坤诗歌讲坛",先后邀请国内外著名的诗人、学者举办诗歌方面的专题讲座。

今年,我们将继续举办主题为"跨越时空的新诗写作"的两岸四地大型诗歌研讨会。计划邀请中国大陆、台湾、香港、澳门以及国际最有影响的诗歌理论批评家与会。这也是旨在促进和扩大海峡两岸文化交流,繁荣中国新诗事业的一次盛会。据我们所知,像这样集中两岸四地最有代表性的专家学者,在多方位的比较中共商中国新诗在不同的环境中形成的写作特点,以前还没有举行过。

四、在出版、会议之外,新诗研究所还在2005年4月成功地举办了"未名湖诗歌节"。北大未名湖诗歌节本来由学生社团筹划组织,此前曾举办了5届,已在社会上产生了一定的影响。2005年,新诗研究所直接介入了诗歌节的筹备与开展,并正式定名为"北京大学诗歌节"。第6届北京大学诗歌节历时近一个月,相继组织了十余场活动,包括"未名湖诗会"、多媒体朗诵、女性诗歌专场、方言与外语朗诵、骆英诗歌音乐晚会、朦胧诗与后朦胧诗论坛、诗歌讲座等。音乐节还设立了未名高校诗歌奖,在全国高校范围内发现与扶植诗歌创作的新锐力量。首届诗歌奖有十位同学获奖。"北京大学诗歌节"已成为中国当下最有影响力的诗歌盛会。它的意义不仅在于繁荣了校园文化生活,也在诗人与读者、诗人与研究者之间形成积极的互动,从而对中国的诗歌发展起到促进作用。

五、北大中国新诗所,始终把关注的目光投向新诗事业的未来。现在的一批年长的研究人员都是经历了中国新诗发展的大部分时间的专家,他们对中国新诗的荣辱盛衰有深切的感受,他们是中国新诗诸多事件的亲历者,并有丰富的学术积累。目前,他们虽然已从教学研究的第一线退出,但仍然竭尽全力承担了许多重大的研究项目。我们深知,像北大这样历史悠久、学术积累深厚的学校,要保持它的学术优势、发扬它的学术传统,就需要不断地培养学术的后备力量,形成源源不断的接力赛。为此,就需要特别重视对年青一代学人的培养和扶持。新诗所的所有项目都重视吸引年轻学者的参与,鼓励他们承担教学科研第一线的工作。此外,我们还通过"燕园新诗文库"、"燕园青年诗人诗丛",以及相关的招标项目,接纳这些年轻学者的科研创作成果。新诗所特别拨出经费,资助在读博士生研究新诗的课题。我们的这些举措,都旨在使北大在中国诗歌界产生生生不息的积极影响。

我们长期在北大工作,我们以北大和中国新诗传统悠久而深厚的历史渊源而自豪。我们十分珍惜这一切。北京大学与中国新诗的这种亲密的关系应当永远地保持和发扬下去,一种沉重的历史使命感鼓励着我们,我们希望在我们的身后有一个长长的队伍,总在继续着这个事业,也始终无愧于这个事业。中国新诗研究所的建立和它的未来,永远都怀着这样的理念。

在五四的新文学革命中,新诗的产生和建立是一场艰巨的攻坚战。可以说,由于新诗的出现和试验的成功,使这场空前的文学革命终于站稳了脚跟。20世纪中国发生过许多重大的事件,但新文学和新诗的出现是文化建设中最重要的一件大事。我们现在所进行的一切努力,我们对新诗事业的热情投入,都来源于对这一重大文化建设成果的认知。我们希望我们所进行的努力,都是为着给已经过去的20世纪留下一个永久的纪念。

新诗所现在是虚体的研究机构。除了几位退休教授,日常工作均由几位年轻教师和几位行政人员兼职。可以说,我们全体都是诗歌工作的志愿者和义工。虚体有它的好处,主要是没有臃肿的行政机构的负担,办事灵活快捷。但也有困难,简单地说来,我们需要有一个办公场所,还需要有一枚小小的公章,以便堆放日益增多的资料和对外联系。

北京大学新诗研究所成立仅有一年多,各项工作刚上轨道,还有很多空间可待开掘。今后,在继续上述五个方面工作的基础上,我们还要进一步开拓视野,吸引更多的学人,整合更多的资源,使北大的新诗传统薪火相传,让诗歌精神扩张延伸到校园之外。

2006年5月13日于北京大学秋林讲演厅

我们见证历史*
——从中国当代文学的研究和教学谈起

学问做久了,甘苦自知,也总有一些体会和教训。说出来,也许对别人不无裨益。这次陆耀东先生倡议,由我们几位"老家伙"来个"纸上聊天"。难得他有这般用心,我不敢拂了他的好意。自是不揣浅陋,紧随诸位学长之后,也赶来凑趣。

我从事中国当代文学的教学和研究工作已有多年。这个学科隶属发端于"五四"新文学革命,并与中国古典文学予以区分的中国现代文学。它是中国现代文学的一个部分。虽说是其中的"一个部分",却是一个相对独立和不断发展的而且愈来愈庞大的部分。都说现代文学是当代文学的兄长,但是兄长的年龄是不再增长的,而作为小弟的当代文学,它的年限却已超过半个世纪了。

中国现、当代文学学科如何调适二者的关系,或者说如何再命名?这都是亟待学界同人关注并解决的问题。此问题有点复杂,这里不想触及。只是想借这个机会谈谈本人长久从事这一工作的一些感想和体会。

行进中的文学

中国已有的文学,包括写进古典和现代文学史的,都是已完成的文学。惟独当代文学例外,它没有完成,始终都在行进中。

---

* 此文刊于2006年4月《中山大学学报》(社会科学版)。据此编入。

以研究这段文学为目标的中国当代文学学科,其特点就是始终看不到它的边界。每天都在发生新的现象,因此也是每天都在出现新的研究对象。我们的工作只能是不停顿也不间断地追逐。

新的作家和作品,新的理论和批评,新的文学团体和刊物、书籍,无以数计的发表在报纸副刊和网络上的文字、图像和其它信息,每天都似潮水般涌来。这一切都让人目不暇接。这里的问题不是材料的匮乏,而是资讯的膨胀。泛滥的信息挤压得让人喘不过气来。这是行进中的文学的一种常态。做得久了,一切也都看得平常,当然也有了处理应对的一些办法。

当然,传统的研究理念和手段在这里显得不够用了。我们不能仅仅从已经占有却并非稳定的材料出发、对文学作固定性的分析研究,更不能无视近前甚至是当下迅疾产生,并同样迅疾地变化的文学现象匆忙定论。跟踪式的描述和辨析,在这个学科领域显得是十分的必要。因为一切都在不停地变化着,研究者稍不留意,就有可能失去第一手把握重要文学事实的机会。

作品的层出不穷是一个原因,而更为重要的是,作家是不稳定的。作家也在这种文学大潮的影响下变动着自己的创作的目标和追求,也在不断地改变自己的写作策略和风格。从《鸡窝洼人家》到《废都》,贾平凹创作的变化,恐怕不是把场景由乡村转到城市的变化,作家的心志和趣味都在这种时代的大转型中产生了巨大的变动。事实上不仅是贾平凹,几乎所有的作家都在这万花筒般迅疾转动的文学世界里不断地适应、调整着自己的方位。淌过"北方的河"的张承志,再行进到他的"心灵史";曾经"在细雨中呼喊"的余华,再行进到充满周星驰喜剧色彩的《兄弟》①的写作,足以说明这时代对于作家来说是怎样的一座鲜活舞台。

我们若是把这种充满活力而又多变的文学当成了不再变化的、凝固的"资料",以传统的治学方式对之作静态的归纳描写,那就是不当的。一个最基本的事实受到了忽视:当代文学是不断生长着的文学,当代文学的研究也是永不停顿的一种与发展着的文学同步的研究。不认识这一点,或者无视这一点,就会造成学理上的缺失。

这个学科的学术范畴当然也有传统意义上的"史"的内容,但这种具有相应固定形态的"史",是建立在对于那些随时发生的、流动的、散漫而又充满了偶然性的"事实"的基础之上的。研究者需要随时对零碎而不定型的材料予以淘筛、提炼和归纳,从而赋予这些材料以学术的价值。从事当代文学的研究,就是这样不断地追逐、又不断地整理的过程。不断生长的新鲜的文学现象,也不断地激活着研究者的智慧和热情,同时又不断地考验着研究者的耐心和承受力。

这个学科忌讳把活学问当作死学问来做。怀有成见的人们轻视它,认为它没有什么"学问",甚至根本不是"学问"。其实,它的学理性可能就建立在研究者对于文学行进的方式和姿态的这种敏锐、及时和准确的把握上。要是离开了对于无数随时发生的零散的文学现象的考察和审视,并及时地予以概括和提炼,几乎就没有当代文学的学科研究。

当然,行进中的文学也有"不行进"的相对静止的时候,这一状态也即我们说的"史"的归纳。不间断地跟踪考察,不间断地

---

① 南帆在《夸张的效果》中评论余华的《兄弟》这样写道:"也许,余华正在企图向'大话'的风格靠拢?不管怎么说,周星驰的走红肯定是这个时代一个意味深长的文化症候。"2006年4月25日《文艺报》。

总结综合,使无数无价值的表象得到扬弃,使有价值的素材得到提升,从而呈现出此一阶段文学规律性的运行轨迹,这就是文学史了。由此我们得知:当代文学这一学科是由及时的文学批评和同样及时的文学史总结这两大部分构成的。从事当代文学的研究者必须身兼驾驭上述两方面的才能和素质。

特殊的学术环境

这里还需要对"当代"这一概念稍作解释。二十世纪四十年代后期,中国政局变动。原先由统一文化母体衍生的中国文学,也开始了以台湾海峡为标志的、现今称为"两岸四地"(即大陆、台湾、香港和澳门)的既一致又有差别的文学形态。不同的社会制度和不同的意识形态,深刻地影响着这些产生于同一文化传统而又各怀异趣的文学。这些文学无疑均属于共同的中国文学的范畴。但一个不争的事实是,这些地区的文学过去是、现在也还是按着各自选择的方向,以各自确定的方式进行着。当然,良好的环境以及日益紧密的交流和沟通,正在逐步消除过去形成的森严的壁垒,并有效地促进彼此的认同和融汇。

谈论中国当代文学,不能无视"当代"所具有的由历史原因造成的这些事实。就整体而言,中国大陆的文学依然是中国文学的主体,它对周边各地区的文学起着深刻而广泛的影响。单从大陆的文学发展的事实来看,考量它的所有的正反两面的价值,都不能也无法回避特定的意识形态对于文学的涵盖和渗透。在中国大陆当代文学的发展进程中,影响面最大、时间最久远的因素,是当代的政治。政治对于文学的影响甚至超过了文学自身。这是研究当代文学无法绕过的问题。

政治对于文学的要求和期待有一个长久演进的过程。其基本动因,在于中国的特殊国情:在相当长的时间内,文学的意义需要在政治的实际效应中得到确认,"纯粹的文学"被认为是不存在的或无意义的。文学与政治的"联姻"可以追索到很远以前。开先是由于国势凌弱,政治的目标是振兴国运。处于弱势的政治期待通过文学达到救助的目的。所谓"欲新一国之民,不可不先新一国之小说"①,就是最明确地表达了政治对于文学的热切期待。再后就到了"革命"对于文学的期待了。"革命"当初也是处于弱势,文学当然也是顺理成章地成了"救助"的工具。所谓的"革命的功利主义"当然也表明需要通过文学或其他艺术形式以达到推进革命意识的目的。

文学的地位因政治的推动而愈来愈"显赫"起来。与此同时,文学也因这种遮蔽、约束乃至控制而日益失去自身的意义。这就促使并形成了当代文学与政治的无限纠缠的事实。这也是一种常态,也就是这一学科在中国大陆地区生存发展的基本环境。人们进入当代文学这一研究领域,首先要面对的就是这种常态。所有的人都必须具备处理政治与文学关系的能力,而后才能有效地面对文学的事实。

中国新文学的发展始终受到意识形态的浸漫,特别是进入当代文学之后,这种浸漫几乎是全方位的。因此,研究者需要对"纯文学"的理念保持应有的警惕。事实上所谓的"纯文学"几乎不会在这样的环境中出现,即使是出现了也不会被允许并生存下去。研究当代文学,其实就是研究文学如何依附于政治、政治又如何步步进逼并最后控制文学这一历史进程。

但是,话说回来,文学毕竟是文学,即使是在夹缝中,文学也依然顽强地甚至悲壮地坚守着哪怕是所剩无几的空间。从总体上看,"大跃进"过后"文革"到来之前的间隙中,在频繁进行阶级斗争的缝隙里,诗歌和散文甚至小说,都有着悄悄的"松动",甚

---

① 梁启超:《论小说与群治之关系》,引自夏晓虹编《梁启超文选》(下)第3页,中国广播电视出版社,1992年8月第1版。

至可称为是一个"小繁荣"。① 类似六十年代这样的文学现象,在其他时段也时有发生,当然情况各异。如在极端严厉的"文革"时期,就在离政治中心不远兴起的"白洋淀现象",以及在其他边缘地区的"知青部落"涌动的文学暗潮等。都说明文学无所不在的挣扎和坚持。

上面所述,是就整体的被遮蔽中来看文学的生命力。研究者需要有必要的思想准备,一方面面对的是意识形态的森严壁垒,一方面又要以充分的耐心,如同沙里淘金,在尘封中发现并珍惜文学的这种坚苦卓绝的生存挣扎。我们要在沙漠深处发现生命的痕迹。

文学被意识形态所充盈着并膨胀着,这是漫长时空中不容否认的事实。但即使这样环境中生长出来的文学,即使是在被笼罩得非常严重的那些作家作品中,我们依然可以寻找到那些留在沙漠深处的生命的痕迹。这种寻找需要理性,更需要耐心。举例说,李准的《李双双小传》和王汶石的《新结识的伙伴》的背景是农村集体化,但这两部作品中几个乡村女性形象,却生发出超越意识形态的魅力。以此类推,我们还可以从魏巍《谁是最可爱的人》的漫天炮火中,发现温暖的诗意;在杨朔的《茶花赋》中发现大饥饿中人们的希望和梦想;在郭小川《团泊洼的秋天》的饱满政治情绪中,发现激情以及音韵的美。

也许今天的读者不再为这些作品所感动,但是,拨开那些蒙蔽在作品表面的尘灰,我们依然可以发现文学顽强的生命力。只是这种表现是浸漫在政治的或意识形态的语境之中。所有的人在阅读这特殊时代的作品时,都应有足够的耐心,他们必须从

---

① 杨朔和秦牧的一些散文,郭小川和贺敬之的一些诗歌,李准的小说《李双双小传》,都在此一时期发表。以诗歌为例,有李瑛的《红柳集》(1963)、贺敬之的《西去列车的窗口》(1964)、郭小川的《厦门风姿》(1961—1962)、《林区三唱》(1962)、李冰的《巫山神女》(1963)等。

浓重的遮蔽和覆盖中发现那些艰难存活的诗意。

减法前提下的积累

一个人从最初的"学",到后来的"治学",从来都遵循一条基本法则,即积累。学问是靠积累获得的,关于学问的经验也是靠积累获得的。这个规律,在当代文学这个领域同样要受到尊重,也就是说,它的运行基本上是一种加法。但是这个学科实行加法的前提却是减法。这是由开始我们说到的这一学科的特性所决定的。当代文学学科的基本形态是动态的,它始终都在行进中。

它给人最为鲜明的印象,是每时都在生产无以数计的作品和关于作品的言说。要是用传统的治学方式来对待这一学科与日俱增的"材料",阅读、判断、汲取、收藏。单就阅读一项,恐怕倾以全力——即使是什么事都不做,也难以应付那惊人的信息爆炸。阅读如此,更不用说其他了。所以,处身在当代文学中,用前人教诲我们的"笨办法"治学,肯定难以收效。

我不知道别人如何,就我个人的经验而言,单就阅读一端,也须有新的应对策略。普遍阅读既不可能也可能是劳而无功。幸好在当代文学领域,在生产作品和评论研究的同时,也在相应地生产着各式各样的选刊和选本,以及各式各样的评奖、研讨、发布会、各种手段的资料汇集、各种类型的"排行榜",这些,都为专业的研究者提供了前期的准备。研究者可以很容易地进入当前文学的动人的"全景"之中。

我们可以通过各种出版人、编辑和选家的辛苦劳作,享受到他人阅读和研究的成果,从而使我们在浩如烟海的资讯中有所依傍。但是还要指出,这样的阅读也不尽可靠。选本的阅读仍然不能全然替代研究者第一时间的阅读。这是由于,所有的编辑和选家在不断生产的当代文学面前,都有一种难以穷尽的无奈。也就是说,他们的阅读也是有限的,况且,他们和享用他们的成果的人之间,也存在着审美和价值取向的差异。

而作为专业的研究者,其最重要的品质是在他的阅读中有独特的"发现"。这样看来,经常性的第一手阅读和思考就是必不可少的。学者和专家与一般读者和文学爱好者的差别,就在于是否具有独特发现的能力。作为专业人员,他需要的是基于对文学发展历史的体认,以及长期养成的审美概括的比较所赋予的一双"慧眼"。他能在众口一词中发现"个别",也能在旁人习见不察中发现"另类"。从而赋予独特而精辟的判断和辨析。

因此,平日的浏览对于专业研究者来说就是非常必要的。研究者不可全然依赖别人提供的"前期工作"。他自己还必须始终站在学术的前沿,他必须"身先士卒"。他要有一种综合的能力。他要善于吸取他人阅读的成果,但他又必须始终对此怀有警惕和质疑。他要用自己的"发现"去补充和修正别人的"发现"。

古人讲"积学以储宝"。在当代文学的领域,专业人员究竟应当如何"积学"并达到"储宝"? 简单地说来,对于这一学科来说,它的侧重有别于一般学术研究的"加法",它的有效运作的前提是"减法"。首先是,他必须果断而无情地"删除"那些没有"收藏"价值的材料。要是用一般的治学方法不加节制地"收藏"那些资料,其后果只能是让人不堪重负。因此,研究者必须以坚定的姿态减去那些不重要或不很重要、无价值或很少价值的资讯,在淘汰的基础上,如沙里淘金,积累那些有用的研究素材。

所以这里的规则是以非常规的"减法"为前提,而后,在此基础上实行常规性的"加法"。也许所有的学科均应遵循"积学储宝"的规律,但对于当代文学这样资讯过剩的领域,那种不加分析和无节制的"材料占有",可能是一场灾难。一个不会放弃即不会否定的治学习惯,可能会毁了一个学者的心力和才情。需要补充的是,"删除"的过程,并不是无意义的操作,本身也是一场认知和"获得"和"添加"。

以上所述,意在强调对于当代文学来说是至关重要的"先减后加"的处理材料的方法。只有这样,一个学者方有可能把最需要和最有价值的知识,放入他的"收藏夹",而其中最为珍贵的可能还是学者自己在第一时间的阅读中仅仅属于他的独特的发现。可能正是由于这个发现给他的研究带来了光辉。

创新可能意味着探险

本文反复强调了当代文学的非纯粹性。在当代中国,事实上并不存在、也不期许文学的"纯粹"。文学是社会现实的一种,而社会现实总是纠缠着展开、混合着政治和社会思潮的诸多杂质的。同样,当代文学的研究也不会游离这个环境而变得"纯粹"起来。中国新文学的兴起和指归,始终都伴随着社会兴亡的考虑,所谓的"救亡"和"启蒙"两大主题①,就是历史此种考虑的归纳。这种文学史的"遗传",在当代文学阶段得到充分的甚至是极端的延展。在至少长达半个世纪的时段里,当代文学和当代政治的捆绑愈来愈紧,以至于在一个相当长的时期,文学沦而为政治的附庸。

---

① 严家炎最近对"启蒙"和"救亡"的关系,作过精辟的分析,他说:"当文革的噩梦刚刚过去,人们吃尽了封建专制主义的苦,因而痛定思痛,思考'五四'的启蒙任务为什么几十年后还没有完成的时候,有些学者用救亡和启蒙的关系来作解释,这是可以理解的。但我以为,这可能是一种误读,这没有搔到真正的痒处。'五四'前夕启蒙任务的提出,本来就是为了挽救国家民族的危亡,因此,不能设想救亡形势一紧张,反而会压倒了启蒙。启蒙任务后来所以被消解,真正的原因是在革命队伍内部,是封建主义侵袭革命队伍的结果。而一旦封建思想侵袭到革命队伍内部,它有了'革命'做护身符,以'革命'的名义,这时的封建就很难反了。反对它就成了'反革命',启蒙者本身就成了蒙昧者,成了应该接受启蒙的人。而王实味、丁玲也就必须为此而付出代价。"《明报月刊》2005年3月,第71页。

文学成为挽救国运、改造社会的第一使命。这是由于中国自晚清以来的处境所决定的。当时的救国志士奔走无门,急切中想到了文学,并目之为救国救民的"药"。开始是启蒙,后来是救亡。其实,不论是启蒙还是救亡,在人们的心目中文学总是一味能医百病的药。当别的办法不能奏效之时,文学被人们理所当然地视为药到病除的灵丹。这在近代小说界革命、诗界革命的诸多论述中均有充分的强调。这是前期,大约自五四始而至抗战兴,都是如此。

随后,中国出现了革命。原先支持启蒙和救亡的,现在转而要求支持革命。这是一种自然而然的"置换"。文学是顺理成章地为革命而存在的。作为为革命的文学,它的一切都应服从于革命的目标。革命要求消弭"个人主义",而把文学改造为"集体主义";革命还要求文学在功能和价值、内容和形式、语言和风格,等等方面符合革命的利益。当文学不能与之相适应时,革命便要对文学施以改造。这种"改造"其实早在创造社后期就开始了,其经典式的表述就是:从文学革命到革命文学。①

自此以后直至"文革"结束,在漫长的时间里,深刻关联着社会命运的政治,对文学的"关切"与日俱增。以至于在涉及文学的批评标准时提出政治标准的第一性,这就事实上忽略了或淡化了文学的艺术属性。在长期的文学实践中,政治对于文学的施加是愈来愈严酷,政治要把文学改造为单一的和统一的形态。

这种文学标准的形成,是以堂皇的"革命功利"的名义,即一切均以是否符合革命利益为要义。而文学自身的规律及特点,则是可以略而不论的,此则所谓"艺术标准第二"的原则。许多文学或诗歌的悲剧,都是由此而生。作家表现和坚守个人的风

---

① 这是成仿吾论文的题目。《从文学革命到革命文学》,《创造月刊》第1卷第9期,1927年9月。

格,被认为是自私的甚而是反动的。所有的个人风格都必须在"集体主义"的目标下被改造。中国当代文学在它的行进中所发生的事件,不论叫做改造或是叫做批判,其实质则一,那就是为了建立一个统一的文学模式。

在这样的背景下,我们面对当代文学的研究,可能意味着是面对一个布满险情的雷阵。这里随时都可能发生"爆炸",或者是由于不够小心而触雷,或者是由于别的需要而"引爆"。这个现象,已为半个世纪的文学运动和文学批判的事实所证明。文学事业,显得是前所未有的艰难。远的如"武训传批判"、"反胡风集团",近的如"反对精神污染"、"反自由化",万变不离其宗,都是为了建立一种据说是最纯净的统一的文学。当然,这都是旧话了。

这个学科曾经是这样的布满雷阵的危险地带。研究者要想在这里有所作为,就必须有足够的心理准备,那就如同在到处都是"禁区"的现场劳作,要冒着随时都可能"爆炸"的风险而谨慎前行。除非不为,无可逃脱,这是宿命。但正如浪里搏击,风中翱翔,苦在其中,乐也在其中。

2006年6月20日完稿于北京大学

温州的月光(其三)*

那么明亮,那么芬芳,那悬挂在瓯江上空的清清爽爽的一轮明月。月光如霰,皎洁,又有点迷蒙,却是把江心屿上浓密树梢的那些闪烁的星星都比下去了。小岛上东西两厢的古塔,此刻都在月明中沉思。沉思着谢灵运住过、李白写过、古今许多诗人留下过墨香的温州,充满诗情和爱意的刻骨铭心的温州。

月正中天。那光华寂无声地掠过谢家池塘,照着池塘上的春草,春草上的流萤。那春草和流萤也都在月色的迷蒙中发出幽幽的光。那里有一片水域,一朵清荷绽放在水心,是的,是一朵,粉色的芙蓉,半闭着眼,睡意蒙眬,沐浴着那无边的月明。那里有一座楼台。一座隐约于云中的、被春天的雨雾锁着的楼台。在那个典雅的挂满绿萝和牵牛花的窗前,迷蒙的月色中浮现出典雅的爱神俏丽的身影。这种水域中的清荷,这种月色中的云中楼阁,构成了让人遐想、更让人心动的温州。

温州是让人迷恋的,雁荡山的奇,梅雨潭的绿,楠溪江的蓝,池上楼的雅,都是让人梦绕魂牵的所在。那里的人勤劳而又聪慧,温州人的决策的精明和行动的果断,在商界使所有的人都刮目相看。还有,那就是温州的女人了,这里的女人,雁荡山的温煦的风吹着,瓯江清清的流水润着,江心屿上空的明月照着,她们美丽、多情而又小鸟依人般地风情万种。温州如一块吸石,一次来了再也不忘,千里万里,总是牵引着一颗眷恋的心。

最难忘,景山宾馆窗前的那轮明月,它的皎洁的光线笼罩者

---

* 此文据文稿编入。

那在夜雾中半闭着眼的杜鹃花。有人在山道上送客,在月光中挥手,走远。最难忘,那日宴会散了,拉芳舍一杯散发着浓郁的香气的卡布基诺。温州的明月,照着那一切,一切的临别依依,一切的欲语还休;温州的明月,记得那一切,一切的忧乐与共,一切此后日日夜夜发自内心的哀愁和牵挂,有一种突如其来的期待和惊喜,也有一种真诚的感谢甚至惶恐。

温州有诗一般的山水,温州的历史用诗写就。一个偶然的机会,我得到一位我所敬重的诗人的赠书。那日临别,方良先生以诗相送,一卷《万里楼诗稿》,一卷《万里楼词稿》,都是汉英对照,且都是方先生手译。先生自序曰:"平生经历宛云烟,飘渺虚无驰逝天。迭起悲欢罩寂寞,幽深洁影独缠绵。"可见先生诗词是他孤寂高远的襟怀的寄托。

温州有很多诗人,但是像方良先生这样能将古体诗词亲自译成英文的恐怕不多。我孤陋寡闻,环顾国中,既能写旧体诗,又能译的,恐也寥寥。先生早年毕业于浙江大学哲学系,长期担任中学名校校长。名士风流,世所不容,平生坎坷,历久弥坚。暇年以诗自娱,知者甚少。方先生的诗集,是温州送给我的诗的记忆,更是温州美丽的明月的记忆。

瓯楼洁地寄情深,皓月无声照古今。晨钟暮鼓红尘外,宇环唯存纯真心。诗人把温州无边的月色写进了他的心中,月亮是他的高洁心境的写照。在明月的映照中,一切都是无边的美好:"十里春风花如织,一秋洁月影浮沉"。"关山有限铸情长,何处天涯无草芳。万里楼台明月照,千年古国桂花香",诗人家住万里楼,高楼明月,眼界旷远,心志浩荡。

我想着温州的明月,想着明月下的温州,想念那里的明月的诗和写明月的诗人,想着赠诗给我的方良先生,我为明月祝福,为诗人祝福。

2006年6月21日于北京郊外北七家村

温州的月光(其四)^{*}

温州是说不尽的,温州的月光也是写不尽的。那年初访温州,有一个难忘的夜晚。当时月华如水,树影婆娑,瓯江边上三杯咖啡把我醉倒。如此星辰,如此月夜,从此认定与温州不解的情缘。一年之中,竟有数次去那里,为的是尽情享受楠溪江上那一轮皎洁的明月,为的是雁荡山中那荡人心魄的、充满爱情诱惑的夜晚。

那年来到楠溪江,深夜抵达永嘉郊外的乡间旅馆。疏星如萤,月色如银,那山野的草香和虫鸣与明澈的月色融成了一片,此夜温州的月光里充盈着芳香的气息和金属的颤音。次日拂晓起来,发现昨夜的月明竟缤纷成了草尖的晶莹,还有楠溪江上星星点点的波粼。

此种景色,如今在温州城里是很难见到了,除非是在瓯江环绕的江心屿,那里依然保留了旷古的静谧。那柳梢上悬挂的,那情人们黄昏后静待的明月,也许谢灵运见过,也许王羲之见过,也许告别了繁华之后的弘一法师见过,而写过梅雨潭的绿的朱自清肯定是见过的。

而现在,昔日到处散发着墨香的街巷已在岁月的行进中消失。人们只能在记忆中寻找它充满诗意的昨日的辉煌。人们坚信温州城里依然有月,那月色中依然浸润着唐时的醉意,宋时的恋情,在池上楼,在万里楼,在五马坊,也在林斤澜笔下的矮凳

---

* 此文据文稿编入。

桥。可是，毕竟，那一轮让人沉醉的月华，只能在人们的梦境中寻觅。

诗人瞿炜写《三十六坊月》，记温州城旧日繁盛。三十六坊是北宋哲宗绍圣年间，杨侯蟠任永嘉太守时所划定。其间，谢池、康乐、五马、墨池诸坊，均与谢灵运、王羲之的行止有关，但大抵也只留下坊名，当日景色也荡然不存。杨侯有句："三十六坊月，一般今夜圆"，那月亮也只在人们的记忆中。那时的月亮是见不到了，留下的只是后人的追念。不仅是三十六坊上空的明月，连三十六坊也随着岁月而消失在凄迷的风烟之中。人们留恋这城市的过去，是因为它的昨日是那样地充满了诗意。

池塘春草，谢家台阁，兰亭墨韵，千载留芳。《瓯江逸志》载："温州自百里芳至平阳畴百里，皆种荷花。王羲之自南门登舟赏荷即此地。"《永嘉谱》云："南塘旧以荷花名。夹岸又多橘园，为夏秋胜赏。"唐张又新《百里芳》诗："时清游骑南徂署，正值荷花百里开。民喜出行迎五马，全家知是使君来。"旧传王右军守郡日，庭列五马，绣鞍银勒，出则乘之。五马街今存，正是当日郡守出巡的通衢，至今仍是温州繁盛之地。而右军当日风景，却是淹没在霓虹楼影之中，把温州上空的皎洁月色，连同百里清荷的香气，生生地夺去了。

遥想右军当年，公暇南门登舟，沿百里芳观荷，是何等气象！如今这一切，到那里寻觅？瞿炜在文末感慨说，"人应该诗意地栖居，这样的诗意在古代的中国，在古代的温州，是有着浪漫的经验的。而我们究竟是在什么时候丧失了这样的诗意呢？"瞿炜的感慨也是我的感慨，温州的月光是那样地吸引着我，旧日的月光已不可寻，我只能在心灵的深处，保留着我记忆中的那一轮永远透明、永远芳香、永远激情而浪漫的明月。

2006年6月26日于京郊小村

方良先生挽辞^{*}

　　方良先生出身于温州名门。父亲是一代名医,扶危济困,泽及乡里。善行遍及遐迩。先生少时受到良好家风的影响,端正儒雅,聪慧勤勉。青年时代即对经史辞赋学有专攻,为后来的发展立下坚实的根基。先生早年以优异成绩考入浙江大学法学院,学业精进,兴趣广泛,勤学多思,于专业之外兼通文史,能以文言写作,尤擅英文,于中华传统文化修养尤深。

　　先生大学毕业之年,适逢新旧社会交替之时。先生以充沛的热情投身于新中国的教育事业。在温州第二中学、温州第五中学校长任中,成绩卓著,培养了为数众多的优秀教师,并有效地提升了学校的总体教学成绩。先生言传身教,桃李无言。是青年才俊的良师益友。他的工作成绩赢得了广泛的赞誉。

　　二十世纪五十年代,先生雄姿英发,风华绝代。时当百花争艳,言路大开,先生心怀报国之志,忧时悯民,秉性忠言,终以获罪。自此身心受挫,先生吞声忍辱,历尽人世艰险。此后国事多变,时局动荡,阶级斗争,"文革"风暴。先生携女辗转求生,终于迎接云开雾散的新时代。

　　人及中年,恭逢盛世,先生气清神定,仿佛讨回了失去的青春岁月。春雨春花,秋云秋月,诗书作伴,健行名山胜水间。万里楼台,树影婆娑,琴韵盈耳,墨香满室,有诗如友,有女如花。先生素风雅,嗜书成癖,以茶代酒,无一日无诗。积数年之功,

---

* 据文稿编入。

《万里楼诗稿》、《万里楼词稿》次第印成,先生又亲为之译成英文。

先生的诗词作品立意精深,境界高远,性情恬淡,音律严整。亲为诗集序曰:"发扬古典诗词精华系迫不及待之事,既可兴百业之繁荣,也可观千秋之伟业"。"东窗万里浩然楼,一室春风不识忧",正是先生心境的写照。尝谓今日善旧诗写作者稀,而能以英文译旧诗如先生者更是罕见。先生才情让人惊叹。

我与先生相识于瓯江,蒙先生题赠诗稿,情谊深厚,若有所托。雁荡山花,楠溪竹影,随处都印记着先生的身影,先生高情厚德,永铭于心。

公元 2006 年 7 月 3 日 11 时 43 分,方良先生安详平和地告别人世。我在第一时间里闻知噩耗,念先生半生坎坷,终世清雅,贫贱不移,心存高远,不期遽成永别,怅望南天,悲切无言。

敬爱的先生,你已离我们远去,但你的高贵精神却永远激励着我们。

先生,安息吧!

2006 年 7 月 3 日 12 时 43 分,
先生去世一小时后,急写于北京

寻找一种感觉*
——福建长泰漂流记

这个夏季福建多雨,阴雨连绵已近月余。我们到达之后的五、六天中,天空仍是阴云密布。雨依然时紧时疏、丝丝缕缕地飘个不停。这个季节的雨雾,仿佛是望不到边的忧愁,给我们的旅途凭空地增添了几许伤感。来到长泰,住进了漂流宾馆。得知这里的马洋溪橡皮筏漂流远近闻名,心有所动。这无边的阴雨更改不了我的冲动。我向接待我们的主人表达了我的愿望,主人显然有些踌躇。这是我们到达长泰的最后一天。我要是就此离开,而与天下闻名的长泰漂流失之交臂,对于我来说,那是太遗憾了。这是我这番千里故乡之行的隐秘心愿,我必须在这里完了这心愿。

记得上一次漂流,是在四年之前,当年我已七十岁。那是衡阳辖内,叫做长宁西江的一个山溪中。那里水面较宽,两只皮筏艇捆绑在一起,一艇可坐四至六人,由前后两名水手引领。皮艇从十余米的高处抛掷而下,让人丧魂落魄。虽有翻船的可能,大体却是有惊无险。而长泰漂流用的却是半圆形的皮筏,仅容二人乘坐。这说明这里的河道更窄,弯曲更多,它不可能容纳更多的人乘坐。半圆的船身是为了旋转更灵活,可以任其颠簸、打旋、甚至翻滚。主人经过研究还是接受了我的要求,他们做了精心的准备。最重要的措施就是给我安排了一个有经验的船工。

---

* 此文据文稿编入。

马洋溪源于长泰境内陈巷镇,自虎头山一路弯弯曲曲地跳荡而下。流经山重、后坊、十里诸村,全长三十余公里,于龙海蓬莱汇入九龙江入海。主河道天然落差二百二十二米。自鸣珂陂至亭下村,在不及十公里的水域中,计六十多道弯,七十多个落水区,可谓人间奇险。马洋溪从远山深壑奔流而下,夹岸挽岩,层石叠嶂,急流数十公里。河道流经长泰名镇岩溪,岩溪顾名思义,便知与一条布满岩石的湍流有关。岩溪溯流而上,是枋洋,便是著名的百丈岩瀑布,山溪的急流从那百丈的高处一路抛洒下来,历经顽石堆垒、又多起伏又多弯曲的险滩。溪上悬岩夹峙,如偃、如伏、如跃、如抛、如剑戟冲天,又如巨兽伺伏。幽木参天,榛莽遍野,时而天开一线,时而浪淹石滩。最奇崛的是,马洋溪汹涌着的水流无所遮拦地从两岸的夹缝中,乱涌而出,惊涛蔽空,乱雨纵横,目不能张。

我们就这样任由浪涌皮筏,上下冲宕于激浪险滩中。身边的浪花,天上的雨水,浑身湿透,筏中水满,我们就这样任由惊涛骇浪蹂躏着、摧残着,魂飞魄散而又始终惊喜着。天是依然飘着雨。久雨不晴的山溪,水流暴涨,增加了漂流的难度。我一身短打,系紧救生衣,却是谢绝了安全头盔。陪同我的船工是部队转业的小伙子,他的沉着坚定给我以信心。

恶劣的气候挡住了所有的游客,这日的马洋溪,数十里的河道上,只有我们这三只橡皮筏在漂流。雨还是在下。天色是阴沉的,乌云在头上集结,似乎在酝酿着一场暴雨。这并不能动摇我们的决心,我们翻滚着、跳荡着、有时则是弃艇在急流中相互搀扶着蹒跚而进。就这样,我们穿越了马洋溪最刁钻古怪的一段,毕竟来到了漂流的终点。我们的主人心中一块石头落了地,他们带了摄影师在岸上迎接我们,为我们留下了最开心的、胜利的一瞥。主人告诉我,在长泰漂流的游人中,我是第二个最年长的。

漂流是时下青年人锻炼和嬉游的一种方式,它的好处是能够磨炼人的意志,并在考验人的心理和体魄中得到一种历险之后的快乐。他们青春年少,他们要的就是那种挑战极限的刺激。而在我,我需要对我的生命可能性,以这样的方式进行试探和检验。这样的阴雨连绵,这样的山洪暴涨,这样的从数十米的高度、一次又一次地抛掷和旋转、颠簸和翻滚,这样的任由天上的和溪中的水劈头盖脑的联合攻击,在生理上和心理上该有怎样的承受力?我需要事实上的回答。

皮筏艇几次被水灌满,小伙子几次把它停靠并翻转在岩石上,把水倒净,然后继续我们的漂流。有几次,旧有的航道被水淹没,我们不得不停下来奋力推船,另觅出路,而后他箭也似的跃身一跳,复又置身于急流中。我的伙伴有几次警告说可能要翻船,可是几次都化险为夷。这全靠他的智慧、机敏和勇敢。在雨中,在风浪中,在极端的惊险中,只有此时,才能感受到一种平时未能拥有的快乐。

长泰漂流的老总连文成是性情中人,他的兴奋甚至超过了我。他亲自骑着摩托在泥泞的山道上迎我,迎接我的还有《福建文学》主编黄文山,他们为我的平安返回而真诚地祝贺。今日与我同时漂流的,还有沈爱妹和夏立书,他们分乘另外两只皮筏,他们的年龄大约只及我的一半。连文成先生是成功的企业家,他的业绩远近闻名。他在企业管理中有一句名言叫做:"有能力就会有幸福,幸福就是一种感觉"。这番长泰漂流对于我,其实很简单,就是寻找一种感觉。

回到北京,正是高考时节,福建全省暴雨。报载:建瓯考生因雨延考。又有报道说,闽西暴雨成灾,国务院总理亲临慰问。闽西的水,闽北的水,一起流向了闽南,流向了晋江和九龙江,流向了长泰的马洋溪。想起来,我真有点后怕。

2006年7月14日于北京昌平北七家村

高山大河所孕育的*
——读吉狄马加

这是一片神奇的土地,这是大凉山。在它的东北方向比连着一望无边的大盆地,它的周围,群山耸峙,北为邛崃山,西有大雷山,更有巍峨的峨眉山,在盆地的南端拱卫着它。除了大山,还有大河,汹涌奔腾的江河从四方环绕着这片土地。大渡河自北向南滚滚而下,在它的北端折向东流。金沙江以同样的行走方向,从遥远的青藏高原数千里奔波,在大凉山的南部边界,接受了雅砻江的多情水,这才恋恋不舍地向东拐了一个大弯曲,复又出人意外地沿着这土地的边界自南往北而去。这土地真是幸运,有这么多的高山做它的屏障,有这么多的大河滋养着它。这里的人世代汲取着山涧的雪水,地下的流泉,创造着独特的文明,养育了一个勇武而又多情的民族。

此刻我阅读的这位诗人,就从这片土地走出,他是吉狄马加。作为彝族忠实的儿子,大凉山就是他的母亲。他也许是山上的一株草,也许是水边的一棵树,也许是天空的一只鹰,他把自己的根须和身影,深深地留在了这片丰腴的土地。他本身就是一种神奇,他是高山大河所孕育的。吉狄马加说过,没有小路,不一定就没有思念,没有星光,不一定就没有温暖,但他肯定:"如果没有大凉山和我的民族,就不会有我这个诗人"。[①]

对于吉狄马加来说,他的骄傲和灵感,都来自大凉山。特殊

---

* 此文据文稿编入。

① 见《致自己》,《时间》,第37页。

而浓郁的文化背景以及个人的独特气质,构成了吉狄马加诗歌的风格和魅力。读他的诗,可以感受到那种飘浮在空气中的特别的气息和味道,有一种坚定,有一种强悍,在浑重和沉郁中却混杂着深深浅浅的忧伤。山的沉重和水的流动,二者奇妙的结合,成为吉狄马加的诗的灵魂。读吉狄马加,可以清晰地感受到他作为彝族诗人的那种雄健、沉着的男性的力量,这里体现了山的巍峨。但那些充盈在诗行中的浪漫的激情,那种细致而温柔的情感的表达,却体现了他的诗歌风格的另一面:水的灵动。

吉狄马加是一个奇妙的综合体。这种综合不仅体现在山和水的融会上,而且也体现在作为有充分个性的诗人和他所从属的民族的集体意识的重叠上。一首题为"自画像"的诗说,我是千百年来正义和邪恶的抗争,是千百年来爱情和梦幻的儿孙——

> 我是这片土地上用彝文写下的历史
> 是一个剪不断脐带的女人的婴儿①

这里的"我"是作为民族的一分子在叙述民族整体的意识,这里未曾突现诗人自身。而在另一首诗中②,他设想自己在活着的时候会沿着祖先的路线回去,他将如实地告诉那些已长眠地下的先人:

> 这个家伙
> 热爱所有的种族
> 以及女子的芳唇
> 他还常常在夜里写诗
> 但从未坑害过人

这才是一个活脱脱的吉狄马加。民族的灵魂加上充分的个

---

① 见《自画像》,《时间》,第6页。
② 见《听"送魂经"》,《时间》,第38页。

性展现,有一种无可替代的魅力。他的成功在于他能够有效地融会种群与个体的多种因素,并且有效地传达出独特的声音。在《古里拉达的岩羊》中他歌颂岩羊"雄性的弯角"和"童贞的眼睛"。作为这个民族的后代,他真诚地宣告:"在我的梦中不能没有这颗星星,在我的灵魂里不能没有这道闪电",要是没有了它,"我的梦想就会消失"。这就是吉狄马加,真实的、健康的,而且是多情的吉狄马加!

彝族的独特文化为诗人提供了有别于人的丰富性。大凉山的清晨和夜晚,男人和女人,口弦和竖笛,狩猎和播种,诞生和死亡,催眠曲和送魂经,婚礼和葬礼。他展现的是诗化的大凉山文化历史画面。他通过老去的和死去的斗牛①,其中斗牛的高傲的死亡:"它把角深深地扎进了泥土,全身就像被刀砍过的一样",来体现彝族文化中那种海明威式的力量,非常的强悍和悲壮。死亡是庄严的,更是神圣的,在另一首诗中他表达了这样的愿望:请求母亲为死亡作一次圣洁的洗浴:"让我干干净净地躯体,永远睡在你的怀"。

吉狄马加能够把无所不在的温情融入那些对于生命的坚定礼赞中。他从彝族民歌的节奏和旋律中获得灵感。《回答》、《民歌》、《头巾》都是隽永的小夜曲,非常成功地使用了民歌的比兴和复沓,使他的诗歌充满了柔情,回环往复,余韵悠长。《头巾》是一首非常完整的民谣体。全诗分段,每段的起句均是:"有一个男人把一块头巾,送给了他相爱的女人"。但相同的表达,却是完全不同的爱情的结果。这一首短诗以极为简练的方式,浓缩了世间完满的和不完满的、幸福的和不幸的婚恋,且极富音乐性。《催眠曲》也是由反复咏叹构成的美丽的谣曲。通篇各节以"妈妈的儿子你就睡吧"起兴,几乎就是原装的古旧民歌,括号内的段落则是传统空间的延展。

---

① 诗集《时间》中有《老去的斗牛》和《死去的斗牛》二题。

吉狄马加不仅继承了彝族的彪悍和雄健,而且也继承了这个民族充分的抒情传统,他的诗也有温柔的一面。作为一个南方山地民族,粗犷中有细致,坚硬中有柔情,这种性格也影响了他的诗风。请看例子:

> 雨丝是有声的门帘
> 牵动着梦中湿漉漉的思念
> 雪片是绣花的窗帘
> 挂满了洁白洁白的诗笺
> 石路上浅浅的脚印儿
> 像失落的记忆,斑斑又点点

这里有他对声音的敏感和对节奏的热爱,也体现着他从民歌的情调和韵律中得到的灵感。当这一切以汉字的方式来表达,人们不能不惊叹他在这里所进行的跨越式的"融合"。他不止一次谈到他的创作和民歌的渊源,《回忆的歌谣》讲到他所感受到的民族歌谣的神启:多么深沉熟悉的旋律,永远地从大山的背后升起,"它幻化成燃烧的太阳,它披着一身迷人的星光"。口弦和舞步启示着"迷惘的,忧伤的旋律"。诗人说,这种旋律和节奏像一条自由的鱼,穿行在黝黑的灵魂里。[①] 本民族的诗歌营养以及与他民族的文化融会,已成为吉狄马加诗之魂。

大凉山的空气和土地化为他的创作的精魂,而古老部落的音乐和诗,则激发着他表达的欲望和冲动。他深知,正是这些多种因素合成的"神奇的力量","它让我的右手,在淡淡的忧郁中,写下了关于彝人的诗行"[②]。吉狄马加珍惜并感谢这种传统,他知道,离开了它,不仅是他的写作,甚至生命,都将无所依傍。在《失去的传统》面前,他难以掩饰他的悲哀:那是一团白色的雾

---

① 见《回忆的歌谣》,《时间》,第49—50页。
② 《部落的节奏》中的诗句。见《时间》,第42页。

霭,沿着山冈慢慢地离去,没有一点声音,但弥漫着回忆,如同一根被遗弃的竹笛在山风中哭泣。诗人在这种远离和遗弃面前,有浓重的伤感。而在全世界的现代性更迭中,这几乎是一种不可阻挡的趋势。

　　诗人的担忧和伤感不为无因。充满诱惑的消费时代,正在几无例外地把人们置身于时尚的潮流中。他们总是背对着传统。这是一个取消差别的时代,许多事物的差异性正在消失,在同一个时间里更多的千篇一律正在被制作。人类正在以近于狂欢的姿态,制造着相同的面孔,相同的声音,以及相同的生活方式。这种趋势对于我们此刻谈论的诗歌(以及一切的艺术),无疑都是严重的威胁。世界正在走向可怕的失去差别的一致性。但无可否认的事实是,无论世界的今天和明天如何变化,人类应当珍惜的是各自的互不相同的文化形态。正是这些各不相同的文化,构成了世界的丰富多彩。

　　读吉狄马加的诗,坚定了我们对诗歌以及世界的信念。诗歌的出发点只能是个别。从各自的出发点开始歌唱,从各自的土地上开始歌唱。正如我们此刻面对的诗人,他从自己的大凉山的古老的土地走出,他看见了世上更多的同样古老的土地:成群的印第安人,在南美的草原上追逐,埃塞俄比亚的土地闪着远古黄金的光,而在非洲,黑色的人群正踩着大地沉重的身躯。诗人说:

　　　　在活着的时候,或是死了
　　　　我的头颅,那彝人的头颅
　　　　将刻上人类友爱的诗句

　　什么是胸襟?这就是!走出了大凉山的吉狄马加,有着宽阔胸襟的诗人。

　　　　2006年7月盛夏,于北京大学中国新诗研究所。

推荐《北京文学》55年典藏书系*

我谨推荐《北京文学》55年典藏书系(含名家名著评点卷)参加国家图书奖的评选。

《北京文学》(包括前身《北京文艺》、《说说唱唱》)创刊55年来,在历届主编老舍、赵树理、杨沫、王蒙等的主持下,团结了国内最有影响的作者群,其中包括老舍、巴金、吴晗、吴伯箫、孙犁、萧军、汪曾祺、林斤澜等前辈作家,也包括了共和国时期和新时期以迄于今的为数众多的中青年作家群。为《北京文学》撰稿的作家阵容,几乎涵盖了整个中国当代文学史的篇幅。

《北京文学》在过去的半个多世纪中经历了剧烈的社会变迁,始终坚定自己纯正的办刊立场,严格选择稿件,每个时期都坚持推出品质高尚的艺术作品。它非常重视推进艺术革新的先锋实验,从而使自己能够始终站在国内文学刊物的前列,起着积聚精华,开风气之先的积极作用。成为"文革"导火线的新编历史剧《海瑞罢官》发表于《北京文学》。新时期以来包括汪曾祺的《大淖记事》、王蒙的《风筝飘带》、张洁的《爱,是不能忘记的》、刘震云的《单位》、余华的《现实一种》、刘恒的《伏羲伏羲》等作品,引领了中国文学的前进。

这些作品现在经过精心严格的遴选,都结集于55年典藏书系中了。可以认为这套丛书既是《北京文学》创刊55周年向社会和读者的汇报,又可看作是中国当代文学部分精品的集中展

---

* 此文据文稿编入。

示。本丛书的编选方针建立在严格的经典立场上,在浩瀚的文献史料中撷取精华。编辑的眼光能够穿透历史的风烟,评定作品的真价值。这点尤为可贵。

全书装帧精美,典雅大方,有一种庄严感,无愧于精品典藏的身份。

2006 年 7 月 30 日于北京大学中文系

阅读王锋[*]

王锋把他的系列作品命名为饕餮集。饕餮是传说中的一种凶兽,古代铜器上多刻有它的头像以作装饰。它的寓意是"凶恶"或"贪吃"。王锋这里着重取后一种意思。在诗人眼里,饕餮是疯狂的欲望的象征。"史后,理性诞生了,饕餮走远了,化石了","在编钟和玉磬的混响中理性睡熟了,即将成为糜烂的果实"①。我理解这里的意思是,史前是饕餮横行的时代,缺少理性的约束。但理性一旦成熟,编钟和玉磬是精美了,绚烂之极可能是糜烂之始。王锋还对把这种具象的饕餮作了学理性的定义:"实际上饕餮是事物之间的规律和内部联系,是一个枢纽,一个圆心,一个重心,一个平衡,一种四通八达的集散地"②这里,诗人已把饕餮的含义作了自己的引申。

已出版的饕餮集,包括了长诗、短诗和随笔,都是作者"建设饕餮"的具体成果。阅读王锋,必须对他极端重视的"饕餮"这一关键词有所领会,而后才可能进入他的叙述世界。我以为饕餮是一个隐喻,也是一个警示。它旨在提醒人们在放纵与克制之间创造平衡,惟有此,方可谈论创新及其他。这是他的人生理念,更体现着他的诗歌思想。

王锋对饕餮的叙述有些缠绕,但还是给予这一关键词以深

---

* 此文据文稿编入。

① 《建设饕餮》诗句。见《塔克拉玛干的心旅》,第203页,新华出版社2003年1月第1版。

② 《建设饕餮》诗句。同上书,第204页。

刻的含义。例如论及诗歌,认为对比物质世界而言,诗歌只是一种建立与幻想之中的"虚无"世界:"在沉思、怀疑、反诘、理想、想象、冥想、梦境、幻觉和错觉中构件社会形态,以非可视性的'虚无'存在着。"①他关于诗歌的"虚无"属性的论述大体是对的,也相当精彩。

这样看来,王锋在饕餮名义下展开的诗学理念,应该是直指在存在与虚无之间、在具体与想象之间、在物质与幻想之间人们的有效调节。他说。"诗人必须先是一个可视社会的'存在'者,而后才是非可视社会的'虚无'者,使'存在'与'虚无'统筹兼顾地依靠'诗'活下来。"②他在这里用了生硬的"统筹兼顾",也无妨,我也用了同样生硬的"有效调节"。我们毕竟是在谈诗,不是在谈哲学。他重视的是这种"存在"之后的"虚无",是触及了诗歌的真谛的。

王锋的理论表述很驳杂,我们的梳理可能劳而无功,甚至可能误读。但不作这种梳理几乎无法进入他那奔腾激荡的诗歌世界。王锋是一个有着深刻理论情结的诗人。他有非常充沛的激情和丰富的想象力,但他又有一种控制情感泛滥的能力,他善于在"情"与"理"之间寻求平衡。他不同于一般诗人那样,只听凭情感的驰骋和内心的激荡,他在思考诗歌创作和展示诗情的时候,总不乏理论的引领。

王锋善于在抒情与叙事二者间进行着诗性的整合。也许在他这里这种努力未臻于完善,我们看到了他在长诗创作中,特别是超大型的《亡神》中的"叙述轰炸"。但他的确对诗歌写作的奔放与节制有深刻的思考。在《论饕餮》中多处指出中国诗歌存在

---

① 见《论饕餮》,《塔克拉玛干的心旅》自序。
② 同上。

的"理想与感性的失调"的问题。① 理论认识与创作实践之间存在着距离,应该是正常的。

王锋自言是"生于塔里木盆地的兵团农场,伴塔克拉玛干的风沙而长,饮塔里木河的雪水而立,梦'大漠孤烟直,长河落日圆'而诗。"这种宏阔的背景,铸就了他创作的非凡气象。大戈壁的浩瀚,大沙漠的苍茫,沙漠腹地大河的奔涌激荡,他展现的是中亚奇妙的风情,而这正是内地诗人难以到达,也无可比拟的大胸襟和大气势。

读他的诗有一种惊奇,发现他有很快的语速,这一句尚未读完,下一句几乎迫不及待地喷发而出。我们的阅读追赶不上他飞扬的诗思。他的天空非常广阔,他的奇思妙想汹涌如大河的流水,因此他有为数众多的长篇巨制。王锋对长诗创作用力最多,数量也丰。其缺点是铺排过甚而锤炼不足。也许他追求的正是这样的效果,想象力无边地向前延展,如同大漠深处无边的风烟迷漫。他只知道同样无边地抛撒他的激情,他无意于收拢那如泉的灵感。有时也不纯是"情",有时也夹杂着很多的"理"和"事"。近于繁冗的叙事似乎有些失度,而诗人并不在意。

他似乎很欣赏自己的这份才情,以一副漫不经心的样子挥洒自如。当他忘情地创作着一首又一首倾注着激情的诗篇的时候,他只倾听内心的召唤,而对周围人们的惊讶视若无睹。长诗《意象》共分七部,其实就是一篇诗体的学术论文。如第一部的标题是"无形:主体和客体及其中介",下面又有小标题如"被中介关联的主体和客体"、"失重的主体"、"理性的中介"等,都像是论文的标题。他不是不知,他却是必须如此,是一种执意而为。

---

① 见《论饕餮》,第7页。文章说:"中国新诗的命运伴随着众多的国内外战争起起伏伏。新诗成为与硬兵器并列的软武器。这一时期的新诗虽然有社会生活和健康的人生依托,但大多数诗由于理性和感性的失调,情感过剩,手法平庸。"

当然,其间的叙述还是尽量体现着诗性的。如他讲"客体"是"被释译的密码在真空,安静得像一架破旧的木轮车"就是。

《亡神》是他迄今为止最巨大的一部长诗,分上、下两部,总计一千章。长诗的最后两行是:

当仅有 45 亿寿命的地球耗散完最后的能量时我们以先进的技术崇高的道德空前的素质

飞离太阳系银河系,飞向宇宙寻求更加富强的居住地;其实一个跨时空的居住地也在挑选着新人类的居住!!![①]

我们可以评论这部长诗惊人的冗长和驳杂,但无法否认它的章句之间显示的逼人的气势和不断奔涌的激情。长诗从容的篇幅,为诗人张扬他的理论优长提供了充分的机会。其中如 535 章对样板戏违反人性的批判,536 章关于"性"的议论等,都显现着突出的理论色彩。也有一些篇章议论性太强,抒情性薄弱,其得失可待商榷。

也许长篇的体制易于遮掩诗人的才情,而在短诗那里,这种才情得到表露。人们得以充分领略他笔下的功力。举例说,在《吐鲁番夏日的印象》中开头就是对于熊熊燃烧的吐鲁番的描写:"凝固的火"、"耸立的火"、"无形的火",而后是"液态中的吐鲁番冒着无色的烟",等等。他写名酒楼兰干红是"火种",可以用杯子和瓶子盛装的"火种",短诗的最后是——

人们失惊地喊:中亚起火了!

火一样的吐鲁番,火一样的激情和诗意。这就是我阅读王锋的印象,诗人的才华和技巧都是无庸置疑的。

2006 年 8 月 3 日,赴疆前夕于北京大学中国新诗研究所

---

① 《亡神》诗句。《亡神》(下),新华出版社,2003 年 1 月第 1 版,第 723 页。

关于《永远的尹雪艳》答问＊

问：我知道您一直非常喜爱白先勇的作品，2004年白先勇获得"北京作家最喜爱的海外华语作家奖"时，是您亲自颁的奖。您喜欢的《永远的谢秋娘》（潘向黎，《作家》2005年第1期）实质也是一篇向《永远的尹雪艳》致敬之作。您对白先勇先生的作品如此向往的理由是什么？他的作品中哪些特质是最触动您的？

答：我没有深入地研究过白先勇的作品，我只是一个喜欢他的作品的读者。2004年白先勇获"北京作家最喜爱的海外华语作家奖"时，我能够借给他颁奖的机会向他致敬，这是我的荣幸。你这里提到潘向黎的《永远的谢秋娘》，这篇小说我也十分喜欢，记得我曾为此向邵燕君作过推荐。这是2005年最让我惬意的一个短篇。白先生的"永远"，已经到了一个高度，而潘向黎却要在这个高度上再往前走，要是没有充分的才华和自信，是很难下这个决心的。让人高兴的是，潘向黎写出了无愧于前者的又一个"永远"。我同意你的提法，这一篇《永远的谢秋娘》，的确是她向白先勇的《永远的尹雪艳》的"致敬之作"。

潘向黎自谓，《永远的谢秋娘》"这篇小说的标题和开头，都是不避嫌疑地仿白先勇"，"也许可以说，这篇小说是'和'白先勇的'韵'而作的。能以这样的方式表达多年的敬意，也算了却了一个心愿。"在这里，我也想重复潘向黎的话，即这两篇小说确有相似之处，但正如白先勇创造了"永远的尹雪艳"一样，潘向黎也

＊ 据文稿编入。

创造了她自己的"永远的谢秋娘",二者是不可替代的。谢秋娘没有尹雪艳那般"空灵"(尽管尹雪艳的"空灵"也有她的身世、经历和时代的背景),谢秋娘的灰情灭欲有一个过程,"她的滴水不漏仍是有迹可求"。(以上引文均见潘向黎《说出缘故来,人也不委屈》,《作家》,2005年第1期)

现在回到你的问题上来,我对白先生小说的倾心,是由于创造了一个非常动人的、逗人爱又引人恨的美丽女性的形象。这个形象丰满、内蕴、充盈着生命力,她是一个特殊时代造就的典型。她活动的舞台,从小的方面讲,是旧上海的百乐门舞厅和台北尹公馆——这位出色的交际花私人的豪华住宅,从大的方面讲,则是三、四十年代畸形发达的上海滩和五、六十年代充满怀旧和失落情绪的台北上层社会。沙龙女主人永远的年轻和美丽,倾倒了男人也倾倒了女人,她是那个环境造出的迷人的精灵。

尹雪艳,永远的冰雪般的冷艳。这是作者刻意追求的一个造型:从她的容貌身材,从她的衣着打扮,到她的一举手一投足、一个浅浅的笑,一声甜甜的吴侬软语,她是永远的幽灵和"杀手"。她有极大的征服欲,征服男人,也征服女人。她为了自己的生存,要让所有的男人都臣服在她的裙下。她冷若冰霜,从外表到内心。虽然作者没有着力去挖掘她与时代身世的关联,但她是动荡年代造出的"尤物"则是无疑的。应该说,这是一个以个人享乐为人生目标的、充满了依附性也充满了叛逆性的、我行我素的女性。

我经常感慨现今的小说都不注意写人了,或者说,现今的小说家(至少是一部分)都不会写人了。正是因此,我格外看重白先勇先生的创造。

问:白先勇认为好小说,要写出沧桑感。他小说的基本底色即是哀悼。篇篇俱萦绕着今昔之感、人世之悲。在您看来,他悲的源泉何在?

答:白先勇首先是欣赏美丽的女性。他笔下的那些著名的人物形象都非常美丽。他不同程度地爱她们,同情她们的命运,即使是被认为"带着重煞,犯了白虎"的尹雪艳,他也带着几分怜惜地呵护着她,不肯轻易伤她。当然,他笔下的那些女性,特别是从豪华场中走出的那些女性,从尹雪艳到《游园惊梦》中的钱夫人,是充满了沧桑感的。这些人充满了对于昔日繁华的怀念,作者也同情她们今日的落寞。这里的怜爱和悲悯是超出了社会批判的范围的,是对于远去的昨日的寻觅和追忆。我以为人们对于浮生若梦的伤怀是普遍的,我们对于昨天的哀悼也是普遍的,白先生写出了这种普遍性,并且非常机智地回避了社会层面的判断,这正是他的深刻之处。

问:白先勇将《永远的尹雪艳》列为小说集《台北人》的卷首绝非偶然,它就像《红楼梦》中的"好了歌"一样,是一个开场白,也是一篇寓言,不仅奠定了小说集的基调,也将小说集升华到更高远的境界。它"象征"的用意远远超过了"写实"。在这里,尹雪艳是幽灵、是死神,她高高在上俯瞰人世,冷眼看其互相厮杀、互相宰割,这里是否暗藏了白先勇类似佛家的"一切皆空"的思想?

答:对不起,我不知道白先勇是否有佛家的思想。所以,很难判断他是否有"一切皆空"的想法。但有一点是明显的,即白先勇从来没有脱离对于现世的思考。他对昨日的哀悼,正是由于感到了今日的空寞。在《永远的尹雪艳》中,在《游园惊梦》中,也在更多的其他作品中,他都有对于现实的关怀与寄托。例如对尹雪艳这个人,他也欣赏她的美丽,却也笔底暗藏机锋。华美之下的"不着一字"的深意也清晰可寻。他把与尹雪艳来往的那些男人,一个一个都安排了并不美妙的下场,还有尹雪艳始终十分"体贴"的干爹吴经理,作者尖刻的笔墨一直不轻易放过他。在《游园惊梦》中,从钱夫人的处境出发,他也十分深刻地寄托了世情冷暖的感慨。

问:1958年白先勇发表了处女作《金大奶奶》,刊于《文学杂志》五卷一期,彼时白先勇初登文坛,文字便呈现出一种与年纪稍有不称的老辣与冷静。这当然与他华丽的身世有关,但也与他早早地蒙受恩师夏济安指点,建议其多读毛姆、莫泊桑有关。年少豪情最易一片汪洋地倾倒在浪漫主义中的时候,他已懂得了节制。在您看来他是如何将中国古典文学的传统创作手法与西方现代派技巧相结合,开创了台湾文学的新局面的?

答:青年时候能够节制不容易,这说明他早熟。还有你指出的那个"结合"也十分重要。在中国写小说,写诗,写散文,都有一个"结合"的问题。中国人不能不面对悠久而丰富的"传统",因为你做的是中国文学。这已是常识了,我不赘言。和白先勇一样,大陆还有个汪曾祺先生,他很懂西方,却也精通中国古典。他们都是"结合"得相当好的作家。

问:在"2004年北大学府年选"研讨会上,您曾说,现在是标准混乱的时代,或者说是没有标准的时代,但同时您仍坚持文学是非常神圣的,要对文学怀有敬畏之心。在您心目中评价一部作品的标准是什么?什么样的作品才能称得上是好作品?相比过去,好作品是多了还是少了?

答:说现在标准混乱,这种表述可能是简单了些。说目前是一个多标准的时代,这也很含糊。把"多"拆开来,每个个体也还有各自的标准,那么,这些"各自"又是什么?这就绕不出来了。在不久以前的过去,我们的文学批评只有一个标准,那就是通常都知道的思想(政治)"第一"实即"唯一"的那个标准。那时的"第一"、"第二"是规定得清清楚楚的。现在这个标准失灵了,或者说,统一的标准解体了,但又没有一个权威重新厘定一个新的标准。

所以,这是一个没有标准的时代。有趣的是,各种各样自以为是的"标准",却在自以为是地实行着。我觉得失去强行的、统一的标准,对于中国文学来说未必不是福音。但是,在艺术普遍失范的今天,重新强调文学的经典性并非多余。我想借此机会强调,从创作到批评,都应当充分重视文学的特质:没有艺术的艺术品,有再高的思想性和政治性也等于零。它可能是别的什么,但不是文学。这就是我心目中的文学的神圣感。我们要敬畏的只能是这种对于艺术精神的忠诚。

这种精神,在白先勇先生的创作中存在着。这就是我对他产生敬意的理由。

问:您曾说过:"文学的建设最终作用于人的精神。作为物质世界不可缺少的补充,文学营造的是超越现实的理想的世界,文学不可捉摸的功效在人的灵魂。它可以忽视一切,但不可忽视的是始终坚持使人提高和上升。文学不应认同于浑浑噩噩的人生而降低乃至泯灭自己。"您认为在这个从某种意义上说早已告别崇高的时代,我们应该如何继续坚持理想精神呢?

答:谢谢你引用了我说过的话。我认为在今天谈论文学的崇高和理想,并不会给文学带来损害。有些人显然是多虑了!

2006年8月16日于京郊北七家村

沉思的诗情[*]
——读王顺彬

　　王顺彬有很美好的诗情。在他的诗中经常出现这样的意境：鸟飞着，桃花流着泪；灯亮着，楼群展开着它的丰富。他的诗中洒满了阳光和鸟鸣。他用诗来表达他对大地、天空和家乡的热爱，他在内心默默地为这一切感恩："重庆曾以小小的一角，盛下我巨大的悲痛"（《感恩》）。他居住在这城市里，这城市是如此让人动心，它以它的博大和慈爱盛下了，接纳了，而且溶解了那隐秘的大悲哀。大地无言，天无言，只有诗人知道这悲痛是如何啃啮着他的内心。他为此感恩。他在写这首短诗时感情表达得很节制。

　　王顺彬的抒情是多向的，大多数的情况下表现都很简括，他不太放任情感的奔泻。却能在节制之中表现丰富，也不时出现惊人之笔。燕子的呢喃与奔忙，我们都知道它们衔泥是为了筑巢，诗人却在这里翻出了新意：想象中它们不是为筑巢，"而是去修补另外的天空"。读这诗句时，有一种当初读到顾城《星月的由来》那样的惊喜。诗要动人，要不断地排除那些平淡的形容，总要有这样出人意外的奇想，不时地刺激着人们的审美想象。王顺彬的这首统共只有四行的短诗《燕子》做到了。

　　这组诗中最精彩的一笔，应该是《想象中的墓志铭》。它以

---

[*] 此文刊于《诗刊》2006年第11期上半月刊。据此编入。

六行的短制,写了梦一般的意境:桃花是模模糊糊地开,阳光是不明不白地亮。而心却是格外地清醒:"假如我是一只蚂蚁,我愿死在大象的脚下"。墓志铭是纪念死亡的,当死亡还遥远时,他想到一种值得骄傲而且辉煌的最后的归宿,于是有了这样的对于墓志铭的"想象":不是卑鄙,而是绚烂,绚烂地以自身的渺小心甘情愿地被伟大所"毁灭"。这些想象,证实他并不注重华丽,而是一种追求质朴,以惊人的新奇而赢得灿烂的诗意。

王顺彬的诗是沉思的。他不属于激情型的诗人。如果想在他的诗中寻找奔腾的气势,可能难以如愿。他长于思考,且力求融哲理于冥想之中。所以,读他的诗,心情要平和,速度要缓慢,从他的那些隐藏的意念中,体验思忖之后的愉悦。由于他行文的某些习惯,他会设置一些特别的词语结构藏匿他的真意,我们要有一定的耐心,克服我们欣赏的不适应,在他布置的弯曲而隐蔽的词语迷宫中,寻觅那从繁密的枝叶缝隙间筛漏下来的明亮。

《写给水厂的女工们》,此诗立意甚佳,行文却有些缠绕。因为他不避日常的琐碎入诗,把一些生活的"原样"嵌入诗中[①],如刷牙、煮粥、淘洗菜叶、中午进餐、下午开会、晚上回家,意在言明这些均与水有关。面对这样的叙述,得有一种排除焦躁的宽容。而庆幸的是,我们的耐心"跟随"毕竟有了回报。我们终于在诗人不避世常的繁冗中,"发现"了"临窗诵读""水如月光"的诗意,终于"发现"主持会议的女书记的嗓音里的"水的清香与宁静"。我们因寻觅而拥有,因拥有而满足。但是,容我们反问,为何要让我们进行如此艰难的"跋涉"?

读诗的人总是这样,总有一种倾心于这种漂浮的诗意的痴迷。我们有自己的寻求。我们总是顽强地寻求那些隐藏在词语

---

① 有些诗人有这类的主张,如"生活流",如"口语化",如"平民意识",等等,都在强调诗与庸常生活状态的"亲和"。这些主张的功过评价,须加辨析。

背后的幻觉和想象,寻求那些似乎与生活有些"距离"的"虚幻"。从这个角度看,这位诗人笔下的"喘息的桃花"、"累得很翠的柳条"①,就有着十分迷人风景。《下半夜》颇有早期朦胧诗的余韵,令人想起北岛和芒克的那些意象诗。"整个人都在下沉故乡般的寒冷",跳荡、凝练而丰盈。

王顺彬的诗,水平有参差,不甚齐整。有的诗,因为前述那种"不避俗句"的倾向,涌入一些诸如"我听得躺不住了"、"突然明白了"之类的浅露的描写,而显得缺乏意韵。但在另一些诗中,却展现作者惊人的华彩。最动人的是《最初的黎明》——

  鸡鸣喷出最高的一朵火焰

写的是鸡鸣之声,那声音却表现为一种物象:"火焰"。声音在他的想象中更是气势非凡,是一种喷发!这种对于黎明之初的鸡鸣的感受是非常独特的。他写出了有异于所有人的鸡鸣的感受:一朵最高、最红也最热烈的黎明之花在开放!在同一首诗中,他写小虫"在泥土中猛然翻身",从而使"草根一阵惊叫",都是神来之笔。结句更为让人倾倒:"把所有的亮加在一起,就等于黎明"。

是的,从对水厂女工的歌唱,到为马路天使和磨镰刀的人的赞美,诗人的心是和用劳动的汗水创造生活的那些美丽的心灵联系在一起的。在物质引诱日盛的今天,当许多诗人都把诗的触角收回到一己的内心的时候,他有一种可贵的坚守。王顺彬对于普通人的工作和命运的关注是非常动人的。这样一些在乡村的夜晚磨镰刀的人,扫马路的人,还有在水厂劳动的女工们,都是一些值得尊敬的人。

一颗沉思的诗心在歌唱。歌唱劳动,更歌唱生命,"蜜蜂匆

---

① 《燕子》诗中句。

忙"也好,"一只蚂蚁没有葬礼"也好,都是对生命价值的沉思。都是向生命致敬的诗篇。我们感谢诗歌,我们也感谢诗人的辛劳。

2006年8月21日于京郊昌平

从乡村到乡村[*]

顺着《采诗锦城东》这个成都龙泉驿诗歌的楔子，我似乎了解到一个地方最诗意的那部分的文化经络。而历史上处于北纬30度附近的都是一些神秘的充满诱惑的远古文明集中的地方，如埃及金字塔、百慕大三角、西西里岛西南方的"幽灵岛"、450万平方公里的"魔海"、古代岛国亚特兰蒂斯、撒哈拉大沙漠、死海、美国圣塔柯斯镇斜塔、日本本州西部、夏威夷到美国大陆之间的海域、地中海及葡萄牙海岸、西藏布达拉宫、广汉三星堆、成都金沙遗址等。

中国的乡村诗历史很早，从《诗经》时代"窈窕淑女，君子好逑"的朴素田野抒情，到现时代大量具有乡土气息的诗作，乡村诗随着时代的变化悄悄发生着变化。大体上，农耕文明的乡村诗质朴、本真，有着与其时代日出而作日落而息相呼应的自然、清静；资本主义机器化生产的入侵，无疑触动了农业文明千年不变的弦，使农村的乡野受到了冲击和波动，这时期的乡村诗已慢慢脱离"采菊东篱下，悠然见南山"的悠闲洒脱，而有了一种对农业焦虑的况味。

当代诗歌书写的重心渐渐游离出乡村，受过教育的诗人走出了农村，也走出了写作乡村诗的背景，他们的诗更多关注城市物事，而渐渐丧失写作乡村诗的能力。也许有一个例外，那就是诗人海子，他被称为"麦地的孩子"，他的乡村诗凭借强大的原创

---

[*] 此文刊于2006年12月8日《华西都市报》。据此编入。

性的敏感和直觉,一直抵达大地的内核,这个来自乡村的百年不遇的天才,是大地选中的忧伤的儿子,和大地,和乡村,有着令人惊异的感应。他是产自乡村的天才诗人,他经过大城市的教学洗礼却没有忘记他的诗歌之本。我在对他的怜爱中不免想到广大土地上那些没有走出乡村的人,当他们拿起笔,自己书写对土地,对所住乡村的情感时,他们会是怎么一种状态?

好像为了解答我的这一问题,《采诗锦城东》特意辟出一个板块,让农民朋友自己吟诵自己的乡村,他们不经雕饰的喉咙虽然没有技巧的训练,却能够直接喊出想喊的话,这就够了。这是乡村的一种声音,是农民朋友的声音!

2006 年 8 月 24 日于北京大学

序《成都偏东——一个诗意的家园》*

成都偏东,19公里处,有区名龙泉驿。作为成都的一个行政区,龙泉驿紧邻市区三环路,幅员面积558.74平方公里,辖12个乡镇(街办)、87个村,总人口50万。

龙泉驿地处北纬30度附近,而历史上处于北纬30度附近的都是一些神秘的充满诱惑的远古文明集中的地方,如埃及金字塔、百慕大三角、西西里岛西南方的"幽灵岛"、450万平方公里的"魔海"、古代岛国亚特兰蒂斯、撒哈拉大沙漠、死海、美国圣塔柯斯镇斜塔、日本本州西部、夏威夷到美国大陆之间的海域、地中海及葡萄牙海岸、西藏布达拉宫、广汉三星堆、成都金沙遗址等,和它们同一纬度线上的龙泉驿,其神妙之处古已有之。

据《龙泉驿区志》载:"龙泉驿历史悠久。古为蜀国地,长松山尚存蜀国先王蚕丛庙遗址(蚕丛氏年代,约与夏相当)。唐置东阳县,后名灵池,宋改灵泉,至明洪武六年(1373年)撤县,历673年。此后改隶简州,明初置巡检司,民国初年改置简阳县行政分署。1949年12月27日解放,今区境分属简阳、华阳两县。1960年2月18日,国务院批准建立成都市龙泉驿区,现为行政副地、州级。……汉置邮亭,唐设驿传,元改站赤,明曰驿站,始称'龙泉驿',并沿袭至清末,为川中名驿。"

你看,从蚕丛时代就有的龙泉驿,其历史不可谓不悠久。而蚕丛,李白的《蜀道难》如此写道:"蚕丛及鱼凫,开国何茫然",古

---

* 此文据文稿编入。

蜀文明的神性在龙泉驿有很好的体现,主要表现在:神秘的地域文化、神气的山水文化和神妙的心灵文化。

先说神秘的地域文化。龙泉驿有一处皇室血统浓郁、多达26座的明蜀藩王家族墓群,它们为何坐落在此?传说中中国佛教第七代禅宗、长松寺僧马祖道一在龙泉驿有一处修炼洞,它到底在哪?诸葛孔明当年为何选择龙泉驿万兴乡的黑峰寺作为他观星占卦、呼风唤雨之地?还有,刻于北周闵帝元年(557年)的北周文王碑那块以碑文纹身的神奇著称的"飞落石"到底是从哪儿飞来的?还有,龙泉驿之"真龙"究竟在哪?等等等等。

再说神奇的山水文化。龙泉驿有两山(龙泉山、长松山)三湖(龙泉湖、百工堰、宝狮湖),龙泉山就是传说中龙泉驿的底座,它形似巨龙,是离成都最近的山。按地理专业的说法,龙泉山属"背斜断块山",东缓西陡,其峰峦连绵起伏,走向各异。南北两端均倾没于丘陵之中,是岷江与沱江两大水系的分水岭,也是成都平原与盆中丘陵之间兀然隆起的自然分界线和屏障,

长松山海拔1051.3米,蚕丛寺、长松寺、唯仁山庄、长松八井、元堡摩崖造像、汉唐古道三百梯等等,均与这座俯视川西坝子的历史文化名山有关。

龙泉驿的水塘在平坝上,湖堰尽在山壑中。经过龙泉山、长松山的滋养,这些湖泊个个出落得湖光透亮,健康妩媚。而由此滋生的井水文化、泉水文化,更是灵气充溢,气质不凡。

最后说说神妙的心灵文化。龙泉驿的心灵文化更多表征在客家文化和宗教文化上。龙泉驿是中国内陆最典型的客家聚落,300年来生生息息30万客家人,形成了自己独特而神妙的客家文化,也就是"客家精神",即刻苦勤俭、开拓进取、重教崇文、念祖思亲、爱国爱乡等。

龙泉驿的宗教文化是以寺庙为载体,可谓"驿路香火,一路仙境"。沿着古驿道的主线和支线行走,可看到僧影幢幢、香火

袅袅的石经寺、燃灯寺、金龙寺,看到寺壁庙瓦犹存的石佛寺、桃花寺、药王庙等,看到蚕丛寺、长松寺、龙华寺、石灵寺等的遗迹。龙泉驿因此富含浓郁的宗教文化。

以上对龙泉驿历史沿革、地理概貌的描述、展示,有助于读者了解成都偏东这一个素有"中国水蜜桃之乡"美誉的行政区域它深厚的人文底蕴和久远的精神气息,有助于我们对龙泉驿区文体局即将推出的《成都偏东——一个诗意的家园》一书的进一步把握。

1990年夏天,成都市政府建立了"成都市龙泉驿工业区",1992年将占地2000多亩的"航天城"招至境内。1993年春,龙泉驿开发区成为省级重点开发区,2000年初春,被国务院批准为"国家级成都经济技术开发区"。经济的发达,必然有益于文化的接续,几年来,龙泉驿区举办了多届桃花节,并于2006年建立桃花诗村,出版了《桃花诗三百首》。今年,则立意出版乡村诗三百作为对桃花诗三百的呼应,我以为很有意义。

中国的乡村诗历史很早,从《诗经》时代"窈窕淑女,君子好逑"的朴素的田野抒情,到现时代大量具有乡土气息的诗作,乡村诗随着时代的变化悄悄地发生着变化。大体上,农耕文明的乡村诗质朴、本真,有着与其时代日出而作日落而息相呼应的自然、清静;资本主义机器化生产的入侵,无疑触动了农业文明千年不变的弦,使农村的乡野受到了冲击和波动,这时期的乡村诗已慢慢脱离"采菊东篱下,悠然见南山"的悠闲洒脱,而有了一种对农业焦虑的况味。

这时期诗歌书写的重心渐渐游离出乡村,受过教育的诗人走出了农村,也走出了写作乡村诗的背景,他们的诗更多关注城市物事,而渐渐散失写作乡村诗的能力。也许有一个例外,那就是诗人海子,他被称为麦地的孩子,他的乡村诗凭借强大的原创性的敏感和直觉,一直抵达大地的内核,这个来自乡村的百年不遇的天才,是大地选中的忧伤的儿子,和大地,和乡村,有着令人惊异的感应。

海子是产自乡村的天才诗人,他经过了大城市的教学洗礼却没有忘记他的诗歌之本。我在对他的怜爱中不免想到广大土地上那些没有走出乡村的人,当他们拿起笔,自己书写对土地,对所住乡村的情感时,他们会是什么一种状态?

好像为了解答我的这一问题,《成都偏东——一个诗意的家园》特意辟出一个版块,让农民朋友自己吟诵自己的乡村,他们不经雕饰的喉咙虽然没有技巧的训练,却能够直接喊出想喊的话,这就够了。这是乡村的一种声音,龙泉驿农民朋友的声音!

作为龙泉驿自己的乡土教学版本,本书独辟蹊径精选了古代诗人们描摹状物书写龙泉驿的诗篇,有利于我们了解龙泉驿在过去时代的风貌,而对今天龙泉驿的了解,则有赖于书中精选的现时代诗人们的笔,这,同样为本书精妙构思的一部分。

《成都偏东——一个诗意的家园》的出版,不能仅仅视为龙泉驿自身的事,它是诗歌对一个地方人文精神、物质品性的记录,也是诗歌力量在传承人类文明上的又一次呈现。

2006年8月24日于北京大学

中国新文学的宿命*

一

近代以来，百病缠身的中国，寻求的是疗救沉疴的"药"。当年的志士仁人，四处碰壁之后，最终认定了文学，他们不约而同地高扬文学对于国家民族精神改造的特殊功效，寄希望于通过改造文学最终改造中国。康有为早年倡导维新，及至民初，忧患日重，惊呼"中国危矣殆矣，病日臻，既弥留矣"。他在《中国以何方救危论》中说："凡可以救中国之方药，无美恶，唯救国是宜，则牺牲一切之良方、一切之良药可也。权国民之公私轻重，凡有损于救中国之术，则舍弃人民之所快意者，舍弃人民之所习恋者，舍弃人民之所自由而必当为之矣。若能如是乎，中国犹有望也。"[①]康有为这篇文章表达了寻求救国之道的急迫之情。不是他一个人如此，而是整整一代有识之士都在寻求疗救中国的药饵。

当向着四方求索，如实业救国，如国防救国，如科学救国，而均无所获时，就这样义无返顾地认准了文学。从梁启超到鲁迅，都在确认并实践文学救国的主张。梁启超关于改造文学的那段话，正是寄托了他对文学的极大期待："欲新一国之民，不可不先

---

* 本文为作者在香港艺术发展局举行的"20世纪中国文学的回顾与21世纪的展望"国际学术研讨会上的发言。刊于《文艺争鸣》2007年2期。据此编入。

① 康有为：《中国以何方救危论》，1913年3月，原载《不忍》杂志第二册，1913年3月出版，引自汤志钧编《康有为政论集》下册，中华书局，1981年第1版，第822页。

新一国之小说。故欲新道德,必新小说;欲新宗教,必新小说;欲新政治,必新小说;乃至欲新人心,欲新人格,必新小说。何以故?小说有不可思议之力支配人道故。"①他的这段人们耳熟能详的论述,正是心存大希望于文学对于国民心志的改善从而改变国运。

在中国新文学历史中,鲁迅和郭沫若都是弃医从文。他们也是不约而同地看准医心比医病更为迫切。鲁迅在日本的课堂上看到了围观示众的国民,"我便觉得医学并非一件紧要事,凡是愚弱的国民,即使体格如何健全,如何茁壮,也只能做毫无意义的示众的材料和看客,病死多少是不必以为不幸的。所以我们的第一要著,是在改变他们的精神,而善于改变精神的是,我那时以为当然要推文艺,于是想提倡文艺运动了。"②

鲁迅的第一篇小说、也是中国新文学的第一篇小说《狂人日记》③,是从病理的角度进入对于"吃人"历史的揭露和批判。所谓的"狮子似的凶心,兔子的怯弱,狐狸的狡猾",讲的是这种历史环境下形成的人心的扭曲和变异。鲁迅的批判之所以是深刻的,在于他由历史而及于"我",是每一个中国人。"有了四千年吃人履历的我,当初虽然不知道,现在明白,难见真的人",所以他在小说的最后,喊出了惊天动地的"救救孩子"的呼声!

更为直接地表达这种挽救衰颓的心灵的愿望的,是《药》。在那里,作家写了华老栓的病,更写家人为治病求药的经历。病人吃的是蘸着革命者鲜血的人血馒头,作家表现了周围人们的愚钝和麻木。鲁迅写了这些,心中有无尽的悲凉。他写次年的清明,两座坟茔,两位母亲,那墓地竟是死一般的静谧——

---

① 梁启超:《论小说与群治之关系》,原载《新小说》第1号,1902年11月14日,引自《饮冰室文集点校》第2集,云南教育出版社,2001年8月第1版,第758页。
② 鲁迅:《呐喊·自序》,《鲁迅全集》第1卷,人民文学出版社,1959年,第5页。
③ 《狂人日记》作于1918年4月,载《新青年》第4卷第5号,1918年5月。

微风早经停息了；枯草支支直立，有如钢丝。一丝发抖的声音，在空气中愈颤愈细，细到没有，周围便都是死一般静。两人站在枯草丛里，仰面看那乌鸦；那乌鸦也在笔直的树枝间，缩着头，铁铸一般站着。①

这是令人心灵颤抖的中国。拯救中国的"药"究竟在那里？这是鲁迅那一代作家苦苦追索的。就这样，中国新文学最初一批经典出现了。鲁迅自谓，他的《呐喊》是"听将令"而为的。②这个"将令"就是社会良知对于文学的期待。他们期待着文学的建树，也期待着文学的回应。鲁迅率先写出了一批作品，试图以文学的方式为国民的心灵疗伤。《阿Q正转》旨在揭示国民性的孱弱和痼蔽；《明天》里的药没有挽救儿子的命，而这个孤单女人的"明天"依然渺茫。

早在二十世纪之初，国内舆论为唤起民众而倾全力呼呼。其间不乏警世明理之论："物极必反，唯理之常。是故我今日即不外鉴于当世，而自念亡国为奴之惨，与其甘心附首以顺受之，而必不能免；何如并力一心，翻然变计，共谋图存，而尚有可为。"③许多新文学的作家都感应了这个时代的忧患，他们用自己的创作来为我们的民族存亡把脉求医。新文学的作家们均致力于由社会层面而切入到国民的心灵，剖析由长期的封建禁锢

---

① 鲁迅《药》中的细节。
② 鲁迅：《呐喊·自序》。"在我自己，本以为现在是已经并非一个迫切而不能已于言的人了，但或者也还未能忘怀于当日自己的寂寞的悲哀吧，所以有时候仍不免呐喊几声，聊以慰藉那在寂寞里奔驰的猛士，使他不惮于前驱。至于我的喊声是**勇猛**或是**悲哀**，是**可憎**或是**可笑**，那倒是不暇顾及的；但既然是呐喊，则当然需听将令的了，所以我往往不恤用了曲笔。"见《鲁迅全集》第1卷，人民文学出版社，1959年，第7—8页。
③ 《二十世纪之中国》，未署名。见《国民报》第1期，1901年5月10日出版。本文引自《辛亥革命前十年时论选集》第1卷，上册，生活·读书·新知三联书店，1960年4月第1版，1978年4月，北京第2次印刷，第70页。

而造成的心理阴暗和人性压抑。

不论小说、散文、还是诗歌,都充满了对于家国兴衰存亡的焦躁和忧虑。郁达夫写《沉沦》,中国青年身在东瀛,在与日本侍女的交往中,竟然吟起了典雅的对于故国的愁思:"醉拍栏杆酒意寒,江湖寥落又冬残。剧怜鹦鹉中州骨,未拜长沙太傅官。一饭千金图报易,五噫儿辈出关难。茫茫烟水回头望,也为神州泪暗弹。"这一首七律与当时环境以及倾诉对象都不协调,完全是生硬地"嵌"进去的,这正如作品最后那些关于祖国富强的感叹是生硬地"嵌"进去的一样。而作家当日的寄托和用意却完全可以理解,亡国之危,弱国民众的心灵压抑,激起了深沉的悲怆。

我们都记得朱自清留给我们的父亲那跨过铁道的悲哀的背影。那不是一个人的父亲的背影,而是所有中国人的父亲的背影,那为生活所压迫的"苍老"的、永远不会消失的背影。在散文中,也在所有的文体中,都弥漫着这种挥之不去的哀戚。最让人动起悲情的是来自诗人高兰哀悼夭亡的女儿的诗句:

> 孩子啊!
> 你随着我七岁流离,
> 你随着我跨越了千山万水,
> 我却不曾有一日饱食暖衣!
> 记得那古城之冬吧!
> 寒冷的风雪交加之夜,
> 一床薄被,我们三口之家,
> 吃完了白薯我们抱头痛哭的事吧!
>
> ————
>
> 姗姗而来的是别人的春天,
> 鸟啼花发是别人的今年!
> 对东风我洒尽了哭女的泪,
> 向着云天,

> 我烧化了哭你的诗篇!
> ——《哭亡女苏菲》

同样,诗人的悲哀不仅仅属于一个家庭,这里因离乱和贫贱而导致的失去亲人之痛,属于全中国的家庭。

因为是"药",所以,中国的新文学,一开始就带着无尽的"苦"味。新文学的诞生是铁屋子里的呐喊(鲁迅语),是肩负着挽救国运之重任的。它充满忧患感,有着挥之不去的焦虑与悲哀。即使在沈从文那些充满了湘西风情的作品,在那些美丽的山水之间,依然有着浅浅淡淡的牵挂和忧愁,如他的《丈夫》中所表现的。这道痛苦的血脉,流淌在此后近百年几乎所有作品的字里行间。新文学是一部充满了哀愁和激愤的文学史。在它的每一页上,都记载着悲哀的故事:出走和逃亡、挣扎和突围、争斗和厮杀、泪水和鲜血。这是"不快乐"的文学。

二

在这样的氛围中,文学的宽广空间受到紧缩。它当然地排斥了文学本有的更多的职能,诸如娱乐和休闲、情趣和幻想。题材分大小,人物分主次,意义分轻重,乃是必然的趋势。鲁迅极力反对作为"小摆设"的散文。他说:"美术上的'小摆设'的要求,这梦幻是已经破掉了,那日报上的文章的作者,就直觉的知道。然而对于文学上的'小摆设'——'小品文'的要求,却正在越加旺盛起来,要求者以为可以靠着低诉或浅吟,将粗犷的人心,磨得渐渐的平滑。"[①]他认为现代小品文的出现,原本是"为了对于旧文学的示威"的,"但现在的趋势,却在特别提倡那和旧文章相合之点,雍容,漂亮,缜密,就是要它成为'小摆设',供雅

---

① 鲁迅:《小品文的危机》,《鲁迅全集》第 4 卷,人民文学出奔社,1959 年,第 441 页。

人的摩挲,并且想青年摩挲了这'小摆设',由粗暴而变为风雅了。"①

新文学建立之初,普遍地都有鲁迅这样的对于文学本身属性的这种警惕。他们宁肯"粗暴"而回避"风雅",更不容忍文学成为茶余饭后的消遣。鲁迅的主张非常明确:"生存的小品文,必须是匕首,是投枪,能和读者一同杀出一条生存的血路的东西。"当然,那时他也未曾否认文学给人的"愉快和休息",但他强调,不能是"小摆设",更不能是"抚慰和麻痹"。这几乎是当时的一种"共识"。文学研究会早就宣告:"将文艺当作高兴时的游戏,或失意时的消遣的时候,现在已经过去了。"茅盾介绍文学研究会的宗旨是,"文学应该反映社会的现实,表现并讨论一些有关人生的一般问题。"②

创造社的出现有点不同,最初他们办《创造周报》,声称旨在"重新创造我们的自我"③。那时他们悉心于文学的自我表达,并未有更多的国家社会命运的关涉。到了《创造月刊》的创办,则已有了更多的焦虑:"天地若没有合拢来的时候,人生的缺陷,大约是永远地这样的持续过去的吧!啊啊,社会的混乱错杂!人世的不平!多魔的好事!难救的众生!"④他们曾经被认为是"唯美"的一群,但他们的转变却是迅疾的。后期创造社受到激进思潮的影响,认为五四的"文学革命"不够彻底,应当转而为"革命文学",他们的口号是:"完成我们的文学革命"。⑤

---

① 鲁迅:《小品文的危机》,《鲁迅全集》第4卷,人民文学出奔社,1959年,第442页。
② 见《中国新文学大系-小说一集-导言》,上海良友图书印刷公司,1935年。
③ 郭沫若:《创造工程之第七日》,《创造周报》第1号,上海泰东图书局,1923年5月13日发行。
④ 《创造周报》第1期《卷头语》,署名达夫,创造社出版部1926年10月5日。
⑤ 成仿吾:《完成我们的文学革命》,见《中国新文学大系》第2集,《文艺理论集一二》,上海文艺出版社,1987年2月第1版。

在这样的氛围中,先进作家们特别敏感于文学的个人情趣。他们揪心于大众的处境,他们认为文学家个性的张扬是不适宜的,甚至是一种奢侈。在这一点上,后期创造社的同人走得最远,也最坚定。他们甚至主张作家去掉自己的个性追求而做大众意识的"留声机",即只传达进步的、革命的声音,而杜绝个人的声音。他们要求作家去自我化而做到"无我"。① 这时候的创造社,已经从"唯美"走出,走到了另一个极端——"唯大众"、甚而是"唯革命"。

当时进步的文学界,几乎一无例外地排斥文学的个人性和趣味性,而对"个人主义"和"趣味主义"进行严厉批判。鲁迅对林语堂幽默文字的非议和讽刺即是一例。一般来说,认为处在中国这样的环境,倡导文学的趣味性是不适当的甚至是残忍的。最激烈的抨击来自创造社的成仿吾,他尖锐抨击文艺界"就好象许久被人把口封住了一旦得了自由的一样,都是集中在自我的表现","我没有想到他们会这么早就堕落到趣味一条绝路上去的"。他认为"这种以趣味为中心的生活基调,它所暗示着的是一种在小天地中自己骗自己的自足,它所矜持着的是闲暇,闲暇,第三个闲暇"。②

当然,当然持激烈态度的原不止于创造社,革命文学的倡导者大抵均有这样的主张。蒋光慈认为,"旧式的作家因为受了旧思想的支配成为了个人主义者,因之他们所写出来的作品,也就充分地表现这个人主义的倾向。他们以个人为中心,以个人生

---

① 见麦克昂(郭沫若):《英雄树》。文章说:"个人主义的文艺老早过去了,然而最丑猥的个人主义者,最丑猥的个人主义者的呻吟,依然还是在文艺市场上跋扈。"他进而要求作家"当一个留声机器":"第一,要你接近那声音,第二,要你无我,第三,要你能够活动。你们以为是受了侮辱么?那没有同你说话的余地,只好敦请你们上断头台。"文见《创造月刊》第1卷第8期,上海创造社出版部发行,1927年11月。

② 成仿吾:《完成我们的文学革命》。

活为描写的目标,而忽视了群众的生活。"他指出:

> 革命文学应当是反个人主义的文学,它的主人翁应当是群众,而不是个人;它的倾向应当是集体主义,而不是个人主义。——革命文学的任务,是要在此斗争生活中,表现群众出的力量,暗示人们以集体主义的倾向。颓废的,市侩的享乐主义的,以及什么唯美主义的作品,固然不能算在革命文学之列,就是以英雄主义为中心的作品,也不能算做革命文学。①

激进的理论认为个人主义的艺术已经消亡。这种理论质疑曾经风靡文坛的说法,诸如"艺术是个性的表现"、"艺术是个人的产物"、"艺术是自我的创造"等等。② 基于中国深重的忧患,文学迅速地告别了轻松的情调而变得非常地沉重。不仅抒情是沉重的,而且恋爱也是沉重的。这里没有纯粹的爱情,这里流行的是带着革命使命的恋爱。郭沫若说:"凡是表同情于无产阶级而且同时是反抗浪漫主义便是革命文学。革命文学倒不一定要描写革命,赞扬革命,或仅仅在文面上多用些炸弹、手枪、干干干等花样。"③他进而号召作家"你们应该到兵间去,民间去,工厂间去,革命的旋涡中去。"

在这样的潮流中,一切都蒙上了大众功利的色彩。沉重的文学,负载着中国深重的苦难,文学是严肃的,它再也轻松不起

---

① 蒋光慈:《关于革命文学》,原载《太阳月刊》第2期,1928年2月1日,引自《中国新文学大系 1927—1937 文学理论集》卷二,上海文艺出版社,1987年2月,第46页。

② 见何畏:《个人主义艺术的灭亡》,《创造月刊》第1卷第3期,上海创造社出版部,1926年10月5日。

③ 郭沫若:《革命与文学》,同上书,第9页。

来。在当初陈白露①的客厅里,在随后若干年代茶馆②的厅堂中,到处都弥漫着阴郁的氛围。也许冰心那些写给小读者看的美文是一个例外,如若不是,那就是中国的大不幸——庆幸的是,文学依然给我们的后人留下了一片明澈。

尽管如此,我们还是从新文学作家的"异数"、从"不革命"的沈从文的透明清亮的《边城》中,发现了同样挥之不去的淡淡的中国乡村的哀愁。人们经历了生离死别,翠翠③成了无依无靠的孤女。旧日的温馨消失在迷蒙的江上。翠翠尽管拥有乡土中国淳朴的同情,却看不到未来。也如她的许多上一代女性那样,也如鲁迅笔下的祥林嫂或单四嫂子那样,翠翠也没有可以预期的明天。

三

这就形成了中国非常特殊的厘定文学的标准。在新文学初期,对于创作实践的评价,人们关心的是,它是否摆脱了古典和文言的规范,是否以新形式表现了新内容。正如本文开始所阐明的,因为新文学的建立旨在寻求强国新民的道路,这样,对于文学教化功用的期待就是当然之理。

"为人生"在当日是一个响亮的口号,对照之下,"为艺术"就显得有悖于时,是不那么理直气壮的。后者意味着缺乏社会关怀的落伍。许多声称是"为艺术"的艺术家,都感到了来自四周的无形的压力。也有不同的争论,但道理总在"为人生"的一端。

---

① 曹禺《日出》中的人物。
② 此处指老舍多幕话剧《茶馆》。
③ 沈从文《边城》中的人物。作家以同样沉重的笔触,结束这篇非常抒情的小说:"到了冬天,那个圮坍了的白塔,又重新修好了。可是那个在月下唱歌,使翠翠在睡梦中为歌声把灵魂轻轻浮起的年青人,还不曾回到茶峒来。——这个人也许永远不回来了,也许'明天'回来!"

历来对于"新月"的批判,即是一例。

中国文学的命运紧紧地维系在中国的命运上。因此,领导新文学的主潮,总是与国运民生攸关的意识而别无他择。二十年代后期左翼文学的鹊起与革命意识的勃兴,便是原自现实中国的处境,这是自然而然的。文学的反对"个人主义"而崇尚"集体主义",乃是一种必然的趋势。其实,历久不衰的贯穿新文学发展全过程的"两条路线斗争",包括抗战事兴之后的"国防文学"与"民族革命战争的大众文学"的"两个口号"之争,究其实,均受到深层次的文学价值观的差异的影响。

中国作家一开始就把文学的焦点集中于现实的苦难和人生的悲哀。他们把文学和社会兴衰民族存亡紧密地联系起来。文学成为社会人生的解剖刀和透视镜。它不是浮在空中的幻影,而是切实的芸芸众生的存在写照。文学不仅是严肃的,也是沉重的。它集中呈现了中国处境的恶劣和艰危。若是把那些历史叙说的经典性的作品加以连缀,事实上整体地成为了中国近代社会人生的血泪凝成的画图:人民生存状态的悲惨,封建传统的束缚和禁锢,阴郁中的委屈苟且,黑暗中的忍耐挣扎,以及在内外交困中的呼号和奔突。

文学展开了中国悠长的叹息和深沉的悲哀。这是悲哀的中国和悲哀的文学。文学的沉重负载毕竟得到相应的回报,却也使文学付出了代价。人们因此形成了相应的理念,以为凡文学必定如此,不如此即非文学。其实文学未必都要如此。文学可以表现沉重,文学也未必排斥轻松。的确,文学不能在痛苦面前闭上眼睛,可是文学也不能拒绝给人欢乐。它可以承担教化的重责,以它动人的形象。而在更多的时候,它应当抚慰人们的心灵,以它的温情和深爱。

对于国民性的剖析和改造,除了猛烈的方式,也还有和缓的途径。而身处危境的国人,往往对它期望过高,对它怀有药到病除的急切,他们忘了文学的功效是缓进的,是浸润,是弥漫,是潜移默化。他们过分注意了文学的"实效",而忽视了文学的无形的影响。在急速工具化的背后,隐藏着更加严重的后果:高度意识形态化导致文学迅速走上了排他性的进程。

在此前提之下,作家被分等级甚至被分阶级,许多风格与流派的理念受到排斥乃至批判。

社会承担给文学以庄严,严酷的政治考量也使文学的范围变得更为狭隘。文学的工具化是一个持续不断的进程。迄今为止,宣教和愉悦的矛盾与对立,仍是中国文学的痛。

文学的梦想和追求,在于唤醒民众在危亡面前的麻木,从而最后改变中国的命运。但是,文学不会"速效",更不能"直达",文学提供的只是想象和精神上的弥补。急切之中,人们对文学的实效性要求转而更为迫切。因为是为一种期待而诞生的,因此新文学建立之初高标"为人生"的旗帜有其合理性。从最初的"为人生",发展为后来的"为国防"、"为大众"、"为工农兵"、"为政治",这是基于中国现实土壤的"顺理成章"。它是一种文学遗传。所谓的政治干预,指的就是现实对于文学的"失职"的不满和更为严厉的要求。

四

中国文学的进程几乎可以概括为日益工具化——政治化的进程。这很清楚,因为文学的背景是挽救中国的衰危。因此前进的和激进的思潮,具有极大的吸引力和权威性。它自然地成为促进和主导文学发展的主潮。它不仅"指导"文学创作,而且确定文学的方向。如前所述,这种文学高标的是"集体主义",反对文学的"个人主义"。在它的冲击之下,五四当初的"个性解放"、"自我表现",成了昙花一现。眨眼之间,"个人"成了丧家之犬。也许更为不幸的是,文学(为了严谨,此处应加"部分或大部")从此陷入了"集体化"的泥潭。

当年蒋光慈和成仿吾等批判"个人主义",是因为它与"革命"的形势相违。而这种"形势"一直没有见好,于是批判就此延续下去。后来是抗日战争,要挽救民族危亡,当然更需要反对"个人主义"。外战结束了,又有内战,内战也是神圣的,也要文学的积极配合,更需要提倡文学的"集体主义"。从"大众化"到"为大众","为工农兵",其思路是一脉相承的。

邵荃麟在大陆解放前夕发表的文章继续批判文学的"个人主义":"我们以为今天文艺上的混乱状态,主要即是由于个人主义意识和思想代替了群众的意识和集体主义的思想。——尽管许多人都承认文艺应为群众服务,但从今天一般创作情势看来,多半是没有脱离个人主义的窠臼的。"①

更严重的指责来自郭沫若,他在《斥反动文艺》中指出:"今天是人民的革命势力与反革命势力作短兵相接的时候,衡定是非善恶的标准非常鲜明。凡是有利于人民解放的革命战争的,便是善,便是是,便是正动。反之,便是恶,便是非,便是对革命的反动。"②据此,他把他认为的"反动作家"分为红黄蓝白黑五色。这种划分是充分的政治化的,它有鲜明的排他性。

这种对个人主义的批判没有间断,一直延续到二十世纪后半期。不间断地对创作的个人自由的干预,给一代又一代的中国作家造成了无尽的痛苦和灾难。其后果是不言而喻的,那就是创作个性的最后泯灭。为什么那些已经成为大师的如郭沫若、茅盾、老舍、巴金、曹禺,在五十年代以后,如同贾宝玉丢失了通灵玉一般,失去了灵性和光彩?为什么那些可能成为大师的

---

① 邵荃麟:《对于当前文艺运动的意见——检讨·批判·和今后的方向》。原载《大众文艺丛刊》第1辑《文艺的新方向》,香港1948年3月出版。发表是署名为"本刊同人—荃麟执笔"。

② 同上。

纷纷堕入了深渊而不能自救?

造成这样局面的有着深刻的历史的诱因。文学由最初的自觉的承担,到后来的由于潮流造成的价值的倾斜,都促成了这种异常氛围的形成。而对于从事文学的人来说,一方面是环境和氛围的迫胁,一方面则由于自身的真诚的、自觉的抉择。许多作家都在不同的历史时期否定过自己的"个人主义"。几乎所有的作家都在这种自责自悔的心情中否定自己过去因"个人主义"的倾向而与人民大众的脱节。何其芳在四十年代质疑过自己的《预言》和《夜歌》[①]的与群众的脱节。在五十年代,更多的作家都异口同声地检讨过自己创作的"个人主义"。

早在中国大陆解放之初,茅盾在第一届全国文代会的国统区报告中,全面检讨了内地文艺工作的缺失。其中特别指出,"无条件地崇拜个人主义的自发性的斗争,以为这种斗争就是所谓原始生命力的表现。他们不把集体主义的自觉的斗争,而把这所谓原始生命力,看作是历史的原动力。他们想依靠抽象的生命力与个人自发性的突击来反抗现实。所以这在实际上正是游离于群众生活以外的小资产阶级的幻想。"[②]

神圣的动机导致神圣的虔诚。一种近于原罪的自我否定之后,加上对于新的文学教条的皈依,以及行政力量施加的严格

---

① 何其芳:《夜歌·后记》说:"抗战以前我写那'云'的时候,我的见解是文艺什么也不为,只是为了抒写自己,抒写自己的幻想,感觉,情感,后来由于现实的教训,我才知道人不应该、也不可能那样盲目地,自私地活着。我就否定了那种所谓为艺术而艺术(实际是为个人而艺术)的见解。抗战以后,我也的确有过用文艺去服务民族解放战争的决心与尝试,但由于我有些根本问题在思想上尚未得到解决,一碰到困难我就动摇了,打折扣了,以至后来变相的为个人而艺术的倾向又抬头了。"诗文学社,1945 年 5 月。

② 茅盾:《在反动派压迫下斗争和发展的革命文艺》。这是茅盾 1949 年 7 月 4 日在中华全国文学艺术工作者代表大会上关于国统区的报告。原载《中华全国文学艺术工作者代表大会纪念文集》,新华社 1950 年版。

的、有时甚至是严酷的"改造"和"批判",使所有的作家(也许来自解放区的一些作家例外)无所适从。

中国因积弱而陷于内忧外患中,不间断的内外战争以及随后的同样不间断的政治动荡,加上日益深重的民生疾苦,使文学的神圣承担变得不堪重负。文学于是陷入了恶性循环,即环境愈是恶劣,文学的处境便愈是严酷。新文学便是这样在无边的忧患中疲于奔命。深刻的意识形态化,使文学自身的品质受到忽视以至削弱,并逐步地失去独立性。抒情的放逐,诗意的缺位,人性的消泯,教条的肆虐,文学曾陷入极端的困境。

五

这是二十世纪下半叶中国大陆文学的常态。在这样的氛围中,一方面是忽视以至否定创作的个性特征,作家自由的想象力、幻想和创造精神的缺失;另一方面,则导致为思想、为说教而轻视甚至放弃艺术的倾向。这些倾向,敏感的鲁迅早在从事新文学写作之初就有警惕。鲁迅写《呐喊》时说到因自己创作的"听将令"而可能产生的作品艺术性的缺失。鲁迅说:

> 在我自己,本以为现在是已经并非一个迫切而不能已于言的人了,但或者也还未忘怀于当日自己的寂寞的悲哀罢,所以有时候不免呐喊几声,聊以慰藉那在寂寞里奔驰的战士,使他们不惮于前驱。①

鲁迅承认当日他是"听将令"而写作的,他自知,这样一来,"我的小说和艺术距离之远,也就可想而知了"。其实,因"听将令"而重视思想内容并无过错,但丧失了创作主体个性之后的作品,偏偏缺乏独特的艺术想象力和表现力却是大错。这里有一

---

① 《鲁迅全集》第1卷,人民文学出版社,1959年。

篇文字,记述了曹禺五十年代以后的失误。其原因概在于他只能按照别人的意图从事创作,而独独取消了作家的自主意识。文章举了曹禺对自己以往作品的态度——

> 当时外界对他的压力并不大,他就一再表示自己是没有改造好的小资产阶级知识分子(后来又自认是资产阶级知识分子),不但严厉地责骂自己,否定过去那种"浅薄的正义感",否定过去写的作品,甚至说《雷雨》、《日出》等等都是毒害了成千上万观众读者的作品,于是就不顾别人的劝阻,根据所谓阶级观点动笔修改,他让侍萍当面大骂周朴园是"杀人不见血的强盗",让方达生成为革命的地下工作者,同工人一道把小东西救出火坑——①

这是那一代知识分子的真诚,这一切却导致了无数文学悲剧的产生。创作从来只能听凭作家内心的召唤,创作从来都是个人的行为。而这点常识,却在相当长的时间里被有意地曲解和遗忘。思想再正确而无艺术性,并不是艺术品。人们常说什么"第一",什么"第二",其实,作为艺术品,这里的"第一"、"第二"是非常清楚的。在近一百年的时间里,我们花在艺术之外的心力太多,许多作家都在无端的指责面前手足无措,他们失去太多的机会。与中国的古典文学相比,我们的缺少经典和大师乃是必然的。

新文学继承了晚清文学改良运动的追求。它把当日的模糊蓝图变成了现实。新文学在批判和否定"旧文学"中诞生。它在对于传统的质疑和批判中确立自己。这是"新"的文学。为了这个"新"字,它创造了奇迹。批判旧思想和旧文化,建立新思想和新文化,是近代以来无数中国有识之士寻求强国新民的结论。

---

① 甘竞存:《戏剧大师曹禺的"悟"》,见《雨花》1998年第4期。

但无可回避的事实是,当日创造的激情寓含着破坏的激情。要是没有这非同寻常的动机、构想和实践,也许一切都不会发生,也就什么遗憾也没有。但这不是历史。历史是由遗憾构成的。历史的倾斜在历史的进程中是必然而非偶然。

新文化运动和新文学革命的功绩,在于为中国的进入现代世界提供了文化的、精神的以及传播方式的先决条件,却是以与传统文化与文学经典的脱节为代价。新诗的建立是一次惨烈的攻坚战。"城破"之日,人们在庆祝新生的时候,发现了诗意、情趣和韵律的丧失。

中国新文学近百年的苦难和欢欣,快乐和疼痛,成功和挫折,都是由于中国,由于我们无可回避的历史和现实。正如人们不能选择自己的母亲那样,我们不能选择,这是宿命!

2006 年 9 月 30 日于北京大学

跨越时空的新诗写作[*]

一

中国诗歌是中国文化的骄傲。由于几千年来历代诗人呕心沥血的创造，它已成为中华民族智慧和诗性的象征。方正的汉字，以及由这些漂亮的方块字传达出来的声音、色彩和形态，通过中国诗人的锦心绣口，造出了让全世界的人都为之惊叹和神往的审美奇观。世间有形的万物万象，它们的无尽的姿态和颜色，在诗人的笔下化为了"无形"的文字。而后，这些"无形"又神奇地通过由方块字组成的"有形"再现人类的情思——这就是中国诗。

这种经"有形"——"无形"——再回到"有形"的转换中，中国诗人创造了旷世的奇迹。最让人惊叹的是这个最后的呈现，它绝对不是简单的还原，而是创造性地再造了成倍以至无数倍于原先的物象。不仅是声音、色彩、形态，而且是附丽、包孕于无数物象之中的情感、精神和气象。它把原先那些只能提供叙说的元素，化为了可供吟唱的、充满了音乐、舞蹈乃至绘画和建筑的旋律和节奏。特别是，它能够通过语言传达出那种难以言说，甚至不可言说的情趣和气韵。而后者，在世界诗歌中，几乎是中国诗人的专擅。

中国的新诗人，包括大陆、台湾、香港和澳门在内的所有的

---

[*] 此文据文稿编入。

新诗人,承继了这一切先人留下的遗产。它也成为所有中国诗人的精神遗传。这是问题的一个方面。

问题的另一方面。中国新诗的出现,开先的确是以上述古典诗歌为对立物而施以攻击的。梁实秋说的"新诗,实际就是中文写的外国诗"①,是就上述那点而说的。话是说得极端了些,但大体不谬。胡适的最大功绩,是对古典诗词情调的摒弃,他下了大决心,要把诗写得不像传统诗的那个样子,甚至主张"要使作诗如作文"②。他时刻不忘要在新诗中彻底赶走"旧词调",也是一种必欲除之而后快的决绝。这些都是新诗史的事实,是无需回避的。

现在说到台湾现代诗运动。1956年纪弦发起成立"现代派"。更早一些时候,作为现代派的准备,现代诗社成立,纪弦以"领导新诗的再革命,推行新诗的现代化"为号召,提出"现代派六大信条"③,推崇"波特莱尔以降"的西方现代诗传统,力主"横的移植"。现代派的主张引发了大论争,受到覃子豪、苏雪林等的激烈驳难。这种对于新诗现代化所持的批评甚至延续到了七

---

① 梁实秋在《新诗的格律及其他》中说:"我一向以为新文学运动的最大成因,便是外国文学的影响;新诗,实际就是中文写的外国诗。"文载1931年1月出版的《诗刊》创刊号,转引自王永生主编《中国现代文论选》第1册,贵州人民出版社,1982年8月。

② 《尝试集·自序》,见《胡适文存》卷一,上海亚东图书馆,1931年10月,第267—268页。

③ "六大信条"的全文是:"一,我们是有所扬弃并发扬光大地包含了自波特莱尔以降一切新兴诗派之精神与要素的现代派之一群。二,我们认为新诗乃是横的移植,而非纵的继承。这是一个总的看法。一个基本的出发点,无论是理论的建立或创作的实践。三,诗的新大陆的探险,诗的处女地之开拓,新的内容之表现,新的形式之创造,新的工具之发现,新的手法之发明。四,知性之强调。五,追求诗的纯粹性。六,爱国反共,追求自由与民主。"

十年代。① 这是台湾诗界一场震撼力极大的风暴。此种情景大约二十年后在大陆又重演了一次。② 当日对"朦胧诗"提出质疑的,不仅有诸多的诗歌界、文学界人士参与,更有诗歌界最重要的人物如艾青、臧克家等的介入。

其实,不论是发生在台湾的现代诗论战,还是发生在大陆的"朦胧诗"论战,时空不同,焦点则一,都是传统力量对于秩序的改变的抵制和反抗。这在中国毫不足奇,因为悠久而丰厚的诗歌传统神圣不容"侵犯"。任何想改变这一秩序的,都将遭到反击。五四时期如此,五四以后的任何时期都如此。新诗每向前迈出一步,都有数倍于此的压力。这里几乎无所谓对错,"侵犯"与反对这种"侵犯",都有其合理性。

论战背后的那些理由,措辞虽因地因时各有差异,但都是无法回避的,这是中国诗歌的宿命。其实,主张诗歌倾向西方现代派并不值得惊诧,这原是五四新诗革命思路的合理延伸。至于被瘂弦称之为"台湾诗坛的点火人"的纪弦,他所持的火种是从中国大陆带去的。纪弦的现代主义诗歌理念是在上海形成的,他承接了五四当年燃起的那场通天大火。一切都是历史的必然,但还是引发了一场又一场的大论争。屡次论争都类似,而屡次都是情绪激烈。

与此几乎同时,二十世纪五十年代中期,正是台湾关于现代诗的论战进行得如火如荼的时候,中国大陆也面临着新诗发展道路的大讨论。事情的起因是有一个位身处高位的人,提出新

---

① 关杰明在《中国现代诗的困境》一文中指出:"台湾诗人所写的,因为割断了中文传统诗艺,不是中文诗而是英文诗","更可笑的是,西方作家们正为没有固有文化文学传统而苦恼时,我们中国诗人们却似乎想割断系在中国艺术和文学传统中的锚链,想漂浮到所谓'世界性'或'国际性'(实际上,据我所知,不过是用更好听的名词来说'西化')的艺术之海里去。"此文刊于《中国时报》《人间》副刊的"海外专栏",1972年6月28日。

② 这里指的是"朦胧诗"论战。

诗的发展应以民歌和古典诗歌为基础的主张。一九五八年与意识形态的"大跃进"相配合,中国大陆掀起了"大跃进民歌"(又称"新民歌")运动。充满古典和民间格调的所谓新民歌,被成批地生产出来,它们直接冲击着五四形成的自由的和西化的新诗的基础。这是诗歌的"反祖"现象。应当说,这个"基础论",直接威胁着新诗脆弱的基础。

谈论孰是孰非意义不大,这是中国的"国情",谁也不能阻止历史如此这般的反复。很清楚,因为这种涉及诗艺的变革,触及了中国最敏感的神经。中国永恒的骄傲不容受到伤害。尽管这种伤害曾经造出了新诗的奇迹。而且使此后大约一百年间中国人享受着新思想和新形式表达的愉悦。但中国人、特别是中国的诗人,还是对此心存芥蒂。因此,每逢这种变革的到来,总会引发激烈的论辩。

变革造成永远的痛。在大陆如此,在大陆以外的地区也如此,尽管这些地区社会形态各异。因为寻求诗与时代的契合,于是求新求变的浪潮一直冲击着传统的堤岸。坚固的堤坝当然要抵抗和反击这种冲击,于是产生了旷日持久的改变与坚守的冲突和纠缠。这种传统与现代的矛盾,一直困扰着所有的中国诗人。他们在长时间的情绪激动的论争沉淀下来的时候,有一种冷静的反思。

"事实上,传统与现代,一如河川的上游与下游,是生生不息的传承与呼应,文学就在这样的绵延里不断地演化、发展;因此每一时代的文学,相对前一个时代是新,相对后一个时代为旧,形式容或变化,本质与精神依然有相通或一致之处。也就是说,作者惟有根植在旧有广袤的泥土里,吸取传统的精华,再对现阶段有所自觉与体认,才可能从而创造出新而现代的作品。"①痖弦的这一番话可以代表海峡两岸所有中国人的关于传统与现代关系的一种共识。

二

二十世纪四十年代的最后一年,是中国近百年来对社会冲击最为激烈的一年。政治地图的巨大变动,直接导致了文化、文学与诗歌的巨大变动。完整的中国被窄窄的一道台湾海峡所阻隔,加上历史形成的香港、澳门分别被英国和葡萄牙占领的局面,原先高度统一的大一统的中华文化,一时间呈现出非常驳杂的现象。海峡的这边崇尚社会主义,海峡的那边实行资本主义,而香港和澳门则是殖民地意识形态。被切割的政治时空直接影响了中国诗歌的生存状态和格局。

在大陆这一侧,因为是社会主义体制,特别是五十年代受到苏联文化政策的影响,有对于意识形态的严格管制。经常性的政治运动和不间断的思想改造运动,旨在建立一种高度思想统一的文学和诗歌。由此向前伸延,直至"文革"结束,是一种封闭和禁锢的文化环境。中国的其他地区则不同于此。香港和澳门存在着资本主义的自由和民主,自有另一番风景。台湾也不同于大陆,它也有自己的特点:

> 从五十年代开始,台湾当局的文化政策,一方面对大陆严加防范,尤其是五四以来的文学,除了少数去台的作家外,几乎都在严禁之列,造成台湾文学对五四新文学传统的断裂;另一方面则由于对西方的全面仰赖,导致社会普遍的"西化"趋向。随着西方文化的大量涌进,一次大战以来西方出

---

① 痖弦:《现代诗的省思》,见《中国新诗研究》,洪范书店,1987年第3版,第8页。

现的种种现代主义思潮,也几乎同时都在台湾登场,客观上使台湾文学置于一种比较开阔的世界文化背景之中。①

但不论社会形态如何变动,中华文化传统的稳定性不会改变。一切的特殊和变异都难以改变这种超稳定的格局。就诗歌而言,追究历史,当新诗的火种初传台湾,那时它和大陆呈现的是基本同步的状态。这只要看赖和、张我军等人的作品便能知晓。张我军被称为是"引率文学革命军到台湾来"的先行者,他在《请合力撕下这座败草丛中的破旧殿堂》中说:"台湾的文学乃是中国文学的一支支流。本流发生什么影响、变迁,则支流也自然而然的随之而影响、变迁,这是必然的道理。"②

新诗是植根于中华大地的一棵树。它在地下伸展的根须,不仅遍布中国广袤的大陆,从边疆到内陆腹地,而且穿越海峡延伸到台湾、香港和澳门。这些地区尽管社会形态和自然风貌各异,但作为产生于同一诗歌传统的新诗,其基础则是相同的。中国文化和中国诗歌是它们共同的母亲。

但是,由于上面所述的那些原因,导致二十世纪后半叶中国新诗出现极为复杂的情态。在大陆的这一边,诗人们满怀激情地宣告"时间开始了"③,并尽情歌颂在这样的时间里"凡是能开的花,全在开放;凡是能唱的鸟,全在歌唱。"④当他们为新时代的诞生而唱起欢乐颂之时,海峡的那边却是弥漫着一片愁风苦雨。那边的诗人正在为失去家园而悲哀。他们的诗是一篇又一篇的哀歌,充满了思乡之情。

台湾五十年代之后有所谓的"战斗文学"的提倡,但诗人们

---

① 刘登翰等主编:《台湾文学史》上卷,海峡文艺出版社,1991年6月,第45页。
② 该文发表于《台湾民报》,转引自刘登翰等人主编的《台湾文学史》上卷,海峡文艺出版社,1991年6月,第399页。
③ 这是胡风长诗《时间开始了》的诗句。
④ 严阵《凡是能开的花,全在开放》诗句。《诗刊》1957年1期。

发自深心的却是这种思乡之作。他们从海岛遥望北方,炮声过后只听见寂寞的涛声:"一个浪对一个浪说过来,一个浪对一个浪说过去,说了三十年只说一个字:家。"①"我的怀恋的歌声,还是带着芦笛的气息,如同母亲的纺纱车,唱起熟稔的旋律。"②所有的对于失去的家园的念想,都集中在那颗早在宣统年间就摇晃在空中的"红玉米"上——

  它就在屋檐下
  挂着
  好像整个北方
  整个北方的忧郁③

这忧愁是如此之深,它与海峡彼岸那无边的欢乐构成了极大的反差。究竟是这边的忧愁没来由,还是那边的欢乐无根据?其实,这种失落或获得,都是中国人为百年梦想所争取的和希望实现的。在它的幸福中,也在它的哀愁中,凝聚着对于共同的中华文化的刻骨铭心的记忆和祈愿:

  春天,遂想起
  江南,唐诗里的江南,九岁时
  采桑叶于其中,捉蜻蜓于其中
  (可以从基隆港回去的)
  江南
    小杜的江南
    苏小小的江南

  春天,遂想起遍地的垂柳

---

① 罗门:《遥望故乡》。
② 文晓村:《想起北方》。
③ 痖弦:《红玉米》。

的江南,想起
太湖滨一渔港,想起
那么多的表妹走过柳堤
(我只能娶其中的一朵!)
走过柳堤,那么多表妹
  就那么任伊老了
任伊老了,在江南
(喷射云三小时的江南)①

这浓重的悲情之中有丰裕的文化内涵,却也洋溢着动人的感伤之美。对比之下,特别是经历了历史沧桑之后,海岸这一侧的欢愉就失去了分量。过去有人说"国家不幸诗家幸"。这话说得有点残酷,但也许正是实理。悲情往往成就诗歌。一个完整的国家由于历史的原因而导致相互隔绝,总是民族的不幸。但是这种不幸却打破了高度一致易于形成的板滞和凝固,从而表现出多样的光彩,这又是人们始料所不及的。不是又有人说过"欢娱之曲难工"吗?但不论如何,这边的欢乐,加上那边的痛苦,的确给动荡的五十年代的诗歌以互补的丰富。

同一母体和拥有同样的血型的中国诗歌,因为置身不同的时空中生长和发展,它在发展的各个阶段由于社会的和艺术的原因,而呈现出迥然不同的艺术现象。这好比是一把剪刀的两个分叉。产生这种"剪刀差"的时候,应该是艺术形态中最动人的时候。因为这方没有的,那方有了,既避免了重复,又避免了单调,提供的是全面展开的社会风貌和艺术风貌——最真实的中国景观。

中国大陆的新诗,自四十年代之后,因为革命的、工农兵文艺的提倡,诗歌的审美多取民间的趣味和标准。由歌谣而接近

---

① 余光中:《春天,遂想起》。

古典,故一时排斥西化的倾向鲜明。五四形成主导形式的自由体受到抑制,理论倡导向着格律半格律倾斜。其后果当然显而易见,即造成了对于五四新诗初衷的悖谬。此即本文开初所说的"反祖"现象。究其根源,除了革命功利所使然,还有农村艺术的对象是农民这一原因,而农村文化的主体是从来确定的,即所谓的"喜闻乐见"。再追溯更远的原因,仍然是原来的殿堂中屹立不动的古典诗词,它的隐身并不是消失。它依然在远处站立着,以不可抗拒的魅力唤起人们的记忆。

大陆诗歌在新政权建立后一直不遗余力地推进着上述的艺术指针。而在台湾,剪刀差的另一端,居然异常动人地向着世界现代主义靠拢与认同。当大陆的回归古典现象日益浓重之时,台湾的西化倾向也正如日中天。洛夫对此一时期的台湾诗界作如下描述:

> 中国现代诗不仅与古诗不发生连锁关系,甚至与五四时代的白话诗也是貌合神离,虽然在工具上两者都使用语体文,但现代诗并不等于白话诗;我们最多视白话诗为形式上的粗胚,而后者在素质上尤趋纯粹,精神上尤富知性,语言上尤臻精练。——中国现代诗在初期发展阶段确是受到欧美现代主义各流派的影响。这种影响开始虽为保守人士激烈反对,但当中国现代诗人憬悟到接受世界性的现代文学思潮是唯一无可选择的途径时,外来的影响无形中也就成为他们得以新生的血液。[①]

这番描述给我们以这样的感受,那就是五四开始的"别求新声于异邦"的追求,在中国的另一片国土上不仅有了延续,而且呈现出一种成熟的姿态。这一番景象与广袤的大陆正在普遍弥

---

① 洛夫:《中国现代诗的成长》,见《洛夫诗论选集》,金川出版社1978年8月,台南再版,第30—31页。

漫的风尚,形成了强烈的对比。我们透过历史的风烟可以看到,它们都是中国诗歌运动必然之景。但两相比较,这种迥然不同既令我们兴奋,又令我们揪心——中国诗歌每前行一步,都是沉重的,艰难的。剪刀差是一种美丽。但剪刀不能永远张着,也有合拢的时候。这种合拢所体现的认同感,让人霍然醒悟:这本来就是中国。

台湾激烈的现代诗大论争渐趋平息,六十年代《笠》和《葡萄园》致力于复归现实诗风。《葡萄园》推行"明朗、健康、中国"的鲜明路线,给人留下了深刻的印象。七十年代出版的《诗潮》延续了前人的主张,而且更为强烈。[①] 我们从中看到了两岸隔海相望所达到的影响与默契。所以总的形势是,由同而异,再由异而同,最后总脱不了对于传统的承袭与对于西方的借鉴。也许,新诗的两个源头是缺一不可的,既不可断绝,又不可偏离,对于任何一方的全部照搬也并不可取。

三

曾经有人说过,文学革命初期有一种为"革命"而忘了"文学"的倾向。而在新诗这方面,也的确存在着为"新"而忘了"诗"的倾向。当日求新心切,只要是弃了旧的便是胜利,顾不上艺术。这情景往往出现在革命初期,原不足怪。但在中国,因为文学革命原先是为社会改造打先锋的,政治和艺术二者捆绑得紧,易于产生重政治而轻文学的倾向。

[①] 《诗潮》第2期载《诗潮的方向》:"一、要发扬民族精神,创造为广大同胞所喜见乐闻的民族风格与民族形式。二、要把握抒情本质,以求真求美的决心,燃烧起真诚热烈的新生命。三、要建立民主心态,在以普及为原则的基础上去提高,以提高为目标的方向上去普及。四、要关心社会民生,以积极的浪漫主义与批判的现实主义,意气风发的写出民众的呼声。五、也要注重表达的技巧,须知一件没有艺术性的作品,思想性再高也是没有用的。"诗潮社编辑,高准主编,1977年12月出版。

在中国大陆,文学和诗歌在相当长的时间里,都处在这种环境中。层出不穷的政治运动,要求文学无条件地为其服务,以至于最终使文学成为附庸。为了推进这种方略,提出了严格的批评标准,这就是著名的"政治第一,艺术第二"。这标准执行了很长时间,其后果可想而知。各种名目的运动中,都有各种政治性的要求,艺术的独立地位受到大的威胁和损害。政治标准的内容在不断地变动,艺术的空间也在不断地缩小。为集体而否定个人,为思想而放逐艺术,便是直接的后果。

大陆诗歌的情况也脱离不了这一大的环境。从五十年代延续到"文革"结束,诗歌的路越走越窄,到"文革"时期陷入枯竭的困境。"文革"结束以后,这边的政治渐趋宽松,新诗潮在艰难中涌现,局面才有所改变。在海峡的彼岸,五、六十年代却是现代主义诗歌与各种诗歌激烈冲撞,迸出绚烂的火花。由于思路开阔,创作活跃,正是中国诗歌华彩的时期。现代派惊世骇俗的"六大信条"引发了众多的议论,由于不同理念的碰撞和冲突,导致了多种诗歌的出现。这局面恰好弥补了这段新诗写作整体的缺陷。

中国从来都要求与注重文学与现实的联系,在台湾也不例外。其实,在五十至六十年代,台湾也奉行"反共抗战"路线,在岛内实行严酷的思想控制,限制言论和创作自由。这些措施引起不满。一些知识分子转而向西方寻求文化营养。现代派诗歌的兴起,正是对这一局面迂回的抵制和反抗。"无可否认,现代诗最初的出现,是具有反叛意义的。在现实上,现代诗所要反叛的是那种令人窒息的官式文艺八股,它代表着文学工作者的抗议精神。"[①]

两岸的诗歌运动大体以这种十年或二十年的时间差,向前

---

① 渔父:《意识形态的追随者——试论唐文标》,《中国时报》1986年1月30日,转引自古继堂《台湾新诗发展史》,人民文学出版社,1989年5月,第5页。

运行着。殊途而同归,经过无尽的艰难困苦,到了二十世纪的后期,由于中国地位和国力的提高,由于政治的开放和沟通,由于行政和意识形态对于创作干预的减弱,两岸的诗歌写作呈现出尊重艺术个性、张扬创作自由的局面,终于再一次达到了同步发展的状态。这正是中国所有诗人的幸运。

"当一个民族由于其他原因而分别处于各不相同的环境之中,甚至在某一阶段处于互相敌视的环境之中,原先统一的文化传统不会在这种互相搁置中被中断,但是因为这种隔离导致别的文化结构和思维方式、意识形态的浸润而使原先一致的传统,产生了方向差异的溶解,交汇并进行新的组合。这时旧的质被保留了,而且被改造了,新的质不仅侵入了,而且被吸收而溶解了。时过境迁,人们回望这原先一致的社会形态变得互为异同的两个或几个实体,人们惊异于时间的魔法之余,又惊异于它们各自的光彩。等到有一天,他们淡远了一切的分歧,而把眼光投向建设和整合这才发现原来苦难给予人的也并非纯为苦难,苦难也酿造欢娱。"[1]

这一天终于到来。

2006年10月9日于北京大学中国新诗研究所

---

① 见谢冕为《中国新诗萃·台港澳卷》所写的序:《综合互补的丰富》,人民文学出版社,2001年3月。

主持人的开场白[*]

由北京大学中国新诗研究所和首都师范大学中国诗歌研究中心联合举办的新世纪中国新诗学术研讨会现在开幕。

今天的开幕式安排在北京大学举行,有我们的一番考虑。因为中国新诗的历史和北京大学的关系极深,在北大谈论新诗会有一种置身现场的亲切感。

公元1916年,胡适创作了题为《答梅觐庄——白话诗》的第一首白话诗,是为中国新诗最初的尝试,距今已是整整九十年。在那里,胡适对未来的新的文学寄予大希望:"要求今日的文学大家,把那些活泼泼的白话,拿来锻炼,拿来琢磨,拿来作文演说,作曲作歌,出几个白话的嚣俄,出几个白话的东坡。"

同年9月1日,陈独秀创办的《青年杂志》更名为《新青年》。这一年的12月26日,蔡元培出任北大校长。

次年,也就是1917年的1月1日,胡适在《新青年》2卷5号发表《文学改良刍议》。这一年,陈独秀进入北大,《新青年》编辑部也从上海迁入北京,迁入北大。这一年2月1日,《新青年》2卷6号发表陈独秀的《文学革命论》。这一年9月,胡适就任北大教授。

到了1918年的1月,《新青年》4卷1号开始由北大同人陈独秀、钱玄同、高一涵、胡适、李大钊、沈尹默轮流主持。主要撰稿人还有鲁迅和周作人。也就是这一期《新青年》推出了中国新

---

[*] 据文稿编入。

文学的第一批作品新诗九首：胡适4首，沈尹默3首，刘半农2首。三位作者都是北大教授。

以上所述，都是五四新文化运动开始前三年发生的一些大事。这些事都与北大有关，也都发生在北大。由此可以看出，北大不仅是新文化运动的发祥地，也是中国新诗的摇篮。我们今天在新诗的故乡聚会，是为了回望和纪念新诗近百年的艰苦而光荣的行程。

今天与会的朋友，来自中国大陆、台湾、香港和澳门，我们是家庭式的聚会。也有一些朋友来自其他国家，他们非常了解和热爱我们的文化，他们是我们的朋友和亲戚。我们今天的聚会充满了浓郁的亲情和友情。

中国历史悠久，幅员广阔，人文环境复杂，地域差别很大。今天到会的朋友来自中国的各个地方，他们为中国的新诗建设作过卓越的贡献，伴随着新诗走过艰难曲折的道路。历史正在翻过新的一页，往事正在变成天边的烟云，偏见和分歧正在被时间予以修正，有些正在被忘却。

我们非常珍惜今天的聚会。这样的聚会在以往隔绝和禁锢的年代是完全不可想象的。我们都感谢这个逐渐走向进步的时代，我们真诚地为中国新诗祝福！

2006年10月14日于北京大学中国新诗研究所

我的"红颜知己"*
——漳浦奇缘之一

她在等我。她站在大厅的那个不引人注意的角落,静静地等我的到来。她没有任何修饰,只是一身的缟素。她很自信,天生的丽质不需要任何的修饰。只是静静的若有所思地站着。我一眼就认出了她!好像是前生定下的约,在此时,此刻,此地,我们相会。

她的体态是那样的优美,是那样的高贵,是那样的娴雅。她是自然而纯真的,是从来如此不需要任何装饰的那种姿态,她的高贵足以征服所有的人。她在那个角落用深情的目光望我。当我们的目光骤然相碰,如有万钧定力,再也不能分开。

我再也无法感受周围的一切,我的眼里只有她的明亮,她的芳香。她的惊人的美丽充斥了我的一切,从躯体到内心。这时节,满室的钗光鬓影,满室的脂浓粉淡,满室的锦衣罗裙,全都失去了光彩。我目已失明,耳已失聪,心已失宁,只有她,她的芳香,她的明亮,她的惊人的美丽,吞噬了我。她是此时此刻直至永远的我的一切。

我向她走去,向着她静静地站着的那个角落。我们的目光电击般地相遇。这是怎样神奇的一个时刻!这是等了千年之后的不期而遇。尽管是惊鸿一瞥,可我还是迅疾地锁定了她——她是我的,她只能是我的。这正是我心灵深处的期待和寻求。

在此之前,我不知道她,她也不知道我。然而,我们的心却

---

* 此文据文稿编入。

在漫漫的时空中追逐、寻觅、等待。等待着这一年,这一天,这一刻。等待着这个飘满花香和茶香的大厅,等待着这个千年的奇遇,不,是千年的奇缘。

我知道,因为她的惊人的美丽,慕她、亲她、爱她的人很多。就在这番与我同行的人中,有事业成功者,有才华杰出者,但他们都未能赢得她的爱。他们面对这稀世的美艳,他们没有我的坚定,没有我的果断,也没有我的勇气。他们来不及分辨究竟是爱情,还是仅仅是喜欢。在他们犹豫不决的时候,我赢得了她。

她在等我,她是在等我。她深知我的坚定和毅力,既然是前生定下的因缘,我们终其一生都要信守。就这样,她就这样静静地守候在这飘满茶香的庭院的一角,迎我如约而至。这是多么漫长的等待,岁岁年年,时时刻刻,等我穿过历史的风烟,等我历尽人生的磨难,等我到了满头白霜的岁月。我以我的自信和坚定终于得到了她。

她是我的,她只能属于我,这是宿命。友人妒我又羡我,他们为自己的失去机会而恼恨,但他们没有与我"决斗",而是很绅士地高雅地为我们祝福。

> 花如解语太多事
> 石不能言最可人

我惊喜于我终于得到了她,她是我的。这是前生定下的一段不可改变的情缘。当她在这座大厅的一隅静静等待的漫长的日子里,人们只知道她艳丽如花,光彩如虹,他们为她的美色所迷,却不知如何为她命名。这一日终于到来,我坚信我对她的深知——红颜如有待,知己在人间!她就是我的"红颜知己"。她不能是别的名字,她就是我的"红颜知己"。

> 2006年6月5日,闽游最后一日的最后一刻,在漳浦天福茶博物馆得美石"红颜知己"。2006年10月31日欧游归来作于北七家。

蔡天新主编诗集封底短语[*]

  严格的标准,精练的筛选,以有限的篇幅集中展示中国现代诗近百年写作的丰硕成果,这体现着这本诗集编选者和注释者的一番苦心。

  选目保留了近一个世纪现代诗一路艰辛走来的珍贵记忆。除了本文,再辅以必要的注释和具有创意的"旁白",以及内容简括翔实的简介,使本书成为一本优秀、精美、庄重的具有充分可读性的权威选本。

  诗集的许多作者是我的前辈和同代人,更多的作者是我认识的和来不及认识的年青朋友,我对他们的劳作充满了敬意。

        2006 年 12 月 25 日于北京大学诗歌中心

---

 * 据文稿编入。

我的"红颜知己"[*]
——漳浦奇缘之二

这是前世定下的约,我们在最后的时刻相会。要是主人没有安排这次临上飞机前的访问,要是这次匆匆的访问时,我没有遇见她在厅堂一边静静地伫立,要是我发现了她而却无法把她带回,那么,我们的缘份也就断了。这里我说的是我和我的"红颜知己"的一段情缘。

这是我们访问福建泉、漳两州的最后一天,行程在当日午前就将结束。而后,我们将从漳浦沿福厦高速公路直奔福州长乐机场返京。今天的最后一个访问点,是设于漳浦县的天福茶博物院。昨天我们已参观了天福主人堪称雄才大略的一个创举,那就是他在厦汕高速公路上开辟了一个可能是世界上最大的高速路服务区。那个服务区其实是一个规模巨大的雕塑公园。

公园占地方圆一千二百余亩,是一片宏阔的丘陵。那些不高的山包上,长满了亚热带的花木:龙眼、荔枝、芒果和柑橘,还有郁郁葱葱的剑麻和台湾相思。曲水临风,如衣似带,闪亮晶莹。园是为茶而建,所以远远近近遍植茶树,营造了一片又一片供观赏和采制的茶园。在绿荫掩映之间,时时出现美丽的石雕。石雕的主题是"唐山过台湾",展现的是大陆同胞跨海建设台湾的历史。雕塑园有四个展区,区间以电瓶车来联系,可见其规模之大。

---

[*] 此文据文稿编入。

今天参观的是有关茶的另一个景点:茶博物馆。这也是天福茗茶企业投资巨大的一个文化设施。我孤陋寡闻,以我所见到的而论,这应该是最完备也最精致的一座专业的茶博物馆了。博物馆集中展示世界各地的茶叶种植、生产和制作的丰富的史料,实物的展出和形象的再现,以及现场的品尝和表演,堪称绝妙。特别是临别的那一顿午宴,茶香满座,令人心醉,也是一场茶文化的生动展出,那是一种无法抗拒的典雅而高贵的色彩和气味的诱惑和享受!

天福茗茶的老总李瑞河祖籍漳浦,早年在台湾发展,办天仁茗茶,业绩甚丰,名闻遐迩。九十年代他移师桑梓,在自己的故乡办起了规模很大的茶企业。由商业,而艺术,而文化。李先生不是一般的生意人(尽管他的企业做得很成功),究其实他是一个文化人。他知道茶里面有悠久而高远的文化内涵,他由茶的开发而引发出一个可能是非常专业的文化命题。

我们的参观是很随意的。走着走着,信步就到了奇石馆。我应当感谢这座茶博物馆,更应该感谢这座奇石馆,要是没有今天的访问,要是没有这一番漫无目标的信步而行,我就无法与我的"红颜知己"相遇,也就无法完成我与她的这一段因缘。

那是奇石馆静谧的一隅。她在那里沉思。不,也许是在做梦。她一身缟素,不施脂粉,却有水晶般的明亮,明亮中的芳香!那座厅堂,摆满了各式各样的奇石和美石。但她是如此的与众不同,她的美丽是夺人的。透明如水,又若澄碧的秋空,在那水晶般清澈之处,泛出了早霞似的嫣红,是虹霓,是一树梨花带着露珠的妩媚。她静静地伫立在厅堂的一隅,她的明亮照亮了整座厅堂!这是一种超凡脱俗的惊人之美。

我走近了她,我知道她在等我的走近,我们有千年之约。其实,发现她的不仅是我一人。同伴中有几位都为她动心。但她不属于他们,她只属于我。在他们没有从她的美艳的惊诧中醒悟过来,我已经向她伸出了拥抱的臂膀。美是无价的,我没有考虑店家的定价。我只是询问是否可以把她运到北京?回答让我失望,店方说,我们可以代你包装,但是不能为你寄运。我已绝望。无论是多深的爱,我们将无法相聚。

访问已经结束,车已启动,我们就要离开。我回头望她,那通体的晶莹竟化成了泪珠,满厅堂充满了她的晶莹的泪水!就在此刻,幸福降临了。奇石馆的主任匆匆赶来,答应给我寄运,而且不再加收邮资。已经开动的车子停了下来。我们迅速地交款、填单,而后上车,带着我对她的爱恋,带着我深伸的盼望,也带着我的同伴的艳羡和祝福!车子开动的那一瞬间,我向漳浦的友人致谢,是他们安排了我们的会见,也是他们促成了我们的因缘,他们是我最应感谢的"媒人"。

为我们送行的除了奇石馆的主人,还有县宣传部和文联的热心的朋友,我在表达我的谢意时告诉他们,我已为她起了一个名字——"红颜知己"!他们为这一命名发出了来自内心的欢呼。

从福州到北京,飞行的时间大约是两小时。我人未到家,电话已经来了。电话告知,石已寄出。回京后的第三天,"红颜知己"盛装回到了她日思夜想的家,我终于拥有了属于我的"红颜知己"。

2006年岁暮完稿于昌平

山水有知音[*]

雷熹平文思敏捷,且写作非常勤奋。但他并非专业的诗人,他的诗是在公务余暇、别人用来休闲的时间写的。他先前出的那些与政务有关的、融进他处理多种关系的充满思辨色彩的"智慧的彩翼",已引起诗界的好评。这次他转换了视点,把目光投向了山水园林,让心志与自然在诗中融为一体。《名胜之歌》是雷熹平新出的一本诗集,收诗人写景抒怀的新旧体诗近二百首,这些诗记载了诗人自上个世纪90年代以迄于今的十数年间,登临名山大川,遍访古迹名胜的心路历程。

古云,仁者乐山,智者乐水。亲山水者,胸中自有宁静致远的抱负。亲近山水,这与其说是一种雅兴,不如说是一种心存高远的境界。当今世象,满目奢华,飞光流电,五色乱眼。流俗夹带着物欲形成一种难以抵御的蛊惑,而能在此种情势下坚持的,就显得异常的艰难。诗人初身尘嚣而寄情于山水,寻求精神的寄托,觅知音于高山流水之间,在大自然中寻求诗意,又在诗情的荡涤中视通今古,兴会万物。或发为联翩的奇想,或发为深情的咏叹,或发为警世的浩歌。他所致力的,不仅在身心的愉悦,甚或于以此召唤世道人心。

雷熹平的心是亲近自然的。他爱大自然的奇丽壮美、蓬勃生机,对此有一种发自内心的温存与体贴。在诗集的《代自序》中,谈到他对桂花树叶悄悄更替的审视:春风催着新叶,"绿了这

---

[*] 此文据文稿编入。

里,绿了那里宛若绿色的云絮,磅礴于天地之间"。这里有着发自内心的欣喜。他爱自然界的一切,是由于他对自然界的深知,深知却是由于观察和理解。这种感受,在《蝴蝶泉》中再次得到证实:"泉水清得好似无,见了游鱼方知有。碧水柔得动似静,龙口水哗知泉涌"。这里对有无动静的体察,是出自知心和知音的深知。

由此可以看出,他的诗是酝酿和诞生于对自然万物的热爱。如同他的那些智性的诗作那样,他赋予他的"发现"以诗性的翅膀。他的不少名篇佳句都是这样起于客观物象而意象飞腾的灵奇之作。雷熹平的诗有易于他人之处的是,他把这些繁丽的奇思,避开繁词丽句而出以平淡清新。所谓的"清水出芙蓉,天然去雕饰"即是。

这种绚烂之极,归于平淡是成熟诗歌的境界。平生读诗,最喜那些洗尽铅华的朴素淡雅的作品。记得早年读郑板桥,每为他的"湖上买鱼鱼最美,煮鱼便是湖中水"所倾倒。现在读雷熹平的诗,有些诗句同样引发了我的欣喜,如《龙津风雨桥》的"风雨最长春最长,六窗吸纳天下凉";如《桂柳大运河》的"陡河一线流水长,中心开花在官塘";如《武夷九曲溪》的"清清九曲十八弯,洗净官帽在一边",都是这样不事雕琢的流畅清新的佳句。

为诗要讲技巧,但首先是境界和胸襟。境界高了,诗品就高,再佐以技巧,就会造出好诗来。举个例子来看,如他写壶口瀑布:"天无闪电,黄雪卷惊雷",闪电惊雷倒也不奇,而"黄雪"却非亲历者所能出。再如他写十万大山:"大山数十万,极目海天蓝",真是气象雄阔。至于诗的风格,人有千种面孔,诗有万种风情,是各不相同的。但有一点需要避免:不能玩弄辞藻。真情实感最重要,此话像是老生常谈,但却永不过时。真情不是空谷来风,而是源于实感。开头所举蝴蝶泉的例子便是寓真情寓实感的典型一例。

雷熹平这本诗集，记载了他云游天下的艰辛足迹，从西藏到青海，从西子湖畔到新疆，都有他的美好诗句。但通观全书，他着墨最多的还是桂林。桂林是他长期生活和工作的地方，他热爱这城市，对它的一草一木都怀有深情。他写桂林有他人所不及之处，如"山水不分手，难得桂林有"，又如"水水皆纽带，绕着山山转，山山为带结，挽住水缠绵"。也许是他为政的"积习"，他的桂林诗中也留下了他为这座城市思考的痕迹，如提出"城与景，拥抱紧，史文化，共体生"的《桂林综合论》便是。他是一位勤政不忘为诗，写作不忘公务的值得尊敬的诗人。

　　我在这里推崇了雷熹平纯净素朴的诗风，但这并不代表我对他的一些诗因过于直白而流于"寡淡"的认可。同样，我肯定了他的诗去掉繁缛的清浅风格，也不能认为我拒绝那些绚烂和华彩。拉拉杂杂写了这些，我没忘了为我们勤勉的诗人贺！

2006年岁暮于北京大学

时间的姿势是美好的[*]

——为张德强诗集序

时间从我们的身边无声地流走。除了少数的那些在人生舞台上展出壮丽篇章的人以外,对于大多数的人而言,时间只是无情地在我们身上留下残忍的刻痕。这些人中,有的人留有记忆,有的人连记忆也没有留下。所以,当我们说到时间,多少总有些无奈和伤感。在芸芸众生中,也许惟有诗人例外——当然,不独诗人,从事各类文学艺术的人也是,但我还是认为诗人是幸运者。其道理,自有从事文艺理论和美学理论的人来解释,此处不赘。这里要说的是,诗人的工作是属于心灵的。诗人能够在时间的行走和演出中,通过自己的心灵以独有的方式,保留下那些原本稍瞬即逝的事像,瞬间或久长的悲喜哀乐,沉痛或惨烈的思绪念想,或吉光片羽,或绵长缥缈,都在诗人奇妙的工作中得以留存。

诗人对于时间的驾驭有别于他人,那流动在茫茫空间的不知来处、也不辨去向的"空无",在诗人那里不仅具有了实有的形态,而且是与生动活泼的人的情感活动紧紧相融。时间在诗人那里于是成为了心灵的历史,而且是浸漫了浓浓诗情的心灵史。正式在这样的前提之下,我认同了张德强此刻提供给我们的诗题:"时间的姿势",以及他为展现这一题目所进行的充分诗意的工作。诗人及时地"截留"了可能随时都会从身边流失的时间,

---

[*] 此文据文稿编入。

并且卓有成效地"再现"时间在它的行进中的异常生动的姿态。

张德强的创作活动起手甚早,他的处女作《水田》写于上个世纪70年代,其中真实地留存着那个年代的精神迹痕,诸如"公社的水田连接着五大洲"这样的典型情怀,正是我们这些过来人挥之不去的诗歌记忆。80年代是朦胧诗发轫的季节。那正是理想和希望起航的年代。青春、渴望、幻想,把握着今天并相信明天比今天会更加美好。这些难忘的气息和思绪都贮存在他的篇章中。请看时间是如何欢乐着飞翔的,这里是奔泻的大龙湫瀑布:"你以你的胜利的跌落,你以你的气势磅礴,证应义无反顾的人生法则"。有一种期待已久的信念,在充满活力的自然中为新降临的时代作证。

张德强的诗歌信念,在时间的推移中得到完善和确立。激情的岁月,历史的参照,加上现实的考量,使他乐于把诗歌置放在大的时代背景上,从而为伟大的时间塑型。他的诗坚定地让诗歌站立在现实的土壤上,尽管他服膺这一文体的本质的充分幻想性。他坚持诗歌不能从时代的门槛上"跳跃"而过,他认定诗歌之于时代只能是一种"穿透"。[①] 在一首诗题为《沿地铁走回地道战》的诗中,诗人巧妙地使现代的时间与过去的时间串通,轻松的高跟鞋敲打着沉重的历史空间,这里的回响有一种深刻的入世关怀。

我们的诗人跟随时间前行。他行走着,也思忖着和探究着。他没有因为诗的空灵飘渺而忘记现实的凝重。时间在严峻中展开,时间飞逝,满眼总是动人的景象。它给人欢欣,给人忧愁,让人喜不自禁,又让人彻夜难眠。诗人珍惜时间的赠与,他总是严

---

① 语见张德强《时间的姿势:后记》:"德国诗人保罗·策兰在一次授奖会上说:'诗歌并不是没有时间性的。诚然,它要求成为永恒,它寻找并把握时代——是穿过,而不是跳过。'他所说的是诗歌与时代的关系:诗歌不能置于时代的外圈跳跃而过,而应该穿透其间,把握时代的脉搏。"

肃地面对一切。他不能忘却在时光的流逝中,那"一次次突如其来的灾难,一番番势均力敌的较量,一场场永不妥协的抗争"①。即使是SARS那样严重的袭击,他也报以坚定的回答:"微笑,并且保持"。② 读到这诗的那一时刻,我是深深地被感动了:诗人没有在苦难面前沉默;而我们的事实却是,有为数不少的诗人,曾经在纽约那两座摩天大楼的轰塌面前无动于衷。

张德强说过,诗歌不是私秘日记,是要给人看的,就得先让人读得懂,又有所共鸣。他认为诗歌既是个体生命的自我宣泄,又是人类共同意志的艺术表达,在艺术的时空内透视生存的实质。③ 这些话说得很辨证,首先他承认诗的个体生命的属性,但又强调诗与人类共同精神的融通。在现今,那种与世无涉的梦呓式的"私语"实在是太多了。有些诗人甚至完全沉浸在他人不可进入的、惟有他自己清楚他在说些什么(甚至连他自己也不知)的絮叨之中。

如果说这本诗集所收80年代前后的诗作,因为激越情感的充溢而显露出某种"漂浮",那么,到了世纪之交,时间却为他的诗歌铸造出一种令人欣慰的沉着与坚定。"自杀的杯子","忏悔的瓷砖",在这些小小的"咏物"诗中,都寄托着巨大的关怀。本世纪初,太平洋发生空前的海啸。诗人的心被这突如其来的灾难所震动。他在题为《海啸:挑战人类命运》的诗中这样呼吁:灾难是最直接的教诲,痛苦是最深刻的提醒,学会敬畏自然——

　　　　拯救人类的诺亚方舟
　　　　除了爱,还是爱

---

① 张德强《为了忘却的纪念》中的诗句。
② 见《微笑,并且保持》一诗原注:"'非典'学名SARS也可以理解为Smile And Remain Smile,即:微笑,并且保持。"
③ 见《时间的姿势·后记》。

就这样,从最初的略嫌宽泛的浪漫情怀,到今天这种对于现实的世界人生的深重关切,诗人跟随着时间,走过了坚实而沉稳的路途。为历史的灾难而"追忆疼痛",为一棵"受伤的树"而痛苦,为一条"濒死的河"而心意难平。[①] 最让人倾心的是他的《失去了翅膀的天空》。这种失去翅膀的天空让人感到无边的空寂,风没有羽毛可供戏弄,遍布钢筋水泥的城市变成一只巨大的"鸟笼"。而更严重的是,一旦仅存的翅膀失去了明净的、可供飞翔的天空,那就是人类的绝境!诗人的忧患是深重的。

张德强诗风纯净明朗,艺术取法多向,有相当丰富的表现力。据我所知,他还是相当敬业的诗歌创作组织者,他致力于新生的创作人才的扶植和培养。张德强为诗多年,他是忠实于时间的,他随着时间的推移而踏着坚实的步履一路前行。他的深深浅浅的足印,为我们留下了充满诗意的时间的姿势。而这些姿势无疑是非常美好的。

2006年岁末于北京大学中国新诗研究所

---

① 这一个句子中引号内的短语,均为作者的诗题。

2007

《新诗发展概况》答问*

问：《新诗发展概况》的编写是如何发起、组织的？由谁提出？怎样形成这六人组合？当时你们是大学生，对承担这一任务有什么看法？

答：事情还得从头说起。我们六人中，我、孙玉石、孙绍振和殷晋培当时是北大中文系1955级的同年级同学，我和殷晋培是一班，孙玉石和孙绍振是二班。在1958年"大跃进"中，我们年级响应"拔白旗、插红旗"的号召，起来批判"资产阶级权威"（其实就是批判我们的老师）的学术观点。我们利用暑假集体编写了"红色文学史"，在社会上反响很大，一时成为学术界大跃进的典型。1959年国庆前夕，70万字的《中国文学史》正式出版。书出来后，我们年级就很有点名气了。

记得也就是在那个时候，大概是1959年的初冬时节吧，我在宿舍接到《诗刊》编辑部打来的一个电话，说是《诗刊》的负责人要到宿舍来看我，谈一些他们的设想。在约定的时间，一辆黑色的小汽车开到了我所住的32斋学生宿舍。来的人是《诗刊》副主编徐迟先生，编辑部的沙鸥先生和丁力先生，他们都穿着厚重的大衣。

徐迟先生跟我说，新诗发展已经三十多年，迄今没有一部用正确的观点写的新诗史。这件事靠一些专家做不好，因为他们没有正确的观点。克家同志和编辑部研究过了，建议由北大的

---

* 刊于2007年6月《文艺争鸣》。据此编入。

同学来编一部新的新诗发展史,时间要快,利用寒假的假期立即动手,争取明年(即1960年)开始在《诗刊》连载。沙鸥和丁力也都讲了些鼓励的话。那次谈话很具体,大体涉及了中国新诗的发展的历史以及关于新诗史写作的一些设想。至于参与这一工作的人数,我们觉得人少了做不完,人多了也做不好。人数多少,找谁来做,如何发挥集体编写的优势?他们建议由我来考虑,组织一些同学,组成一个集体的班子。

他们走了之后,我开始考虑人选。1955级的几个同学平时交往甚多,在这次集体科研中又加深了了解,一谈下来,大家都很投机,当然不成问题。大概是在交换意见的过程中,我们已经对未来的诗史的初步结构有了一些想法,觉得六人比较适中。于是又征求刘登翰和洪子诚的意见,他们是1956级的,比我们低一届,大家本来都喜欢诗歌,也谈得来。六人的班子就这样定了下来。

我们这些大学生,当时都参加了学术批判的活动,正在大跃进的兴头上,可说是充满了自信与豪情,那时我们不知畏惧为何物,都有一种舍我其谁,志在必得的狂劲。都说是少年轻狂,其实那个失去理性的年代本身也极力怂恿我们。现在有"无知者无畏"的说法,我们那时少不更事,不是无知,却是少知,而无畏则同。

问:在1958年前后,编写事实上是中国新诗简史性质的论著的动机是什么?

答:在当时那种大跃进"一天等于二十年"的背景下,到处都在"放卫星",不论是《诗刊》领导还是我们,当然是希望能够以最快的速度写出一本观点和方法都正确的、有异于前人的、崭新的新诗史。这在当时,我们都完全认同如下的看法:即这个工作不能依赖那些资产阶级的或小资产阶级的专家来做,只能由我们这些敢闯、敢干、没有思想负担的年轻人来做——这是当时非常流行的观点。

问:请回忆当时编写的具体情况。集体性的科研在当时是一种方向,在编写过程中如何收集、阅读材料,如何分工,如何统一思想观点?《诗刊》的负责人在编写中起到什么作用?

答:事情决定了,我们说干就干。寒假一到,同学们纷纷买车票回家过春节去了,我们六个人的第一件工作,便是大模大样地进了北大图书馆的书库,搬走了一整车的新诗的诗集和相关的资料,是满满的一个面包车的资料。我记得开始是集中一段时间通读原著,包括诗人的诗集和有关史料。最初是一种普遍的阅读。随后是根据阅读的心得漫谈各自对中国新诗发展的观点和认识,包括未来诗史写作的分期等具体问题。我们当时非常注重观点的"正确性",我们有一种使命感。至于观点本身,就我个人(也许1955级的几位学友也如此)而言,因为刚刚从红色文学史的集体写作现场走出来,则是非常重视当时编写文学史议定的三条基本思想:一、民间文学的主导地位;二、现实主义的主体意识;三、进步的、革命的与落后的、反动的两条路线的斗争。至少在我个人,是在自觉地把这三条"原则"运用到这次新诗史的写作中来了。

当然,我们的思想也并不那么单纯。我们这些人很早就喜欢诗歌,受到国内外许多诗人的影响,内心深处依然有着与当时流行的趣味相背的东西,我们在情感与理智、响应号召与个人爱好方面是矛盾的。当然,在那个年代,一切都服从于整体的时代氛围。

六个人因为相知已久,情趣相投,加上集体科研的合作,我们之间的观点几乎没有分歧,意见非常一致。我们的分工是根据自愿而稍加调整,一般来说都是相互协调的结果。我们自身有处理各类问题的能力,主要的意见都是自己提出自己予以解决。《诗刊》在生活上和物质上给我们提供了有效的保证:和平里一套空置的宿舍,必要的家具包括取暖的炉子和烟筒以及简单的办公用品,都是《诗刊》给我们准备的。但好像并没有给予生活补助之类,我们完全是"生活自理"。那时提倡"共产主义风格",我们也不会提出类似的要求。徐迟先生和丁力先生是和我们联系最多的,他们经常在业务上给我们解惑。

问:"反右"之后,似乎对现代文学史已经确立了基本的叙述方法和评价标准,你们都是爱好诗歌的,这种标准与你们原先的爱好、评价是否相符?如果出现冲突,如何解决?如何确定《概况》的体例,确定描述范围,确定诗人所属的"路线",如何分配比例?

答:这个问题前面已经涉及。当然存在矛盾与冲突,由于那时不断批判个人主义的结果,我们遇事总是怀疑和否定自己,总是会排除一切"私念"服从"大局"。所以,虽然在内心深处有过去的趣味,但"排除"也并不困难。前面我已说到,我是把集体编写文学史的"经验"带到这项工作中来的,我们的指导方针当然是以两条路线斗争为纲,在诗人中分出进步的和落后的、现实主义的和反现实主义的、资产阶级、小资产阶级和无产阶级的——等等。前者是我们要加以肯定的,也就是要重点予以描写的,后者则是要加以批判的,也就是作为陪衬的。在这样的前提下,我们重笔肯定了像殷夫、蒋光慈这种类型的诗人,而对艺术性虽然很高而思想性不强的诗人,如徐志摩等则有意地予以贬低。我们把前者视为主流,把后者视为支流或逆流。

问:《概况》每一章开头、结尾,都引了一些诗人的诗句。这些诗人和他们的诗句的引用,是怎样确定的?

答:这是我们很得意的"创意"。开头和结尾引用的诗人及其句子,是我们认为可以代表那一时段诗歌主流的现象。例如,五四时期的郭沫若,引诗来自《女神》,这些都代表我们认为的主流。

问：据说你们当时集中在一起，住的什么地方？吃饭等日常生活怎样解决？

答：为了排除干扰、集中精力在极短的时间里完成任务，《诗刊》给我们在和平里找了一套无人居住的宿舍，安装了冬天取暖的炉子，简单的床和桌椅，就是不能自己起火做饭。我们每顿饭都在附近找饭馆解决，因为是穷学生，当然是非常简单而节省的饭食。记得刚来的那天，孙绍振自告奋勇担当了给炉子生火的任务，待得我们从外面吃饭回来，迎接我们的却是满屋子的乌烟瘴气！这个从来自我感觉良好的家伙，这会可不敢吹牛了。我们很为他的受挫高兴了一阵子。我们在和平里居住了整整一个寒假，那年的春节也是在那里过的。我们艰苦奋斗，闭门谢客。同学们都回家去了，也没有什么客人。记得倒是有一位女士来访，那就是吕薇芬，她的到来给我们寂寞的生活带来了温暖。我们的邻居都是作家协会的，我们平时都是伏案工作，也不和邻居往来，后来知道我们的楼上就是翻译家朱海观先生，同楼还住着诗人邹荻帆先生，我们曾拜访过他们。

问：《诗刊》曾组织对《概况》的讨论，都有谁参加？提了那些意见？为什么概况在《诗刊》没有登完？发生了什么事情？据说原来要出版单行本的？

答：是开过征求意见的会，哪些人、提了些什么意见，都记不清了。记得臧克家、徐迟、沙鸥、丁力等先生都来了，可能还有郭小川先生。《概况》登了四章，便告中断，当时徐迟等先生并没有向我们说明原因。大概总是不便言说吧。据我估计，并不是我们的写作出了什么问题，而是整个文艺界的形势有变。阶级斗争的形势愈来愈紧，《诗刊》是有点自顾不暇了。原先的打算很好，是登完之后要出书的，但这事也不了了之了。"文革"结束后，丁力先生还记得此事，与我联系此著作出版的事。我把全部稿子整理出来，由丁力寄往百花出版社，遭到退稿。出版的事遂告绝望。"文革"后,我们把未曾登完的两章文稿陆续发表,此事告一终结。

借此机会,在你所提的问题之外,我本人还有两件事要说的,其一,是署名问题。我们编"红色文学史"时,正当"共产风"的高潮,强调集体主义精神,所有作者均不署名,包括全书的领导机构编委会成员,也不署名。那时认为署名是"个人名利",大家都很不齿。我们把这思想带到了《概况》中来。而《诗刊》坚持要作者署名,我们虽然有点害怕,却也挡不住"名利"的诱惑,同意了。开始我建议按六位作者的姓氏笔画排列。后来发表时的署名是编辑部定的,他们对此未作说明。其二,是稿酬。在编写文学史时,基于上述同样原因,我们放弃了稿酬。这次《诗刊》表示要付给稿酬。我们心中有点忐忑,但还是乐意的。此事不能声张,只有我们自己知道。每期的稿酬都由编辑部直接寄给我,好像总有一、二百元光景。我收到稿费都记账,扣除邮资、饭费、交通费等开销之外,按六人平均发放。这在当时,是一个承担风险的行为,我在这样做的时候,有一种亏心的感觉。

问:《概况》的编写,对你们后来的学术工作发生了什么影响?它在你与80年代以后的诗歌观念和研究工作发生怎样的关联?你现在是如何评价、看待这一事件的?

答:明显的影响就是,我们六人此后都不约而同地走上了诗歌研究的道路。由于那段工作,使我们对新诗的历史发展有了比较全面的认识,我们在为它唱颂歌的时候,的确也看到了它的问题。在这样的认知基础上,"文革"结束后,面临80年代新诗潮的崛起,我们心中是非常明白了。我个人当日对于"朦胧诗"的态度,应当说是在编写《概况》时就在酝酿并逐渐明确的。

2007年1月11日于北京大学中国新诗研究所

谢冕访谈*

被采访人:谢冕
采访人:安琪
时间:2007年1月12日星期五
地点:北京

安琪:谢老师好!今天的话题我们还是从朦胧诗谈起,您第一个发表了为朦胧诗张目的崛起论,可谓朦胧诗群的发现者和确认者,能回忆一下当初您是如何与朦胧诗群碰撞的吗?

谢冕:1978年冬我在京西宾馆参加一个会议,会后,我在宾馆门口惊喜地看到地上摆放着几本《今天》,上面的诗深深地打动了我,给我很大的冲击。在我看来,这样的诗才是真正的诗,它预示着诗歌的春天即将到来。这以后,我参加了南宁诗会,并在光明日报上发表《在新的崛起面前》,对这种新诗潮的出现表示支持。今天我们可以肯定地说朦胧诗是新时期文学的开路先锋,它为新时期文学打开了一个闸门,开启了一个诗歌的新时代。

安琪:北大,是中国学子的梦想地,但能真正踏进这方由未名湖、博雅塔和无数世纪大师构成的学习净土的学生毕竟少之又少,您能以几十年在北大读书、教书的亲身体会描述一下北大何以成为北大吗?

---

* 据文稿编入。

谢冕：你的问题让我忆起已经变得十分遥远的那个八月末的午夜，车子在黑幽幽的校园里林丛中旋转，终于停住的时候，我认定那是一生中最神圣的一个夜晚：命运安排我选择了燕园一片土。燕园的美丽是大家都这么说的，湖光塔影和青春的憧憬联系在一起，益发充满了诗意的情趣。每个北大学生都会有和这个校园相联系的梦和记忆。

北大学生以最高分录取进入这所学校，往往带来了优越感和才子气。与表层现象的骄傲和自负相联系的，往往是北大学生心理上潜在的社会精英意识：一旦佩上北大校徽，每个人顿时便具有被选择的庄严感。北大人具有一种外界人很难把握的共同气质，他们为一种深沉的使命感所笼罩。今日的精英与明日的栋梁，今日的思考与明日的奉献，被无形的力量维系在一起。青春曼妙的青年男女一旦进入这座校园，便因这种献身精神和使命感而变得沉稳起来。这是一片自由的乡土。

从上个世纪末叶到如今，近百年间中国社会的痛苦和追求，都在这里得到集聚和呈现。沉沉暗夜中的古大陆，这校园中青春的精魂曾为之点燃昭示理想的火炬。一代又一代的中国学者，从这里眺望世界，用批判的目光审度漫漫的封建长夜，以坚毅的、顽强的、几乎是前仆后继的精神，在这片落后的国土上传播文明的种子。

在我看来，北大魂——中国魂在北大校园里生长。这真是一块圣地，数十年来这里成长着中国几代最优秀的学者。丰博的学识，闪光的才智，庄严无畏的独立思想，这一切又与先于天下的严峻思考，耿介不阿的人格操守以及勇锐的抗争精神相结合。这更是一种精神合成的魅力。科学与民主是未经确认却是事实上的北大校训。二者作为刚柔结合的象征，构成了北大的精神支柱。把这座校园作为一种文化和精神现象加以考察，便可发现科学民主作为北大精神支柱无所不在的影响。正是它，生发了北大恒久长存的对于人类自由境界和社会民主的渴望与追求。

安琪：众所周知，海子是出身北大的著名诗人，他以卧轨自杀的方式结束25岁的短暂生命，在他死后，他的诗作获得了广泛的承认，您如何看待海子之死？

谢冕：海子是北大诗界的骄傲，骆一禾和戈麦也是。他们至少证实了真诚和执著，无论是对艺术，还是对人生。尽管我们为失去这些年轻的生命而怅惘，但他们的抉择几乎是不可改变的。海子是一位来自中国农村的农家子弟，他又是中国最高学府的求知者。作为一名知识分子，他拥有中国农村的厚重和质朴，他又有中国文化中心的现代感和创造性。海子是一种综合，这种综合是诗化的，他在抒情诗和史诗方面的实践已经超越了新诗潮的前驱者。时间是无声无息的流水，但时间带给我们的不是遗忘。我们对海子的思念，似乎是时间愈久而愈深刻。

中国新诗潮的崛起为我们送来了一批辉煌的先行者。尔后，海子一代人出现了，他们的出现给我们以力的持续的安慰。海子的消失是一个可怕的预言，也是一个庄严的宣告。海子说过，"尸体不是愤怒也不是疾病，其中包含着疲倦、忧伤和天才。"那么，海子的消失便是对他所面对的世界的答复。

海子之死让我想到了徐志摩、普希金、雪莱、拜伦等天才而早夭的诗人，他们的才情也许因这种悲剧性的流星般的闪现而益显其光耀。也许历史正是这样启示着人们，愈是复杂的诗人，就愈是有魅力。因为他把人生的全部复杂性作了诗意的提炼，我们从中不仅窥见自己，而且也窥见社会。

安琪：当今社会对诗人似乎抱有一定成见，在公众想象里，诗人是弱势群体，他们也由此对诗人的才华不予信任，您如何看待这种现象？

谢冕：如果有你所说的这些现象，那也是建立在这样一种并不全面的认识基础之上,否定一位有才华的诗人的地位是容易的,不容易的是改变一种旧观念和建立一种新观念。这种新观念是承认诗人作为人,他有自己的素质,包括他对人生和历史的基本态度,以及可能有的局限,并且承认产生这种态度和局限是自然的。诗人作为一个易于受到社会的和自然的各种条件影响的人,他的思想情感是一种动态的存在,被理解或误解都是可以接受的必然。只要我们不把诗人当作超人,那么,以某些成见来否定一个诗人丰富的和复杂的存在,就会失去全部意义。显然是结束公众想象的时候了,因为新的时代召唤我们审视历史留下的误差。

安琪:请您简要概述一下东方文化在借鉴西方文化存在的问题。

谢冕:从清末以来,中国先进知识界不同程度地有了一种向着西方寻求救国救民道理的觉醒。由于长期的闭锁状态,中国知识分子接触外来文化时一般总持着一种"拿来"实用的直接功利目的。更有甚者,他们急于把这一切"中国化"(有时则干脆叫做"民族化"),即以中国的思维观念模式急切地把外来文化予以"中国式"的改造。因此,一般的表现形态是"拿来就用"、"拿来就走",很少能真正"溶入"这个交流,并获得一个宽广的文化视野,从而加入到世界文化的大系统中成为其中的一个有机组成部分。中国传统文化性格的闭锁性,限制了许多与西方文化有过直接接触的人们的充分发展。

东西方文化的隔膜太遥远,由于国情,也由于语言、文字,中国知识分子在世界性的交往中,往往充当了"孤独者"的角色。

安琪:谢老师,您用电脑吗?您如何看待网络时代的利与弊?

谢冕:我主要是用电脑写作和收发一些邮件,有时也查一些资料。电脑的普及大大促进了学术的进步,这是一个信息爆炸的时代,令人目不暇接的事实,相对地也给学术研究带来了不宁和骚动。以往那种相对封闭中的潜心致志,如今变得稀罕了。纷繁的世界性交流,夺走了人们对于固有学统的专注。人们的精力因纷沓的资讯而分散。故此,相对而言,新一代学者的国学根基,较之他们的前辈,则有了普遍的削弱。

安琪:中国的文学,一向有强国新民的传统,而由此造成的社会功利主义也在所难免,您对此有何见解?

谢冕:中国当代文学直接承继了近代以来文学强国新民的传统。中国几代的社会精英,面对严重的内忧外患,四方求索而救国无门。当军事上连连败绩而实业救国或洋务运动等又无以奏效的时候,文学则成了他们实现强国新民理想的重要选择。这些新进的知识者认为,强国在于新民,新民必先铸魂,而诗歌、小说、戏剧和各种文章则是唤醒民众的可行方式。由此可见当时文学在他们心目中的位置。

从文学改良到文学革命,中国作家想以文学的内容和形式的全面革新的努力,使之有效地接近民众、并为民众所接受。这正是使文学有益于改造民众这一思路的延展。由此,我们看到了从新文学革命开始的"为人生",到后来的"为救亡"、"为国防"、"为政治",以及每一个时期都有的"为……"的号召、主张和实践,其中的用意也正在于使文学能够和社会的发展、民心的建设结合起来。

这些因素,自然地形成了近代以来中国文学的功利主义的理念。文学尽管有多种功能,但"文为世用"的观念,却是中国人自古而有。这与中国的国情有关,也与中国的文化传统有关。而把这种"有用"的文学观念加以改造并大面积地移用于政治的动机、直接为政治服务,则以中国当代文学为极致。早在抗战结束之后的国内战争时期,即有为工农兵服务的文学思想出现。所谓"工农兵",工人及士兵都来自农民,其中心则是农民。中国以农立国,抗日战争的主力是农民,广大的根据地也在农村,把文学发展的基点放置于农村,则是社会情势之必然。

从农村进入城市,从根据地转向全中国,胜利者把赢得胜利的经验,带到了建设新的生活之中,其中也包括"为工农兵服务"的文学经验,并把这种文学经验上升为中国文学的方向。这就是我们所认为的文学社会功利主义在当代的强化。

安琪:在当今这个"娱乐至死"的时代,读书变成一件奢侈的事,据我所知,您一直是个有极大阅读量的人,读书对您意味着什么?

谢冕:我常想读书人是世间幸福人,因为他除了拥有现实的世界之外,还拥有另一个更为浩瀚也更为丰富的世界。现实的世界是人人都有的,而后一个世界却为读书人所独有。由此我想,那些失去或不能阅读的人是多么的不幸,他们的丧失是不可补偿的。世间有诸多的不平等,财富的不平等,权力的不平等,而阅读能力的拥有或丧失却体现为精神的不平等。

一个人的一生,只能经历自己拥有的那一份欣悦,那一份苦难,也许再加上他亲自闻知的那一些关于自身以外的经历和经验。然而,人们通过阅读,却能进入不同时空的诸多他人的世界。这样,具有阅读能力的人,无形间获得了超越有限生命的无限可能性。阅读不仅使他多识了草木虫鱼之名,而且可以上溯远古下及未来,饱览存在的与非存在的奇风异俗。

更为重要的是,读书加惠于人们的不仅是知识的增广,而且还在于精神的感化与陶冶。人们从读书学做人,从那些往哲先贤以及当代才俊的著述中学得他们的人格。人们从《论语》中学得智慧的思考,从《史记》中学得严肃的历史精神,从《正气歌》中学得人格的刚烈,从马克思学得人世的激情,从鲁迅学得批判精神,从托尔斯泰学得道德的执着。歌德的诗句刻写着睿智的人生,拜伦的诗句呼唤着奋斗的热情。一个读书人,就是一个有机会拥有超乎个人生命体验的幸运人。

2007年第五届华文青年诗人奖评语*

一、李轻松

她展示的是鲜活的生命、生命中细小的响动和震颤。那里充盈着饱满的情感和奇异的想象,这些想象被优美而神奇的词语所锁定。

二、荣荣

有一种成熟人生的丰富感悟,对世事的洞彻和通达,使内心深处的诗意变得更为隽永和绵长。

三、苏历铭

他承袭了新诗潮的抒情方式,却把记忆交给了一片有鸟飞过的天空。他知道情感对于诗的至关重要,这给他的诗增添了重量。

四、白连春

他的诗是从骨头里生出来的。一种对于日常状态的迷恋,我们因他的疼痛而感动。他心仪质朴和平静,也张扬那种把繁华藏匿的简洁和智慧。

---

* 据文稿编入。

五、耿国彪

他礼赞孤独的鹰的飞翔,礼赞那让人惊叹的燃烧的沉默。读他的诗,感受到来自生命深处的激情。他从桥墩、水泥、钢轨和铁锤中获得有力的节奏和音响。

六、苏浅

他善于通过眼前景物感悟世界,并把这种感悟上升为智慧。"她不必是天使,但我爱她带来粮食",恬淡的语气传达出朴素的深刻。

七、徐俊国

日常生活的细节非常实在地被装在他的心灵中。当然,这些细节是被发酵而醇化了。那些发生在乡村道上的故事,是他最动心的诗的乳汁。

八、叶丽隽

她的诗中有如雨的涛声,更有盛满了月光和虫鸣的田园,这都很迷人。但更珍贵的却是她静观自身时的惶惑和宁静。

九、梁积林

这里收藏着横断的岩壁,倾斜的天空倒出的蜿蜒的山脉,还有石骆驼眼中的永不愈合的忧伤。西部广袤的沉寂,在他的诗里发出了凝重的回响。

十、邰筐

他置身在生活的喧嚣中,他不惮于将那里的繁盛、嘈杂和困顿,甚至愤懑转化为他的诗意。

2007 年 3 月 1 日

象牙塔里的众生相[*]

《象牙塔》的结构很独特。它由相对独立的三部曲组成,各部人物互异,而主题则近,展现的是二十世纪末中国社会大转型带来的文化领域动荡、变异、扭曲及重组的异常生动丰富的事件和场景。这些发生在一个编辑部、一个写作中心、一个文化公司的不同故事,是中国汹涌澎湃的经济大潮激起的一个又一个让人炫目的旋涡。这些旋涡犹如深不可测的黑洞,不管你愿意还是不愿意,它粗暴地以不容讨论的方式吸纳着甚至裹胁着形形色色的人群投入疯狂的旋舞。

创意、策划、采访、写作、研讨和出版,名目繁多的"文化开发",几乎毫无例外地为金钱所驱使。有的人是主动地迎合和投入,有的人则是被动地被吸引和无奈地被推进。他们中有编辑、记者、作家、诗人、学者、书商、出版家以及主编、主任等文化干部,他们的活动连接着官场、商场、学界、媒体,他们的活动领域相当广泛,涉及夜总会、宾馆、高级餐厅、旅游点以及情色场所,《象牙塔》展开的是一幅林林总总的近于癫狂的众生相。

这是一部从文化侧面深入揭示世纪末中国社会大变动的"揭秘大全",更像是一部新时代的"儒林外史"。在参加这些文化狂舞的人们中,不乏守身自爱的传统文人,也不乏追逐时尚的新潮人物,有自视甚高的,有冷眼旁观的,也有文化界的混混,甚

---

[*] 这是为小说《象牙塔》所写的短评。《象牙塔》,作者杜禅,华夏出版社。据文稿编入。

至有无耻的骗子。作家以入木三分的笔墨,精彩地刻画了一个又一个生动而富有个性的人物形象,其中尤以范例、邓相如等负面人物的形象更为生动传神。

小说立意于讽喻,它锋芒所及,不论是对蝇营苟苟者,对玩世不恭者,还是对欺世盗名者,均毫不容情。但我们还是从作家尖锐反讽的缝隙中,在近于荒唐的失序中,在那些难以掩饰的惶惑、疑虑和激愤中,感到了鲜明而强烈的批判精神。这里跳动着一颗热腾腾的中国知识分子的良心。

2007年3月1日于北京大学

顽强的花在黑暗里[*]

　　蔡其矫先生远行了。他这次远行有点匆忙,却也有他一贯的从容。这符合他的性格。他是一个低调的人,他的行止不想惊动别人。他又是一个来去无牵挂的人,我说过,他是闲云野鹤。他活得自在——虽然有着别人难以承受的苦难,但他仍然自得其乐,生命对于他,始终是诗意的享受,拥有时,他易于满足,离去时,他也不缠绵。这次一去不复返的远行,他甚至来不及和友人一一告别。他是散淡惯了,连死亡都不在意。

　　蔡先生生病的日子和远行的日子,我都没有去看望他,甚至也没能送一束素雅的花在他身边。我平生为他写过一些文字,到了和他告别的时候,我却一个字也没有。我心中想着念着这位可亲可敬的前辈,却无法表达我对他的惜别之情——这段时间,我自己正承受着心灵的哀痛,我已身心交瘁,我无法做到我想做的。

　　诗人的人生始于奇兀,它因生动而精彩。早年,他为求祖国的自由独立,只身从印尼泗水,经新加坡,取道缅甸、香港,展转万里投奔延安。青年时代的蔡其矫,以充沛的激情冒着炮火硝烟,抒写着用生命谱就的诗篇。那时,他把实际的行动看得比什么都重要。但他还是把汗水和热血凝铸在战争间隙里写就的诗篇中,《肉搏》、《兵车在急雨中前进》、《炮队》,那里洋溢着诗人为正义而战的激情。

---

　　[*] 语见聂华苓的《爱荷华札记》中的《"发光的脸上仿佛有歌声"——抒情诗人蔡其矫》,三联书店,1981年6月香港第1版。据文稿编入。

在战争的年代,泥泞的道路上行进着一身戎装的诗人。他和那些把自己的写作与人类解放和世界和平的伟大目标连结在一起的诗人们一样,是二十世纪最动人也最值得纪念的风景。蔡其矫无愧于他的时代。

在中国当代诗人中,蔡其矫的学识丰博是很突出的,他学贯中西,通今识古。幼年进私塾,从《三字经》读到唐诗,在外国文学方面,早年迷恋陀思妥耶夫斯基,后来广泛涉猎屠格涅夫、普希金、歌德和雨果,最后遇上了惠特曼。他的大海般澎湃的激情和丰富的想象力,在这里找到了表达的方式,他说,"惠特曼的诗歌更适合我的脉跳"。他不仅写诗,还译诗,不仅把外文译成中文,还译古文。

和蔡其矫在一起,人们会忘记自己的知识和年龄的差别。他待人平等,在他面前从不拘束。对于我来说,他是老师,却更是朋友。愈到晚年,他为人处世愈是趋于平易。我们喊他"老蔡",他特别高兴。美食、美文、美人,他的"三美主义"让我们这些晚辈倾心。他和诸多女性的充满传奇色彩的交往,在《少女万岁》这本书中已有详细的描绘。他秉性如此,为此付出沉重代价而始终不悔。

对爱情和自由的渴望,与他的生命同在。他说,"追求使我坚强,为你献出热诚总不疲倦"。又说,"热望使我专注,即使在失败中仍保有尊严"。其实,蔡先生的人生不仅始于奇兀,直至晚年,也是充满了让人惊叹的行止。他喜独行,远及边陲,一路观景赏花,一路撒下美丽的诗篇。

他是散淡的,又是从容若定的;他是温柔的,却又是蕴涵着强悍的。"温柔如同兰草,却高傲可敌寒霜"(《水仙花辞》),这诗句是他的自我写照。上个世纪末,他给某报题词:"自由是诗的特性,艺术从希望展示未来"。他毕生为争取自由竭尽心力,其中包括爱情、艺术、更包括社会和政治。

读者往往在诗人的日常生活以及他对大自然的心仪和对女

性的爱慕中,看到了他的柔软和温情,但为此往往忽略了他的"坚硬",忽略了他作为男人的坚定和勇敢。而这一面,却始终被一层温婉如"怕花早谢,怕树悲伤"这样的外壳所包裹着。其实,就在写《红豆》为永驻的春天欢呼,高呼惊世骇俗的"少女万岁"、"爱情和青春万岁"的同一年,他就在汉水沉重的浓雾中,看到了艰难上升的红日洒下的斑斑红泪。他从汉水进入川江,在全民被裹进癫狂的年代,他听到了碎裂人心的呼号。一曲悲歌,宣告了诗人对丑陋现实的抗议。他就此发誓:

　　宁做沥血歌唱的鸟,
　　不做沉默无声的鱼;

熟悉中国社会和文学历史的人都知道,在那样的严酷年代,发出这样的声音,要有多大的勇气和胸怀!

　　人们以为我们的诗人总是被鲜花、音乐、舞步和美女所陪伴,其实,诗人因追求爱和美而对不公和无耻而疾恶如仇!诗人的愤怒甚至是可怕的:"历史的废墟上,一再出现不可一世的暴君,他们趾高气扬地度过短暂的黄金时代,制造无穷的危害,建立宏伟的纪念碑,然后消失"。(《偶得》)在光明与黑暗际会的时刻,他尖锐谴责人造的偶像,证实即使灰尘也比偶像伟大。这就是聂华苓所认为的开在黑暗中的顽强的花。

　　这些顽强地开在黑暗中的花,在我们的心灵中永远鲜丽,永不凋谢!

2007年3月4日,丁亥元宵,于北京大学中国新诗研究所

田禾的村庄[*]

这是广袤的中国田野上的一棵稻禾。他把根须深深地扎在中国贫穷而又富有的大地。它吮吸着大地生长不息的乳浆,它把那辛酸而又甜美的汁液溶化在自己的血脉中。它从温馨的母体中感受到这土地千百年来的艰辛、困苦、抗争和希望。

田禾的诗就是生长在中国乡村土地上的那些绿油油的田禾。他写那些土碗和瓦罐,那些饥饿的石头,那些过着质朴自然的生活的人们。他们用辛苦的劳作,种植着谷物和果蔬,豢养着猪羊和家禽,养活自己和家人,养活更多的人。诗人是他们中的一个,他从那里走出,在更开阔的天地里回望村庄,有了更多、更让人心动的对比。反顾那些曾经亲历的、那些正在继续绵延的故事,他有了一份发自内心的暖意,也有一份悠长的哀愁。

田禾把更多的牵挂,投向了那些生生世世在土地上耕作的普通人,这里有他的亲人、童年的伙伴、村里的叔叔大爷们。有的人死了,有的人仍活着。他被这些平凡人和平凡事牵挂着、折磨着和感动着。他叫得出他们的名字:屯里最有文化的木和二大爷死了,曾把大半个玉米饼子给我的满意三哥腿折了,还有四婶和老裁缝,还有那个一见人就羞红了脸的叫做"桃"的女子——"她最初开放的那一点红,就是我的心跳",如今也不在了,留下的是无尽的怅惘。

田禾笔下的乡村是那样地让人牵肠挂肚。他置身其中,他没有旁观者那种容易夸张的"怜悯"和"同情",也不是所谓的"感同身受",他就是他所写的那些村民中的一个,他和那些人物和

---

[*] 此文据文稿编入。

事件难解难分。田禾说别人是"唱"自己的家乡,而他则是直接发自内心的"喊",用最"土"的、最不加装饰的声音,颤抖着喊出带泪的、带血的声音!诗人告诉我们,庄稼、炊烟以及爱情,都是他的村庄永久的回声。

这本诗集显示的不是中国乡村的表象,不是我们常见的那种近于猎奇的关于乡土风习的展出,诗人不是"旁观者",他自身就是"当事者",他是"他们"当中的一员,是"我们"。诗在他那里不仅是一种再现和寄托,它是生活的日常状态,是一种心灵的震颤,是生命自身。田禾的诗崇尚质朴无华,他以不加装饰的口语入诗,本色、自然、素朴,甚至还有意地保留粗糙的"刻痕"。一句话,他并不精致,繁冗和华彩均非他的追求。

当然,这样的诗往往给人以过于"简略"的感觉。但诗人坚定地要予以实现的,正是这种单纯的效果。我以为他是在有意地排除那些在他看来是多余的音响和色彩,排除那些奢华的修饰,与时下词语丰盈的诗风相比,他不追逐时尚。他把握了乡村生活的"减法"的实质,他选择艺术表现的简洁的风格。他的村庄的"底色",就是人们读他的诗所感到的"简略"。

简略可以认为是《喊故乡》的基本风格,它本身就是一种境界。田禾有一首诗,题目就叫《简略》:"乡村简略到一个村庄,村庄简略到一座房子,房子简略到石头砌成的小屋,小屋简略到麦秸秆编织的门,家简略到一个人一口缸一只碗一头驮水的驴子和仅容一个人睡觉的床——"整首诗只有一个关键词:"简略"。"简略"就是当今尚存有的中国贫穷乡村的"实景"。没有形容,也没有感慨,整首诗的背后藏匿着一个巨大的问号和一个同样巨大的惊叹号。

和《简略》同一风格的还有《八公里山路》。八公里山路只有两公里的好路,石坎,陡坡,林子阴暗,不到黄昏就黑了。父亲行走在这山路上,他挑一担黄瓜,天不亮起程,他没走到镇上就崴了脚。走不完的八公里,父亲躺在了八公里山路的高坡上。那是无边无际的、走不到头的八公里:

> 我乡下的兄弟还在不停地奔走
> 这父亲一世还没走完的八公里山路

这里延续了"简略"的主题,延续了中国乡村昨天乃至今天尚存的艰难,他用非常简洁的方式处理了世代农民的近于轮回的命运。他用简洁表达了深刻。

写诗的人都知道,做到简洁(或者前面所说的"简略")并不比通常"丰富的表达"更容易。在诗歌中,"清水出芙蓉,天然去雕饰"是一个很高的境界。用去掉繁华之后的简单的本色来表现他所感到的繁复和丰富,这是对自己的挑战。敢于将此定为艺术的目标,的确要有相当的勇气。但这并不意味着他对艺术性和技巧的忽视。诗要是失去了诗意和诗性的支撑,诗也就不存在。这是当前一些口语诗的通病。

田禾是有自己的艺术追求的:这就是寓丰富于平淡。就用前面我们谈论的《八公里山路》为例,请读如下的句子:"临近小镇的一公里折叠在林中,到小镇前才完全打开自己"。上句用了"折叠"来形容公路隐蔽不露,非常巧妙。下句是"打开",正是对折叠的呼应,这公路竟像是一把折扇了。他是用平淡把诸多的隐喻遮蔽了。

读田禾的诗需要这样的追寻,即从他那些看似无修饰的地方,悟出他的用心。他的有些诗有非常精到的意象,这些意象与专司此道的人相比也毫不逊色,如"潮水般涌动的油菜花,从村庄的山坡上淌下来";再如《山寺》——

> 山寺是钟声对起来的。半老的和尚
> 敲响了山寺上空的月亮

"钟声"是不具形的声音,是听觉,而在这里却物质般地"堆"成了寺庙;再看"月亮",是遥远天外的星体,却神奇地被和尚"敲响"了。要多奥妙就有多奥妙,读田禾的诗可要用心。

2007 年 3 月 7 日于北京大学

芳草获奖感言[*]

这次获奖对于我完全是个惊喜。我写过一些文字,但几乎没有得过奖。芳草把首届汉语文学女评委奖给了我,让我十分感动。我是一个用汉语写作的人,但我的很多作品只是与文学有关,很难说是纯粹的文学作品。现在获奖的这一篇也是如此。中国用汉语写作的作家非常多,他们写出了许多优秀的文学作品,其中也有文学评论,而评委们却把荣誉给了我,我真的没有思想准备。为此,我要感谢为我提供篇幅并付出辛劳的《芳草》编辑部的朋友们,感谢鼓励我并给我以温馨的评委们。感谢你们的厚爱,更感谢你们的宽容。

我的专业限定了我的写作。教学、研究之外,写的最多的是文学评论,其他文体基本不涉及。对于我,小说是"仰望",诗歌是"敬畏",散文这文体随和一些,但也只是偶尔为之。写评论是我的主业,我为此投入最多,却也受伤最重。数十年来,风雨时多,晴明日少,我虽心怀警觉,却常因言获罪。但想到我的言说也许于中国文学的进步有所助益,我的痛苦也就化成了快乐。所以,我的评论生涯并不是"苦旅",苦在其中,乐也在其中。

我揣测,也许是我那篇文章的缝隙中流露的这一点点微弱的坚定,被细心的评委们觉察到了,她们因此肯定了我。世间最宝贵的是这种理解与同情,因此,今天我到这里来领取的是被理解的欣慰。

中国的文学创作与文学批评的环境,如今已有大的改善。

---

[*] 据文稿编入。

中国作家的思考和写作,已拥有比以往岁月更多、也更广泛的自由。写作的外在环境优化了,对于作家来说,就是要用我们的汉语写出优美深刻的文章,让读到这些文章的人们为我们的母语自豪。要是我们现在还没有做到,我们要用加倍的努力去做。我想,也许这就是《芳草》对我们的期待。

长江浩浩,芳草萋萋,黄鹤楼见证了我们的友谊。谢谢朋友们!

2007 年 3 月 31 日于武汉

认识姚学礼*

感谢《诗刊》给我一个机会会见姚学礼,并读他的诗歌。

对于姚学礼,我以前知道他的名字,却没有认真读他的诗,为什么呢?一个是因为他作品多半发表在海外,也见不到他的诗集。还有一个原因就是,许多发表他的诗的刊物都将他标为新乡土诗或乡土诗。这个定义把我和他拉开了距离。因为在我印象中我总认为乡土诗是那种比较直接写乡村生活,表现乡村一种生活场景很具体亦难免琐屑的一类体。另外一个原因是多半的乡土诗都是很传统,都是五言七言体的歌谣式的东西。所以从心底里有些距离。但是一读他的诗,我发现错了,姚学礼的诗完全不是那种类型。我建议以后应避开新乡土诗这个概念。用陇东乡土诗人称他,是定位不准的,姚学礼应是充分表现了西部生活的现代诗人。

从五四运动以来的乡土诗的发展是极其缓慢的,它总是带着牧歌式的浪漫和激情在原地徘徊。乡土诗作为一种取向,应该寻求新的发展,不应只是一条窄小模式和路子,它不能只在古典诗歌和民歌的基础上求发展,应该和所有的新诗一样,要在大众化、民族化和向民歌学习的基础上而勇敢、敏锐和创造性地与中国古典文学传统和五四新文学进行对接,以新的生存状态参与世界新诗。姚学礼正是这样,他的所谓"乡土诗"是变异了西部诗,它实际是黄土地的另类。他的诗歌是西部现代诗,它是在自身的变数中进行多元探索和实验的新诗歌,他的大地根基是

---

* 此文刊于《泉州文学》2007年第3期。据此编入。

灵性的,意象是奇特和大胆的,写作是彻底自由表达,诗歌核心是东方的,虽然骨子里是些民歌和古典,带给读者却是自然的接受和智性层面的悸动。于是,许多诗人在同路前行的相似身影中消失了,姚学礼却以关注存在的隐忧,返身灵魂的激荡,不被时尚物化而活跃至今。

姚学礼的诗我认为很有新意。他真实地表现了西北乡村的生活和情感,有着非常深厚的,黄土地上农民的生活场景和诗人对大地主人的一种关怀。他的诗不仅是乡土的,而且是古典的,也是现代的,古典、乡土、现代,这些因素在他的诗中得到自自然然的融合。我认为一个优秀的诗人,就像姚学礼,他的营养是来自多方面的,可能是一种整合,是一种通融,是一种包容度很大的。如果是一种很偏的东西,或直取现代,或直取古典,或直取乡土,诗就会很狭窄。姚学礼的诗路比较宽广,他是三者兼容。

我非常注意诗人和他的土地的关系。我认为海子,他最根本的一点是他的"麦地情怀"。姚学礼同样有着"大地情怀",但他不是表现麦地。我非常注意姚学礼和他的生活本来样子的联系,姚学礼有非常深厚的古典文学的根基,他读了很多书,很多典籍,他是一个学者型的诗人,仅仅说他有乡村生活是不够的。由此我想到现在一些年青诗人,很聪明很有才情,但缺乏与土地的联系,缺乏和他生活的本来样子的联系。缺少与大高原,大湖泊,大平原,这样一些与大中国延绵不断的土地的联系,另一个缺陷是他们对中国传统文化了解很少,这往往使他们从一个概念出发敷衍成诗,读了不动人。姚学礼的诗却完全不一样,他是一个很有根基的诗人,因此他是真正意义上的有实力的诗人。

下面我具体讲一下我读诗的感受:

先说《最好》

　　在家里对卧病的奶奶
　　你最好多加伺候
　　有人敲门　　是讨要的穷人

你最好给点东西
出门见一个小孩跌倒了
你最好拉起这种哭声
过马路遇到颤巍巍的老人
你最好伸手扶一下同行者
在城南那个孤独老爷子的破屋里
你最好抽空去坐坐

人生,每一天都很平淡
你最好的事
是你最好做了
这些事

这首诗写得很好,语言亲切平易,传达着普通人的情感和思想,是对生活真情的呼唤,对人性复归的焦虑,我读了很感动。这是来自于对生活当中碰到的普通人、弱者或需要帮助的人,他寄予关怀。读这首诗让我想起了杜甫的一首诗:"门前扑枣任西郊,无衣无食一妇人。"这种对普通人的关怀,使我觉得姚学礼的诗心与我们伟大诗人的诗心是相通的。用平易的语言来表达一种人文关怀,我认为这是好诗,是人们期待的真挚和富有思想活力的真情告白。

姚学礼在追求诗歌应具有的现实活力,并以自己独特的阐示方式竭力保持面向现实情景的交互性。还有一首诗:《第三个月亮》

床前的明月光
凝视着唐朝的霜
用李白的月亮
想了千年的故乡
还坐在夜里

已是两鬓霜白
　　一头脱发

　　李白写的月亮很美,长安明月,古今写这类月亮的诗人也很多,却很难超过李白的月亮。姚学礼的《第三个月亮》这首诗前四句,写得太漂亮,我觉得到这里已经很好了,后面的就可以不要了。

　　乡土显然已经不足以描述我们这个时代的特点,同样,民间性也不足以描述我们这个社会的特点,本土和传统仅是需要转化的潜能。姚学礼是以土地上生长着的力量和态度在重新审视、重新发现、重新认识现实,并在转化自己的本土和传统。

　　还有一首:《边城平凉》看前四句:

　　我们这里已没有狼狼的嚎叫是沙尘暴
　　我们这里已没有虎虎的长哮是沙尘暴
　　我们这里已没有豹豹的叫声是沙尘暴
　　我们这里已没有鹰鹰的飞翔是沙尘暴

　　这四句非常棒,就这四句,题目就叫《沙尘暴》,多好的一首诗呀。四个排句敲打着我们的心,这就是当前我们所面临的生态环境。

　　正如原野上野树,获取天成的阳光云雨,清风掠过,摇曳出自身而自然的节奏,这是一种具有鲜活生命力的自然的原生态,姚学礼是从自己的土地上和土壤里自然生长的生活背景、生活环境中感受个人独特的体验,他因此具有个人化和个性气质的东西,这使他的诗有一种原创性的活生生的语境。比如这首《做女人就作你手下的面团》:

　　做女人就作你手下的面团
　　你爱我就是大师一样的和面
　　我只是一种陇东的家常菜

白白的面粉被你调和如泥
　　在我软得无力时
　　你使劲揉我
　　你任意压我
　　你细心擀我
　　我就爱你这样的操作
　　这样你才吃起来香

　他表现了乡土的土味，男女间的情爱非常大胆又有他的生活气息，非常好。所谓的乡土风，这就是乡土风，所谓的原汁原味，这就是原汁原味。

　不求轰动一时，却图能保留下来，姚学礼的作品始终体现了对社会生活和人的心灵的关注，他的诗里洋溢着西部的一份水土的光华，他在六七十年代就写出了在今天仍令我们的感动的好诗，如《度春荒的日子》，这首诗写得很好。

　　哈巴狗　迎着炎阳吐舌头它身后的影子像一条黑狼
　　领着狗走来的村长
　　像当空舞动的警棍

　　北风逮捕了一片乌云
　　押送南方
　　云以更远的边陲
　　流放春雨

　　夜色染黑油灯的山村
　　睡不着的叹息在黑暗中燃烧火苗
　　一张巨大的白条
　　使全家所有财产都变成小小黑字

　　　　泪水已干　　干成春旱
　　　　只有荒草一样茂盛的笔画
　　　　还在红头文件上生长

　　　　粗粝的手始终拔不掉荒草
　　　　荒草就在山间起伏
　　　　起伏着荒草一样多的农民
　　　　农民一样多的贫穷

　　头一段中"领着狗走来的村长/像当空舞动的警棍"这句子很形象,把当年横行乡村的"土老爷"写得逼真,把西北农民在那个年代的艰难写出来了。尤其最后一段让我感动:

　　　　荒草就在山间起伏
　　　　起伏着荒草一样多的农民
　　　　农民一样多的贫穷

　　姚学礼表面看很木讷,但有智慧,很有内秀,我很高兴读到他的诗。知道他的名字很久,但认真读他的诗现在才开始。特别他对男女情爱的理解,讲色,讲人生的过程,有他的深刻性和独特性。
　　可以说姚学礼是一位出色和重要的西部现代诗人,可惜我和他相识太迟了。黄土地的深厚,也是深深埋没人才的地方,西部因为遥远而与繁华的京都隔阂,封闭是姚学礼的困难,但遥远和隔绝又保护和留下了姚学礼的诗歌。早在六七十年代,姚学礼就写出大量现代诗《山气》系列,他以沉静和智慧记录了本土的苦乐,如《度春荒的日子》的一系列作品,他的独有的奋斗、思索、足印和选择,是有他的西部意义的。
　　姚学礼还是一位有耐心和毅力的诗人,他不愿可悲地随时尚而趋之为快餐和饮料的炒作。他是西部的独立和独行者,始终在偏僻而有点荒凉的大地上走着,他做自己那块大地的忠诚儿子,他的诗记载着一个地域和一个时代走过的路径和艰辛。今天,当姚学礼沐浴在 21 世纪曙光中,他仍做他的以良知和本土血脉的诗,他没有因一些评论家的忽视而消失,他仍以有领先于时代的思想觉悟和与之相适应的新颖而独特的艺术表现力,延伸自己的大地信念和追求。

与欢乐而悲苦的时代同行*

他是我们的同时代人。他的身上,准确地说,是他的诗中,保留了我们时代全部鲜明的印记;光荣和耻辱、建设和破坏、歌颂和批判、欢乐和悲哀、认真的工作和漫长的苦难。他为我们撒下了一路的欢歌和笑语,也留下了一路的泪光和血痕。这里我说的是鲜明的时代"印记",其实,对于他来说,这一比喻也许过于轻松,我想说,甚至是抹之不去的"鞭痕",甚至更是经历了刀山火海的、刻骨铭心的"烙印"。

他是最先用诗歌向人们呼唤"到远方去"的一个人。那时的远方正在战争的废墟上展开轰轰烈烈的建设。诗人行迹所至,如同报春的燕子那样,向我们传递那让人激动而又陌生的消息:"我们架设了这条超高压送电线","我们的钻探船轰隆轰隆响"。① 是他诗意地再现了新生活的第一代工人艰苦劳作的动人场景;那是"第一汽车厂工地的第二个雨季",那是"冰雪也融化,岩石都冒火光"的大伙房水库火辣辣的工地。是他为贫穷而停滞的中国破天荒地喊出:"中国的道路呼唤着汽车"!②

从《歌唱北京城》、《到远方去》到《含笑向七十年代告别》,再到《也有快乐,也有忧愁》,邵燕祥以他饱含着欢乐、激情,还有带着伤痕与血泪的沉重的歌唱,在漫长的岁月中以勤勉的创作,完

---

* 此文刊于《诗刊》2007年7月号上半月刊。据此编入。

① 以上两处引号内的文字均是邵燕祥的诗题。

② 这也是他的诗题。大约过了三十年,他为开放的中国再次喊出激动人心的呼唤:"中国的汽车呼唤着高速公路",此是后话。

成了一部丰富而复杂的诗的"当代史"。"我们希望我们的诗能够当之无愧地称为诗史。诗史,应该是指一个时代的人民感情(情绪)的历史。"①通观邵燕祥的诗歌创作,包括新诗和旧体诗,在传达和保留时代和人民的真实情感方面,也许与他所心仪的"诗史"是非常接近的。邵燕祥他就是这样,用自己的诗作,展示了作为诗人最可贵的品质,那就是始终以赤诚的心拥抱生活,悲欢与共,忧乐与共,即使为此蒙难,亦义无反顾。

我始终固执地认为,一个优秀的诗人,从根本上讲,都应该是"当代诗人"。② 一个对当代生活不仅隔膜,而且冷若冰霜,却又宣称是为"永恒"而写作的人,是非常可疑的。他与他所处身其中的"当时"尚且缺乏热情,他又如何能够感知并把握"永久"?我们读前人的诗,总是从他的"当代"读出了"永恒"。我们考量一位诗人的业绩和贡献,也是以此为出发点,从他对现世的投入和关注,进而论定他的诗意空间的恒久性。

邵燕祥写作的前期,诗的颂歌时代已经形成。为新开始的时间以及为蕴涵其中的时代精神歌唱,这是那个特定时代的诗人们的共同承担。邵燕祥行进在这样的队伍中,他是那样的单纯、天真而热情,他是共和国最年青的诗人。他满心欢喜地迎接了新时代新生活,他为此写出了一首又一首真诚的颂歌。因为他太珍惜这生活,他不能容忍那阳光下的阴影和黑暗。直到有一天,诗人以悲伤和愤怒的声音喊出:"告诉我,回答我,是怎样的,怎样的手,扼杀了贾桂香"的时候,邵燕祥完成了对颂歌时代的超越。

---

① 《人间要好诗》,《赠给十八岁的诗人》,花城出版社,1984年9月,第84页。
② 我的看法在邵燕祥的论述中得到了支持,他在《人间要好诗》文中说:"一个时代有一个时代的诗"。这观点与我的"所有的诗人都是当代诗人"很相近。语见邵著《赠给十八岁的诗人》,花城出版社,1984年9月。

天寿山安魂辞[*]

谢阅离开人间那一天,妈妈看见他一人在荒凉中前行。他频频回首,依依情重,不忍永别。后来,他在一座山峰的斜坡上坐定。他含笑向送行的人们挥手。那天谢阅坐定的山峰,就是现在我们站立的这座天寿山。谢阅去世后,高黎带着我们连续数日寻找合适的墓园,终于找到了天寿山前的这一片灵魂安息地。应该说,这是谢阅自己选定的,他生前就喜欢这样的雄伟和开阔,他把这告诉给妈妈了。天寿山位于昌平南口,十三陵透迤而东,居庸关雄峙于北,这是谢阅永世长眠的地方,我们也把挚爱永远留在了这里。

谢阅出生在贫困而严酷的年代。他童年不仅缺乏营养,而且缺乏快乐。但他的成长是自强而健康的。他义无反顾地选择了医生这个崇高的职业,决心终身行善。我和谢阅的妈妈都从事文学研究,但我们尊重谢阅的选择。谢阅敏慧而内敛,才情丰盈而吝于言辞。他看淡世间的繁华,以短暂的生命坚守自己的信念。他把朴素无华的爱,献给了自己的亲人和朋友。他把严重的病情向我们隐瞒了整整八年,为的是让我们在不知中享受安宁,而他和高黎却承受着巨大的内心折磨。两年以前,谢阅不得不进行手术的那一天,我珍重地向他表示了这种发自内心的感谢。

我为谢阅短暂的一生惋惜。人正中年,事业刚刚开始,便陷入绝境。没有辉煌腾达,没有惊天动地,他只是默默地工作,认

---

[*] 据文稿编入。

真地做人,做一个平常的、纯净的,同时也是快乐的人。他是脑神经内科医生,他知道自己的病情,他依然从容地面对死亡。种花,养鱼,开车,打高尔夫球,旅游,早晚接送女儿上幼儿园,他的生活丰富而充满热情。而无情的事实是,他清楚地意识到他的生命已临近终点!

世上有荣华富贵,有功名利禄,但这与谢阅无关。他看重的是世间的爱,他一生只有朋友而没有敌人。谢阅是平凡的人,但却有着属于自己的人生态度、理想和追求,一种不同于凡俗的、不平凡的精神。作为谢阅的父母,我们为自己的儿子而骄傲。我平生不信有来世,也不信有天国,现在我希望有。亲爱的谢阅,我们都希望你在这边失去的在那边依然拥有。亲爱的儿子,快乐永远属于你。

2007 年 4 月 28 日,于昌平南口天寿陵园

路尚廷新作读感[*]

路尚廷先生又有一本诗词集要出版了,他从安阳打来电话,执意要我写几句话。记得路先生前一本诗词集出版的时候,我是写过一些文字的,现在再写,我是有些犹豫了。路先生知道我不能诗——新诗早先写过几句,旧诗律则更严,需要更多的古文学的修养,我是断然不敢的——却坚持要我写,他一定有他的道理,至少,他的这种坚持就让我感动,我只好从命。

路尚廷先生平素政务繁忙,他的写作是占用公余休闲娱乐的时间。他有很多喜爱文墨的朋友,由于他们的倡导,凭空给安阳这城市增添了浓浓的诗意。也许正是由于他对于写作的热爱和专注,使我和路尚廷的心接近了。我常想,路先生有很多的诗友,本可以请他们来说些更为内行的评论,而他却偏偏看重了我,也许正是上面所说的原因吧。

我和路先生相识是由于诗。那年安阳举办殷墟杯诗词大赛,北京请了高洪波、叶延滨和我几个人做评委。路先生是这一盛事的组织者。随后我们就有了电话来往,也就有机会拜读他的诗词。时间没过多久,他的又一批作品又要结集出版了。我不能不对他的勤奋和饱满的诗情充满敬意。

论年序,路先生比我年轻,但也年近花甲。他文思敏捷,阅历丰富,诗情丰盈,平日勤于阅读和写作,这些都成为他诗词写作的源泉和动力。这次读他的《花甲赋》,对他的身世有了更多的了解。路先生诞生于战乱逃荒途中,自言是"路上停生以纪

---

[*] 此文据文稿编入。

念",还蕴有"渴盼逃荒路上停"的祝愿。那是一个艰危时世的诞生。后来他参加了工作,又赋予他的名字以新的意义,那就是"迈上朝廷为民生"了。

后来,路尚廷变成了"路漫漫",却是一种漫漫人生求索的诗意了。所以,路先生的名字里就包孕了人生的经历和理想。在别人那里,可能只是一种纪念和记忆,而在他这里,却是充满了诗意的表达。

他通过他的诗传达了他的人生理想:"一生一世无求,但爱诗书著文章"。所以,他在骨子里是个文人。在位时如此,退隐下来也是"但思为国尽忠诚"。我那年访问安阳,路先生陪我拜谒过汤阴岳飞庙,我想,他是从他的伟大乡亲那里继承了这种报国为民的人生态度的。

在《七绝——和程兵》中他自况:"跋山涉水艰与苦,夜深作赋月为灯",他是把写作和人生紧密地连结在一起的。这部诗集有不少友人唱酬之作,在这些诗篇里,他对人生的态度和理想有着充分的表达和发挥。友人说,"起舞闻鸡,人生苦短,何妨尽情游戏",这原也是一种合理的享受的人生观,但路先生却有着更为执着的回答:"闻鸡舞起,人生苦短,岂能一日游戏"!

在这篇酬和的诗里,他说自己"非是骚人,亦非政要,缠身公务难闲,何有暇时,静心独自喃喃","辞章少有惊人句,但汗珠流淌,字里行间,笔下乏神,怎会情茂词蕃"。这当然是他的谦辞。其实,他的诗中是不乏丽辞佳句的,词章之胜尤以七绝为最。《七绝——连战访问大陆有感》:"合璧金瓯天万古,共图华夏地千春",天万古和地千春是很工整的对偶,辞义新异,搭配完美。

他的咏花诗写得清绝典雅。咏梨花:"素若东海皎皎月,色如昆仑皑皑雪";咏牡丹:"竟夸天下无双艳,万户都闻第一香",后者在历来的牡丹诗中也是上乘。诗人写景抒情,笔墨酣畅,情采飞扬。从山光水色到草木花卉,从神州大地到异域他邦,到处都留下了他的生花之笔。

生长于中原大地的诗人,承受了这里的博大恢弘的气韵。他把最美好的诗章献给了生我养我又为之贡献了辛勤汗水的家乡风物。他的心胸装着安阳的历史文化、山川土地。唱不尽的帝都气象,从殷墟到洹上,从文王到岳飞,到处都留下了他瑰丽华彩的诗篇。他把家乡的点点滴滴都装在自己的心中,从名胜古迹到街边小吃,他都不吝施与笔墨。

路先生在他的山水诗中表达了阔大的爱国爱乡的心迹,在他漫游域外的诗篇中又寄托了心怀天下的博大胸襟。因为是诗人,较之他人他又是幸运的,他能够把见闻以诗意的方式保留在记忆中,既感动自己,又用以感动他人。路尚廷先生诗风明亮透彻,词句清雅朴实。文人心志,把国运民瘼铭刻于心。读他的诗,想他的为人,我以能作为他的朋友而感到骄傲。

2007 年 5 月 1 日于海南博鳌

中篇小说八题[*]

《柳浪闻莺》,张旭峰,《十月》2005年3期

这是一篇非常典雅的小说,字里行间散发出浓郁的书卷气。语言高雅得近于辉煌,衬上那些人物:画工、琴师、越剧小生和花旦,这些生活在艺术世界中的人们之间发生的爱恨情仇,满纸的江南风景,满耳的吴侬软语,在一幅嫣红的桃花扇面背后,有一段生生死死的恋爱。这是一出现代情感悲剧,一个凄婉的故事尾声渗透了人世的悲凉。

《尖叫》,王祥夫,《中国作家》2006年6期

这是问题小说,涉及当今社会的一个尖锐的家庭暴力的问题。题名《尖叫》,是一声声让人心悸的叫喊。米香的形象很动人,她身上留下了累累伤痕,这是阴暗生活带给她的血痕和泪迹,更严重的是因侮辱与迫害而导致的心灵扭曲。米香面对着男人的阴险残暴,又面对着执法部门的麻木平庸,她无力反抗却又求助无门,剩下的只有内心深处的哀号。米香这一形象的价值,不仅在于揭示了现实生活中的弱女子的可悲命运,而且也剖析了中国妇女的世代因袭。这一声尖叫划过了历史的长空。

---

[*] 据文稿编入。

《空巢》,张翎,《人民文学》2005 年 11 期

《空巢》的场景是跨国界的。这里洋溢着异域氛围,却又充满了本土的情趣,传统的道德关怀与现代生活理念交叉与渗透,构成了小说特别的意韵。最动人的是作品所展示的人与人之间的同情与理解。小说充满着人性的温馨,在秦阳那里,也在何春枝那里,他们是空巢中的实在,实在的温暖和人情。语言很好,有一种睿智和潇洒。

《双驴记》,王松,《收获》2006 年 2 期

知青小说的另一种景观。在通常此类的作品中往往充斥着矫揉的"豪情",而此刻我们却看到了人性的阴暗和残忍,对比以往的"常见",这里可谓是"别开生面"。我同情黑六和黑七的遭遇,赞叹它们的智慧,为它们坚定的"复仇"举动而惬意。我在这里读出了对生命的尊重。作品意在告诉我们:作为生命拥有的尊严是不可侵犯的。《双驴记》想说的其实是邪恶与正义的较量。

《大伯》,曾平,《四川文学》2006 年 5 期

小说涉及当今的农村问题。大伯宣布自己的建房计划被村长的盖砖厂所破坏。村长强行砍伐了大伯的荔枝树,由此展开了维护个人权益的抗争。可怜的大伯在强权面前终于节节败退,他无法坚持自己的要求。作品写出了底层农民在强暴面前的无助与无奈。作品通过一个农民的悲剧揭示了深刻的盘根错节的社会矛盾,令人感叹现实的积重。

《姑父》,王瑞芸,《收获》2005 年 1 期

悲剧时代的记忆。小说记述了一个原先正常的人,怎样因

受到压抑而变形扭曲。小说通过细节的刻画,深刻地显示了即使是姑父的亲人们也因为他的存在而蒙羞。无罪的姑父终于变成了"罪人"。他是一个应当受到同情的人,却因为这种"变态"而无法得到人们的尊重,以至于人们因他的死亡而"庆幸"。小说的手法近于白描,结束时出示的那张照片是蕴藉的,有一种无声的沉重。

《母亲》,陈应松,《上海文学》2006 年 10 期

这是一篇和土地一起呼吸、受苦的小说。也是一篇读了伤心的小说。故事的情节残酷得几乎所有的人都不忍复述。一个生育了五个子女的母亲身患重病,五个子女竭尽心力也无法救她。他们不忍母亲的挣扎受苦,最后是亲手残忍地结束了她的生命。这篇由儿女和母亲血泪凝成的文字,时刻提醒我们不要忘记,在生活的底层还有这样惨烈的现实。

《山楂树》,乔叶,《布老虎丛书》2006 年夏之卷

火车卧铺上的邂逅相遇。一个杀了妻子和妻子的情人的故事。山村生活场景,在这样的场景中展开一个男人的情感世界。山村的山楂树连结着母亲和土地,乡村和城市的距离,使真实的爱情受到阻隔。小说写可能的爱变得遥远,深情变成了不能回避的决绝,最后是可遏止的情杀。一个旅途的偶遇,诠析了陌生男性复杂的情感世界。

2007 年 5 月 6 日写于昌平北七家

我们共有一个天空和大海*
——青海湖诗会感言

我们在杰出的诗歌面前受到震撼,往往是由于那些诗歌感天动地的情感,或是由于它们悲天悯人的襟怀,高远的理想,丰沛的想象,对人间深切的爱和关怀,这一切的融合交汇,呈现了诗歌的无比美妙。诗人的工作是历尽苦心的精致绝伦,如蚕吐丝,如蜂酿蜜。人类情感中的点点滴滴,经过诗人的创造性"转换"而散发出黄金般的光芒。

我们在探究诗歌的惊人魅力时,总会在那些使人心灵震颤的诗句背后发现那里展开着一片至善至美的天空和大海:这是与人世紧密联系、而又迥异于社会人生的伟大的大自然。一切的美好寄托,一切的诚挚祝福,都因那无所不在的背景而变得澄澈辉煌。这是诗歌生成的环境。通常说的触景生情或情景交融,即是点明了心中的情与外在的景的那种亲密的诗性关联。美好的情与同样美好的景,二者的美好结合,是优秀诗歌产生的根本。

早在数千年前,在中国古老的诗中,就有了这种精心描写的典范。"昔我往矣,杨柳依依;今我来思,雨雪霏霏。"①——那年我去的时候,杨柳的枝条在春天的微风中摇曳,有依依惜别的样子;现在回来了,却是雨雪交加的冬天,是让人悲哀的日子。

多少个清晨我见辉煌的旭日

---

* 此文据文稿编入。
① 《诗经·小雅·采薇》。

>用至尊至贵的目光抚爱山丘
>用金色的脸庞亲吻青青草地
>用镀金的神术涂抹黯淡的溪流①

莎士比亚曾经以这样感恩的语言歌颂造物者赐给人间的光芒。

世界上那些让我们倾心的诗歌,在那些表现美丽的风物和情感的背后,作为背景的几乎都是非常美丽的天空、海洋、大地上的鲜花和绿树,还有充满生命力的飞鸟和蝴蝶,蜜蜂和匆忙行走的蚂蚁。诗人感应了、倾听了造物者最初的宣告——

>神说:"水要多多滋生有生命的物,要有雀鸟飞在地面以上,天空之中。"神就造出大鱼和水中滋生各样有生命的动物,各从其类。又造出各种飞鸟,各从其类。神看着是好的。神就赐福给这一切,说:"滋生繁多,充满海中的水,雀鸟也要多生在地上。"有晚上,有早晨,是第五日。②

诗人是最初窥见上帝造物的秘密之人。他们把这秘密透露给人间,也给人间带来了美丽和温暖。诗人是上帝最聪明的儿子。自古到今,诗人总在不竭余力地歌颂那与人的内心相谐和的迷人的风景,它构成了全世界、也包括中国现代诗歌和古典诗歌的精髓。"林莺啼到无声处,青草池塘独听蛙"③,"花开红树乱啼莺,草上平湖白鹭飞"④,我们先人的这些诗句,都以繁茂而静谧的自然环境为美好情感的栖居地。在这里,一切的有生命的动物和花草,都是人类的朋友。诗人用锦心绣口使之抵达永恒。

---

① 莎士比亚:《十四行诗第33首》,曹明伦译《莎士比亚十四行诗全集》,漓江出版社1995年7月,第48页。
② 《旧约·创世记》。
③ 〔唐〕曹豳:《春暮》。
④ 〔宋〕徐元杰:《湖上》。

"两个黄鹂鸣翠柳,一行白鹭上青天"①,伟大的诗人往往会以近于白描的简洁,铸造黄金般的辉煌。这些不朽的诗篇,令我们喜悦和迷醉,作为后来人,我们往往在惊叹这些绝世的魅力中,产生一种难以企及的怅惘。我们感受到美丽在喧嚣中的消失,正是这些不朽的诗篇在唤起我们现世的忧患。我们因浓重的失落而沮丧。

"整日里阳光泻下来,阳光真可爱,干草堆跟房屋一般高,烟囱里飘出乐曲,旋律在鸣奏,水沸沸的,真可爱",②这些诗句所传达的欢乐已不可再,我们如今面对的,是让人忧心忡忡的、野兽和鱼在世界消失的日子——

> 小鸟在天空消失的日子
> 天空在静静地流淌泪水
> 小鸟在天空消失的日子
> 人还在无知地继续歌唱③

能够挽回这种消失的,也许只有、也许只能是诗歌。

2007年6月1日于北京大学

---

① 〔唐〕杜甫:《绝句》。
② 狄兰-托马斯:《羊齿山》。屠岸选译:《英国历代诗歌选》,下册,凤凰出版传媒集团、译林出版社,2007年1月,第519页。
③ 谷川俊太郎:《小鸟在天空消失的日子》,是永骏等译,《日本当代诗选》,作家出版社,2003年12月,178—179页。谷川俊太郎(1931—)出生于东京,都立丰多摩高中毕业,1952年出版第一部诗集《二十亿光年的孤独》。

文学批评只是我人生一小部分*

探险

记者：您刚刚到第二届长泰漂流节上领取了"漂流征文"一等奖,相比较您平生获得的许多荣誉而言,这个奖对您恐怕是很不起眼的一个吧?您的获奖作品《寻找另一种感觉》是漂流公司约您写的吧?呵呵!

谢冕：哈哈!你怎么不先祝贺我获奖啊?这个奖意义不同寻常,因为这是家乡颁给我的奖,我很珍惜!

《寻找另一种感觉》完全是我的有感而发,命题作文写不出那种感觉吧?那天天气太恶劣了,而越是恶劣我越是想下水一漂,我漂过很多河流,但从来没在这么恶劣的天气中漂流,很是凶险。所以,漂流马洋溪对我是一个纪录。我连安全头盔都不戴了,戴那东西太难受了,一点都不自由,如果不是主人坚持,我连救生衣都不穿。漂流就是要彻底地放松自我,甚至连生死都要置之度外,但我绝对不是为图刺激,而是为了试探生命的可能性。我一直就想知道自己至到底能做到什么程度,不只漂流这样,对待很多事情,我都是这样的。

记者：但有些时候,有些事情,我们往往心有余而力不足,您还勇往直前吗?

谢冕：我也有挑战失败的时候。前阵子我去登贵州的梵静山,要爬8000多个台阶才能到达山顶,经过两天一夜,也就是其

---

* 刊于 2007 年 7 月 4 日《厦门日报》。据此编入。

中一个晚上要在半山腰过夜。第一天傍晚,我已经把大队人马抛在身后了,他们都比我年轻。晚上,雨下如注,抬头,我望不到前面的山路,转身,我看不到自己的队伍,我很犹豫,究竟要不要向前走。好在这时手机还有信号,我联系上了带队,他告诉我继续往前走一小段路就有住宿的。我于是摸黑找到那个房子,脱掉湿漉漉的衣服,晾着,然后钻进被窝等他们到来。第二天,我们继续爬山,后来,队伍只剩下我和另外两个比我年轻的同伴,一位50多岁,一位30多岁。这时候,山风很大,背上的背篓就像旗帜一样飘扬,人随时都有可能被风吹下山来,同伴说"谢老师,太危险了,我们不能再爬了",于是,我们撤下山来。如果被风刮下去,是很不值得的。

我举这个例子,是想回答你的问题,我并不总是勇往直前,有时还往后退。人生何尝不是这样呢?退几步不见得是坏事,也不一定遗憾。我并不是一个只讲感情的人,有很多时候,我的理智总是战胜了感情。

记者: 从漂流、爬山中所获得的这些体验,又如何影响您所从事的文学批评?

谢冕: 何止是影响文学批评,它们影响了我的人生态度,文学批评只是我人生中很小的一部分。上帝不可能只把幸福给你一个人,相反的,我们人的一生中会遇到很多你意想不到的困难,有时甚至让你感到很悲哀,这时候就是考验你人生态度的时候了。而我往往能够以强大的姿态出现。写作也是克服困难的过程,也需要有登山和漂流一样的百折不挠、战胜困难的精神。

记者: 有一次,您应邀到闽东开诗歌研讨会,会后游山玩水,当您醉心游玩时,有人却仍然不断谈论诗歌,于是您生气地宣布"会后不许谈诗歌"。您为何如此反感他们的谈论呢?

谢冕: 嘿嘿!这事怎么会传到你耳朵?那次我也不是很生气,但我确实是反对游玩时还要谈学术,游玩就专心游玩,学术就留着回书斋再做,会上都谈了那么多诗歌理论了,会后还要谈,累不累啊?有一次,我和三个人一起坐火车,我一落座,就宣布一条纪律:"一路上不许谈学术。"人生不只有学术,还有很多东西值得我们去品味,我们要懂得去享受人生的快乐!在我们这一代人中,我是数不用功的。

记者:您曾经这样评价过蔡其矫先生:"他是神仙一般的人,云游天下,看美丽的山川,看美丽的女人,写美丽的诗歌。他经历了苦难,他感受到了压迫,但他把一切的丑恶和不幸转化为美丽。"现在,有人评价说"谢冕是蔡其矫第二",您认同这种说法吗?

谢冕:谁说的?我怎么没听说过?哈哈!蔡其矫,我无法企及,也很难有人能够企及!蔡其矫是闲云野鹤,他连死亡都不在意。他几乎任何时期都是为自己活着,为自己写作。单单他的心态,我就学不来。"蔡其矫第二",这个评价肯定过高了。

写作

记者:最近,省内正在出一套文集,其中一位编辑对我说,他发现不少著名老作家写出来的文章真是老掉牙,但谢冕不会。您是怎么避开了这条与您同时代的许多人已经走上的老路?

谢冕:你知道他们的文章为何与他们的年龄一起变老,甚至更老吗?这是非常悲哀的!他们小有成就或出名后,就有意地改变自己、流于世俗,因为他们觉得这是最安全的、最稳妥的、最不会出事的,他们的语言老化首先就因为他们心态老化、思想老化。一个作家,如果不敢在写作上与众不同,不敢去寻求如何与众不同,那他迟早是要完蛋的,我一直在警惕语言的庸俗化、维护语言的纯净性。每一次下笔,我都非常警惕,我坚决不用陈词滥调。有的人一写太阳升起就用"冉冉升起",我一看就恶心。我坚决不用"文革"语言。回过头看我写过的文章,我还认为有些文章中扫除得不够干净,以后,我还会更彻底。现在很多小说家的语言惨不忍睹,我每次参加各种文学评奖,有的小说语言真让你不忍卒读。我们看一部作品的好坏,首先当然要看它的内容是否有价值,然后再看它的语言,但是,如果语言一塌糊涂,内容再好,都不能称做好作品。前阵子,我参加一文学奖评奖,其中有部小说,语言实在太好了,我用一句话来评价它的语言,"高雅得近于辉煌",本来这部小说只得4票,但经过我对它语言之美的评价,11个评委全部投它的票,结果,这部小说就获奖了。

记者：除了如王小波死于盛年从而把创作定格在顶峰之外,几乎每位作家都有江郎才尽的一天,您恐惧这一天到来吗?

谢冕：我不恐惧,而且我知道这一天迟早会到来的!晚年的巴金,文章完全失去了文采,现在的季羡林,写一个几百字的发言稿得花两天,大师尚且如此,何况我们?年龄一到,思维就迟钝了,你又怎么能叫他写出好文章来呢?但那是没办法的事,是自然规律,是我们每个人迟早要经历的,这又有什么好恐惧的呢?相反的,我们应该坦然去面对这一天的到来。

诗歌

记者：几年前,您对当年的诗歌表达了这样的担忧:"诗人本身非常自信,而读者非常不满意。"今天,这个担忧减弱了吗?或者反而增强了?

谢冕：增强了!这个担忧不是你所说的"失望"、"悲观"这样的字眼所能简单概括的,今天的诗坛很活跃,我自己也是裹挟其中的,怎么能说失望、悲观呢?可以说,今天的诗歌整体水平很高,甚至超过了上世纪80年代那个朦胧诗最辉煌的时期,但是,出类拔萃的诗人却少之又少。写诗的人非常多,特别好的诗却非常少,上世纪90年代以来,被我反复举例的好诗总是那几首,始终没有增加。

记者：根源何在?

谢冕：对于中国而言,过去任何时代的物质生活都不如今天这个时代丰富,社会进步很快,政府效能更高,企业家以及各个阶层的人们为社会创造了大量的财富。可是,有些人充满浮躁和浅薄,诗人、学者、文学家原本应该代表一个时代的良心,传达这个时代最美好的情感,文学是无中生有的,也就是它是梦想的化身,是用幻想去补充生活中所没有的,当我们的民族需要什么的时候,诗人就应该创造什么,可是我们有些诗人,整日所思的是与我们民族毫不相干的,是所谓的下半身。在这里,我不是在批评"下半身写作",我是说我们应该进一步提升精神。

记者：在您批评诗人的同时,也有诗人批评谢老师您"太老了,失去了对诗歌的判断力和对新诗学的思维能力",您如何看待这样的回击?

谢冕：我敢说,在中国,我是对新诗的判断力最强的一个,在这点上,我相当有自信。我每天都在阅读诗歌,每天都在思考。你说你的诗歌水平高,像我这样的阅读者都看不懂,你高在哪里?你自己写什么都说不清楚了,你让我怎么看?你用"你太老了"这句话想让我闭嘴,想让我改变观点是不可能的!

记者：那么,谢老师,您评价好诗的标准是什么?

谢冕：诗,要能抒情言志,要有韵味,要有节奏感。他们所说的"零度写作"、"诗到语言为止"、"诗是手艺"、"语言创造诗意",这些都是情感误导,违背了诗歌的基本道理。

记者：在当前福建诗坛,能入您法眼的诗人有哪几位?

谢冕：这个问题太尖锐了,我不好回答。福建和全国一样,写诗的人很多,写得非常好的很难找,目前还没有一位诗人可以与朦胧诗时代的舒婷相比美,舒婷有好几首诗歌是被时代所认可、被人们所传诵,但现在,福建有哪位诗人的诗歌被人们广为传诵呢?

记者：福建不好谈,我们谈网上的。您对网上闹得沸沸扬扬的梨花体如何评价呢?

谢冕：我有我的评价，但我现在不告诉你！赵丽华跟我是熟人，我不好说。

记者：这样，您不就丧失了作为批评家的客观、公正的立场了吗？

谢冕：我没有丧失客观、公正的立场，但我有我作为批评家的圆滑之处！现在关于梨花体的争论已经变得很复杂了，已经离开诗歌本身了。不只这个争论如此，现在很多的文学争论都是非常复杂的，作为批评家，发表独立见解越来越难，既然如此，对有的争论，我干脆不说话。不说话，也是种态度。

批评

记者：说到朦胧诗，这让我想起了您的"崛起论"。您是朦胧诗群的发现者和确认者，但是，您当时却遭到包括艾青等人在内的强大的传统势力的激烈批判，您当时是怎样挺住的？

谢冕：1978年冬我在京西宾馆参加一个会议，会后，我在宾馆门口惊喜地看到地上摆放着几本《今天》，上面的诗深深地打动了我，给我很大的冲击。这以后，我参加了南宁诗会，并在《光明日报》上发表《在新的崛起面前》，对这种新诗潮的出现表示支持。但是，艾青、臧克家非常反感，艾青甚至骂道："这些崛起论者是在为自己的崛起而崛起。"但是，在我看来，这样的诗才是真正的诗，它预示着诗歌的春天即将到来，所以，我坚持为朦胧诗张目。今天，我们可以肯定地说朦胧诗是新时期文学的开路先锋，它为新时期文学打开了一个闸门，开启了一个诗歌的新时代。

记者：《百年中国文学经典》（八卷）出版后，引起了很大的反响，但同样也遭到了批判，您又是怎样应对的呢？

谢冕：的确，这是我在文学领域遭遇的第二次批判，但这次的火力显然不如崛起论时的火力大，而我也更沉着了。他们在网上骂我,你问都骂些什么,什么话都有,但他们抓不出要害,讲的都是细枝末节,我连理都不理。

记者:您要不理,可能会有人说谢老师作为批评家的心胸不够开阔,听不进别人的意见吧。

谢冕:善意的批评我会接受,但不能包容的我就不理。

记者:什么是您不能包容的、不想理的?

谢冕:比如,现在的那些80后,动不动就一个傻B,你难道还要去理他?他不是在与你争论,他是在谩骂,所有的谩骂我都不理。况且,我一向主张:多做事,少争论。

记者:您说善意的批评会接受,那么,您能否给我们举个例子。

谢冕:比如,有人曾写信指出我哪篇文章里把前后的地名搞错了,我一看他说的是对的,就接受了。

记者:呵呵,这样的例子在我看来实在是细枝末节,我所指的是:直接改变您观点的批评!

谢冕:这样的例子几乎没有!我的原则、我的立场还从未被"批评"改变过。

记者:似乎所有走在前沿的人,他们除了具有某种先知先觉之外,还必须具有不顾众议的勇气与决心。

谢冕:是的。我的外表看起来很温和,也不爱与人争,但是,我的内心是很强硬的,我轻易不形成观点,但我的观点一旦形成,就不轻易被改变。我是一个不轻易改变原则的人!

记者:前不久,《诗歌月刊》邀请了您和陈仲义老师在内的"中国十大前辈批评家",评选出了"中国十大新锐诗歌批评家"。我发现在这"十大新锐"的名单中没有福建的,福建向来是出文艺理论家的,为什么没有"新锐"呢?难道,我们在诗歌批评方面青黄不接?

谢冕:你别去太在意这些类似"十大"的评选,也不用遗憾没有福建的。现在,各种各样的评选,标准不一,没有被选上的,并不表示不优秀。福建的诗歌。批评在年轻一代中还是很强的,比如福建师大教授王珂,他恐怕要比那些人选的"十大新锐"强呢! 主办方是用电话问我名单的,我就简单地说了两三个。

记者:这两三人中有王珂吗?

谢冕:我不告诉你。

记者:又是批评家的圆滑! 呵呵!

谢冕:哈哈!

记者:年轻的批评家一茬又一茬地出现了,您害怕被替代吗?

谢冕:事实上,我已经被替代了。我不仅不害怕,而且很高兴。

"看见"荣荣[*]
——读荣荣的《看见》

荣荣是完全低调的,从她的为人到她的诗。她的诗已经赢得了许多人的赞赏,近年她得到不只一次的荣誉奖项,但荣荣依然低调,连同受到赞扬的她的诗。这种宠辱不惊的处世,给荣荣增添了不同凡响的魅力。读荣荣的诗要有充分的思想准备,关于流行,关于时尚,关于女性,等等,很难在她这里得到你期待的回应。一般人阅读女性的诗,特别是年轻女性的诗,总会有一种特别的期待。但在荣荣这里,你可能会落空。

在荣荣的诗中,除了她作为女人的善良和充盈的同情心,让你感到女性的多情与温柔之外,你可以感觉到她在做一种努力,那就是她在刻意地抹去性别的表征,她有意地不让你往这方面联想。举例说,你要是想在荣荣的《爱情》诗中寻找爱情的甜蜜,那你肯定错了。在这首诗中她自言:已有些年,我在诗中回避这个词,"我曾因她的耀眼而盲目,如今又因清醒而痛楚",完全是一付"过来人"的冷静与透彻。

关于爱情的主题历来是女性诗人的擅长,女人是为爱情而活着,而写作的。但在荣荣这里,她似乎不想如那些纯情诗人般的投入,她更愿意"观察",或者说,她只是希望从中"看见"什么。《双人床》这题目有着浓厚的性暗示,而荣荣依然在这可能是激

---

[*] 此文据文稿编入。

情和热烈的场面上,保持着一种近于冷静的"观察"的姿态。诗人向我们昭示:整个晚上他们都在移动中"搭拼图",铁轨并行的距离、一双筷子的参差、胶合而又突然熄火、两张相背的弓——在这种近于"冷漠"的叙述中,她依然表达了对于性爱的省思。

荣荣是思考型的诗人。那首题为《看见》的诗,后来被当成了诗集的名字,应该是作者所看重的。那里有一些近于自述性质的话,例如,"那总是些情绪激扬的梦 我穿着中性的服装 羞于确认自己还是女人",而且展示了作为成熟女人的坚定:"我不会再被谁带走 也不会再被谁丢弃"。她要依靠自己"玩转"幸福这只球。我相信荣荣的个性、生活和写作是一致的,她的为人处世和她的诗是一致的。读她的诗就会"看见"她这个人。

这本诗集的名字的确体现了诗人的基本写作姿态,她"看见"芸芸众生中的一切,同时思考这一切。她看见什么?她看见五十九年中丢掉一切的邻居老木最后年月,她看见钟点工张喜瓶的又一个春天——

　　七八十年代的衣着
　　五六十年代的劳作
　　三四十年代的脸

她还看见一个无法靠近的"被羞辱的女子",诗人被这个惊恐、焦虑甚至疯狂的女人所震惊,尽管她并不知道是什么羞辱了她。但因这个女人的"被击倒"而充满同情。她同情那个"为了爱情去追邮车和书信",而"岁月却把她洗劫一空"的女人的遭遇。荣荣因自己的思考而充分展示了作为女人对普天下的不幸者的温情。

《在一群陌生人中间》(这是荣荣又一首诗的名字),她看见更多的平凡、贫穷和不幸:带着绷带的民工,他的父亲和乡间的小儿女,"晚报的社会新闻栏里 总有他们不幸的亲戚",在西北拥挤的列车上,他和这些生活在底层的人们"挨得很近"。还有她的老邻居,李大婶退休后"一直在拆打同一件毛衣",诗人注重日常生活,她知道很多"现实的问题",例如"爱情常常会落在一棵大白菜上"(《仅供参考》);又如"柴米油盐酱醋茶加文字 这是开门八件事"(《例外》)。荣荣的心中装着许多陌生而又熟悉的琐碎和哀愁,她有沉重的承担。诗人的心毕竟是柔软的。

诗人承认生活的不完美性,深知不仅存在甚至必须有"漏洞":"一首没有漏洞的诗 会让所有的诗人羞愧而死"。正因为生活中的不完美,不愉快,不圆满,因而人们不必害怕受损害,她说,她甚至爱上了"弥补"这个词。这就是诗人荣荣的处世态度。她洞彻人生真谛,并在从容与冷静中清澈地了解和处置复杂的世态人情。她的情感充盈而内蕴,以几乎不露声色的方式表达着对万事万物的关怀。读她的《传灯》有一种抑制不住的感动,有一种人是在以自己的慈悲和智慧点亮众生的心:他固执地行走着,从黎明走进黑夜。诗人崇敬那以生命传递光明的人,她同样地有一颗菩萨心。

荣荣诗中的激情是饱满而不张扬的。在感情的处理上她同样低调,她杜绝泛滥和无节制的宣泄。毕竟是成熟的女性,她摒弃了浅薄。荣荣的诗很耐读,她不以华丽的外表取胜,那种潜在的深刻往往让人感动。荣荣是低调的,只是说她的情感的表达是沉潜的。她关心她周围的世界和生活同情那些弱小者。她热爱春天和希望,春天如同她的诗篇——

> 你可以除去她的姹紫嫣红
> 除去她的隐喻和抒情
> 除去所有用来赞美的语言
> 她还有最原始的甜

前面我讲到不要期待作为女性的荣荣,会像一般女性诗人那样展示性别的优势,这话看来有点武断,其实,在整整一个《因孩子飞跑》单元里,所有的诗篇都在抒写作为母亲的欢乐和柔情。她陶醉于"妈妈是你最亲的玩具"(《三岁的夏天》);她终于明白,为什么"女人们常常胸无大志 而那些壮志凌云的 最终也为孩子放弃了翅膀"(《锁》)。看见荣荣,看见作为诗人的荣荣,也看见作为母亲和女人的荣荣。

2007年8月11日,首届青海湖国际诗歌节归来,
于北京大学

心灵感恩[*]
——在福州三一中学校庆一百周年庆祝会上的讲话

亲爱的老师,亲爱的同学,亲爱的校友:

今天我能够在这里祝贺母校的百年校庆,能够在这个庄严的庆典上表达一个学生对于学校的感激之情,我深信这是我一生中最重要的一个时刻。

距今六十二年前,一个普通人家的少年,在饥饿和贫穷的追逼中,竟然能够走进这所美丽而高贵的校园,只要是亲历其境的人们都知道,这是一个近于奇迹的事实。对于我来说,是在无边的黑暗和绝望中,找到了光明和希望。是母校以她宽广而温暖的怀抱接纳了这个无望的少年。多亏了这所学校当年弘扬的博爱精神,以及充满了人性和爱心的师长们的提携与援助,使我能够在艰难中尊严地、同时又是愉快地修完初中的全部课程并且顺利地升入高中。

我走进这所学校的时候,二战刚刚结束,国内又燃起了遍地烽烟。那是一个动荡的岁月,江山残破,哀鸿遍野,啼饥号寒之声不绝于耳,到处响起了求和平、求进步、求民主的呼声。我目睹这一切,加上亲身的遭遇,使我过早地感知了社会和人生的忧患。要是没有三一中学,要是没有这里的校长和老师,我的人生历程可能是另一种写法,或者干脆就没有写法。所以,我今天回

---

[*] 此文据文稿编入。

到学校,是要向学校表达我的感恩之情。

随着二十世纪四十年代的结束,我也提早结束了我的中学生活。我和当年所有的热血青年一样,感知了新时代和新生活的召唤。我们作为一个天真的理想主义者投入了并开始了我们向往的而且是完全陌生的生活。我是带着母校对我的教育和期望走进新的生活的。

我尝自言,我有三个母亲。亲生的母亲给我生命,哺育我成人。第二个母亲是三一,教我如何做人,做什么样的人。三一是我人生的起步。在三一,我接受了当时中国最良好的中学教育:优秀的老师,精心的教学,严格的训练,以及现在看来未必妥当的不留情面的筛选和淘汰——我不是学业最优秀的学生,却常常把羡慕的目光投向那些在前排就座的同学。我在学校的名次通常是在十名以后,各科成绩语文较好,其余平平,数学最差。老师是第一流的,学生有非常优秀的,但我不是。

但三一给我最重要的是人生的启迪:做一个正直、纯洁、对世界和人类充满爱心的人。而学业倒在其次。至于第三个母亲,那就是北大,北大使我成熟,她引导我走思想自由、精神独立之路。但不论怎样,我始终感激三一,要没有三一这第二个母亲,我的人生就没有一个好的起点,那以后以至今日的一切都会沦为空无。我在漫长的人生旅途中,始终怀着对三一母亲的感激和敬意。思万楼的钟声始终伴随着我,鼓励我终生向善,也给我永久的安宁。

滔滔的闽江从我们身边流过,长青的苍山在我们身边屹立,三一母亲,你永远守护着我们的心灵!

2007 年 10 月 28 日,北京—福州

校园里的缅桂在开花*
——林庚先生赴厦门大学任教七十周年纪念会开幕辞

今天我们在林庚先生的家乡和他工作过的学校,为我们敬爱的老师举行赴厦大任教七十周年纪念会。我们作为他的学生,能够在这里追寻先生青年时代的足迹,感受他生活过、工作过的美丽环境,缅怀先生清雅澹泊的一生,探讨他博大深厚的人生、学术的道理,我们的内心充满了感动和感激。

林先生诞生于1910年。1937年在厦大任教时,他才27岁。在厦门他完成了《中国文学史》的写作。1941年油印出版。1946年厦大复员,作为大学丛书的一本,此书于1947年出版,距今也已整整60年。这年先生37岁。先生一起步就到达学术的理想境界,而且就此奠定了今后学术生涯的基础。他的文学史框架和立论体系,他的学术理想和社会理想,都确立在厦门大学。厦大十年,是林先生光辉人生的起点。

先生一生儒雅清高,超然脱俗,一派名士气象。先生的处世为人,看起来似乎与尘世无涉,但先生绝非不食人间烟火之人。他有他的忧虑与关怀。他以他一贯的姿态静观一切,他用自以为是的方式坚持着甚至坚忍着。他的"不在乎"就是他的抗争。林先生是真正的智者。

---

* 此文据文稿编入。

深秋时节,校园里的缅桂花依然暗香浮动。此情此景,令人无限缅怀林庚先生美丽的人生:他是把学术审美化了,也把人生审美化了。林先生是一本永远读不完的书。

2007 年 11 月 1 日于厦门大学

无悔的青春[*]
——读廖东凡《我的西藏故事》有感

我被廖东凡的叙述所吸引。这本书,是他用一生的心力写成的,这里凝聚了他毕生的理想和信念,这里迸发着和燃烧着他永不衰竭的生命的火焰。这是作者以他的全部青春为代价换来的一枚痛苦而又甜蜜、经历磨炼而又异常丰满的果实。这是漫长岁月中的泪水和伤痕、坚持的行进和艰难磨练获得的成功合成的一曲华彩的乐章。我近来作文不喜夸饰,愿意用内敛平淡的语气讲述所见所闻。现在面对这位熟悉的朋友的令人惊叹的人生经历,我想,任何高级的形容对他来说都不会过分。

廖东凡是我在北大中文系的同窗,论年届他比我低一个年级,论年龄我比他大好几岁。在校期间直至现在我们都习惯地叫他"小廖"。他在我的心目中始终是率真、单纯、热情而透明的朋友。我和他虽然不同年级,平日来往也不多,但却是相知甚深,我自信是很了解他的,他是我在北大结交的一位可信赖的朋友。

廖东凡毕业后自愿去了西藏,这举动在我一点也不感到意外。我深信这是他真诚而坚定的选择,而决非一时的冲动。廖东凡心宽如海,志高于天,他对生活充满了憧憬,他始终以自己的行动实践着并印证着他的信仰与向往。我相信五十年代成长的一代人,都能从廖东凡身上看到自己昔日的影子。不过我们

---

[*] 此文据文稿编人。

中的许多人(包括我自己)行动没有他果断,心境也不及他单纯,可以有这样那样的选择和承担,但很难有这样的坚韧和持久。

说到我的母校,北大在那个时代是集中了最优秀的人才。总是少年壮志,心存高远,有很多的想象和憧憬,这原是北大人的优长之处。但是一般来说,北大人可以目光远大,却难于脚踏实地,他们会有很多的豪言,却易于忽略甚至摈弃琐屑的细节。廖东凡凭着一腔豪情,一个定念,形单影只,离家背井,把自己最可贵的青春,点点滴滴,都贡献给了西藏这一片常人难以到达的雪域绝地。

他在雪域高原是一只孤飞的鹰,忍受着冰雪严寒和旷远的寂寞。入藏时二十三岁,调离内地时四十七岁,他在西藏总共历时二十四年。他是把所有的青春年华都贡献给了这里的土地和人民,换来了内心的胜利,并赢得了广大的藏族的信任和热爱。这一切,他是用八千七百三十六个日日夜夜他人无法理解的坚忍,是用无边的孤寂和流血的心灵为代价换来的。

一个在湘水之滨成长、又在北大这样全国最高学府生活学习了五年之久的青年,一个人来到了完全陌生的雪域高原,他面临的是任何人都难以想象的局面:特别的习俗、完全不习惯的饮食、艰难的甚至是恶劣的生存环境,加上最初并不理想的工作安排(那是对他的所谓"家庭出身"的惩罚式的歧视)。

这一道道难关险隘,都被他的顽强的意志攻克了。紧接着,他以更大的决心,更强的毅力学会了藏语,他成为了在西藏广大土地上被称颂的"会讲藏话的汉人"。廖东凡创造了奇迹。长期在西藏生活的诗人马丽华禁不住用赞叹的口吻说:"俗话说,一方土养一方人。我看廖啦(藏人对廖东凡的昵称)早已被堆龙德庆这方水土所渗透,而他也早已融会于这方水土,他是当今汉人藏化的不可多见的典型人物。"(马丽华:《秋季原野》)

对于廖东凡来说,他不仅为自己无悔的选择付出了青春,而且也牺牲了先是作为儿子,后是作为丈夫和父亲的责任与亲情,甚至,他也为此付出了健康。这一切,在他的书中,都不是叙述的对象,有的是略而不谈(如健康,他只在书中的某一处捎带地、而且语焉不详地提了一句:"我得了重病"),有的是轻轻带过。关于亲情,他除了在"终于有了一个家"的叙述中表达了对于相濡以沫的妻子的歉意与感谢之外,他对母亲的去世(未能前往告别),对第一个孩子的夭折等等不幸,也都是一例地"轻描淡写"。其实,廖东凡的心是非常柔软的,他也有刻骨铭心的牵挂,他也自责:"远在世界屋脊,忙于抢救民族文化遗产的我,在妻子最需要丈夫,孩子最需要父亲的时候,竟未能提供一丝一毫的帮助"。

他无意于表达苦难,他着意于书写他工作的欢欣,特别是克服困难之后的喜悦。凡是涉及个人的荣辱得失,他总是表现出一种豁达。而他对自己的演出队、文化馆、文联、刊物,对他所从事的民间文化资料的采集与整理,却是一以贯之的一往情深,津津乐道。在书中,我们始终看到一个瘦长身影的人,策马于冰山雪峰之间,千难万险也阻挡不了他勇敢的前行。他毫不厌倦地谈论着他在历尽艰险的采访民间艺术的过程,这几乎是这本书的唯一主题,也是他向我们揭示的生命的价值所在。

这是怎样的一个人啊!他心中牵挂的始终不是自己,自己的家,而是西藏,西藏,西藏!其实,我们也看到了现实生活对他的不公和欺骗,这对他造成了伤害,但心理健全的他能迅速有效地化解这种伤害。例如,他始终引为自豪的"首选进藏"的荣誉,数年后方知是由于前面的两个人不愿前往,他充其量只是"第三号选手"。廖东凡的圣洁感受到了侮辱。还有就是那次进京汇演。他拼死拼活地领导大家排演节目,到头来却因为"家庭出身"被排除在进京演出的名单之外。

这是怎样一种残酷无情的现实啊!但小廖却忍了下来,他带领被"排除"的十三个队员,组成了临时的演出队走向了遥远的需要他们的地方。在西藏,他是快乐的,但这种快乐多半是他自己争取来的。廖东凡很坚强。在那些专门制造伤害的年代,他以他的坚强使这些伤害降至最低点。小廖在艰难的岁月中坚强地站立着和坚持着,他从不为自己的遭遇流一滴泪。他就这样坚持了二十四年,直到需要他离开的时候。

现在回到本文开先我提到的北大的话题,北大无疑从来都是青年才俊会聚之地,廖东凡只是其中普通的一员。但廖东凡又是绝对地与众不同的一员。在北大赫赫有名的杰出人物中,不乏那些叱咤风云、干着那些惊天动地的大事业的人,廖东凡与此不同,是默默中矜持地工作的人。他忘了安逸,忘了荣誉,甚至也忘了孤独,数十年中,他远离了母爱,远离了正常的家庭生活,只为了年青时节的一语承诺,他终生不悔!

北大应当为有廖东凡这样一个学生而骄傲!

至于小廖写的这本书:《我的西藏故事》,我是含着泪水,也夹带着喜悦,一口气读完的。这是一本真实的书,没有一句空话,也杜绝了豪言壮语,平实、自然、生动而可信。通过它,我们不仅了解了西藏,而且了解了作者——他原本就是写的自己,一个真实的、普通的,也是杰出而光辉的北大人!

2007年11月10日于北京大学

桐乡月圆[*]

早晨从杭州出发，我们很快就到了桐乡。桐乡的乌镇我是到过的，那里有茅盾先生的旧居。这是茅盾的诞生地，他在这里度过了童年和少年的时光。抗战前先生回乡，在此写过中篇小说《多角关系》等。茅盾的《子夜》是中国新文学的一道丰碑，他所创造的人物和细节，至今仍占据着我们的文学记忆。茅盾是桐乡的儿子，乌镇的儿子，他的智慧和灵感是江南水乡给予的，江南的风物化为了他的锦绣文章。

在我的印象里乌镇规模很大，沿街各色铺面都在营业，药铺、染坊、银号、成衣铺、鞋店、旅社，还有售小食品的，只是如今都披上了流行的色彩。当年拍摄电影《菊豆》的场所，如今已成了游人的一道风景，令人想起巩俐当时的风采。乌镇有水，流动着江南特有的韵致。在江南，水总是一缕情思，一股眷恋，几丝缠绵，水牵动着人的思绪，想起江南的雨丝风片，燕语呢喃，青青的桑叶，金黄的菜花，想起那婀娜地行走在阡陌上的江南女子，想起爱情，那绵延了数千年的生生死死的恋爱。

我们在桐乡只能有一天的停留。访问者兵分三路，有一路是乌镇，因为到过，我割爱了。我要去缘缘堂拜望丰子恺先生。缘缘堂我也是"到"过的，只不过那是在开明出版的书上。我喜欢丰先生清淡雅致的文笔，诙谐而又带着禅机的风格，在我的少年时代，这些优美的文字连同他的漫画，都是我的好友。缘缘堂

---

[*] 此文刊于《新民晚报》2008年1月4日。据文稿编入。

在普通的旅游节目单里少有,这当然是我的首选了。

车子开往石门镇。眼前一道流水,人们说,这是大运河的支叉。有一道桥,叫木坊桥,桥拦上有丰先生的漫画。缘缘堂到了!丰子恺先生一袭长衫,静立院中,身前后是鲜花和草坪。迎面一面墙,是他的题字:"一片片的落英都含蓄着人间的情味"。看着这字,内心沐浴着先生特有的静谧的温暖,那是艺术家的智慧与佛家的灵性融会的结晶。轻轻走进客厅,时正中午,我们怕惊醒先生的午梦。案上书页翻着,先生在叶面上写字:"再版请照此本","有否再版价值,请为审阅,书名似拟改为《西洋音乐故事及知识》以求符实"。时间分别是 1952 年和 1958 年,半个世纪过去了,先生还在工作。

缘缘堂临水而建,大运河在这里拐了一个大弯。沿河走去,约二百米,大河现于眼前,帆桅接踵,烟波浩淼,岸边青草,水中莲叶,水光潋滟中,别有一种气象。河岸立有一碑,上镌"古吴越疆界"五个大字。桐乡地处杭嘉湖平原腹地,东边是上海,西边是杭州,北边是苏州,占尽了江南的大好风物,这原是产生诗情画意的地方。

告别缘缘堂,丰子恺先生客厅里的茶香犹在,我们又进了钱君匋先生的院子。"君匋艺术院"的题碑是刘海粟先生的手迹,遒劲而有力,体现了刘先生的一贯风格。钱先生也是桐乡人。他把毕生收藏的四千余件艺术精品贡献给了家乡。在二楼,艺术院的马永飞先生为远道而来的诗人们展示了"镇院之宝"徐渭的泼墨大写意《墨梅芭蕉》。上有画家亲笔题诗:"冬烂芭蕉春一芽,隔墙似笑老梅花。世间好事难兼得,吃厌鱼儿又拣虾。"

和丰子恺一样,钱君匋也是多才多艺,书画、篆刻以及收藏之外,他还是一位诗人,他也写新诗。也是在二楼那个房间的桌上,我无意间看到随意地散放着他的诗集:《春梦痕》。他的新诗起步很早,二十年代就开始新诗的创作了。我顺手抄了《醉》和

《赠远方的恋人》两首新诗,很代表了新诗初始期的风格,后者还是一篇歌词,篇后注明是邱望湘作曲。看来钱先生也有音乐的缘分。

江南桐乡有诱人的风景,这些景致因为有了文化的神韵而益显奇特。这里是著名的杭白菊之乡,想象中白菊花盛开时节桐乡平野之上,江湖港汊之间,白花空蒙如雪,清香醉人千里,是何等迷人景象!我们在桐乡的这天,正是中秋月圆时节。桐乡的朋友们放弃了与家人团聚,与我们共度良宵。我们在这里举行了中秋赛诗会,诗人朗诵的间隙里,乐声起处,舞影婆娑。

这是非常美妙的夜晚,这是永生难忘的夜晚。这一年的桐乡月,竟是这般的清凉皎洁!这难道是丰子恺先生笔下的、悬挂在柳梢上的那轮明月么?时光如电,那月亮总也不老,总是那么清清爽爽,总是那么明明亮亮!

2007 年 9 月 25 日记于浙江桐乡,
2007 年 11 月 13 日作于北京昌平

天边的云彩*

　　一边是杭州湾,杭州湾的外面是东海;一边是钱塘江,钱塘江的一端,搂抱着美丽的六和塔,那就是杭州城。这江海汇合处,有诗人的家。早年他从这里出发,去了遥远的康桥,从那里带回了一片西天的云彩。这云彩连同东海的浪,钱塘江的风,缀成了一页又一页绚烂的诗篇。他从大海的涛声中获得了铿锵的节奏,他从钱塘江的波纹中获得了鲜丽的韵律,他又从康桥的晚霞中获得了灵感和情调。

　　没到海宁之前,就知道这里有个硖石镇,就知道镇上有诗人的家。几回梦里寻访,似乎到过这座小楼。楼上的地板有些旧了,脚踩过,发出吱吱的响声。而楼下厅堂当年从德国进口的花瓷砖,依旧叙说着昔日的繁华。硖石镇上富有的人家,走出了一位影响深远的诗人。从此,他也演出了短暂而浪漫的一生,他和几位美丽而智慧的女人之间的爱情故事,成为了中国新文学上空一道彩色的风景。

　　中午的庭院静寂,花有点忧郁。门前是诗人的半身塑像,洁白的汉白玉石,一朵洁白的云。他始终保持着飞翔的姿势。

　　拜访诗人旧居的这天,正是海宁观潮节的开始日。中午时分,潮水准时地从钱塘江口涌来。远处一道白线,把浩浩江水泛成了一道绵长的阶梯,这就是著名的一线潮了。白线逐渐向我们逼近,在我们面前似有所待,有点依恋,又有点缠绵。温柔的

---

　　* 此文据文稿编入。

江南,连惊天的海宁大潮也这般地充满了柔情。

　　这也许只是一种心情,也许是因为期待过高,也许是因为看台离岸遥远,失去了现场感。其实,那潮水是撼天动地的,整座盐官镇在中午的潮涌中震颤。这响声是否惊了诗人的午梦?也许竟不,也许他正在天际云游。而我的思绪却似那潮水,一波过去,又是一波,如此日夜,如此年月,潮来潮往,永无止息。

　　盐官镇很有名,它不仅是观潮胜地,也是人文汇萃之地。这里有宰相府第,有袁枚题额的"国棋圣院",有充满神秘气氛的海神庙——其间居然保存了清雍正、乾隆、道光、同治四代帝王的题赐。还有据说是李师师"青月醉花楼"旧址辟成的"花居雅舍",占鳌塔屹立江滨,安澜园里有乾隆寝宫。

　　花团锦簇的盐官镇叙说着鱼盐丰茂造出文化奇观的道理。财富的集聚,促成经济的繁荣,由此产生小说家、艺术家、诗人,由此再集聚、提高、升华而为大师,一代大师代表的是建立在经济发达的根基上开放的灿烂辉煌的文化之花。盐官镇上周家兜双仁巷有一座黛瓦粉墙的二进院落,1877年诞生了王国维。他以刚满五十的壮年完成了集史学家、文学家、哲学家、考古学家、辞赋学家于一身的光辉。这就是一种伟大的集聚。是一种可期而不可求的辉煌。

　　夜晚,盐官镇上空升起了节日的烟花,人们把海宁如花的潮水化成了天上绽放的欢乐,昨夜桐乡上空清朗的明月,那是丰子恺亲笔的描绘;今宵钱塘江畔这璀璨的火树银花,也许竟是来自徐志摩的灵感和节奏!

　　带着对海宁的感激和怀想,我们踏上了去往嘉善的旅途。在嘉善,我们径直去了碧云花园。鲜花丛中,青草坪上,充满诗意的插花比赛邀请我们参与。我们这一组,郑晓林和荣荣。我们带着海宁那座小楼的温馨,更带着钱塘江上的浪花和烟花,海的浩瀚,江的秀丽,还有康河柳荫下的那一抹晚霞的余光。我们的主题是：天边的云彩。

　　在轻盈的花篮上铺几片宽大的绿叶，几朵硕大的蜀葵是浅浅淡淡的黄。中间主体是茜色的艳丽的波斯菊，波斯菊热烈、奔放、在江南艳丽的秋阳下发出惊人的光焰，那是诗人炽烈的无可挽回的爱情的燃烧。在康乃馨的顶端，为了突显插花的主题，我们选取了一枝金黄色的天堂鸟！我们自己为这惊人的点睛的一笔而激动不已！

　　简练的色泽，单纯的构图，鲜明而深沉的寓意，概括了诗人多情多才而又浪漫的一生。他总是这么天真而热烈地写着、笑着和爱着，他活着的时候，快乐地写诗，快乐地恋爱。他远去的时候，留给人们的是永远的美丽，美丽是天边的云彩！金黄色的天堂鸟，这花的名字太吻合我们的构想：志摩是到天上去了，乘着天堂鸟金黄色的翅膀。

　　他是云游去了，云游而不知归！

　　对插花评比的结果，我们怀有信心。然而，我们失望了。我们没有得到"专业"的评委奖，而这原是我们的愿望。这也难怪，评委们也许知道徐志摩，也许竟还不知；即使知道了，他们又何尝知道《云游》；反过来说，他们即使知道《云游》，又怎能知道我们此刻那让心灵疼痛的怀念和敬意？我们的"落选"是注定的！

2007年9月26—27日记于浙江海宁—嘉善，
2007年11月14日作于北京昌平

雨中思绪[*]

苇子:我此刻在读你的书。我一边读,一边翻地图。在浙江的地图上找到了你的家乡,那是我到过的美丽的小城仙居——神仙居住的地方。那里有一些河流的标志,但是我没有找到书中你反复提到的永安溪。我知道永安溪对于你来说意味着什么,可是,也许它太小、太涓细了,我没有找到。我深知这条溪水在你的生命中的重要位置,我有些惆怅。

我自己也有类似的经历。这些年我常常想到我童年去过的外公的家,那里也有一道美丽的小溪,是闽江入海口的一个支汊。你的永安溪是有名字的,我外公家的那条小溪则没有正经的名字,我们叫它:"三脚桶",那只是一个昵称。后来我猜想,那可能是"三汊港"的谐音,但也无据可查。我几次回到家乡寻找,有些好心的朋友帮我找,都没有结果。我的那条"永安溪"也许是永远地消失了!

这点你比我幸运。你的永安溪还在流动着,在现实的大地上流动着,也在你的心灵深处流动着。记得你在诗中写过它的美丽:"假如你走进永安溪,准会甩出一帘鸟鸣挂在你背后"。你的永安溪是迷人的。

苇子,你的诗我读过,作为女性,你的诗写得细腻、委婉。诗集取名《红柳绿柳》,你自己就是江南一枝秀丽的绿柳。但你更希望自己的生命能像戈壁滩上的红柳那样坚强,即使经历苦难

---

[*] 此文据文稿编入。

依然顽强地站立着。绿柳是形,红柳是质,我的理解对吗?你在诗中保留了少女时代的天真和憧憬,当然也有一份你特有的坚定。这些,在你的散文中依然保留着,依然保留着你作为女性的敏感和温情。只是由于人生阅历的增多,由于生命体验的丰富,使你的这些散文在表达上趋于内敛,呈现出多层面的更为丰富的情感内涵。

客观地说,诗集《红柳绿柳》毕竟是你的处女作,特点和缺憾均在于叙述的单纯。《雨中低语》的倾诉,却因其融汇了诸多的人生况味,而在一种无以摆脱的无奈与缠绵中涌现出让人怦然心动的凄美。加上你优美的、含蓄而委婉的、带着一些伤感的文笔,读来别有一种滋味。

读你的散文,我仿佛也置身在江南的绵绵细雨中。不仅是身体,而且是心情,也是湿漉漉的,一种说不清、道不明的、没来由的情绪,一种悄悄的喜悦和淡淡的忧伤的情绪。雨中思绪,是悄然的等待,是等待之后的空漠,混合着期待与失落,是聚散无常的感慨。而毕竟,由于一种感悟,最终总是一种没来由的牵挂,化为了那淅淅沥沥的、断断续续的雨丝,直抵时间的幽冥之处。

江南的雨,如江南的思念悠长而绵远。它带着期待的欢愉,也带着轻轻的惊惧和伤感。雨在你的笔下只是一种象征;雨中的音乐更是一种情绪。雨和它的声音只是一种隐喻。隐喻在那空间所发生的一切,包括精神的和非精神的抚慰。是肖邦的奏鸣曲,还是"二泉映月"的二胡独奏,这些都不重要,重要的是这个空间,这个特殊的背景:"这是我的肖邦,钢琴的声音砍削着我心的边缘。在肖邦的柔弱和狂热的冲突中,我也同时感到来自内心的那份冲突,来自世俗与情感的那份冲突。"

读着读着,我发现在我面前无限倾诉的,竟是一个比我所见所知的更为生动、更为隐曲甚至也更显"幽暗"的江南女子。岁月蹉跎,原先在诗中歌唱春天和爱情的纯真少女,经历了多彩人生的体悟,已经是成熟的女人。居所的迁徙,生活的变动,情感的期待与失落,都化为那动人心弦的雨丝风片,散落在永安溪上,也散落在西子湖滨。这一切,被你那细腻而饱含着汁液的文字的传达,我此刻看到的,竟是一位情感丰盈的多情的江南女子。

我看重的是,这绵延不断的雨中情绪,我并不特别看重你为《雨中低语》所做的章节安排。我知道你的用心,你是从一个本来陌生的城市空间,向着生养自己的、你想摆脱却又依恋的原先熟悉的空间的回望。永安溪旁母亲眺望的身影,爱美女孩童年的艰难记忆,堂姐和化工厂师傅的温情,乃至于在城市雨夜与"一个人"的邂逅,直至自己作为母亲眼中的儿子的成长……这里的次序排列并不重要,把它拆散也无所谓,并不影响我的阅读感受,我深受感动的是你所创造的氛围,具体说来也就是这种雨中情味。

雨声滴答,咖啡的香味混合着肖邦的激情,浮动在寂静的四围。这里有"一个人",也许没有,这都不重要,重要的是这种若有又无、似断还续、让人喜更让人忧的潮湿而缠绵的感觉。这种感觉在想象的深处,只是一种"湿",而不是雨本身。甚至"雨"也"外化"了,化为了抒情者内心的"疼痛":"内心与内心传达的是雨声","肉体与肉体传达的也是雨声"。淅淅沥沥的雨,没完没了,持续的时间是那么长,没有头,我的哀伤或喜悦也没有头。

我赞赏你的文笔,这文笔比你在诗中所表现的要成熟多了。你捕捉着、你表达着,雨落在城市的各处,你感到了那无处不在的"湿"。你说,"一滴雨落在我的发梢上,使我一惊"。你的文字变得这么敏感而细腻,在别人也许会一笔带过的地方,你捕捉那微妙,直至事象的末梢。例如夜西湖的梦一般的迷茫。当然,最微妙的还是你的雨意:在六和塔,在保俶塔,到处是湿漉漉的,你说,"此时的雨是一整个季节的表达"。

要说的话很多,这里只是向你祝贺,祝贺你的进步。

2007 年 11 月 19 日于北京大学

从"史诗"到"诗史"[*]
——读评正文的组诗《光辉的八一》

这支光荣的军队已经为正义的事业奋斗了整整八十年。从弱小到强大,从无数的挫折到最后的成功,它以前赴后继、艰苦卓绝的奋斗,终于促使了举世瞩目的同时也改写着历史的伟大的人民共和国的诞生。这支军队以它和人民的紧密结合、奋斗、牺牲以及顽强的坚持,终于创造了人类历史的奇迹:数亿饱受贫穷和压迫的苦难深重的中国人,终于得到了解放,开始了(当然也是经历了曲折和艰难)新的建设和创造,走上了发展和富强的道路。

这支军队伴随着中国人民追求民族解放、社会进步的英勇抗争而行进在漫长的征途中。其中有惊动世界的万里长征,有悲歌慷慨的抗日战争,有由诸多战役组成、最后建立人民共和国的解放战争。环境险恶,时间漫长,社会多变,矛盾复杂。人民军队以自己的汗水和鲜血写就了一部雄伟壮丽的史诗。

这部史诗是由无数可歌可泣的人物和事件所组成。说不尽的艰难困苦,写不尽的碧血丹心,围追和堵截,突围和会师,进军和退却,历史的长空中呼啸着前进的呐喊和胜利的欢呼。这是多么壮阔的画面和场景!更为重要的,因为是军队,总有作战的对方,而对方几乎也是同样的复杂和丰富。这部历史,任何浩瀚的文字和卷帙,都不足以展示它的多姿与多彩。然而,面对着这

---

[*] 此文据文稿编入。

部篇幅巨大的史诗性题材,正文同志却反过来要写一部"诗"的"史"——他选择了一条最具挑战性也最险仄的路,他要用最简约精练来表现空前的博大丰富。

《光辉的八一》从文体上看,是由十首内容互异的短诗组成的一个组诗。这十首诗要是比喻为十个乐章的话,全诗就是一部雄伟壮丽的交响曲。这部交响曲的主题是中国人民解放军八十年的建军史。我们都知道诗是最"吝啬"的文体,当别的文体可以满纸铺陈的时候,诗却在那里字斟句酌。诗人正文的智慧与才情在博与精、繁与简之间遇到了考验。他不仅要用最少的文字表现最丰富的内容,而且这种表现还必须是鲜明、生动而充满诗性的。

首先是要有驾驭这一重大题材的史识与魄力,作者必须谙熟军史,这是从事这一"诗史"写作的先决和前提。我们从组诗的精心布局便可看到诗人的才识。十章诗篇分别为:南昌枪声、井冈风云、长征岁月、延安灯火、命运决战、和平征途、东方巨响、精兵之路、科技强军以及新的使命。组诗的结构具有创意,它体现了当代人对于历史发展的精确把握,脉络清晰而又富有科学性和新理念。

人民军队从战火硝烟中走来,走进了和平建设(当然仍会有大大小小的战事)的新时代。军队把以往的战绩和功勋留在了身后,它开始了新的使命和新的征程。这些军史的新元素,都被诗人有效地组织在他的交响乐章之中。诗人的构思将人民军队的历史作了时代性的划分,除了以重笔书写我军从小到大、从弱到强的光辉战斗历程,他非常重视在和平时代军队所进行的一系列建设性工作,以及它在应对自然灾害和保卫人民和平生活方面所立的新功。

诗人重视军队在回应新的世界格局中所作的努力。可以说,在强调继承军队光荣传统的同时,他以饱满的激情讴歌了军队在历史转折的新时期所拥有和建树的新的功勋。从第六首开始,至第十首,他用非常可贵的一半篇幅来写战后的历史。这是《光辉的八一》的重点和新意所在。而对军史所进行的这种处理,不是在于能力,而是在于胆识。

现在我们回到前面说到的,博与精、繁与简的处理的话题上来,既然采用"诗"的方式来写"史",那么简约与精练就是首先必须遵循的原则。当然,这不是"文"的原则,但却是"诗"的前提。煌煌一部军史,上下八十年,浴血奋战,惊天动地,这一切的多彩与繁盛,都要"装在"短短的十章短歌之中,这是多么"苛刻"又多么"吝啬"的要求啊!但这几乎是"诗"的铁律,是不可违抗的。

《光辉的八一》共计十首,每首12行80个字,统共算起来,全诗120行800个字。人民解放军的历史是八十年,摊到每年的头上,是一年十个字。真是每字都重若千钧!现在要考验诗人的不再是对军史的判断与识知,而是对于文字的运用、选择与调遣的能力与智慧了。这里的原则似乎只有一个:让每一个字都充分地发挥它的潜能。

当然先决的还是合理布局,一切都要"节省",要选择最有概括的事件来写,要舍弃或"忽略"那些次要的。在写作的策略上,是点到为止,"不可久留"。例如"延安灯火"这一章,上半阕写枣园,写延河,下半阕转向外边,写青纱帐,写芦苇荡,前者是北方的大平原,后者是南方的水网地带,是暗示延安在向全中国展开。字字都金子般宝贵,一点都不敢"浪费"。

和平时期的军队,依然继承着军民一家的光荣传统。那里有困难,不论是地震、洪水、矿难,平日里的守边、农垦乃至类似"非典"突发事故,那里需要军队就在最需要的时间地点出现,它是人民的守护神。"和平征途"仅用"无怨无悔写春秋,四海为家走天下"十四个字来概括。"播绿洲,守边卡,架彩虹,建广厦",言简而意赅,有巨大的概括力和思想容量。传统写诗讲用典,用典最直接的好处是可以"节省"词语。《光辉的八一》作者深知此妙,不过他用的是"今典"而非古典,例如:"烽烟滚滚"、"霓虹灯下"、"沙场点兵"等。

只讲简约而不生动不行,只顾交代而缺乏诗情更不行。整个组诗的开头非常有力,最初四个三叠句,分别用了"稠"、"疾"、"吼"、"低"四个形容词,分别通过浓度、状态、声响和高度来形容建军初始环境的险恶。战士的血如雨,不是一般的雨,是浓稠的血雨。空气中弥漫着血腥味,那是腥的风,风的飘行不是一般的急,而是"疾"("疾"的选用让人惊喜),而是一种难以言说的情状了。历史从南昌的枪声开始,所以出现了赣江的"吼",江面上压着乌云,情调低沉而压抑。首章始于悲怆而终于欢悦:"人民有了子弟兵,光辉日子是八一",明朗而热烈。"不靠天,不靠地,求解放,靠自己",也明畅可诵。

写到井冈山,心情略为和缓,我们终于有机会欣赏山间的风景了。诗人用"挺"字来形容满山的翠竹,这些竹子因红军的到来而充满生机。后半句"飞瀑扬"的"扬"也十分传神,那山间的流水似乎也在播扬着什么。这些均可见诗人的文字功力。最妙的是"东方巨响"中的"出阳关,饮酒泉,走戈壁,育马兰"。其中"饮"字和"育"字把中国试验基地的地域和自然环境加以生动地烘托。这里"风啸云涌破九天"句,也是气势非凡。

组诗格式一律,是每首上下两阕,均是六行,前面四个三叠句,紧跟着是一个类似七言绝句的体式。因为句式字数都不变化,增加了写作的难度,所幸诗人运思精妙,多有奇兀章句出语惊人。"命运决战"的起句便是一例:"剑似山,民为峰","剑似山"字面直解应当是说人民战争的长枪长矛聚成了一座巍巍高山,"民为峰"则是彰显民众的伟力——他们是山体的一个部分。而从另一个意义上看,诗人又似是在作另一种比喻:军队是剑,人民是剑的锋。我在这里有意地把"峰""锋"作了置换,是想证明诗人运思的丰富。

  军队诗人和作家为中国的文艺发展繁荣作出了重大的贡献。从将军到士兵,他们的创作丰富了中国文学的内涵,全面地增强了文学的整体水平。早年萧华将军作《长征组歌》,气势恢弘,曲调优美,一直传唱至今。现在我们读到的《光辉的八一》,可以看作是《长征组歌》的续篇,要是有人将其谱曲,未尝不是一段文坛佳话。

  从"史诗"到"诗史",《光辉的八一》走的是一条艰难的路。所幸,它克服了困难,取得了成功。

2007 年 12 月 6 日于北京大学

初进燕园[*]

燕园的第一夜是迷蒙的。只记得那日午夜时分,奔走了三个日夜的火车在前门车站停住了。下车,出站,便有北大的老师和同学在接我们。迷迷糊糊地上了车,迷迷糊糊地行进在去北大的西郊路上。夜很深,周围很宁静,这城市像在做梦。车子开进了校园,我已不记得那是哪一个校门了,只觉得是开进了一座密林之中。路是弯曲的,弯曲的路两旁全是树。树被街灯照着,也是迷迷糊糊的。后来,车在一座宫殿式的大楼前停住了,人似乎也从梦中醒来,惊讶地望着周围的一切,竟觉得是进了一个公园。

燕园到了,我开始了北大的第一个夜晚。这座宫殿式的大楼是第一体育馆,这是我们进校后的第一个住处。院系调整之后,学校扩大招生,原有西郊燕京大学旧园,虽然新建了好多办公楼和宿舍,还是不能满足需要。这一年新生到校,宿舍调整不过来,只好在体育馆和地学楼等处临时设点,安置新生。这在学校是权宜之计,在我们却已是非常满意了:能到北京,能进北京大学,能在北大有一个安身的床位,当日有的,就是发自内心的幸福感。

第一体育馆位于未名湖东岸,是燕大旧有的一座巍峨的建筑。当年设计燕园的建筑师很有眼光,他把整座燕京大学建成中国古典园林的样子,建成了和周围的三山五园皇家园林统一

---

[*] 此文刊于 200 年 3 月 28 日《中华读书报》据此编入。

的风格,从而融在了一起。这座"一体"(我们对第一体育馆的简称)也是如此,歇山式的大屋顶,灰瓦,红柱,白墙,是典雅而庄严的皇家气象。

我是八月下旬从家乡福州出发,一路上先是轮船,而后敞篷车,辗转至江西上饶,坐上火车,折腾了差不多一周的时间才到的北大。到京时,已感到了秋凉——那时的天气比现在要冷得早。但住进了一体,躺在那临时安置的双层木床,就有一种温暖塌实的到家的感觉。从这一夜开始,先是上学,后来工作,我在燕园一住就是半个多世纪,再也没动窝,这是始料不及的。这是缘分,更是天意!

当学生的五年中,住处先后换过几次。一体之后,好像还住过小膳厅。也是双层的木床,木床一个挨一个地排满了整座大厅。后来有了正式的宿舍,那就是十三斋——北大当年沿袭了燕京大学的习惯宿舍称斋:德斋、才斋、均斋、备斋、体斋、健斋、全斋。新盖的楼也叫斋,那就没有当时那般的雅致了,按数字排列:一斋、二斋……我们住的是十三斋,还是上下铺。以斋名楼的习惯,一直延续到"文革","文革"开始,大概以为这种叫法不革命,通通改叫"楼"了。连同"德、才、均、备、体、健、全",也一律以数字排名,叫红一楼、红二楼……

学校给我们配了个校工,我们喊他老宋。老宋当年大约四十光景,秃头,性格幽默开朗。老宋的工作是给我们送信件、清理卫生。平时守门,冬天管拾掇炉子。我们和老宋结下了亲密的友谊,他叫得出全斋数十人的所有名字,包括我们各人的性格脾气。后来我留校工作了,还时有往来。

大学一年级是在十三斋度过的。在这里我度过了入京后的第一个新年和春节。温暖而热闹的十三斋,建筑简陋,房间割断,但上方不封顶,各个房间声息相通。但是我们几个班级相处得很好,能够互相体谅,是一个集体大家庭。在十三斋期间,我们听了游国恩、王力、魏建功、高名凯、朱德熙、朱家玉等各位先生的课,开始接受这些学术权威最初的启蒙。

大学一年级,我在老同学的引荐下参加了北大诗社,认识了张元勋、沈泽宜、李任、马嘶、杜文堂、林昭等诗友。这些人中,有些又是后来《红楼》编辑部的同事。当我们在北大开始新生活的时候,正是国内政治形势活跃和松动的时候,"百花时代"给了我们以梦想,我们雄心勃勃地响应号召,向科学进军,争当先进班,三好生,体育要过劳卫制的等级,等等。那是一个春光明媚的年代。

从秋天到冬天,大学生活的第一个学期结束了。留在记忆中的趣事也不少,记得初开学,魏建功先生给我们讲音韵学,他找不到教室,迟到了几分钟。当他气喘吁吁地来到教室,第一句话便是:"你们不要以为这是我的常态——",他的"常态"引发了我们善意的笑。后来我自己当了教师,知道要守时,是从我们的前辈那里学的。

冬天是期末考试的季节。那时北大是以苏联、以莫斯科大学为榜样,处处学习他们的做法,实行副博士制,实行五分制,以及口头考试制,等等。印象最深的是口头考试,现在回想起当年高名凯先生的《普通语言学概论》学期考试,还心有余悸,简直太可怕了——一间单独的屋子,一张铺着白布的桌子,高先生正襟危坐,我是考生,坐在他的对面,我们一对一。先是抽题,那天我抽的是"试论语言与思维的关系",在关键之处我讲不清楚,高先生一直启发我。我出了一身汗。我知道,那五分是勉强给的。

我在中学学的是英语,因为一边倒地学习苏联,大一开始就统一地改学俄语。一个学期下来,居然也得了五分。俄语学了几年,几位俄语老师,姚学吾老师后来成了朋友,还有漂亮的金景淑老师,她是朝鲜族,我们都喜欢她,后来她去韩国定居,我们一直很惆怅。我的俄语成绩不错,都是五分,可是时过境迁,现在连字母都忘得干干净净了。倒是中学时学的英语,现在也还记得几个单词。

除夕钟声在大饭厅响起来了,我度过了来北大的第一个年头。那个夜晚我们在大饭厅彻夜狂欢,跳舞直至深夜。为了迎接新的一年,我还写了一首诗:《一九五六年骑着骏马飞奔而来》——

> 在北京大学的未名湖畔
> 我也听见一九五六年的脚步在响
> 虽然冰霜封冻着大地
> 可是我的心却燃烧得发烫
>
> 祖国的每一天都不平凡
> 新来的年度又是这样的充满阳光
> 我要不虚度每一个有意义的时日
> 像勤劳的工人农民那样

这是意气如虹的年代,我们青春年少,不知忧患,惟有憧憬,我们享受着暴风雨到来之前的那一片春光灿烂。时间无情,此后不到一年光景,诗社散了,《红楼》解体,上面提到的我的那些诗友,纷纷遭了厄运,他们经历了无边的苦难。我也沉重地告别了给我欢乐也给我忧伤的岁月。

2007 年 12 月 12 日于北京昌平北七家村

未名湖畔的雪泥鸿爪[*]

  我把人生的大部分时间，都留在了未名湖畔的这一方土地。半个多世纪的光阴，有的人天南地北地往返奔波，而我基本是在原地踏步。北大是一个奇特的、一旦住下便不想离开的地方。它是圣洁的和光荣的，然而，它又是充满遗憾的，甚至在某些时期是蒙羞的，但不论它有多大的缺失，有的人甚至在此受到伤害和剥夺，但是，几乎所有的人却都是一厢情愿地不改初衷，一样含着泪爱它、恋它！
  距今五十多年前，那时的我年少轻狂，浪漫情怀，孤行千里，负笈北上。落定在湖边这一片土，就再也没有也不想离开。长长的半个多世纪，我先后住过燕园的不少地方，临时住过的有入学之初的第一体育馆和小饭厅，"定居"的宿舍则有十三斋，二十九斋和三十二斋。十三斋现在已面目全非，二十九和三十二斋还在，但也早已改名为"楼"了。
  毕业之后我留校任教，住的职工宿舍也有几处。这些住过的和没有住过却也有过干系的居所和屋宇，留下了我的人生踪迹，也留下了我的生命感触。世事沧桑，悲欢离合，一切都非常可贵，我来不及叙说，我只能借这几片纸，星星点点地勾画那散落在湖畔的、尚可依稀辨认的雪泥鸿爪。

---

* 此文刊于 2008 年 1 月 29 日《新京报》。据此编入。

十六斋

十六斋在三角地西隅,是一座坐南朝北的筒子楼。这原应是一般的宿舍楼,因为学校发展很快,单身职工结婚后没有住所,就临时成了双职工的宿舍。楼有三层,房间南北相对,一个房间住一家。六十年代初,一下子搬进了几十对年青夫妇,呼啦啦地把整座楼都占满了。我也是这时搬进十六斋的,住三楼的316号。

房间不大,大约十二米,除了安放一张双人床,余下的地面就很可怜了。好在那个年代奉行艰苦奋斗,人们对生活的要求很低,有一间安身立命的小房子,就已满足。楼里没有厨房,每层倒是有一个厕所,是公共的,男的在三层,女的在二层。初搬进十六斋,因为没有厨房,各家都把炉子放在各自的门口,加上置放一些必要的厨具,加上堆放煤饼(那时烧的是煤饼)的地方,那楼道就黑压压地成了"巷道"了。

后来学校给每层匀出两间空房,给各家做饭用——我们终于有"厨房"了,不过仍然是公共的。大家动手把楼道里的家伙,搬进了新的"厨房",顷刻间,整个房间密密麻麻地摆放了炉子和煤饼,还有厨房的必备用具,油盐酱醋等等,仍然是挤得不留一个空隙。好在房客都是学校的职工,有的先前还认识,大家都彬彬有礼,也都能互相体谅,几年下来,倒也相安无事。有时还能互相照看,哪家缺了葱啊蒜的,还能互通有无。

住进十六斋时,大家都是青年,事业学问都看不出端倪,但是那种邻里互助的精神,却是愈久愈显得香醇。住在十六斋的那些房客们,后来有的在"文革"中遭难,有的则是飞黄腾达成了各界的要人。

朗润园

朗润园在燕园西,是一座岛,四面环水,水中荷叶田田,水岸杨柳婆娑,是北大后湖风景佳丽的地方。岛中央有许多古建筑,多是清代王公贵族留下的府第,到了五十年代,经历了时代的风雨剥蚀,已经显得苍老了,但那种不同凡响的恢弘气象还在。园中小山逶迤多姿,山巅有亭,亭隐约于树荫中。朗润园最美的是临水的那些建筑。北大许多名人都是朗润园的居民。五十年代初期孙楷弟先生的住处是一座岛中岛,四面荷花环绕,古槐杨柳掩映其中,真是神仙洞府。从孙府沿溪向东,路旁竹林中数间矮房,就是温德先生的家了。温先生是美国人,终身独处,九十高龄还游泳骑车,也是一位活神仙。湖边盖起公寓之后,园中的居民就更多了,季羡林先生、金克木先生、陈占元先生、吴组缃先生、季镇淮先生先后都在这里安了家。

说起临水而居,最有韵味的要数罗列先生的家。记得当年罗列先生住的,是一座水流婉转经过的旧式平房。房前是一条幽雅林荫小径,入了院子,后门即是小河,河边的美人靠被夕阳的余晖照着,更是引人遐想。这些临水的充满情趣的房舍,今已荡然无存,倒是那亭子还屹立着,见证着往昔的繁华。

朗润园的外圈盖起一批公寓,那是六十年代初的事。学校发展得快,见缝插针地利用"空地"盖起了大批的公寓,用以解决日益增多的双职工的住房困难。朗润园周边的公寓就是这时盖的,在这些楼群间,还建了一座招待所——那是北大当年唯一的"宾馆",因为位置在校园的北边,我们简称为"北招"。"北招"后来成了著名的"梁效"大批判组的住处。这些新的建筑破坏了这座古典园林的传统风格,这种破坏在革命高涨的年代,几乎是不可避免的。

我就是在这时从十六斋的筒子楼迁居到朗润园的。当时住十二公寓三楼单元房中的一间。那套单元房面积总共约七十余米，有一个套间最大，三十多平米住了化学系的三代人，其余两间，一家是地质系的，一家就是我住，总共算来，这小小的单元一下住进了三家、三代、十几号人口。厨房和卫生间是三家共用，做饭还好，用卫生间就要"排队"了。那时正值"文革"期间，外边口号声和爆炸声不绝于耳。我们能有这样的一座"避风港"，也是万幸了。

蔚秀园

蔚秀园在北大西校门对过，前临通衢，由此向北，可达圆明园和颐和园。蔚秀园和北大西门之间的道路，是旧时从故宫通往颐和园的御道，现在也还是从内城通向西山的大路，去香山的，去颐和园和圆明园的，再加上北大、清华和101中学这些学校都要通过这里，道路拥挤而繁忙，几乎时时都在塞车。

蔚秀园在海淀。海淀过去是万泉涌流的地方。这里的地名如万泉庄、万泉河、泉宗庙等都与泉水有关。蔚秀园置身于海淀的水网之中，这园林素以富于水乡特色名扬京师。园并不大，水面占了大部，河中水草芰荷丛生。旧式房舍，乌瓦粉墙掩映于粼粼波光之中，简朴而古雅。初进燕园，我们结伴步行去颐和园，常取道蔚秀园。当日的蔚秀园与四围西苑乡的稻田融为一体，令人恍若置身江南。

蔚秀园盖楼是七十年代的事。楼高五层，约十余座，硬是把沿河那些小山脉全给铲平了。我刚搬进园子时，河道里水草依然丰茂，偶尔还能发现二三只野鸭从水泥涵洞中游出觅食。而如今，所有的水面都已干涸，昔日那种水乡风情是一去不复返了。

七十年代末，我在蔚秀园分得了两小间住房，总共约三十多平米。这对于长期与人合住、没有独立住房的人来说，总算是有了一个家的感觉,还能奢望些什么呢!当日在蔚秀园二十一公寓住的,各种人都有,有化学系的资深教授,也有食堂里的炊事员,校医院的护士,在特殊的年代,人们没有级别身份的差异,都相处得很融洽。

蔚秀园五层楼上居住的那些日子,是我学术经历中最值得怀念的日子。我在那里进行了对于中国当代文学的回顾,并开始了新的思考。我在那里完成的文字比任何时候都要多。那是长久积蕴的喷发。这说明,一个值得纪念的时代对于一个人的事业有着多么重要的意义。

我在蔚秀园居住的时候,南面的畅春园还是一片稻田和荷塘。从我的凉台南望,是一望无边的青翠!夏天的夜晚,蛙鸣惊天动地,使人终夜难眠。十里稻香,十里荷香,更是"扰"人清梦。那时望不到边的那些河网水面,如今已变成了同样望不到边的幢幢高楼:芙蓉里小区、稻香园小区(这些命名,还留有旧日的残迹),加上北大的畅春园和承泽园小区,当日都是"未曾开发"的良田——这里原是供宫廷食用的上好的京西稻的产地,如今都在历史的风烟里消失了。

消失的不仅是蔚秀园周边的这一片,北京西直门外从往昔的蓟门烟树到如今的中关村开发区,那些直冲云天的由马赛克和玻璃墙堆积起来的楼群,都是以无边的稻田和荷塘的消失、以美丽的西郊的消失为代价换来的。人们,包括我自己在内,我们每个人的"家"的获得,是以我们祖先留下的家园的丧失为代价换来的。

畅春园

畅春园的历史比圆明园要早,比颐和园更早。《日下旧闻考》说:此园"本前明戚畹武清侯李伟别墅,圣祖仁皇帝改建,锡名畅春园。"据说,康熙皇帝曾经延请外国传教士在畅春园向他讲习西洋天文、地理和数学等现代知识。这里曾经是康熙、雍正、乾隆几代帝王留下足迹的地方，也是他们听政和休憩、避喧的场所。

畅春园的繁华在许多典籍中都有记载。清代的吴长元在《宸垣识略》中说："畅春园在南海淀大河庄之北，缭垣一千六百丈有余。本前明戚畹武清侯李伟别墅，圣祖因故址改建，爰锡嘉名。皇上祗奉慈帏于此。园在圆明园之南，亦名前园。"此书对当时的畅春园有很多细致的记述，宫内四围有小河环绕，河水数道环流苑中，东西有堤，东曰丁香，西曰兰芝，西堤外别筑一堤，曰桃花。古人有诗云："西岭千重水，流成裂帛湖。分支归御园，随景结蓬壶。"可见当日园中水势之盛。

这些在今天当然是见不到了，那些新建的巍峨楼群吞噬了美妙的田园，连同旧日的山脉水系。倒是意外地留下了恩佑寺和恩慕寺的两座山门，作为"幸存者"在这里守护着死去的宫苑，供后人凭吊那往昔的繁华。这两座山门现在仍然屹立在北大的西门外，终日寂寞地面对着奔流不息的汽车的洪流。

从八十年代末搬进此园，我再也没有离开这里。我住进畅春园后，手植了四棵石榴，园内两棵，园外两棵，现在还是年年开花结果。我家的对面，是北大二附中的操场，学生们矫健的身影给了我青春的感受。我在畅春园一住就是二十年光景，在这里经历了社会的巨大变革，在这里接待过来自各地的朋友，这里凝聚了我对于人生和学术的诸多感悟。我现在的户口本上，依然写着畅春园这个居住地的地址。

勺园

勺园不是我曾经的住处，但却给我留下诸多记忆。当年的勺园是一个废园。这里原先河网遍布，地势低湿，适于植物种植。燕京大学把它辟为农学院的实验地，外建一个气象站。到了北大，菜圃依然保留，还成了后勤的养猪基地，即猪场了。我上大学时，常到那里参加劳动，摘蔬菜、种树、翻土什么的。后来这里就盖起了宾馆和公寓。现在的勺园，一派灯红酒绿，是看不到那些田园景色了。

勺园的历史也相当久远。史书记载说："北淀有园一区，水曹郎米仲诏（万钟）新筑也。取海淀一勺水之意，署之曰勺，又署之曰风烟里。"（明蒋一葵：《长安客话》）清代孙承泽在《天府广记》中对此有传神的描画："海淀米太仆勺园，园仅百亩，一望尽水。长堤大桥，幽亭曲榭。路穷则舟，舟穷则廊，垂柳掩之，一望无际。"现在的勺园宾馆就建在这座秀丽的园林上面。楼边的荷池年年新荷灿烂，柳岸摇曳多姿。宾馆落成后，修了一道长廊，形制如颐和园，但长度不及颐和园，宣统的弟弟溥杰先生题写匾额"勺园"二字。

现在的勺园当然是看不到上述这些景象了，现在也是毫无例外的矗立着连片的楼群，这里是北大现今接待宾客的宾馆区，楼房里住的是造访的内外宾客。勺园的多功能厅很有名，许多会议都在那里召开。我们在那里举行新年团拜，举行学术研讨，也举行过季羡林先生、林庚先生的庆祝会。特别要提及的是，我所属的北京大学中文系1955级入学四十周年、毕业三十五周年的庆祝会——"难忘的岁月，世纪的约会"，也是在勺园举行的。那时正值林庚先生九十华诞，我们向先生献了鲜花。

勺园，永远的记忆！

2007年12月24日平安之夜，于北京昌平北七家村

2007年学术工作汇报*

1. 编选：受聘担任《中国新文学大系》第5辑(1977—2000)诗卷主编。完成编选工作。导言《一个世纪的背影》刊于《文艺争鸣》2007年10期。《新华文摘》2007年4期全文转载。

2. 论文：《新时代的中国新诗》。

3. 评论：《怀念一种写作——读祁人》、《火的道路，不变的深情——新加坡诗人槐华半世纪诗歌艺术论》、《那些美好的情感——读叶玉琳》、《从"史诗"到"诗史"——读正文的组诗〈光辉的八一〉》、《校园里的缅桂在开花——林庚先生赴厦门任教七十周年纪念会开幕辞》、《厦门寻踪——为纪念林庚先生赴厦门任教七十周年而作》、《"看见"荣荣——读荣荣的〈看见〉》、《我们共有一个天空和大海——青海湖诗会感言》、《路尚廷新作读感》、《与欢乐而悲苦的时代同行——在邵燕祥创作研讨会上的发言》、《田禾的村庄》、《顽强的花开在黑暗里——悼念蔡其矫先生》。（以上评论分别发表在《人民日报》《诗刊》、《香港文学》、《文艺报》、《文艺报》、《新民晚报》等报刊）。

4. 受奖及其他：2007年被中央台评为"诗歌年度人物"；《我的学术叙录》获《芳草》首届"女评委奖"大奖；散文《寻找一种感觉》获《生活－创造》杂志一等奖。

5. 社会工作及活动：担任第四届鲁迅文学奖诗歌奖评委会主任；担任《人民文学》大奖评委；担任《北京文学》中篇小说奖评

---

* 据文稿编入。

委;为中坤集团帕米尔艺术研究院揭牌并为中坤国际诗歌奖授奖;为"漓江诗苑"揭牌。

6. 会议:出席"两岸中生代诗歌高层论坛"、出席广东第四届诗歌节、出席21世纪第四届现代诗研讨会、出席青海湖国际诗歌节,等等。

诗歌就该是高贵的[*]

"写诗应该是少数人的事"

记者(以下简称记):您在开幕式致辞里说,现在写诗的人很多,但读诗的人不多、好诗不多。但能不能这样讲:每个时期都必然会经历这样一个相对混乱的阶段,然后,其中一些好的作品自然流传下来成为经典了,差的作品自然就被淘汰掉?

谢冕(以下简称谢):我赞同这种说法。但现在的情况是:写诗的人很多,但读诗的人不多,这种反差太大了。应该是"写诗的人不多,读诗的人很多"。写诗应该是少数人的事情,不能是很多人的事。

记:这是一种理想状态?

谢:是的。应该就是写诗的人不多,但写出很多好诗,为广大读者所传诵。而现在的情况是写诗的人很多,而读者不多,这就有问题了。现在读者是相当冷漠。

记:那,您是不赞同广大人民都参与写诗了?

谢:我不赞同。

记:但写诗的人多了,是不是也说明这是对诗歌是一种热情呢?

谢:诗是一种很高贵的东西,不适合"很多人"来写。诗相当于是文学当中的皇冠,是高高在上的,要有一定素养的人才能来

---

[*] 刊于 2007 年 12 月 3 日《南园都市报》,据此编入。

写,不是全民都能写诗的。

记:它不可以做成日常生活的一部分吗?

谢:诗歌可以是日常生活的一部分。但写诗不是。不可能人人都写诗。诗是很贵族的,不是平民的,不是谁都能写的。这是我一个理念。要说人人都写诗,都是诗人,这是不正常的。1958年就是这样,是不正常的。

"网络给了诗人机会"

记:那您认为,现在很多诗歌网站、民间刊物的兴起,您认为这对诗歌的传播、发展,是一种好事吗?

谢:这是一种好事,但不是一种很正式的方式。它不需要编辑,不需要审核,有了就可以发表。(记者:没有门槛?)没有门槛,它是网络时代一种很自由的现象。这个不是一种正式渠道。

记:那,您说的正式渠道是什么?出版?

谢:呃,很慎重地写诗,很慎重地发表。而不是随意写诗,随意发表。

记:还是要经过报纸、出版社严格的筛选?

谢:这不一定,网络上也可以。但一定要态度慎重。

记:我采访朱大可时,问他怎么看网络的兴起对诗传播的影响,他说,传播的都是些垃圾,精华很少,都被垃圾掩盖了。

谢:他这个说法太极端了。可能当中会有很多优秀的诗,不全都是垃圾。互联网太广博、太广泛了,我们并没有把握该怎么去判断。可能其中会有珍珠。

记:能不能这样讲,以前没有互联网的时候,一些优秀的诗人出于某些原因,可能不能被发掘,现在可以在网上表现自己,得到话语权了?

谢:话语权是得到了,但不一定被赏识。因为谁能在互联网中找到一颗闪亮的珠子呢?这很难。所以互联网提供了机会,但不一定就能被发现。我对互联网了解不多,但我想应该是这样。因为进入互联网后,是浩如烟海的,并不一定能得到肯定。

记:那,要得到肯定还是要看能力……

谢:看能力、看机遇、看评论给他的……(搜索一个合适的词语。记者插语:评价?)机会。还是要看批评家给他的判断。

"好诗的标准是'让人感动'"

开幕式上,著名诗评家、厦门城市大学中文系教授陈仲义的发言是关于"好诗的标准",提出"四动说":感动、撼动、挑动、惊动,符合此标准的即为好诗。

记:您认为,好诗的标准是什么样的?您认同陈仲义老师的"四动说"吗?

谢:呃,好诗的标准是复杂而多元的。其中"能不能让人感动"是很重要的。诗是发自内心的情感,能让他人产生共鸣,就是"感动"。他这个(陈仲义"四动说")不是好诗的标准,他说的是诗歌的本质问题。归结到底,一个"感动"就够了,不需要那么繁琐。

记:这么说来,判断是不是好诗还是凭一种主观的感觉,没有一种理性、客观的标准吗?

谢:诗歌本质是一个"情"字。现在的问题是回到诗歌,诗歌用来说理,不是正道。所以我们现在呼唤好诗,他说的是诗的一种呼救,一种品质。

记:我手写我心?

谢:对。

"当前诗坛充满活力,但远非繁荣"

记:您在开幕式致辞里说到,不能用"繁荣"来形容当下诗坛,要慎言繁荣。之前您在一个非正式场合,说可以用"热闹"形容?

谢:不是热闹,我觉得,当前诗坛充满活力。

记:这应该是褒义词,是个积极的评价?这么说,您还是认可当前诗歌的现状的?

谢:是。不是萧条,也不是衰落,是充满活力。但是,还不是繁荣。繁荣啊,需要出现大的标志,要有好的诗歌。

记:您认为,目前诗歌发展是一种向上的趋势吗?

谢:这个啊,我难以判断。我也不判断是向下,也不说向上。向下是悲观的,向上是乐观的。我现在持一种肯定现在的状态,但不作评价。如果让我说它是向上的话,需要给我证明。但我从海子去世到现在,我等了将近20年了,没有。我在开幕式上为什么说"面朝大海,春暖花开"呢?因为它到现在,还让我们感动。对不对?现在要找一个朗诵会,找像"面朝大海,春暖花开"这样的,你找不出来。你说有好诗,都藏到哪儿了?那,你能让我很乐观么?

记:那您等了那么多年,有没有发现相对好的诗人、相对好的诗歌呢?

谢:那当然有。我在平常的论述中都有,相对好的诗人,比如路也。她今天没来,我之前在珠海(注:第二届广东诗歌节日前在珠海举办)见到她,也当面说她诗写的好。怎么好呢?她写:我要去找你,我要攒下我的钱,我要到千里迢迢,到西部很荒凉的地方去找你。我要瞒着我的同事,他们不知道我到哪里去。大体是这样写的。她有一句:你要像迎接文成公主一样迎接我,我们将在那里展开一场温柔的两个人的战争——这个是不是好诗句?动人不动人?"你要像迎接文成公主一样迎接我",多棒的诗!这就是好诗啊!不是每个人都能写出这样的诗来。

记:除此之外,还有没有更多的?

谢:有,但是很少。我说的,不是没有好诗。我再举一个,也是个女诗人,叫杜涯。她原先是河南许昌县的一个护士。她写《嵩山北部山上的栗树林》,我读了非常感动。

记:她是护士,那她具备您说的"一定素养"写诗的条件吗?

谢:我说的写诗要有一定素养,不是指高学历。是要有准备。她学历低,不表示她不具备悟性和高超的写作技艺啊。并不是要有高学历、当教授才能写出好诗。

她能写出很漂亮的诗。当初在诗坛上,没有人注意她。我读到她的诗,觉得是好诗。现在遗憾的是,我不能读到那么多诗。但我在等待。

记:"等待"是一个被动的词,您有没有主动去"发掘"呢?

谢:我没有这个能力。因为我的时间精力太有限了。我只能去做一个普通的读者。

记:您对现在一些频频获奖的诗人,比如雷平阳、郑小琼等,您认可他们的写作吗?

谢:我认可啊。他们的作品我都读过,有好诗。但我对诗歌的标准比较高。我不是不认可。

记:那能不能说,20世纪90年代以来的诗人,他们还在成长,还有发展的可能?

谢:有。有发展的可能性。

记:那您是作为一个普通读者,不是作为一个批评家的去看作品吗?

谢:应该说,首先是一个普通读者。他要让我感动。如果他不能让我感动,那他的诗就PASS,在我心目中就过去了。

"诗歌不要'盲目排外'"

记:您怎么看待有学者提的,呼吁诗歌"本土化"的问题?

谢:我对"本土化"这个说法不提倡。我觉得有道理,但诗歌不一定要"本土化",也不妨"欧化"。"本土"是好的,但"欧化"也可以。只好能出好诗。新诗本来就是"舶来品",没必要一定要"本土化"。"本土"好,但不要"唯本土论",不要盲目排外。

记:您的意思,是"拿来主义"吗?可不可以"中学为体,西学为用"?

谢:"欧化"也没关系。(记者:一些民族主义者可能会反对。)那太犯狭隘了。没关系的。(记者:您是说,要放眼世界,只要对我们有利的,都可以"拿来"?)对对,要有开阔的视野。我们有民族的写法,有外国的写法,都没有关系。我就是"好诗主义",只要有好诗,"怎么写"没有关系。

"朦胧诗永远不可能被超越"

记:您认为,20世纪以来的诗歌有可能超越朦胧诗吗?

谢:朦胧诗永远不可能被超越。因为朦胧诗是那个时代的产物,你不要想去超越他。

记:那抛开朦胧诗的政治因素、时代因素等,单就文学价值来说呢?

谢:朦胧诗有它独特的美学价值,尤其在意象化方面。但它和时代因素这些是一体的,你很难把它剥离开来。

记:如果说20世纪90年代以来的诗歌今天还不能超越朦胧诗,以后的某一天有没有可能超越?还是就永远不能超越了?

谢:这个问题……你说,我们有可能超越盛唐的诗歌吗?你想超越李白吗?不可能的。

记:也就是说,文学不是"进化论"的?

谢:对,不能以"进化论"来看待文学。朦胧诗不可超越。每个时代的诗都不可重复。不要想超越它。

年年此夜[*]

年年此夜,那昔日的思念,便会不顾一切地向我袭来。它唤醒我失去的青春的记忆,促使我回想那甜蜜的和苦涩的往日的一切,有一种美丽,更有一种追悔;有一种幸福,更有一种感动;而那混合着昔日的梦想与愉悦的,却又是一股酸酸的、涩涩的思绪。我不想拒绝也无法拒绝这种执拗的"强加"。它逼使我排除一切现下的庞杂与冗繁,遁入并置身于昨日的纯真与浪漫。

总是一年的最后时光。当三角地那边高音喇叭播放着欢乐的乐曲,校园里的街灯便刷地亮了。年年此夜,天多半是灰暗的,云很低,往往是似有似无地飘着雪花,那雪花轻轻扬扬,落在脸上是清冽的,萧瑟中有一种快乐。北方的冬天黑得早,天气也比现在冷,到了一年的最后,寒冽的雪花一接触人的皮肤立刻就融化了,空气中充溢着一种期待的喜悦。

为了迎接除夕,下午的课多半是提前就结束了。从教室下来的同学,步履匆匆,在乐声中拥进餐厅。那时的北大,校园里供学生使用的只有大、小两个餐厅。大餐厅可供几千人同时用餐。其实小餐厅也不小,近千人也容得下。两个餐厅的四围,摆放了类似书架那样的架子,是为学生们放置餐具用的。北大的学生们已经形成习惯,每个人各备布袋,把自己的碗筷装入袋中——各自自认位置,一般不致错乱。

除夕的晚餐比平日更见丰盛。五十年代的大学生,每月的

---

[*] 此文刊于《海燕》2008年第10期。据此编入。

伙食费是十二元五角。当时是敞开吃的。餐厅里摆放着四方桌,没有椅子,大家站着用餐,也没有固定的座位。不分系科,也不分男女,凑够了八个人就上菜。饭是自取,那时用的是大木桶装饭,馒头或花卷则是装在大筐箩里,也是自取。餐厅的炊事员力大无比,用铁架子车推着主食。平时是四菜一汤,木须肉,西红柿炒鸡蛋,红烧肉,土豆烧牛肉,经常可以吃到,时不时的还有烹对虾解馋。

除夕的晚餐有学校的补贴,所以是丰盛的,比平时要多出一两个菜。一般的班级,多半自发地将菜饭搬回宿舍,以班组为单位自行聚餐。这时,学生们往往自掏腰包,买了啤酒或红酒来一醉方休。但更多的学生仍然坚持在大小餐厅,仍然坚持站着用餐。不论是在宿舍或是在大小餐厅会餐的,这个一年一度的新年宴会,虽然充满了欢乐,但多半也总是匆匆。因为宴会之后,还有一个全校规模的新年团拜,而在团拜之前,还有一个大规模的新年舞会。这些活动的会场都是大饭厅。

新年聚餐结束了,要把场地清理出来以便举行舞会和团拜会。时间紧,因此会餐难免匆忙。更重要的,大家也心急,急着参加那难忘的夜晚的大狂欢。年年此夜,年年如此匆忙,匆忙里充盈着期待,期待那难忘的欢乐。酒喝过了,歌也唱过了,大家收拾餐具,回到自己的宿舍。女同学们最紧张,她们要换上美丽的裙子,换上高跟鞋,略施粉黛。她们也没忘了邀上好友,而后从校园的四面八方汇成人潮,就这样缓缓地涌向大饭厅。

大约是除夕的晚八点光景,大饭厅已经张灯结彩,播放着欢乐的乐曲,开始迎接客人了。在现场指挥和服务的,是学生会的干部们,他们个个也都是盛装打扮,那些歌舞队的,合唱团的,戏剧社的,那些平时就很活跃也很骄傲的"公主"们,早就花团锦簇地出现在现场了。

五十年代是一个充满幻想和希望的年代,周遭充盈着早春的气息和情调。百花齐放,向科学进军,先进班和三好生,都是那时的号召。北大更是了不起,声称要办"太学"。当日学校园里弥漫着这种轻松的和欢乐的气氛,一种类似青春期做梦般的天真烂漫的情绪,是与时代的总体氛围相吻合的。普及交谊舞,提倡女同学穿花裙子,唱苏联的和古典的歌曲。学生中西装长衫并存,社团活动蓬勃开展。而且经常性的有来自国内外的名家讲演,上自国务院总理、各部部长,以至各路学术艺术新秀,都是北大邀请的客人。

那时的生活中充满信心而少忧虑。学生们的生活不算十分充裕,却是衣食无虑,国家对家境困难的同学有周到的补助。(而且生活开销很低,一场电影的门票是五分,从北大到西直门的车费是一角五分。)每到周末,东操场上的电影可以放到深夜,而周末的舞会更是笙歌达旦,一片升平气象!现在的年青人往往惊异于为何我们会有如此优美的舞姿?他们不知道我们也曾经有过短暂的欢乐时光。

大饭厅的舞会举行到夜阑。时钟的指针转到了零点零分,正是新旧年交替的时候。尽情欢乐的人们把舞步停了下来——中央电台的钟声响了,未名湖边的钟声也响了!在大学生的欢呼声中,马寅初校长在众人的簇拥下,缓步登上讲台。他总是带着微醺,用浓重的浙江口音向大家祝贺新年。那时的马校长威望极高。平时他很少公开讲话,更不做长篇报告,却是每年的全校团拜总不缺席。他的新年致辞,也是寥寥数语,如同家常。内容讲些什么,现在多半记不住了,倒是"兄弟我今天多喝了几杯酒"却是印象深刻,历数十年而不忘。

北大的历届校长中蔡元培先生最负盛名,但蔡先生的风采,我们只能从文献和口传中领略。马寅初先生治校的最盛时期,我们都是亲历者。他是一代宗师,大家风范。他是校长,他更是学者,他是教授治校的楷模。马先生在当校长期间也没断了他的学术思考,惊天动地的"人口论"就是他在任职期间写成的。他不是官僚,他也不是事无巨细一把抓的事务主义者。依我看,他就是"无为而治"。这是一个"无为而治"的北大校长。

这么说,当然容易引起误解,以为马校长不做事,不拿主意。恰恰相反,马寅初校长正因为放了无数的"小事"给那些应当做事的人去做,而达到了治校的目的。先前的情况我们不知,可以这么说,在解放后所有的北大校长中,马寅初是政绩最著的一位。衡量大学校长的政绩,不是看他盖了多少宾馆高楼,也不是看他出了多少次国,或做了多少次空洞无物的报告。其实,大学校长就是一面旗帜,在学术界应当是公认的权威,更重要的是他的人格力量——他应当是具有精神领袖式的人物。至于他"做"了什么,"做"了多少,是不必计及的,校长毕竟不是事务主任。

年年此夜,年年如此的欢乐今宵。那时我们不知有明天,有灾难在明天等着我们。包括你、我、我们,包括我们敬爱的马寅初校长,我们都不知道!二十世纪五十年代中叶,中国正经历着令人振奋的"百花时节",那时的我们无忧无虑,天真烂漫,而且轻信——以为快乐无边无际,以为此日、此夜、如此的年年此夜的欢乐永久!

别了,那飘着雪花的日暮。别了,那通宵达旦的歌舞。别了,那带着微微醉意的新年祝词。别了,二十世纪五十年代短暂的欢乐!

2007年岁暮忆燕园旧事,于昌平

2008

那些美好的情感*
——读叶玉琳

几年前有人告诉我,家乡福建又出现了一位女诗人,诗写得不错。叶玉琳的诗集《大地的女儿》是后来看到的。福建山海绵延,花木葱郁,四季常青。这里景色秀丽,情韵悠长,它原是适合女性咏唱的地方。福建的女人也很出名,郁达夫先生对女人应该是很挑剔的,但他在《闽游日记》中对福州的女人不惜用了最高级的赞词。冰心先生是福州人,她也不避嫌,对家乡的女性更是赞誉有加。

说到女人和诗,我曾自豪地指出过,中国新诗的女诗人的写作,是由福建籍的几位诗人"串"起来的。她们是:冰心——林徽因——郑敏——舒婷。熟悉新诗历史的人都知道,上面提到的四位女诗人,分别代表了新诗发展的四个阶段,她们的写作成就也具有概括性的意义。这些关于女诗人的言说,当然和我现在的叙述没有直接的关系,但也许传达了我隐秘的心愿,我希望后来者能够作出无愧于前人的成绩。

最早读到的叶玉琳的诗,是她的《瓯江之夜》,给人惊喜的是这首诗的开篇:

> 这样轻柔的微风适合长裙
> 这样闪亮的流水适合浅唱

---

* 此文刊于《诗探索》2008年第2期。据此编入。

这里,叶玉琳并没有直接说风如何如何,水如何如何,只是不经意地用"适合长裙"、"适合浅唱",用一种间接的暗示,却道出了瓯江的柔美风情。进一步看,这种不写的写,摆脱了一般的客观描写,而是通过主体性的感受来强调这种美。她一开始写作,便显示出技巧的成熟,说那水边的花草的情态,"替菖蒲说出两千年前的娉婷";说那容易被忽略的风景,是"像黑蝙蝠漏掉秘密的花香"。

　　一只鸟睡了,又一只鸟睡了
　　那令人注目的巢穴就叫做梦想

　　叶玉琳这简单的几笔,便活脱脱地勾划出瓯江之夜那如幻似梦的、让人着迷又让人沉醉的感受。这些感受除了娴熟的艺术表达,更是由于充分的想象力。她尽管年轻,却是有准备的诗人。她承接了八十年代以来众多诗人的艺术经验,加上她的悟性和会心,使她面对所有的题目,总能得心应手。如《青田石雕》,也是梦境,"大师的美梦从一块石头开始",也是起笔不凡。在大师的刀锋下,大山裸现篝火,平原滋生风暴,古老的乐音,零散的诗篇,比石头更锋利的是这种创造的梦境。

　　叶玉琳用心感受着、用笔描绘着多姿多彩的世界,她歌唱那些美好的事物,歌唱那些美好的情感。她不炫耀技巧,尽管她有技巧,她只是用心来感知那一切,热爱那一切。有一天,她来到遥远的博格达峰下,她发现"那最亮的星辰来自最遥远的冰川",她发现赛里木湖是"大西洋的最后一滴眼泪"。她由此感兴,这湖一定是承受了巨大的悲欢,"才有这令人窒息的蓝"。像"令人窒息的蓝"这样的句子,并不是人人都写得出来的。

　　叶玉琳的创作证实,感受并接受那神奇和美丽的冲击,经过内心的"融解"使之转化为奇妙的想象。而更为重要的是,当诗人在做这一切的时候,她一刻也没有排除饱满的情感的涌动和燃烧。从天山向着昆仑,诗人脚踩火焰,听一声声羌笛,裹挟着中亚的太阳,再由此出发,从敦煌直抵内心,内心受到佛光的感召——

  在它的深处是一片绿洲
  我愿意就此长跪不起
  收拾好一生的旅程

  诗歌的写作总是伴随着诗人情感的活动而展开,这应当是常识问题。但是,近年来常有一种有意轻忽并使诗歌创作脱离情感的提倡,这可能是与诗的真谛相背谬的。我们此刻面对的诗人,她的诗歌实践再一次为我们佐证,即,能够称之为好诗的,无不与情感有关,与心灵的颤动有关,也与奇特的想象与超常的幻想有关。当然,情发于心,先是有感于物象,其前提是诗人处身的环境,诗人的生活阅历与经验。她要感动,首先要热爱,这是常理。叶玉琳把诗集的名字叫做《那些美好的事物》,就说明这不仅是一种关怀,更是发自内心的热爱。

  叶玉琳的诗是温情的,蕴涵有深厚的甚至是深刻的人生认知,但它的展开是缓缓的浸润,有一种波澜不惊的沉静。沉稳和大度,使她面对纷繁的世事,有一种平常心,她并不把一切看成天生的完美,她也不作这样的期求。在题为《需要》的这首诗中,她说,需要记忆,也需要遗忘,需要幻想,也需要孤独。她说:"需要一些黑暗,迎迓天边的日出"。这里表现出一种智性的通达。她总是对生活充满感恩的心情,《午后的心灵》:"必须去敬仰一小块泥土 它滋润了我们大半生"。

  她的诗有奇幻的甚至瑰丽的想象,但没有一般年轻诗人容易犯的情思泛滥的毛病,可贵的节制。读叶玉琳的诗中可以感受到那种理解、从容和善意。不是没有痛苦甚至不幸,但是宽释一切,"痛过的遗忘,伤过的别离",此种体认是睿智的。在平常的日子中,享受平常的乐趣。她热爱新的快乐的每一天:"新的一天如此简单而快乐",而这样的快乐,是由一锅熬粘的小米粥,以及解开围裙等细节所构成。她在《午后的心灵》中由衷赞颂她所享有的美丽——

> 这多好啊
> 对生活,我们还有能力赞颂
> 也许还有时间,小小的抱怨

她善于表现那种明澈而单纯的心境。这样的生活不是没有烦恼和忧愁,她所期待的也许不曾拥有,她所面对的可能是:"一个漫长的夜晚 音乐和喷泉离这里非常遥远"(《天空中洒满幼小的花瓣》)。但是不曾奢望和不会苛求的平常心态化解了一切,诗人诗化了周遭的一切。每个人对于幸福的理解并不相同,在叶玉琳这里,幸福就是这般的平常。不是没有期待,她也"需要花朵照料一个人的边疆"。

这些,就是此刻我所感受到的那些美好的情感。那些在我们身边溅起的情绪和思想的浪花,那些为生命的瞬间留存而发出的赞叹,母性的光辉,情爱的辉煌,贫穷家乡的怀想和眷恋。诗人来自贫寒的乡村,自谓上帝给予的"特殊礼物",是"一个又低又潮的家","贫穷是第一笔财富"。而这里却是她生命的归宿,"有一天我歌声喑哑,为情所困,我仍要回到这里"。

目下,人们经常为诗人的过分自恋甚至自私而不安。因为在那些诗中诗人们往往满足于"自说自话",而对周围的一切有着视若无睹的惊人的冷漠。年轻的叶玉琳没有她的某些同辈的这种"癖好",充溢在她诗中的那种对民生疾苦的体恤和牵挂常常令我们感动。她曾为夏洪过去之后"一棵大白菜也有热卖的时候"而微笑,她也曾为"工地上的灯"照耀的疼痛而不安,在她的诗中,充盈者这种发自内心的悲悯情怀。这一切源自于她对苦难大地和乡野的热爱。

  一个诗人需要热爱,热爱大地上的一切人和事,包括快乐和幸福,包括单纯和复杂,包括期待和争取,也包括挫折和磨难,这就是一切,一切美好的情感。

         2008年1月6日于北京大学

火的道路,不变的深情*
——槐华半世纪诗歌艺术论

槐华先生的第一首诗《昨天,今天》作于1958年,到今年正好是半个世纪。① 为了这个非凡的日子,我从寒冷的中国北方专程来到接近赤道线的新加坡,向我的老朋友致贺。我有很多诗歌界的朋友,他们有的诗名显赫,是一些占领风骚的人物,但像槐华先生这样数十年如一日地与诗默默相守而又痴心不变的朋友并不多。

槐华把诗当成自己终身相守的情人。在我读到的材料中,他总是毫不掩饰他对给他以不竭灵感的"初恋的女友"的"缪斯"的绵长而热烈的爱情。槐华是一个默默地爱着又默默地写着的痴心的诗人。他把他的全部的热情和智慧,还有热烈而持久的爱,都献给了他的缪斯。

槐华视诗为生命。他总是以虔诚的心、深挚的爱贡献给他的每一首诗。迄今为止,我还没有见过像他这样以低调的姿态,写着极认真的诗的诗人。他不会用诗来张扬自己,他也不会为

---

* 此文据文稿编入。此题为槐华《心上有你的声音》诗中的句子。见诗集《心上有你的声音》,新加坡长屋出版社,1986年12月,第12页。

① 槐华《缪斯喜悦的回音·序》:"缪斯,从希腊神话向我走来,拈着一朵石竹花,于是我写下第一首诗《昨天,今天》。那时我二十二岁,是南大物理系二年级学生。常常,我和缪斯采摘带露的相思树叶子,让飘荡的叶子闪耀着红日的光辉;我们,常常登上水塔追寻哪里是南十字星、哪里是北斗七星。"从前后的语气看,这里的缪斯可能不单指希腊神话中的诗歌女神。《缪斯喜悦的回音》,东方企业有限公司,1993年12月。

了表达炽热的情感而放纵他的笔墨。他是一个十分矜持的诗人,他珍惜诗歌的名分,更珍惜呕心沥血凝成的诗句。他对诗的矜持甚至近于"吝啬"。对照目下随处可见的游戏笔墨,槐华的这种"吝啬"却体现了作为诗人的可贵的坚持。

槐华声称自己是"苦吟派":"我属于'苦吟派',诗写得很少,一向不轻易动笔,尽管每天都陶醉在与缪斯的约会中。"[1]他写诗半个世纪,一共只出过几本薄薄的诗集。《缪斯喜悦的回音》出版时,他在《随想》中说:"从纯诗的角度选,平均每1—4年一首",可见他的严格。他不是多产的诗人,不是由于疏懒,而是由于对缪斯的敬畏。这种敬畏之心,具体表现为诗歌创作的敬业精神。"我总是一往情深地弹响心之曼陀林,只期待缪斯报以莞尔,不急于付梓,以致隔了二十四年——第二本诗集《心上有你的声音》才问世。"[2]

槐华的诗歌创作吸取了多方的营养,"我走的是现实主义与浪漫主义相结合的道路:在现实主义色彩方面,我接近于杜甫、殷夫、伊萨柯夫斯基;而浪漫主义则倾向于李白、普希金、艾青、尤其当代土耳其诗人希克梅特。"[3]尽管他接受了古今中外丰富的影响,但他的创作思想是独立的,他有自己坚定的诗学主张。他是诗人,又精通音乐,因而,他在诗歌的抒情、叙事以及用字、建行等方面,都有独到的见解与主张。

尽管在上面的自我叙述中,他提到诸多杰出诗人对他的诗歌创作的影响,但他只是广泛地吸收,而有选择地取诸家之长而熔铸新风。槐华不是随波逐流的诗人,不管外界的时尚是什么,他总是坚定地走自己的路。由于他在这些方面所体现出来的独

---

[1] 《缪斯喜悦的回音·序》。又,《心上有你的声音-后记》:"写诗,我不幸属于苦吟派,往往——"

[2] 《缪斯喜悦的回音·序》。

[3] 同上。

特性,所以,我们能够在诸多诗作中很容易地辨认出他来。

在槐华诗学理论的核心是纯粹和精练。因而他力主短诗,"一般上我的诗都短,总认为抒情诗不必长,二十行以内已经够了。"他为《缪斯喜悦的回音》所作的序,是阐述他的诗学主张最充分的一篇文字。他从音乐性、心理和生理等方面论证了他的诗歌形式的主张,认为诗是以行而不是以句为单位的文体,有的一句可折成二、三行,一般来说,每行不宜超过十三个字(由于人类声带的限制,无法一口气发出十三个音)。一首抒情诗最好不超过二十行。而对于短诗,则要求更为严格,以每首二十个字、不超过六行为佳,意象也至多四个。

他是这么认为,也这么实践的。不管他的这些主张是否具有普遍的意义,但是,就其坚持精练的立场而言,无疑是触及了诗的本质。我前面说的纯粹,指的是要去掉一些与抒情无关的杂质,而保留下那些属于本质的要素,而最后的指归则是使之达于凝练。槐华是信守这一诗的路径的。槐华是学物理出身的,他有理科方面的知识,他把诗学上面的这种关于信息浓缩的概念,比喻为电脑晶片(CPU),体积极小,却能储存亿万字节的资讯。"所以小诗的创作不必涉及多方面,只须扪取意象银河中最动人的一颗去发挥即可,不啻是美学上的炼金术。"①

正是这种炼金术,造出了仅仅属于槐华的诗歌现象。他有一种把异常丰富的情节浓缩为极精练的短章短句的能力:

> 铁栅栏
> 像五线谱
> 填我红血音符②

这里的"铁栅栏"是冰冷而严酷的,指的是诗人身陷囹圄,失去自

---

① 《缪斯喜悦的回音·序》。
② 槐华:《窗内—窗外》诗句,见《心上有你的声音》,第40—41页。

由的悲苦。下一行跳出"五线谱"的意象,是音乐,象征着美和自由;牢房并不能监禁想象力的飞翔。第三个意象是"音符",音符在五线谱上弹跳,却是红血斑斑!再如:

> 任生活是严冰
> 依然作花式旋舞

冰面寒彻骨,且坚硬,但人的意志能够战胜它,可以在冰上舞出鲜丽的花朵来。这里依然体现一种不可征服的精神坚守。槐华的诗宜细读,需要慢慢品味。它激情饱满,却是内蕴的。一般的奔放或澎湃,都与它无涉,细心的读者能在槐华的冰面上发现火焰的燃烧。

我们从田思先生的叙述[①]中了解到,槐华作为诗人,他的《宣誓》在二十世纪六十年代的校园抗议中,曾是当年热血青年心灵的代言,斗争的火炬——

> 我将永远用诗作战
> 祖国啊!听我的誓言!

这位诗人的一生都在为真理和正义呼喊,他的诗以同情和热爱向着普通的和善良的人们,他对那些挣扎在底层的"托工"[②]们喊出了血泪之声。诗人总是向着那些"苦力弟兄"谱写D大调的诗章,"用沉雷的 弦 控出百年的 恨","以带血的 音符 烧穿 茫茫的雾"。[③]

槐华是一个痛苦的理想主义者,他又是一个复杂的爱国主

---

① 见田思为《拉让江畔的约会》所作的序。《拉让江畔的约会》,新加坡朝晖艺术及文化公司出版,2007年5月。
② 槐华在《托工血泪》的小序中说:加基武吉山区,地处玻璃市北端,以六神山脉与泰国分界,为全马唯一的地下采矿区。托工多数是老年客家人或马来同胞,每天上山下山各一次,工钱以负重一斤值三分钱计算。生活极为悲惨。
③ 槐华:《河畔抒情》中句。

义者。他热爱他认定的祖国马来亚,①也热爱他的祖邦中国。他的诗中总透露着对这些土地上生活着和劳动着的大众命运的关切,为他们的受难和幸福吁呼和歌唱。在八十年代后期的一首诗中②,他用反讽的语气向自己发问:作诗二十九年,不过两本诗集,薄薄六毫米,怎能无愧于时代?回答依然是坚定的:"人民会记得,是你哦! 还在歌唱被隔绝的黎明。"③

北岛曾经有过"春天是没有国籍的"言说,槐华在《问北岛》中借题发挥,"我有国籍,却没有春天",是就诗人当时的处境而言,其间蕴涵着大悲哀。他就此以擅长的短句反问:

> 啊! 要是我封笔,
> 岂不有国籍,
> 又有春天?

这个反问非常有力,他发出了一个潜在的揭露和抗议:在他所生活的环境里,春天,须要以"封笔"即取消言论自由为代价。这首短诗总共才十一行,如同槐华所有的诗作一样,却蕴有巨大的信息量。为了维护诗的纯粹性,为了坚守独立的思想和自由的心灵,槐华以平缓的语气传达了火一般的激情。诗人的锐气是潜在的,不是锋芒毕露,却是绵里藏针。

沿着这样的"火的道路",诗人走过了风雨交加的半个世纪,一种炽烈的、永不熄灭的燃烧的火焰——激情和深爱,始终是他的诗歌的生命,而这也正是诗人槐华的"不变的深情"。

2008年1月18日于北京大学

---

① 槐华在《缪斯喜悦的回音·序诗》"那些日子,我不知道——马来亚有苦难的人民"句中的"马来亚"一词加注:"当年我以马来亚(包括新加坡)为祖国。"语见该书第3页。
② 指《你还在歌唱》,作于1987年。
③ 同上书。第56—59页。

怀念一种写作*
——读祁人

面对那些铺天盖地的故作深沉其实是不知所云的诗,像我这样近于"职业"的读诗人,有时真的感到了疲倦。每逢这时,我总在想,读诗既是这么难,不如不读了吧!这种状态很令人不安,我尚且如此,一般的读者又怎样呢?过去养成了习惯,每当世事烦心,情绪欠佳,总是到诗中去寻求片刻的宁静与安谧。一旦进入诗中,仿佛是入了梦境,一切的牵挂与纠缠,全被那些优美的词句,奇幻的想象,以及我们与诗人之间的心的交融所征服和占据,从而忘了一切世俗的烦恼。

你可以说这是"避世",也可以说这是"消沉",随你怎么说都可以,但是,人生百味,或悲或喜,神倦心疲,留一个喘息的间隙,或神游于冥想,或耽思于幻觉,遁入梦境,用一个时间暂忘周遭的一切,这可能是一种奢侈,甚而可能是一种必需,但总不至于是一种罪过。人的这种"暂忘"的诉求,不仅是可以理解的,也应当是得到尊重的。

我这一番近似的闲话,并没有否定我自己一贯信守的诗学理念,即认为诗和一切文艺形式一样,其目的都在于有益于世道人心,诗的最高境界在于承担。上面这种表述是重要的,但这并不是诗的功能的全部,诗也有给人清寂和安慰的时候。我之所以有上述的议论,是由于感慨目下很多诗人的写作存在着一种

---

* 此文刊于 2008 年 7 月《诗刊》。据此编入。

令人不安的、拒人于千里之外的倾向。我认为诗人在做一切时,应当使人乐于接受,这与诗的深浅无关,更与诗的雅俗无关。因为接受而使它的崇高意愿得以浸漫人心,而不是故弄玄虚,使人如堕五里雾中。诗人的言说与表述并不是无足轻重的。

现在说到正题,祁人的诗过去我读的不多,最近终于有机会读到一组他关于情感的诗,这些诗给我一种特别的感受——我获得了从长久被那些给我带来阅读疲倦的诗中解放出来的快感。我的惊喜在于,这一组诗让人想起那些已经变得陌生的、平易的抒情所给人的亲切感。陌生是由于久违,亲切是由于唤起了我以往的阅读记忆。祁人的诗是一种亲近而自由的情感的倾诉,语言明洁,节奏流畅,风格灵动,韵致绵长。

这组诗涉及诗人的情感经历和记忆,应属于个人抒情一类。基本主题是爱情。爱情是诗的永恒的话题,前人做过千千万万,后人依然是见不到头的、永远绵延的千千万万。爱情在日复一日地生长着,爱情诗也在日复一日地生长着,因为它不断地创新和不断地重复,而极大地增长了写作的难度。所以,爱情诗虽然写的人多,而写好极不易。但诗人们为情所迷,依然如飞蛾扑火那样地、不计后果地前赴后继。当然我这里只是一种比喻,写诗并不会构成生命威胁,也没有那般"悲壮"。但表达的难度的确存在,惟有勇敢而智慧的诗人方能获得成功。

就以诗人以花喻人这一点来说,记得西方先哲说过,第一个以花比喻女人的,是天才,而天才之后呢,也许是不聪明的人,也许竟是等而下之。就在祁人的这组诗中,我发现他偏就喜欢以花取譬他所钟情的女人:写梅,写茉莉,一写海棠,再写海棠,写太阳花,写午夜的花香,写花如美人,写美人如花。我仅仅读到他的这一组诗,我不知道在别的地方,他还写了多少的女人和花!

仅就眼下读到的这组诗来看,可以说,他经受了对于习见的主题乃至于习见的写作技法的考验。他写得投入而动情,表达的情感是婉转多姿的。在题为《花与女人》的诗中,他认为把花喻为女人,女人就美妙绝伦,而把女人喻花,女人就总会凋谢。这里的表达较之通常,就显得深邃多了,这里有一种关于人生变数的彻悟,而不仅仅事关情爱。"花是女人的镜子,女人是花的影子",此句更富哲理。在一首咏梅诗中,诗人说,梅是花,梅是爱情,梅是我的风景——

是一个人寂寞时
遥想千里之外的
一株花朵
和爱情

在一首咏茉莉的诗中,诗人说,"你的花期,是我唯一放不下的心事",又是花与女人的纠结。诗人还说,懂得爱女人是一种成熟,一种富足。这就有点近于禅悟了。应当说,祁人的这些诗,虽是传统的诗意诗情,却每每有一种新鲜的发现和加入。

要是说,一般以花隐喻情爱的诗篇在于表达内心的激情,而《忘却是一种美丽》则不再是情感的宣泄,而是完成了一种超越。它表达的是真正成熟的爱情观,昔日的恋人在今日相见,旧情未了,而人事已非,没有伤怀,也不追悔,而是坚守中的节制,是一种洞彻的豁达:

挥挥手不用说什么
前面有许多人生小站
许多的人和事还在等着我们
此刻,忘却是一种美丽

相聚是美丽,忘却也是美丽,而写相聚易,写忘却难。诗人在这里展现了他的睿智,这就是,既然不能,不如忘却。情依旧,而理智胜了情感。它无意间升华了情诗的内涵,表现为另一种深刻。《春》:"总要心是越来越近,哪怕路越走越远",真爱没有距离。再看《梦乡》:"今生我已陷入你的风景 你就是我的唯一","今夜我迎风而立 念你的名字 念你名字中的每一音节"。一组诗,每一首都是这样至情的展示和表达。

  当然,这组诗中写得最好也最为动人的是《和田玉》(副题是:"给母亲和新娘")。它有祁人一贯的真情的展示,更由于立意精深,有新的开掘和拓展,所以传诵一时。和田玉,纯粹,内蕴而温润,诗人借这玉的含蕴多情,传递着两代女人之间的爱。是在帕米尔高原发现的这片玉——

> 令我怀想起遥远的故乡
> 想起故乡的天空下
> 那一丝母亲的牵挂
>
> 今生,我无法变成一棵树
> 在故乡永远站立在母亲身旁
> 当我走出南疆的戈壁与沙漠
> 为母亲献上这一只玉镯

  在这诗的背后有真实的动人的情节。后来,母亲把我为了母亲的爱而送给母亲的玉镯送给了一个女孩:于是,"戴玉镯的女孩 成了我的新娘"。全诗最精彩的是这样的一段:

> 为什么叫做新娘?
> 新娘啊,是母亲将全部的爱
> 变做妻子的模样
> 从此陪伴在我的身旁

  原先为了安慰母亲的寂寞而守在她身旁的,如今为了表达母亲的爱,而把这种伟大的爱,传递给了另一个女人,并使这个女人继续母爱的守护。这就是《和田玉》让人感动的奇巧的构思。诗人对此作了全诗最精彩的概括:新娘,就是母亲将全部的爱,变作了旗子的模样!

这样发自内心的不造作、也不矫饰的、自然的写作,这样不绕弯也不炫耀技巧的、明洁畅晓的表达,对于阅读者来说,真有如见旧友的感觉。我真的非常怀念这种写作,怀念这种能够与读者的心灵直接沟通、并使读者内心受到震撼的写作。而这样的写作,如今却受到了冷遇,它受排斥,而排斥的理由是,这些诗"浅"!在这里,我要作这样的表述:诗人们,你们不要总是那么"高深",我们已被那些铺天盖地的"深刻"弄坏了胃口。

2008年1月31日于北京大学

把歌曲当话说*
——读雷熹平《曲曲圆》

我一直在跟踪雷熹平的创作。他是个勤勉而又多产的诗人。他并不是职业诗人,他有繁忙的公务,但他的写作也许比所有的诗人都更为专注。业余写作能够到达这一步,真是难能可贵。迄今为止,雷熹平已出版了多本诗集[①],这本《曲曲圆》是最近一年的创作成果。作者未曾对书名进行解释,我揣摩,《曲曲圆》大体可以分析出两层意思:第一个意思,"曲"指歌曲,希望每一曲、都是"梦圆"和"齐圆"之曲,期望着一种圆满的境界;另一个意思,"曲"是弯曲,这里体现着诗人的哲思,即他在《曲曲》一诗中所表达的辩证思想:曲,弯,再曲,而圆。

雷熹平是一个"诗痴",他始终与诗为伴。行走,观察,思考,他是在工作中,但又无时无刻不在寻觅、捕捉那些隐藏在日常事象中的诗意。他能在众人习以为常的景物上发现新鲜的意味。雷熹平看世上万物,多半不重复常人的所见所闻,他有一种"习性",总能在第一瞬间超越具象,而将之抽象为富有哲理的想象。最典型的是《我看见黄山》,他面对一般人都见到的黄山的松、石、云、峰,却又不作通常的描写,他看到"山下石",是"支撑万丈身躯的脚跟";他看到"岩上枝",是"拥抱世界的手臂";而那些

---

* 此文据文稿编入。标题是雷熹平《曲曲》一诗中的句子。见诗集《曲曲圆》,广西人民出版社,2007年9月。

① 我知道的雷熹平已出版的诗集有:《三合花》、《多花果》、《花果河》、《花果峰》、《河浪漫》、《峰险美》、《美漫曲》、《放歌八桂》、《智性的彩翼》、《名胜之歌》等。

"碧天峰",则是"任何时候都不低下的头"。都是借我言志,都是即事明理。

你可以挑剔他对美景的"无视",但不能不承认这正是他的"专擅"——他有很强的由具象而抽象的能力。这已是他进行诗意探寻的"常态",单纯抒情并不是他的长项,而通过物象的取譬,得到一种智性的升华,这是他诗歌的魅力之所在。也许是他从事行政工作的时间久了,面对一切事物,他总喜作哲理的思忖,并且希望能达到启示的目的。

举例说,《精彩两面》说的是一种思维方式,即凡事只看一面不好,看两面最精彩。地有两面,分里外,天亦有两面,既能看到"眼前",又能看到"无限"。他进一步以行路为例"迎风则寒,背风则暖"。还有一首《自伤》:"口腔好比一个家,成员就是唇齿牙。虽然彼此长相处,也会咬伤绽血花",讲的是和谐相处的道理。《透明好》也是,他以瓶装的喷雾剂为例,不透明,不知其中剩下多少,"只得瞎挤挤,让人费猜疑",结论是"透明好"。这也是以诗说理。

雷熹平的说理诗体现着诗人的鲜明个性,这就是通达、平和、睿智。他的诗处处闪现着成熟的人生哲理,这是他从日常生活中星星点点地积累起来的。《后语》讲:把难分的水分成一丝丝,这是"喷灌",把难合的光线集束成焦,这是"聚变",把难断的断开来,如去掉恶习,是"治原",他进而思索,把难连的连起来,如做好事而不间断,则是"志坚"。这些感受和引申,都来自他对生活和工作的思考。这是《无题》:

  要取就取条直线
  以最近的距离相连
  要画就画个圆圈
  与周围等距离相伴

>好像水与水一般
>就是想掰也掰不开
>恰似空气相互间
>再大的风也吹不歪

这些诗句很平常,甚至还有点过于直白。但是却凝聚着他由日常事务中提炼的智慧。在他的公务活动的很多时候,需要协调处理诸种复杂的人际关系,这些诗中诗性的结晶多半来源于此。雷熹平写诗总是能以最平易的语言说出人、事、物之间的错综复杂的关系。深刻的道理,生动的比喻,浅显而明晰地指向了事理的真相和核心。

他是一个勤奋的寻觅者和思考者,他抓紧一切机会观察思考,他利用旅途和休息的间隙写作,诗歌是他的热爱也是他的生命。他的很多(几乎是所有)诗歌都是利用公余的时间写作的。这本诗集有一个特点,就是在每首诗的后面一般都注有写作日期和地点,读诗集,参阅这些注释,可以看到诗人写作的勤奋和紧张情状。我们随处都可见到这样的记载:"2006 年 3 月 24 日于奔驰在塞外原野的汽车上","2006 年 3 月 29 日在火车上","作于 2006 年 4 月 28 日夜从南宁返回桂林途中",等等。

他写诗有自己的追求,即重在事理的阐释,而不偏于一般的抒情。但这并不意味着他不善于写景抒情,以写承德的《春冷山庄》为例:"京城柳已新,燕窝仅松青。棒槌插寒山,瘦水照枯枝。"寒山瘦水,冬末春初的北方景象,寥寥二十个字,已是情态万状。再看《垂柳》,也是二十个字:"新绿千株柳,长风万束鞿,条条金染水,丝丝发垂天。"作者自注:"写湖边垂柳一年四季的景色",便知诗人状物写景,炼字造意的功夫。

雷熹平写诗有自己的追求,以平淡自然寓深意,用他自己的话来形容,就是此刻这篇文章用来做标题的:"把歌曲当话说"。说话如歌曲是一个路子,歌曲如说话又是一个路子。前者重在艺术加工，后者重在表达的明白畅晓、贴切自然，雷熹平属于后者，应当说，他以自己一贯的坚持，到达了他确定的目标。

2008年2月7日于北京大学。
此文在旧历丁亥—戊子的"夹缝"中匆匆写成。

敦煌诗旅[*]

——《敦煌诗选》序

古丝绸之路的出发地应该是长安。从长安逶迤西行,渐行渐远,便进了西域。当人们离开美轮美奂的都城长安,回望潼关,霸陵柳色青青,正是离人伤别时节。由此一路行去,过了咸阳,都城已是遥远,秋风渭水,长安一片月华,都已成梦中情景。过千载伤心地的马嵬坡,此后次第是周至、武功、扶风、凤翔,沿途洒落的都是唐诗的声韵和色泽。八百里秦川是一幅色彩瑰丽的抒情长卷,长卷的尽头是兰州,这里有一座黄河母亲的雕像,闪着伟大母性的光辉。黄河就此挥手北上,千里河西走廊铺开无尽的锦绣,慰藉我们寂寞的行旅。

兰州之后的路程,大约以三、五百里一座城市的间隔一路向西推进。这些昔日奔忙着骆驼和马匹的商道的两侧,一边是大戈壁的无垠沙碛,一边是祁连山的千年积雪。武威之后是张掖,张掖之后是酒泉,过了酒泉,嘉峪关就巍峨地出现在眼前了。人们一边行走,一边探寻,何处是西去无故人的阳关?何处又是春风不度的玉门关?有一、两只鹰在高空盘旋,它们用旷古的沉默来回答人们。

这是庄严而圣洁的朝圣之旅。黄昏时分终于到达敦煌,三危山屹立天穹,如一座硕大的神像,接受万方的香客向它顶礼!莫高窟还在,瓜州古城遗址还在,月牙泉和沙枣墩还在,只是阳

---

[*] 此文据文稿编入。

关和玉门关遗址,却是堙没在历史的风烟之中、寂然难以考证了。历史学家和敦煌学家用冷静的言语告诉我们:"敦煌、阳关、玉门关,及丝路通流之盛,去今千年以远,昔时故迹,或隐或没;古人亲见,今多茫然。"①作为后人,遥想当年的繁华,面对今日的荒寂,心情不免怅然。

这里有一段朴素的文字,考证了两关遗址,可这段叙述也是写于距今七十年前,这些关于阳关遗址的文字本身,也是飘散在历史风烟中的碎片了——

> 小方盘西面过了一个沙滩以后,便是叫做后坑沼泽区,这个沼泽区可以北接疏勒河。南湖的水是流到水尾为止,但偶然大雨的时候,山水下来也可以流到后坑。所以南湖对于小方盘,是一个在水的上游,一个在水的下游。
>
> 南湖在敦煌的西南,距敦煌一百四十里,是一个不太大、但很肥沃的水草田。在它的东南有一个草湖,经过长期间芦苇的腐坏,土越垫越高,现在草湖的湖面已经高出南湖水草田两三丈了。草湖的水渗入地中,水草田便生出好几处泉源。这些泉源便灌溉着水草田中的二百农户的田地。水草田的东北有一个破城,斯坦因称做南湖城,大半被沙盖着,早已不住人了。水草田的西南当着大道通过的地方,还有一个遗址,满地瓦砾,因为常常有古物被人拾到,本地人叫做"古董滩"。在古董滩的东南和西北,各有一个旧烽燧遗址,距古董滩均为五里。②

时序代谢,沧海桑田,这位历史学家谈阳关如此,谈玉门关

---

① 李正宇:《敦煌阳关、玉门关论文选萃·序》(纪忠元、纪永元编),甘肃人民出版社,2003年8月。
② 劳干:《两关遗址考》,纪忠元、纪永元主编《敦煌阳关、玉门关论文选萃》,第93—94页。

亦如此。他斩钉截铁地断言："不唯现在的玉门县城不能认为即太初以前的玉门关，就是汉玉门县城也不是汉代太初以前的玉门关。"有趣的是，在史学家眼中"迷失"了的，却在诗人那里"寻找"到了。那些草滩，那些烽燧，那些旧城，都随着岁月的流逝而茫然不知所在，却硬是被诗人"定格"在他的作品中。岑参的《题苜蓿峰寄家人》①："苜蓿峰边逢立春，胡芦河上泪沾襟。闺中只是空相忆，不见沙场愁煞人。"这里的胡芦河、苜蓿烽、立春，等等时间和地点（有时更有情景），便为考古提供了佐证。

这回是诗人反过来帮助了考古学家。劳干先生②在他的考据文章中饶有兴趣地援引了唐代诗人岑参的《敦煌太守后庭歌》和《玉门关盖将军歌》等资料，用以证实"由苜蓿烽西去，便到敦煌"，以及"开元天宝时，玉门关的位置应仍和贞观相同"。这是岑参《敦煌太守后庭歌》的断句：

   城头月出星满天，
   曲房置酒张锦筵。
   美人红妆色正鲜，
   侧垂高髻插金钿，
   醉坐藏钩红烛前。

历史学家说，"城头月出的宴会，应当是上半夜当月在上弦的时候，即应在十五以前。藏钩行酒据周处《风土记》和《荆楚岁时记》说是岁腊的风俗。但时方正月犹是新年，李商隐诗"隔座送钩春酒暖"，言春酒，也应是新春的宴饮。所以岑参的路，是从

---

① 此处的"峰"，应为"烽"。
② 劳干（1907—2003）字贞一。祖籍湖南长沙，生于陕西商县。1931 年北京大学历史系毕业。1932 年后任中央研究院研究员，并曾兼任北京大学讲师、中央大学教授。去台湾后，兼任台湾大学、台湾师范大学及政治大学教授。1962 年去美国，任加州大学教授。主要从事汉代前后政治制度研究，著有《论汉代的内朝与外朝》、《秦汉九卿考》、《敦煌艺术》、《汉代史》等。

现在的安西附近,即玄奘所出的玉门关西行,正月初一沿胡卢河过苜蓿烽,正月十五以前到敦煌。现在从安西至敦煌,仍有沿河走的路。——所以从玉门关西去敦煌要在胡芦河上,非认为即玄奘所经的玉门关不可。所以贞观到天宝,玉门关未换位置,关的东徙是天宝以后的事。"①

面对《敦煌诗选》的原稿,想起这本诗选所涉及的关隘故城、天山明月,塞外秋风,沙场征战,想起阳关、玉门关以及敦煌古城的历史遗踪,已经寂然埋没在枯草沙砾之间,它给历史学家留下了几多难题。那些曾经巨大而坚实、甚而极其华美辉煌的物质,在无情的岁月推移中和风沙剥蚀下,显得是那样的无奈。倒是那些"不具形"的精神产品——诗歌、绘画、或音乐,却是亘古不变的长存。

遗迹在哪里?遗迹就在诗中、画中。我们今天寻找阳关或玉门关遗址,遗址已随着河道或风沙游移,以至于寂然不可考。而在岑参那里,在王维或王昌龄那里,它却有千年万载的永固不易。这就是本篇序文开始时不厌其详地抄录劳干先生文字的缘由。诗人的劳作——也许起始只是由于愉悦或酬答,也许并无创造不朽的深意——造就了意想不到的奇妙。他们吟咏的对象变异了或消失了,而吟咏却永存。

"雪净胡天牧马还,月明羌笛戍楼间。借问梅花何处落?风吹一夜满天山。"②存留在笔墨间的,不仅有关山明月,不仅有戍楼羌笛,更有那份悲烈情怀,苍茫心绪。我们的确无法体验古人的所亲历的一切,我们却能从诗中获得如同亲历的那般感受。"相思在万里,明月正孤悬。"③那轮悬挂在祁连山颠的明月,历

---

① 劳干:《两关遗址考》,原载《中央研究院历史语言研究所集刊》第11本,1943年,第287—296页。
② 高适:《和王七玉门关听吹笛》。
③ 卢照邻:《关山月》。

经千年而清辉寒冽依旧。吟咏它的人不在了,它曾经照耀的景物也变了,不变的是诗中的这轮明月,永远是这么皎洁、这么苍凉地、孤单地悬挂在万里戈壁滩上。

敦煌的诗歌记载了敦煌灿烂的历史。敦煌的诗歌几乎与敦煌的历史同步。史载:"元狩二年(公元前121年)汉武帝派霍去病率大军击败西匈奴,河西走廊归入中原王朝版图。汉廷在河西置武威、酒泉二郡。敦煌地区隶属酒泉郡。元鼎六年,汉廷析酒泉郡置敦煌郡,领敦煌、冥安等六县。又建阳关、玉门两个军事关隘为通西域的门户。"[①]诗选开篇《祁连燕支歌》[②]就印证了这段历史。

诗歌是敦煌的骄傲。可以说,敦煌的历史有多长,敦煌诗歌的历史就有多长。这本诗选,始于距今两千多年前的匈奴民歌,而绵延于当代。它的最初的文人作者中,就有汉魏六朝时期最优秀的诗人左延年、郭璞、陶渊明、鲍照、庾信等。而后,进入诗歌的黄金时代唐朝,那些赫赫有名的大诗人如卢照邻、王之涣、王昌龄、王维、李白、杜甫、高适、岑参等,无不有华章留存。敦煌写进了唐诗,唐诗也因之光辉夺目。中国诗史因敦煌而骄傲。

在中国的历史上很难找到像敦煌这样的地方,诗歌始终伴随着它的兴衰隆替,不是某时某刻,而是全过程。敦煌造就了诗歌,诗歌又装点了敦煌。诗歌是敦煌永恒的记忆,诗歌也是敦煌不朽的美丽。到过敦煌,甚至只是想过、念过敦煌的人们有福了。敦煌给他们以灵感,以飞腾的翅膀,美妙的梵音,瑰丽的色彩。

是这些诗人的彩笔,把敦煌写成了永恒:无边的瀚海,荒芜

---

① 褚良才:《敦煌地理及其历史沿革》,见《敦煌学简明教程》,第1—15页,转引自纪忠元、纪永元编《敦煌阳关、玉门关论文选萃》,第9—10页。

② 这首最早的匈奴民歌,歌词如下:"亡我祁连山,使我六畜不蕃息;失我燕支山,使我妇女无颜色。"它表现了当年匈奴人对于衰变的慨叹。

的沙碛,孤飞的鹰,寂寞的驼铃,苍凉的明月,还有同样苍凉的烽燧和边关的废墟,还有刻骨铭心的思念,思念关山万里之外临窗远眺的女子,思念将士铁衣上的寒光和斑斑锈迹——

> 阳关万里道,
> 不见一人归。
> 惟有河边雁,
> 秋来南向飞。①

这是被称为"清新庾开府"的庾信的诗篇。他还有一首写莫高窟的诗,是目前所知最早咏莫高窟的诗作。遥想当年,李白临风把酒,高歌一曲:"明月出天山,苍茫云海间。长风几万里,吹度玉门关。"胸襟何等开阔,气势何等雄大,境界何等高远!再看看"黄河远上白云间,一片孤城万仞山","青海长云暗雪山,孤城遥望玉门关"②这些经典名句,这样的名篇佳作,《敦煌诗选》的编者沿着历史的长河一路走来,一路拣拾着这些稀世之宝。

这本《敦煌诗选》之所以特别珍贵,就在于它几乎囊括了古往今来吟咏敦煌的所有优秀诗篇。上自魏晋、唐宋,下及近、现代以至当今。这是迄今为止我们所知所见的收录时间跨度最长,所收诗体最广③、总体篇幅最大、作者人数最多、代表性也最全面的④一本关于敦煌的主题诗选。主编纪忠元、纪永元昆仲,

---

① 庾信:《重别周尚书》(其一)。庾信(513—581),北周诗人,字子山,南阳新野人,为南北朝末期文坛巨擘,有《庾子山集注》。

② 前后分别是王之涣《凉州词》和王昌龄《从军行》诗中的句子。

③ 收有旧体诗和新诗。就旧体而言,诗词曲赋,以至各族民歌,无不皆备。尤为独特的是,本书还收录了古时的"学郎诗"、"叫卖口号诗"、"叠字诗",以及古代少见的各类图形诗,等等。

④ 诗选中有很多珍贵的资料如佚名的《教诲诗》录自敦煌汉简。王梵志通俗诗,《全唐诗》未录。韦庄的《秦妇吟》久佚,世无传本,《浣花集》和《全唐诗》均未收,本书参照诸多版本整理刊出。

披阅浩瀚典籍,精选优秀诗篇,详加考辨注释。历时数载,殚精竭虑,始克厥功。他们的敬业精神以及热诚而富有创造性的工作令人感动!

本文始写于2008年2月8日,即农历戊子年正月初二。
时在海南博鳌,历史罕见的寒冻之中。
2008年2月29日,写竟于北京昌平北七家村。

修己安民，止于至善[*]
——贺北京朝阳红十字医院建院五十年

朝阳医院建院已经五十年，记得大约是两年前吧，王辰院长曾希望我为医院提供一个院训的文本。王院长很喜欢类似清华大学校训那样的、来自古代典籍的院训。我本人不从事中国古代经典的研究，所以非常慎重，不敢贸然行动。以至于事过经年，我却始终没有交卷。但这事我一直记在心中。

我因有亲属在医院工作，且我的亲人和我本人，都曾在朝阳医院就诊过。特别是2006至2007年间，我有亲人住院，得到从院领导到各科室，从主任大夫到医生、护士长、护士乃至护工的精心的治疗和照料。我感受到了朝阳医院全体职工高尚的医德和伟大的爱心。对此，我始终心存感激。

我想报答医院，可是，不知如何报答。恰值此际，医院新楼落成，又逢五十大庆，我无以为贺。想到王院长的嘱托，遂写了标题上的那八个字：修己安民，止于至善。就算是我送给医院院庆的贺礼吧！人们常说，书生人情纸一张。我能送的，也就是这一张纸，这八个字。特别难为情的是，这八个字还是从先贤那里"偷"来的，属于我的，一个字也没有。

至于院训，太庄严了，我还是不敢做的，请王院长多包涵。因为是"送礼"，我需要对这"礼品"有些交代。

先说前四字"修己安民"。语出《论语·宪问》："子路问君

---

[*] 此文据文稿编入。

子。子曰：'修己以敬。'曰：'如斯而已乎？'曰：'修己以安人。'曰：'如斯而已乎？'曰：'修己以安百姓。'"子路问孔子，君子应该如何处身？孔子说，君子应该以严肃敬诚之心来修养自身。又问，这样就够了吗？孔子回答，更高的要求是，应该在此基础上使周围的人们都得到安康。这就是"安民"。

再说后四字"止于至善"。这话来自《礼记·大学》。原话是："大学之道，在明明德，在亲民，在止于至善。"这是《大学》开篇提纲挈领的一段话。我只讲最后那四个字。止是到达、达到的意思。至善，是至高无上、至善至美的意思。止于至善，在我看来，有两层意义，其一，指的是人们的道德境界，即达到个人道德的尽善尽美。其二，可以引申为，我们工作的态度，即极为尽心尽力，也就是通常讲的"做得最好"的敬业精神。

一张纸，八个字，更重要的是，我的一片心，一片感激之心。谨祝朝阳医院兴旺发达，谨祝朝阳医院全体职工人人都能做到：修己安民，止于至善。

2008年3月15日于北京大学

新诗的摇篮和故乡*
——我的北大诗歌记忆

> 红楼你响过五四的钟声
> 你啊是新诗摇篮旁的心
> ——林庚先生为北京大学学生刊物《红楼》题写的序诗

一、我们承袭了历史(1916—1949)

今天我在这里讲话,面对百年北大,我也是一个晚辈。我走进北大校园的时候,五四那个时代的诗歌巨人已经离去,我只能在历史的风烟中,看着他们渐行渐远的背影。五四的那一代人只有很少的几位,例如冰心先生和冯至先生,以及稍后的艾青先生、臧克家先生,我和他们有过或多或少的接触和了解。至于更晚的如四十年代的诗人,认识和交往的机会要更多一些。《九叶集》中的九位,除了穆旦先生来不及见面,其他八位,我和他们有很深的亦师亦友的交往。"九叶"中的穆旦、郑敏、杜运燮、袁可嘉都在西南联大上学,都是北大校友。

对于北大和中国新诗的历史知识,我和你们一样,大部分是从阅读和交流中得到的,不都是亲历。这些各个时期的材料,你们或多或少地都能找到,今天我不准备多所涉及。面对你们,我

---

* 此文据文稿编入。

还有另一个身份,那就是我和你们一样,曾经是北大的学生,后来又当了北大的老师。今天着重要讲的,是我所经历的和所听闻的一些关于北大的诗歌往事。所以,我给今天的讲话加了个副题:"我的北大诗歌记忆"。

北大是中国新诗的摇篮,北大师生不仅参与了新诗从设计到创立的全过程,而且创作了最初一批"尝试"的作品,他们也创造了新诗最早的一批经典。《新青年》(创刊于1915年,编辑部后来由上海迁入北大)和《新潮》(创刊于1919年)这两个杂志都以北大为基地,北大师生是它们编辑和写作的主力。

《新青年》第六卷第一期刊登了一份"分期编辑者"的名单,赫然都是北大的同人:第一期陈独秀,第二期钱玄同,第三期高一涵,第四期胡适,第五期李大钊,第六期沈尹默。这六人都是《新青年》的精神倡导者,也是新文化运动和新文学革命的领袖人物。他们都参与了新诗的提倡与建设,有的本身就是新诗人。

北大以自己的智慧和胆识,积极倡导新文学革命,并且以惊人的创造力,在古典诗歌之外别创新格,他们终于在艰难的处境中使新诗试验成功,从而实现了近代以来诗人们"诗体革命"的梦想。他们成为开天辟地的一代人。新诗从最初的"尝试"到最后的完成,都有北大人的汗水和辛劳,甚至可以说,是北大人在新诗建设的道路上竖立了最早的纪念碑。

胡适不仅是中国试验新诗的第一人,也是发表和出版新诗的第一人。他的《白话诗八首》刊登于《新青年》第二卷第六号,当时是1917年,与陈独秀的《文学革命论》发表于同时。而被评论称为新诗的实验成功之作的周作人的《小河》,也是出自北大人之手。《小河》作于1919年,刊登在《新青年》第六卷第二号。①

《新潮》杂志于1919年创刊,是北大学生傅斯年、罗家伦等办的,新潮社的社员毛子水、俞平伯、顾颉刚、成舍我、杨振声、康白情——都是北大的学生。《新潮》对于新诗格外钟情,第一卷第二号就刊登了胡适、叶绍钧、罗家伦、俞平伯、傅斯年等的新诗七首,而且开始分行排列。

傅斯年在《新潮之回顾与前瞻》②中有这样关于申请《新潮》经费的一段回忆:

> 我们想,我们都是北大的学生,学校或者可以帮助我们成功。子俊(徐彦之)就和文科学长陈独秀先生商量了一次。陈先生说,"只要你们有办的决心,和长久支持的态度,经济方面可以由学校负担。"这是我们始料不及的,就约集同人,商量组织法了。——胡适先生做我们的顾问,我们很受他的指导。十月十三日开第一次预备会,决定我们要办什么样的杂志——一、批评的精神;二、科学的主义;三、革新的文词。当时就有外人要来资助我们,我们自然是简截拒绝。我们在创办之先有一种决心,除北京大学的资助外,决不受私人一文钱的帮助。

老师和学校无保留的支持,学生的自主的和坚定的信念,从这里,我们可以看到久远相传的北大精神。这种精神其实早在

---

① 胡适自称早期作品"很像一个缠过脚后来放大了的妇人,回头看他一年一年放脚鞋样虽然一年放大一年,年年的鞋样上总带着缠脚时代的血腥气。"(《尝试集—四版自序》)胡适在《谈新诗》中对上述那种"旧词调"有着非常高的警惕性,认为"我所知道的'新诗人',会稽周氏兄弟之外,大都是从旧式诗、词、曲里脱胎出来的。"他认为从"很接近旧诗的诗变成很自由的新诗"的,是他的《关不住了》,那是"我的'新诗'的纪元,而总的新诗的纪元应该是周作人的《小河》。

② 见《新潮》第二卷第一号,1919年10月,国立北京大学出版部。

五四当年的师生那里就已存在。中国新诗就在这样的良好的环境里形成并且成长起来了。

以上说的是五四,现在再说说西南联大。西南联大在抗战的大后方的昆明演出了可歌可泣的故事。其中最为让世人震惊的大事,是李公朴先生和闻一多先生的遇害。事情发生在联大结束了1937—1946的离乱生活,最后一批复员师生就要离开昆明的当天晚上,李公朴先生遇难。七月十五日上午闻一多参加李先生的追悼会后,下午五时被特务暗杀。

上面说的那些大事,各方报道和回忆的文字很多,在这里,我要给大家介绍的是与新诗有关的联大师生的活动。首先要谈到的是诗人闻一多。1937年12月13日南京陷落,武汉告急,长沙形势紧张,联大决定西迁。闻一多和学生一起,于1938年2月19日从长沙出发,步行一千三百多公里,4月28日抵达昆明。从此开始了艰难岁月的研究、教学和创作。当年闻一多蓄须明志,直至抗战胜利。行军途中,闻先生充满了诗人的激情,为学生讲《古代神话》,为学生收集的上千首民歌作序,并且沿途写生数百幅。

联大当年聚集了一批诗人,闻一多、冯至、卞之琳,以及英国诗人燕卜荪等,学生中写诗的就更多了。后来活跃诗坛的穆旦、袁可嘉、郑敏、杜运燮、王佐良、罗寄一、马逢华、俞铭传、杨周翰、吴兴华、何达等,当时都是联大的学生。闻先生和冯先生作为战时联大的代表人物,我们在他们身上看到了探究真知的学者立场,与作为国民中坚的勇于承担时代重压的使命感。他们以不同的方式和语言,投身于民主自由的事业,恪守知识分子的职责。当然这一切不单属于诗人。

这些联大的诗人们,是一些忠实于诗歌的信徒。当他们热心地研读里尔克、叶芝、艾略特、奥登的时候,当他们写来自西方的十四行体的时候,他们是以西方为模式而坚守了中国新诗的传统。特别是在推进中国新诗与西方现代诗歌的对接中,这里是独立地坚持着新诗的五四传统的开风气之先的地方。从写作上看,穆旦写《赞美》是1941年,冯至写《十四行集》也是1941年。四十年代初期,从延安到全中国,当时盛行的是"工农兵方向",是所谓的"喜闻乐见",而联大依然我行我素。

从这点看,当日的联大校园,不仅在政治上是"民主堡垒",而且在艺术和诗歌上也是一座坚持自己认定的目标的"孤岛"。这座校园,如同当年五四时期那样是革新进步的一个据点,他们始终保持了与西方诗歌传统最亲密的联系,始终坚持了现代性的艺术追求。

在北大,诗歌的实践始终是与人间哀乐、民族兴亡联系在一起的。与此同时,这种追求从来也没有脱离过诗意的表达,也从来没有放弃过对艺术和诗美的倾心。即使是非常艰难的岁月,学者的从容和诗人的浪漫,总是造出一种非常美妙的情景。

那时西南联大聘请了英国威廉·燕卜荪来校任教,讲授《当代英诗》,从霍甫金斯一直讲到奥登,他的讲授影响了年青一代中国诗人倾向于现代诗的创作与研究。王佐良在《穆旦:由来和归宿》中回忆说:

> 我们对他所讲的不甚了然,他绝口不谈自己的诗,更是我们看不懂的。但是无形之中我们在吸收着一种新的诗。这对于沉浸在浪漫主义诗歌中的年轻人,倒是一剂对症的良药。——当时我们都喜欢艾略特——除了《荒原》等诗,他的文论和他所主编的《标准》季刊也对我们有影响。但是我们更喜欢奥登,原因是他的诗好懂。他的那些掺和了大学才气和当代敏感的警句更容易欣赏。何况我们更知道,他在政治上不同于艾略特是一个左派,曾在西班牙内战战场上开过救护车,还来过中国抗日战场,写下若干首十四行诗等。这一切肇源于燕卜荪,是他第一个让我们读《西班牙

—1937》这首诗的。

王佐良的另一篇回忆文字《一个中国诗人》[①],把我们带进了联大当年虽然艰苦但又充满诗意的环境之中——

> 联大的屋顶是低的,学者们的外表褴褛,有一些人形同流民。然而却一直有着那点对于心智上事物的兴奋。在战争的初期,图书馆比后来的更小,然而仅有的几本书,尤其是从国外刚运来的珍宝似的新书,是用着一种无礼貌的饥饿吞下去的。这些书现在大概还躺在昆明师院的书架上吧,最后,纸边都卷如狗耳,到处都皱叠了,而且往往失去了封面。但是这些联大的年青诗人并没有白读了他们的艾略特与奥登,也许西方会出惊地感到它对于文化东方的无知,以及这些无知的可耻,当我们告诉它如何地带着怎样的狂热,以怎样梦昧的眼睛,有人在遥远的中国读着这两个诗人。在许多下午,饮着普通的中国茶,置身于乡下来的农民和小商人的嘈杂之中,这些年青作家迫切地热烈地讨论着技术的细节,高声的辩论有时伸入夜晚。那时候,他们离开小茶馆,而围着校园一圈有一圈地激动地不知休止地走着。

闻一多此时正潜心研究中国古典文学。他关于神话、屈原、《诗经》、《楚辞》、《庄子》等研究的重要著作,均完成与此时。因为日以继夜的伏案工作,闻先生很少下楼。同事们善意地给他起了个楼号:"何妨一下楼"。但这并没有影响了他参与联大的诗歌活动,他在联大是受到学生爱戴的导师。

一篇回忆记述了其中一次活动的细节:那是1944年的4月9日,闻先生参加联大的诗社活动,那天他和大家一起聚餐,餐后在郊野的草坪上席地围坐,朗诵,交流诗艺,最后是先生即席

[①] 王佐良:《一个中国诗人》,载伦敦 *Life and Telters*,1946。

讲演。虽然他这时正专注于古典的考证,但他又一次批判了"温柔敦厚"的诗教。他一反在古典考据面前的理性和冷静,激烈反对世故的生活态度:"我们的新诗社,应当是'新'的诗社,创新的诗社。不仅要在形式上是新的诗,更要在内容上也是新的诗。"

冯至先生这时住在昆明附近的一座山里,他每星期进城两次,一次步行十五里。就在这样的行进中,他完成了充满现代精神的十四行集的写作,而这种堪称是象牙塔中精品的作品,却是在战时极其艰苦的环境中产生的。冯先生回忆这些十四行诗的写作时说,"在一个冬天的下午,望着几架银色的飞机在蓝得像结晶体一般的天空里飞翔,想到古人的鹏鸟梦,我就随着脚步的节奏,信口说出一首有韵的诗,回家写在纸上,正巧是一首变体的十四行。"(《十四行集·序》)与联大的师生们创作那些现代诗的同时,战争正在激烈地进行。前些日子我访问腾冲参观了滇缅战争纪念馆,史料记载说,那场战事极其惨烈,我方付出了伤亡二十万人的代价。1942年3月8日中国远征军失去侧翼,同古失守,曼德勒、腊戍、八莫、密支山陷落,时年六十二岁的史迪威将军,身着士兵服,肩背卡宾枪,与远征军一起撤退野人山。援缅的中国远征军十万三千人中幸存四万六千余人,伤亡近百分六十。在这些士兵中,就有联大的学生。①

联大的师生,倾心于科学和艺术,写着精美的诗篇,却是从来不忘社会盛衰、民族兴亡。据统计,联大先后有学生8000余人,参军人数达834人②,平均每一百人中,就有十四人参军。穆旦、杜运燮的一些经典诗篇都作于军中。这是杜运燮的《滇缅公路》——

---

① 这些材料录自腾冲滇缅远征军纪念馆(原中国远征军二十集团军司令部旧址)。摘录时间为2006年7月22日。
② 抗战胜利后在当年的西南联大校园和今天的北大校园内,立有联大参军同学纪念碑。碑文由冯友兰先生撰写,罗庸先生书题,闻一多先生篆额。

> 歌唱啊,你们,就要自由的人
> 路给我们希望与幸福,——给我们
> 明朗的信念,光明闪烁在前面

这是穆旦的《赞美》——

> 当我走过,站在路上踟蹰
> 我踟蹰着为了多年耻辱的历史
> 仍在这广大的山河中等待
> 等待着,我们无言的痛苦是太多了
> 然而一个民族已经起来
> 然而一个民族已经起来

二、激情而残酷的年代(1949—1966)

我进北大是1955年,当时正是中国的"百花时代",到处弥漫着早春气息。战争已经远去,建设正在展开,生活开始了新的内容。当时我们大学生活中有一个响亮的口号,叫"向科学进军",学校号召我们争当"先进集体"。北大在马寅初校长的领导下开始了充满理想的无忧无虑的学习生活。

我在入学的第一学期就参加了"北大诗社"。在开学之初,诗社发表文告,向新同学介绍北大诗刊:"北大诗刊是在一九五三年十二月创刊的。在创刊号上,诗人力扬在《给青年诗歌工作同志》一文里写道:'被共产主义思想所照耀着的英雄时代,为建设社会主义而前进着的我们伟大的祖国,每时每刻都出现着无数新生的美妙的事物,值得我们去歌颂。'一年多以来,它已经成为热爱诗歌的同学们亲爱的伴侣,同学们喜爱诗刊上登载的诗,也愿把自己的诗拿出来发表。到现在为止,《北大诗刊》已经出了十六期,诗刊的编辑从内容到形式都在不断地改进着。"

当年的诗刊是十六开本,人工刻写,油墨印刷,封面是简单的套色。记得每本售一角钱。我参加诗社好像是有老同学介绍,他们不知从何得知我有写诗的经历。这一年的年末,我写了迎接新年的诗:《一九五六年骑着骏马飞奔而来》。

五十年代北大最重要的学生刊物是《红楼》。《红楼》筹划于充满幻想的1956年,而于1957年元旦正式出刊。我参加了出刊的筹备工作,创刊后担任诗歌组长,张元勋和林昭都是诗歌组的成员。《红楼》周围集聚了北大最活跃的作者,尤以诗歌为甚,这时我认识了众多的北大诗人,除了张元勋、林昭,还有李任、马嘶、沈泽宜、蔡根林、杜文堂、王克武、孙克恒、孙玉石、刘登翰、江枫、任彦芳等。

《红楼》的创刊号上,我们延请中文系的林庚先生为之写了序诗,百年校庆前后经马嘶、张元勋和我几人核对,是这样的四句整齐的"林庚体":

> 红楼你响过五四的钟声
> 你啊是新诗摇篮旁的心
> 为什么今天不放声歌唱
> 让青年越过越觉得年青

在当年的北大诗坛,女诗人很少,才华横溢的林昭就格外引人注意。她曾以任锋为笔名为一张照片题诗:

> 世界是这么广大
> 友谊是这么真诚
> 生活是这么美好啊
> 我们又这么年青

这四句诗代表了那个时代,那个时代的我们的思想情感。当年我们是非常纯真甚至是非常天真的一群。这种纯真和天真,不单是由于轻信,而且也由于发自内心的热爱。那时我们不会也不敢怀疑。我们的坚信一直延续到梦想被现实的打击而破灭的最后。在我们的同辈中,有人因才华横溢而遭不幸,其中最让人扼腕的是林昭之死。这一点以后将有叙说。

1957年的春天依然美好。《红楼》编辑部的同人们,在一个风和日丽的日子结伴出行,我们"沿着五四的道路"从"民主广场"出发,经赵家楼,过段祺瑞旧宅,直抵天安门。事后写出了一批纪念五四的诗歌,这些诗歌在那年五四广场的篝火晚会上朗诵。张元勋的回忆文字《北大往事与林昭之死》,记述了1957年5月4日夜晚在北大广场上的篝火晚会与诗歌朗诵的盛况:

> 当时,北京大学党委书记在主席台上把第一支火炬点燃,递给站在台前二级台阶上等待传递的第一位同学,那同学接了火炬转身把主席台下的数十支火炬顷刻点燃,那数十支火炬又把等待着的数千支火炬点燃,整个操场顷刻之间变成了火炬的海洋,光明的海洋,炽热的海洋,呼啸的海洋!而诗朗诵便在高音的麦克风里响起!林昭站在主席台的南侧,她是为诗朗诵做"顾问"的,她看着那翻动的火炬之山,火炬之海;听着那诗歌之风,诗歌之雨,而在这诗与火、声与色、灵与情、静与变的美景里沉思着,她只是看着。
>
> 最后,所有的火炬都堆在了一起,变成了一座山,涌起了凌空的烈火,把东操场照得如同白昼。数千北大儿女在这火的周围,鼓掌、跳跃、呼喊、歌唱——直到夜深。斗转星移,余烬渐熄。我与林昭离开这里时,晨光熹微,已是5月5日的早晨。

五月是乍暖还寒的季节。而我们依然沉浸在春天的诗意之中。1957年的五月十九日是一个难忘的日子。那日,红楼编辑部的同人相约前往颐和园。因为临近学期末,暑假来时一些高班同学要离校,借此小聚也是,亦有预为话别之意。这是一个春光明媚的日子,大家心情都很好。林昭那天带了一架照相机,我们在排云殿前有一个"全家欢"。我不会吉他,却是抱了它做样子。1998年12月11日《南方周末》发表张元勋文章时用的就是这张照片。红楼的诗人们大部都在其中,马嘶、李任、孙克恒、薛雪、康式昭、谢冕、任彦芳、杜文堂、张钟、张元勋和林昭。因为是林昭摄影,所以画面上没有她。

那日大家玩得尽兴,回到学校已是黄昏。当晚大饭厅举行全校大会,天气已暖,学生们,饭厅外的广场上也坐满了人。散会时人头簇拥,大家争看刚刚贴出的大字报,有一份是诗,赫然写着:《是时候了》。

> 是时候了,
> 向着我们的今天
> 我发言!
> 昨天,我还不敢
> 弹响沉重的琴弦,
> 我只可用柔和的调子
> 歌唱和风和花瓣
> 今天,我要鸣起心里的歌,
> 作为一支巨鞭
> 鞭笞阳光下一切的黑暗!
>
> 我的诗
> 是一支火炬,
> 烧毁一切
> 人世的藩篱,
> 它的光芒无法遮拦
> 因为它的火种
> 来自——"五四"!!!

诗的作者是我同系的同学,也是一起写诗的朋友:沈泽宜和张元勋。这是1957年的5月19日,是我们同游颐和园的那个日子。我们下午刚刚从颐和园回来,晚上就贴出了这张大字报。《是时候了》发表的这一天,被不同的人分别叫做"五一九民主运动"或"右派进攻"发端的日子。这一天对于我,也是刻骨铭心的。作为红楼的成员,作为这首诗作者的朋友,我受到了激烈的震撼,且陷入痛苦的内心冲突。就我个人当时的心理,我为他们的勇气所折服,同时又有某种惊恐。

《是时候了》引发了大论争,赞成的和反对的都有。对这首诗,我也是充满了矛盾的心情,由于谨慎,也由于胆怯,当年我的态度是暧昧的。《红楼》编辑部在上面的授意下决定开除张元勋和李任——因为他们所谓的"右派言论",我也举手"赞成"了,记得林昭也是赞成的。那时我们内心有矛盾,也有顾虑。就这样,1957年关于诗歌的第一场悲剧开始了。随后是张元勋和李任被捕,《红楼》改组,随后被改编成《北大青年》,那是性质完全不同的另一类刊物了。

经历了时间的洗礼,也由于我自己认识的改变,我对自己有过反思。我铭记着1957年的早春时节的那一声无畏的诗的呐喊,以及随之而来的严酷的天谴。我在内心深处敬重我的诗歌朋友,我永不会忘记当年石破天惊的那些激昂的诗句。1996年我出任中国新文学大系(1949—1976)诗歌卷的主编,在考虑选目时,首先想到的就是将《是时候了》正式入选。这在我,是想通过我的工作为这首诗正名,其次,也是将我自己对于历史的反思公之于世,也是对当年遗憾的一个补偿。

这是《是时候了》作为优秀诗歌的正面形象,首次在庄严的正式出版物刊出,为此,我们为它特别写了一篇注释:"《是时候了》是北京大学第一张诗体大字报,写于一九五七年五月十九日。作者是北京大学中文系的学生。该诗张贴后反响甚大,两位作者随即均被错划为'右派'。《是时候了》也被当作'反面教材'广为转载和批判。《中国百名大右派》(张杉尔著,朝华出版社一九九三年版)和《反右派始末》(叶永烈著,青海人民出版社一九九五年版)征引了该诗。"①

在北大,诗曾经唤起新一代献身建设新生活的热情,诗是和自由思想、理想情怀联系在一起的。那个年代的青年,以心灵的创伤乃至身陷囹圄,以至血泪为代价,谱写了一曲悲怆的乐章。我是1957年"反右派斗争"的亲历者,我以自己的谨慎和怯懦而躲过了这番劫难。但我一直没有忘记那一些走在思想解放前列的时代先驱者的敏锐和锋芒。那些受难的灵魂一直照亮我的内心,我不能忘却。

更大的诗歌悲剧发生在林昭身上。林昭当初并不激进,她在《红楼》开除张元勋的会上甚至说"我有受骗的感觉"。但她以她的正直和良知,痛切地感到"组织性和良心的矛盾"而终于站了出来。她是真正的"诗歌烈士"。她在极端惨苦的状态下,坚持用诗歌表达争取自由民主、反对思想专制的抗争的决心。她为理想而蒙受苦难,直至惨烈地献出生命。

林昭的诗歌创作,新旧体都有。前期的创作如前引登在《红楼》上的那一首,是青春浪漫的声音和轻松的节奏,后期创作则是愤激而沉痛的血泪凝成。据沈泽宜:《我和林昭》介绍,林昭"几年内咬破手指以鲜血在白衬衣和床单上数十首惊天地泣鬼神的诗篇。这些曾和她的骨灰一样多年来无处可寻的诗篇,现在陆续觅得。"文章援引了林昭所作四百行长诗《普罗米修士受难的一日》的片断,其中有普罗米修士对宙斯的发问——

    神族这样的统治哪能持久,

---

① 《中国新文学大系1949—1976·诗卷》,上海文艺出版社,1997年11月,第291页。

> 你难道听不见这遍野怨声？
>
> 贱民的血泪会把众神淹死，
> 奥林匹斯宫殿将化作灰尘。

她的旧体诗也写得好。据张元勋回忆，1960年秋天，他们分别之后，林昭从上海寄山东，在她赠送的照片背面有诗相赠：

> 楚头吴尾劳相关，顾影低徊敛云鬟。
> 困顿波涛佳岁月，凋零风雨旧容颜。
> 堪憎勿怪人争避，太冷应疑我最顽；
> 粉黛滔滔皆假面，笑君犹自问庐山。

张元勋在《北大往事与林昭之死》介绍，他在第一次"探监"临别时，林昭口吟一诗相赠。因为她当时被囚禁在上海提篮桥监狱，诗中用了古代裴航与云英蓝桥驿相会的典，又因为探视时她的母亲也在场，又用了《白兔记》中井台认母的典：

> 蓝桥井台共笑之，天涯幽阻最忧思。
> 旧游飘零音情断，感君凛然忘生死。
> 犹记海淀冬别夜，吞声九载逝如斯！
> 朝日不终风和雨，轮回再觅剪烛时。
>
> ——《老子》："故飘风不终朝，骤雨不终日。"

林昭对张说，"诗言志！此刻已无暇去推敲声病，只是为了给终古留下真情与碧血，死且速朽而我魂不散。第三句断字，也许可以改成'绝'字。第四句'死'字有点拗，但怎么改呢？诗言志，如此而已！如果有一天允许说话，不要忘记告诉人们：有一个林昭因为太爱他们而被他们杀掉！"她是一个真诗人，直至此刻，生命垂危，她还在思考和掂量着诗的"拗正"。

林昭，苏州人，1954年以江苏省最高分考入北大中文系。

1955—1956年任《北大诗刊》和《红楼》编辑,1957年被划为右派,判劳动教养三年。以病,经批准回沪休养。1959—1960年编《星火》。她的诗歌《海鸥之歌》印出。诗歌《普罗米修士受难的一日》刊登在《星火》第一期。1961年以反革命罪在苏州被捕。1961年在狱中写《思想日记》和《牢狱之花》。1962年保外就医。1962年7月写《给北大校长陆平的信》,此信被转至上海静安区法院。1967年8—9月,在苏州起草"中国自由青年联盟"纲领和计划,再次被捕。此后曾先后四次致函柯庆施和《人民日报》,判刑二十年。1965年6月1日,用鲜血写《判决日声明》,以"公理必胜,自由万岁"为结语。1968年4月29日,由原先的二十年改判死刑,立即执行。1968年5月1日,上海公安人员向家属索取五分钱子弹费。①

林昭的所有行为都是公开的,她以上书的方式表达自己的独立思想。她以思想获罪,最终以坚持、不改变而被处以极刑。她至死都没有忘记她的文字和诗歌,张元勋在狱中与她告别时,她临别赠诗并托付张如有出版的机会,诗集取名《自由颂》,散文集取名《过去的生活》、书信集为《情书一束》。她把一切都抛弃了,连同生命,即使到了诀别之时,念念于心的只有诗。她原是一个为诗的理想而活的人。

2002年12月20日,这天是林昭的七十冥寿。我从昌平冒着大雪赶往文采阁,纪念这位为真理而献身的惨烈的朋友。那次的纪念会由林昭的舅父许觉民先生主持。我在发言中说:"我不能忘记这位年青时代的朋友,不能忘记她诗一般的生命,用生命写成的诗。林昭如果活着,她应该也是到了古稀之年。也许她恋爱过,但她来不及做妻子,也来不及做母亲。人间的一切亲情挚爱,她都没有享受过。她始终面对那浓重的黑暗和残暴,最

---

① 见《林昭年表》,许觉民编,《走近林昭》,民报出版社有限公司出版,2006年2月。

后是惨烈的死亡。"①

五十年代在中国新诗的故乡,新诗一方面是在受难和流血,一方面却在智慧而顽强地活着。这里要提到在诗歌界具有传奇色彩的燕京大学诗人吴兴华。他最早发表作品是1937年3月10日的《小雅》第5—6期的《花香之街》。解放以后,他逐渐"淡出"。他在大陆发表作品,仅见于1957年8月号《人民文学》的《咏古事二首》(《刘裕》、《弹琵琶的妇人》)。此后,便"蒸发"了。

然而,在香港和台湾却出现了一个"新"诗人——梁文星。1956年9月20日《文学杂志》在台北创刊。第一卷第一期就有署名梁文星的《岘山》。由此至1959年11月20日,该刊第7卷第3期共刊出新诗十余首并诗论一篇。梁文星的名字渐为世人所知。但谁也不知道这梁文星是谁?据夏志清先生回忆,除了编辑们,没有人知道"梁文星"是居住在大陆的吴兴华。吴兴华本人对此更是一无所知。这是新诗史的一个奇迹。

荷兰学者贺麦晓的研究②揭示了奇迹产生的始末。贺说:"我们今天能够读到吴兴华的作品应归功于他的朋友宋淇(Stephen C. Soong,林以亮)。宋在抗战结束后将吴的一些作品带到香港,在香港的《人人文学》上发表,为了保护作者的身份,署名'梁文星'。五十年代中期(谢注:请注意,是中期,这是北大发生张元勋、林昭事件的同一时候),宋又将其作品介绍给台湾《文学杂志》主编夏济安先生。夏在1956—1958年间将吴兴华的12首诗和上述的诗学论文陆续发表在《文学杂志》上。"

吴兴华(梁文星)的诗论《现在的新诗》③发表后,陆续有跟随的文章发表。主编夏济安亲自著文说:"新诗假如没有更好东

---

① 谢冕:《怀念林昭》,见《走近林昭》,第206—207页。
② 贺麦晓:《吴兴华、新诗诗学与五十年代台湾诗坛》,《诗探索》,2002年第3—4辑。
③ 刊台湾《文学杂志》第一卷第四期。

西写出来,这不但是新诗的不幸,连整个白话文学的成就都要使人发生疑问。"由此引发了关于新诗问题的大讨论。这情景很像我们后来所遇见的那样。吴兴华作为当事人对此毫无所知,他安全地躲过一劫,却在不经意间在异地掀起了一个浪头。这种喜剧性的后果是那个严酷的年代的一个插曲。

五十年代后期,我们惊魂未定,来不及回顾曾经发生了什么,便被卷进了另一阵狂潮之中。"大跃进"和"共产风"裹胁着我们投入了"拔白旗、插红旗"的大批判运动中去。也就是此时,我和其他五位同学接受《诗刊》的委托,编写了《新诗发展概况》一书,1959年6月号开始在《诗刊》连载。我们当年少不更事,加上天真和狂热,使我们伤害了许多诗界前辈。这个工作的始末,最近已有专书①介绍,此处从略。但不论怎么说,我们所做的,依然是第一本类似中国新诗史的著作——尽管它留下了遗憾。

三、痛苦中的坚持和等待(1966—1976)

"文革"中的中国是无边的沉寂。尽管周遭是日以继夜的高音喇叭和"万寿无疆"的嘈杂,而内心却是无边的寂寞和痛苦。林昭在这个时候死去,我们不知。张元勋和沈泽宜则正辗转于各个监狱之间,被剥夺了青春年华。比起他们,我算是一个幸运者。但在这十年中,也经历了无尽的苦难。当过"现行反革命分子"、当过"516分子",后来带领学生开门办学,因为一条作业的批语②,重新被认定是"右倾翻案的急先锋"。我始终戴带罪之

---

① 见《回顾一次写作——"新诗发展概况"的前前后后》,谢冕、孙绍振、刘登翰、孙玉石、殷晋培、洪子诚著,北京大学出版社,2007年11月。
② 记得是高红十同学根据自己在陕北插队的亲身经历写了一篇小说,其中一个细节是,房东老太太为这个北京来的闺女过生日做馍,一边拉风箱,一边罗嗦。我看写得生动,情不自禁在边上加了批语:"老太太罗嗦得好,无产阶级的人情美。"被人密报,批判我的"人性论"达数月之久。

身,一边工作,一边充当阶级斗争的对象。

但不论经历多大的挫折,我不能放弃文学和诗歌,因为它已与我的生命融为一体,它是我的信仰。1971年北大在鲤鱼洲干校开始招收工农兵学员,重新安排教学。为了应付教学需要,1972年我们着手选编《诗选》。只要对那个年代稍有了解的人都知道,这是一件非常危险的工作。当年"横扫一切",如今要编选,这就是"翻案",这就是"反攻倒算"。但是,我们无法顾及,我们有点不计后果。

《诗选》是北大印刷厂排印的,如今已很难找到了。诗歌史料专家刘福春先生那里有收藏,非常珍贵。我那时不怕,我承当了选诗的工作。当然是在政治与艺术的"夹缝"中小心翼翼地行事。找最安全的可能性。但是这种可能性几乎不存在,因为除了鲁迅和浩然,中国所有的作家和诗人都被打倒了。我的工作就是在布满地雷的环境中行走。记得起来的选目有贺敬之的《放声歌唱》、《回延安》,李季的《致北京》,陈辉的《为祖国而歌》,郭小川的《投入火热的斗争》,张万舒的《黄山松》,戈壁舟的《延河照样流》,饶阶巴桑的《步步向太阳》等。

文革"批判文艺黑线"之后,中共十一届三中全会之前,北大编的这一本《诗选》,是现今所知的、国内的第一本,是不是唯一的一本,不敢说。与此相配合,我们同时还编了《短篇小说选》、《散文选》,特别值得自豪的是,我们还编了《外国小说选》,《项链》、《羊脂球》都被我们囊括其中,我们当时胆子也真大,现在回想起来,还真有点后怕。

1974年,又一批学员进校了,我们把他们分做"创作"和"理论"两个班,一个班侧重文学理论,另一个班侧重文学创作。忘了事情是如何提出的,突然有一天要我带领四位同学写表现上山下乡的长诗。那时唯一可参考的也是影响最大的政治抒情诗是贺敬之的《放声歌唱》。我们大体是以此为榜样,开始了当时也是罕见的集体的诗歌写作。着就是后来引起反响的《理想之歌》。

北大即使是在极为困难的境地,也没有忘记诗歌。在动乱的年月,即使随时都有不测的事件发生,但北大还是尽可能地保持了它对诗歌的热爱和关怀。

2006年9月11日晚7—9时,在北京大学理科楼207室讲演
2008年3月15日写毕于北京大学中国新诗研究所

关于文集的设想[*]

2008年1月27日，北京大学中国新诗研究所在翠宫饭店举行的工作会议上，黄怒波（骆英）先生再一次提出为三位老师出版文集的建议。会议达成共识，并已列入新诗所2008年的工作计划。

2008年2月13日，《第一财经日报》发表黄怒波的专栏文章《北大富豪校友》说："企业挣了钱，要学会花钱。花给谁呢？自然要考虑自己的母校和恩师。""前几天，在新诗所开会，与谢冕、孙玉石、洪子诚、张剑福、杨强老师共商2008年大计。席间，我借着酒劲斟字酌句地表示，希望谢冕、孙玉石、洪子诚三位老师能加紧整理出版文集。作为学生，我愿意予以资助。"

2008年3月18日，北大出版社负责人张文定、高秀芹与谢冕、刘福春、孙民乐就出版谢冕文集事进行了初步磋商（孙、洪文集另议）。今将意见整理如下：

一、文集拟定名为《谢冕文存》；

二、《谢冕文存》采用编年体；

三、《谢冕文存》为开放式，不设下限；

四、全书暂定十卷，每卷约五十万字，共约五百万字。各卷大体划分：第一卷1948—1960、第二卷1961—1979、第三卷1980—1982（含《湖岸诗评》、《北京书简》36万字）、第四卷1983—1986（含《共和国的星光》、《论诗》37

---

[*] 据文稿编入。

万字)、第五卷1987—1990(含《谢冕文学评论选》、《中国现代诗人论》48万字)、第六卷1991—1992(含《文学的绿色革命》、《诗人的创造》、《地火依然运行》40万字)、第七卷1993—1995含《新世纪的太阳》、《大转型》53万字)、第八卷1996—1997(含《世纪留言》、《流向远方的水》、《永远的校园》44万字)、第九卷1998(含《1898:百年忧患》、《论二十世纪中国文学》、《心中风景》43万字)、第十卷1999(含《当代学者自选集:谢冕卷》、《浪漫星云》57万字)。文存未涉及2000年以后的著作,至此,尚有三本著作及大量散见文稿未能入编。

五、此项计划在征得中坤集团、北大出版社及新诗所各方的同意后,即行启动。争取2009年上半年编辑完成并出版。

六、作者和出版方特邀请刘福春、孙民乐两先生担任本书的资料鉴别、注释及相关的咨询等指导性的工作。两位先生已表示接受邀请,特为致谢。

2008年3月19日整理

相识在西双版纳[*]
——《晓雪选集》首发式上感言

我们相识在美丽的西双版纳,相识在开满鲜花的槟榔树下。那时我们都很年轻。晓雪是到西双版纳寻找诗的灵感,我带着一批学生到西双版纳也是寻找诗的灵感。那时时兴"开门办学",我和我的学生离开了嘈杂而混乱的外面世界,来到了这里。在西双版纳,我们找到了盛开的鲜花、新鲜的空气,没有污染的河流和原始森林,更重要的,找到了纯净的诗和友谊。在西双版纳,我认识了晓雪,认识了张长,还认识了吴军和征鹏。这是我在西双版纳最大的收获。

时间过得真快,不觉已是近四十年前的事了。我那时不到四十岁,晓雪比我小,那是一个令整个白族都为之骄傲的、年青英俊的美男子。这么多年,这么多的世事变迁,西双版纳结下的友谊始终不变。平生交友,首重人品。人品高者,奉以为师。人品低者,虽才识过人,也敬而远之。晓雪不同,他是我德才都要学习值得自豪的朋友。我感谢西双版纳对我的永远的馈赠。

我在北大上学的时候就知道晓雪。他在大学期间就写了专著,而且出版了,这就是他的成名作《生活的牧歌》。[①] 他是一举成名。我们那时是仰望着他的。这次收到《晓雪文选》,重新翻阅了这本著作,读到如下的文字:

---

[*] 此文据文稿编入。
[①] 《生活的牧歌——论艾青的诗》篇后注:1956年5月—10月,武汉—昆明。

在这些诗里,我们呼吸到一种美好生活的春天的气息,我们听见了人类理想的欢乐的声音,我们听见了光明世界的激动人心的喧响,我们看见一个伟大的时代"正带着暴风雨似的狂啸,隆隆滚辗而来"。——读着这些诗我们感到诗人在伟大时代面前的激动,我们感到诗人沐浴在新生活中的兴奋和欢喜,我们感到诗人对光明对理想的渴慕、追求、向往和呼唤,我们感到了洋溢在每一字句中的完全拂去了忧郁的新鲜的欢畅的情绪。

这些语言生动、准确,甚至还有点华丽,但绝对没有八股的腔调。五十年后的今天重读这些文字,我们依然深切地感受到晓雪对中国诗歌理论批评的久远贡献,这种贡献并不因时间的推移而消失。早慧的晓雪为我们的诗歌批评找到了一种恰当的话语方式,这种方式是感性与理性相融通的、是美文的和诗性的。晓雪用自己的书写向我们表明了诗歌批评与其他文学批评的差异,而他只是切实的实践,并不对此作直接的陈述。

要是我记忆不错,晓雪诗歌创作的起步比诗歌批评要略晚一些。但他还是令人惊异地成为了共和国成立后的最具代表性的诗人之一,不仅代表他的民族,而且代表多民族的新中国。我常常私心羡慕晓雪的幸运。他生长在彩云之南,被徐迟称作"丰富、美丽、神奇"的地方。苍山洱海的风花雪月,给他的诗歌铺上了五彩的底色,还有怒江,还有高黎贡雪山,还有香格里拉,还有我开始时提到的西双版纳,这一切都属于晓雪。作为诗人,他拥有的太多了,多得让人嫉妒。

晓雪的诗歌创作成就同样的令人注目。他把白族文化的精髓融入了博大精深的中华文化之中,他的书写是鲜明的民族特色与生动丰富的时代精神的融合。晓雪的诗歌清新明丽、纯净澄澈,其风格犹如苍山峰顶拂晓晶莹的雪光。这就揭开了一个秘密:晓雪的诗情、灵感和文彩究竟来自何方?是云南多情的土地培育了多情的诗人。是我们充满艰难而又丰富的生活,给诗人以宽阔的视野和博大的胸襟。感谢土地,感谢生活,感谢诗歌,对于我来说,还要感谢西双版纳结下的永远的友谊。

2008年3月20日于北京昌平北七家

寻常心境[*]

出过一本书,叫"每一天都平常"。书写得并不怎么样,但自觉题目不错。我的一个学生"表扬"我,说我是出题目的高手,我有些得意。平生得意之事不多,且多半都是这样的小事,而我依然"得意"。我是一个自信而又不自信的人。别人惊天动地,水深火热,我大体总是平平常常。不是人生无忧患,我也有天塌地陷的时候。这时我会想,你并不是唯一,也不是例外,你是众生中的一个,你应该承担。这样,我就从深渊中爬出来了。

寻常心境使我在艰难蹇滞中意态自若。我的人生并不成功,只有这一点还有些"成就感"。男儿有泪不轻弹。我总是不让悲哀和灾难把我击倒。即使我不坚强,我也要学得坚强。大约是七、八年前吧,在一个圣诞节的聚会上,我对学生们说,我这个人太平常,古人说的立德、立功、立言,我都做不到。当然,我也并不因此懊丧——我原是成千上万的平常人中的一个。

也许正是由于对自己的这种"深知",我不论"得意"还是"失意",大体能做到不惊不乍,总会把自己置于恰当的位置上。我从来不过生日,这是朋友和亲人都知道的。为什么?不是一般人容易有的、想到来日无多的那种"回避"的心情,其源盖出于我的"不自信"。即自知生命"太平常",故觉得"无此必要"。我只要在内心感恩于母亲给我生命,这就够了。反过来,我对别人的生日是庆祝的,包括朋友和晚辈,每逢此时,我都会真诚地祝贺

---

[*] 此文刊于 2008 年 5 月 16 日《光明日报》。据此编入。

他们。我的不过生日,只是一种自我认知和坚持,是与对事情本身的评价无关的。

同样的原因,我还拒绝写自传、回忆录之类的东西。自己不写,也不赞成别人为我写。记得当年,大约总有二十多年前了吧,那时《作家》杂志要用封二、封三两整张版面刊登批评家的照片,同时配合一篇万字左右的自传。此举要我开头。他们费尽心机,拖了很长的时间,才"哄"我"交"出了照片,写出那篇后来叫做《流向远方的水》的文字。此事曲有源应该记得,他为此吃了很多"苦"。

同样,我还不想出文集。这事很多人劝我做,照理说,现在出版个人文集早已不是过去那种"体现身份"的稀罕事了,而我还是坚持不出。原因还在于我对自己的"不高"的评价。在劝说我出文集的人中,我的学生黄怒波(即诗人骆英)是最坚决也是一直坚持的一个。骆英在北大上学时就喜爱写诗,我在教学之余,读过并谈过他的诗。应该说,我所做的,只是一个老师应当做的,可是骆英一直记着我这个老师。三十年过去了,我们断了联系,他也没有忘记。

我们的见面是在一个讨论诗歌的场合,这时的骆英不仅是一位优秀的诗人,而且是一位卓有成就的企业家。他的名字与赫赫有名的中坤集团联系在一起。可是联系我们的依然是诗歌以及作为师生的情谊。骆英的财富已经入了富豪榜,可这位身高一米九几的、高高大大的西北汉子,谈到诗歌和文化,心就变得非常柔软。我们会面的机会多了,而会见的主题从来不变:诗歌、音乐、绘画、还有古村落的保护、网球以及登山。

就是这个学生——应该加上一个修饰语:一个很有钱又十分热爱诗歌和文学的学生——首先支持我们成立了中国新诗研究所,给我们提供了总数为一千万元的中坤诗歌基金,而且一再提议为几位老师提供经费出版文集。在我的记忆中,骆英提出文集的事，至少不下四、五次之多，由于开头说的那种原因，每次我都没有积极的响应。事情到了今年，我是坚持不住了。

这事骆英已有公开的文字发表。他在题为《北大富豪校友》的文章中说："企业挣了钱，要学会花钱。钱花给谁呢？自然要考虑自己的母校和恩师。""前几天，在新诗所开会——我借着酒劲斟字酌句地表示，希望谢冕、孙玉石、洪子诚三位老师能加紧整理出版文集。作为学生，我愿意予以资助。"骆英的坚持再一次令我感动。他这样表示已不止一次，我已别无选择。设身处地地想，他其实有很多地方可以花钱，但他认定了要把钱花在这里，这就是让我怦然心动的原因。

这不仅是由于师生之谊，这里体现他的操守和信念。他是北大培养出来的，他有北大人的情怀。北大的传统并不因为职业或身份而改变。他决心要把钱用在有意义的地方。我在骆英的诚心和决心面前，改变了我的初衷。也就是这一天，我们举杯相约：文集的事列入计划并立即启动。人有时需要调整自己，从而在另一个层面获得平衡和愉悦。也就是在这样的心境下，过去答应了曲有源的约稿，现在决心不让骆英对我失望。

我的坚守终于"失守"了，我抵御不了这么沉重的情感的"袭击"。也许我将继续这种"溃退"，因为我非常看重人间的这份情意，它发自真心并温暖着我、慰藉着我，它让我感动和感激。我请求一切的人原谅并理解我，包括现在我所做的抉择在内，都是我的寻常心境的解析和说明。

2008年3月22日于北京昌平

2008年第六届华文青年诗人奖评语

一、郑小琼

人们注意到了她的"产品叙事"或"叙事产品",但多半忽略了她"独特的抒情"。郑小琼意象密集而华丽,有如酽酒,因而表现她特有的"空旷的灰寂"就非常有力。这与她的浓郁的辞藻所呈现的碎片和冰冷,构成了极大的张力。

二、徐俊国

质朴、单纯中流露出深深的伤感。他表现的是世俗之爱,一幅永恒的乡村画图。《告诉丹顶鹤》、《苦命的人》充满了温柔,温柔得让人伤心。

三、刘川

强烈的现世感表达着他的现实的焦虑。他的诗意来自平民琐屑的生存状态。幽默,辛辣,加上口语的风格,造出了新异的审美效果。

四、李寒

对生命及其"密藏"的明知"不可能"的可能的把握。他的深刻性在于"揭示"了一个人不可言说的内在的悲哀。

---

* 据文稿编入。

五、熊焱

以写实的笔触表现乡村旷世的哀愁。对生命的忏悔,对人生迷失的彻底的悟。诗风素朴,但偏于"直接"的表述而导致少了些蕴藉。

六、苏浅

他的诗有油画的效果,但又比油画"生动"(如柠檬和苹果)。他能从日常的场景中找到一滴水的全部丰富的感觉。

七、邰筐

平常的语调和词汇,平常的生活情趣。凌晨三点种的歌谣充盈着世俗的温馨。他重现了城市生活多彩而令人焦虑的"日常事件"。语言略嫌松散。

八、单永珍

理性的关怀,凝练而通达。浓郁的西部风情。他把独特浓丽的文化氛围溶解在岁月的风烟中。

九、扶桑

近于散文的诗体,表达着自由而丰富的内心世界。

十、东篱

他对世界有独特的诗意的感受。立春时节小镇的阳光,还有悄然而至的棉花白的飘雪,都让人感动。

2008 年 3 月 25 日

读《中国新诗书刊总目》[*]

刘福春研究员编撰的《中国新诗书刊总目》[①]（以下简称"总目"）所收书目，始于1920年1月，终于2006年1月，总条目一万七千八百余条，总字数达一百六十万字，是一本大书。对于新诗研究界来说，总目的出版是一件值得庆贺的事。打从胡适先生写出第一首白话诗[②]，到总目所收下限的2006年，新诗的历史是整整九十年。新诗诞生之后的近百年间，还没有出现过像总目这样涵盖新诗全历史、收集资料赅备且篇幅如此浩瀚的书目总集，这是编撰者对于新诗史料建设的重大贡献。

在中国学术界，像这样工程浩大的工具书，一般都是靠集体的力量来完成。但本书的编撰者却是单枪匹马独立完成的，这也是研究界和出版界的一个奇迹。更让人敬佩的是，书中引用的资料大部分都来自编撰者个人藏书——刘福春在新诗史料方面的收藏是国内第一人，这在业界已是尽人皆知且无异议的评语——他的史料汇聚及整理的浩大工程，基本上也是建立在个人长期致力的基础之上。总目中所列词条即使不是源于个人存书，其中的绝大部分也出自编撰者的"亲见"和"目测"并予以认

---

[*] 此文刊于《文学评论》2008年第4期。据此编入。

[①] 《中国新诗书刊总目》，刘福春编撰，作家出版社，2006年出版。据刘福春《中国新诗书刊总目·后记》其三所述，本书正式的名字是《新诗书刊总目》，本文仍从其"误"。

[②] 中国第一首白话诗是胡适的《答梅觐庄—白话诗》，作于1916年。

真鉴别整理的。① 这部新诗书刊总目并不是简单的资料汇编，书中所列的条目，每一条都经过编撰者的辨析和鉴定。刘福春是著名的藏书家，他把收藏定位在新诗书刊资料领域。他的收藏涉及这一领域中所有的诗集、报纸、刊物、照片和文献、手稿乃至信件的全方位。由于编撰者见识深广，经验丰富，他也成为了这一领域的文献鉴别专家。正是由于编撰者的这种身份，总目摈弃了一般工具书容易有的满足于现象罗列的倾向，而是充满了浓郁的考证风和书卷气。

这种专业意识首先突显在编撰者对于书刊版本的重视上。阅读总目可以感受到，编撰者并不满足于某一项书目的列入，而是注重同一个书目的不同版本的收录和展示，在版本的并置、排列中呈现历史和时代的迁移，从而开掘文本背后的意义。举例说，张志民的《死不着》，总目收有四种版本，分别是1950年天津知识书店版，以及1953年、1960年、和1978年人民文学版，四个年代的四个版本，反映出中国文化思想的变迁和基于意识形态的强调。阮章竞的《漳河水》收有从1950年到1977年的六种版本，从时间跨度看，也一定程度地说明着那一时段的文化政策的实施和演进。

总目编撰者没有把新诗资料的整理看成是单纯的技术性工作，在他的分析归纳的背后，有完整的诗歌史的认知和支持。他深知他目前的搜集不可能完备，但他明白那些现象和事实是重要的和不可遗漏的。这种权衡判断的眼力体现他丰富的学养。以新诗的开山之作《尝试集》为例，总目列举该书自1920年上海亚东版以迄于2000年北京人民文学出版社版的十种版本，其中除第三种胡适纪念馆版外，都是他直接掌握和接触过的。他知道胡适在新诗史上的极为重要的地位，故而处理也倍加用心。再如

---

① 《凡例》称："本书所收著作基本以编撰者所见为准。"

李金发的重要著作《微雨》、《为幸福而歌》、《食客与凶年》、《异国情调》(诗文合集);总目均有显示。《微雨》的四种版本中,1925年北新书局版首列其中。这也无言地体现编撰者的判断力。

总目编撰者具有以诗歌史为背景的开阔的学术视野,学风严谨端正,资料的掌握和处理翔实可靠。大自经典价值的揭示和确认,小至诗人生卒时间、笔名、另名和籍贯,不同的开本和出版记载,他都缜密地予以考辨。如阿垅(亦门)的《无弦琴》,总目除了表明此书是1942年8月出版外,特为注明编撰者亲自所见为"上海希望社1947年1月版"。这种谨严的、忠实的作风令人肃然,且备受感动。再以纪弦为例,总目收他的著作共有二十五本之多,其中署名为路易士的共八本,编撰者都特别加以辨明。路易士即纪弦业内人皆知,一般读者则未必,编者撰的辨明就有必要。

编撰者倾心于收藏和鉴别的关注,使本书的价值超越了一般工具书的功能,而具有某些考据学的意义。举例说,"金同悌"就是鲜为人知的名字,编撰者注明:笔名乔麦,1944年生于南京。此条收入该作者1981年天津百花版的的《海思》,又收2004年4月中国文联版的、署名乔麦的《栗色鸟》。这位诗人知者不多,仅见的两部诗集署名各异,这样的工作在一般的专家那里都可能被忽略,而本书却是一丝不苟。刘福春的敬业精神非常感人,他为新诗史保留了许多"稀世之宝",像刘荣恩的《十四行诗八十首》(1939),像白桦的《迎着铁矛散发的传单》(1967)都是罕见也罕知的。①

在刘福春的这部史料书中,我们随时可以发现我们的"熟知",更经常可以欣喜地发现我们的"不知"和"未知"。20世纪

---

① 白桦:《迎着铁矛散发的传单》,武汉钢工总宣传部、红司(新华工)宣传部、新湖大红八月公社编印,1967年8月,36开,50页。见总目第11页。

80年代以后,中国新诗创作、研究、编辑、出版都极为繁盛活跃,由于编撰者不遗余力的工作,使诸多陌生的面孔进入我们的视野。也许这些诗作者今后不再坚持,但毕竟留下了历史的印记。更为重要的是,这本著作为我们保留并提供了许多珍贵的资料。如1920年1月由新诗社编辑出版的《新诗集》(第一编),可能是新诗史上第一批诗选之一,就是极为珍贵的版本。再如1936年7月长春出版的、题为《新诗》(第二编)的选本,该书属于"满洲帝国国民文库",是伪满时期的文本,也是非常珍贵的。

总目所收书目范围广阔,除了包括港、澳、台以及大陆在内的全部中国诗人,他也竭力搜求海外华文诗人的著作入编。这方面的工作难度极大,作者深知不可囊括,也求尽心尽力。笔者注意到总目在这方面的努力。例如新华诗人槐华的作品,据我所知,总目所列就比较齐全,计有《水塔放歌》(1962)、《心上有你的声音》(1986)、《缪斯喜悦的回音》(1993)、《红太阳,一朵玫瑰——槐华诗选》(1995)、《槐华的诗长征》(2002)。

为了这一本工具书,编撰者贡献了全部的心力和财力,甚至贡献了他本来就非常紧张的生活空间。刘福春的居所很狭小,他把几乎全部的空间都献给了书籍和资料的堆放。他的夫人徐丽松不仅对此毫无怨言,而且始终一贯地积极配合,成为他的最得力的助手。了解小徐的人,都为她的精神所感动,戏称她是"伟大的女性"。

刘福春非常敬业,他的收藏工作不仅是废寝忘餐,而且是如醉如痴。一个人用整整二十多年的时间[①]不折不挠、持之以恒地做好一件事,终于集腋成裘、聚沙成塔。这种精神又远非"敬业"二字所能概括的。这不仅是为文之道,而且体现为人之道。

---

① 见总目《后记》,第771页。

阅读总目,阅读的是人,是刘福春的精神。这种精神概括起来就是:热爱、坚忍、持恒和专一。

2008年4月4日于北京大学中国新诗研究所

他是一坛陈酒*

他生前就是一个游荡四方的人,来去了无牵挂,多半是信马由缰。他走到那里,就把诗写到那里,并和那里美丽的女性合影,而后,满载着这些美丽的收获快乐地回来,再筹划着下一次远行。有美女作伴,有诗歌和花朵作伴,再艰难的旅途,他也视为欢乐。人们看到的就是这么一个快乐的蔡诗人。他的生活中几乎没有忧愁,整天乐呵呵的。其实他何曾没有?他本是个常人,常人有的他也会有。只是他有能力消解。和常人不同的是,他愿为自己的行为承受。为了爱一个人,甚至只是为了一个吻,即使是坐牢,他也情愿。

文学界的人都知道,他是一只候鸟,北京和福建他都有"窝"。天冷了往北飞,天暖了往南飞。这大概与自然界的鸟类是反向的,因为北京的"窝"里有暖气,冬天相对暖和。他就是这么飞着,写着,快乐着。我到过蔡诗人的园坂"老窝",诗人把整条河沟修成了一座花园。他飞到南方了,就找时间在这里种花,从各地移来名贵的花,装饰了园坂的整条山涧。他让自己的老屋掩映在浓浓的花荫之中。

其实他是经历过苦难的。那年他为了一次不被理解也不被宽恕的爱情,自己挑着行李、走在被押解的服刑的路上,那时他内心一定装满了辛酸。现在反观王炳根笔下描写的那样的行旅,倒真像是一个使徒行走在朝圣的路上。爱与美是他终生服

---

* 此文据文稿编入。

膺的目标,为了这,他可以从容面对旷古的哀愁甚至屈辱。他一生写诗,其实就是一生寻美。当他的这种寻求受到曲解、压抑甚至轻蔑的时候,他何曾没有愤怒、何曾不思抗争?但成熟的人生经验帮他化解了旁人难以承受的困厄。

我曾把蔡其矫形容为闲云野鹤。他毕生追求作为诗的至高的境界:自由。在不自由的年代,这种追求意味着异端和另类,是注定不会有好结果的。蔡其矫一生的悲剧性遭遇,其源盖出于此。但是我们的诗人即使面对灾难,也不曾妥协和屈服。诗人年逾八十,依然以自行车代步。在福州如此,在北京也如此。朋友告我,跟他一起骑车真是惊心动魄,因为他不看红绿灯,在十字路口横冲直撞。这就是蔡其矫,无拘无束的、散淡而自由的蔡其矫。

他是个独行侠。他喜欢一个人行走,即使岁数大了也不改初衷,从青海湖到吐鲁番,天南地北,他总是一个人背着行囊,走了一路,写了一路。每次远行,他总有好诗带回来,当然,也带回了许多美女的照片。这个人始终生活在自己的天国里,写着不合时宜的、自以为是的诗。在意识形态严密控制的年代,他的写作不仅为当局所不容,而且也为同行所轻蔑。而蔡其矫依然我行我素。当然,逼迫得紧了,有时他也随众,例如他也写过"新民歌"。那真是应了那句名言:演反面人物演久了,演正面人物总也不像。

这样"随众"的时候毕竟不多,几乎在建国之后的所有时间里,他都在写那种自以为是的"蔡其矫体"。他的歌唱方式来自李白,来自惠特曼,也来自聂鲁达。虽然他也倾心于将中国的古典化为现代(例如实验新诗的"绝句"),但他几乎把所有的努力都贡献于自由体。这是最能体现他的艺术个性的方式。

他在实践这一切的时候,从容,自信,坚定,而且一以贯之。而在他的周围,一会儿是这个"号召",一会儿又是另一个"提倡",他都置若罔闻。还是写他的红豆,南曲,少女和星星。你要是在那个时代生活过,你就会知道那时能喊出"少女万岁"那石破天惊的声音的,要有多大的无畏的勇气!

说蔡其矫是唯美的,这大体没错。但是要是认为他不问世情,不辨是非,那可是大错。他是把批判的尖刺隐藏在他对美丽的倾心之中。但看这样写在动乱年月中的诗句:"我祈求歌声发自各人胸中 没有谁制造模式 为所有的音调规定高低",便可从中窥见诗人的批判的热情和锐气。我们在蔡其矫的所有创作中很难找到公式化的标语口号,更找不到"假大空"。这在舆论一律的年代,本身就是奇迹。他始终被认为是"不革命"的和创作倾向有问题的诗人,他承受着压力,但他没有屈服。当然,他也为此付出了代价。

我总认为一个诗人的写作不在数量,即使是伟大的诗人,他的一生创作能被人记住并加以传诵的,往往只有几首,最多也不过十几首。许多人不明白这个道理,他们的作品泛滥成灾。最近我常想中国大陆五十年代以还的诗歌创作,许多应时之作以及声名喧腾的诗人,都埋没在历史的风烟中了。而经历过世事沧桑仍保留在人们的记忆中的,只有为数寥寥的几首诗。我们的蔡诗人有幸,他的《川江号子》,他的《雾中汉水》,还有他的《祈求》,成为了严酷岁月中的珍贵典藏。

平生未曾与蔡其矫作过倾心之谈,但我自信是了解他的。从读他的诗到读他的人,我发现不仅是他的诗,更重要的是他的人,给了我们以恒久的启示。他的生命已经过去了,而他的诗仍在世上流传。这一切都不会过去,而且时间愈久,愈能体现它的价值。蔡其矫是一坛陈年的酒,不仅可以久远地留存,而且留存得愈久,它的香气愈甘冽、愈醇厚。

2008年4月22日于北京大学中国新诗研究所

早春的芭蕾*
——读秦真

每次见到秦真,她都是老样子,总是那么清清爽爽的、文文静静的老样子。而且总是那么忙碌,为她的朋友忙这忙那。忙归忙,她依然是那么浅浅地、淡淡地笑着,行走着。从上次到新加坡,到这次,也该有十多年了吧?而秦真还是老样子,岁月并没有在她身上留下刻痕。我们要她公开她的"养身秘方",她依然只是那么浅浅淡淡地笑着。有的女性是热烈奔放,让人想到夏日的骄阳或是迅疾的雷电,那也是一种美。但秦真不是,她的热情是内敛的,虽然恬淡,却是持久而深远。

读秦真的文字也是这样,好像在读她这个人。这个生在热带,沐浴着赤道的阳光和豪雨成长的生命,葱郁的热带雨林以及艳丽热烈的花卉,奔涌的拉让江和南中国海的波涛,似乎在她这里都化为了朴素、淡雅和宁静的氛围。她有这种特殊的能力,能把那一切的喧腾和强烈沉潜下来,包括那些浓郁和繁茂。文字变得清淡了,简约了,而内涵却丰裕而饱满,这就是秦真,岁月不留刻痕的秦真,热带的色彩和温度也不能改变的清清爽爽的、文文静静的秦真。

秦真这本书,篇幅不大,总数不及百页,却是她多年创作的结晶。秦真平时生活低调,写作也是低调,总是那么不事声张地、默默地坚持着、努力着。从外在的形象看,她像是一个普通

---

* 此文据文稿编入。

的文学爱好者,而从笔墨和构思看,她却是一位游刃有余的成熟作家。这是一本多文体的合集,诗和散文诗、散文和歌词、还有小说。她写的都是这些体裁中的精约的形类,综合成册,也是一本集中了文采的精约的文集。毫无疑问,作家写作的一切优长之处,也都浓缩在这里了。

秦真的诗风恬淡自然,不用繁冗的修饰而崇尚简约,含蓄而清丽是她诗歌追求的目标。最早的琴音,写了棕色的水晶玻璃般的大汉河,以及流水般长远的思念;那里有一串心弦上的泪珠,表达了两颗心失之交臂的伤怀。她还借那艘著名的双桅船,表达她对诗歌的感激:是友人温柔的絮语,抚慰我苦痛的心灵。在很多场合,她把这种与诗和文学的亲近,都施以类似爱情的隐喻,用了充满温情的词语,如"约会"、"情话"、"三年初恋"、"诗约黄昏"等。

因为秦真的诗风趋于清淡,一般不易发现她的技巧,其实她有非常充裕而娴熟的艺术处理的才能,她会"藏匿"她的精彩而使人"浑然不觉"。"绿雾也似的情思","唱不完的粉色烦忧","阳光很香","掬起微微的香气",直至——

  冰冷冷的那早上
  歌声断在不知处

这些诗句都是不经意间从美丽的心中流出,却是通常人所不易到达处。也许最能代表她的诗歌理想的是,她关于新加坡乌节路灿烂灯火的抒情。对于狮城最著名的街道上灿若繁星的圣诞夜的灯光,她在简洁的诗行中嵌进了"一网打尽","锁链"以及"捕来的星星"等隐匿的贬性用语,表达她对"美丽"背后的"人间泪"的牵挂与同情。我们终于在秦真清丽恬淡中发现了她的尖锐。

窗前苍白的茉莉,山上清幽的蓝树林,跳上了她那诗行的竹排,唉乃在可爱的阿比阿比,那是诗人三月的芭蕾。阅读秦真,我往往惊奇于她的笔下竟然如此丰裕而完美地保留了华文原本的优雅与纯净的同时，又拥有了马来半岛特有的风情，那种不可掩饰的葱茏与瑰丽。即使在她不分行的散文和小说中，我们也能容易地寻找到隐藏其中的浓郁的诗的意绪。请看"泪焰"这个标题，再看其中的文字："如果香味也有颜色，此刻在我们四周飘散的，一定是淡淡的鹅黄色了，淡淡的还带着泥香。"

我们已经久违了这样精致的文字，这样文字所传达的那种精致的感受。我们的想象力已经被那些粗糙的甚至鄙俗的文字磨得迟钝了。我们很难"看"到香味的"颜色"，甚至"闻"到香味的本身。而生活在远离祖邦的我们的诗人，却把华文运用得这么娴熟精致，真是令人感叹。

秦真的文字不仅融进了热带特有的气息、色彩和声音，而且还融进了马来半岛各族文化的瑰丽多姿。远方是紫色的蓝色的银色的峰峦，那里飘散着醉人的馨香。在那长满淡宾尼树的地方，那里的草地上生长着茂盛的野牡丹、猪笼草和马鞭草，那里也长满了童年的记忆。色泽艳丽的纱笼，曾祖母高高发髻纹丝不乱，还有那开不完的太阳花，五点花，凤仙花。这些都是她那些篇幅短小的文章中，颇为"奢侈"地贡献给我们的。

文集收了她的两篇小说，都只是千言左右，但都做到了丰富而精彩。《印族普希金》是一篇爱情故事；她爱上了她的历史老师，称他是"印族普希金"。从相爱到成婚，作者展开的是，我们感到陌生的异族风情；湿梵庙缤纷耀目，檀香与茉莉浓郁芳馨，紫金条纹的新婚纱丽，如斯轻柔，如斯雅致。新娘出现如孔雀之令人赞叹，霞红色的卡那干巴兰(Kanakambaram)头花，鼻洼嵌一枚金久立，额上点着吉祥紫痣，合卺绣垫，含情的玫瑰。她回想当年听他的课：课室外凤凰木乱虹如雨！

由此可见秦真的文采飞扬，我若再说，便是多余了。

2008年5月12日于北京大学

哀伤的日子在沈园[*]

去年就定下了沈园的约会,我是一定要来的。我放下了手头的工作,也放弃了上海的诗会——那里有亲爱的朋友等着我,甚至也放下了心头的哀伤,我一定要赴沈园的约会。沈园是这样地令人神往,即使是在哀伤的日子,我们依然如约来赴爱情的约会,来到沈园。

大约一千多年前,这里发生了一出爱情悲剧。这个悲剧又因为一首不朽的诗歌而得到久远的流传。沈园的灯火楼台从此也拥有了永恒的凄婉的美丽。"宋朝以来的爱情"印证了一个道理,爱情,再加上诗歌,这是世间最动人、最长久的美丽。我到沈园来,是来向爱情和诗歌致敬的。

在这次沈园聚会的同时,我们的国土上正发生着巨大的灾难。无数生命,包括许多年青的相爱着的以及更多的正在成长着尚来不及相爱的、幼小的生命都消失了。我们为此感到悲痛。但我们尽管面对灾难,却依然向往爱情并热情地歌颂爱情。我们坚信灾难不会长久,而爱情将长久。而诗歌则是爱情飞翔的翅膀。

世上万物都会改变以至消失,惟独爱情和诗歌将与世长存。人们彼此相爱,不仅延续了生命,而且延续快乐和幸福。眼泪是短暂的,而笑声则是永远的。我们今天聚会沈园,我们不仅勇敢

---

[*] 此文刊于 2008 年 6 月 17 日《新民晚报》。据此编入。

地面对苦难,而且也勇敢地面对生生不息的爱情,还有诗歌。

2008年5月18日于绍兴沈园,四川汶川大地震后第六日。次日开始为期三天的全国哀悼日。

做梦都想跳芭蕾的李月*

十一岁的李月左腿没有了
做梦都想跳芭蕾的李月没有左腿了
虽然跳芭蕾总是单脚尖着地
可是没有左腿的李月怎么走路呀

李月去年才开始学芭蕾
她想用美丽的芭蕾装扮她美丽的青春
现在她失去了左腿
这美丽的理想可怎么实现呀

那是五月的春深时节
正是繁花似锦的时候
突然间天塌地陷
把花季的李月埋进了严冬

无情的石板压住了她的左腿
尽管李月是一千个一万个不愿意
叔叔阿姨为了救李月的生命
他们还是含着泪锯断了李月的左腿

---

* 此文据文稿编入。

就这样,做梦都要跳芭蕾的女孩
从此失去了跳芭蕾的左腿
十一岁是开花和做梦的年纪
可是十一岁的李月就断了她的梦想

我的孙女也是李月这样的年龄
所有这样年龄的女孩都在做梦
彩色的铅笔盒、芭比娃娃、还有明天
还有将来跳芭蕾的美丽的双腿

可是李月却失去了她的左腿
也许从此无法实现她那美丽的理想
我和那些不忍而又狠心的叔叔阿姨一样
也是一千个一万个的不忍而又狠心

和我的孙女一样美丽的李月
因为你的不幸我双眼含泪
未来漫长的岁月等着你
等着你学习、创造,还有战胜

失去了左腿也许不能跳芭蕾了
经历了苦难你会更加坚强
人生本来就有无数的机会和选择
除了芭蕾还有更多的幻想和美丽

生活中有幸福也有不幸
有缺憾乃是人生的一种常态
经历了苦难你将迅速成长

经历了苦难你会更加美丽

在巴黎街头捍卫火炬的金晶姐姐
只能用眼睛说话的邰丽华姐姐
她们的人生都有不幸和缺憾
但全世界都承认她们最美丽

十一岁的李月左腿没有了
做梦都想跳芭蕾的李月没有左腿了
但是她的心依然充满了幻想
她一定会成为世上最美丽的人

2008 年 5 月 24 日

回答《回望百年》英译者 Nichy Harman 教授的问题

文言文译白话文（按问题顺序）

第1页：(他)认为诗歌的境界一千多年来被那些像鹦鹉学人说话(我曾开玩笑似地把那些词章家叫做"鹦鹉学舌的名士"，自己也觉得有点尖刻)的一般人全占领了。他们的诗中也许也会出现一些好的诗句，但仔细一读，便发现好像都在某些诗集中见过的，这是最让人痛恨的现象。

重要的是，中国要是没有一场诗歌革命，那么，中国诗歌的血脉就要断绝了。当然，诗歌是不会死亡的。今天的问题是，革命的时机已逐渐成熟，而诗歌界的航海探险家(哥伦布、麦哲伦)的出现，也不会太久了！我上面所列举的现象，不过是那些革命军出现的气象征候罢了。而诗歌只是其中很小的一个部分。[1](P1826—1827)

"诗歌革命谁是强者？（这里的'因明'未详）①那些重要人物值得骄傲。因为他们使用解说经典的解剖刀，对比那些仅仅学得西洋学说皮毛的人，当然更是了不起。"[2](P3735)

那些庸俗的学者凡事都遵从古人
每天都钻在故纸堆中出不来

---

* 据文稿编入。
① 经查，"因明"指古印度的逻辑学或佛学中的论辩术。

> 凡是经书上没有说过的
> 他们就不敢写进诗篇
> 凡是被古人丢弃的垃圾
> 他们见了却馋得流口水
> 他们习惯了充当剽窃者
> 从而造出了许多过错
> 既然人类都是黄土捏成的
> 古人和今人怎分得出聪明和愚笨
> 今天会变成昨天
> 到底哪个时候是最先
> 明亮的窗子敞开着
> 香炉里飘出芬芳
> 一边是贵重的石砚
> 一边是美丽的诗笺
> 我的手写我想说的话
> 古人又怎能限制我们
> 现在看来是流行通俗的话
> 我们若是把它写进史籍
> 说不定五千年后的人
> 会把它看成是古典的辉煌[3]

我们生活在今天,当今世界沟通频繁,我们的见闻,当然要比前人丰富得多。——虽然轻薄地议论古人未必妥当,但是动不动就把古人的理想拉过来,当成今天的理想,恐怕也是非常不妥的。

这些学人生在古人之后,古人写诗著名的,少说也有百数十家,我们想排除古人的糟粕、而且不受他们的影响,这的确是非常非常难的。我以为诗外有事象,诗内有人心,今天的世界既与过去不同,今天的人又何必和古人相同?我经常在心中设想一种诗歌境界:一是恢复古人比兴的体例;一是运用现在分行(hang)书写的格式,实行古诗对称、骈偶的道理;一是吸取《离骚》和古乐府的内在精神,而放弃它们的外形;再就是采用古文家伸缩离合的文章作法来写诗。[4](P169)

脚注1
《山歌》前面的序文说:"这些地方的风俗喜欢唱歌,唱歌时男女互相应和,很有古代《子夜歌》、《读曲歌》那些民间歌谣的韵味,我就把那些可以用笔记下的,记成了现在的几首。"

脚注3
见陈独秀:《文学革命论》:"文学革命的气运,它的准备已不是一天两天了,其中首先举义旗的急先锋,是我的朋友胡适。我情愿充当全国守旧学者(书呆子)的敌人,高扬文学革命军的大旗,来声援我的朋友。旗上鲜明地写着革命军的三大主义:(下略)"

第二
《今别离》:现在是离别的时候。
《十种德性相反相成义》:相反相成是中国哲学的一个概念,指不同之中有同的现象。十种道德品性的看来相反而实则相成的意义。
《景不徙》:不移动的风景。
《一念》:一个想法。
《题女儿小惠周岁日造像》:题写在女儿小惠一周岁生日相片上的诗。

第三
从英文的名字看,你是对的。谢谢你。

为爱薇鼓掌*

和爱薇相识多年,我们每隔一段时间总有见面的机会,也许是在吉隆坡,也许是在新加坡,也许是在北京。我们是老朋友了。和爱薇交往是无需别人介绍的,她让人觉得可亲、觉得贴心,是一种可以以心相见的朋友,她有极大的亲和力。古话说"事久见人心",有的朋友相交需要时间,对于我来说,爱薇是一见面就不会忘记的。

爱薇不仅是可亲的,而且总是那么年轻而充满活力的。我总记得她背着双肩包走路的风风火火的样子。她总在忙,我们每次见面也总是匆匆。我们没有机会谈心,谈的总是文艺、写作、访问、也许还有出版什么的。她有做不完的写作计划,还有始终都在进行的旅游计划,她总在路上。她似是那个穿上了红舞鞋的美丽女子,她总在旋转!

但是说来惭愧,我对爱薇的身世经历,却是一无所知!也许是因为性别不同,我遵循社交的一般礼节,从来不主动询问私事,只是觉得贴心,觉得可亲,这就够了。这次在新加坡,爱薇赠我她的新著《因风而鸣》,看了林丹娅和甄供的序,再看诺·法莉达的访谈录,我才算真正了解了她。

现在站在我面前的爱薇,不仅仅是一位成熟而又成功的作家,而且是一位成熟而又成功的母亲,也许这样说还不够,应该说,现在站在我面前的爱薇,是以坚强的毅力和独立的精神既实

---

* 此文据文稿编入。

现了作为母亲的责任又按照自己的目标实现了作为作家的责任、是维护了自我的尊严和生命的尊严的成熟的人生。深知女性的现实处境的林丹娅,面对爱薇曾经的困境和苦难禁不住发出赞叹:这一切,足可毁掉一个女人活下去的勇气的,不知爱薇是否一夜白发?但爱薇一定是置之死地而后生!

是的,爱薇不仅坚强地经历过来了,而且按照自己的意愿,一步一步地坚实而坚定地实现自己的梦想。她全身心地投入了她从小就梦寐以求的文学事业,从儿童文学、散文、随笔、杂文、小说到报导文学和评论,她的写作几乎涉及了所有的文体,她因此成为了马华、新华乃至中国各地都知名的、有影响的华文作家。她以一己之力,抚育培养三个孩子自立成人。她也因此成为了一位杰出的母亲。

我们都知道,做一个作家不易,做一个能够从容地写作多种文体的作家更不易;我们也知道,做一个女人不易,作一个单身女人并且完全依靠自己的力量养育三个孩子的单亲妈妈更是不易。而这一切的"不易",都在爱薇坚韧和抗争之下消失了。难怪林丹娅会情不自禁地称赞她:"一个表面上看起来已把生活的路走到山穷水尽的爱薇,却会奇迹般绽开她生命中真正的春天。"[①]也难怪甄供在真诚地赞誉她的作品与人品的时候,预期并坚信"掌声必将再响起"。[②] 爱薇有足够的理由"给自己一个热烈的掌声",[③]我作为她的朋友更不想掩饰我对她的倾心的赞许:为爱薇鼓掌!

前不久,爱薇在电邮中告我,一个好心的朋友几年前就开始《爱薇评传》的写作,这一工作后来因为健康的原因而中断。又

[①] 林丹娅:《爱薇因缘》,《因风而鸣·序一》,方正出版社,马来西亚,2007年6月再版。

[②] 甄供:《掌声必将再响起》,《因风而鸣·序二》。

[③] 爱薇:《掌声,给自己》,《因风而鸣·代后记》。

有一位更为年轻的朋友继续了这项工作,而且整个写作计划即将完成。我作为她的朋友,为此感到高兴和欣慰。像爱薇这样美丽的人生,应当有美丽的文字来赞美她。当然,赞美是为了播扬她的美丽人生的经验,使更多的人认识爱薇、理解爱薇,而且从她的人生经验中获得前进的力量和智慧,使这种美丽得以延伸,而不仅仅是为了赞美爱薇。

二十世纪四十年代的某年某月某日,一个女孩诞生在马来西亚柔佛州的一个乡村。这个女孩勇敢地冲破当地的习俗,先是读完小学,再读华文中学。中学毕业后,她还想到新加坡的南洋大学深造。这个计划因遭到父亲的极力反对而受阻。她只好放弃。她有过维持了九年的婚姻,婚姻结束之后,她带着三个孩子回到了父亲的橡胶园,以割橡胶为生。十岁就开始写作的女孩,这时已是一位成熟而独立的女性。她以坚韧的和不懈的努力和奋斗,终于使自己成为了成功的女性。

这就是我的朋友爱薇,令人尊敬的爱薇。让我们为这位可亲可敬的女性鼓掌!

2008年5月31日于北京大学

诗歌在人民最需要时出现[*]

诗歌总在人民最需要时出现。或是因为召唤,或是因为期待,更多的时候是因为悲哀。人民需要诗歌宣泄苦难,人民更需要诗歌安慰心灵。

记得那年,那个寒雪凝冰的冬天,人民的心头压抑了过多的悲愤和苦难,终于找到了诗歌这个喷火口,爆发了一场惊天动地的悲壮的抗议。那次诗歌集会,因为促使并最终宣告了一个动乱时代的终结,从而成为二十世纪中国不泯的记忆。

这次则是由于一场千年不遇的空前的灾难。人们永远记住那个可怕的时刻——2008年5月12日14时28分,突然的天崩地裂,造成了波及川、渝、陕、甘、滇几个省区数十万人伤亡、数千万人流离失所的大惨剧。一时间举世悲痛,哀歌动地!

诗歌在人民最需要的时候出现了,它在第一时间里传达了旷世的悲情。这就是现在我们看到的"我们在一起",以及为数众多的、以汶川大地震为主题的诗歌作品和诗集。地震发生之初,当时的焦点是要在最短的时间内抵达灾区,并在废墟中抢救生命。人们的心头只有一句话:"无论你在哪里,我都要找到你!"而这就是那首瞬间传遍中国的《生死不离》中的动人的诗句。

与此同时,一首题为《孩子,快抓紧妈妈的手》的诗歌,通过互联网和手机短信也在亿万人人群中流传,人们泪眼模糊地互

---

[*] 此文刊于2008年7月17日《新民晚报》。据此编入。

相传递着那令人悲痛的母子对话——

　　孩子,快抓紧妈妈的手,去天堂的路太黑了,妈妈陪你走

　　妈妈,你别哭,泪光照不了我们的路,让我们自己慢慢走

即使是此刻,当我在复述这些诗句时,我还是忍不住哀伤的泪水。我们流泪,是因为这些诗句表达了我们内心的痛楚和悲情。我们感动,是因为这些诗歌重新走向了广大的人群,走向了人们共有的关怀、友爱和同情。灾难使诗歌重温了人性与亲情这些永恒的话题,当然也有政治,而政治正是由于完整而鲜明地体现了对生命的尊重和对人性的关怀而显得崇高了。

灾难也唤起了人们对已经变得陌生了的诗歌使命的记忆:传单,号角,警世钟,甚至止疼药。诗人说,在巨大的灾难面前,一己的悲欢变得虚弱而且渺小了。诗人还说,以往我们太注意怎么写,而且也太不注意写什么了。当然,怎么写是诗学的,而写什么是伦理的,但要是写什么出了误差,怎么写最后也要失去意义。这话看来有些陈旧,而陈旧未必就错。

国家的不幸和人民的苦难为诗人提供了调整写作姿态和重新体认诗歌使命的契机,于是,在地震的废墟上绽开了感天动地的诗之花。诗歌总在人民最需要的时候出现,这给我们以极大的欣慰。

2008年6月24日于北京大学中国新诗研究所

离我最近的只有诗歌*
——读卢炜

读卢炜的诗要像读她这个人,需要慢慢地品味。卢炜是一个很有品位的女性,她的高贵,她的清雅,还有她的矜持,她本身就是一首难以读透的隽永的诗。卢炜浑身充盈着一种让人觉察不到的魅力,仿佛是一缕暗香,藏在花荫深处,在你不经意的时候它充溢在你的周遭,你若是寻它,却是踪迹杳然。

我知道卢炜在事业上很成功,她还在编一本供成年女性看的、销量不错的杂志。作为主编,她经常为刊物写头条的评论。她可能还有更多的兼职。可是她一直钟情于诗,可以这样认为,她的"本职"是诗人,她具有诗人的"本质"。我所知道的卢炜是一个非常本色也非常单纯的诗人,她几乎用了全部的心力写她的情感生活。在先前的《挑灯看海》中,也在近三年的创作中,那里最动人的诗篇,都是她写情的那些诗。

在写这类情诗的时候,她显得很黠慧,她总是半遮半掩地露出那秘密的一隅让你猜想。于是,我们发现那温柔平静的海的深处,蕴藏着一座贮满岩浆的火山。她说,为了情,"我会曲成弹簧蹲在你的沙发里",为了情,她宁愿被"精通邪术的偷猎人"掠走她的"千年端庄"而不悔,以及那种被"彻底抽空"的幸福感。致命的冲突,摄魂的坚并,情感的角逐和臣服,她满足于那种"被

---

* 此文据文稿编入。这是卢炜《只有诗歌》中的诗句:"海会为我的泪水分行 等待大于今生 此时离我最近的只有诗歌"。

洗劫一空"的感觉,恋爱中的女人,心甘情愿地为所爱倾情——

> 不需要盛装
> 不需要忸怩
> 不需要分清谁是真正的诱饵
> 谁又是真正的债主
> 惊世骇俗又怎么样
> 我不要装模作样①

读卢炜的诗,我们原本不期望(也不能作这样的期望)她在诗的主题上有更多更大的展开,对于优秀的女诗人而言,她的情感世界可能就是全部的世界。其实,单就一个情字,写好也并不容易,这要看她是否写出了有别于人的真我的至情至爱。读卢炜的诗,我们看到的是一个为情而悦也为情所苦的女人,她是那样忘情地挣扎和燃烧,又是那样义无反顾地投入和崩塌,她一面高喊"我不再羡慕白朗宁夫人了,从今以后我只羡慕我自己"(《生日》),一面又不无凄楚地说"我已经习惯了你的失踪"(《宿命》),终究她还是选择"我只想做你的情人,只想做你神秘丰美的殖民地"(《我只想做你的情人》)。这一切温柔遮蔽下的炽热和浓烈只能是仅仅属于卢炜的诗情。

卢炜诗中充满了幽雅的甚至是贵族的氛围和情调:波尔多葡萄酒和XO酱烤墨鱼,音乐厅和肖邦,橙色的星巴克,杉木浴桶以及空中花园里偷偷地红了的西红柿。还有白色束腰的长裙,还有缓步在温榆河畔花影中的婴儿车——此刻那婴儿就是她的国家、她的帝王和她的诺贝尔文学奖。生活很美丽,生活也很惬意,她写的那份情爱足以令普天下的人为之嫉妒。但上述那些场面和风景并非卢炜的专擅,对现今的读者也并不十分

---

① 见《蝶变》。

陌生。

卢炜有独到的非常细致的笔墨,写出爱情全部的矛盾性和复杂性:"一边毒伤你一边灌你解药"①,"心静如雪"也好,"临危不惧"②也好,她居然为情所伤"消瘦成一支指南针"而无怨,她遭遇了始料不及的"暗算"而不想拒绝。读懂这个女人也真不容易,不是因为她生活在高处,而是我们在寻觅那一缕迷人的"暗香"时遇到了困难她的"欲说还休"造成的困难:在拒绝与接受之间,在隐藏与表现之间,也在悲苦与喜悦之间。

要是我没有错读卢炜,我们面对的是一个对情感的要求和期待极高,而且极敏感也极自尊的女性。"空前的零距离又是最远的绝望"③,"缘分不及一根甘蔗的长度,我该用什么来抚慰半生半世"④,因为期待得多,于是付出也多。诗人几乎一生都在等待,她说,"屋子里到处都是等待"(《圣诞节》)。这种等待是甜蜜的,却也有甜蜜中的一份苦涩。用她的话来说就是有一种"碎裂"的感觉:

> 一袭白色的希腊式晚装
> 看不出丝毫病容
> 内脏却完全碎裂⑤

"等待大于人生"。有时这等待甚至近似于一场灾难:"年复一年的等待就像刚出炉的钢水让人胆战心惊"!无望的等待中惟有诗歌能疗救她:"我躲来躲去最终躲不了自己,只能病入膏肓地投奔诗歌,尝试精神化疗"。⑥ 诗歌是等待之后出现,或是

---

① 见《蝶变》。
② 这两句短语见《暗算》。
③ 见《不是现实的现实生活》。
④ 见《蓝玫瑰》。
⑤ 见《蝶变》。
⑥ 见《我只想做你的情人》。

走近,或是挣脱,诗歌都是她为自己留下的"预备"(即退路),(《答案》)陷入情感深渊的女人,诗歌对于她是一种疗治,一种救赎,更像是一种宿命。卢炜说过,"除了诗歌我什么都可以放弃"。(《一切都是注定的》)

诗歌也没有辜负诗人对它的钟爱,诗歌总在诗人最需要的时候出现。这个永恒而且不朽的精灵,说它是"精神化疗"也好,说它是"剧毒的解药"也好,说它是"接头暗号"也好,说它是"诱惑"也好——

> 除了诗歌
> 我无法用其他任何方式诱惑你
> 我深知擅长调情对一个女人多么
> 重要
> 可我真的不会①

对诗人自言,"诗歌不仅能抵御死亡,还能治疗",其实是她在呼吁爱情的瞬息间的永恒的补充和取代。卢炜多么幸运,她拥有爱情,又拥有诗歌。诗歌是她的骄傲,"我一直在用我身体里的诗与世俗的快乐对抗",诗歌还能够抚慰、甚至久远地贮存爱情——

> 一天天缩短的岂止是生命
> 该以怎样的方式将你储存
> 仅有诗歌我不甘心②

能够拥有诗歌的人有福了,因为当一切都匮乏甚至呈现为"空壳"③时,诗歌会使这一切空无成为"实有"和"丰裕"。这是

---

① 见《生日》。
② 见《天就快亮了》。
③ 见《空壳》:

怎样的人生啊！爱情经过诗歌的"充填"而获得了"永在"之时，还有什么样的缺失再能使人惊心呢！

时光在无声地剥蚀着青春。卢炜也在随着诗歌而走向更为成熟的人生。当然，忧患也随着岁月行进。终于有一天，多情的诗人发现，瞬息即逝的光华可能暗淡成灰烬，"我们是即将被分食的野梨，等待隐形的匕首一圈圈优雅又熟练地划过"，诗人用决绝的语言宣告：我的灵魂不会撤退——

此时离我最近的只有诗歌

忧患催人成熟，我们终于发现单纯之中的生长的深刻。在以往，我们总说诗歌是虚幻的和飘浮的，我们不知在很多人那里，至少在我们眼下谈论的女诗人这里，诗歌又是实在的、甚至是"实有"的。我们当然知道诗歌能够抚慰人，但我们往往忽略了诗歌对于心灵的实际的救赎甚至拯救的功效。卢炜用她的诗提醒了我们。

又是一年的月圆时节，我们的女诗人现在换上了希腊式的多摺晚装，陪伴她的还有厚厚的聂鲁达。她又开始了新的等待。这时她不断地看表，门铃一次又一次地响起，这个中秋夜真有点让人心神不宁。痴心的等待感天动地，也从不会落空。终于她迎接了生命中最圆的月亮。卢炜的诗如其人，清醇，雅致，内蕴，而在平静的语气中深藏着她的热烈和奔放。

2008年8月8日于北京大学为卢炜祝福

绕杭州西湖长跑[*]

——《中国新诗总系·五十年代卷》后记

中国新诗总系的工作,是我和孙玉石先生、洪子诚先生多年的愿望。二十世纪九十年代,我曾应一位友人的嘱托,邀请了国内研究新诗的十位朋友担任主编,做过类似的工作。我们尽心尽力了,那工作却中途搁浅。二十世纪就这样在遗憾中过去了,但我依然怀着"为中国新诗立传"的愿望。

重新燃起希望之火的是由于中坤集团董事长黄怒波先生的出现。这位和我阔别了二十多年的当年的北大中文系学生,是个痴迷于诗歌写作和诗歌事业的热心人。他事业有成,依然不忘母校和诗歌。由于他和北大校方的大力支持,我们成立了中国新诗研究所,出版了《新诗评论》及多种丛书,并立即开始了《中国新诗总系》的编撰工作。

总系于 2006 年正式启动,担任各卷主编的都是北大新诗研究所的同人。由于大家齐心,资金到位,我们的工作开展得比较顺利。2008 年 4 月 25 日,全体编辑人员聚会于杭州西湖。这是中国新诗总系的定稿会。为了庆祝这一工作的初步胜利,我们特意把会址定在当年湖畔诗社的纪念地——湖畔居。这是我们内心在为中国新诗祝福和致敬。

对于我个人而言,这是我 1957 年首访西湖至今的整整半个世纪的纪念。为此我个人悄悄地于 2008 年 4 月 28 日午后举行

---

[*] 此文据文稿编入。

了绕湖一周的长跑。从我们居住的柳浪闻莺出发,北向清波门、涌金门,抵六公园。再过钱塘门、湖畔居、向东经断桥残雪入白堤。过锦带桥抵平湖秋月,经楼外楼、西泠印社、过西泠桥,谒苏小小墓,上了苏堤。在苏堤春晓眺曲院风荷。湖滨此际花明柳暗,三潭印月在夕照中轻漾着波光,新修复的雷峰夕照美丽的景观没有使我停步,绕行郭庄、汪庄,带着浑身汗水返至柳浪闻莺。出发时日正中天,返回已是夕照满眼时分。

我此举是为新诗庆祝,也是为生命证实。有一种深深的怀念,更有一种夙愿将酬的欣慰。秀丽的西子湖畔,不仅留下了苏轼和白居易做"杭州市长"时的纪念,整整几代中国新诗人也都留下了他们的足迹和歌吟。而浙江美丽的山水,更诞生和孕育了从徐志摩、戴望舒到艾青这些影响了新诗历史的杰出诗人。我们选择杭州和西湖来纪念新诗的先行者,此情此意,不言自明。

中国新诗总系的编辑方针和体例,经同人反复讨论,确定为按新诗发展的阶段,约略以十年为期分卷。内文编排,也摈弃了以往此类选本通行的、按诗人姓氏笔划或音序排列的方式,而试图采取按照相关内容(例如按照题材或内容、按照风格或流派、按照地域或创作思想,等等)分类排列的做法。这样做的好处是突出了创作现象和创作思想的意义,从而有利于诗歌史的研究,并引起读者阅读的兴味。

但随之而来的问题也不少,就以我主编的这一卷为例,首先是诗人被"拆解"了,一个诗人可能出现在不同的"分类"中。再就是分类难,分类之后"归类"更难。五十年代卷中"生活颂歌"、"时代风景"乃至"边疆风情",性质都有些近似乃至重叠。我在给诗歌归类时,往往举棋不定。没有办法了,只好"粗暴"地"强行分配"。我已经预见了这些弊端,读者诸君,你们阅读时一定会有更多的不满,请千万担待!

五十年代的中国新诗,是中国新诗发展的特殊阶段。由于中国大陆革命的胜利,中国新诗开始了在海峡两岸分别发展的局面。社会形态的差异,加上长久的隔离,大陆、台湾、香港和澳门的新诗写作,不论是内容上还是创作倾向上,都迥然有异。时局变迁,政治动荡,盛衰荣辱,各有其说。好在沧海桑田,时过境迁,昔日的误解与猜疑逐渐消散,理智与理解终占上风,资料的匮缺,评说的困难,这些难点,也得到改善。

我的工作得到中国社会科学院刘福春先生的全力支持。从选诗到查明原始出处,大自全书的体例、选诗标准,小至计算行数,他都不遗余力。好在我们两人的诗歌史观念和审美尺度都极为一致,合作起来十分愉快。所以,公平地说,这本诗选应该是我和刘福春合作的成果。

2008年8月8日,于北京大学中国新诗研究所

城市书写的变迁*
——在深圳"中国城市文化论坛"上的发言

城市崛起的时代

从现在往前追溯,三十年前的中国大陆没有现代意义的城市。我记得八十年代初期和吴亮聊天,吴亮说:中国是一个大乡村,上海是一个村落。当时的上海尚且如此,北京就更不在话下了。九十年代我到上海,我的一位北京出生的老同学带我游览人民广场的地铁商城。他不无自豪地说(此时他的身份是上海居民):上海人就是聪明。学外国就像外国。北京人不行,学来学去,总脱不了土气。

这时在我们的心目中,上海已跻身于现代都市的行列,而北京当时还不是。到了二十世纪末叶,北京也终于大变样。十年前到过北京的外国人说,北京像纽约了。当然,比北京步伐更快的是深圳,我八十年代初期来深圳,最让人激动的是登上老西门那边的那个旋转餐厅。那是中国城市崛起的最初的信号。

从二十世纪末叶到现在,是中国城市文明崛起的时代。其背景是商业的发达和财富的积累。那些速度——奔驰的速度,旋转的速度,都是建立在巨大的财富基础之上的。这是真正的天翻地覆的大变化。

---

* 此文据文稿编入。

乡村中国的因袭

传统的中国是乡村中国。中国是世界上最古老也最广大的农耕国家。农耕文化的特征是，恬淡静穆的氛围和舒缓的节奏，以及自满自足的心态。中国社会的长期自我封闭和拒绝交流，是这种小农心态的呈现。乡村中国相成了稳定的乡村伦理，也形成了对于城市的深刻误解和偏见——城市是堕落的、糜烂的，因而也是罪恶的。

四十年代后期，乡村革命的胜利者浩浩荡荡地开进了城市。它的使命在于实行对城市的征服、即对城市进行目标神圣的彻底改造。萧也牧的《我们夫妇之间》，其实，真正的题目应该是"乡村与城市之间"。丈夫李克代表城市，妻子张同志代表乡村。本应该是代表乡村的妻子张同志改造代表城市的丈夫李克，萧也牧没有这样做。他颠倒了本末，犯了"天条"，引来了他的生命悲剧。

陈涌写了专文批判，冯雪峰感到批判没有击中要害，他化名李定中亲自出马写批判文章，指出萧的要害是——

> 作者并没有真的批评了李克的缺点和他的低劣的品质，也没有真的要李克改造；作者只要李克的爱人——就是女主人公——改造，而胜利的还是原封不动的李克，有"文化"的李克。

当时的舆论不能容忍这样对城市的"理解"和"袒护"，尤其不能容忍对于乡村的这样的"玩弄"和"轻蔑"。原应彻底改造的城市竟然"原封不动"，这是绝对不许可的。

这是五十年代城市与乡村的价值差在文学作品中的第一次激烈冲撞。到了六十年代，悲剧还在延伸。那一出著名的话剧《霓虹灯下的哨兵》，依然持续了这种对于城市文明的质疑、甚至敌对的态度。哨兵代表的是由乡村进军城市的胜利者,霓虹灯对于这些胜利者来说不仅是陌生的,也是可疑的。在它的光影下隐藏着邪恶的动机和诱惑,包括卖夜来香的女孩在内。话剧的大幕背后,始终响着一个声音:警惕邪恶和阴谋!

六十年代还有一出话剧,初名叫《祝你健康》,后改名《千万不要忘记》。这出话剧继续了乡村与城市对抗和敌对的话语,只不过这时已不是夫妇各代表一方,而扩展为两个家族的对抗。剧中正面人物对城市文明如衣着、仪表、饮食甚至对于爱情的表达,都加以嘲弄。剧中对两个关键性的细节一件尼料上衣和业余打野鸭的批判,用现代的语言加以演绎,就是对于享受和休闲的否定,而这就是对现今得到广泛认同的欲望的否定。与此相对而且始终亮着光环的是爷爷的"丁麻袋片"装束和妈妈"拣煤核"的贫穷。

城市和乡村的战争旷日持久,一直延续到八十年代。

城市文明的狂欢

这三十年事情起了根本的变化。原先的主流被挤到了边缘。乡村多少已被遗忘。要是还没有全部遗忘,则昔日的胜利者和征服者,已然成为社会的弱势群体。大部分农民已经失去土地或正在失去土地,历史翻开新的一页。早在八十年代初期,我访问潮汕地区,那里一个大队的书记自豪地向我介绍说,他们全大队已经没有耕地,沿街盖了两层的楼房让这些农民经商。他认为这是新鲜事物。

农民被迫离开土地。农民正在涌向过去怀有敌意的城市寻找生路。一年一度的务工返乡人潮,成为中国社会一道奇特的风景。他们是中国社会漂浮游走的族类。这些在城市务工的人群,成为贫穷乡村的新的"富有者"。他们从城市带回劳苦换来的工资,也带回城市给他们的新的"启蒙"。这些初步告别贫穷的人们,开始按照城市的样子建设自己新的家园。原先的乡村迅疾地改变模样。

二十世纪的最后时刻,我从杭州沿着高速公路向着绍兴,传统的江南风物已从我的眼中永远消失,沿途都是农民按照城市的"样板"修建的新楼房。他们用镀镍闪光的尖顶,彩色的马赛克,来炫耀自己的财富。自古以来的让人应接不暇的山阴道上的风光已经荡然无存!如同往日的大花凤凰牡丹被面那样地,农民按照自己祖传的审美习惯装饰自己的这种非城非乡的新居所。这一切事实都在说明,乡村正在按照自己过去反对过的城市建设自己新时代的文明。

文学也开始了新时代的新的书写。在作品中和屏幕上,当今的时代英雄是那些董事长和白领阶层,是那些为数众多的明星以及成为明星的学者。几乎所有的版面和舞台,包括主流媒体在内,都为这些新英雄敞开大门,所有的红地毯都为他们铺设,而农民则当然地成为了文学的弃儿。小说和电视连续剧争先恐后地给这些人提供最豪华的场面,最夸张的描写,而毫不吝惜分秒千金的黄金时段。

最肆无忌惮的是那些炫富的广告,它们竞相用最富煽动性的而且多半是文理不通、半文不白的语言来形容这些新贵们的庄园和府邸:"品位,源自尊贵血统","袭封地,承爵品,隐贵胄,奢华品质不见古人"。开发商更是出语惊人:"我是给富人盖房子的","房地产就是暴利",他这里说的可能是事实,但这样赤裸裸地张扬,就有点有恃无恐了。

乡村和城市的书写发生了空前的逆转。现在是城市在灯红酒绿中彻夜狂欢,作家和评论家们发自内心地赞许甚至艳羡这种一掷千金的纸醉金迷,他们将这归结为文学的欲望时代,他们认定时尚并非罪恶。而乡村的主人们此刻则如同候鸟,在特定的季节里成群结队地往返在求生的路途上。

物欲时代的哀愁

我在作上述那样描写的时候,多少流露出某种落伍的感伤。其实我本人也是三十年来城市文明崛起的受惠者,我的清高习性尚不至于拒绝起码的物质享受。但我依然为文学书写的这种严重失衡感到不安。我们似乎不应忘记狂欢背后的那些更多的不能参与狂欢的人群。而正是由于他们的劳苦,才有了这里迷人的色彩、光线、速度和声音。

我们不能苟同于上世纪四十年代以还的那种对于城市文明的蔑视与歪曲,同样,我们也不能苟同于今天这样对于乡村文明的遗忘和不敬。我个人只想借此作如下的表述:我始终对那些为城市建设作出默默贡献的劳动者怀有敬意,在现代文明的书写上他们的被忽略和被遗忘是不公平的。

2008年8月12日于深圳格兰云天酒店1001

遭遇城市[*]
——读苏忠

在读苏忠的诗之前,我有机会读到他已经出版的两本文集,一本是《职场江湖》,一本是《狐行江湖》。前一本,是他长期在企业做管理工作写的与职场有关的文字,属于思想漫谈或杂感小品之类的。后一本则是较为纯粹的艺术散文。两本文集都有名家为之作序。可见他的文字功力和影响非同一般。在《职场江湖》这本大部涉及企业文化的文集中,也有相当多的文章都写得非常漂亮,如《"贞操"保卫战失败记》、《收礼与拒贿的辟邪剑法》等,说理透彻且行文幽默成趣,都是极好的美文。就在那里,我惊喜地读到一篇题为《诗眠》的文字,在这篇文章里,他用散文的笔触充分想象地"还原"了李商隐《巴山夜雨》的诗境:

> 站在那间寒冷的屋舍外,雨帘潺潺池水徘徊流咽,远远近近的水泡上早已消失了脚步声。屋内一灯如豆,那个头戴方巾的诗人正若有所思地来回踱步,寂寞长了又短,短了又长,浊重的呼吸与橘黄的灯影层层重叠,周遭游荡着枯草的窃窃私语,屋檐顶上那张千年的蜘蛛网正费力地向着它的影子挨去。[②]

这段文字其实是在用散文的方式解析诗歌,他尽力揣摩诗

---

[*] 这是为苏忠诗集《后城市的一种禅》所写的序,刊于 2008 年 10 月 7 日《文艺报》。据此编入。

② 苏忠:《诗眠》,见《职场江湖》,中国商业出版社,2007 年 1 月,第 209 页。

人创作当时的情景意念,并试图"重现"形成诗歌氛围的主观的和自然的因素。尽管他在做这些努力时可能未曾意识到诗歌创作若干深层的因素,但事实已暗示了他具有这方面的才能。苏忠在上面引用的那篇文章中说,他喜欢"走进"类似"巴山夜雨"那样的诗的境界。这种"走进"的意愿,其实已是诗歌创作的最初萌动。

他不仅在诗中造访了李商隐,还在他的家乡寻访过辛弃疾留在福州的诗的踪迹。为了印证那首《破阵子》(醉里挑灯看剑),他曾经从夜雾弥漫的福州城南跑到空荡的城北,从逼窄的东街口绕城一周赶往醉酒摇晃的津泰路。[①] 苏忠说,"每个人都有自己的平衡方式,我选择读诗来陪伴一生。读诗的时候心是纯净的。"正是因此,我在正式阅读苏忠的诗之前,已对他的诗歌能力具有充分的信心。

苏忠写诗是由于酒,他自己说,某次聚会"酩酊大醉之余,头脑翻江倒海,忽忽生出写诗之念。"[②]他的感觉也许是对的,诗在本质上就是一种"醉语"。苏忠给自己的诗歌创作划分了许多阶段,我以为不必那么细分,只要是醉眼蒙眬,把现实的影子幻化和重新组合,可能就会出现充分想象的好诗。我从苏忠的叙述中得知,在那场"酒醉"的"启蒙"之前,他好像是并不写诗的,只是由于酒意的来袭,才有了"信笔涂鸦"[③]的念头:一种书写的愿望"随空行跳格深潜入心"。就是说,他从此拥有了散文之外的另一种表达的方式和手段。

这种新的拥有使苏忠对于城市的感受和书写,得到一种别开生面的展开和提升。他对于城市的见解不再停留在一般性的

---

① 这些地名也都是我幼年熟知的,见《职场江湖》,第211页。
② 语见《过程的一种》。
③ 同上。

描写和再现的层次,而是感到了一种"后城市"的"禅意"——他是借助诗歌的方式把他的体认作了超越。过去的那些职场的现实感受,在他的笔下也化为了一系列空灵的甚至怪诞的意象。他恣意地渲染城市生活那些繁华的场景:夜总会和购物广场的林林总总,脚步匆匆的上班族,那些淹没在车流人流中的弱势而无力的人群。诗人的笔触所到之处充盈着关爱与悲悯,那里的骄奢与华靡,那里的隐忍与不公,无不得到尽致的披露与展示。

他用诗歌的方式继续进行他对于城市和职场的生存状态的描述。《幽州台之寻》最鲜明地表达了这种在城市寻找无着的落寞心境:前后左右充斥着的,不是清风明月,也不见古坛残碑,而只是:股票楼市物价玫瑰接吻巧克力与一夜情,惟独永远地失去了他要寻找的幽州台。无论是在幻中,是在路上,或是在闲余,或是在局里①,他总着力于表现人们处身的尴尬和困境。人们一面在享受着都市文明的赐予,一面又挣脱不了远逝了的田园风光的怀想与诱惑:

> 就闭上眼睛
> 听窗外嫩芽抽枝鸟声啁啾木叶盘旋
> 任远山赶来的风将头发一根一根舔揉
>
> 就闭上眼睛
> 让电脑里的新闻游流邮件停泊文件稍息
> 且随心情走东窜西意念一茬一茬冒泡②

诗人总是听到一个声音在与一个声音对话,天空布满鹅卵石,没有一只夜莺在歌唱,这正是诗人心情酸痛的时候。他在做这一切时,并不满足于细节的刻画,而是充分利用现代诗歌的跳

---

① 这些都是诗集《后城市的一种禅》的目录名称。
② 引自《一种禅》。

跃与抽象,把他的关怀和批判精神融入到那些纷繁杂沓的意象中。他用都市流行的词语:桑拿、派对、精油香熏、钢管舞、铝合金框广告牌、蜘蛛人、阳台护栏——组成冗长的不间断的句子,诸如——"打着手机东张西望握手拥抱海泡大堂吧职业干练","交换名片一见如故谈判竞合咖啡甜点下午茶顺带搭讪小姐们",用来传达他的不安和疑惑。

他表现的不仅是环境和氛围,而且是他的内心感受、置身其中的冷静思考和判断、混合着不无揶揄的讽喻和讥刺。正是这些,显示了苏忠诗歌创作的最为重要的成果,可以说,他延续了他用散文表达的城市的思考,并且创造性完成了诗歌对于城市的深沉的观察和考量。

从苏忠的自我叙述看,他诗歌创作的时间并不长,但却是成果显著。他写得很流畅,涉及的内容宽广而驳杂,但对于城市的把握与揭示却是集中而深刻的。苏忠的诗歌现在还未形成独立而稳定的风格,但总体看来是清新自然的。他喜欢用近于白描来记录和缅怀属于自己的历史记忆,"我读他人诗作时,喜欢的亦为精短篇幅。我也相信,许多人也一样喜欢灵性精洁的诗作。"①这方面最为引人注意的是精短简约的《疼》——

> 奶奶抱起我
> 把我
> 轻轻放进摇蓝
>
> 我抱起奶奶
> 将她
> 轻轻放入棺木

---

① 引自《过程的一种》。

在这首诗中,一个多余的字,甚至一个多余的形容也没有,这就是白描,这就是简洁。而来自心灵深处的锥心之痛,那种永难泯没的旷世的哀痛,却极大地震撼着读者的心。苏忠说的对,"千古诗坛,群星璀璨,再有成就的诗人,其诗作再多,能让我们记住的多为短章小制。"[①]苏忠的诗也多是短小精悍的,其中不乏隽永含蓄脍炙人口之作。但退一步说,即使只有一首《疼》让人记住,也是诗家之大幸!

苏忠有一首《素描》,给我印象极深:落地生根的那一刻,一棵树苗,就立下了向天生长的目标,这是永生的承诺!也许这就是诗人的诗歌和人生的誓愿。

2008年9月23日于京郊北七家

[①] 引自《过程的一种》。

贺周宏兴书法艺术*

宏兴兄始以诗评名世，我们曾是同行。那时他在人民大学设坛课徒，我曾应邀在他的班上应景捧场。此后他独立办起了大学，广纳天下英才，一时远近知名。随后，又听说他成了有名的收藏家，漆器和奇石的收藏，在业界声誉甚隆。前些日子偶在会上与他阔别相逢，宏兴兄在众人的簇拥下，兴致勃勃地现场作了精彩的书法表演。我这才惊喜地发现，作为书法家的他不是临墨挥翰，而是以指代笔！指书在中国古已有之，但他写的是隶书，而非行草。书法界的人士都知道，由于特殊的技法和用墨环境，以指写行草者多，而写隶书者少。而宏兴兄却是迎难而上，独辟蹊径，令人叹服！

最近宏兴贻我以他的书法典藏集，使我有充裕的机会欣赏他精湛的书法艺术。对于书法我近于无知，在他的作品面前，我原不敢置喙。但作为一个读者从欣赏的角度看，我在他的"笔"墨间的确感到了充盈其中的浓郁的中华古韵。宏兴以他的指尖造出了只有中国毛笔才能造出的甚至超越了毛笔的神奇。横竖钩捺，疏密欹正，无不调和精绝，自成理路。宏兴的隶体指书体制恢弘，沉雄博大，风格遒劲，雄于外而秀于中。特别是他的指法刚中见柔，以枯笔写丰润，苍劲中见活力，其下笔钝有千钧之重，锋若毛羽之细，奇美不可言状。

---

* 据文稿编入。

宏兴聪睿甚于常人,加上他的刻苦精进,成功自在理中。他有一付自转撰联说出了此中原委:"一时虚名唯冷眼,千秋正业不偷闲"。他是把这一切当作正业来做的,他为此付出了辛劳。

2008 年 10 月 2 日于北京大学

诗刊笔谈[*]

  尽管诗歌的发展有自己的规律,尽管诗人对诗歌生存状态的不满由来已久,尽管我们深信一种枯竭而单调的诗歌不可能永存,即使在严酷的时代,诗歌变革的潜流依然在无畏地积聚并等待着冲决。但显然,要是没有一个广阔的背景,没有一个强大的支持,在中国,一切的可能也将成为不可能。所以,我始终认定,是思想的解放促进了艺术的解放,是一个伟大的时代造就了伟大的诗歌。

2008 年 10 月 16 日于北京大学

---

[*] 据文稿编入。

2009

诗画是近亲*
——贺林莽画展

人们通常总把诗情画意连在一起讲,这说明,诗画是相通的。在艺术的各个品类中,它们是近亲。诗中的"情"可以顺畅地转化为画中的"意",同样道理,称得上是丰裕深远的画意的,必然是蕴涵了诗情的品质,大凡被认为好画而与诗情无缘,几乎是不可想象的。话说回来,诗是诗,它是文字书写的文学中的韵文;画是画,它是靠笔墨、线条、色彩点染而成的艺术。它们各有自成体系的特性和规律,彼此又是判然有别的。

正因如此,一般说来,会写诗的未必会画画,会画画的也未必会写诗。但创作界却并不罕见这样两栖的"通才"。远的不必说了,就近、现代的历史看,齐白石先生是画界的一代宗师,但他的诗不见得就低于他的画,他的诗名被画名遮蔽了。黄永玉先生不仅画好,诗也好,诗画堪称双绝。吴冠中先生是否能诗,我不知情,但从他的画来看,却是满纸充盈着绮丽的诗情。前些日子,他的"笔墨等于零"的议论一出,一时舆论哗然。可细加琢磨,却是诗家至语。试想,若是画中了无情思意趣,徒有生花妙笔,一切也总是空无。

当代诗歌界我认识的人多。知道严阵先生诗画皆佳。芒克的油画很有名气,惜未及见。再就是这次开画展的林莽了。林莽诗名远播,大家都知道的,至于他的画家身份,却只是近来的

---

* 此文刊于 2009 年 3 月 1 日《新民晚报》。据此编入。

事。林莽的画，我读到的只有不多的几幅，是他通过电邮传给我的，有的很清雅，有的很苍茫，却无不充斥着诗人的才情。今天的首发式，我未能与会，想来必有让人耳目一新的甚至让人振奋的感受。

我于绘画所知不多，绘画本身的成就毋庸我来置喙。我只能表达如下的一种感谢和庆贺：又有一位诗人创造性地用墨汁、用油彩，以及用更多的新型的涂料，通过宣纸也通过画布，通过这些具象的手段，把诗歌丰富的情感和动人的旋律带向了人们的内心。

2009 年 1 月 10 日于昌平北七家村

《咬文嚼字》为我"平反"*

上海文艺出版社出过一本《咬文嚼字》的刊物,规模不大,却有大名气。许多人都被它"咬"过,包括央视那些名嘴在内。尽管它找的都是语文表达上的谬误和瑕疵,却对人大有助益。我认为,它就是中国语文健康的保护神。

在我的文字生涯中,有过一个非常"惨痛"的经历与《咬文嚼字》有关。就是说,我也曾被它"咬"过。但与一般人不同的是,是《咬文嚼字》为我的一个仅仅属于个人的"文字狱"平反昭雪了。为此,我对上海文艺出版社和《咬文嚼字》始终怀有感恩之情。

事情的原委是这样的:上世纪八十年代我写过一篇诗歌鉴赏的文章,其中提到徐志摩的《沙扬娜拉一首》。一位刚从部队转业的编辑,擅自把我原稿中的"沙扬娜拉"处理成了人名。更糟糕的是,那是一本印量达数十万册的文集,尽管出版社和编辑承认了错误(我至今还保留着他们的信件),但却是无法更正的。书出来后不断有人投诉,我是有口难辩,就这样,我为一个被杜撰的"人名"含恨蒙冤数十载。

不要以为事情会随着岁月的流逝而被人遗忘,我的噩梦一直延伸到了上个世纪末。那时有人就"沙扬娜拉"一事先后向北方的一个刊物和《咬文嚼字》投书指谬。北方的那个刊物"如获至宝"——一个学者,还是专门研究新诗的人,竟然犯了如此低

---

* 此文刊于 2009 年 3 月 21 日《新民晚报》。据此编入。

级的错误——他们没有向我取证，就匆匆忙忙地"推出"了。而且事后也绝无歉意。

令人感动的是《咬文嚼字》编辑部，特别是主编郝铭鉴先生，不仅亲自来信核实，而且热情地邀稿为之辨析。这就是我后来发表在《咬文嚼字》上的《为"沙扬娜拉"送行》的那篇短文。在这篇文章中，我真诚地希望永远告别这个噩梦的困扰，还给我一个平静的心境。从那时到现在，时间好像又过了十年。我一直怀着感恩的心情记住这个出版社、这个刊物，还有这个刊物的编辑和主编，记住他们为一个作者的一件小事所付出的辛劳和善意。

从刊物的名称上看，他们的工作是"咬"和"嚼"，是语文世界中的"侦察兵"，为了维护中国语文的庄严，他们有时显得不留情面，但他们的出发点是爱护、是与人为善的。我是一个曾被"咬"过的作者，但我感到温暖，而且充满感激——为区区的这么一件小事，为通过这件小事所体现出来的他们的博大的胸怀和敬业精神。

其实，我和上海文艺出版社的交往中，也有过一些"大事"的，例如，我曾受它的委托，前后主编过两辑新文学大系中的两本《诗卷》。在将近一百年的新文学大系的历史上，由同一位作者主编不同时期的两卷《诗选》的，恐怕也是绝无仅有的吧！然而，我记住的而且要不断感谢的，却是上面提及的这件"小事"。

2009年1月15日于北京大学中国新诗研究所

第一次写汉俳※

日本的俳句很有名,汉俳我不懂,也未曾写过。没想到这事却轮到我了。几天前吧,我接到NHK的汤田美代子小姐的电话,约我为她主持的中日两国各界人士的汉俳联句写一首汉俳。她安排我写其中的第三十五首,最后的第三十六首由日本的政界人士收尾。接着她通过我在日本的学生林祁的邮箱,发来了已有的汉俳作品。

我说不会。美代子鼓励我。她告诉我,句式是五、七、五,只要相接的前后句(他们把"首"叫做"句")中有一个字相同就可以了。我鼓起勇气,想了一天一夜,平生第一首汉俳诞生了——

  新雪照寒衣
  竹间漏下月消息
  有人夜闻笛

写好了,赶紧发给林祁。我在信中说,"我发现我是堕入了我最不愿意的'旧意境'中了,汤田小姐要得很急,我趁着来不及后悔的时候发给你。"林祁毕竟是诗人,她把我的诗意向美代子作了解析:静静的雪夜,新雪照寒衣,虽有寒意,但新雪很美。月光从竹叶之间漏出,带来天上的美好信息。这时,远处传来笛声,使夜更静谧,有中国古诗中"鸟鸣山更幽"的意境,也有日本芭蕉古池跳青蛙的俳句美。有人,可以是诗人的心境,也可以是

※ 此文刊于2009年1月27日《新民晚报》。据此编入。

我的感怀:人生即使在寒冷的时刻,也可以感觉美好,静静之美将带给你无尽的深思。

解析得还可以,我舒了一口气。

2009年1月15日于北京昌平北七家村

那变得遥远的一切[*]
——忆吕德申先生

我毕业留校工作,最初是在文艺理论教研室。那时的教研室主任还是系主任杨晦先生兼着,而主持教研室日常工作的,则是作为副主任的吕德申先生。所以,我参加工作后的第一位直接领导是吕先生。吕先生做事果断坚定,他以不容讨论的坚决,第一个学期就安排我给大一本科生上文艺学概论课。

幸好,在毕业前的几个学期,我们经过"集体科研",把中国古、今文学史和文艺理论折腾了好几遍,是并不十分陌生了。再加上那时的文艺理论教材,已有以群先生的一种,蔡仪先生的一种,都是周扬主持的教材编写的新成果,可供备课时的参考。还有,当年北大邀请了苏联专家毕达柯夫教授讲授文艺学原理,讲习班刚刚结束,余响尚存。我利用假期,紧赶慢赶,终于上了第一堂课。

吕先生始终关心和指导我的工作。第一堂课,他亲临课堂听课。他的到来,给了我信心,也给了我压力,我很紧张。一堂课下来,严谨的先生既无批评,也不表扬,只是指出我有一字读音错了。我觉察到了吕先生对一个刚上讲堂的新助教的宽容,以及他的"不轻许"的严格。吕德申先生待人处世的认真、正派让人敬畏,尽管他为人十分谦和。在我的记忆中,几乎从未见过他有严辞厉色的时候。

---

[*] 此文据文稿编入。

吕先生是一位十分本分又十分敬业的知识分子,他清高自恃,不与世争。学问就是他的一切,对此,他总是笃诚专一,黾勉务实,他治学的严谨是出名的。他将毕生的心力贡献给了文艺学理论的研究和建设(最近听说他年轻时写过小说和其他文艺作品),在学术界,他是一位学养极深却又始终低调,而且总是默默奉献的、受到普遍尊敬的学者。

我认识吕先生并在他的领导下工作的时候,正是流行政治挂帅,又红又专的年代。吕先生除了研究、教书,同时还是一个"双肩挑"的干部。他长期担任中文系的总支委员,教学以外的时间,统统贡献给了兼职的工作。但先生感人之处是他如同做专业的学问那样,对兼职的工作倾注了同样的热情。

我所认识的吕先生,就是这样一边教学、写文章同时领导着教研室的工作,一边又忙着参加那年月非常繁多的、相关的会议。这些会议,很多时候是在同样是兼任总支委员的杨晦先生燕东园的府上召开。我偶尔也列席参加,在当年特有的气氛之中,有机会领略杨晦先生家中特有的那种高雅情调,因此同样留下了难忘的记忆。在这样的会上,吕先生的发言和处事总是从容不迫,适中而准确,如同他的治学那样。

先生是传统的知识分子,除了这些"社会工作"(当时习惯的对于教学业务以外工作的称呼),他一心一意地做学问,学问以外的,他依然维持着北大校园里的那份特有的与世无争的清高。先生生性平和,文质彬彬,与人相处,谦逊而有节,他有很好的人缘,他在同事中和学术界受到了普遍的敬重。

在北大中文系,他是属于被尊称为"先生"的辈分,尽管比起游国恩、魏建功、王力诸先生来,他仍是年轻的晚辈。但因为他来自西南联大,比起我们这些解放后参加工作的,当然就是"先生"了。先生就是这样,过着平静的书斋生活(对于那些无法摆脱的事务,既投入又保持距离,"红"与"专"处理得很好),研究他的文艺理论,时不时地发表很有分量的研究成果。

有一段时间吕先生担任系总支的统战工作,专门负责联系教师中的民主人士。在同事的心目中,他不仅组织观念强,而且原则性也强。他的知识分子的良知和正义感,被他的日常工作遮蔽了,平时是不轻易显露的。但和他相处久了,会时刻感受到他的体贴和温馨。特别是对如我这样的年轻人,他的关心和爱护是全方位的,从工作、学习、业务到生活。在吕先生的领导下,我们迅速地成长了。具体到我本人,我的文艺学理论的基础和实际的运用能力,都是在吕先生的亲切指导下得到的。当年的文艺理论教研室是一个充满温情的集体。

后来,我带着对于吕先生的感激之情离开了文艺理论教研室。但我始终没有离开吕先生那关切而温馨的目光。我知道,他依然在忙他的研究,在讲他的课,在指导和培养年轻的学者。他依然关心着中文系的工作,即使后来他患了腿疾,还时常来到系里,我们还如同往昔那样地致意寒暄。

我永远不能忘记的是那一年的夏天,令我惊讶的是,从来心气平和而且总是带着微笑的吕先生愤怒了!当然不是为自己,我从来没有发现他曾经为个人受到损害而情绪激动过。在我与他数十年的相处中,这个夏天吕先生的动情,几乎是唯一的,可能也是绝无仅有的一次。那天他的发言充满了无畏的正气,他深情地回忆起四十年前同样发生在北京街头的动人情景,并且作了鲜明的对比。

从来温容尔雅的吕先生的犀利和尖锐,令举座震惊。他的义正词严的发言是不可辩驳的。当时在座听到这一发言的,有季镇淮先生、冯钟芸先生,可能还有严家炎先生,我相信他们一定感受到了吕德申先生性格中最隐蔽的也是最勇敢和最美丽的一面。这个平日看淡一切世俗的学者,在他的内心深处蕴藏着并流淌着从鲁迅到闻一多整整一代中国现代知识分子的滚烫的血。

啊！那夏天，那夏天里的会议，那会议上振聋发聩的发言，那让人从心里敬重的吕德申先生！那如今变得非常遥远的一切！

2009年1月26日，农历己丑正月初一，于北京大学

老孟那些酒事儿^{*}

老孟就是孟繁华。老孟是他的朋友们对他的"敬称"。在北大的前后同学中,不论辈分、无分年序,大家一律都这么称呼他,甚至我们这些非常"嫡系"的他的老师们,如我本人和洪(子诚)先生,也毫无例外。大家习以为常,毫不见怪。老孟听见别人(包括老师)这么叫他,也认为理应如此,一律敬谢不敏。

老孟名气大,不单是因为他学问做得好——在他的同学中,学问做得好的有的是,他们也没轮到老孟这么风光,再说,也不因为他年龄稍大——年龄再长,能比得过他的老师们吗?说透了吧,老孟的声名显赫,多半是因为他平生嗜酒。

说起老孟嗜酒,也并非他的酒量有多大,而是他喝酒之后的故事多,亦即这里的题目所显示的"酒事儿"多。老孟遇场必喝,每喝必醉,且每醉必有"故事"。老孟就这样,随着他的"酒事儿"的增多而名扬海内。他的酒名,甚至超过了他的文名,这是很令业内的一些人心意失衡的。

老孟原先在中央电大当老师,后来不知怎的心机一动,就来了北大。开始做进修教师,不过瘾;接着做访问学者,还不过瘾;后来干脆就当上了博士。其实老孟一旦进了北大,压根儿就没想离开。他是下决心"赖"在北大不走了。果然老天不负有心人,老孟在北大,学问长进自不必说,居然结交了许多酒友,他的酒名是越来越大了。

---

* 此文刊于《作家》2009年4月号。据此编入。

老孟的那些酒事儿,我听到的不少,可谓如雷贯耳。但我亲历的并不多,因为我们之间毕竟隔着个师生的名分,记得那时"批评家周末"的聚会,会议之后照例有一个饭局,饭局之后便有酒事儿。多半此前,他们总以"老师累了"为借口,把我们"支开",接着就是他们的花天酒地了。正因如此,我们得知的多半不是第一手的资料。

但毕竟是亲密的师生关系,也不乏一些直接的见闻。记得一天深夜,我被电话铃叫醒,吓出了一身冷汗。打电话的是一位年轻女性(后来知道是裘山山),她向我打听孟繁华的家在哪里?原来是老孟醉如烂泥,自己说不清了。当时在车上的还有张志忠,是军旅一班作家的聚会。老孟趁着酒意,向张志忠大吹北大如何如何,张告诉他:老子在北大的时候,你不知还在哪里呢!那晚是裘山山他们按照我提供的信息,把老孟像死猪般地抬上了他的家。老孟对此浑然不觉。

还有一次,也是深夜。是他们"热情"地把老师"支走"之后,原先聚会的"家园"餐厅终于抗不住,要打烊了。据说,他们一伙围着北大周边连续换了好几个酒家,直至夜阑人静,天色欲晓。这时,住在承泽园的肖鹰,住在圆明园的方明,住在镜春园的彭玉娟,所有的园门都已关闭,所有的夜游者都回不了家了。至于老孟,他算是高人一等,干脆就忘了家住何方——其实当时他就住在蔚秀园!

老孟醉后的常态是话多,即我们所谓的"上课",且不厌其烦地"循循善诱",往往历十数小时而热情不减。据说有一次,开始认真"听课"的有十多人,后来谁也抗不住了,也就悄悄地退场,妙的是老孟竟然浑然不觉,照讲不误。最后剩下了两个"好学生":谢友顺和杨克。再后来连文质彬彬的谢友顺也溜了,剩下个杨克负责把老孟送到家——因为老孟照样忘了家在何方!

老孟因酒误事的次数多不胜数。最妙的一次,是社科院文学研究所的党委书记包明德先生亲自告诉我的。他是当日事件的亲历者,应该不会有误。这一天是文学所的例会日。上午各研究室分别开会。下午,前半段是室主任汇报,老孟时居主任高位,应当参加,后半段是党委会,老孟不参加。中午,又是著名的"酒协"的例会。老孟依然发挥得极好。待到饭饱酒酣,老孟猛然想起了下午的主任会议。他跌跌撞撞地进了会场,大家都用惊异的目光看他。老孟似乎还沉浸他的酒意之中。包明德毕竟是书记,知道老孟"这下崴了"。偷偷地捅他身子,告诉他现在开的是党委会。老孟吓得酒醒一半,有点不好意思,搭讪着说:"你们接着开,接着开——"终于狼狈地退出了会场。大家深知老孟,彼此会心一笑。

老孟酒事特多,民间流传的更多。我虽身为老师,惭愧得很,毕竟知之有限。有人报料说,老孟酒酣,除了"上课"动口之外,也有动手的时候——无端或有端的打人或被人打的都有。老孟醒后往往追悔莫名。他对我说过,实在有损形象。于是决心戒酒,弃旧图新。

老孟终于戒酒了。老孟一戒酒,同学们和老师们见到"面目一新"的、与平日行止迥异的老孟,仿佛是见了大观园里那个丢了通灵玉的宝二爷,满桌的酒菜顿时都失去了滋味!大家一边虚情假意地祝贺他戒酒成功,一边又不免心怀恶意地,盼着他的失败。

老孟果然不负众望,很快,也许就是下一次餐叙,酒照喝,"课"照上,该演出的故事照演。大家一面嘲笑他,说他正应了华君武老先生的那幅"戒烟图",一边为他的故态复萌而心中窃喜。

充满了酒意的老孟,同样充满了童心和真趣,酒里酒外的老孟非常可爱。离开了酒意的老孟,往往又使举座不欢。我们大家都是这样地矛盾着,同时又这样地"痛苦"着。

2009 年 2 月 2 日,于昌平北七家村

说不尽的"传统"*

说不尽的辉煌

大河从上游涌来，茫茫苍苍，杳无涯际。这很像是中国的文化传统，浩浩荡荡，从遥远的远方奔流而来，又向着更远的远方奔流而去。中国文化传统是不可言说的，我曾试图用非常简单的叙述来概括它，一开始就受到了挫折。最简单的方式难以表述，也许用更繁复的诠释情况会更糟。于是只好放弃，还是回到抽象的"博大精深"上面来。这是我们面对辉煌的无奈。

世代先人创造的中华文明，是迄今尚在发展的，而且历史最悠久也最具活力的人类文明。我们现在仍然沐浴着它的光辉，享受着它的泽惠，而且也想用自己微薄的心力赓续和丰富这一文明的进程。忘了是在山西晋祠，或者是在敦煌莫高窟的一百三十窟，还是在别的什么废墟的地表上，那里展示着历代挖掘现场的留存，分别标明这是商周，那是秦汉，那是唐宋，几千年的文明史就这样生动具体地展示在我们面前，那真是让人惊心动魄的一刻！

我们通常觉得西安或者咸阳很古老，那里有未央宫的恢宏让人遐想，或者还有阿房宫的悬念引人神往。可是到了中原腹地，例如到了河南，我们知道还有比秦砖汉瓦更古老的文明。在河南安阳小屯村，洹水流过村庄的北部，突然蜿蜒向南，再向东。

---

* 《说不尽的"传统"》是为北京文联举行的"传统与文艺：2008—北京文艺论坛"所提供的讲话稿。此文刊于《文艺争鸣》2009年第3期。据此编入。

那里有一片台地,那是殷商时代的皇城宫殿区,总方圆达二十七万平方米。从那里挖出无数的文化珍宝,遥远地诉说着中华文明的久远和辉煌。

单以商王武丁的妻子妇好墓为例,从那里挖出的随葬品就达近两千件之多。① 妇好的名字见诸铜器铭文,这些铭文记载的事实,在小屯出土的甲骨文中也得到印证。说到甲骨文,这原也是小屯这一带的"特产"。它是汉字的始祖。除了长期流转中的散失,单以存放在故宫中的甲骨,1974年从仓库中清理出来的,总计就达19494件。② 除了妇好墓,除了甲骨文,这里还有羑里城,是文王演周易的地方。这时我们方才知道,秦砖汉瓦还不是遥远,还有比遥远更远的。

秦汉都不在话下了,遑论唐宋,何况明清!我们当下挂在嘴边的、荧屏上铺天盖地的清朝,康雍乾嘉盛世,好像才是昨日。而它的历史却比美国的整个历史还要长。这真是让人沉醉的久远的华丽!前些日子,我曾沿着河西走廊走了一个来回。在汉玉门关的遗址,遥望静卧在祁连山下的古董滩,我知道在那里至今还可以拣到汉代的铜钱,以及更多的关隘废墟的残砖碎瓦。我曾在一篇文字中感叹过这远古的辉煌:时空瞬变,沧海桑田,旧日城郭,甚至山形水态,都埋没不可考了,而那一切的华美与生动,却在诗人的篇章之中获得了永生——

> 有趣的是,在史学家眼中"迷失"了的,却在诗人那里"寻找"到了。那些草滩,那些烽燧,那些旧城,都随着岁月的流逝而茫然不知所在,却硬是被诗人"定格"在他的作品

---

① 据记载,妇好墓掘出的随葬品总计1928件。其中青铜器468件,玉器755件,骨器564件,宝石、象牙器、石器、陶器和蚌器数百件。妇好在武丁六十四个妻子中的重要地位,"并不是靠美丽、娇媚获得的,勇敢和睿智奠定了她的王后基座。"见苏瑗著:《殷墟之谜》,河南人民出版社,2005年1月,第23—25页。

② 同上书,第61—64页。

中:岑参的"苜蓿烽边逢立春,胡芦河上泪沾襟。闺中只是空相忆,不见沙场愁煞人。"这里的胡芦河、苜蓿烽、立春、沙场等等时间和地点,都为考古提供了佐证。这回是诗人帮助了考古学家。①

中国的文化传统因它的丰富和深远,的确造成我们言说的困难。我们既无法"简述",甚至也无法"繁言",也许举一斑以窥全豹,是唯一讨巧的办法。以中国绘画为例,中国画的独特,不仅在于它的历史久远和它曾出现过诸多杰出的画家,而最重要的是,由于它无与伦比的寓极繁复于单纯的奇妙。一张宣纸,一支竹毫,简单的黑白对比,造出了满纸烟霞,无边锦绣。这就是我们的绘画,它以无可替代的传统性旷世而独立!

至于中国的园林艺术,用最通俗的话来形容,就是把大自然的壮丽和丰富"缩微"到有限的空间,诸如街区乃至庭院中来。中国的建筑讲求对称的效应,而园林艺术则崇尚自然,它由建筑、山水、园艺乃至书法、绘画、楹联、诗词等组合而成,每一座园林都是一件立体的、综合性的艺术品。陈从周在他的《说园》中精到地论述了中国园林艺术的动静、疏密、曲直以及花木山石的配置等的组合性特点:

> 万顷之园难以紧凑,数亩之园难以宽绰。紧凑不觉其大,游无倦意;宽绰不觉局促,览之有物。故以静、动观园,有缩地扩基之妙。而大胆落墨,小心收拾(画家语),更为要谛,是宽处可以走马,密处难以藏针(画家语)。故颐和园有烟波浩淼之昆明湖,更有深居山间的谐趣园,于此可悟消息。②

---

① 谢冕:《敦煌诗选·序一》。见纪忠元记永元编《敦煌诗选》,中国文联出版社,2008年9月,第2—3页。
② 陈从周:《说园》,同济大学出版社,1984年11月,第12页。

还有,我们的话题不妨涉及中国独特的文字。汉字是形、声、义多种元素综合而成的一种语言工具,它不仅是语言的载体,而且本身又有极高的审美性,即既是实用的,又是欣赏的。汉字和中国绘画、中国园林一样,也是世上独一无二的一种造型艺术。汉字借助具象的形体,为使用者提供直观的视觉展示,即所谓的"发人妙悟,引人入胜"。汉字的真正妙趣并不完全是在笔划形体上,更多的是在它的字形与民族历史文化以及汉语的关系上。"汉字是人类最早使用的文字系统中寿命最长的。"[①]可惜的是,汉字的优美造型,在当代的汉字简化过程中,以及近来的商业广告的恶意破坏中,受到了严重的拆毁。

我们这里例举的品类,只是中国文化传统中沧海之一粟。我们的话题,尚未涉及那些博大而华彩的历代的中国服饰文化传统,那些弥散在广大民间的无名艺人手工制作的刺绣艺术、陶艺艺术、剪纸艺术,还有浩如烟海的民间曲艺和戏曲艺术,那些流传在山南水北的民间故事和歌谣,还有世代相传的那些民间俚曲,无比丰富的武艺传统,那些享誉全球的烹调艺术和中国传统医学,以及正在不断申报的非物质文化遗产。如此等等。

关于非物质文化遗产,有一份报告表明[②],国家文化部已在2007、2008两年内先后公布了226名和551名代表性传承人。其中涵盖了民间文学、杂技和竞技、民间美术、传统手工技艺、传统医药等五大类。报告谈到了这些遗产在长期的发展和传承过程中,也留下了大量的实物和物质载体,如民间美术中的绘画、雕塑、手工艺品;民间戏曲中的剧本曲谱、乐器、戏服、古戏台等。

---

① 张猛:《汉字趣谈》,见《中华文明之光》,上卷,北京大学出版社,2004年7月第2版,第286页。
② 全国政协文史和学习委员会专题调查组:《守护中华民族的精神家园——"非物质文化遗产保护与传承"专题调研报告》。2008年12月9日《光明日报》。

"每一件实物和载体都是劳动人民智慧和创造力的结晶。"[1]由此可见蕴涵之丰。这份报告也涉及这些遗产当前存在的危机:

> 伴随着经济全球化的深入发展,西方强势文化强力扩散,人们生活方式的改变和商业行为的侵袭等,都对非物质文化遗产的保护和传承构成了严重威胁。剪纸、年画、皮影、傩戏等民间艺术随着它们生存环境的改变而日渐式微;陕北道情、陕北说书等一大批稀有的民间剧种和表演形式正在衰落或被同化。[2]

至此,我们的叙述尚未涉及中华文化最为瑰丽的那一部分——极为丰富的、美轮美奂的文学和诗歌传统。人们关于中华诗歌传统的言说,从《诗经》、楚辞、到唐诗、宋词、元曲的评价,千百年来中外专家的论述已经车载斗量相当充分。在这些绝世的绮丽面前,任何的赞辞可能都意味着多余。

长安城里那一片皎洁的月华,历经千载而美丽依旧,那月光下渭河岸边千家万户的捣衣声,至今仍装饰着我们的梦境。大漠孤烟,春雨江南,锦官花重,赤壁月清。幽州台前的四句短语,道出了旷古的忧愁;浔阳江头的一曲长歌,寄托着普世的悲心。中国的诗歌传统,经历了数千年的铸造锻炼、鼎新革故,格律极齐整,风格极多样,技艺极成熟,韵味极悠长,它所到达的范式和境界,称得上是:真正的"不可企及"。

铁马秋风的悲慨,醉卧沙场的豪情,最难忘,是那一曲骊歌,折柳霸陵,留下了万里相思。这都是中国诗中意境。有唐一代,诗臻至境,一下子就送出了一位诗仙,再加上一位诗圣,与他们同时出现的,是阵容和声势都极为浩大的、而且创作水准不相伯仲的诗人群。但这决不意味着中国的诗歌的已到极限,再无发

---

[1] 2008年12月9日《光明日报》。
[2] 同上。

展的空间了。唐诗之后有宋词,宋词之后有元曲,中国诗歌就这样变着花样生生不息地向前延伸。

李贺出现在李白、杜甫之后,他的短暂的生命,犹如一道流星,依然划出令人目眩的光亮。在他死后十五年,作为同代人、同样是诗名显赫的杜牧,不惜用最高级的赞誉,来表达他对前辈的倾慕——

> 云烟绵联,不足为其态也。水之迢迢,不足为其情也。春之盎盎,不足为其和也。秋之明洁,不足为其格也。风樯阵马,不足为其勇也。瓦棺篆鼎,不足为其古也。时花美女,不足为其色也。荒国黟殿,梗莽邱垅,不足为其怨恨悲愁也。鲸去(左口)鳌掷,牛鬼蛇神,不足为其虚荒诞幻也。盖骚之苗裔,理虽不及,辞或过之。骚有感怨刺怼,言及君臣理乱,时有以激发人意。乃贺所为,得无有是。贺复探寻前事,所以深叹恨古今未尝道者,如《金铜仙人辞汉歌》,补梁庾肩吾宫体谣,求取情状,离绝远去,笔墨畦径间,亦殊不能知之。①

仅此一例,可见诗歌传统的绵延和繁盛。中国有诗的传统,更有文的传统。作为主导形态的中国散文,同样有着异常光辉的历史。中国文的传统也和诗一样,是不可尽述的,这里引用明朝茅坤论述古代中国散文的一段文字,是想从另一个角度作一个补充。当然这也是面对无尽辉煌的一种取巧的办法——

> 屈宋以来,浑浑噩噩,如长川大谷,探之不穷,揽之不竭,蕴藉百家,包括万代者,司马子长之文也。闳深典雅,西京之中,独冠儒宗者,刘向之文也。斟酌经纬,上摹子长,下

---

① 杜牧为李贺诗集作的叙文。见叶葱奇编订《李贺诗集》,人民文学出版社,1959年1月,第356页。

采刘向父子,勒成一家之言者,班固也。吞吐骋顿、若千里之驹,而走赤电,鞭疾风,常者山立,怪者霆击,韩愈之文也。搀(左山)岩测(左山)沥(左山),若游峻壑削壁,而古风凄雨四至者,柳宗元之文也。遒丽逸宕,若携美人宴游东山,而风流文物照耀江左者,欧阳子之文也。行乎其所当行,止乎其所不得不止,浩浩洋洋,赴千里之河而注之海者,苏长公也。呜呼,七君子者可谓圣于文矣!其余若董、相如、扬雄诸君子,可谓才问炳然西京矣,而非其至者。①

说不尽的重负

我们就是这样在说不尽的辉煌中满足着并陶醉着。传统令我们富足,这种富足令我们窒息,甚至造成了我们的愚钝,这主要是全民由此形成了因自足而拒绝、进而封闭的心态。当世界在工业革命的浪潮中阔步向前的时候,我们依然陶醉在中央帝国万方来朝的孤绝之中。这样的情绪一直延伸到列强的舰队开到了国门。我们依然坚信着"外国有的,我们早就有了"的神话。我们一直拒绝外来的事物,一直享受着"既无外债,又无内债"的自足。

最先觉悟的人不是帝国的皇帝和王公大臣们,也不是那些割据称雄的军阀们,而是一批多少了解一些外界事物的文人。但是他们对于传统的反思,引来了保守势力全力的反扑甚至屠杀。1898年的惨烈血案,就是这样产生的。光绪皇帝的死因,最近已经披露是由于毒杀。那罪名便是他企图修改祖宗的成法。

最先看到辉煌篇页上的斑斑血迹的,是鲁迅那一代人——

---

① 茅坤:《唐宋八大家文钞论例》,广东教育出版社,2002年12月。

> 我翻开历史一查,这历史没有年代,歪歪斜斜地每页上都写着"仁义道德"几个字,我横竖睡不着,仔细看了半夜,才从字缝里看出字来,满本都写着两个字是"吃人"!①

鲁迅的可贵之处是他的置身其中,介入了自我的反思:"四千年来时时吃人的地方今天才明白,我也在其中混了多年——有了四千年吃人履历的我,当初已然不知道,现在明白,难见真的人。没有吃过人的孩子,或者还有?救救孩子——"②

这些话,出现在1918年4月,是五四运动爆发的前夜,可以说是觉世的先声。"吃人礼教"这个词组过去经常出现,现在已很生疏了。所谓"吃人"就是泯灭人性,而扼杀人性的,就是我们文化传统中的某一部分,也可以说是封建礼教核心的那些部分。后人多半不能理解鲁迅当年的愤懑,也很难理解陈独秀的激烈,因为我们未曾感同身受。

我们很容易把他们的言论归结为偏激,因为我们没有那种切肤的痛感。封建秩序中无视人的最起码的权利和价值的事实,在在都是。例如三纲五常,就是封建礼教中的核心,三纲整个就是糟粕,五常则要加以分析。三从四德是专门用来整治妇女的律则,"三从"使妇女的一生都附属于男子,至于"四德",则指道德、言行、颜容、妇功四个方面的基本规范,其中也有不少的糟粕性。

单就恋爱婚姻的不能自主而言,就造成了多少的悲剧。五四那一辈人几乎都有逃婚寻求自由的经历。何况,传统文化中最具"中国特色"的太监和裹脚,是在形体上给予两性最无端的轻蔑和损害。这就是永远辉煌的中国文化中最为阴暗的一

---

① 鲁迅:《狂人日记》,《鲁迅全集》第1卷,人民文学出版社,1959年版,第12页。

② 同上书,第19页。

部分。

批判传统乃至否定传统的思潮其源盖出于此。就在于一些时代的先驱者觉察到了这种辉煌中的阴暗。这种觉察与当日的艰危国势猝遇,便燃起了五四那一场批判旧道德和批判旧传统的熊熊烈火。用今天的眼光来责备以往的过激很容易,但理解那场革命中的那种忧思和焦虑的原因却十分困难,这是一道相隔百年之遥的难以逾越的代沟!

清季道、咸以还,接连不断的丧权辱国使国人蒙羞,于是奋起寻找病原。首先找到的便是传统文化的"吃人礼教"的事实。于是贬损国学和国粹,乃至亵渎孔圣并使之与革命运动汇合最后甚至发展为暴力,乃是当日的一种时尚。1927年毛泽东的《湖南农民运动考察报告》描写了"无数万成群的奴隶——农民,在那里打翻他们吃人的仇敌"的事实,这是辛亥革命以来从未有过的气象:把地主打翻在地,再踏上一只脚,跑到土豪劣绅的家里,也敢在小姐少奶奶的牙床上滚一滚,还捉人,戴高帽子游街,文章的作者对此抑不住由衷地赞赏:

> 农民主要的攻击目标是土豪劣绅,不法地主,旁及各种宗法的思想和制度,城里的贪官污吏,乡村的恶劣习惯。这个攻击形势,简直是急风暴雨,顺之者存,逆之者灭。其结果,把几千年的封建地主的特权,打得落花流水。①

这种急风暴雨式的袭击,并不止步于在政治上打击地主阶级,而是扩展为对于传统文化的颠倒和反抗。它的涉及面相当广泛,在"农民诸禁"中,除禁牌、赌、毒外,还有花鼓、轿子、煮酒、熬糖、酒席以及限养猪羊,甚至于农村打春、赞土地、打莲花落、傩神游行、烧纸、春联、鞭炮,等等传统的民俗文化无不列入。可

---

① 毛泽东:《湖南农民运动考察报告》,《毛泽东选集》第1卷,人民出版社,1952年7月重排本,1966年7月改排本,1967年1月,北京第2次印刷,第14页。

以看到,后来文革中的那一切花样,早在数十年前都预先进行了"演练"。

为了拯救国运,重铸民魂这一目标,当年的先行者不能不面对国民心理积弱的探寻(例如"做看客"或"吃人血馒头")。他们一路追溯根源,终于挖到传统文化这一"病灶"上来。于是批判、否定以至于破除、毁坏,愈演愈烈的针对文化传统的革命行动,造出了空前的声势,而最后在"文革"中演变为灾难。在革命的旗帜下,以传统文化为对象的大批判和大变革运动风起云涌,一直延续到史无前例的"文化大革命"。以往的传世珍宝如今是弃若敝屣。十年动乱,对于传统文化来说,是一场毁灭性的劫难。

因为革命,人们对传统文化的态度来了个一百八十度的大转弯。从五四开始,愈演愈烈。事情发展到了延安,那时为了应对艰难的生存环境,对文化政策做了适应工农兵方向的调整。这种调整可能意味着文化的倒退。因为就这一群体的文化水准而言,他们和传统的精英文化隔着长长的距离。这就决定了政策的基本定位,即必须面对那些低层面人群的文化需求。那时的"改造京剧"和批判"大洋古",以及非常广泛的以"喜闻乐见"为指针的文化策略的制定,无不以此为坐标。

随后,革命者把这种破坏性的激情带进了取得胜利的城市。这些胜利者不仅看不惯那些西方的文化传统,他们也看不惯土生土长的中国传统文化,包括金碧辉煌的宫殿和牌楼(尽管他们可能内心和情感上迷恋,而革命的理性使他们在行动上否定)。如同那些文人从历史的书页中读出了"吃人",他们在这些不尽的辉煌中读出了:剥削、压迫和血腥。英法联军毁灭了圆明园,而我们却是亲自动手拆毁了北京城墙。在革命激情的支配下,什么东单牌楼、西单牌楼、东四牌楼、西四牌楼,稀里哗啦,全拆!

在这样的势如破竹面前,别说是一个梁思成,就是十个、一百个梁思成也无济于事。梁先生没有活到文革,他没有经历过那样狂风暴雨的扫荡。他也不会知道马寅初先生晚年亲手焚烧《农书》的悲烈。那是一个烹鹤焚琴的年代。在"破四旧"的号召下,充满破坏激情的造反者,以荡涤中华的文化精髓为快意,他们"大批判"的刀斧甚至砍向了至圣先师的碑碣!

传统就是这样,给我们提供无尽的滋养,又造成了一代又一代的沉重。五四的觉醒,引发了对于中国文化传统的深切反思,人们从以往无条件的、奴性的皈依和膜拜中走出来,开始用一种理性的目光审视那无边的辉煌。于是,以往的"熟知"和"亲切",开始变得"遥远"甚至"陌生"。激进的人们试图反抗和抛弃这一因袭的重负,他们于是成为革命者;另一些人则因为固守和试图否定这种革命,而被谥之为"遗老遗少"。

但是由于批判和否定传统的力量与当日的国情以及人们的忧患心态有紧密的关联,激进的一方最后占了上风。中国近代以来开始酝酿并形成的新文化,终于"战胜"绵延了数千年的旧文化而获得了决定性的胜利。这种情势的形成,也是一个渐进的过程。20世纪20年代以后,由于阶级斗争意识的引进,人们对于传统的态度,开始有了重大的、非常复杂的变化。人们对于传统文化的分析和认知,由于阶级斗争观念的渗入,开始对此拥有了明确的"敌意"。从批判传统,到视传统为寇仇,乃是一个可以理解的、顺理成章的过程。

事实上,在我国革命的两个阶段,即新民主主义阶段和社会主义阶段,文化战线上都存在着两个阶级和两条路线的斗争,即无产阶级和资产阶级在文化战线上争夺领导权的斗争。——要破除对中外古典文学的迷信。斯大林是个伟大的马克思列宁主义者,他对资产阶级的现代派文艺的批评是很尖锐的,但是,他对俄国和欧洲的所谓的古典著作却无批判地继承,效果不好。中国的古典文艺,欧洲(包括俄国)古典文艺,甚至美国电影,对我国文艺界的影响是不小的,有些人就当作经典,全盘接受。我

们应当接受斯大林的教训。古人、外国人的东西也要研究,拒绝研究是错误的,但一定要用批判的眼光……①

这些话语以唯一正确的方式判定传统文化的阶级和阶级斗争的属性,而且以同样权威的口吻宣告了对于传统的虚无主义的观点。以江青为代表的文革极端分子,他们在最革命的幌子下否定一切传统的继承,宣告了他们所制造的"新纪元"的神话:②

我们以做一个彻底的革命派而感到自豪。要有信心,有勇气,去做前人所没有做过的事,因为我们的革命,是一次最后消灭剥削阶级、剥削制度,和从根本上消除一切剥削阶级毒害人民群众的意识形态革命。——社会主义的革命新文艺,这是开创人类历史新纪元的最光辉灿烂的新文艺。

说不尽的忧思

然而,人类文明史的事实从来都在证实,文明是延续的,文化是承传的,文艺从来都不是从零开始,从来都不是!20世纪70年代后期,中国的文艺走出了绝境,那时天边飞起了一片早春的云霞。诗歌,还有绘画,成为了文艺改革的报春燕。在肃杀的严寒中,首先露出稚嫩的芽苞的是《今天》和"星星画展"。它们向人们宣告了一个文艺新时期的到来。

但即使是那些令相当多的人们惊呼"不懂"和"古怪"的诗和画,事实证明它们也并非是自天而降的。这些文艺变革的先行者,也是经过长期的孕育和积累的产儿。就以当时被称为"朦胧诗"的诗歌而言,它同样是中国新诗伟大传统和世界现代主义诗

---

① 见《林彪同志委托江青同志召开的部队文艺工作座谈会纪要》,1967年5月29日《人民日报》。引自谢冕、洪子诚主编《中国当代文学史料选》,北京大学出版社,1995年12月,第632—636页。

② 同上书,第637页。

歌遗产的延续,而绝非无源之水。这些,已有很多人(包括"朦胧诗"的作者本人在内)论及了。①

20世纪80年代有一份刊物发表过著名的"断裂问卷"。许多年轻的作者表达了他们对于传统的轻蔑和漠视,这些轻蔑和漠视甚至包括鲁迅和闻一多在内。② 这些言论并不说明他们的勇敢,而恰恰说明他们对于历史的无知,以及对于自身成长的不愿正视。我认识的许多新时期的作家诗人,在问及他们接受那些前辈的影响时,他们的表现非常令人失望——他们耻于承认即使是非常明显的事实。他们宁肯宣布历史是从他们开始的。

他们是从文革的阴影中走出的,他们同样不愿承认阴影的存在以及阴影对他们的遮蔽。而历史的真实性却在不断地提醒人们,历史是接连不断的长流水,不仅诗歌和文学,也不仅绘画和艺术,而是全部的文明史和文化史。梁思成先生这样谈到中国的建筑:

> 艺术创造不能完全脱离以往的传统基础而独立。这在注重画学的中国应该用不着解释。能发挥新创都是受过传统熏陶的。即使突然接受一种崭新的形式,根据外来思想的影响,也仍然能表现本国精神。如南北朝的佛教雕刻或

---

① 这里有几份材料可以说明"朦胧诗"与诗歌传统的关联:"70年代初,北京青年'地下阅读'黄皮书同时在白洋淀展开。除去被查封的《奥涅金》、《当代英雄》、《红楼梦》等外,这些青年还读到了刚刚译出供'批判'用的《麦田守望者》、《带星星的火车票》、《在路上》、《娘子谷及其他》、及一些现代派诗作。这些自由不羁的灵魂诉说,使他们饱享了偷食禁果的快乐,也开启了他们的心智。"(陈默:《坚冰下的河流》,《诗探索》1994年第4期,第160页。)"早在1970年前后,我们这些朋友突然将'文革'前十七年出的所有的有点价值的书都翻出来了。古今中外,哲学和社会科学、历史和政治方面的凡是有些价值的书籍,甚至自然科学方面的书籍,不知从哪个渠道在我们之中流传开来。这些书极大地开阔了我们的眼界和思维。"(甘铁生:《春季白洋淀》,《诗探索》1994年第4期,第150页。)

② 20世纪80年代某个诗会上,有人针对郑敏先生发言,质问道:"你那个闻一多和我们有什么关系?"

唐宋的寺塔,都起源于印度,非中国本有的观念,但结果仍以中国风格造成成熟的中国特有艺术。艺术的进境是基于丰富的遗产上,今后中国建筑亦不能例外。①

梁先生语重心长,他的言说无可辩驳地判定,所有的创新都无法离开丰富的遗产,我们所有的创造都来源于深厚的传统,古今中外,无不如此。这里有一个关于日本园林艺术的论说,也从另一侧面印证了上述论点:"日本明治维新之前,学习中土,明治维新后效法欧洲,近又模仿美国,其建筑与园林,总表现大和民族之风格,所谓有'日本味'"。②

这些前辈的见解不仅能为我们解惑,而且能奠定我们的信心。长期的"革命"和肆无忌惮的破坏,造成了我们与传统文化的真正的断裂。几代中国人,包括新一代的知识分子,成为了对传统文化少知甚至无知或者至多是一知半解的、与中华文化隔膜的一代人。他们是阅读"白话史记"或"白话唐宋文"之类的读物成长的。他们不会直接阅读古文,不会写文言文,不会使用毛笔,也不识繁体汉字。有时,他们为了表示深刻(表明他们"懂得"繁体),把"皇后"写成"皇後"而不知其耻。

记得当年,我在报端读到廖承志先生写给蒋经国先生的公开信,那信是用文言写的。文采风流,锦绣典雅。兴奋地读过,一面惊叹国中尚有此等文笔,一面又不免为鲜有继者而担忧。20、21世纪之交,由于国门开放,中外文化的大流通。思想和学术的禁戒少了,不再视西方文化为洪水猛兽,于是,可口可乐、皮尔-卡丹、星巴克、浩浩荡荡,铺天盖地,充斥了中国的了通衢大道,僻远街巷。摩登仕女,白领佳人,一时竟为时尚。

---

① 梁思成:《为什么研究中国建筑·代序》,见《中国建筑史》,百花文艺出版社,2005年5月第1版。

② 陈从周:《说园·五》,同济大学出版社,1984年11月,第123页。

中国的房地产商自也不甘落后,他们不避崇洋媚外之嫌,纷纷给自己的产品起了洋名。北京是首善之区,万事领先,此事亦不例外。以我所在的小区为例,人们戏言:"一不小心,就从法国来到了德国,从欧洲误进了澳洲。"至于我本人,则更为尴尬。每逢询及住处,总是支吾其词,回答之前总要加上:"不好意思,很无面子,我住——(一个毫不相干的外国地名)"。

我们的文化生态出现大的失衡。一方面是由于长期的革命批判造成的对于传统文化的偏见和警觉尚未消隐,一方面则是沟通和引进造成了普遍的"温柔地占领"的泛滥。当今的这种倾向,我们的前辈早有预警。梁思成先生有一段话是对传统的建筑说的——

> 近年来中国生活在剧烈的变化中趋向西化,社会对于中国固有的建筑及其附艺多加以普遍的摧残。虽然对于新输入的西方工艺的鉴别还没有标准,对于本国的旧工艺,已怀鄙弃厌恶心理。自"西式楼房"盛行于通商大埠以来,豪富商贾及中产之家无不深爱新异,以中国原有建筑为陈腐。他们虽不是蓄意将中国建筑完全毁灭,而在事实上,国内原有很精美建筑物多被拙劣幼稚的所谓西式楼房,或门面,取而代之。主要城市今日已拆改逾半,芜杂可哂,充满非艺术之建筑。纯中国式之秀美或壮伟的旧市容,或破坏无遗,或仅余大略,市民毫不觉可惜。①

梁先生这些话说在六十多年前,而后的中国建筑历经大跃进、"文革"以及历次的"旧城改造"、房地产开发等损毁,先生当年所说的"逾半",恐怕已是"殆尽"了。更可怕的是那些假建设之名出现的实际是破坏的行为,例如桂林城中的某宾馆,杭州西

---

① 梁思成:《为什么研究中国建筑·代序》,见《中国建筑史》。百花文艺出版社,2005年5月。

湖北山麓某饭店,都是缺乏远见的对于自然环境的破坏和污染。

这种传统文物损毁的涉及面,当然不止于建筑和园林,而是一种阴暗对于辉煌的全覆盖。这引发了我们不尽的忧思。历史走过弯曲的道路。我们勇进,狂奔,受阻,踌躇,蹒跚,经历了百般的挫折和磨难,终于又回到了五四前的那个原点。我们不得不重新面对那无尽的辉煌,思忖着怎样以更为成熟的姿态接受或是批判,吸取或是承续。

不知从何时开始,也许是由于一贯的提高民族自信心的动机,也许由于某个权威的倡言,以为21世纪真的就是东方文化的世纪了。人们于是开始大谈国粹:《三字经》是国粹,京剧是国粹,孔孟之道也是国粹。寿文化、福文化、孝文化、龙文化,遍地开花的文化热。均源于对于国粹的普及和远播的愿望。有一个时间,教育领导部门大力推行"京剧进课堂",而提供给学校的京剧段子,竟然有一多半是"革命样板戏",这一举措成为一时的热门话题。

最让人揪心的是当今的所谓"国学热",某些学人利用国学讲台,进行了明星式的关于传统国学的演出。当前这种把国学时尚化的倾向,已经引起学界的警觉和忧虑:

> 国学是精英之学,国学的普及是精英文化的普及,而不是将国学变成市井时尚。——凡属时尚的东西,都是短效行为。而国学是中国悠久的文化积淀,传之数千年的文化遗产,自有一定的尊严,非如此又何以得到后人的尊重——问题不在民众怎样做,而是国学面临商业大潮的冲击,需要研究者呵护,自重,不要随波逐流。要知道,反对国学复兴的,未必伤及国学本身,而将国学时尚化的,却可能毁坏国

学。①

各地都在大兴土木,打造各自的城市名片和旅游品牌,于是开始挖掘祖传的遗产。造庙之风大盛,祭祀的典礼一个连着一个。人们争先制造假古董。包括挖掘《金瓶梅》的遗址和展示西门庆的菜谱,以及包括扩建和整修鬼城的计划在内。人们是拆了盖,盖了再拆。有一段时间播放《西游记》,于是到处盖起了拙劣的"西游宫",不经风也不经雨,瞬间就成了破烂。这样的"产品"比比皆是。都是一阵风的短期行为。

关于这种乱搭乱建的风气,陈从周先生也有过精彩的言说:"今不能证古,洋不能证中,古今中外自成体系,决不容借尸还魂。不明当时建筑之功能,与设计者之主宰思想,以今人之见强与古人相合,谬矣!"②

五四初年,我们怀着大破旧物的决心,"别求新声于异邦",以为走出古人的阴影就可以获得民族的新生。当年的确是把问题想简单了。单以新诗的创立为例,我至今还同意胡适先生的看法,认为较之政治等等,新诗的创立乃是辛亥革命后"八年来的一件大事"。但是结果呢?结果是旧诗并没有消失。许多写新诗的人,如郭沫若、何其芳,到了晚年都写起了旧诗。记得王瑶先生亲口对我讲过,五四以后,人们以谈论和写作旧诗为耻。

这真的是回到了事情的原点。说一个我亲历的感受吧。我家靠近圆明园,那里每年都举行荷花节。每年到了节期,总竖起巨大的十四个牌匾,上面写着杨万里的诗句:

  接天莲叶无穷碧
  映日荷花别样红

---

① 刘志琴:《国学何须时尚化——从"汉服运动"说起》,2008年12月3日,《中华读书报》。
② 陈从周:《说园·三》,同济大学出版社,1984年11月,第47页。

每次经过,总有一个受刺激的想法:我们就这样向着遥远的古人借他的智慧过日子!

年节中,各地都用旅游点来招引游客,某南方大报通栏打出广告:"卅年旧约江南梦,独听寒山半夜钟",一看就知是套用了王渔洋的旧句。① 这倒也罢了。广告对"听钟声"和"敲新年钟"均明码标价,其中敲钟的价目最有趣:"共108下,逢'8'钟声敲一下380元,不逢'8'钟声每敲一下280元(第一至第八下新年钟声由冠名单位敲响)"。当文化成了商品,我们还有什么话可说呢!

2009年1月25日至2009年2月9日,即
农历戊子除夕至己丑元宵,成稿于北京大学

---

① 王士禛:《夜雨题寒山寺寄西樵礼吉二首》其二:"枫叶萧萧水驿空,离居千里怅难同。十年旧约江南梦,独听寒山半夜钟。"《渔洋精华录集注》(上),齐鲁书社,1992年,第146页。

如果命运不安排你做花[*]
——读史光柱

一个诗人的特有品质，往往表现在他对自己所确立的诗的信念的执着上。他一旦认定了自己的目标——在诗人这里，往往是他自己独特的抒情方式——就坚定地朝前行进，不左顾右盼，也不盲目追逐时尚，有一种对于风格和精神的坚守。这当然与诗人必须具备的创造性以及对艺术的不断创新的追求无关。坚持与创新是一个问题的两面，二者不仅不排斥，甚至互为因果。

这些话，是我在读了史光柱最近的诗作后产生的感想。我认识史光柱已有相当的时间了，记得初次见面是在多年前的深圳大学的课堂上。从那时到现在，我们没有再见过。但我始终记得他，我认定，如今的这个史光柱，就是当年来自军旅的那个史光柱。他还像从前那样写着关于军人生活，以及军人心中理解的生活的诗篇。他的创作依然如过去那样的勤奋而多彩。

史光柱写诗和常人有异，有一股"狠劲儿"。往往一个题目到手，他就死死地盯住不放，坚持着挖掘它的方方面面，"穷尽"它的所有意义（或曰意蕴），不达目的决不松手。尤为难得的是，他在所有的、为人们习见的题材中，无不鲜明地投上了军旅特有的精神和气质——他给所有的事象都赋予了军人的品性。他"改造"那些"生活"的决心和毅力，也是十分执着甚至有点"粗

---

[*] 此文据文稿编入。

暴"的。

举例说,他写的《班长》就很不一般。诗人在这个人们书写了无数遍的题目上做出了新意,使的就是他的那种一题到手就"穷追猛打"的劲头。人们都知道,班长在军中被戏称为"兵头将尾",诗人对此用了一系列的形容:是前锋、是后卫、是士中王、是兵之母、是标杆、是领头羊——揭示了了作为班长在军中的那种独特地位。他写班长和士兵的关系,也是一系列的生动的形容:同火同炉、同热同冷、同煎同熬——。还有一首写灯:诗人说它是"有形的微笑",是"无形的表情",是"乡村的全神贯注",是"城市的聚精会神",选择词语准确生动,可谓曲尽其趣。

他总是这样认真(甚至还有点固执)地看待他的每一次写作。意义要求深远,用词力求准确,气势则须雄健,一字一句,都经过认真的斟酌、推敲。他的语言短促有力,如起床号,如跑步声,有震动感,尽显军旅本色。他的优长是说理通透严密,了无空隙。但由此带来的问题是,道理是说得淋漓酣畅了,却往往理胜于情,诗意在尽情的"论说"中不免有些偏离和闪失。

读史光柱的诗,随处均可感到其间充盈着英雄气,总是一缕军旅情怀、男儿本色,使人为之气壮。但他的诗也非一味地雄健,《寸爱》一曲长歌,其中深蕴着多少刚健中的柔情:我的叶边也有细齿,划破有伤,疼痛无痕,更多的是垂挂露水。再如:英雄不问来路,壮士不顾来生,只要生为进取,死为高远,我愿弯下身来,让众人踩着过。这些诗句所表现出来的优长与缺憾,一如前述。

在史光柱的笔下,英雄也好,士兵也好,尽管他们的位置不同,但他们同样拥有一颗寻常心,这是最可贵也最感人的:我是僻静的小路,我是幽幽的月牙,我是低矮潮湿的小屋(《岸啊,我是——》);还是做粒种子吧,哪里埋没,就在哪里倔强地站起,别有一番花果的甜美(《还是做粒种子》)。

最让我感动的是《如果命运不安排你做花》这一首短诗,我认为很大程度上它就是诗人的人生姿态的表白。命运对于每一个人都是一个特殊,也都是一次"偶遇"。每一个人都有自己的梦想,当然都会梦想成为一朵带着春天的喜悦的盛开的花。然而,通往梦想的路上总是充满了变数——事实是,冥冥之中命运自有安排,你可能不那么幸运,你也可能失去机会。诗人这样勉励自己,也告诉人们——

> 不要为
> 登不上枝头哭泣
> 想做花朵
> 先让自己
> 像林木般静静地伫立

这种豁达体现了人生的成熟:即使是做一株普通的稻穗,即使是做一棵平凡的麦苗,一样是青春的绿色,一样是轰轰烈烈的认真的生长和展示。这就是诗人向我们昭示的最真实的也是最高的人生境界。

2009 年 2 月 14 日于北京昌平

我只想改一个字*

有几位朋友撺掇我把旧日的文字翻出来编辑成册，我答应了。我们相约，为了保持历史的原样，对所有的文章，不论妍媸，无分正误，一律照收，而且一字不改。我平生为文日久，自四十年代以迄于今，社会动荡，世情多变，文随世进，自然保留了当时的迹痕，也包括了自身的局限和谬误。这一切是不可回避也不必回避的。

人们通常总"悔其少作"，这是常理。因为年纪大了，经验丰富了，文字也相对成熟了，回头再看旧时文章，总是汗颜。这时总觉得"手痒痒的"，老想拿起笔来，按照现在的认识和水平予以改动。这些冲动，我都忍住了。还有，就是文章中所保留的那幼稚、简单甚至是拙劣和粗暴，也都想一一抹去。这些，我同样理智地忍住了。我只想让人们认识曾经的我，渺小的、有时还不免卑琐的我——我不要那些虚假的光环。

我诞生的时候，抗战已在如火如荼地进行，我当过童工，忍受过屈辱，童年和少年时代的文字中，留下了国破家亡的沉痛。后来则是内战，我生活和求学在东南一隅，不明真相，道听途说，加上少年意气，激情、单纯而莽撞，这些也都有"真凭实据"在，白纸黑字，我都认账，不能改。凡此种种，我都坦然，荣辱得失，置之度外。

工作进行得还算顺利。我找出了包括幼年时期的日记以及

---

* 此文刊于 2009 年 2 月 25 日《中华读书报》。据此编入。

中学时代的作文本，"文革"时期在五七干校以及后来"开门办学"时偷偷写下的诗文，一些异常时期"地下写作"秘藏的文字，等等。对于我个人而言，能够有机会重温那逝去的时光中留下的雪泥鸿爪，是幸福而又痛苦的、艰难的心灵之旅。我在享受那种"失而复得"的喜悦的同时，内心也为自己曾经有过的"羞耻"而悔恨。

我在阅读那些幼稚的，甚至非常可笑的文字时，常常停下来，扼腕叹息：为什么要这样写？换一种说法岂不更好？于是，不免再一次"手痒"，想改动这些文字。但想起我和朋友的约定，又一次制止了自己的冲动。这样，我在整理旧文的同时，就把当年"穿开裆裤"蹒跚学步的憨态"定格"了，自有一种克服了私心的暗喜。

我的写作历史，起始于上个世纪四十年代中期，中间经历过抗战、二次世界大战、解放战争以及整个二十世纪的冷战时代，以及中国错综多变的时局。为此，我在这些编辑成册的文字中，除了保留了那些时代的风云雷暴之外，还保留了那些特有的观念和词汇。人们在我的文章中不仅随处可见那种由无知、轻信、片面导致的歧误，而且随处可见那些由偏见和敌意决定的用辞的粗俗、无礼、蛮横乃至于暴力倾向。我怀着期待人们宽恕的心情，一切都照样。

但当我整理到写作于五十年代的一首诗歌的原稿时，在当时屡见不鲜的"匪"字面前被自己惊怵了！我无论如何不能原谅我自己这样的用辞。无论是在知识、良知、和道德的层面上，我都要改掉这个字。我要说服我自己，在为数数百万字的文集中，一切的庸常和幼稚我都留给历史了，难道就不能行使一次我的自我忏悔的权利吗？

我告诉我的朋友，它留下一天，我就要自责和不安一天！我的朋友劝导了我，他们说：不要改，这不是你个人的问题，这是历史。于是我心释然。我想起八十年代吴组缃先生讲述的一个故事：那年他赴美看望儿子，儿子是大陆清华大学，儿子的同屋来自台湾，也是清华大学。他们两人共同设宴为吴先生举杯。这个说，我来自"匪清华"，那个说，我来自"伪清华"。说罢，彼此哈哈大笑。

也许历史就是这样，千年一笑泯恩仇！我决定了，无论如何，一字不改。

2009年2月10日于北京昌平

我与西湖有约[*]

我和杭州西湖的缘分,可以追溯到五十多年前。那时我在北大求学,那年暑期,经历没完没了的"反右斗争",心倦神疲,于是偕友南下散心,首选就是杭州。我们在西湖边安顿下来,租了几辆单车,从湖滨到孤山,绕着湖满世界跑,真是尽兴。那时没有照相机,我们找到照相馆,留下了平生第一次在西湖的身影。照片今天仍在,有点傻,但是天真,却是绝对的年青。

后来多次到杭州,每次必至的有两个地方,一是断桥,一是岳坟,其道理,我心自知。前一处,可能与动人的爱情故事有关,那是我心灵的密约,也是说不清的。后一处,那就是对岳飞的景仰,我千里来访杭州,第一件事就是向他致敬。我不一定都要进庙,也许就是在门前停留片刻,心至而已。

上世纪八十年代,温小钰主持浙江文艺出版社,那时筹划出文艺批评大系,曾招饮于楼外楼,一夜尽欢。后来有《江南》评奖,汪浙成把我们找去,相聚于汪庄。记得那日傍晚,主人盛情邀我去太子湾观赏郁金香,而被拒之门外。百般恳求,不为所动,怅惘至今。小钰是我挚友,长别已久,思念弥深。

现在要说的就是1990那一次。那次是《西湖》杂志的邀请,是西湖诗歌大奖的评奖和授奖典礼。我就是在那时开始了与《西湖》以及嵇亦工的友谊的。算来也快二十年了。那次聚会,外地来的有公刘,有昌耀,有我和唐晓渡。前两位,已不在了。

---

[*] 此文刊于《西湖》创刊五十周年纪念特刊。据此编入。

公刘是大病康复,忧患依旧,对世事的牵怀依旧;昌耀那时已走出困厄,是杭州使他重新燃起了生活的热情。他们如今已远去,空留下我们的怅惘。

人生苦短,我们相聚的每一刻都值得珍惜。我由此想到,我们平常是否不大关心这种相识相知的可贵,以及它不会永留的瞬变和短暂。其实,世间万事万物,最值得珍惜的不是我们日常挂在嘴边的那些物事,而是此刻我的回忆中涉及的这些微不足道的感慨。

2009年2月26日于北京大学

平生最爱是西湖[*]

——谨以此文庆贺《西湖》创刊五十年

天下湖山多胜景,平生最爱是西湖。我不讳言我对杭州西湖的这种热爱之情。要是我仅仅在杭州的朋友面前这么讲,我就难脱"逢迎"的嫌疑;我是在所有的朋友面前都这么讲的,我不隐瞒我的"偏心"。当然,这样说也许并不公平,南北西东,好去处多的是,凭什么单单会是西湖?例如桂林,阳朔画境,漓江帆影,难道就低了?不见得。再如我的家乡福建,武夷九曲,鼓浪琴韵,难道就低了?不见得。所以,也许、但愿,这只是我个人的偏爱!

世间万象,美是多向性的,美是复杂而非单一。人们的审美活动,角度也好,标准也好,都因人而异,也不会是单一的,更不会是统一的。所以人人心中都有他的美和爱,都有他的最美和最爱,此乃常理。想到这里,我心释然。至于西湖究竟怎么个好法,为什么成了你的最爱?这提问要回答起来,可就难了。

杭州西湖的美,它的可爱之处,千百年来,前人的笔下运用了多少清漪的、浓郁的、华丽的、淡远的、如歌如泣又如幻如梦的文字!再说,有白居易和苏轼这两位"前市长"的诗在前,又有袁宏道和张岱这两位风流名士的文在后,对于西湖的美,我又怎敢置一词!但既然西湖是我的最爱,我要是就此缄言,我又如何对得起它!我想,表达心中独有的"爱意",应当是不论年代、辈分,

---

[*] 此文刊于《西湖》创刊五十周年纪念特刊。据此编入。

也不论文笔优劣、妍媸的人们的权力吧?想到这里,于是又释然!

山水是处处都有的。但杭州优长之处是,它的水光山色是相融的,是互为映衬而相得益彰的。远山如簪花青黛,近水如明目秋波。湖水摇漾,轻抚着岸边的山,山边的树,树边的花和草,它们那浓浓的、深深的、浅浅的、淡淡的绿,一直铺向水天之中,竟连成一片无边的绿。在西湖的岸边行走,仿佛是行走在画中,每一步都是迷人的风景。行走在西湖,就是在享受着一场丰富的感官盛宴。

西湖的景色是无处不在的,也是无时不在的。不是一时,不是一地,也不是一季,而是一年到头的四季。西湖仿佛是一部永远都在播放的、永不间断风景片。春天的西湖是用鹅黄嫩绿的柳枝,用姹紫嫣红含苞的、盛开的桃花装裹的。年年的春风送暖时节,整个的苏堤、白堤、杨公堤都被这些绿云红霞熏蒸得灿烂辉煌起来!

夏天到了,西湖有点热了。不要紧,无边的莲叶铺天盖地,其间装点着浅浅淡淡的荷花。西湖用晚风、用晨雾把那绿茵茵、粉扑扑的夏季的清凉来为你消暑。或是清晨,或是黄昏,从平湖秋月到花港观鱼,西湖的空气里都充盈这种清荷的芬香。西湖的空间全都被绿荫遮蔽着,那十里荷香就这样把所有的空隙都填得满满当当的。

西湖的秋天也是芬芳的季节,那香气是从平时默默守护在路边、山崖的桂树林中悠悠地荡出来的。那些平日低调的桂花树,此刻用积蓄了一年的功力,到底把一座杭州城温柔而甜蜜地"占领"了。你要是到满觉陇走走,那遮天蔽日的桂花雨,劈头盖脑地会把你"浇"晕!秋天的杭州是最惬意的季节。不热不冷,清清爽爽,一路行来,看白云悠悠地飘过保俶塔的尖顶,身前身后,若有若无的桂香慰藉着你,此刻的人们,即使有旷世的忧愁也会抛到九霄云外的。

西湖的冬雪柔和得让人想起情人。它无声地飘落,在你的脸颊边,在你的嘴唇上,轻轻地抚摩着、浸润着你。杭州西湖的雪不是北方那种的寒冽和凌厉,西湖的雪是温馨而甜蜜的。断桥是看雪最佳所在,此刻你若站在断桥岸边,看那纷纷扬扬的雪花静静地飞舞、飘落,你定会身心两忘。雪中的西湖,水天空阔,望不尽的静穆清洌。它让人想起一岁的劳顿,真该静下心来沉思那无尽的忧乐,或者干脆约上二三好友,找一个僻静的去处,浅斟低酌,静享这无边的清逸。

写到这里,猛地一想,我应就此打住。我发现上面这些话,可能是在做无谓的重复。这些话当然不会是抄袭,也许更像是模仿,最有可能的却是重复,而且,极可能是拙劣的重复!面对前人和古人的才情,我是有些沮丧了:西湖原本就是不可言说的。我这是"手痒"到了不揣浅陋的地步,文人的积习,改也难。即使如此,我仍要坚持我的表达的权利——究竟为什么西湖会成了我的"最爱"?

答案应当是,是西湖对应了或者突显了我的审美情趣,这是一种心灵期待——当然,这种期待仅仅属于本人而与他人无涉。我走过许多地方,形成了自以为是的认知,由此引发并形成了自以为是的标准。我以为,天下山水,有以自然风光胜的,有以人文景观胜的,其优者则是二者兼而有之的。前者如九寨沟,以不加雕饰的自然风光胜;后者如泰山,以记载了历时数千年的人文景观胜;不论前者还是后者,它们的胜处都是不可企及的。

也有二者兼胜的,如敦煌,既有大漠黄沙的壮阔,又有洞窟雕塑的辉煌,这种自然与人文的契合也是让人惊叹的。但比较起来,自然和人文结合的最完美,甚至可以不夸张地说是天衣无缝的,还数杭州西湖。西湖的自然美,是天然,又不止于天然。它的美,也是经历了千年不间断的积累、保护和开掘而成就的。

最让人着迷的是,西湖的自然资源的丰富和人文资源的深厚结成了一个完美的整体。西湖处处有景,处处的景中有人,有事,有历史,有境界,更有情怀。这一点,是别处、别景所难以比拟更难以超越的。

在西湖,我最流连忘返而且百看不厌的是断桥。断桥的佳处不在它那"断桥不断"的命名,而是它无可言说的美感。设想若是春日的拂晓或是夏天的停午,你行走在断桥弧形的拱背上,望那无边的春花秋月,无端地想起了那岸边曾经停泊的船,那船篷上滴滴答答的雨点,想起那美丽的油纸伞,那伞底发生的让人千古叹息的爱恨情仇。此时你所面对的湖山,岂不增添了更多的风韵和意趣!

也许此际你漫步在孤山脚下,孤山的枫叶如火,篱菊吐芳。此时从遥遥的西泠印社那边的一面画窗之下,溢出来缕缕幽幽的墨香。你再看那红的枫叶,洁白或浅黄的菊花,想起那窗里飘来的墨香,也许是从俞樾,也许是从吴昌硕或沙梦海笔底涌出的,你于是内心充满了喜悦。你因而更增添了你的游兴,也许你竟信步跨进了那位梅妻鹤子的隐者的庭院……

在西湖看景,往往看出了景中的人。不仅看出了人,而且领略了人的那份境界、情操和胸襟。西湖就是这样有看不尽的风景,又有读不尽的人。那湖岸竖立着秋瑾坚定而秀丽的雕像,西湖把最美的草坪,用来怀念这位在秋风秋雨中洒血的女侠。从她的身边往前走,前面到了灵隐,那里埋葬着岳飞。多情的杭州人怀念这位不仅会打仗也会写诗的英雄,连同忠义的古槐和战马也一同祭祀,而让那四个奸贼跪了千年。西湖的山水就这样充盈着忠刚悲烈之气。

然而西湖却是柔美的,西湖沿岸,灯火楼台,钗光鬓影,舞裙歌扇,那里传扬着历代让人神往的动人传说。那些才貌出众的女子,在西湖的青山绿水之间演出了无数可歌可泣的故事。前面就是西泠桥了,苏小小的香车宝马悠悠驶过柳荫,飘下了一路幽幽的香风……几千年来,她的美艳与才情,吸引了多少男人倾慕的目光!杭州的居民没有忘了这位多才、多艺又多情的女子,他们在西泠桥边为她修起了一座优美的亭子。

这就是我心目中的西湖,不仅它的美是多向性的,而且它的情也是丰富而宽广的。它纪念英雄,它也怀想美人,它高雅,它也平易,西湖是兼容的。它的胸怀犹如这里的青山绿水,春花秋月,为我们展示着四时不竭的美景,也展示着悠悠千载的高雅情怀。哦!让人情牵梦绕的、侠骨柔肠的西湖,我永远的最爱!

2009 年 2 月 28 日于北京燕园

相聚在新时代*
——记北大中文系1977级

不仅仅是事关教育复兴,不仅仅是事关师生情谊,也不仅仅是事关知识传承或者文学发展,我此时提笔写这篇文字的原由,都是,又都不仅仅是。命运安排我们相逢、相识,安排我们一起度过难忘的时光,这是由于什么?不说社会盛衰,不说时代进退,甚至也不说众生哀乐,不说这些宏大的话题,单就我个人而言,我把我和77级这个集体的相遇和相知,看成是我个人生命的一个重大的庆典——意味着新生,光明,希望,还有幸福的重大的庆典!

就在我们相遇的前一年,中国在十月的一声惊雷中醒来,从此结束了长达十年的噩梦。在这之前,我和中国所有的民众、特别是中国所有的知识分子一样,曾经有过漫长的忍受和痛苦的等待。我们以近于绝望的心情,等待那灰暗、阴冷和暴虐的年代的终结。在那些艰难的日子里,我目睹并亲历了过多的苦难。现在,我的等待结束了,那么,我所等待的将是什么?在1976年,我对此还是浑然不知的。

那是黑暗与光明际会的时刻,都说1977级的出现是中国当代教育史的一件大事,是的,但也不仅仅是。我更愿把它的出现看成是一个预言,一个象征,或者更是一个标志。一抹彩云在中国的天空升起,它划分了夜晚和黎明,停滞和进步,封闭和开放,

---

* 此文刊于2009年4月7日《解放日报》。据此编入。

愚昧和文明！1977级，它就是披着那朵祥云降临人间的。它的出现是一种绝境中的希望和新生的福音。它告知了一个新时代的降临。

也就是祥云出现的第二年，即1978年，中国打开了沉重的大门，开始迎接外面世界的明丽的阳光和自由的空气。从那时开始，中国真正结束了与世隔绝的状态，一个真正崭新的中国，终于出现在世人面前。三十后的今天回望过去，我们不能不感激那个时代，感激它给我们带来了全新的生活。而夹在1976和1978这两个年代之间的就是1977！所以我们今天回望1977，感到了它的内涵的丰富性，在谈论它的意义的时候，也因这种丰富而感到了言说的困难。

悲喜交集的1976过去了，开辟未来的1978就要来到，中间是辉煌而欢乐的1977。作为结束黑暗和迎接光明的过度的年代，1977年对于我们，真是一个美好的愿望和祝福。我本人和所有的中国人一样，也是带着憧憬和期望跨进1977年的门槛的。

1977年是我国恢复高考的一年。就在这一年，我因为受北大的委派成为在北京地区招生的一员，而与1977级的同学们相逢了！有趣的是，我们最初的"见面"是"书面"的，是在档案文件上。按照常规，北大是第一批进驻招生点的，而且有权从最高分开始录取。我当时的心情就像是进了阿里巴巴的魔洞。一摞一摞的档案调来，我如面对百宝箱，挑得眼花，也挑得心跳！挑了一件，舍不得放下，再挑一件，又是如此。

北大中文系录取的名额是预先定了的，一个也不能多。而我面对着这么多的青年才俊，他们不仅考了高分，而且非常优秀，我简直失去了"判断"的能力。对于经历过"文革"灾难的人，长期面对那些空洞的教条，面对那些"知识越多越反动"的喧嚣，如今面对这么多的人才，我真是犯难了。我只能狠下心来，把我认为最不能拒绝的先定下来。而后,怀着惋惜的而且是负疚的心情,把其余档案送回去。我作为"文革"后的第一任"考官"的任务,就这样完成了。

在这批最先录取的新生中,我记得最早进入我的眼帘的是陈建功。他当时的身份是京西一个煤矿的工人。他考分很高,而且文章写得漂亮,毫不犹豫,第一个录取了。进校后,我对我所招收的学生,一一作了"核对"——即从"书面印象"到"肉眼视察"的印证——我对自己的工作非常满意:他们的确是无愧于北大的!在科举时代,我作为1977当年的"考官",其身份按道理是被包括新科状元在内的全体登榜的进士尊为"门师"的(或者叫别的什么,记不得了,我记得陈建功好像也这么称呼过我)。由于北京的学生是我把他们请来的,由此导致了我和全体77级学生的非常亲密的关系。

"文革"前,我只是一个刚留校任教的青年教师,没有什么教学经验,正经的学问也还没有开始。"文革"一来,一切就这样突然地终止了。这一停就是长长的十年,我从青年时期就这样进入了中年。而此时我的身份依然还是助教,一个看不到前景的"永远的助教"。在濒临绝望的边沿,作为教师,我当年的幻想就是重新走上讲台,向比我年轻的一代,传授中国文化的辉煌。这个可能性,在当年简直就是一个零。

不难想象,这一年我与77级的猝然相遇,曾经带给我多大的惊喜!所以,在这篇文字的开头,我不避讳一般为文的禁忌,劈头盖脑地用了一连串的"不仅仅是"。的确,一切都是,一切又不仅仅是。至少对我个人而言,我和77级的相遇,不仅意味着我找到了他们,更意味着我重新找到了自己,找到了我曾经的梦想、找到了与我的生命相伴随的我今后的学术道路,我的事业和幸福。这一切,从表面上看,和77级的出现并无直接的关系,但我的确把这看作是我个人命运的转机。

而后的事实可能就转到了师生情谊的记忆上了。从那开始,我不仅认识了由我招进的那一批北京的学生——包括随后扩招的(记得当年,考生太优秀了,不扩招会留下太多的遗憾,于是事隔不久,又以1978级的名义扩招了另一届学生)学生在内——连同来自全国各地的77级新生,我们都建立了非常良好的师生之谊。

我们像迎接节日一样把77级迎进了燕园,紧张的大学生活开始了。这些过去在农村、在工厂、在部队、在兵团,也有在中学,还有在基层工作的大学生们,走进了北大的课堂。中文系的老师们,从最年长的教过我的那些老师,到我们这些当时已不年轻的年轻老师们,都以最大的热情、最认真的姿态,投入了长久荒疏的工作。

1977年的秋季对于学生来说是节日,对于我们这些老师来说也是节日。这一个秋季,对于77级的学生来说是庆祝新生活的开始,对于我们老师来说,则是向噩梦般的过去的真正告别,从此告别了歧视、凌辱和无边的阴影。这一切都像是梦境,我们终于有机会重新开始做我们热爱的工作了。

中国的知识分子就是这样,可以对他不公,可以蒙受耻辱和苦难,他能忍受。而且忍受之后,他们一如既往地依然热爱他们的工作。这说起来有点"贱",西方的一些媒体也常常诟病我们的这些"积习",但不管怎么说,我们终于掸去了满身的灰尘,以及心灵的暗影,和我们的77级的学生们一起,迎接了我们的新时代。

长久的"革命"、"斗争"、"改造",还有没完没了的惩罚式的劳动,荒废了我们的业务。我们从各个角落,把过去被迫扔掉的书本和资料找回来,如同拥抱曾经的弃儿,我们重新抚摸着我们的至爱。77级的同学们的心情,也和我们一样,他们久经饥渴,更像海绵般贪婪地吮吸着一切的知识。老师无私地贡献,学生认真虔诚地学习,那时的北大校园,弥漫着非常浓厚的学术氛围。

快乐的日子过得很快,77级的学生们很快适应了校园的生活。他们向我们展示了青春、勤奋、创造特别是思考的活力。77级毕竟是曾经折磨和锻炼,他们深知今天所拥有的来之不易,他们懂得珍惜。所以他们不仅学习用功,而且敢于承当,勇于实践,他们的思考和行动无不紧紧地维系着时代和社会。他们是有理想、有追求,而且是能行动的一代人。在校期间,他们除了认真听课,完成作业,业余时间他们组织社团,开展课外活动,办讲座,开讨论会,他们关心文学界的动态,而且积极参与,我记得当时社会热议《苦恋》,其中也有北大学生的声音。他们的校园生活丰富而多彩。

我记得他们办过一本叫做《早晨》的文学刊物。早晨,那正是一代人的自我写照。他们生而逢时,正是祖国结束黑暗的夜晚迎接满天朝霞的时光。同时,早晨也是他们的自况,他们生命的阳光正在升起,时代为他们铺就了一条充满阳光的路径。除了《早晨》,他们还与国内高校中文系联合办过《这一代》。遗憾的是,"这一代"命运坎坷,大概只出了一期,而且人们看到的这一期也是被"开天窗"后的"残本"。

这一代无论如何是幸运的,但这一代肯定是要承受时代的重负的。道路是明确而宽广,但道路也肯定是曲折而充满挑战的。这一切,通过与1977级有关的两本刊物的名字及其遭遇,已作了非常有趣的预言。

2009年2月28日于北京大学中文系

每年这一天[*]
——海子逝世二十年祭

  每年这一天都是春暖花开的日子。今天下午我走过校园，那一片迎春花开满了星星一样的花朵——是迎春，不是连翘，许多人都把连翘当成了迎春，迎春花开得比连翘还要早。那迎春花，是一种迫不及待的灿烂辉煌！

  这是一年一度的春暖花开的日子，一年一度的迎春花星星般地点亮了校园的春天。走在校园里，想象着这是诗人在向我们报告春天的消息，心里有一种感动，有点怅惘又有点温暖的感动。

  最早认识海子，那时他远未成名。我在他刻写的（或者是在他手抄的）小本子上读到了他的许多短诗，其中就有《亚洲铜》。那是20世纪80年代的某一天，海子那时还是北大法律系的学生。是在我家，应该是在蔚秀园的那个公寓的五楼上。这是我和海子的第一次见面。一见面，就没有忘记他，没有忘记他这个人和他的《亚洲铜》。

  他写着仅仅属于他的与众不同的诗。当大家都被朦胧诗的英雄理想情结所激动的时候，海子向我们展示了神奇的另一片陌生的天空。就在这首题为《亚洲铜》的诗里，他谈到屈原遗落在河边的白鞋子，谈到飞鸟和野花，海水、月亮还有死亡。这是一些全新的意象，随后，我们也认识并熟知了他的麦地、麦地尽

---

  [*] 此文刊于2010年3月26日《新民晚报》。据此编入。

头的村庄,村庄里的母亲和姐妹,它的空虚和寒冷。

海子是始终都在为春天歌唱的诗人。1989年3月,他继1987、1988年后,第三次修改写于三年前的《春天》这首诗:这是春天,这是最后的春天,我面对的春天,我就是它的鲜血和希望。《春天,十个海子》也许是他的绝笔,写于1989年3月14日,那是凌晨3—4点的时分:在春天,十个海子全部复活,在春天,野蛮而悲伤的海子,就剩下这一个——

> 这是一个黑夜的孩子,沉浸于冬天,倾心死亡
> 不能自拔,热爱着空虚而寒冷的乡村

今天的会上我与郁文相遇,我们回忆了那个难忘的夏天,是他和阎月君携带海子遗诗交我保存。我知道这是骆一禾用他年轻的生命整理、保护,并郑重地托付他们两位的。我知道这批诗稿的分量。我记住了郁文和阎月君的深深的友情,记住了骆一禾和海子匆忙而辉煌的生命,记住了中国现代诗歌那悲哀而惨烈的一页。

最后一次和海子见面是在拉萨。是那个惨烈的夏天之前的一个夏天,我们相见在布达拉宫前面的一所房屋。随后,海子就开始了他在西藏的漫游。拉萨一别,我们再不见面,直至令人哀伤的消息传来。但是我们不会忘记他,春天也不会忘记他。他也没忘了在春暖花开的时节来与我们相聚。

那是1992年的春天,我在"批评家周末"主持了纪念海子逝世三周年的纪念会。我在致辞中说:"时间是无声无息的流水,但这三年带给我们的不是遗忘。我们对海子的思念,似乎是时间愈久而愈深刻。"

1999年,海子逝世十周年,崔卫平主编了一本叫做《不死的海子》的纪念文集,我写了序言。我说,"作为过程,这诗人的一生过于短促了,他的才华来不及充分地展示便宣告结束是他的

不幸:但他以让人惊心动魄的短暂而赢得人们久远的怀念,而且,于是久远这种怀念便愈是殷切,却非所有诗人都能拥有的幸运。这不能与他的猝然消失无关,但却与这位诗人对于诗歌的贡献绝对有关。"

一个诗人的一生不一定要写很多诗,有一些诗让人记住了就是诗人的幸运。海子的诗让我们记住了,他也就在我们的记忆中活着。让我们如同海子那样,热爱诗歌,热爱春天,作为年长的人,我还要加上一个:热爱生命!

2009年3月26日,于北京大学第十届未名诗歌节暨海子逝世二十周年纪念会

守望是在山林之上[*]
——读阎志

现在阅读的是阎志所作题为《挽歌与纪念》的长诗。这部长诗篇幅巨大,场面宏阔,内蕴深厚,作者于此诗创作用力甚多。长诗始作于1996年,修定于2008年,前后历时达十二年,其间大改至少凡三次,可谓呕心沥血的跨世纪的成绩。长诗的内涵甚为丰富,其中不乏个人生命过程的体验与回想的记述,一些篇章透露出自传写作的倾向,而更多的章节则涉及了范围广泛的世间万象的深邃的思考。但全诗的着重点无疑是在抒写对于乡村的迷恋和回望上——追忆和怀想那些发生在乡村的故事和人物——以及对城市的充满矛盾的心路历程,其间杂糅着诗人复杂的情感以及无以排解的哀愁。

诗人的笔墨所到之处,有些景象是梦幻般的漂浮的(即每一部的"梦游"部分),读来不免有混沌之感,但在关涉乡村的情怀抒写上,那些"梦游"场景却显示出相对明晰:

那是一片麦田
那是一片山林

长诗第六部《父亲》应当是全诗最关键的一章——可以视为全诗的"诗眼"。那里出现的"父亲",有时是单数,有时则是复数,有时是特指(我的父亲),有时则是泛指(我们的父亲),不论

---

[*] 此文刊于2009年8月27日《文艺报》。据此编入。

其为实写或是虚写,都有强烈的真实的意绪充盈其中。那里所展现的麦田和山林属于中国乡村,那些艰苦耕种的农人,属于乡村中的父辈。正是这些父亲们,他们以"粗糙的手"、"佝偻的背"、"深刻的皱纹"实现了对这些土地的"占领",诗人对这些"占领"有着难以抑制的动情。

至于作为儿子的一代,也许是由于梦想,也许是由于厌倦,他们却在乡村的静谧中"无法入眠",他们与父辈的坚守不同,毅然地选择了城市。儿子的出走使父亲几乎一夜之间就衰老了。当父亲无法拥抱哪怕是一片山林的时候,城市就这样猝然地甚至是粗暴地出现了。父亲开始在他所陌生的城市无所适从。立交桥和水泥柱,炫目的灯光和喧嚣的喇叭,冬季里的颤抖和偎依,最终是城市无法包容,以及父亲的城市梦游的结束。这就是当今中国的乡村悲剧。长诗中的《父亲》讲的就是关于这个悲剧的约略的故事。

更为惊心动魄的故事发生在城市。由父亲的山林通往儿子的城市,那曾经是一道朝圣般的行旅。人在这个行旅中,如一片秋叶在寻找可以"滋润生命"的甘露,城市依然有着属于自己的独特的风景,这里曾留下过歌者"无所畏惧"的"独有的挺进"的步履。但最终却发现更为深远的悲哀:"还有很多城池","还有很多车鸣",而就在这里,"失眠也成为一种宿命"。诗人在城市里,——如他在乡村一样地"无法入眠",更有甚者,除了遍布各个角落的冷漠的目光,令人惊悸地发现一种巨大的悲哀的事实,那就是诗人称之为的"城池的陷落"——

最后的城池
陷落的精神

他为此写下了撕心裂肺的诗句:鸟群远离我们,山林远离我们,湖水远离我们,泥土远离我们,这是我们最后的城池。悲剧发生在世纪末,那是梦境破灭的时刻。诗人说自己也许被城市送进了精神病院,也许不是,是我把城市送进了精神病院。而那个始终飘舞在眼前的"紫蜻蜓",此时也"无法停驻",她再也无法修饰所有人的梦想。

我注意到阎志一再声称自己只为艺术而写作,他在《以自己的名义》这篇后记中说:"我只能把诗当作一门艺术看待","诗就是诗,诗是众多艺术门类中的一种,仅此而已。也许诗中有展现、有揭示、有预示,甚至有方向,那也是诗人的一种艺术表现手段,而不是目的。"但不论诗人如何表白,甚至也不管诗人如何自恃恪守艺术的"纯净",而事实却是,他的悲天悯人的心境,远远地超出了他所一相情愿地坚守的目标——他对现世的关怀是如此的深切,我们透过他的诗句,读出了他的全部悲哀。

紧随着"陷落"出现的是另一个更为触目惊心的词汇"交易"。在长诗第八部《交易》中,诗人发现了人们为了卑鄙的私利而进行交易,这种交易包括诗人自身在内。诗人写了城市企图侵占乡村的诱惑,儿子们帮助有钱人收购父亲赖以生存的最后的山林——他"决定出售自己"。此时,诗人痛心地发现,这种出售几乎是全覆盖的。他发现人们都在出售自己,包括自己的器官,不洁的交易的场面让人心惊:

> 后来渐渐有人
> 买去我的眼睛、双腿、肝脏——
> 最后终于全部出售完我自己
> 换回一叠钞票——
> 我学会在这个城市出售自己
> 并且还发现
> 人们都在出售自己

诗人的这种"发现",让我们自然地联想到上个世纪初那个

"狂人"的"发现":几千年"吃人"的历史以及"我也吃人"的事实。这些超乎"诗意"的"残忍"的笔墨,也许并不符合作者创作的初衷,但的确显示出长诗涉世思考的深刻性。记得诗人曾经自述:"诗是一种安慰,诗也可以是一种生活方式。诗是离善良最近的事物。"从诗学的实质上看,他的这种表述没有错,诗,原本就是让人做梦的。然而不幸,诗人却是不由自主地为非梦境的现实世界唱起了挽歌!

这首长诗的题名中包含了"挽歌"和"纪念"两层寓意,其背景可能源于同一事物,即诗中反复出现的"父亲的山林"这一意象。要是这种理解接近诗人的原意,那么,所谓"纪念"当然是指对于往昔家园的迷恋和怀想;所谓"挽歌",惋惜的正是它们无可挽回的消失。在长诗的诸多篇章中,我们均可感到诗人的这种深长的叹惋和沉重的哀愁。

有时是在杜鹃盛开的时候,有时是在黄昏退出的时候,诗人开始歌唱。歌唱始于暴风雨骤至的夜晚,诗人倾听自己的声音,他说,这是没有污染的声音。从原质上看,阎志的诗是温暖的,因为他的心是温暖的。他的心永远地留在了父亲的乡间,留在了那里的山林和湖水。他知道乡间有温暖的东西,譬如久违的炊烟和农田,当然,这一切正在失去原来的样子,于是,诗人的声音也因此变得含混而复杂起来。

我们此刻阅读的,正是这种充满赞颂和诅咒、依恋和厌倦的矛盾重重的声音。诗人的激情是内蕴的,隐藏在批判的锐利言语之中。而直接得到展示的是富于理性的思考,有时这种思考因激情的诉求而显得近于迸裂状态,也就在此时我们读到了作为诗人最可贵的品质。

2009年3月29日于北京大学

致陆红颖*

红颖：

这样称呼难免突兀，用"女士"，用"同学"，总有点"生分"，用"老师"吧，又有点"远"。就这样直呼其名，也许更合适些。

最初收到你的信，已有了延搁——因为我基本不住北大，在远郊，过一段时间回去取一下信件——看你写信的时间是2008年12月20日，距今应该是三个多月、一百天前的事了。

当时我手边事多，来不及复信，又怕你久等，就寄了明信片。没想到明信片在你那边也停留了两个月。我们的通信好像特别难！

收到你的快递，也有一些日子了。我一直记着给你写信，可是手边的事实在太多，老腾不出手来。

平时我收到各种信件，一般都难回复。不是"摆架子"，而是琐务太多，处理不过来。这点，钱理群老师有很好的作风，他告诉我，是每信必复。我恐怕是在学界留下了骂名。但是，没有办法。

收到你的信，看了你的书，我当时就想，一定要认真地给你写回信。因为你的信和书，引起了我的共鸣。我觉得你的工作非常有创意，也是我经常想的。我是想到了但做不到，现在有了你的实践，颇是引为同调的。所以，我当时就决定要好好给你写信。没想，好事多磨，一拖就是一百天！

---

* 据文稿编入。

可是,一百天过去,当时看书的印象,又模糊了。我想认真地再读一遍,已不可能了(过几天还要外出,四月份活动甚繁)只能说些粗浅的感想。

我从来认为,古今中外的诗是相通的,诗无国界,分中外,那是一种习惯或者地域的事实,但中外的诗,都是讲的一个道理。古今也如此,中国诗的古今是有区别(即它们的"异"),但"同"的更多,除了语言的差异、意境的差异,它们原本就是一家。现在,你从现代诗中的找古典的意蕴,你把古今打通了做,这正是我的理想。我常慨叹今人不知古诗,说"不知"尚可原谅,若是"鄙视",则近于无知了。我的主张就是打通了做!

看你的书,你从情诗入手,深入到它的古典意蕴,甚至涉及台港诗作,进行中外对比,你的视野非常广阔,思路也极活跃,你带中外诗史的知识积蕴甚深,这些,都是我非常欣赏并赞同的。我只有一个意愿,即,希望你坚定地、更加努力地向前走去,不管别人如何说,走自己的路!

未曾谋面,看你的照片,是非常清雅的,很高兴。书放在我的案前,一有时间,我就会读一些。我的字十分潦草,你慢慢识别吧!

祝好!

谢冕

2009 年 4 月 1 日,于北京大学

歌吟在长夜[*]
——为刘德隆先生主编《太阳升起前的歌》而作

二十世纪的中国社会可用"惊天动地"和"翻天覆地"这两个词来形容。世纪的大部分时间,战争在广袤的国土上惨烈而悲壮地进行着。中国人一面经历着无边的苦难,一面又为未来而美丽地畅想着。二十世纪的中国诗歌史,丰富而生动地记载了整个世纪中国人的艰难和争取、梦想和希望、生活在这个世纪的人们的悲吟和浩歌。这个时代的中国诗歌主潮,被一种理想精神所笼罩和照耀着,世纪诗歌的整体呈现出热烈地抗争和追求的气氛,它以奔放的姿态,瑰丽的色彩,饱满的激情,丰富了中国诗歌的传统。

就这个世纪中国人所进行的斗争和工作而言,可谓是可歌可泣的悲壮。中国在这个世纪结束了长达数千年的封建历史。而后,又经历了长长的抗日战争,以及不长也不短的国内解放战争。在二次世界大战中,中国是主要的战场之一。在这个革故图新的、摧枯拉朽的大变动中,每一个经历者和参与者,都无法排斥和拒绝这个特有的处境给予他们情感上和心志上的影响。简括地说,就是一种理想精神的接受、养成和发扬。

饱经忧患的中国人为了改变自己国家的落后、屠弱、贫穷和政局的腐败,曾经四处追寻救国新民的药方,先行者们"别求新声于异邦",一直从遥远的西方寻找到了马克思主义。剑桥中国

---

[*] 此文据文稿编入。

史的作者把这种寻找的过程,概括为中国人从儒家思想的总体格局转向"改信马克思主义"的进程:"儒家化了的社会达尔文主义的主宰地位被彻底粉碎了,跟随其后的是思想上的混乱,在这种混乱局面中,中国学者很容易被罗素或柏格森、尼采或孔德、克鲁泡特金或马克思的观点说服、并改变信仰。"①

中国社会的左翼运动的兴起及壮大,有其深刻的社会原因和国际背景。这种左翼思潮成为了五四新文学兴起初期影响深远的思想支柱:开始是追求社会平等和人权,随后是表达富国强民的社会改造的意愿。中国新文学的最优秀的作家,大多数都受到或心仪于这样的思想倾向。这些作家和诗人,在文学史的叙述中通常被贯以"进步"或"革命"的指称。

中国近代以来、特别是自新文学兴起之后的诗歌创作,与古典诗歌相比,从内容到形式都有了更为广阔的展开,不论运用的是新体还是旧体,一般都能充分地包容和承载中国社会巨大变动的事实,从而极大地丰富了中国诗歌的思想、社会内涵。在为数众多的近现代诗歌中,那些传达和表现中国人为争取社会进步和民族复兴的梦想的革命诗歌,占有非常重要的位置,这是那些怀有报国理想的先行者,用他们的心力乃至鲜血写成的心灵之歌,这是中国近现代诗歌史弥足珍贵的、不可忘却的壮丽的一页。

记得上世纪五、六十年代,坊间曾经印行过《革命烈士诗抄》一类的诗选,这些选本极受读者欢迎,广为传播,一时洛阳纸贵。此后,间或也有类似出版物问世,惜乎这些出版物不论在收集范围还是出版规模上,都还不能充分反映这类创作的实际状况。正是在这个前提下,刘德隆先生毕数年之功、完成的这一本《太

---

① (美)费正清编:《剑桥中华民国史》上卷,中国社会科学出版社,1998年7月,第569页。

阳升起前的歌——无产阶级革命者诗词荟萃编年》,给了我们极大的满足和欢喜。

在物质相对繁盛而精神相对稀薄的年代,人们难免目迷五色,耳乱五音,那些年龄稍长的人们,他们即使没有淡忘这些曾经伴随他们成长的"过时"的诗歌,而对于更加年轻的一代,他们对这些作者及其创作的"陌生感"是自然的——因为年代久远且他们毕竟未曾亲历。但这些诗歌的厚重感和不可磨灭的价值,并不因岁月的流逝而失去。我们的阅读不仅可以从中领略到那些激情岁月中志士仁人的壮怀激烈,悲歌慷慨,他们破晓前的呐喊以及漫漫长夜的沉吟,从而体认人生的第一等境界和第一等情怀,洞悉中国现代行进的全部艰难险阻而丰富我们的知识。

这些先知先行者用生命迸发的声音,他们那曾经的一切,呼唤、行动和奋斗,是所有中国人都不应遗忘的。因为它不仅构成了中国历史的一个部分,而且也展现了中国人追求未来、献身理想的丰富情感世界和高远情怀。从这点看,刘德隆先生的贡献绝不仅限于诗歌史的范围,而具有非常广泛的意义。

刘德隆先生出身名门之后,世代书香,家学渊源深厚。他本人长时间从事中国近、现代文学的教学研究,特别专精于晚清小说、太谷学派、中国民谣以及刘鹗的研究及史料整理。刘先生是近代文学界成就卓著的专家。他的这些治学成就、特别是他对史料的掌握和辨析,以及严谨求实的学风,在他的这本著作中有集中而突出的显示。

《太阳升起前的歌》是一部主题性的诗歌选集,它从一个特定的层面,即从马克思主义革命者的生活、情感以及革命活动的角度,以系年的方式,彰显历史风云,名篇荟萃,佳作联翩。刘先生殚心极虑,远避尘嚣,无视流俗,不趋时尚,默默地做着如今少有人问津的事业,使我们通过他的指引,不仅在和平岁月能够重温激情年代的壮怀与悲情,而且在指引我们了解和熟悉近现代以来的诗歌史中这一极有价值的史实方面,提供了大的助益。我想,整个学界的人们,都会感谢刘德隆先生的这些卓有成效的工作的。

  我和刘先生相识于2002年在芜湖召开的中国近代文学第十一届年会上。我当时因为偶涉近代文学领域而被邀请,由此认识了国内从事近代文学的专家学者。芜湖会后,刘先生按期寄赠他独自一人主编的近代研究的专业油印(这在如今已是十分罕见)刊物,先是《拾稗》后是《留得》,前者办了十七期,后者办了二十七期(已预告二十八期终刊),时间跨度从2002年至2009年共达七年。每期都是刘先生亲自投邮,若有缺失,也是由他补足。他的敬业精神深深感动了我。

  《拾稗》和《留得》在交流经验和沟通友情方面起了很好的作用,刘先生作为主编,他的诙谐的文笔和轻松的谈吐,更是充满了个人魅力。这两份充满私人色彩的刊物,我一期都不缺,已经成了我的珍藏。由此,我也记住了刘先生,记住了他的才情,他的学养,还有他的持之以恒的坚持的毅力。

2009年4月10日于北京大学中国新诗研究所

春天缓慢心意从容*
——读宋晓杰

宋晓杰写这一组《缓慢的土地和春天》的灵感,来自她对冬季森林的一次访问。寂静的雪地,润湿的河滩,来不及抽芽的水稻和芦苇,田野还在沉睡,虫子们忙着复活,土地发出淡淡的腥气。这里的土地是缓慢的,这里的春天也是缓慢的。正是这种缓慢,给了诗人传达一种难得的从容心意。

那些快乐的不知人间忧愁的喜鹊,那些半闭着眼睛的、受到外界侵入而惊恐的猫头鹰,这一切都令她惊喜。她深入森林腹地,那里淡淡的无言中,阳光透过林间的缝隙,星星点点地洒在了雪地之上。她享受着这种原始安恬的"绝尘之美",她此刻所感知的一切,是她所熟悉的生养她的土地赐予她的。这土地是缓慢的,一如同样缓慢的春天。

晓杰自认为是属于土星的,她说她喜欢土星那"模糊、缓慢的气质"。土星,还有土地,特别是诞生了她的中国北方的黑土地,这是她的生命的最爱。晓杰说,此前她已多时没有写诗,从森林和雪野回来不久,就有了如今这一组关于"缓慢的土地和春天"的歌吟。她说,那是"由于接上了土地的气息",她才找到了诗,也找到了自己。晓杰原是大地的女儿,她的生命诞生于此,她的诗歌灵感也诞生于此。

正是眼前的大森林,以及透过茂密枝叶的阳光,唤起了她诗

---

* 此文据文稿编入。

意的联想和对往昔岁月的追怀,唤起了那个曾经孤单地坐在双人课桌后面羞涩的女孩对岁月的回望。眼前的景色与过往的追念,纠缠着、对峙着而又融汇着。也许是立春时节,森林中遗落的一朵蘑菇,一片桦树皮,或者是一枚散着清香的松果,也许是三月的一日午后,仿佛是去年的某一天,这都不重要,重要的是,这土地给予她的深深的恋情。

读晓杰的诗,总觉得她写得轻松,写得随意。她并不像有些人那样刻意追求"深刻",甚或"韵味"。她也不在意繁文缛节的修饰。在这个匆匆忙忙的时代,她格外地钟情属于她的缓慢的土地和缓慢的春天。在她的诗中,冬日的清寂和生命的跃动,构成了生动而和谐的诗意。诗人面对热爱的一切,兴趣浓郁,思维活泼,奇思异想纷至沓来。

她总是尽情地享受着她所倾心的土地,和土地上缓慢而迷蒙的景象,想象着,幻想着。梦一般的阳光,静静地漏过树枝的间隙,时间似乎静止不动。她发现那一盏不熄灭的童话中的灯,还有那亦真亦幻的新西兰的小镇,夏日的海滨,无边的牧场,麦浪和银蕨,还有,想象中的俄罗斯的原野,白马在冰雪参半的溪水中饮水,童话中的白衣公主,连同纷飞的大雪,移入了诗人的梦境。简单而安详,这就是宋晓杰的人和诗。

我和晓杰相识,是在张家界的金鞭溪畔,至少也是十多年前的事了。这些年我们一直没有见面。我知道她在写诗。诗中依然不断地出现她的黑土地和土地上的森林,人们的笑声和梦境,还有,特别是以往没有出现的母性的温馨。我知道,晓杰是成熟了,不仅是她的人,还有她的诗。用我这篇文字的标题来说,就是,春天缓慢心意从容。八个字中,前四字是她所生活的环境,后四字,就是这环境中的她。

在读到《缓慢的土地和春天》之前,我因为充当华文青年诗人奖的评委,曾给宋晓杰的诗写过如下的评语:"她是那么细腻地感受着周遭的一切。她把自然界和人生的丝毫都体察入微,一切如对温馨的爱人。她的诗有内在的力度,不需要夸张的渲染。"也许,这可以概括她现在的写作。

2009 年 5 月 6 日于北京大学中国新诗研究所

提升我们的艺术趣味*

文艺批评有很多功能,首先,它有助于文艺创作,它既是创作的诠释者,又是创作的批评者。文艺创作的兴衰得失,无时不受着批评施加的影响与制约。也许有些创作者并不喜欢批评的"挑疵",但不管你喜欢与否,批评总是如影随形地伴随着艺术创作相终始。批评之于创作,二者既是对手,又是共谋。

文艺批评并不永远是现在进行时,它还为书写历史进行着点滴的积累。它的工作在当下是对创作实践的鉴别和导引,而它在执行筛选和存留的职责方面,则是为文艺的历史书写积累经验和智慧,从更长远的作用看,文艺批评将引导并最后影响和形成一个时代的艺术风尚。故而说,文艺批评的职责原不限于当下,它的有效工作将绵延于未来的时空。

人们往往只看到批评在近前产生的影响,以为所谓的批评就只是对当前的创作和欣赏予以臧否与播扬,而往往忽略了批评的长效性。艺术批评的即时性与历史的积淀可以说是同步的。由此可以悟及,艺术批评所具有的锐气与它无情淘汰之后的温厚的留存,乃是一只铜币的两面。有效的艺术批评在为创作张扬或指谬的同时,还具有不可忽视的积极而博大的建设意义。

中国传统的文艺批评重诗教,重艺术对于心灵净化和移风易俗的积极作用,总是关注对人们的审美活动进行正确的倡导。朱熹在对《诗经》进行阐释和整理时,就曾反复强调这一根本的批评方向:那就是"纯"和"正"。"心之所感有邪正,故言之所形

---

* 此文刊于《文艺争鸣》2010年1月号(下半月)。据此编入。

有是非","昔周盛时,上自郊庙朝廷,而下达于乡党闾巷,其言粹然而无不出于正者。"钟嵘以上、中、下三品论诗,也是立足于诗人的艺术境界,而以审美情趣为指归的美学厘定。这些前贤的批评方略,奠定了中国批评美学的基础。

人们的艺术趣味与人们的学养有关,与他们的生存环境有关。艺术趣味的生成,不是与生俱来的,而是后天养成的。它需要一种良好的教育和氛围,更需要社会舆论的引导与推衍。以中国悠久的古典诗歌传统为例,它的从写作到流传的全过程,就完整地展现了中国人的精神追求及其高度。它不仅成为了中国人整体的审美记忆,而且也成为铸造民族心灵的精神标尺。

中华民族历经数千年历史积淀所形成的审美风尚,是这个民族杰出的文人和艺术家以他们伟大的劳动创造所培育并形成的精神世界,它无形地铸造着世代的民族魂,而且成为传统。中国人的心灵被这传统滋养着,使之成为礼貌、高雅、雍容、心灵丰富的民族。这是比一切地面和地下的文化遗存更为深厚,也更为久远的精神传统。它是一个民族万代不易的精神基石。

以唐为例,随着国力的强大,经济的繁荣,帝国的文化也臻于中华历史的鼎盛时期。人们都知道唐诗的辉煌,其实历经开元天宝那样盛世,生长的不特是李杜诗歌的辉煌,也不特是韩柳文章的灿烂。那个时代的文化生态是融和而全面地展开的,诗文之外,举凡绘画、书法、音乐、舞蹈、篆刻、雕塑、诸多的工艺、丝绸、服饰以及建筑,乃至学术和出版,都达到前所未有的不可企及。

在这样的氛围中,当时的长安理所当然地成为万国所聚焦的都城,当然也由此形成了一种文化的主潮。潮流所及,自然引导了当日的社会民众文化品位的提升。大唐文明当然是以兼容和开放的推进,从而形成了华贵、典雅而博大的大国风尚,此即常言说的盛唐气象。一种文化得以盛行,当然是建立在自信、超然视野下的推行和引导。在此过程中,社会以及艺术舆论所提供的助力是不可忽视的。

以上的议论涉及久远的历史,至于当前,我们面对的是全然不同的局面。发达的交通和网络的覆盖,信息化的超乎想象的迅疾,使生当现代的我们身不由己。我们正置身于无可躲避的全球趋同的文化环境中。物质的高度发达和丰富,一方面极大地释放着并满足着人们的欲望,一方面又严重地侵袭和干扰着人们习以为常的原有的文化秩序。一个怪影在世界的每一个角落游荡,这怪影就是时尚包裹下的流俗和粗鄙。利益的诱惑和驱使,使这一文化颓败的形势变得严重而无奈。

以时尚的方式泛滥的影视节目和街摊小报,为了取悦读者和观众,演唱的是不成腔调的"一首比一首难听的歌",制作(特别是旧作的改编和重拍)的是"一个比一个难看的戏",那些趣味低俗、无腔无调、性别暧昧的表演,居然会引发全场的疯狂。这说明当下的艺术生态以及艺术指导肯定出了问题。

文艺的功能是多向度的,除了认识、教育等等,它还要让人快乐。但是一味地追求感官刺激并不等同于欣赏的愉悦。文艺诚然不是说教,但它的"寓教于乐"的性能也不可忘。通过正确的欣赏引人向上的动机不是罪过,倡言文艺的崇高精神也不是重新回到政治第一,这一切都不应受到嘲笑和揶揄。是的,文艺应当适应和满足广大民众的需求,但这并不意味着为了"利益"而一味迎合那些低级趣味!

子曰:"恶紫之夺朱也,恶郑声之乱雅乐也。"事实上当前文艺的"夺"和"乱"已不是要不要提防的问题了。几十台的电视节目日夜播出,可是人们依然觉得"无可选择",这不是危机又是什么?当下人们的艺术趣味出了问题,其原因并不在广大的欣赏者和接受者,而在那些指导着和制造着,并且最终引导着艺术消费的那些人们。而此刻我们谈论的文艺批评,绝对不应是一个旁观者。

2009年5月17日于北京大学

长安遗韵*
——在第二届中国诗歌节(西安)的讲话

这里是古长安,这里是生长诗歌的都城,这里留下了中国历史上最杰出的一批诗人的足迹和声音。长安城里的大雁塔的屋檐下和阶梯旁,曲江边的开满鲜花的河岸,到处都飘散着唐诗的芬芳。渭水从长安的北边流过,沿河的柳枝依然摇曳着千年惜别的伤情。出了长安城,北行不远就是临潼,那里的华清宫的氤氲水气中,依然弥漫着旷古的甜蜜与哀伤。从临潼往东走,潼关已隐约可见。"去年潼关破,妻子隔绝久"①。诗歌不觉间引导我们从大国的盛世来到了战乱的硝烟之中。

说到这里,我们还没有说从咸阳到宝鸡的这一段路程。从长安西行,第一站是咸阳,"咸阳二三月,宫柳黄金枝"②。而后是武功,附近有一个马嵬坡,在诗人的笔下描写得凄婉而缠绵的爱情故事,终于无奈地在这里留下一个悠长的叹息。过了武功,是扶风,是岐山,是凤翔,沿途到处都散落着唐诗的闪光的碎片。长安以及长安周遭的那些山川城郭,都被那些才华横溢的诗人们用美丽的诗句"定格"了。我们行走在八百里秦川,仿佛是行走在用灵感和想象力、瑰丽的色彩、动人的韵律所编织的诗的锦绣长廊之中。

---

* 此文据文稿编入。
① 杜甫:《述怀》。
② 李白:《古风·咸阳二三月》。

那一时代在长安市上饮酒赋诗,在大雁塔上唱酬歌咏的诗人们,此刻已远离我们。但我们依然从他们的诗中看到了他们当年酒后的狂态,也看到了他们当年面对大自然的那份从容与闲适。但当他们面对人世的不公和压迫,也没忘了把这些不安的心迹和揭露的勇气保留在他们的诗中:"朱门酒肉臭,路有冻死骨"①,"是岁江南旱,衢州人食人"②,这就是唐诗中愤怒与哀叹的一例。

有唐一代,诗分初、盛、中、晚,名家辈出,高峰迭起。他们为数众多,但却人各一面,个性鲜明,风格迥异。令人感动的是,当他们面对社稷安危,民生疾苦这些重大的题目时,却是这般地心气相近,他们与万民的哀乐与共!

在西安我们感到了言说诗歌的困难。因为我们面对的是古典的辉煌。这种辉煌既使我们感到荣光,又给了我们压力。记得那年在马鞍山,是第一届的中国诗歌节,会议的第一个节目就是古典诗词的吟诵,当时就受到极大的震撼。后来我们到了当涂太白墓,到采石矶谒李白衣冠冢,在那里寻找过诗人浪漫的水中捞月的足迹。充盈在我们耳边的都是千年以前的声音。那时我联系当今我们的诗歌写作,就感到了沉重的"古典的压力"③。

现在来到了唐诗的故乡,这种古典的压力几乎就是西安的空气。整个诗歌帝国的黄金时代,就这样无声无形地向我们压过来。作为后人,我们因自己的怯弱而无言。这种无所不在的古典的辉煌,涉及了一个伟大的时代和伟大的诗歌,涉及了诗人与时代之间的默契,它的伟大的灵感和表现力,它的自由、开放的姿态与民众的忧患息息相关。所谓的盛唐气象,乃是诗歌与

---

① 杜甫:《自京赴奉先县咏怀五百字》。
② 白居易:《轻肥》。
③ 在马鞍山第一届中国诗歌节,我的会议发言的题目就是《古典的压力》。

时代高度完美融合的气象。在今日的西安,我们的耳边总不由地响起早已消失的月色和声音——

> 长安一片月
> 万户捣衣声①

这诗句用语平常,却是气势高远,雄浑壮阔。这说明,所谓的大国气象,或者说诗歌的大气,决不是可以随意"造"出来的。它来自诗人的大视野,大境界。我们常慨叹当今是大国无大诗,我们的周遭充满了所谓的"个人化"的梦呓。因为我们的诗歌创作存在误区,我们太相信和太痴迷于所谓的"与世界接轨"了,我们自觉不自觉地按照世界性的"大师"的"范式"写诗,结果出来的作品,不过是在大师的重复中失去了自己。

相当多的诗人太过"自恋",他们以为伟大的诗歌只能面对自己。他们因为鄙弃昔日的"为政治服务"而拒绝社会和大众,他们甚至对摩天楼的坍塌无动于衷。诗人的自私是诗歌的羞耻。幸好,去年五月的大地震,由于广大诗人的投入而赢得了诗歌的声誉,中国的诗人以饱含血泪的声音,表达了他们的沉痛和哀伤。那时的汶川是中国诗歌共同的主题。

较之当前文艺的轻薄时尚,较之舞台和屏幕上的无聊轻浮,诗歌是相对严肃的。但是我们依然感到了匮乏,主要是缺少厚重的作品。生当今日,风云世变,也许现今已不是莎士比亚或拜伦的时代了,但是我们还是怀念惠特曼和聂鲁达那样的大气磅礴。我们诗歌的格局与我们的大国地位不匹配。至少,我们缺乏艾青的《向太阳》那样的激情和气势。

自我抚摩和无病呻吟的作品太多,生当和平年月,我们当然不会排斥快乐和消闲,但不论何时,这些都不会是时代的主潮。

---

① 李白:《子夜吴歌》。

有位经常在电视屏幕上出现的学者警告我们:"谁有权力对几亿人的快乐说不呢?"①当然谁也没有这个权力。同样,谁也没有权力把文艺的功能仅仅锁定在"快乐"上。我们认定,除了快乐,也许还有悲哀,还有忧患。如同唐代,写《秋兴八首》的诗人,也写"三吏三别"②。

因为身临古长安,满耳都是唐代的声音和色彩,还有那一代人的神采气韵,也深深记取他们的诗歌理想。生当当年,李白尚且感叹:"王风委蔓草,战国多荆榛"③,"正声何微茫,哀怨起骚人",何况我们?李白说,"自从建安来,绮丽不足珍",他所期待于当世的,是有着建安风骨的"正声"。现在轮到我们发出慨叹了:

大雅久不作,
吾衰竟谁陈!

2009年5月20日于北京大学中国新诗研究所

---

① 见2009年5月1日《解放日报》17版:《赵本山的"大舞台"》。
② 《秋兴八首》和"三吏三别"都是杜甫的作品。
③ 此句以后的引诗,均引自李白的《古风:大雅久不作》。

诗心在行动*
——读商泽军

当今的诗歌写作与以往的强调共同性相比,其格局有了重大的改变。目前我们正处于多向度的、基本无主潮的写作状态。中国诗人拥有了相对宽松自由的写作空间,诗人的写作已无须听从他人的指引而各行其是。众声喧哗是当前诗歌写作的基本特征。就其大体的态势来分析,有的诗人喜欢把诗歌通往并对准自己的心灵,寻求个人生命状态的探寻与表达;有的诗人则乐于把诗歌引向与大众关注的外界事件的结合,力求使诗歌能够传达民众的呼声和愿望。

应当说,上述二者都是诗歌的使命,应当同样地受到尊重。但是由于历史的原因,人们多半对后一种写作怀有警惕,因为厌倦诗歌内容的空泛和过于明显的政治功利,新时期的诗歌创作日益倾向于"向内转"这也是事实。因此在总的诗歌生态上就有了明显的倾斜。诗人们关心个体的体验过多,而对现实生活的关注相对地冷淡。我把这种状态概括为诗歌生态的失重,而对于诗的"大写意"则有一种期待。

商泽军是当今写作很活跃的青年诗人。他的诗歌行为总紧密地联结着民众的愿望与追求,他是一个始终在大地上行进的

---

* 此文据文稿编入。

诗歌行动者[①]。他有自己的诗歌理想,他把这叫做诗的行走路线,他总是用心体察现实生活中不断涌现的诗情诗意。他非常看重这一点,认为是诗人的良知。商泽军写过很多诗,尤为专注于长诗的写作。他看重对国计民生产生重大影响的题材,并把这些题材写成浩瀚的史诗般的长卷。几年来,举凡国人所关心的重大事件,都有他热情而深远的声音,他真的无愧于诗人的称号。

前面我说到诗歌生态的话题,不论是"失衡",还是"失重"的表述,都说明诗歌创作走进了一个认识的误区。人们因鄙弃"为政治服务"而连同重大题材也受到了轻薄,以为后者即等同于"假大空",其实是大谬不然的。有些诗人竟以表现自我的"小感觉"为时尚,他们的诗中于是充满了不知所云的梦呓,并且误认为这才是"与世界接轨"。

诗歌创作出现了畸斜。其结果是,他们因对外界的没来由的拒绝,而使自己陷于"自恋"的深渊。其实,诗的价值大小与题材大小并无直接关系,小题材而无新意,与大题材的了无新意,同样是一个零。诗歌重创造,重它所面对的题材所达到的深度,以及它的精异的表现力,这已是人所共知的老道理了。

在这样的形势下,商泽军变成了"另类",他"反"潮流而逆行。他走出书斋和办公室,一心一意地去寻找大世界中的大境界。这次,他走进了一个更广阔也更令人惊叹的大行动中了。他在新题材——100万伏特高压电网工程——中寻找到了他的新灵感:"诗歌和电力同样不能从生活中离去,很多人没有诗歌可以生活,没有了电,却无法生存,在去年的冰雪冻雨里我们已经知道了电这个命题的重要性,所以,用诗歌的方式来赞美电力

[①] 见商泽军:《大地飞虹·后记二》:"诗人是走在大地上的行动者,从来我的诗歌追求就是沿着如此的路线,今后还将如此。这也是一个为诗者应有的良知。"

的建设者,是值得的。"①

《大地飞虹》是我们的青年诗人以汗水和心血所凝成。诗人跟随着伟大的建设者的足迹而前行。他和他们一道行进在风雪泥泞之中。这是一支"寻找光明"的队伍。长诗视野开阔,讲的是特高压电网这一具体的工程,而诗人却把诗的立意确定在中华民族的千年的梦想与追求上。民族的复兴是追求光明的过程,其间,融入了夸父追日、嫦娥奔月、凤凰涅槃,甚至普罗米修斯和《雷电颂》等等,给长诗镀上了一层瑰丽的幻想的光环。

长诗场面壮丽,气势磅礴,雄伟非凡。它在抒情的体式中夹带着叙事的因素(如果没有一定的甚至充分的叙事,这个宏大的诗歌构想可能只剩下一个空壳),二者在这里有一个完美的融合。具体而不忘想象,幻想而不失于空泛,这正是此类诗歌写作的难点,诗人为此付出了艰辛。我非常欣赏诗人在每章前面所写的引言,这些散文体的引言,有些就是不分行的诗:

> 从太行山麓的山西长治起势,特高压巨龙行至河南境内过黄河天堑,因河面宽度大,地形地质复杂,施工难度极大。站在黄河北岸的孟州隔河望去,五座超拔高峻的铁塔排成一线,穿过宽阔的河面,气势非凡。这里正是安徽送变电工程公司承建的黄河大跨越工程,跨越点位于黄河小浪底水库下游46千米处,采用耐——直——直——直——耐的跨越方式,主跨档1220米,单回路架设,跨度耐张段总长3651米。北岸N1、N2塔位于孟州市南庄镇小村,为角钢结构"干"字形锚塔,南岸N3、N4、N5塔位于巩义市康店镇境内,为三基跨越塔。工程所采用的酒杯形钢管结构直线塔属国内首次应用。②

---

① 商泽军:《大地飞虹·后记二》。
② 见长诗第4章《跨越黄河》的引言。

这一段文字中有很多专用术语，业外的人难懂。但是读起来很美，不仅是因为它记录了诗人和这些建设工程猝然相遇的变陌生为熟悉的过程，而且令人想起徐迟当年在《哥德巴赫猜想》中抄录陈景润运算公式时所产生的审美境界。所以，无论从哪个层面看，这里展现的都是诗的意境。这就是我所觉察到的：诗心在行动。

　　重要的是，商泽军自始至终都是以诗歌的眼光来处理他所面对的技术和劳动。他在表达那些工程的细节时，总是力求使之充满了诗意。他在艺术上非常精心。举例说，在长诗的《大雪无乡》这一章中，我们通篇都觉察到艾青的"雪落在中国的土地上，寒冷封锁着中国"的诗情。这诗情在不断地、有变化地重复着，而且前后呼应，形成极为美好的旋律。他把艾青的诗情延续到今天：寒冷封锁着中国，封锁着高高的铁塔，而温暖却在延伸！

　　这就是创意，非常可贵的诗的创意。

2009年6月1日于北京大学

喜见文学刊物重视评论[*]

从今年起,《中国作家》开辟评论专栏,并且连续发表长篇重要的评论文章,这在中国文学界是一件盛事。作为界内的一个成员,在文学批评处于艰难的今天,更视此为一项"义举"。

中国有很多文学刊物,但很多刊物都不"喜欢"(更谈不上重视)甚至排斥文学评论。这有刊物方面的原因,也有批评方面的原因。简单地说,刊物不看好评论,认为它占了它们的版面,得不偿失;评论也有自己不争气的一面,评论愈来愈没有生气(更谈不上锐气)了,难怪刊物都拒绝它。

《中国作家》和中国许多重要的文学刊物一样,都是以发表创作,特别是发表小说或记事文学为主的刊物,这些刊物,一般都不吝惜篇幅给那些中篇和长篇小说,为此刊物甚至可以出专刊或专号。但是一般来说,它们都拒绝发表文学评论,更谈不上长篇的评论。它们自有道理,因为文学评论有专门的园地,有《文艺报》、《文学报》,往大处讲,更有《文学评论》、《中国社会科学》,和为数众多的大学里的学报、学刊。

大家心中都明白,上述那些"大牌"刊物总是人满为患,人们为了职称或别的目的,往往是千军万马、千方百计拥挤着往里冲!再加上那里与世隔绝的、隔靴搔痒的,还有令人昏昏欲睡的文风——再说下去可能伤人,在这里,恕我不细说了。那么,有生气更有锐气的评论的生路和出路何在?谁来挽救当前文学批

---

[*] 此文刊于 2009 年 6 月 26 日《光明日报》。据此编入。

评的颓势？这也是两方面，一方面是刊物，一方面是评论者。

由此我想起过去的两篇文章,发表这两篇文章的两个刊物。那就是发表了巴人先生的《论人情》的天津《新港》,和发表了钱谷融先生的上海的《文艺月报》,都是以发表作品为主的刊物发表了理论文章。两篇文章都发表在1957年,那是山雨欲来风满楼的严重岁月！巴人先生说：

> 如果说,我们当前文艺作品中最缺少的东西,是人情,是出于人类本性的人道主义,那么,其原因,怕还在于我们机械地理解了文艺上的阶级论原理了吧！人有阶级的特性,他还有人类共性,"魂兮归来,我们文艺中的人性啊！"

钱谷融先生说：

> 一切被我们当作宝贵的遗产而继承下来的过去的文艺作品,其所以到今天还能为我们所喜爱、所珍视,原因可能是很多的,但最基本的一点,却是因为其中浸润着深厚的人道主义精神,因为它是用一种尊重人、同情人的态度来描写人、对待人的。假如人民性、爱国主义、现实主义等等概念,并不是每一篇古典文学作品的评价上都适用的话,那么,人道主义这一概念却是永远都适用于任何一篇古典文学作品上的。

只要了解从上世纪二十年代末到四十年代初,再从四十年代末到1957年当时的中国文艺理论环境,人们不难发现这些言论的分量。发出这些石破天惊的声音的批评家,要有多大的勇气！钱谷融先生在人们庆祝他的九十华诞时谦虚地说他自己"很懒"、"不用功"。但是人们可以看到他当年的智慧和英勇。人的一生能做的事可以多,也可以少,但对钱先生来说,即使少到只剩下这篇文字,钱先生也无愧于他的时代和他的人生——他的一篇文字引起了一场不大也不小的文学地震！

庆贺《中国作家》文学批评专栏的开辟,这无疑是它带给中国文学批评的福音。我希望批评界以《中国作家》批评专栏的设立为起始,大家都少写一些无关痛痒的文字,少写或不写大而空的新、旧八股文字(我承认,此类文字我也写过),坚决杜绝使用那些粗鄙、丑陋甚至野蛮的词汇,以切实改变我们的文风。

希望我们的学者和批评家永远面对生气勃勃的创作实际,面对民众的喜爱和厌恶,务实求真,不事空言;让我们效法批评界的前行者,如巴人先生、钱谷融先生那样,写出充满生气和拥有锐气的、(而且更期待着)以抗世疾俗的勇气写就的批评华章。

2009年6月14日于北京大学

在历史和诗神的祭坛上*

读诗有多种心态,有的诗可以躺在床上读,有的诗却要正襟危坐。读艺术精品,为了享受独自吟哦的陶醉;读当代新潮,旨在追求智性的苦涩。然而,读读沈泽宜的诗,却要有别一番心境。

表面上看,这是一个人,一个上个世纪五十年代的北大人,从青春到迟暮的心灵自传,然而,他的重要性,恰恰在于,不是单独一个人,他的生命卷入历史的旋涡,承载着一代人生命的沉浮。年青的时候,他把生命交给了诗,以诗为生命。每一首诗,都是生命的记录,在那浪漫主义席卷天下的年代,足以令人羡慕,也足以令他自豪;如今,展示在眼前的卷帙,虽然,其物理重量并不要求超大的砝码,然而其历史的深长意味,肯定超越了他年青时代的期许。震撼着读者心灵的,不仅仅是以诗为生命的天真痴迷,而且是以生命为诗的沉郁顿挫。不论是意象华彩的还是语言淡定的,都散发着从生命的炼狱中蒸腾上来的血腥和恐怖,当然还有悲壮的、凄美的磨砺。这种悲剧性灾难和自我救赎,属于历史,也属于民族的记忆,然而,幸而不幸,沉入记忆,却可能变得抽象,变得飘渺。从这个意义上说,从这里发出的声音才不可等闲视之:它具有在时光隧道里回荡,余音不灭的启示性。有时,它让你不知不觉地忘记了诗,直面心灵的历史,历史的心灵,既惊心动魄又坦荡豁达,历史和现实的距离既遥远又邻近。

---

* 此文是与孙绍振为沈泽宜诗集所合写的序言,据文稿编入。

可以用很多标准来衡量诗,最根本的准则,无疑是在苦难中的精神涅槃,这里的每一行诗,是生命换来的,生命无价,诗也变得相应的昂贵。几十年的生命,铸就了一场刻骨铭心的,最深意义上的悲剧,一个个意象群落都渗透着悲剧感。命运是如此不公,居然选择了他这样一个人,来承受施虐者的凶残。明明他的躯体并不十分强壮,明明他的心灵又是那样浪漫而脆弱。为什么要选择他背上这样的十字架?历史是不会回答的;但是,正因为他童话般的天真,精神酷刑才显得更加惨烈。悲痛、悲哀、悲凉、悲郁、悲悯、悲凄正因此而转化为荡气回肠的悲壮。心灵的血泪史,构成了跨越世纪的震撼力。从这个意义上说,与其仅仅把它当作诗,不如当作历史祭坛上的牺牲。

写到这里,我们想起鲁迅序殷夫《孩儿塔》中的话:"这《孩儿塔》的出世并非要和现在一般的诗人争一日之长,是有别一种意义在。这是东方的微光,是林中的响箭,是冬末的萌芽,是进军的第一步,是对于前驱者的爱的大纛,也是对于摧残者的憎的丰碑。一切所谓圆熟简练,静穆幽远之作,都无须来作比方,因为这诗属于别一世界。"

打开沈泽宜的诗集,最关注莫过于那首在 1957 年五月十九日北大民主墙上的《是时候了》,这是历史的永恒的宣言啊。但是,他却把它放在了附录里。也许,他青年时代的唯美主义至今阴魂不散,认为这样强烈的政治抒情,与诗意不完全相容吧。然而,事隔五十二年,当年阅读的心潮仍然排闼而来:

> 是时候了,
> 年轻人
> 放开嗓子唱!
> 把我们的
> 痛苦和爱情
> 一齐都

> 泻到纸上。
> 不要
> 背地里不平
> 背地里愤慨
> 背地里忧伤，
> 心中的
> 甜、酸、苦、辣
> 都抖出来
> 见见天光！
> 即使批评和指责
> 急雨般
> 落到头上……

北大大饭厅前墙上，墨汁未干的第一印象，只是痛快，记忆深处还有为朦胧的意念找到铿锵明快的语言而奔走相告。但是随着形势的转折，在批判会场上，"是时候了"，被引申为大逆不道的鼓动叛乱的纲领。我们亲耳听过政治局委员彭真以反右胜利者的雄姿反诘：北大的沈泽宜不说"是时候了吗？"诡秘的历史把它改编为历史的名言，内涵向正反两面增值。不回到历史语境，很难体悟到其中与时俱增的浩茫和丰厚。

但是，不能忘记了它是诗。从当年的诗学话语来说，这里抒情主人公的形象是如此富有青春的冲击力；语言甚至充满了错位的反讽。"是时候了"，本来是为斯大林称赞为苏联"最有天才的诗人"马雅可夫斯基的，是他的红色经经典长诗《列宁》开头的第一句。这个回避动词的名词谓语句，以突兀的气势，使对领袖的崇拜带上了鼓动家的自豪，而沈泽宜的自豪却不是来自颂歌，而是相反，冲击压抑的痛快淋漓。

从这个意义上说，阅读沈泽宜，绝对不能忘记他是一个诗人，他的生命的重要性不能完全放在历史的祭坛上，而且应该放在诗神的天平上。

他很早就以身许诗,乳名"新新",有意与"星"同音,对于光明的向往,实际上是唯美的追求,这一点,似乎与生俱来,后来的经历证明,过早如此许身,是单纯得有点傻气的,迷信浪漫和善良,使他早期的诗,有过多的孩子气的童心,对于浪漫诗学的执拗,注定了他不但在现实中,而且在诗学上,道路曲折坎坷。哪怕厄运当头,躯体和思想均遭流放和苦役,在诗歌中,仍然沉溺在某种空灵的幻美中,浪漫的星光照不透四周的遭遇,相对于严酷的苦难,在一个很长的时期,浪漫,对于他的诗歌是一重透明的罗网。

从这里,不难看到他的矛盾。虽然,他在《自白》中说:"我把最真实最隐秘的内心独语留给了诗,它百分之百地真实、诚实。"他还引用北岛说:"'一生中我曾多次撒谎/却未曾违背/一个儿时的诺言/为了/那和孩子的心不相容的世界/就再没有饶恕过我',我也大抵如此。我的散文作品中有礼貌语言和不得已的妥协。"其实,他还是太浪漫了,太天真了,诗不能完全靠诚实,它还是一种精致的想象,一种幻境的自由,诚实只是道德的要素,如果不是和想象中把真诚和自由结合起来,是没有艺术的震撼力的。当然,诗人的本能迫使他在真实和诗学的假定之间寻求平衡,在创作实践中,他不能不和自己这种天真单纯的诗学搏斗。《映山红》,就有点风骨了,毕竟是生命的记录,在那个年代,映山红以它的地域名山丹丹早已垄断了象征红色革命精神的专利,居然被想象成"当你一旦怒放,就吹响反抗的最强音/为奋斗者壮威,给寂寞者鼓勇/把团团热气向久经践踏的人们吹送"。在探索感觉和语言的历程中,这样的诗句,与其是说不够深邃,不如说是情感和理念在想象中还不够和谐。想象之所以重要,还因为思想只有在本体和喻体精密的交接点上,才能获得自由。换一个角度说,他早期的诗,最缺乏的,不一定是艺术的想象力,而是在想象中让深化思想和意象达成天衣无缝的和谐。但从

"映山红"开始,对于善和美的无条件依赖,唯美的浪漫,似乎开始出现了裂痕。请看他的笔记:

> 泰戈尔说:"人类的历史在很有耐心地等待着被侮辱者的胜利。"
> 我说:被侮辱者呵,在你自由之后,忙着去把别人侮辱?

对于人心险恶的感知,冲破了他的浪漫的心理惯性。把善和恶,美和丑的搏斗收入心境,恶的主题,在他的诗中出现,这就有了难能可贵的深邃。但是,要把这样的思想和形象水乳交融地结合起来,可能还要等待。至少要等到《动物园又到了批珍禽异兽》:

> 感伤主义诗人呻吟道,不对!
> 谁说野兽没有感情?
> 它正想念山林想得心碎。
>
> 野兽伸了个懒腰,仿佛说
> 我原本无家可归。

此诗是写于 1976 年 11 月某日,地点是某下水道工地。处于劳役之中,他的心灵不但反抗现实,而且反抗他的浪漫,他的艺术出现了新契机。值得注意的是:情绪是平静的,不再是浪漫主义者所夸耀的那种"强烈的感情的自然流泻",语言也不是华彩的,而是朴素的,诗人似乎成功地抑制了夸张的心理定势,追求到某种扫却铅华的境界。这就是我所期待的冷峻的思想与朴素的话语的统一。记住,这一年他四十二岁(1934 年生),从十几岁,就立志献身于诗的诗人,耗费二十多年的生命,才找到了自己的语言,找到了自己。

未来,似乎应该从今天开始。

那么多恶和丑,一直是浪漫视觉的盲点,如今激发着他才思的居然有"卑鄙"和"杀机"。他的诗学境界开始两极扩张,哪怕

是在散花的天女身边:

> 散花天女襟袖间洒落的不是繁衍和幸福
> 而是骇人听闻的卑鄙,毛骨悚然的杀机!

唯美的诗人,终于学会了写丑,语言中的浮华逐渐为严峻的精练所代替;虽然速度远远落在血泪和苦难,但是,毕竟,他的艺术在挺进。请看他凭吊圆明园的诗句:

> 美,零零碎碎地躺了一地
> 任你去想象,勾勒
> 无例外地将每一幅画稿
> 每一页诗笺
> 都涂上凄清的颜色

美是"破碎"的,色调是"凄清"的。当然,这并不是他心灵的全部,生命是丰富的,即是在厄运的重压下,不但有痛苦和煎熬,而且有爱情,可爱并不是甜蜜的,而是苦涩的,这个在强暴面前时时做出受难者大无畏姿态的诗人,在爱情面前却是柔弱的,胆怯的,让我们来重温《邂逅》

> 你缩拢了肩膀
> 依靠在我胸口
> 发香和体热一阵阵晕眩
> 树那样站着,我不敢低头吻你
> 留下了一生的遗憾

在这里,是不是可以说,唯美和浪漫找到了一个新的变奏,特别在他的十四行诗,在爱情的母题中:他的情绪由于节制而显得深刻:

> 两滴雨要在太空相遇
> 多么难。所以它们在我们的伞上

> 如此兴奋地交谈,而我们呢?
> ——在伞下面躲着

八十年代中期,无疑是沈泽宜诗歌探索的高潮,正是思想成熟,扬弃了浪漫,追求智性风格的时期。如果前期他的拿手好戏是激情的话,此时,他常常表现出前期绝对要回避的冷峻,以对情绪的控制,换来哲思的深邃。在艺术上,转向不事张扬的深邃。如《听说》:

> 以后的故事都将从江边开始
> 既然有一个说谎的夜晚
> 就会有一个诚实的白日

在勇猛开拓的历程中,情绪的从容,成为他新阶段的标志,很显然,他的蜕变并不轻松。他知道,在诗神的祭上,要提高自己的阶位,需要提炼多元的话语。有时,他不能不冒着邯郸学步的风险,把拿手的抒情哲思的和谐隐藏起来,代之以不和谐的反讽。如,

> 诗人以诗稿擦皮鞋
> 烟灰掉进眼中
> 怎么揉也揉不出去
>
> 一个孩子把被系住的蜻蜓
> 放归蓝天
> 诗人见了,嚎啕大哭

而在《夜游》中,他驾驭的话语,其扭断逻辑的脖子的气魄,完全可以与后新潮诗人并驾齐驱:

> 我早想沿街卖唱了
> 你总不在

> 风一路殷勤关照
> 奇迹尚未发生
> 最好别哭
> 也别想笑
>
> 倚栏干准会坏事
> 漂走最后一个码头
> 凭一个简单的信号搭桥
>
> 要是遇雪受阻
> 真不知
> 我来看你还是
> 你来看我为好。
> ——1984年夏反自由化声浪中

甚至出现了北岛式的诡异的反逻辑的哲思。如,他笔下的"小虫子"

> 绕着树干爬了半圈
> 我的头发就全白了

在走向冷峻,就是杀浪漫激情的风景,他的语言库存受到了严峻的挑战,所幸,在非激情的语言积累上,他很快显示了足够的丰富。作为一个从上个世纪五十年代过来的诗人,他令人惊羡之外,不但在艺术上有足够的勇气攀登不息,而且有足够的才智追上新诗艺术前卫。但是,从根本上说,驾驭这样的话语,他并不如那些新潮诗人游刃有余。他的拿手好戏似乎不在这里,他的活跃的情绪,在这样的话语中,得到的表现,远远还不能达到自如的程度。但是,这是一个过渡,没有它,他就不能从浪漫的硬壳中挣脱出来。可喜的是,沈泽宜的灵气使得他驾驭它,又不拘守于它。

当他把浪漫与冷酷,传统与现代结合起来,达到水乳交融的状态时,他的话语显然是高度精致了,既保持他年青时期的跳跶,又有世纪末的沉着,在浪漫中渗透着惊心动魄的冷酷,他的《感觉》可谓这方面的代表:

> 而天是蓝的
> 草丛中阳光涌动
> 热烈而惆怅的气息
> 自麦地传来
> 大地如梦　生命
> 简单得像一声唿哨
> 从这头到那头
> 迅速传向田野的空旷与辽阔
> 你站立不动
> 分不清那种感觉
> 是热爱还是忧伤
> ——1995年夏

细心的读者可以从中感到某些后新潮的警策和深沉,这表明他的诗艺进入了一个新的境界,虽然,历史已经不会让他充当中华诗国的前卫。在经历了那么多灾难以后,在付出了青春的、中年的代价以后,在追随了这么多流派之后,他的心境和诗境都走向了真正的成熟。尤其是表现抚摩着晚年的创伤之时,他对故乡的、对城市的观照中,默默欣赏中,他创造一种平静、悠闲、深沉的风格:

> 闲来无事,眺望灯火
> 怎样被积木般的城市点燃
> 如此神奇,如此灿烂。于是

> 便原谅了它的浮躁,说谎
> 和铺天盖地的广告
>
> 在一群伙伴中,我不过是
> 一名打弹珠的少年,如今
> 像一株被冬天掠夺一空的桑树
> 高举风中的双臂,张开十指
> 为永远的家园祈祷平安

这里,不但情绪净化了,而且语言也净化了,二者似乎都进入了一种常乐我净的涅槃境界。不管早期浪漫的,还是中期新潮的,话语中那种烟火之气消逝了,令人想到不著一字,尽得风流的赞语。当然,他的生命是丰富的,在得到昭雪的日子里,他又找回了孩子气的天真:

> 那么,让废墟留给落日吧!
> 轻轻地说声再见
> 我们还有许多事要做

当然,这种孩子气的天真,已经不同于上个世纪五十年代,更多的是从灾难中解脱后的坦荡、自信和庄重。在情思的深厚和语言的淡定的张力中构成意境,以言外之意大大超越言内之意而富于智慧的启示性。当然,他出色的作品,远不止这些。也许,他的十四行爱情组诗《西塞娜》,更加珠圆玉润。那里有他的自然流泻,用不着考虑后新潮的追逐,不回避情感的语言流露出古典的和谐,人与诗达到高度的统一,没有遮掩,没有躲闪,只有优雅的含蓄。以下这个片断是很有象征意义的:

> 一条鱼被拦腰剁去一截
> 只剩下了一头一尾
> 那条鱼就是我,西塞娜

　　　　总也游不进寻常天气

　　　　头依然响往崇高和美丽
　　　　尾却一再把它嘲弄、讥讽
　　　　强行焊接事实上不可能
　　　　没法跳跃也没法游动

　　　　头依然觉得年轻,渴望奇迹
　　　　尾等待退出,早已衰老疲惫
　　　　所有理想都成了泡影
　　　　所有心事都已成死灰

　　　　只有你,西塞娜,能把它重新合拢
　　　　如同合拢生与死,春与冬

　　他坦然呈示自己的矛盾:头颅和躯体分离,理想追求"崇高"、"美丽"而现实却成了无奈的"死灰",这是他对生命的严峻解剖,从另一个意义上,也是他诗的历程的总结。他的耕耘,是由他自主决定的,然而,说到收获,却并不由己。当他写出震撼历史的篇章时,作为诗,是幼稚的;当他诗艺成熟,却并不在诗史的最前沿。这是沈泽宜一个人的特殊命运吗？也许不是,这是许多诗人的命运,把生命许给诗的人,大多是轻率的、冒险的,并没有意识到这是风险极大的生命的赌博。个别人,如愿以偿,往往是由于偶然,由于上帝的青睐,意外发现自己的名字写进了诗歌史上辉煌的标题之中。

　　　　　　　　　　　　　　2009年6月16日星期二

在西安错过了兴庆宫*

据说旧时长安最重要的宫阙有三处:大明宫、华清宫和兴庆宫。大明宫已堙没无存,现正筹划开掘整理中。后二处虽有历史变迁,但旧时宫殿规模及遗留仍在,可供后人凭吊。可是,那年我在西安却错过了兴庆宫。

第一次访问西安是在"文革"中,那时长安城一片混乱。碑林倒是看了,大雁塔和小雁塔也都谒过。因为那时大反"封、资、修",不敢也不让人们看旧日的城垣宫阙遗址。记得曾进过一所公园,叫"人民公园",那公园有一座亭子,叫"东风亭",我们进去转了一圈,觉得没什么趣味,就出来了。

同行中有一位研究古典文学的,第二天,他神秘地告诉我们:我们昨天是"猪八戒吃人参果了"。西安的朋友告诉他,我们觉得没意思的"人民公园",正是唐代的兴庆宫,那亭子叫沉香亭,距离亭子不远的那座楼台,正是著名的花萼相辉楼。大家都后悔不迭:我们真是俗物,竟把长生不老的宝贝囫囵吞了!

这个兴庆宫,这个沉香亭,还有这个花萼相辉楼,正是当年李隆基和杨玉环演出爱情悲喜剧的重要场所,据说也是李白一时受宠在君王和宠妃面前曾经一展才华的地方。那时唐明皇出招,李龟年在旁促鼓,谪仙乘着酒性,三阕《清平调》一挥而就:"一枝红艳露凝香","沉香亭北倚栏杆",美人,美酒,名花,加上名篇,成就了千秋佳话!

---

* 此文刊于 2009 年 7 月 19 日《新民晚报》。据此编入。

自打那年吃了"人参果"至今,我一别四十多年不曾进过长安。一个学生在那里当市委书记,我没有去;另一个学生在附近当市长,我也没有去。世界上的事情都有定规,机遇不到,一切"愿望"全是空无。我就是把当年错过兴庆宫的遗憾,一直埋藏在心的深处。

到了今年,到了这一番中国诗人们在长安大聚会的时候。我告诉朋友:无论如何,我一定要看看兴庆宫。他们瞪着眼睛,并不理解我的决绝。我终于偿还了隐藏了几十年的心愿,拜访了日思夜想的兴庆宫。亭台依旧,宫阙依旧,牡丹盛开依旧。当然,千年以前的悲欢宠辱,已散作天边的烟云了。

我仍是感到欣慰,因为糊住兴庆宫和沉香亭牌匾上的"人民公园"和"东风亭"的污垢,已被岁月风雨无情荡涤,历史回到了正常的轨道。今天的人们可以理直气壮地品评盛唐的一切滋味,李隆基也好,杨玉环也好,高力士也好,李太白也好,这才是真正的人民所拥有的自由。

2009年6月28日于北七家

窗口对着大雁塔^{*}

此番访问西安,下榻唐华宾馆。宾馆位置极佳,开窗就是大雁塔。

都说唐代离我们很遥远,其实,此刻我和古长安就只隔着一扇窗子。这座大雁塔,当年的玄奘在这里住过。那年他从西域经历了千难万劫,驮回了万卷经书,就在这里的青灯之下,就在这大慈恩寺的僧房之中,阅读、翻译、整理那些佛家经典,成就了千秋功业。我和他隔了千年之遥,却总是那么近,就在我眼前的那个窗子背后。长安城里的锦绣繁华与他无涉,毕其一生,他沉浸在他所献身的事业之中。

从窗子向外望去,我的思绪飘越千载。想象着当年的长安,那些佯狂醉酒的诗人们,那些舞剑的女子,还有那些舞剑般地写着狂草的书家们,那些坊巷里飘出的令人陶醉的酒香,还有春日里曲江边踏青寻春的丽人们。香车宝马,衣香鬓影,她们行过,把钗钿撒了一路。这些,都在尽情地渲染着盛世的繁荣!

当然也还有繁华之后的沦落,凄惶的出逃,以及哀伤的归来。"秋风吹渭水,落叶满长安"①,即使是写悲凉,唐人也断不了这样的阔大的气势。长安就是这样大喜大悲的、让人感慨唏

---

* 此文刊于 2009 年 8 月 18 日《新民晚报》。据此编入。
① 贾岛:《忆江上吴处士》:"闽国扬帆去,蟾蜍亏复圆。秋风生渭水,落叶满长安。此地聚会夕,当时雷雨寒。兰桡殊未远,消息海云端。"见《全唐诗》572 卷,中华书局 1960 年版,第 2 次印刷,第 6647 页。又见《四部丛刊》本《长江集》卷五,作"吹渭水"。

嘘的城池。那是一个悲喜交集的年代,大明宫中的花朝月夕,华清池旁的千娇百媚,那是怎样的万千宠爱!除了盛极一时的繁华,也有这样无尽的悲凉:渔阳鼙鼓,安史风烟,西宫南内,落红满阶,白头宫娥,倚门追忆着繁盛的往昔!

旅居西安,仿佛每日面对的就是一册正在打开的唐诗卷轴。我们一面怡情于鼎盛时代的锦绣华彩,一面又为那个时代诗人文士放浪无羁的情怀所倾倒。而同时,又令人无端地生出沧海桑田,世事莫测的感慨。

2009 年 7 月 1 日于北京大学

共同见证风雨阳光[*]
——兼为中国作家协会花甲之贺

中国当代文学已经完整地走过六十年的行程。这是几代中国作家用他们的才华和智慧,也用他们的汗水、泪水甚至血水所浇灌的共同的文学家园。这六十年的中国社会,曲折而多艰,动荡而多变,经历过深重的悲哀,也拥有过巨大的欢乐。文学行进的长途中充满了苦难与艰辛,又始终伴随着光荣与梦想。不管写作的环境和氛围曾经是多么严酷,但几乎每一个中国作家都有忘我参与社会变革的激情的经历,当然,其间也掺和着无尽的坚忍与期待。

在相当长的时间中,政治和文学捆绑得太紧,文学在政治的夹缝中往往无所适从。再加上绵延不断的阶级斗争和批判运动,这些,都使中国文学陷于深渊而难以自拔,也使作家为此付出了沉重的代价。但钟情于文学事业的人们并没有在艰险中却步,他们依然忠实于自己的职守,而为自己的时代默默地贡献着:他们在可能成为"空白"的时代,英勇而近于悲壮地以文字保留了那时代的点点印记和斑痕。我们的文学就是这样地创造了艰难时世的业绩。

而时代也没忘了给他们以回报,那就是中国文学从此赢得了较之世界任何民族都更为丰厚的历史经验。中国文学接受了二十世纪馈赠给它的全部由血泪和汗水凝成的精神遗产。它因

---

[*] 此文刊于 2009 年 7 月 14 日《文艺报》。据此编入。

苦难而丰富,它在坚实的行进中成长并成熟了。

当然,文学命运的改变,还是取决于中国社会的进步:社会的开放最终导致文学的开放。以改革开放的新时期的到来为标志,中国当代文学也开始了崭新的篇章。人们记取了中国文学曾经有过的歧误,总结了产生这些歧误的经验与教训。文学从此摈弃陈旧的教条,开始踏上思想解放和艺术解放的道路。

这真是一个天翻地覆的年代,"以人为本"取代了以往漠视以至抹杀个人价值的理念;建立和谐的人际关系取代了"以阶级斗争为纲"的传统思路,中国文学在这样的蜕变中获得了新生。20世纪80年代是一个革故鼎新的年代,政策的落实,队伍的扩大,思想的解放,创作的繁荣,中国作家迎接了真正意义上的文艺的春天。风雨过后,出现了漫天的彩虹。我们就这样沐浴着春天的阳光,进行着前所未有的自由的创造。

社会的进步决定着文学的命运,与以往相比,中国文学的处境已发生根本性的转变。这种转变,极而言之,约有如下数端:曾经是"指定的文学",而转型为选择的文学;曾经是"单一的文学"而转型为多元的文学;曾经是"禁锢的文学",而转型为开放的文学。

过去一直受到谴责的文学的"个人主义",如今正在受到作家和批评家的认可和推崇,文学创作的个人动机和个人灵感,文学创造过程中的个人体验和最后形成的个人风格,正在成为普泛的规律。

同样道理,过去一直被定性为"资产阶级思想"的人道主义精神文学的以及人性思想,如今也受到普遍的尊重。作家的创作不再受到行政的压力,已经没有任何人再在作家的创作方面说三道四。作家的写作自由不再受到干涉,写什么,怎么写,已经不再听命于他人的指令,而完全可以自行其是——听命于作家内心的召唤和职业的良知。

这一切,曾经是中国作家多年的梦想,如今一下子都涌到眼前来了。我们就这样尽情地享受着风雨过后的阳光和彩虹,也就这样无拘无束地想象着和创造着。从新时期开始到现在,我们多么像那些长久被关在笼中的鸟,有飞翔的翅膀却不会飞翔。我们一旦认识了广阔的天空,我们甚至又不知如何驾驭自己的翅膀!

是的,我们经历过风雨,我们珍惜今天的阳光。我们是中国文学历史的见证人。正因为我们了解历史,所以,我们对今天拥有的自由倍加珍惜,也由此感到了身上的重负。我们知道,作家是不能拒绝承担的。诚然,他们是在进行个体的创造,也有充分的理由和自信表现自己的感知。但他是有承载的。我希望,所有的作家都不要宣言自己是在为未来写作。他们应当坦诚地承认他们是当代中国人,他们有责任也有理由表达我们时代的信念和思考,表达当代人的情感和思想。或是通过自我抒情,或是通过别的方式,最后抵达我们想象的世界。

也许,他们由此表达了未来的意义和价值,但他们的原点依然是当今,是现在。所以,我更愿意把我的"心结"作如下的简略表述:所有的作家都是也只能是"当代作家",也许,他的当代思考表达了超越当代的价值,那他无疑就是创造了非凡和伟大。而如果他对他所处身的时代淡漠甚至蔑视,那他就是狭隘的甚至是自私的。

中国当代文学的六十年,也正好是中国作家协会的六十年。我不想说些客套的祝词,如上一些话,也许枯燥,也许沉重,但都是心中的话。中国作家协会对我说来是温暖的记忆,常记得,当年王府井的八面漕,如今的中华书局的那座楼,上个世纪五、六十年代之交,那楼里有一座咖啡厅,我们凭会员证就可以在那里消磨一个悠长的下午,那曾经是我们的家。

2009 年 7 月 9 日于北京大学

序《大学语文》*

关于经典传承

曾经不止一次地向自己追问:千年过去了,那悬挂在长安城头和峨眉山颠的李白的月亮,为什么还是那样的皎洁明丽?答案是显而易见的,那是因为李白创造了诗歌的经典。而经典具有的永恒魅力是无毋质疑的,岁月也夺不走她那美丽绝伦的光华。

开头的这一番议论,是由于《大学语文》的精选篇目所引发。这个课本的选文目标十分明确,以历史为经,以经典为纬,二者结合,展示了中华民族的心路历程,传达着古老文明的迷人神韵。它凝聚着人们追求功名和理想的情怀,咏叹乡情,歌唱友爱,或寄情于田园,或流连于山水,俯仰天地,纵横古今。选文范围甚为广阔,从诗经《黍离》到杜甫的"三别";从孟子的浩然正气到韩愈的奇兀篇章;大漠孤烟,花明柳暗,这里凝聚着前人的智慧与创造,回荡着圣贤的心脉与梵音。在传统和现代之间,在本土文化和外来文化之间,教材的编者用"拓展阅读"的理念将它们链接起来,从而可以更清楚地看到民族文化精神的传承和流变,关注古往今来亘古不变的人性的根本,思考在当下语境中孤凄飘泊的灵魂当如何自处这样一些重大的命题。

我曾在谈论阅读的短文中说过,读书人是世间幸福人,因为

---

* 此文据文稿编人。

他除了拥有现实的世界之外,还拥有另一个更为浩瀚也更为丰富的世界。现实的世界是人人都有的,而后一个世界却为读书人所独有。由于并非凡书皆好,所以我更愿意说,读经典的人是世间幸福人。《大学语文》的经典篇目传达了我们民族的文化精神和几千年积淀下来的人文素养和民族智慧,这里有一个民族的灵魂,有一个民族建立文化认同的记忆保证和情感纽带。故而传承民族文化,实行通识教育,《大学语文》可谓马前勇卒,功德非凡。

关于人格化教育

蔡元培先生说过:"教育者,养成人格之事业也。使仅仅为灌注知识、练习技能之作用,而不贯之以理想,则是机械之教育,非所以施于人类也。"蔡先生的谈话很像是针对当今大学教育的弊端而发的。当前的教育普遍地专注于灌输和培训实用的技术知识,此类"机械之教育"的倾斜严重影响学生心灵品格的健全发展。许多学生对中国文化、中国文学的了解甚少,导致学生文化品位、人文精神下降,越来越多的年轻人人文意识淡薄,缺少社会责任感和民族自信心,这是一个涉及未来的、非常大的问题。因此,自二十世纪八十年代始,教育部即于全国各高校普遍开设大学语文课程。其后教育部《关于加强大学生文化素质教育的若干意见》再次强调人文精神的重要性;及至今天,有识之士的力倡通识教育,无不在于能使学生"学大艺","履大节"(《大戴礼·保传》),养成高贵的气质和塑造卓越的品格。

滋养性情,化育人格,这不是实用的技术知识可以做到的,惟有温柔敦厚的诗文可以承担此重任。孔子认为诗可"兴、观、群、怨",强调"不学诗,无以言"。诗书加惠于人的不仅是知识的增广,更在于精神的感化与陶冶。我们从《论语》中学得智慧的思考,从《史记》中学得严肃的历史精神,从《正气歌》学得人格的刚烈,这都是经典名篇对于人的品格的潜移默化的作用。学生们与这些具有强大精神力量之人进行对话、交流与撞击,方能培育出他们独立思考、独立判断和勇于创新的能力。有学者指出:"古典诗文之学,绝非中文系的一个专业行当(所谓二级学科),而是化性起伪之本。教育首先关乎雕琢性情,而非单纯学门手艺——即便习政法理工财经商贸之技,也需要先通文达理。"所以,编辑一本优秀的《大学语文》并非某一个圈子里的事情,而是依伴历代前贤,陶铸我辈诸生性情的举措。

关于母语教育

目前,大学生不能正确运用母语写作的现象非常突出。学生要学会说话,学会流畅地表达,然后才能进行思考和交流,才能与他人沟通和协作,从而贡献于社会。所以语文教育的工具性是非常重要的,如果没有工具,任何事情都谈不上。当然,这里强调工具性,并不是排除人文性,而是两者应得到有效结合。

母语能力的提高,别无他法,只有多读多写。所谓多读,还是回到对经典名著的阅读和鉴赏中去,让学生直接面对原创作品,取法和模仿一流作品,这对提高学生的语文素养有很大好处。至于多写,那就得鼓励和促使学生不畏劳碌、多多动笔了。问题是现在的学生学习缺乏主动性,多读多写常常流于空谈。

因此,教学的形式和方法就要生动活泼,借以唤起学生学习的兴趣。这本教材推崇"以问题引导探究"、"以实践促进参与和分享"的理念,强调老师的诱导和引导作用,以激发学生主动学习的积极性,尤其实践活动的设计别具心裁,丰富多彩。

本教材的这些安排有效地吸引和促进了学生独立思考。学生的积极性增强了,他们能够主动提出问题,自己动手查找资料,通过思考分析,研究对比,最后得出结论。这些都非常有力地配合了教师的课堂讲授,使学生在"做"中学,极大地锻炼了学生运用母语进行沟通表达的能力,同时也训练了学生团结协作的能力。

以上诸端,均体现了本教材的优长之处,这使得该教材在为数众多的同类读物中具有一定的竞争力。

2009年7月12日于北京大学中文系

生命因之愈加秀美[*]
——序沙光《香祭》

我一直在读沙光的诗,从她在北大的时候开始。但她以前的诗是什么样子的,我已经印象模糊了。到了她写作《泉边的玫瑰》的时候,再读她的诗,便有了和以前迥然不同的感受。这时她已经受洗皈依了基督,诗中浓厚的宗教意识留给我很深的印象。也就是从那时开始,沙光独特的诗歌理想开始明晰并确立了,并且因此形成了她稳定而鲜明的个人风格。这使她能在为数众多的诗人中脱颖而出并卓然自立。我为此感到欣慰。

从那时到现在,沙光忘我地投身于她的神学研究和教学工作,除此之外,她把几乎所有的时间都贡献给了她的充满了创造性的诗歌写作。她写作的专注和投入状态是非常感人的,这包括了每首诗从定题、立意,到炼句、选辞的全过程。因为信仰的虔诚,思想的深沉,写作在她那里也充满了神圣感。在沙光的意念中,宗教就是诗歌,诗歌也就是宗教。能够像对待宗教一样写诗的人,不能不令人从内心产生一种庄严的感动。

沙光是愈来愈成熟了。首先是精神、思想层面上的成熟。再就是学问,从哲学、宗教、历史到文艺理论,这一时期沙光阅读面很广,特别是对宗教原理的探求,她的宗教理想和信念已经到达一个新的境界。她潜心研究神学多年,对《圣经》有很深的理

---

[*] 此文据文稿编入。标题来自沙光的一首诗题:《我的生命在你里面得着秀美》,见诗集《香祭》。

解和惊人的体悟,特别是对其中《雅歌》的解析已具有很强的学理性。

她的诗人身份使之对《雅歌》有一种亲切的、发自内心的热爱。她从神学导入而涉及《雅歌》的审美性的思考。这种思考深邃而缜密。她是在神学的视野中展开《雅歌》的诗学诠释的。沙光把《圣经》中的最具诗性的这一部分,不仅定位为"文学",而且定位为"诗剧"——应该说这是很大胆的立论。沙光说:

> 《雅歌》剧情深处所蕴藏的智慧是上帝自上而下恩赐给人的,这智慧是显象在神和人之间的,是建立神和人美好关系的基础。这正符合圣经神学对智慧的完美诠释:"敬畏耶和华,是智慧的开端,认识至圣者,便是聪明。"①

沙光对《雅歌》的这种阐释,显示了丰厚的学养和独到的才识。她把《雅歌》看作是《圣经》中最美的篇章,是"歌中之雅歌,诗中之金诗"②,《雅歌》作为《香祭》的写作背景而定位的。她明确指出《雅歌》是"指导本书写作的《圣经》背景书卷"③。由此可见这部诗集写作起点之高。在从事《香祭》的写作之前,她已对这个广阔的宗教文化背景作了充分的学理阐释,她系统的论证始于文学审美的角度而进入神学视域,她剖析文本的戏剧成分及其"神性爱情"的要义,等等。应当说,《香祭》不论是在知识的层面还是情感和诗意的层面,都是一次有准备的写作。

作为女性诗人,沙光在一次访谈中被问及她的写作的女性特征、女性意识,以及对于女性主义等的看法时,她的回答显得从容而坚定:"我一直不赞同诗歌批评界与诗人自身将诗歌作性别的区分","我至今不能苟同可以将'女性主义诗歌'作为一种

---

① 引自沙光:《写作说明:歌中之雅歌,诗中之金诗》。
② 同上。
③ 同上。

诗歌精神而被单独列队。"①其实,沙光在这里表达的是她作为诗人的独立精神。要是沙光如同当下一般女性诗人那样写性别鲜明的诗(这没有错),她不见得就一定不如人。但是,在诸多的女诗人中,却未必有人能写出沙光眼下致力的这类诗。

这就是我为沙光感到欣慰的原因。我的欣慰是由于沙光的独特的选择,当然,这种选择是基于她坚定的信仰。《香祭》是不可替代的,她把神学和诗学加以融会贯通,终于成就了如今展现的精美。在这部充满神学意味的诗集中,作者为我们提供了非常丰富的资讯。虽然有很多深奥的宗教的和哲学的道理,并不能也不期望为一般的读者所知晓,但这并妨碍他们对这些诗歌的亲近和信赖。

其实,透过那些繁复的意象,我们发现全部诗集几乎都在阐释和宣讲一个共同的字:爱。你十字架的爱夺了我心;我心向你充满了爱情;你的爱何其甘美;我因爱你就忘了自己;你的爱情比酒更美;等等。而且,这爱情的表达还是双向的:你的秀美将我遮蔽;你用天恩擦干我眼泪;你的一切成了我的一切;等等。当然,这里所表达的,并非是一般的两性之爱,而是宗教意义上的更为宽泛博大的爱。它的所有诗篇,也旨在表达这样一个共同的爱与被爱主题——感恩和侍奉。

为了表达这些庄严的内容,诗人采用了充满古典韵味的端庄典雅的商籁体。这些飘香而典雅的诗体,能够充分展示诗人优美的构思,华彩的章句和庄严的思想,表达的是人类最崇高的信念和理想,是那些属于信仰层面的天国之梵音。诗人用循环往复的咏叹,以华彩悦耳的旋律,传达内心的恬静和安谧。寓极丰富于极单纯,正是诗人所追求的美学目标。

作为虔诚的信徒,沙光当然相信《圣经》所告知的天国,并且

---

① 沙光:《答友人十二问》,见诗集《大地上的异乡人》。

力图以自己充满爱心的追求接近并到达彼岸。但对于我,天国却显得遥远,我更注重现世的感受与关怀。但在我和沙光之间,不仅没有隔绝,而且有来自心灵的默契。我在沙光的诗中、也在她关于诗的理想的叙述中,印证了我们心灵的接近和交汇。这种发现使我产生大欢喜。

沙光在赞美上帝的同时声称:"全人类皆是上帝的儿女,皆是我们在爱上帝的爱中理当去爱的对象"。沙光是坚定的,但又是包容的和宽容的——一如她所信奉的教。沙光所奉献的爱是具体而不空蒙的,她一样关心着现世的众生。她在"写作说明"中明确地表达了她的"现实期待":

> 我们爱是因着我们蒙了十字架的圣训。信与不信有着生命本质与生命终局的绝然性的区别。切愿这微薄的《香祭》在其所处的时代中,带给受众以生命之"信、望、爱"的百般美处。①

信上帝的人们和传布福音的人们有福了!
2009年7月14日于北京昌平北七家村

---

① 见《写作说明:歌中之雅歌,诗中之金诗》之第六篇:《本书的现实期待》。

承上启下的中生代[*]
——《两岸四地中生代诗选》序

"中生代"是台湾诗歌界关于诗歌断代的一个命名。这样的命名却是我感到陌生的。中国社会发展的形态不同,意识形态的差异,造成了包括新诗在内的文化上的种种差异。当然,从文化的根源上讲,整个中国的文化是"大同",但就各个不同的地域看,却存在着"小异"。我多次表述过,正是这种"大同小异",才造就了当代中国文化的丰富性。

大陆和台湾,以及香港和澳门两岸四地新诗的发展,从总体上看,曾经存在大约一二十年的时间差。往往是在彼地发生的事件,过了一些时候,便会在此地以相似甚至相同的方式重演。现代诗论战便是如此。这种看似偶然的现象,其实却是必然。毕竟我们是同一文化母体下的中国诗歌,其发展脉络和规律有惊人的相似之处。

从大陆的角度来看,二十世纪中期,台湾的诗歌走在了中国诗歌发展的前面。台湾(包括港、澳)的经验始终吸引着我们的目光。从当年的现代诗论战,到今天的"中生代",都如此。在大陆,和台湾的现代诗论战相似的,是发生在七、八十年代之交的"朦胧诗"的崛起;和"中生代"相似的,是被指称为"后新诗潮"的诗歌运动。对这后一时段的诗歌,有称作"新生代"的,也有称作"第三代"的,还有近年提出的与"中生代""疑似"的"中间代"的。

---

[*] 此文据文稿编入。

而后者则在时间上晚了十多年。这又是一个时间差的明证。

从这里我们可以悟出,新生也好,中间也好,中生也好,这些指称的背后,都隐藏着一个前提,那就是此前曾经有一个重大的诗歌存在。是对一个事件之后产生的新的诗歌事实的一种概括和念想。这种概括的本身可能蕴含着焦虑和期待——期待着繁荣期之后的一个超越性的开始。当然,也可能传达着希望与前行者予以区别,甚至潜藏着一种挑战甚至反抗的意愿。总之,类似中生代这样的断代性的划分,本身就是一个延续的和希望延续的命题。

台湾的现代诗论战,以及大陆的朦胧诗崛起,都是一个引起大震动的诗歌事件,它们各自开创了新诗的新时代。现在我们讨论的中生代诗歌,虽然是一个切实而具体的题目,但却遥遥地指向前述的那些大的事件,从而牵涉到有关中国新诗发展的大题目:时间已经开始,它该如何延续?辉煌之后,如何继续它的光芒?

在前人开展的业绩背后,也许是一场新的变革,也许是一个新的超越,总之,总是期许着一个更有作为的新的时代。我想,这可能就是今天我们面对的诸如中生代一类题目,其背后的隐在的动机吧!现今的读者对诗歌有很多议论,其中也包括着不满和忧虑,他们期望着新诗界的回应。读者的这种期待,和我们现在所表达的关注,在中生代这个命题下重叠在一起了。

开始的时候我说到两岸诗歌发展的时间差,随着社会的进步,沟通的顺畅频繁,这种距离是越来越缩短了。至此,我们可以说,时间改变了一切,我们终于可以在同步状态下进行我们的工作了。这次由两岸四地联袂发起编写中生代诗选,正是天造地设、水到渠成的良机。

上一个世纪五、六十年代和七、八十年代,先是台湾,而后是大陆,各自经历了旨在变革现状、促进发展的"诗歌地震",由此产生了一批卓有成就的前辈诗人。他们以自己的才智,创造了一大批诗歌瑰宝。时间在行进,他们的业绩此刻已变成了丰硕的"遗产"。而后来的一代人,自然地就成了"遗产继承人"。当然,这只是比喻,那些前辈诗人至今仍引领着中国诗歌的潮流。他们的时代仍在继续。

所谓的中生代就是这样出现的。在它之前,是"老"生代,在它之后,是"晚"生代。中生代是连接过去、通往未来的桥梁,是承上启下的火炬传递者。中生代的优点在于,他们是在前行者的影响下成长并成熟的,他们直接感知了并接受了前辈诗人的神采和智慧,他们对诗歌的歧途、蜕变以及新生,有深切的体悟。他们知道传统,他们又不墨守成规。他们继承了前人的智慧,但又是生气勃勃的创新者。

这部诗选的编者正是看到了中生代所处的特殊地位及其拥有的特殊价值,看到了通过他们创作成就的显示,可以达到宣扬一种发扬光大的精神。几位主编精心地选择生活和写作在中国不同地域的、有代表性的诗人,把他们的代表性作品精编成册予以出版。这可谓是诗歌界的一个盛举。

这些"同代"的——即同属于一个诗歌时代之后的——同一个年龄段的诗人群体,他们分布在中国四个社会制度不同的、意识形态迥异的地区,以各自独特的写作方式,形成各自的风格。但他们作为中国诗人,传达的是一个共同的中国梦想,这本身就是强大的展示。这种展示是非常有创意的,要是说过去我们的选本多半取历史的纵向的角度的话,那么,现在的这个选本,却更像是取一个时代的横切面。

一部诗选展开在我们面前,展开的不仅仅是诗歌,也不仅仅是诗歌的多彩多姿,而是一个伟大的时代。

2009 年 7 月 15 日于北京大学中国新诗研究所

库车之夜[*]

夜晚十点钟,库车的天空还是亮的。亮得有点像冬天的破晓。有一些朦胧,有一些暗淡,泛着冬日清晨的鱼肚色。中亚腹地的天空总是这般明亮透彻,即使到了夜晚,也不肯就此隐退,这有点像那些困了还硬撑着眼皮的贪玩的孩子。

库车的夜晚,街市依然喧腾。运货车在嘈杂的人群中纵横,喇叭喊破了嗓子,人们依然无动于衷,寸土不让。还有那些板车,也掺和着添乱。这里是放松的,这里没有一点点的拘束。人们从远处来到库车街头,就像是到了家,席地而坐,摊开了背来的地摊。全放开了。按照生活的本来样子放开!

道路有点脏,毛驴们随意地留下粪便。空气也有点脏,飘浮着粉末般的尘土。那尘土来自沙漠,是沙漠一样的让人感到亲切的本色。除了那些浮尘,还有木炭和煤块烧出的烟,烤羊肉串的香味,烤馕的香味。

快到午夜了,人们还兴奋着,依然是人声喧哗,夹杂着那些沙尘,还有那些轻轻飘荡的烟缕。库车的这个夜市,简直要办成早市了。

2009 年 7 月 15 日于昌平

---

* 此文刊于《绿洲》2009 年 11 月号。据此编入。

朦胧诗三十年答哈雷问[*]

哈雷来短信约稿,出的题目很大:朦胧诗三十年,当下中国诗人应当充当怎样的角色?接短信我犹豫再三,我是这个事件的当事人之一,历来不愿多谈这方面的话题。朦胧诗已是历史,它的是非功过,经过几年激烈的论辩,除了个别的人,好像看法已趋于一致、并无多大分歧了。当年七嘴八舌,沸沸扬扬,后来好像大家都累了,乏了,谈的也不多了。这样的事,还是留给后人去评说吧!

至于当下中国诗人的角色问题,倒是可以诌上几句的。我的简单看法是:朦胧诗的出现不是偶然的,它是时代的产物。那时,经历过"文革"的动乱,诗人们有一种觉醒,那就是要反思历史,匡正时弊,特别是要批判现代迷信,呼唤人性的复归。朦胧诗自觉地承担了为时代代言,为在黑暗中寻找光明的一代人代言的责任。它的时代精神是鲜明而坚定的。

但是,后来的人们很快就否定了这一信念。他们因为鄙薄"政治"而放弃诗人的承当;他们想用"个人"来取代和消泯"群体";他们因厌恶"假、大、空"而笼统地拒绝责任。个性的张扬无疑是新诗划时代的进步。但是当整个诗坛只剩下一种梦呓般的自说自话,而对周遭的一切无动于衷,这就不能不是诗歌生态上的失衡了。当所有的诗歌(至少是大部分的诗歌)只剩下"自我"(应当赶紧说,这没有错)的时候,这和所有的诗歌只剩下"政治"(这肯定是错的)是同样可怕的。诗人的自私成为一种流行病,

---

[*] 据文稿编入。

这同样是诗歌的不幸。

我们纪念朦胧诗的三十年,重新呼唤诗歌对于时代的热情,希望诗人在拥有充分的自我抒情的空间的时候,不要忘记和放弃以阔大的胸襟拥抱他所处身的时代、关注这个大时代的大多数人们的快乐和痛苦,不仅为个人、也为所有的人歌唱和呼喊。这对于已经获得创作自由的诗人应当是并不过分的要求,至少也是一个善意的提醒。

需要强调的朦胧诗的另一个基本经验,就是不断倡导新诗艺术的创新,以多种多样的艺术丰富诗歌的表现力,最后促进中国诗歌的进步。朦胧诗的出现,看来是一个基于意识形态的批判的行动,但究其实质却是一场真正的艺术革命。中国的文艺和诗歌,长期以来一直被极"左"的文艺教条所笼罩和驱使,到了"文革"后期,已走到了极限——前面就是万丈深渊!

朦胧诗高举现代主义的旗号的出场,意在全力冲击业已形成的单调、僵硬的"统一化"的诗歌堡垒。其最终目的即在于恢复五四诗歌传统,最后促进新诗的艺术复兴。这里说的艺术复兴,意味着根本恢复被所谓的最好的模式戕害殆尽的新诗艺术表现的多样性。不仅吸收现代主义诗歌的营养,也吸收包括浪漫主义、现实主义、象征主义以及后现代主义,总之是所有的优秀诗歌传统的营养。

朦胧诗以后,人们普遍重视了与接受西方诗歌、特别是西方现代主义诗歌的影响,这是必然的也是合理的。但一味模仿西方的结果造成了诗歌艺术范式的单调和枯竭。不自觉间,似乎又形成了另一种"单一"。我主张诗歌艺术的多元化。所有的"主义"都不妨试试,诗人的胸襟要开阔。历来诗歌的繁荣的时代,都不是单一的时代。"主义"可能重要,也可能并不重要,好诗是不论"主义"的。

2009年7月19日于北京大学中国新诗研究所

中篇小说九题[*]

《逝者的恩泽》(鲁敏,《芳草》2007 年第 2 期)

小说颂扬了人性的光辉。几个人物,遭遇了人间的苦难,他们以豁达、乐观、理解和宽容,化解了哀愁。美丽而善良的古丽,来自遥远的地方,她携带儿子"万里寻亲",来到了完全陌生的、她爱过的男人的原先的家。她和另一个同样善良的女人和她的女儿,在同一个屋檐下,开始了充满爱意的生活。

读小说,在传统的可能产生痛苦甚至敌意的地方,读出了安慰和快乐,这是最让人感动的。

《老解》(季栋梁,《清明》2007 年第 4 期)

一个遥远的"右派"改造的故事,充满了乡土气息,传达的是来自民间的、无视那些政治暴力的宽厚与温情。捉虱子、挖黄鼠、蒸乌鸦、抱鸡娃,都是地道的"土特产",娓娓道来,在充满情趣的轻松的戏谑背后,透出一股淡淡的伤感。善意的讽喻中,充盈着酷烈年代少有的温馨。乡亲们说:"不会写字,他还当啥右派?"让人忍俊不禁。

《姹紫嫣红开遍》(滕肖澜,《人民文学》2007 年第 9 期)

一篇好看的小说。在《牡丹亭》那个美丽而缠绵的爱情旋律中,展开了了现世的令人慨叹的真实的故事。都是一些善良的

---

* 此文据文稿编入。

人,他们的优雅和矜持,他们的爱慕和亲昵,悄悄的等待和懦怯的回避,通篇无所不在地飘浮着不能如愿的感伤情调,让人想到生活的全部复杂性。这里展现了成熟人生的彻悟。

《莉莉》(笛安,《钟山》2007 年第 1 期)

从一个奇特的侧面,虚构了人与动物之间的超物种的爱恨情仇的故事。在这些曲折复杂的情节的背后,透露出一种更为博大的关于亲和与友爱的信念。作品的字里行间,弥漫着对物化社会所带来的自然受到伤害的忧伤。这个离开了狮群的莉莉,在人与兽之间、在爱与恨之间,拥有了比那些丑陋的人类更多的高尚甚至优雅。

《俞丽的江山》(阿袁,《小说月报原创版》2007 年第 6 期)

这篇小说的心理描写十分成功,从主人公当初的"不设防",到后来近于神经质的"警觉";由当初的亲近感,到后来的鄙薄以至痛恨,一步紧似一步的心理剖析,亦愈来愈细致深入。在这里,传统的情节性已退居次要位置,主观性的心理活动的描述,成为这篇小说的艺术支点。

《骄傲的皮匠》(王安忆,《收获》2008 年第 1 期)

通篇都是上海弄堂里的普通人生活的家长里短、饮食男女。不论是下岗的职工,还是做小手艺的匠人,他们鲜活的生活乐趣,单纯而又复杂的内心世界,到处都闪现着庸常的人性的光辉。不仅根海"骄傲",而且根娣也很"骄傲"。他们虽然处身底层,却有着一股凛然不可犯的自尊与虔诚。

《豆汁记》(叶广芩,《十月》2008 年第 2 期)

本篇的取材跨越了几个世代,涉及的都是封建末世的一些历史陈迹，特别是当年皇家贵族的起居饮食的前朝遗事。小说的构思奇巧，以京剧《豆汁记》故事托出一位旗人妇女不幸而坎坷但又冲淡平和的生命境界。莫姜形貌并不美，出场时也已不年轻，但终其一生，却充分地展示着生命的灿烂与辉煌。

《朱大琴，请与本台来联系》
（马秋芬，《人民文学》2008年第2期）

小说充满了日常生活的情趣，城市里的一个小小的少年宫，少年宫里的那些员工，还有电视台那些疲于奔命的采编人员，以及在城市里务工的外乡人，他们有各自的活动空间和追求。喜剧性的情节糅合着现实的焦虑，贯通了城市与乡村的间隔。

作者的笔墨着力于对地层人群的同情与关怀：从他们的生活状态到他们的精神需求。这是外乡人用他们勤劳的双手创造着社会财富，但他们也要求受到尊重。但不幸的是，这种要求被残酷地忽略了。小说的喜剧性中埋藏着尖锐的批判性。

《最慢的是活着》（乔叶，《收获》2008年第3期）

一个人的生命史。她是逝去的时代的一个缩影。作家以细腻而又平静的叙述，写出了隔代的两个女性之间的心理距离（奶奶没来由的"偏心"、"不喜欢"等等）以及这种距离的消失，最后化为挥之不去的刻骨铭心的眷恋。

奶奶是一本活的、丰富的、充满了哲理的教科书，经过了作家丝丝入扣的"拼接"，使那些"琐碎"呈现为"完整"，从而显示了她成熟的叙事才能。

2009年7月23日于北京大学

阿克苏绿洲田园[*]

从乌鲁木齐起飞,约一个半小时,机翼下面出现大片的绿洲,阿克苏到了。此时正是南疆的正午,太阳无遮拦地热烈地烧灼着这些远来的宾客的心。地委书记是一位诗人,他以诗人的热情引领我们拜访绿色的依干其乡,那里有他精心写作的另一种诗——他的农业试验田。他写了大地上的诗篇,再来写稿子上的、心灵中的诗篇,他是一位全面的诗人。

密植的红枣园,密植的核桃园,用他们的话说,是像种庄稼一样地种果树。这些矮秆的果木,绵延十几万亩,把绿色铺向了远方,铺向了塔克拉玛干沙漠的北沿。那些密密的、矮矮的枣树,垂挂着如今还未成熟的青涩的果子,那些果子葡萄串似的压在了细嫩的枝头。遥想秋熟时节,这一眼望不到边的火焰点燃的绿洲,该是何等的辉煌灿烂!

这里是多浪文化的故乡。多浪河边的波浪,多浪河边的村庄,这里是塔克拉玛干边上广袤的绿洲,这里是多浪人世代耕耘的地方。那些雪水,那些阳光,造就了香喷喷的馕:太阳一样的馕,月亮一样的馕,阿克苏最香最香的馕。

2009年7月,乌鲁木齐有事,回想前此新疆之行的欢愉,为之怃然。7月24日记。

---

[*] 此文刊于《绿洲》2009年11月号。据此编入。

多彩多姿的诗人群雕[*]
——读杨春生的"当代诗人群雕108家"

杨春生浪迹天涯,他一边周游列国,谈贸易,做工程,一边写诗,也常和国内外的朋友谈诗论艺。这是个见多识广、兴趣广泛的人,更是一个性情中人。杨春生已出的诗集,我读到的有《异域侍踪》和《情域羔羊》,他写作勤快,作品很多。前些日子在西安,我们是第一次见面。杨春生在诗歌界人缘好,有很多朋友,这些朋友都喜欢他的诗,特别称赞他的探索与创新精神。

这次我看到的是他的新作,是他献给他的诗人朋友们的诗。他为这些诗友每人都做了一个诗的"雕像"。用他自己的话来说,就是他要用一首诗来"雕"一个中国当代诗人,"我可以'雕'他(她)的风骨、气魄、流派或诠释他的代表作。力争写出当代诗人的精、气、神。"①这部诗集他写得非常自由放松,可谓随心所欲,毫无羁绊,一如他和这些诗人的交往,总是平平常常,无拘无束。

最值得肯定的是他写作的这种彻底放松的状态,他纵情笔墨,率性而为,不拘一格,浑然天成。他的这个"群雕",是由创作流派和写作风格各呈异彩的诗人所组成,所有诗篇因人而异,人各一面,绝不雷同。诗集的写作突显那些诗人特异的个性,各自独立的风格,集合起来,总体展现当今中国诗界多元化、无主潮、

---

* 此文据文稿编入。
① 见杨春生2009年5月31日给本文作者信。

众声喧哗的动人局面。多向度,多诗体,多风格的刻画和综合,充分体现当今中国诗歌整体的时代风貌。

  取得这一效果不仅是由于遒劲灵动的笔力,而更是洞察把握诗歌发展态势的能力。作者笔墨所到之处,或雅或俗,或实或幻,或庄或谐,放得开,收得拢,每一个人,每一座"雕像",都是一道姿态各异、色彩明丽的风景。一百多首风格迥异的诗,一百多个各有异趣的人,联绵成篇,活生生地展示出当代中国诗界复杂而繁盛的生动场景。尤为可贵的是,这些诗的评介不是那种"冰冷"的"论述",而是嵌入了、融汇了作者与他的描写对象之间的情感的互动,心灵的交流。这是一些流淌着激情、奔涌着热血的、血肉丰满的诗的雕刻。

  杨春生以这种方式为他所认识和景慕的朋友,倾注了他的满腔深情。因为他所刻画的也是我们所熟知的,使我们读之有一种如对熟悉的友人那样的感觉,有一种亲切感。例如他写海子,竟似是发自内心深处一声凝重的叹息:一个孤独的、永远长不大的孩子,苦苦寻找黏稠的泥浆中的影子。而我们只能在每年的三月,看风吹云起,潮涨潮落的轮回,"品面朝大海,春暖花开的凄美"[①]。杨春生的这个"凄美"是对海子诗歌总体风格的精辟而到位的概括。

  这说明作者对诗歌拥有独到的悟性,他能用如此精练的语言提升和表达他的审美感受。与"凄美"相近似,他对一时沸沸扬扬的关于"梨花体"的议论,仅仅用了一个句子,就精到地超越了别人:"其实一瓣梨花足以证明一个季节"[②]。他认为,春天本来就是万象更新的日子,本来就不需要太多的诠释。要说这是

---

 ① 见"当代诗人群雕"第 014 首《心中的海》。此诗副题为"海子去世 20 周年祭诗",诗后缀有"2009-3-26 连云港六步居泪毕",并有注曰:"从不会哭的我,写完这首诗,哭了,哭得很惨,那是一个男人,流给另一个男人的泪。"

 ② 见"当代诗人群雕"第 108 首《一瓣梨花足以证明一个季节》。

对赵丽华诗的论争的回应的话,这个回应是相当智慧的。

杨春生的这些诗,一般写得都很随意,有些诗还流露出某种"玩世不恭"的神情,例如"其实打个滚儿就是一首诗"[①],再如054首:"这些啤酒罐醉了一排黄昏"。后面这首诗的对象是一个群体:"致我的南方和北方的诗友们",他和他的朋友们从南方一路喝到北方:"从蓝月亮升起喝到红月亮升起,一直喝得老巢长发飘飘","这时的安琪就脸色绯红,整一朵五月桃花挂在诗歌的枝头"。这就有点"知章骑马似乘船"[②]的味道了。

但就在这些文字的背后,往往隐藏着一份难得的庄重,例如他说到,当野菜变成美食的时候,当它变成食谱上一道风景的时候,就意味着人开始任意阉割自然,就是社会的后退了。这时他一反"常态",变得有点义正词严——

> 这是一个除了索取
> 更需要奉献的时代
> 是需要每一个人
> 都默默地做一些事情
> 而不需要整个社会都知道的时代[③]

这里的现世关怀的情结就让我感动。更有甚者,有时面对社会的弊端和陋习,他也会有难以抑制的愤怒,例如他与西川谈论批判现实主义问题的那一篇,就对北京市民挖苦的"大裤衩"的火灾事件表达了深刻的批判:焦点访谈,用纳税人的钱,养大的中国最大嘴,对一场发生在中国的,影响最恶劣的火灾——避而不谈!

---

① 见"当代诗人群雕"第066首:《其实打个滚儿就是一首诗》。
② 杜甫《饮中八仙歌》句:"知章骑马似乘船,眼花落井水底眠。"见《唐宋诗醇》(上),春风文艺出版社,1995年4月,第562页。
③ 见"当代诗人群雕"069首:《当野菜变成美食的时候》。

杨春生本身就如他的这一本诗集,随性,洒脱,丰富,有时大大咧咧,有时深沉得近于严肃。这本诗集,他的本意是在写朋友,但却是意外地让我们认识了一个活生生的杨春生!

2009 年 7 月 29 日于北京大学

礼赞生命*
——读王茜的诗文集《十七年蝉》

这本诗文集的第一篇就吸引了我。诗人用油画般的色彩和小夜曲般的抒情调子,向我们讲述了中国版图最北方的那一片土地的特殊风情。我们的目光随着她的导引,穿越天际无边的灌木和乱云,在"一意孤行的颠簸"中,"一袭流水"从身边缓缓流过。那里伫立着做梦般沉思的马匹,羊群,干草垛,以及原木垒成的房屋,那些散发着葫芦香的木桩。而且,我们得知,在黑龙江源头的倒影中,流淌着令人心碎的故事。

我注意到,动人的原不止这些辽阔的北方原野带着干草气味的风景,更动人的是诗人面对这样的风景发自内心的那些追问:那些植物的鼻祖母兰草去了哪里?那些旅鸟、红鸭和高加索野马去了哪里?年轻诗人的声音显得有点沉重:物种灭亡的时间,在一次次秋天的交替中绝望地呈现,文明的荒芜和野蛮是怎样令人哀伤地接踵而至。此刻国土最北端的宁静中,暗藏着很少为人知晓的破碎的凄冷!

我读过很多诗,不少的诗只是沉迷于外在景致的描绘,有的诗则不放过任何借此炫耀自己"广博"的机会。这些人把写诗当作一种技巧和知识的展示,而独独漠视了这些美丽背后的无情的事实和情感。但是王茜不同,她不在意于以此证实自己的艺术实力,也不在意于把一首诗打磨得熨贴以显示自己的才能。

---

* 此文刊于 2009 年 8 月 17 日《人民日报》,发表时题为《礼赞平凡生命》。据文稿编入。

她的那些充满灵动之气的诗篇,甚至还带着某种自然的、本色的、来不及或无意打磨的粗粝——她重视的是她对世事关切的本身而不是其他,当然她对艺术的虔诚是不言而喻的。

王茜好像总在行旅中。她摄取了很多我们难得一见的镜头和风景,但她绝不炫奇。在她所展现的画面上,我们看到有时她骑着马,有时仰天躺在草地之上,她在倾听泥土里传来的轻轻的叹息。这旅人此刻正沿着干枯的河床,从海拉尔到北极村,想着这片土地和土地上的生民,这些生民平凡而毫无悬念的生命,这里的呈现都带着生活原样的气味和温度。她的这些旅行,具有不同凡响的意蕴,她要在风景后面探求人生的道理。

你看,这些边境小镇再也平凡不过的名称:宏伟商店、庆丰粮店、小布头裁缝店,还有二柱家的羊肉和热炕。这些通常景物的背后是悠长的岁月,是苍茫的人生,是那些老人们熟悉的栅栏和草捆,土坯房,还有呼伦贝尔草原上雪水融化的声音。王茜有一种本事,能够从眼前景推向遥远和古老,从那些人们熟知和常见,推向绵邈和苍茫。她对此总结说,这里的一切平常,"也生长着一生"——生长着同样令人紧张的生老病死。

最让人感动的是,这里跳动着一颗慈爱和怜悯之心。王茜把她的诗文集命名为《十七年蝉》,显然蕴有深意。诗人向我们介绍的是一种奇异的叫做十七年蝉的昆虫——

北美洲的一种穴居十七年才能化羽而出的蝉。它们在地底蛰伏十七年始出,尔后附上树枝蜕皮,然后交配。雄蝉交配后即死去,母蝉亦于产卵后死。科学家解释,十七年蝉的这种奇特的生活方式,为的是避免天敌的侵害并安全延续种群,因而演化出一个漫长而隐秘的生命周期。[①]

她一定是从中看到了生命的坚忍、智慧,以及作为过程的它的存在和行进的艰难和悲凉。她由蝉的生命悟及人的生命,她

---

① 见《十七年蝉》诗后作者注释。

为这些奇异而又平凡的生命发出由衷的赞叹。诗人心中清楚，无论在哪里，无论是昆虫、飞禽、走兽或是人类，所有的生命都只是一个过程，从产生、生长到消亡的过程。很明显，整本的《十七年蝉》都是诗人献给生命的一曲又一曲庄严的礼赞。

只有这样，只有从这里出发，我们才有可能进入她的艺术世界。我的这些认识，得到她的作品的证实。她在题为《爱》的诗篇中，曾为一个"素未谋面但又亲近如同呼吸"的陌生姑娘的"到来和离去"而叹息：

　　一片落叶在无数落叶中飘落
　　一个秋季，在自然中到来

一叶知秋。由一个人的死亡，而感悟普泛的爱与被爱的真谛：爱陌生人，与那些伤害过我的人，不由得发出感慨：爱有多么苦涩和惆怅！生命是一场猝然的相遇，一个亲吻，一次呼吸，一次降生，一次死亡，无数的秒针拖延着时辰，生命停留在诗人的文字中。

王茜的很多文字都是梦中意境，《妹妹》、《先知》、《后海》、《昨日》，都是梦境和梦话，她是一个做梦的女孩。还有《川底下村的梦》，通篇弥漫着经典而异样的《野草》的风格，它写诗人与陌生人的猝然相遇，有很强的生命的自剖和隐喻："当他人弱小时，我立刻就变成了无所不在的母亲"，"我在柔软的内心中失去了自我的保护，我弱不禁风"。我以为这是《十七年蝉》中最有分量也最值得深思的一篇。

王茜的文字很潇洒，看不到刻意为文的痕迹，有点粗糙，却是清丽而含蓄。她的写作是充分随意的，有一种信马由缰的感觉，给人以阅读的愉悦。正因为此，文章也留下了一种"破碎"甚至"琐碎"的印象，至于这是优点还是缺憾，此刻我也难以断言，且留待知者明示。

2009年8月1日于北京大学

公交车驶过泰安街道*
——读刘宗刚

在别的诗人那里,诗是诗,生活是生活,二者并不等同。一般说来,诗和生活有关联,有的关联深,有的关联浅。写诗毕竟和生活不同,这已是常识,谈论诗与生活关系的深浅,这事原不关涉"对"或"不对"。但在刘宗刚这里,他的诗和他的劳动与日常生活是紧密相连的。他的诗中充满了对劳动生活的热爱,对世俗人情的关注与焦虑,就是他的诗歌的永远的主题。也就是因此,使他的诗歌始终充满了活力与激情。

刘宗刚的诗中,它的字里行间充盈着现实生活的色彩、声音、温度和气息。那些天外的梵音,山林的静谧,或是古井的幽深,还有那些自闭式的静思默想,都与他的诗无涉——这里的叙述原也无关雅、俗、优、劣的臧否,只是诗人的习性与追求的精神所使然。

刘宗刚的诗是有点特别,整个的就是行驶在市廛的公交车的音响、速度和旋律的动感的诗,所以他不拒绝嘈杂甚至喧腾。他的诗歌世界是生动的、行进的,也是世俗的。这是一种充满了生活欲和现世感的创作。

此刻,我们的诗人驾驶着他的公交车驶过泰安繁华的街道,他从车窗和后视镜中静观车里车外的人生百态。他是一个公交车司机,他更是一个诗人。他的职责不仅在开动车子,也在关心

---

* 此文据文稿编入。

那些匆忙的乘车的人。司机的使命在于安全行驶,把人们带到他们要去的地方,而诗人的使命则在于在平凡中发现深刻的诗意,从而在这些诗意的背后隐藏着诗人的爱心和温情。

这里是一首诗:公交车在向阳路口抛锚,司机伫立车旁——太阳下山,"它的最后的形状像一声叹息"。月亮升起来的时候,远方的情人发来了短信,邀他共赏头顶的明月,这是一轮中秋月。中秋节的夜晚,公交车抛锚在向阳路口,有点焦灼,有点无奈,因为短信的到来更显得有点美丽。这是一个开公交车的诗人在庸常中发现的诗情。

这里又有一辆停驶的公交车。它曾经在线路上驰骋,如今已经报废:"一把还能自由转动的点火钥匙,却再也连不着遥远的轰响"。这里同样有一声悠长的叹息,为已经逝去的往日的光荣与梦想。诗人在这些看似没有生命的钢铁之躯上,看到了人生的遭际,他对人的命运的关切,快乐或者悲伤。《我们又见面了》写的也是日常生活的细节,普通人的心态神情,十分浓郁的现世的感受。诸如此类,在车上传阅儿子照片的母亲,旁若无人的大声打手机的男人——都是众生世象,都是琐屑哀乐。

题为《冬至》的这首短诗表达了非常动人的严寒中的暖意:不要打他的头,他不是小偷,他只是一个孩子,和我们所有的孩子一样。这是我们作为诗人的司机劝阻那些愤怒的乘客们的话。诗人目送那孩子下车远去,跳过一行,诗句和灯光同时切换——

> 天很快黑下来
> 比想象的还快
> 有车亮起大灯
> 有人把近光换成远光
> 今天是冬至

一切尽在不言中,今天是冬至,今天的天黑得很早。黑暗中大灯点亮,远灯打开,车要上路,前面有光,映衬着内心不言的欣悦。诗歌的暗示给了人们扩大的想象空间:温暖,欢愉,同情,还有理解和温馨。

今天的读者可能对这类来自普通人生存状态的诗歌感到陌生,有的人甚至对表现日常劳动的"写实"怀有偏见。他们的胃口被那些"高雅"惯坏了,他们拒绝刘宗刚这样的"粗糙"。其实,说句公平的话,那些习常于把玩技巧的诗人们,他们写不出刘宗刚这样充满了生活本色的诗篇——因为他们不可能有这么丰富来自真实生活的想象力。

《春天只有两站》是一首一共只有七行的短诗,我愿意引用它的全文:

> 春天不是从三月开始
> 不是从风和日丽开始
> 不是从双飞燕开始
> 也不是从小河边一棵垂柳开始
>
> 春天是从 C 站她乘上车后
> 开始,并且在 E 站她下车后结束的
> 只有两站

没有想象就没有诗,这是常识。但是想象力是怎么来的?它有赖于平日的观察积累,而后,这些"材料"在诗人的内心发酵、酿造、提炼,最后由原初的"粮食"升华而为"酒精"。这些耳熟能详的基本常识,现在仿佛变得遥远了。现在,这位在泰安街上开公交车的诗人的创作,让我们重温了这些常识。我们不能不承认在上面那首短诗中,经过"生活经验"的激活所产生的效果——它留下了多少别样的春之余韵!

刘宗刚很热爱他的职业,他开公交车开到了出神入化的地步。他说:"我驾驶水平突飞猛进。练就了打着瞌睡都能穿越财源街的特殊本领;心理素质也成熟到坐在方向盘前物我两忘的境界。梦醒之后,我开始写诗,写工交之歌。"职业是他的最爱,诗是他的梦想。他常自言,写诗是"有感而发",是"有病才呻吟"。我非常看重他的这种诗歌理念。劳动、生活和诗,它们是不应分离的。

2009 年 8 月 6 日于北京大学

一碗杂碎汤等了三代人*

这题目乍看有点耸人听闻,但是,且慢,这是真事。一碗杂碎汤,一碗让我垂涎三尺的新疆乌鲁木齐的杂碎汤,竟然让我记挂了近三十年!而且,更不妙的是,三十年过去了,至今也仍是一个未完成的念想。几次来到新疆,下了飞机,悻悻然记起的,也还是这一碗始终不能兑现的羊杂碎汤!

说起来话长。那是二十世纪八十年代中期,我应陈柏中先生的邀请第二次访问新疆。那年同行的一共四人,刘再复、陈骏涛、何西来和我。我们开始了对于新疆的紧张访问。那天是陈柏中设家宴款待我们,他的夫人知道我们四人中有三人是福建人,夫人特意做了一席适合福建口味的盛宴。

从我们的住处到陈府不用乘车,我们是穿街走巷就到。路过一座市场,那里清洁敞亮,透明的凉棚下,一溜排开新疆的美味小吃。最诱人的是那些卖羊杂碎的摊子,女士们一袭白衣,站在热气腾腾的汤锅前。滚沸的清汤,鲜嫩的羊下水,一碗盛好,外撒脆生生的芫荽和鲜红的西红柿片。

这么洁净的食肆,这么鲜美的、色香味俱全的杂碎汤,我在内地从未见过。我看得呆了,竟移不动脚步。我央告说,我想吃一碗再走。大概是丰盛的家宴已在等待客人,也可能是担心一碗杂碎汤下肚失去了胃口,陈柏中急了,连拽带推,硬把我从市场拖了出来。他安慰我说,"新疆有的是这样的杂碎汤,到了喀

---

* 此文刊于《绿洲》2009年第11期。据此编入。

什我请你!"

我们在喀什的访问依然紧张,但陈柏中真的没忘了他的承诺。但是不幸,偌大的喀什城我们竟然找不到一家卖杂碎汤的!主人当然觉得没有面子。我们就这样有点惆怅地又回到了乌鲁木齐。送我们上飞机的时候,陈柏中热情地向我们挥手告别:"记住,一定再来,我请你吃杂碎汤!"

一晃竟是十年过去。陈柏中退休了,女儿出嫁,女婿是诗人沈苇,我认识的。这下,他干脆顺水推舟,把这"未完成的事业"交给了下一代。沈苇大概是得到这位泰山大人的真传,连续几年接待我,都是信誓旦旦,但依然是"杂碎汤的,没有!"

记得那年,我们又有机会再聚乌市。一阵美酒佳肴过后,已是午夜。沈苇酒酣饭饱,猛然想起亲爱的岳父的嘱托,记起了"拖欠"多年的那碗汤。他酒眼惺忪,兴冲冲地说,"走!今晚我一定要请你吃杂碎汤!"而此时,即使是习惯于熬夜的乌鲁木齐都打烊了。我跟着沈苇蹒跚的步履,像一对醉鬼游走在乌鲁木齐的大街小巷。这当然是又一次只是表达"诚意"而毫无结果的行动。

我对新疆很有感情,因为新疆不仅山川雄丽,而且新疆的朋友多情友好又豪爽仗义。迄今为止,我访问新疆少说也有七、八次了,每次都是满载友情而归。但就是那一碗可爱又可恨的杂碎汤,它几乎成了我的"心病"。我想,这可能也是陈柏中和沈苇的"心病"吧!

时间过得真快,沈苇不仅有了女儿,而且女儿也已成人。显然,沈苇的心境十分平静而又坦然,他心中有数,他已经把那个"未竟的事业"交给了他的下一代了。几次见面,他总是满怀信心地说,"不就是一碗杂碎汤吗?完全没问题,我女儿请你!"

前些日子,沈苇再一次陪我从乌鲁木齐来到阿克苏。下飞机的时候,我们一起回忆了这碗杂碎汤的"故事"。前来接站的阿克苏的朋友听着,惊奇地睁大了眼睛:"我们新疆人友好好客,很大方的嘛,一碗杂碎汤还要等三代人?我不信!"好在沈苇在场,证明我没有说谎。

至于将来要请我吃杂碎汤的第三代人,我至今还没有和她接上头。我想,她应该是一个可爱而又漂亮的新疆女孩。

2009年8月7日于北京昌平

这是一方福地*
——第五届新世纪现代诗(武夷山)研讨会闭幕词

我们的会议开了整整一天半,外加一个晚上。共举行了两场老专家论坛,两场中年专家论坛,三场青年专家论坛,以及一个晚上的青年批评家联谊会——即青年圆桌会议,加上简短的开幕式和同样简短的闭幕式,共计十场的会议。这是一个热烈、紧凑、讲究实效的会议。

会议的场次是王珂教授设计的,分老、中、青三类、青年中女性学者又单列专场。这种按照年龄段的区分,反映了当今诗歌研究业已形成的梯队的实况,是会议策划者的创意所在。而我却从中感到了另一番深意,那就是学术平等和彼此尊重。我在会场看到的是这样一种三代同堂的动人情景:老人依然年轻,中年已经成熟,青年充满活力。

这是事业兴旺的表征。三代人在一起开会,没有过去常见的那种非此即彼、剑拔弩张的对立情绪,而是消弭了代沟,平等对话。我们的会场始终弥漫着安详和睦的气氛。所有的谈话涉及了全部丰富的中国新诗史,从胡适、陈独秀到徐志摩、戴望舒,从闻一多、穆旦到北岛和海子,甚至是以往并不受到关注的快板诗和墙头诗,在这里都受到了公开而公平的评述。

历史受到了尊重。新的一代学者,已经不是以往常见的那种号称开天辟地的、目空一切的狂妄者,而拥有了一种训练有素

---

* 此文据文稿编入。

的、笃定而从容的姿态。对此,我感到欣慰。记得那年有一个诗会,(我没在场,在座的章亚昕教授当时在场),曾经发生过一个"事件",一位当时的年轻人严词责问郑敏先生:"你那个闻一多和我们有什么关系?"此语一出,举座皆惊。

事过二十年,我们终于回到了问题的原点。我们的会议证实,闻一多不仅是"你"的,而且是"我们"的;不仅是一个"闻一多"和我们"有关系",而是为新诗作出贡献的所有人,都和我们"有关系"。

记得当年,二十一世纪刚刚到来的时候,当时的我们对新世纪怀有热切的期待,我们希望以此为契机告别动荡的、充满了破坏性的时代,从此开始一个新的、建设性的时代。基于这样的动机,我们建立了这样的诗歌论坛,每隔一年举行一次,先后在湖州、温州、玉林、海口举行过,至今已是五届。这个讲坛旨在持续、有效地讨论新诗的建设问题。现在,我们终于看到这个理想正在逐步变为现实——这次论坛的题旨就是明确的点题:新诗创作和研究的"技法"问题。

我们期待着从此告别无休止的"论战"和"批判"的思维,用我们的热情的坚持,呼唤新诗回到公众生活,回到诗歌艺术的自身,回到诗性和诗美的建设性的、良性循环的状态。我们想借武夷山会议作出明确的宣告。

在此会议结束的时刻,我要代表全体的来宾,感谢福建师范大学的盛情接待,感谢汪文顶校长、郑家键院长,以及王珂教授和他的团队的积极有效的工作!

现在,作为一个福建人,我要反客为主了。我要以主人的身份欢迎大家从祖国各地,还有岛由子来自友好邻邦——她不仅代表国际、代表日本、也代表北大,是"三个代表"——来到我的家乡。

福建是一方福地。它的将近一半的县名都含有祝福的意愿。今天，我要借用几秒钟的时间，向大家介绍这些代表着美好祝愿的地名，它们是——崇安、永安、同安、南安、诏安、福安、惠安、华安、安溪；福州、福清、福鼎；泰宁、周宁、寿宁、建宁、宁德、宁化、德化；永泰、永定；长泰、长乐；南靖；南平；政和、顺昌。福建气候温暖，山川秀丽，民心和顺，它以这种朴素的方式，岁岁年年为国家社稷、为苍生百姓，也为在座的所有朋友祈福。到过福建的人们有福了！

2009年8月18日于武夷山世纪桃源宾馆

让批评回到文学[*]

文学批评偏离了文学,甚或忘记了文学,此风由来已久。这是批评的忘本。文学批评的不能守正,其原因总与社会习尚有关。上个世纪前半叶,主要是政治在抢文学的地盘,到了世纪后半叶,则是文化以及名目繁多的"新潮"在夺文学的饭碗。于是乎,文学批评不讲文学就成了二十世纪以迄于今的一个通病。

我不反对新时期以来文学批评的"扩容",即引进其他学科的概念和方法以丰富批评的内涵并增强其活力。事实上,一个时期以来,诸如文化批评的兴起,的确打破了以往批评的单调、沉寂的局面,造出了一时之盛。二十世纪八十年代由于批评领域的开掘和扩展,某个年份于是被称为是"批评年"而被保留在人们的记忆中。

但这种交流和引入,显然不能以冲淡、忽略文学批评的实质为代价。就是说,文学就是文学,文学不能混同于科学。别的学科对于批评的介入不能喧宾夺主,更不能反客为主,以至于使人忘记文学批评的本身。回首当年,五四运动初起,那时的一些先进之士引进马克思主义理论,一时竟以阶级斗争学说奉为批评之圭臬。滥觞所至,遂留下后来凡批评必为政治之遗患。警钟犹在,不敢或忘。同样道理,我们对当今来自文学以外的不论何种意图的"鸠占鹊巢"之倾向的怀有警觉,当然自有其因。

文学的本质是审美的,文学的作用是在有缺憾的现世描绘

---

[*] 此文刊于 2009 年 9 月 17 日《文艺报》。据此编入。

出一片理想的天空。不论是侧重抒情的诗或散文,也不论是侧重叙事的小说或戏剧,文学的责任不在重现,而在虚构。它超越现世的残缺和破碎,摈弃委琐和丑陋,按照作家的意愿重新构造世界。在实现这一目标的过程中,作家进行了非常艰苦的美学的创造,枝枝节节,都付出了心血。人们往往因为注重了意义的发掘而忽视了作家的这种意愿。他们不承认文学的"虚幻"和"空想"的属性。说到底,文学是让人做梦的,它慰藉人的灵魂,在不完美的世界造出"完美",使人忘却世间的缺憾。

文学批评面对的,就是这样一个又一个规模不同的审美时空。批评的最重要的责任,是在揭示文学的"造美运动"中的艺术规律。作家为实现他的意图所实施的一切用心,从作品的立意谋篇,到人物的言谈举止,一颦一笑,动作和服饰,场面和环境,那些远山近树,那些夕照月明,甚至是风雨雷鸣,一切无不深蕴着作家对于"完美"的向往——他即使是在刻画那无边的邪恶,也总隐曲地指归着对于邪恶的否定,而遥遥地指向他对美好的倾心。

文学批评家若是在这点上毫不在意、无动于衷,无视于作家精心策划的那些让人品评、让人遐想、让人击节的一切精妙。他们连篇累牍,却对作家的匠心独运之处,对作家字里行间的精彩之处,往往不置一词,而只是一味地海阔天空而言不及义,岂不是离题万里的"无作为"?

我的阅读涉猎不广,见识有限,但还是深感目下一些作家诗人在有意忽略意义与关怀,太注重他们所谓的"手艺",他们以"技巧专家"自诩而意态自若。与此截然相反的是那些批评家,他们的注意力几乎全被那些深奥的"道理"所着迷——他们是新时代的"言必称希腊罗马"的一群,他们的文学批评不说与金圣叹的艺术评点沾不上边,甚至与李健吾非常看重的文本辨析也大相径庭。这是非常令人遗憾的舍本求末。

文学批评家在这里有个根本的忽略,那就是他们忘了自己的首要职责在于向读者指出作家的审美用心所在,指出那些隐藏在文字背后的全部奥秘。要是批评家只是满足于用空泛的语言滔滔不绝地讲那些与此无关的"道理"和"学说",那的确是批评与它的对象在玩"躲猫猫"。

2009年9月14日于北京大学

为原三一中学老榕树题字*

钟声犹在耳
此树最多情

2009 年 10 月 1 日于北京大学①

---

* 据文稿编入。
① 老榕树在该校原小学操场,今已二百八十余岁。2009 年 10 月 1 日,应校方邀请题字,今已镌刻于基座。

桐城文化节开幕式致辞[*]

  桐城是一座文化名城,是中国世代文化人仰望的地方。今天来到桐城派文学的发源地,黄梅戏的故乡,来到数百年来传为美谈的、已经成为后人楷模的"六尺巷"故事的发生地,内心充满了喜悦和幸福。我来这里,是来向桐城所代表的文化精神致敬的。

  我这次是陪同由北京大学中国新诗研究所以及中坤集团主办的亚洲诗歌节的各国诗人们来到桐城的,我们的代表团有来自蒙古国、日本国、韩国、印度、土耳其各国,以及中国大陆和台湾、香港的诗人们。这次亚洲诗歌节在北京大学的百年大讲堂为起点,经历了中坤集团大厦的第一场豪华的研讨会,开始了中国南方的文化之旅。

  今天桐城阳光灿烂,万人空巷,这座千年古城以如此隆重热烈的方式迎接我们,这是文化的桐城对于诗歌和诗人的尊重。为此,我愿借此机会代表北京大学中国新诗研究所和我的同事副所长骆英先生,也代表来自亚洲各国各地区的朋友们感谢你们!

2009 年 10 月 17 日于桐城

---

[*] 据文稿编入。

升旗仪式上的致辞[*]

各位老师，同学们：

　　一个六十多年前的老同学、老校友，能够和年轻的你们一起参加母校的升旗仪式，这是我毕生的光荣。

　　六十多年前，我在这里读书的时候，正是国家多事之秋。我在这里认识了社会，体验了人生，并且受到了良好的教育。为此，我终生感谢母校和老师在人生的这一阶段给予我的关怀、友爱和帮助。

　　同学们今天处身在一个和平、进步并且逐渐富裕的新时代，远离了战乱，也远离了饥饿和压迫，这是你们的幸福。在这样的时代里，你们无须像我当年那样的朝不虑夕，对未来充满忧虑和恐惧。美好的时代为你们提供了良好的条件，使你们能够快乐地成长和进步。

　　我有一个体会，那就是苦难给予人的并不全是负面的影响，而安乐给予人的也不全是正面的影响。安乐的日子可能使人变得怠惰而不思上进，而艰难的岁月则可能使人学会坚强和自尊。

　　我还有一个体会，那也是母校和老师给予我的，那就是学会感恩和珍惜。感谢社会、感谢老师、感谢父母，感谢他们为我们所提供的一切。珍惜今天的幸福、和平和安宁的生活。我们在这里受到教育，然后从这里出发，为国家和人民贡献我们的才能

---

　　* 2009年10月19日，应邀在母校福州外国语学校的升旗仪式的致辞。据文稿编入。

和智慧,也用我们的努力来报答曾经帮助过我们的一切人。

这就是今天的升旗仪式上我作为你们的"老同学"、母校的"老学生"所要讲的话。谢谢你们!

2009年10月19日于福州外国语学校大操场

洛夫国际诗歌节开幕式致辞*

我到这里来,是来向诗歌和诗人致敬的。

今天是诗人的节日。南岳之野,湘江之滨,云集古镇,衡南新城,家乡的政府和父老乡亲,以最隆重的方式迎接诗人洛夫先生和夫人的到来。洛夫国际诗歌节的开幕和洛夫文化广场的奠基,就是一个向诗人表达敬意的方式。

洛夫先生以毕生的心力,贡献给了中国的诗歌事业。他首创《创世纪》诗刊,这个诗刊一直绵延到今天。这是中国以同人集资的方式创办的坚持最久的一份诗刊。《创世纪》的影响,不仅在台湾,也不仅在大陆,而且也影响到以华文写作的世界所有地方。

洛夫是中国诗歌史绕不过去的一个名字。他个人的诗歌、散文创作极为丰富,诗歌理论也多有建树,他是中国当代影响极为深远的一位诗人。他为中国诗歌史谱写了瑰丽的一页。他的影响不仅在当代,而且也将影响中国诗歌的未来。中国诗歌史因为有洛夫的加入而感到骄傲和充满光彩。

谢谢各位。

2009 年 10 月 24 日于衡南云集

---

* 据文稿编入。

我的诗歌记忆[*]

各位老师、同学：

你们好！今天我讲的题目是《我的诗歌记忆》，这是在北京和海洋大学沟通以后，找到的一个角度。我不敢在这地方谈诗学的问题，尽管我一生都在研究诗歌，但是我发现，诗是说不清楚的。要让我在一个时间里头把诗讲清楚，那是非常难的，几乎是不可能的。前人有千言万语，连篇累牍，但是诗还是一个谜。前不久我有机会和北大校长周其凤校长见面聊天，他是一个高分子专家，研究化学的，他能够用一句话回答，化学是什么，我自愧不能，没法回答，他说化学是什么呢，化学就是点铁成金。要我用一句话来回答诗歌是什么，我做不出来，后来我就想向周校长学，试着用一句话来讲，还是讲不清楚，今天就给大家献丑了。我想了想，我说，也用一句话吧，审美的梦想，我发现也不对，梦想我觉得是诗歌的很本质的东西，诗歌是做梦的，这个我想我抓住了，我一生都在坚持，认为诗人讲的是梦幻，尽管这个梦，这个梦想是和现实有密切的关系，但是你要用现实来要求诗歌那肯定要产生误差，它是幻想的，它是想象的，它是做梦的。通过做梦来想人生是什么，因为人有很多不平，有很多悲哀，有很多空缺，诗歌来填补它，用假象的东西，来使人满足，这是诗歌的很本质的东西，但是假想的东西。梦想是很多范畴都可以做到的，那

---

* 本文是2009年11月14日在中国海洋大学的演讲。刊于《王蒙研究》2010年5月号。据此编入。

么怎么来规定它呢,我觉得是诗意的。后来我发现这个也不对,因为等于说诗本身就没讲清楚,什么是诗意呢?我想回避这个诗的、审美的,想过美丽的,美丽的想象,美丽的梦想,审美的梦想,这是个弄巧成拙的行为吧!用审美的,用美丽的,我想大体把诗和别的东西区别开来,因为诗歌毕竟是个艺术的东西,审美的、美丽的尽管有些玄,但是它可能接触到诗的一些艺术上的一些性质,诗是音乐的,诗是有节奏感的。中国传统中,诗、韵文和散文是分开的。诗不是散文,诗是韵文,韵文是什么意思呢?它有韵,有节奏,讲音乐性。我向周校长学,但也学得不到家,但是,我始终坚守,诗是梦想的,文学和诗歌是让人做梦的,通过做梦来补充生活当中的欠缺,我找到了这个角度以后,就想通过我个人的一些经历,我的诗歌记忆,来跟诸位交流一下。

  我想讲的第一个问题是,诗是我艰苦岁月中温情的朋友。我要讲这个问题,通过个人来讲,我的童年,是非常悲哀的。1932年生的人,抗战时才五岁,整个童年和少年时代都在战乱当中,我的小学是无数次的搬家,小学大概上了五六个,为什么小学要上这么多呢?因为动乱,因为要躲避炮火。在这里上一年,在那里上一年,所以我整个的童年是非常悲哀的,但是,是那优秀的诗歌抚慰了我,所以我说,它是我的温情的朋友,而且是艰苦岁月的温情朋友。我跟大家讲一个故事,我的家里非常贫寒,又加社会动荡,日本人两次进入福州,就是福州沦陷两次,我就在这个间隙当中上小学。上小学我家里贫寒,假期要远游,就是现在大家讲的短途旅游,老师带我们,我缺一件比较好的衣服和鞋子,我也出不起这个零用钱,出去要路费,我出不起,就用各种借口,躲避这种集体活动,然后我就一个人在小阁楼上读诗。读的是什么诗呢?读的是唐诗,很奇怪,一开始似懂不懂的就读唐诗,读谁的诗呢,我能够把白居易的《长恨歌》和《琵琶行》背诵下来,读了白居易的这两首唐诗以后,我就找杜牧,找到刘禹锡似懂非懂地读。我觉得是诗歌,遥远年代的、跟我相隔千年的诗歌安慰了我,使我在美好的诗歌中得到了一种自尊,一种自信,忘记了我这种屈辱的躲避,躲避开那些同学,他们去玩,我贫穷,贫穷得非常难受,非常悲哀,这时候,诗歌安慰了我,我终身感谢诗歌,感谢那些优秀的诗歌,就是这样一个原因。当然现在《长恨歌》我背不下来了,但那些优美的诗句,断断续续还在我的记忆中,《琵琶行》也是一样,就是诗不仅温暖了我,而且使我获得了一种尊严。一开始,我并不写诗,我写的是散文、随笔,后来在作文里也学着写小说,但是不敢写诗。我写诗是在写了散文和随笔以后,那是1948年,1948年4月有一场春雨,唤起了我的诗歌的感觉,那时候少年时代的诗的感觉,我也学郑(愁予)先生。读我的诗,这简直就是班门弄斧,这是小学生写的:

"你喜欢雨吗?/那丝丝的,绵绵的,那是多么多情的雨啊!/春天是雨铃长鸣的季节/——半夜灯前十年事,/一时随雨到心头。"

那时候就是用这种来寄托我的一种心情,对雨的一种心情,当然也写到我要像我的家乡的大榕树这样的,要让躲雨的行人在榕树底下能够躲避,我觉得我就是在大雨底下奔走的那个很狼狈的一个人,那是我的一种寄托。后来事情开了头,就一发不可收拾,后来在作文本上就开始写诗了,这个作文老师非常宽容,他特许我在作文本上写诗,用诗歌来代替作文,这个就是我童年的一个经历。

我少年时代是一个非常痴迷的诗歌爱好者,用现在的话来讲,是诗歌少年,我经常在课堂上走神,想诗,所以我的数学、物理、化学是一塌糊涂,理科的功课这么差,因为我把很多时间用在想诗上。有一个同学在我的后面坐,他也喜欢诗,就在课堂上,老师在上面讲课,我就和他两个人"唱和",用新诗来"唱和",

他写一句,我写一句,我再写一句,他再写一句,押韵,有节奏,不知道学的什么人的,我现在念几句给大家听听(鼓掌),班门弄斧,很可笑的,"看苍鹰带来了收成的信息/田野上展开了金黄的图案",这里头是有节奏的,我的后面的同学就回答了,"天空也绽满了热情的太阳,/缓缓地生长了紫铜的躯干","躯干"押我"图案"的"案","案"和"干"是同韵的。就这么传,大概有几十句。那么这个时候,就是对诗的痴迷,而且也追求一种在音乐的感受当中,体现一种节奏,然后还有一种韵调,这个就是我最早的诗的理念。那个时候,我什么都写,因为没有人指导我,也没有人说你要怎么写,应该写什么,我就是乱看,然后乱写。我认为,这个乱看乱写,想什么就写什么这个体现了诗歌的自由精神,我现在回想起来,这种自由精神能够使得我不断地幻想,不断地想象,不断地出奇制胜。我试验过好多文体,好多诗歌的体,学何其芳的,学徐志摩的,学戴望舒的,后来学了林庚先生的,刚才这个就有一点林庚先生的味道在里头,这就是我的童年和少年的诗歌记忆。这个记忆是深刻的,因为它告诉我,诗歌是自由的,诗歌是自由精神的一种体现。当然这里头有一些约束给你的,我的生活是非常严酷的,我的童年是抗日战争的全过程,我的少年时代到青年时代,又是国内的战争,可以说,整个就是朝不虑夕,整个就是前途渺茫。但是安慰我的是诗歌,后来我就知道,我的诗歌的主题,应该是追求光明,反抗黑暗,我也写过这样一些诗,这是自觉的,因为社会太腐败了,这个黑暗我们在反抗,我们在歌颂黎明,尽管我不知道黎明是什么,什么时候到来我不知道,我要歌颂光明,我要歌颂远方的火种。还有我们在座的王蒙先生、郑愁予先生都知道,山那边的消息,山那边带来的歌声,尽管很渺茫,但是我追求它,所以我就写了这样的诗。日后我也能理解,用理解和宽容的态度坦然面对中国诗歌、中国文学的意识形态化,坦然面对中国文学和中国诗歌的政治化倾向。我就是按照诗歌的精神过完我的小学和初中的生活,后来也用这种诗歌的方式走向了我自己所选择的、所决定的新的道路。后来台湾的朋友就说你们那一代人——他知道我共产党员的身份,而且我当过军人,而且就在金门炮火当中,我们是对岸,我们是敌对的双方,后来他们说你们那一代人就是理想主义。我承认了,这是我最初的诗歌的记忆。

我讲的第二个题目就是我在失去自由的时刻停步。我的诗人的梦做到了,我感觉到诗歌不能自由表达的时候我停下来了,所以有人看到我的时候说你是激情的,但看不到我很理智的一面,我觉得我这种停步,这种理智,正是我的性格的另外一面。我知道我成不了文学家,我也成不了优秀的诗人,我知道我要是那样写下去,我最多就是三流、四流的诗人,我不想做,这个时间大概是1949年以后,在北大,包括校长在内,老师同学都认为我是诗人,但是我心里头否认,我说我不是诗人,我想当诗人,我却当不成,或者说后来我不想当了。天空,诗歌的天空,变得越来越窄,这时候有人告诉我,你应该写什么,你不应该写什么,写什么是进步的,写什么是反动的,现在看着不对,写个人就是反动的,写个人的心灵,写个性,那就是远离集体的,那就是不允许的,就是不革命的。在这样的情况下,我还能写什么呢,我不能写,但是我也是很复杂的,我一方面自己停止了脚步,同时我也在思考别人,我给别人说三道四,我也同样地指点别人,你哪一点是个人主义的,哪一点是反动的,哪一点是不革命的。后来我和我的同学们就开始把诗人分类,郭沫若是革命的,胡适是不革命的,徐志摩是反动的,因为他写过某某诗,闻一多还可以,后来当了烈士,可是他也有诗是不好的,因为他对共产主义有过怀疑,如此等等。我同样地用我所感到厌恶的东西来对待别人,这就是我和我的同学一起把过去写过批判别人的那些文章,弄成一本书,这本书就是臧克家先生和徐迟先生主持的,《诗刊》组织我们几个年轻人写的《中国新诗发展概况》，也可以说这是一起写作的最早的一本诗歌简史一类的东西。在那里头我们就把诗人分类，革命的、不革命的、现实主义的、反现实主义的，等等，进步的、落后的甚至反动的。这本书现在由北大出版社重新印出来了，一个字不改保留下来了，保留下来那个时代的印迹，我觉得我们作者要负责，但是那个时代就是那样，我们个人无法改变那个时代，这是我能做的一些事情。但是我非常清楚我必须这样，在没有自由的诗歌面前停步，我不再做我的诗人梦。经过了长长的黑暗的年代，在二十世纪七十年代最后，我终于看到了一线曙光，在座的严力先生都知道，我看到了《今天》这本杂志，看到了一批新的青年人写的诗，我才知道，我们已经在和昨天告别，我们把握的是今天，而且今天以后还有更好的明天，这就是我的诗歌的梦。我可以说通过这些青年诗人的写作我得到了一个延续，我不再悲哀，我觉得我尽管不能够成为诗人，但是能够通过对诗歌的讲话、我的发言，来促进中国诗歌向着更加广阔的、更加健康的，也是更加美好的前路走下去。

第三点，我要讲的是这样一个题目，美丽而充满幻想的时代。八十年代，匆匆忙忙地就过去了，我们来不及很好地把握它的时候它就过去了，我对八十年代是充满着情感的，我现在是怀念它，而且我要追寻八十年代文学和诗歌的足迹，我要寻找现在变得渺茫的东西，因为那是实现我诗歌梦想的东西，我要追寻它，我要找回来它的感觉，这就是我此刻的心情。我在八十年代的时候收了三个研究生，第一届，他们是黄子平、季红真、张自忠，他们现在都是教授了，都是学术有成的中年学者。我带他们的时候就一起编了一本《中国当代青年诗卷》，编的时间是1976年到1982年。我开始不太看重这本书，我说这一定是过时的。最近重新找出来之后我才发现没有过时。这本书很有价值，为什么呢？它保留下八十年代的诗歌记忆，现在我不念我自己的诗了,我的诗很糟糕,因为我后来也不写了,我念别人的诗。刘祖慈先生写过一首叫《龙湾湖》,第一句话就震动了我:"狂热之后是深沉,/深沉,不是死寂。/深沉下淀积着大地的隐痛,/深沉是说不清楚的滋味。"我觉得他说出了七十年代末到八十年代我们的感受,中国人的一个感受,就是我们有过狂热,狂热下面是深沉。深沉,不是死寂,不是失去希望的一个东西,而是大地的隐痛,深沉是说不清楚的滋味,这就是八十年代。八十年代诗人顽强的意图,就是在普通的风景中去找自己的寄托,寄托出他对时代的看法,他意图要概括这个时代,通过普通的我们不知道地名的龙湾湖,他就这么写。骆耕野也是八十年代的青年诗人,《沸泉》也是同样的:"抑不住的沸泉啊!/我是沸泉,我是沸泉,/抑不住的沸泉啊!/止不住的呐喊。"现在我们可以责备他,你多浅薄啊,你那么直接地标语口号丢进来了,你是寄托了社会的一些看法,你就把心中要表达的意思直接地刻意地(表达出来),但是你责备不了激情,他对时代那种概括的愿望。我就是沸泉,我就是沸腾的泉水,我要呐喊,我是那个奔出地皮的思想的热流,就是这样,所有的诗都在这么表达,这是非常顽固的一种愿望,要为时代代言,要概括出社会的一些特点,转型期的社会的特点,应该说这是一种激情,应该说这是有一种理想,理想的精神。最动人的是女诗人,傅天琳写的一首诗,《七层塔顶的黄桷树》:"七层塔顶的黄桷树/像一件高高晾着的衣衫/旷野/托着它寂寞的影子/许是鸟儿口中/偶尔失落的一粒籽粒/不偏不倚/在砖与灰浆之间/萌发了永恒的灾难。"

这句话让我感动,让我震动了,也许是鸟儿偶尔掉落的籽儿,在砖与灰浆之间的夹缝里头,这是个永恒的灾难。这首诗把动荡年代的一个无依无靠的、被命运到处捉弄的一个青年人的处境写出来了,就是一场灾难,永恒的灾难,它就是偶尔把黄桷树掉在七层塔顶上面,生长在七层塔顶上面,这是个青年人写的。当时还有老人写的,曾卓先生写的很著名的《悬崖边的树》,那也是个灾难:不知道是什么原因,也许是地震、火山爆发,一棵树,在悬崖上面,好像要飞翔,又好像要掉下万丈深渊。这也是一代人,也是一种灾难性的。那个时候通过一棵树就想为时代代言,通过一棵草也想为时代代言,非常强烈的一种愿望,要把这个时代写出来,这个就是八十年代,这就是我们怀念的八十年代。

但是八十年代非常快就过去了,我只是我个人,我只代表我自己,我不代表时代,诗歌不能为时代代言,很快就这样了。我觉得时间过得太快了,我们来不及想它的自由的时候,我们就成了过去了,这就是现在想起来我们对八十年代诗歌的怀念就是这么一个状态。那么我回过头来看我和同学编的这么一本书,我说这本书非常有价值,花城出版社出的,选的是1976到1982这段年间的,那些诗是写得有些幼稚,而且有说教的味道,有很直接的味道,但是那个整个时代的诗歌精神保留下来了。我已经跳过了《今天》杂志给我们的启示,就是北岛、舒婷、严力、多多、芒克这样一批人,因为这个讲得很多了,我就讲这些,现在讲的这些,因为还要说到诗歌的意象的问题,诗歌的表达技巧的问题。这个我们这一代人都有感受,诗歌的表现,变得非常单调,而且似乎只提倡写某一种诗,提倡用某一种方式。这个就是邵燕祥先生在一次会上讲过的,我很有同感的一点,就是说我们只能写太阳升起,不能写落日,写落日要冒非常大的风险,而且太阳升起的姿态是规定的,大概现在年轻的朋友不再厌恶这个词了,就是太阳升起必须是冉冉升起,不能缓慢地升起,不能别的形容词,只能是冉冉。后来我就很讨厌这个词,我就避免这个冉冉升起,太阳怎么升起都可以,因为是"文革"留下来的一个词,也是我们的隐痛。直到有一天我读到一首诗,这个作者王泽州,写的《日出》,我非常感动,我觉得这可能是传达诗歌新的时代开启的一首诗,"萧萧凉风中/黎明在缓缓地分娩/哦,光明的诞生原来这样痛苦/看山的那边/正渗出一滴殷红的血",这就是太阳升起,我觉得这就代表了我们对太阳升起的看法,黎明的到来是非常痛苦的,光明的分娩是非常难的,像一滴血那样,大家看太阳跳出地平线的时候就是一滴血,这个从思想内容到艺术表现都有一种全新的姿态,这让我感觉到中国诗歌是有希望的。第四点,我对诗歌有种殷切的期待。自从我们说我不为时代代言,诗人不要想为时代代言以后,我们诗歌就非常快地进入到个人化的时代,我赶紧声明一下,个人化不是退步,是一个进步。文学和诗歌都是一样的,本来就是个人的事情,是个体生产的,而且个人的感受、个人经历、个人概括是非常重要的。几乎没有个人创造性,就没有文学和诗歌。长期我们提倡集体主义,反对所谓的个人主义.反对个人化,提倡大我,反对小我,这个造成了个性,文学创作个性的消灭、消融,这是非常大的悲剧性的事件。我要赶紧声明这一点,诗歌是可以为时代代言的,但是为时代代言不是诗歌的全部的责任,而且对诗歌来说非常可值得珍惜的是它的个体化的表现,所以走向内心回到个人,这不是诗歌的错,更不是诗歌的落后,更不是退步。我们盼望了这么久,迎来了一个个性张扬的年代,当然应该高兴的,但是,迅速个人化的结果,它疏离了时代,而且它断然地排斥时代精神的传播,我们关心民间疾苦的愿望。现在的诗歌,面临着一个非常大的问题,就是诗人满足于私语,自我欣赏,甚至自我抚摸。当然我要谈到,这些人谈到汶川地震等等,这个诗人有一种表现,中国诗人有一些表现,在这之前,中国诗人的表现是非常薄弱的,包括纽约世贸大厦的倒塌,很少诗人在发言,而且更没有留下好的比较优秀的诗篇,那时候我对这种冷漠感觉到很吃惊。这样的倒塌,世界出了这种苦难的事件,并没有惊醒我们诗人的梦,这就是说我们诗歌的创作上面产生了重大的偏差,这个我始终对当前诗歌创作有一种很谨慎的态度,我真的比较谨慎地说,它是繁荣的。当前诗歌的创作,水平的提高,创作的数量之多,诗人的作品技巧非常高,诗歌的活动也非常频繁,应该说这是一个非常好的现象,但是我总觉得有些保留,这就是我比较谨慎的发言的一个原因,真的我不轻言繁荣,甚至我慎言繁荣,那为什么这么说呢?我的态度是,海子以后对中国诗歌产生全面影响的诗人,似乎没有。海子是1989年去世的,全面覆盖中国诗歌,而且影响深的诗人几乎没有,所以我现在不敢说,有人说你喜欢谁的诗.我说我喜欢的诗很多,你举出来究竟说谁的成就最大,我举不出来,成就都是很大的,但是是一个平面上的,我这个毛病是在哪呢?为什么我这个显得一贯敢于判断的一个批评家,为什么显得这么踌躇,这么不果断呢?实在我对诗歌的期待太多。

那么,我期待什么呢?我现在试图讲一讲。我觉得我不满意的地方在这,能体现我们当代审美理想的旗帜一样的诗人,是一面旗,而且在他的影响之下能够有一个群体,在他影响之下出现,这个现在没有。"五四"时代的郭沫若,在他影响之下有一批诗人,抗战时代的艾青,刚刚去世的绿原先生说过,他说我们这些人都乐于承认我们是受到艾青的影响开始写诗的,绿原先生讲的是"白色花"这个群体,艾青是一面旗帜,"五四"时代的郭沫若是一面旗帜,他整个代表了一个时代的审美理想,我们现在没有,即使是海子的影响也是有限的。还有郭沫若的语言是"五四"时代的狂飙突进式的语言,他的《天狗》、《笔立山头展望》、《女神之再生》、《凤凰涅槃》,他有一套自己的语言,一套独特的意象,这些东西能够代表一个时代——"五四"时代。艾青是这样的诗人,他的《北方》、《旷野》、《手推车》、《向太阳》、他的《火把》,他的充满了散文美的一种语言,非常独特,影响一了大批人,到了八十年代之后,艾青仍然是,他的《鱼化石》、他的《盆景》、《古罗马的大斗技场》都是能够很精确地把时代的精神传达出来的,所以有人问我的时候我回答不出来。我真的有种期盼,期盼能够影响我们全局的大诗人,然后由他带动一下,把整个中国的诗歌推向一个新的阶段,现在写诗的非常多,而且水平也都不低,但是看不出来。也许这就是我在八十年代说过的这是个没有主潮的年代,这同样是一个没有权威的年代。

我不知道我这些看法是否偏颇,今天借这个机会跟大家交流。我就谈这么几点意见,也就是从我个人对诗歌的梦想,我自己的个人的诗歌记忆来谈这些问题,谢谢大家,就讲这些。

那种温暖是手挽手的温暖^{*}
——读王妍丁

第一次遇到妍丁是在首都机场的候机大厅。我不认识她，经人介绍，方知我们是去同一个地方，出席同一个会议。她当时携带的是人们只有长期出国才用的大行李箱——我心里暗自揣度：这是一个非常爱美的女性，她那箱子里一定装了足够一年换装的服饰！我们的相识是在风景优美的张家界，在蜿蜒的金鞭溪旁，我们曾有惬意的共同的行旅。也就是从那时开始，我知道妍丁不仅是诗人，还是一个很专业的摄影师。她随身携带的那些"长枪短炮"，一路上总有很绅士的男士们为她前后效劳。

后来，我和妍丁又有了长达十余日的南疆之行，在库车，在喀什，在和田，也在帕米尔高原。我们已经是很熟悉的朋友了。最难忘的是塔什库尔干的那个夜晚，在寒冽的星星和同样寒冽的月亮的映照下，静谧的雪峰峡谷间燃起了篝火，塔吉克的歌手弹唱过后，我们围着熊熊的火堆忘情地跳舞到深夜。我相信妍丁一定记得我们共同度过的那个美丽的夜晚。

我在现实生活中认识了诗意的妍丁，此后，又在她的诗中印证了她的诗意的人生。正是由于这种认知，我相信我和妍丁的心是相通的。妍丁是一个纯情的女性，她说过，我只有爱，爱是一件多么甜美的事情！^① 她像所有北方的女性那样，她们的爱

---

*　此文据文稿编入。

①　前半句"我只有爱"是妍丁的一个诗题，后半句引自《活着》。

是坚坚而坚定的,率性、奔放、炽烈,而且是绵长的温情。那些发自心灵深处的诗句,带着那种无可阻挡的、一泻千里的挚爱与至情,表达的是人间的第一等情怀。

这里的爱情是不计一切的,"一颗心如同扑火的蛾",她这样祈求上苍:"把我化为水,让你每天饮我","把我化作风,让我每天都能吹到你的额头",即使是化作水和风,这一切仍不能尽意——

> 或者干脆化作一扇门
> 每天守在你疲惫的路上
> 不等你叩门
> 我就轻轻地开了①。

翻开她的诗集,到处都是这样痴心的、让人心跳的火辣辣的句子。下面引用的诗句可以看作一篇勇敢而直率的爱情宣言:

> 不要以山和山的名义,相拥
> 不要以河流和河流的名义,相挽
> 不要以一棵树和另一棵树的称谓
> 站在一起
> 我们就是男人和女人
>
> 你有父性的犁沟和脊梁
> 我有母性的线条和慈柔
> 我们都不再
> 抑制自己的情感
> 爱,是我们唯一拥有的
> 最纯洁无瑕的权力

---

① 《爱到高处》。

这首《不再错过你》让我们想起另一位女诗人脍炙人口的诗篇——可以说，这是一位女性向着另一位女性的关于情爱观的回应——两相对比，发现这里竟有了意义的翻新。南方的柔情在这里化作了北方的潇洒和豪爽。这是更为年轻的一代人的爱情理念的表白。

妍丁当然也写爱情以外的诗，但总体来看，仍以她的爱情诗写得最为出色，她的爱情诗能把在爱中的女性的情感表达得委婉而细腻，她的诗卷中的几乎每一篇，诗人都能找到抒写的独特而新颖的角度。握手相看，两情相忘的那个时节，猛地想到也许这竟是梦境，既是梦境，于是顺其自然，蹦出来的诗的意念竟是：相见不如怀念，不如那若水、如烟、似一片花瓣飘落。

最让人感动的是《等我老了》那一连串的温馨的呼唤：等我老了，你还能把我抱到那张藤椅上，晒十点钟的太阳么？等我老了，你还能挽住我的臂膀，撑开一柄隔世的油纸伞么？等我老了，你还能在情人节的早晨，送我一支带露的玫瑰么？可她恰恰忘了，当她这么呼唤的时候——那时她所期待的他也已老了："那时你也老了，你衰老的体力怎么抱得动我？"妍丁心中有，所以笔下就有。这不是所谓的奇想或神思所能造的，这是发自内心的"忘情"！

读妍丁的诗最让人销魂的时节，就是她的这种"不假思索"的、"毫不在意"的、只有两心相会才有的这种如痴如梦的状态。在诗人的心目中，爱不会老，人不会老，诗也不会老。对此，她用了一个非常新颖的比喻，那是两颗"相望的纽扣"："就这样彼此相望，一生都不会衰老"[①]。我不敢预设，也真的不知道诗人是否找到了她的永恒的期许，但我知道，她一直在寻找和等待。《此生与谁同船》——如果此生等不到与我同船的人，我愿变成

[①] 《相望的纽扣》。

一条"没有杂质的鱼"而四海漂泊。这就是诗人的痴迷。

尽管她的生活充满了童稚般的幻想,但她毕竟已经成熟。尽管她是多么不愿,但她依然能预见到时间的末梢,有时她也显得超乎寻常的理智:"不要期望把幸福存到来世","想想我们能支取的日子还剩多少"①。前面引用的《等我老了》所流露的天真的亲切和感动,到了它的姐妹篇《如果老了》,那就是成熟的美丽了:如果老了,我也一定老了,我们就像收割后的静静等待的田野——

  我会照顾你的眼花和耳鸣
  照顾你怕酸又怕冷的那三颗蛀牙
  还有你不愿变老的坏情绪

这里呈现的是中国传统的爱情:执子之手,与子偕老,是一种非常悠久的感人。

痴心的诗人也有梦醒的时候,爱中的人也知道无可躲避的是死亡。但即使是死亡,在妍丁这里也幻出惊人的美艳:此生躲不开一个浓缩的"情"字,来生愿化作一株翠绿的藤,藤的理想就是要缠在你来世的腕上——此时她竟忘了《不再错过你》中的那份清醒和决绝——两个墓穴相依,在薰衣草的清香里彼此幽雅地相望。② 这里所呈现的哀婉也是非常动人的。

妍丁的诗总是这么美丽,这样地给人心灵的安慰:夜这么长,花在长夜里寂寂地开,想着夜莺想着蝴蝶想着蜜蜂,想着月亮的角落一棵隐秘的桔树。我们读她的诗,总是沉浸在她的这种童话般的氛围里。妍丁的笔墨是温暖的,这种温暖不仅在她追求的爱中,也推及在更为众多的人群中:为一个站立在厚实的土地上的农人祝福;为一顶鲜红的安全帽礼赞;在一棵平凡的桑

---

 ① 《不仅仅是从一个夜晚》。
 ② 《藤的理想》。

树上发现不平凡的价值;谴责那些制造了矿难而逃匿的矿主……这些诗作中跳动着诗人的博爱之心。特别是《记一次空难》这首诗,她的处理更由同类诗的社会层面扩展到了人与自然关系的层面,是一个可喜的突破。①

妍丁的抒情笔墨很优秀,但她不满足于此,她为扩展她的题材付出了辛劳。《我能为你做些什么,祖国》是大题目,但她只写了九行:"我比太阳热,祖国,如果你需要我",隽永且不落套;《今夜,让汶川在月光下好好安睡》:"风声眼泪和疲惫的哀伤,一切又都在等待着生长",也饶有新意。但她的确缺乏处理这些大题材的经验,往往表现为要么因急于说理而忘了抒情,要么局促地落笔而不知如何展开。其实,像《一只等待飞翔的鹰》或是《有一些梨花错过了秋天的果实》,这样的好题目,妍丁都处理得有点匆促。话说回来,由于她的睿智,即使只留下一个题目也是不失为一首好诗。

和妍丁相识久了,读她的诗如对挚友,诗不仅是一种享受,而且是一种安慰,更是一种温暖,是一种手挽手、心连心的温暖。我瞎忙,答应妍丁的文字一直拖到了不能再拖的时分,妍丁恕我!

2009 年 12 月 1 日于北京大学中国新诗研究所

---

① 《记一次空难》写美国哈德逊河上的那场空难。它的角度由"大鸟"的转危为安而及于对"造成"空难的鸟群的同情,她听到了无辜的鸟儿的哀鸣。

新年新创意[*]
——贺《文艺争鸣》艺术版发刊

《文艺争鸣》刊名的内涵本来就丰富:文是文学,艺是艺术,而且还有争鸣。

文学的品类就有多种,加上艺术,可谓是一刊之内囊括了从文学的小说、诗歌、散文随笔、报告文学等各文体,到艺术的戏剧、戏曲、电影、电视,舞蹈、音乐、美术、建筑等等全部的文艺大家族。朱竞给我的约稿信称:"风花雪月、唱歌跳舞、游山玩水、花鸟虫鱼、写写画画、园林建筑,什么都行。"她说得随意,可也在理:文学和艺术原本是世间万物、人生百象的审美化。

再说"争鸣",原意应该是指不同观点的交锋和驳难。批评和反批评是争鸣,对各种作品从不同的角度和方法进行解读和鉴赏,此种多向度的渗透和融汇所形成的多种声音的交响,更是名副其实的争鸣。"争鸣"的内涵也是十分丰富的。原先的《文艺争鸣》,除了文学评论,也有一些艺术批评,不过只是"一些"或是"偶有"。即使如此,从中也可看出编者的用心和"不忘"。但与文学相比,艺术的分量还是少了一些。

从前年开始,《文艺争鸣》由双月刊改为月刊,即一期是理论综合版,一期是当代文学版,任务加倍了,编辑人员没有变,还是以前那样连同主编一共三个人。这在当今的中国出版界——恕

---

[*] 此文据文稿编入。

我见闻有限——以这样极少的人员办大刊的即使不是唯一,也可能是极罕见的。如今它又发宏愿办艺术版,而且是每月一期。这等于说,从明年起《文艺争鸣》将由改刊后的月刊再改为半月刊。

《文艺争鸣》任务成倍地加重了,编辑还是原班人马。依旧是主编一人,编辑二人(我没有向朱竞核实不知是否加人,从工作量看,他们实在人手太紧)还是一个超小型的、极精干的编辑部办一个一年二十四期的大刊物。

《文艺争鸣》艺术版的诞生的消息不仅令人鼓舞,而且令人肃然起敬。我认为这是《文艺争鸣》送给整个中国文艺批评界的最珍贵的新年礼物。目下中国办刊不易,人员、经费、作者队伍以及稿源,多有障碍与困难。试想,任凭这三两个人、半个月就出一期的刊物,从策划、约稿、联络、处理、最后的出版,而且是文学艺术一起上,该有怎样的忙碌!

就文艺批评而言,目下是文学批评相对开展,作者队伍和质量也较为稳定,而艺术各门类的批评则相对滞后。我们即将看到的《文艺争鸣》艺术版,贡献给我们以每月一次的艺术批评盛宴,这是多么的让人鼓舞和振奋!

我在这里表达的是一种渴望,更是一种祝福。我相信,在这岁末的严寒中,人们北望长春,透过冰雪覆盖的大地和天空,莫不感到了它所传达的温暖和春天的希望。

2009 年 12 月 7 日凌晨于北京大学